U0674094

一生别离

上

蘭若一 著

四川文艺出版社

目 录

KUWEI

酷威文化

图书　影视

楔　子

×

梦

章晗说，梦里挂念一个人，醒来就应该去见他。如果是活人的话，天南海北也就是一段航行距离，至于逝者，去扫墓也算是一种会面。

　　说这句话的同时，她把一张写着"去找梦中情人，暂停接单三日"的图片发到朋友圈，然后迅速开始收拾行李，准备赶那班两个小时之后飞往安城的飞机，只是因为在昨晚的梦境里见到了那人。梦中，两人穿着高中时期的校服，牵着手走在夕阳下的小巷。

　　"旧情复燃啊？"常菀问她。

　　"哪有旧情啊？他是我当时男朋友的哥们儿。"她扣上行李箱，把虎妞的自动饮水机里加满水，"如果当年牵过手了的话，那还有什么必要去见，内心哪里还能有这种欲语还休的骚动？"

　　"他知道你要去吗？"

　　"当然知道啊！"

　　"他的态度呢？"

"自然是热烈欢迎啊！"

后来常菀才知道，章晗其实只是发了一条信息给人家说：我要去你那里，见个面啊！而人家回复了一句：好。

"你记得来给虎妞喂食啊，你没时间让万壹来也行。走，赶紧送我去机场。"

章晗是常菀从十四年前认识那天起就再没甩掉过的大学同学，虎妞是她养了五年的白色加菲猫。三年前，常菀买下了租住三年的那套房子，然后利用重新装修的时间成功地把合租室友章晗轰了出去。没想到她竟然在隔壁楼租下了另一套更大的，还在里面开了一家甜点工作室，并且经营得愈发红火。

有好几次，常菀利用职务之便安排章晗和她精心挑选出来的优秀男青年"意外"相见，章晗都会毫不领情地当即拆穿。她说，真正的爱情是冥冥之中有命运指引的，强扭的瓜不甜。而常菀是觉得，这个瓜甜不甜先暂且不论，至少能解渴啊。虽然常菀没有什么自己的生活，但也确实不想在养活自己五岁的儿子万壹之外，再拉扯着一个三十多岁的单身戏精老少女。

常菀进到办公室的时间是九点四十分。这是一家闹中取静、开在市中心别墅区的心理咨询工作室，她从研二那年就开始了在这里的工作。

办公桌上照例是一杯温度刚好的美式咖啡。秦朗是常菀的合伙人，他每周一上午九点半都有固定预约，把磨好的咖啡放在常菀桌上是他进入自己那间咨询室前的最后一个动作。当初常菀刚来这里给他做助理实习生时，就是从帮他磨咖啡开始的，那时候他跟常菀说话经常头都不抬。常菀知道，那是因为她是靠他当时另一个合伙人——她的研究生导师林雨舟的关系硬推荐进来的，而在秦朗那里，并不认可自己的工作范围里有实习生的存在。

"我不希望我的任何一位来访者成为教学对象。"

这是常菀在连续磨了三个月咖啡兼做办公室保洁后，实在忍无可忍地当面去跟秦朗申诉时，被秦朗直视着得到的第一句话。但每个故事都有个后来，五年后，她成了秦朗的合伙人。

结束了上午的工作，常菀从咨询室回到办公室，抓起桌上的三明治就咬了一大口。她早上匆匆忙忙的，还没顾得上吃东西，那杯美式咖啡让她胃里空得直发慌。

"章晗她妈妈的电话已经打到咱们座机上了，你最好抓紧给她回一个。"秦朗靠在门口，"三点钟有一个临时预约，点名找常菀老师。"

他脸上带着骄傲的表情，仿佛自己精心打造出来的作品受到了世人的赞许。常菀回一句知道了，便拿起手机回拨给那十五通未接来电的祸源。

章晗和她妈妈韩秀平时很少联系，而韩秀通过常菀这么疯狂地找女儿也不是第一次了。这会儿估计那姑娘正跟高中同学忆往昔峥嵘岁月呢，肯定顾不上接任何人的电话。

"常菀，章晗人呢？"

果然，常菀连"阿姨"两个字还没来得及叫出口，那边就立刻直奔主题。

"她好像出差了。"

"她出差？去哪啊？她一游手好闲、不务正业的人出什么差？"

"阿姨，章晗那甜点工作室现在做得挺好的，上周一个美食杂志还去采访了……"

"到我公司来上班、帮我打理公司事务才是正经事，其余的都是胡闹。行了，我知道就你能找到她了，你赶紧告诉她，章蘅今天下午回来，让她赶紧给我回家。"

"叔叔回来了啊！那等章晗回来我和她一起去看您二老。"

章蘅是章晗的父亲，常菀却从来没见过他。在章晗十六岁的时候他就和韩秀离婚了，净身出户去了国外。当时他留下的一家小贸易公司一直被韩秀经营到现在，虽然没有什么大的发展，但也算平稳地运转着。章晗说，她爸爸是跟别的女人跑了，毅然决然地连头也不回，这么多年从来没有回国看她一眼。之后没几年，韩秀也跟一个比她小两三岁的男人生活在了一起，所以章晗上大学之后就干脆自己在外面租了房子，很少回家。如果不是因为拿不到户口本，章晗早去派出所把自己名字给改了。她觉得她的名字简直就是父母交织的阴影，明明是为了省事用了俩人的姓，看起来却像是在赤裸裸地秀恩爱。

"这次你最好让她不要跟我对着干，"韩秀的声调突然降了下来，"不然她这辈子再也没有机会见到她爸了。"

"阿姨，您瞧您说的，叔叔他……"

"他死了。下午，他们就会把尸体运回来。"

在接到章晗回过来的电话时，已经过了深夜十二点。此前常菀一直在用各种方式联系她，电话、短信、微信、微博、QQ、邮件，甚至各种购物和支付软件。她只是让章晗赶紧回电话，并没有说更多。常菀不确定章晗在知道十七年没见的父亲突然去世的消息之后会做出怎样的事，现在最要紧的是让她平安回来。

"怎么着，才一天没见，就想我想得睡不着觉啊？天天嘴上说嫌弃我，身体却很诚实啊！"

这点章晗倒是跟她妈妈很像，总是还不等人开口就自作主张。

"赶紧回来吧。"

"不。"

"为什么？"

"你不问我跟那个人见得怎么样啊？"

"你别闹了，赶紧回来吧。"

"怎么了你这是，担心我被人骗啊？他是我高中同学啊，怎么可能会骗我呢？我们今天一起回了学校，还在学校门口那家小饭馆吃了饭，竟然还是那个老板！神奇吧？后来他还陪我看了电影，还去护城河边的酒吧喝了酒。我跟他说我梦见他了，他说，梦里的人是因为想念做梦的人才会出现在梦里……"

电话那边的声音有些嘈杂，像是飞机广播的声音。

"你现在在哪里？"

"我在酒店楼下啊，他刚送我回来，我就想着赶紧跟你说一声，别让你担心。"

"章晗。"

"干吗啊……别这么叫我，搞得好像我怎么着了似的……"

"你，在，哪？"

"我……好吧，我在机场……我本来买了末班机机票，结果飞机晚点了，我真是一分钟都不想再和那个人站在同一片土地上了。常菀，他说他喜欢我，他上学的时候就喜欢我，虽然他现在已经结婚了，但我们还是可以像今天这样在一起。但是，这些……是那啥之后他才告诉我的……你说他为什么要这样啊？他这是欺骗我感情啊！他……"

如果换一天，常菀可能会跟她说，章晗这是你自找的。换作是你，如果一个多少年没联系的故人突然打着梦见你了的旗号跨越上千公里来跟你叙旧，你会如何理解？成年人不该在将自己置于普世游戏规则中的时候，却扮演无辜者的角色。可是今天，常菀只能在凌晨三点抱着睡梦中的万壹出门，去机场把她接回家。

章晗坐在副驾驶的位置，把身子探过去靠在常菀的肩膀上，眼神比车窗外的黑夜还要幽怨。

"我受伤了，今晚可不可以住你家……"

"可以。"

"真的啊？那，你明天可不可以免费帮我约秦大帅哥两个小时？让他抚慰一下我脆弱的小心灵……"

"可以。"

章晗突然坐直了身体，不可思议地看着常菀。

"你从来不会答应我这两个要求。说，做什么对不起我的事了？"见她不说话，章晗回头看了一眼躺在后座上睡着的万壹，气急败坏却压着声音说，"是不是万壹又喂虎妞吃巧克力了？"

"明天我得送你回家见你爸妈。"

章晗撇撇嘴靠回到座椅靠背。

"我妈又找你了啊？你这个叛徒。我不去她家，再说了，她家那个王青树也不是我爸啊！"

"你爸回来了。"

"啊？"

常菀很少做梦。她大学时的代课老师说，其实人每天都会做五六个梦，只是在睡眠周期的不同阶段醒来，记忆所反馈的存储信息也会不同。也就是说，梦是客观存在的，只是看你醒来时记没记住自己做了梦。

当初跟秦朗当面申诉了工作安排的不公之后，常菀就做好了走人的准备。没想到他不声不响，两天之后，突然通知她参加他的一个心理实验。即便是被当作实验对象，常菀的态度也立刻发生了一百八十度转变。她刚进大学那年秦朗恰好毕业，但这并不影响她一路听着关于他被几届学生翻新加工过的各种事迹，直到她站在他归国后开的这家心理工作室，亲眼见到他本人。所以即便成为小白鼠，常菀觉得自己也一定能被他点拨，修炼成精。

实验的具体内容，简单来讲，就是睡觉给秦朗看。他会在另一个房间里，通过各种仪器传输的数据和画面掌控常菀闭上眼睛后的一举一动，甚至是她自己都感受不到的身体反应。这让她觉得惶恐，导致连续几个晚上都以大段的失眠宣告实验失败。懊恼之余，身体的承受力也开始报警，结果某天午后，常菀实在扛不住了，便在咨询室里睡着了。再醒来时，常菀感到神清气爽，睁眼却看到亮着红灯的摄像机和连在自己身体上的各种仪器线。从那天开始，他们的实验顺利进入正轨。人就是这样，一旦第一道心理防线被突破，就格外容易被全面攻陷。可秦朗却说，常菀是一个潜意识自我保护能力极强的人，把所有的情绪都严密地封闭起来，即便在睡眠这种大脑对人放松了监控的过程中，身心都无法缓解那种紧张感。这样的人，连自己都不信任，几乎没有可供疏导的突破口，要么成为一块可供雕琢的好材料，要么把自己逼疯。

"当然，也有可能你只是单纯右脑不发达而已。"

秦朗说这句话的时候常菀已经成为他的正式助理，能帮他整理资料，并在来访者同意的情况下旁听。

接回章晗后，常菀断断续续地睡了两个小时，醒来时依然不记得自己梦到过什么。她走到万壹的房间门口，看着挤在一张小床上熟睡的两人。听到动静，万壹睁开眼睛看着她，把右手食指放在嘴边做出"嘘"的动作，然后指指身旁蜷成一团的章晗，揉揉自己的眼睛表示她哭过。常菀轻手轻脚地把他抱下床，反手掩上房门。

"妈妈，她哭的时候我都醒过来了，为什么她不会醒呢？"在去幼儿园的路上，万壹问常菀。

"可能太累了吧，做着很沉的梦。"

"人在做梦的时候哭，自己会知道吗？"

"就算做梦的时候不知道，醒过来的时候应该也会知道吧。"

"那不就为同一件事难过了两次？"

是这样吗？如果难过可以用次数来计算，也许可以不用那么难挨。当常菀回到家时，章晗已经不在了。拿出手机，她才看到章晗给她发了信息。章晗说："昨晚我梦到章蘅了，所以，现在我得去见他。"

第 一 章

相 遇

Chapter

人有多孤独，
就有多旺盛的生命力。

章蘅的葬礼是在一座小教堂里举办的，遗像的照片上，他看起来也就三十多岁。韩秀说，她没有他近期的照片，而且在她的记忆里，他就是这个样子。若是由她来主持这场葬礼，只能用这张。来吊唁的人不多，基本都是十几年前二人共同的朋友，陌生的仪式流程和环境让气氛显得更加压抑和冷清。

白色的棺木摆在教堂中央，牧师在一侧的讲台后宣读着章蘅的生平，章晗和韩秀两人坐在第一排，常菀因为送万壹去幼儿园晚到了一会儿，所以坐在靠后的位置。章晗戴着宽大边缘的黑色呢子礼帽，从常菀的位置只能看到她被遮去大半的侧脸。她涂着暗红色的唇膏，嘴巴紧闭着，坐在那里一动不动。章蘅是基督徒，韩秀好不容易才找到这座同意举办葬礼的教堂。王青树刻意避嫌似的坐在了她们后面第二排的位置，由于章晗父母家已经没有什么经常来往的亲戚，出了这样的事，他成了她们身边唯一能帮忙操持的男人。

韩秀站起来，定了定神，走上讲台作为家属致辞。刚说了没两句，教堂的门突然被撞开，一个穿着 T 恤、牛仔裤，扎着马尾辫的姑娘气喘吁吁地闯了进来。所有人的目光瞬间集中在她身上，她望着正中的遗像看了一会儿，默默向众人欠了欠身，回身关上门，坐在了过道那边与常菀平行的位置。韩秀清清嗓子，接着说下去。

"感谢各位今天来参加章蘅的葬礼。作为他孩子的母亲，我跟女儿章晗，和大家一起来送他最后一程……"

常菀看向刚闯进来的那个姑娘，她看起来也就二十岁出头的样子，很瘦，浑身僵硬地坐在椅子上，紧紧抓住椅子扶手的手指和她的脸一样没了血色。她满脸一副不可思议的表情，睁着一双大眼睛死死盯着那张遗像。直到风琴响起，唱诗班的歌声在教堂的四壁间回荡，众人拿着手上的雏菊，起身依次去见章蘅最后一面时，她才回过神，慢慢站起来跟着队伍一点点往前挪动。常菀跟在她身后，看到她左耳后有一个小小的红色刺青，看不出具体是什么图案。她的双肩背包很旧了，皮质的襻带表面裂出一道道小小的细纹。

队伍在这个姑娘走到棺木边上时停了下来，她先是双手扒在棺木边看着章蘅的脸，然后突然去抓他的手，却被旁边的人赶忙拽住，她最终放声大哭起来。现场突然一片混乱，常菀赶忙冲上去从后面抱住她，她纸片一样单薄的身体里爆发出来的强大力量几乎让她们两个人一起摔倒在地，哀号般的哭喊声在她的身体里产生巨大的共鸣。常菀瞥了一眼站在对面的章晗，她眼睛看着地面，像被钉在那里一样毫无反应。就在常菀快坚持不住的时候，怀里的力量突然消失，那姑娘整个人瘫软了下去。常菀一个趔趄向前，姑娘的脑袋被重重磕在了棺木上，彻底晕了过去。

为了挂号看病，常菀只得打开她的背包寻找证件。突然出现的姑娘叫洪果儿，按护照上的出生日期算起来，她下个月将满二十二岁。夹在护照里的还有一张前一天从巴黎起飞来到这里的机票。洪果儿闭着眼睛躺在病床上输液，脑门上贴着的胶布并不能完全遮盖住头上的一大片青紫，医生说她只是低血糖休克造成的暂时性昏迷。章晗和韩秀处理好了火化的事情，也正在赶来医院的路上。常菀把证件放回洪果儿的背包，看她还睡得安稳，于是出门给秦朗回电话。

"葬礼结束了吗？"

"嗯，结束了。"

"下午一点你还有预约。"

"我知道，不会耽误。"

"你现在在哪里？要不要等你一起吃午饭？"

"不用了，我这还有点事。"

"你还和章晗在一起？她还好吗？"

"现在不在一起。发生了这种事，你觉得她能好吗？"

常菀看着面前来来往往、神色迷茫的人们。

"不在一起？那你在干吗？"

"我在医院。"

"你怎么了？是不是万壹病了？"

"不是我们。一两句说不清楚，见面说吧。"

"好，知道了。"

挂了电话，常菀长呼了一口气，才意识到自己的嗓子燥得发紧，于是在自动贩卖机上买了瓶冰咖啡，边喝边走回病房。然而进门之后她却发现，病床上的人和双肩包都消失了，滴滴答答不断渗出药水的针头还悬在半空中打晃。常菀本想着洪果儿醒来后，估计得和章晗母女谈一谈，于是专门选了个单间病房。这下可好，人就这么在她眼皮子底下消失了。

赶来的母女俩扑了个空。韩秀在回去的路上，向常菀问起洪果儿的情况。

"我只看到她护照上的名字叫洪果儿，二十二岁，其他的……她一直没醒，所以也没机会问。"

韩秀轻哼一声，语调轻蔑。

"这么来路不明地出现，又这么鬼鬼祟祟地消失，身份是有多见不得人。"

常菀从后视镜里快速瞥了一眼韩秀。经过这一上午的折腾，这位已经五十好几的阿姨依然妆容得体，头发一丝不苟地盘在脑后，黑色旗袍没有一丝皱褶，但转向窗外的脸上却挂着有些狼狈的神情。这些年来虽然和王青树在一起，但公司的事情都是她在一手操持，那不容侵犯的气场是她用来隔绝外界、保护自己的壁垒，可内心的尘埃呢，不知道可曾有过清扫的勇气？

韩秀住在距市中心有一段距离的一栋联排别墅里，是章晗考上大学那年用她的名字买下的。本来是想着女儿成人了，给她一个更宽松的生活空间，也考虑给她当作未来的陪嫁，结果到今天为止，章晗一天都没在里面住过。常菀的车在别墅门口停下，韩秀什么话也没说径直下了车。

"今天，你不进去陪陪她吗？"

"今天和往常没什么不一样，我们最不需要的就是彼此的陪伴。"

章晗从得知父亲去世的消息，到亲眼看到他躺在那里，与记忆中完全不符的样子，再到失去意识似的配合母亲落实葬礼的每一件事，她都像感知不到自己的身体似的。直到刚刚在火葬场，从焚化炉推出来的托盘里拣出一块块烧碎的骨头放进骨灰盒里，她才突然觉得心里的某部分塌了下去。那像是小时候去别的城市玩耍时，在广场上的冰淇淋车前多逗留一会儿，转身看不到母亲的那种慌张，超出自己认知范围的恐惧和无能为力在内心一点点膨胀。可这两天，也许是十几年来她和母亲最为默契的日子。这三个人因为彼此和另外一方产生了此生不可磨灭的关联，他们终于因为死亡再次相聚在同一屋檐下。

章晗面朝落地窗，在沙发背面的地板上坐下，手上那枚戒指在阳光下反射出刺眼的光芒。这是火葬场的工作人员交给她的，原先戴在父亲左手的无名指上，戒指内圈上还刻着一个日期和一朵五瓣的小花。章晗反复摩挲着这枚银色的金属圈，想起葬礼上情绪失控的洪果儿。她会是另一枚戒指的主人吗？这就是父亲留给自己最后的念想吗？

- 2 -

常菀的预约日程上有一位特殊的来访者，她连续到访已经将近一年了，她叫 Lily，常菀并不清楚她的真实姓名和更多情况。这是一年前秦朗移交给她的工作，他告诉常菀，每次 Lily 来，不需要任何开场白和问询，直接读她带来的故事书让她进入睡眠就好，除非她主动提出其他需求，否则什么也不用多说。所以，至今常菀和她连句你好和再见都没说过，每周固定的那一天，固定的晚饭后时间里，常菀像个故事点读机一样看 Lily 走进咨询室，等她睡去，再看她离开。往往故事书还没读到一半，Lily 就已经沉沉地睡去了，常菀就坐在原地静静地看完剩下的内容。她也不是不好奇，这个看起来四十多岁、装扮普通的女人，为什么要花足够在任何一家五星级酒店住个两三晚的钱，窝在那个并不宽敞的卧榻上只为睡三个小时。而秦朗只说了一句"都是夜归人"便打发了常菀的好奇心。

听到院子里 Lily 发动车子离开的声响，常菀才从椅子上站起来，关了咨询室的台灯，慢慢走到楼下锁门离开。每周的这一天，秦朗都会替她去幼儿园接万壹，一直照看到她回家才会离开，所以常菀并不着急。

初夏夜晚的空气是带着香味的，常菀落下车窗，把车上的收音机调到了那档每周的这一天都刚好能听到的点歌类节目。女主持人的声音低调而柔软，她在送歌之前总是会先讲一个小故事作为引子，所以之后的那首歌会显得更加动听。

经过酒吧街的时候，常菀把车速放慢，眼前这些分不清天上人间的红男绿女，在被酒精放大的快乐或者悲伤当中变得天不怕地不怕。其实常菀可以绕开这条街走另外一条路，多出来的距离也不过两三公里，但她还是喜欢或者习惯经过这里，这是她刚来到这个城市时，每天坐的那趟公交车的必经之路。

在完全不按着红绿灯的规则，好像凑够了人数就能理直气壮闯红灯的人群面前，常菀耐心地停下了车。她的目光追随着一位被夹在众多年轻人里面的老人，只见他拽着一大簇包裹着彩灯的气球，单薄的身子像是随时能被带得双脚离地。老人走到路边，择出几个气球，极力想推荐给正拉扯着一个喝得摇摇晃晃的女孩的两个中年男子，显然他选错了销售对象。那两个男子推开他，架起那个女孩就往停在离常菀不远的那辆并未熄火的车旁走去。那女孩看起来并不情愿，有气无力地挣扎着，软塌塌的双肩包半拖在地上。常菀在看清了女孩脸的一瞬间，立刻拉开车门追了过去，这时女孩已经被塞进了车后座，其中一个男子也跟着坐了进去。

"洪果儿？"

常菀俯身拍了拍半开的后车窗，瞬间闻到了车里刺鼻浓重的烟草味。半倚在车座上的洪果儿闭着眼睛轻哼了一声，刚坐进驾驶位的男子立刻下车来拉了常菀一把。

"你谁啊？"

"我是……请问你们是她的朋友吗？"

"是不是跟你有关系吗？"

常菀只是想确保洪果儿的安全，没想到对方是如此浑蛋的态度。尽管如此，她还是努力保持着礼貌，不想节外生枝。

"一个女孩子喝成这样总归是不安全，而且我看她跟你们好像也并不熟吧？"

这时候车里的洪果儿突然哭闹起来，留在后座的男子一手按住她、一手拽住车门，大声招呼着同伴赶紧走人。与此同时，常菀停在街道中间的车挡住了路，后面的司机们开始不耐烦地按起了喇叭，一时间鸡飞狗跳，引得路人纷纷侧目。常菀顾不得许多，情急之下，上手去拉后车门，和车里的男子角力起来。车外的男子见状立刻上了车，锁上了车门就往前开，急促地按着喇叭驱散好奇围观的人群，而人群并没有因此就乖乖地迅速躲开散去，甚至是故意挑衅似的跟这种没礼貌的行为作对。驾驶座上的男子探出头去，顶着人群、想方设法地要尽快离开这个是非之地。常菀心中的怒火一下子蹿上了脑门，她抱起树下一块装饰用的大鹅卵石，快速追上去，跑到车头前方，一猛子把石头扔出去，砸到了驾驶位的前挡风玻璃上，一个急刹车，驾驶位上的男子显然被迎面而来的石头和眼前突然裂开来的玻璃唬住了，他下意识地用手挡了一下，没想到看起来柔柔弱弱的常菀会这么强硬。后座上的男子先一步反应，下车奔着她就凶神恶煞地冲了过来。

"你给我站那！"常菀指着对方大声呵斥，"大庭广众之下你们也太猖狂了！强行抢完人现在还想动粗是吗？是不是觉得没人治得了你们了？"

　　周围不少人举起了手机，还有人开始拨打报警电话。围观的人越来越多，原本双向可行驶却只有单车道的小街被堵得水泄不通。此刻常菀的内心是崩溃的，她的手机放在车上没法立刻求救，旁观的人也不一定会帮她。她脑海中开始出现之前所看到的各种以夫妻吵架为名，当街强行带走女性的新闻，对方这两个男子如果真的发起狠来，就凭她和车里烂醉如泥的洪果儿根本就没有还手之力。被呵斥的男子愣了一下，之后浑不吝地三两步走上来捏住常菀的胳膊就要动手，常菀边奋力抵抗着边大声向人群求救。她快速锁定了一位看起来身强力壮的大哥，针对性地冲他呼喊，因为她知道，这是比盲目地喊救命更有效的方法。终于，那位大哥看不过眼站出来阻止，其他人眼见有了带头的同伴，也总算敢七嘴八舌地开口声援。一直躲在驾驶位上观望的男子再也按捺不住，跑过来一把搂过同伴的腰，扯着还骂骂咧咧的他快速回到车上，甩上后车门、扳过方向盘，甚至将车开上路边的台阶，绕过人群横冲直撞地迅速离开。常菀正要追上去的时候，那个卖气球的老人拉住她说，后座上那个姑娘刚才趁乱已经下车走掉了。

　　常菀谢过了出面帮忙的大哥和围观的人群，赶忙回到自己车上先去拯救因为她几乎要瘫痪的交通。等到她把车移开，转过身再去看刚刚一锅粥似的路口时，发现那里已经很快恢复了正常，像是什么也没有发生过一样。

- 3 -

　　回到小区车库，常菀没有马上上楼。她把车子熄了火，闭上眼睛，仰头靠在座位上，想要让脑子里乱七八糟的思绪安分下来。从刚才开始，警察会不会抓到那两个无赖，自己会不会遭到报复，洪果儿为什么要躲着她们，她跑去哪里了，接下来会不会又遇见危险等这一系列的疑问就不停在她脑海里盘旋。一直以来，常菀都希望并努力将自己的生活置于条条框框当中，固定的人际关系，稳定的生活模式。她不喜欢改变，也不太接受惊喜和意外，尤其是在万壹降临之后，她跟自己发誓这将是此生唯一的一次失控，她选择接受这次失控几乎耗费了所有的勇气。而生活并不会因此就对谁善罢甘休，人不是活在真空之中的标本，即便你不犯错，也并不代表不需要为别人犯的错付出代价。那就简单点，再健忘点，至少别跟自己过不去，而且刚才发生的那件事，常菀也的确没有心思跟秦朗或者章晗再陈述一遍。

常菀装作若无其事地进了家门，张口就喊秦朗的名字。

"人呢？你出来看看楼道这灯泡是不是坏了，怎么跺脚都不亮啊？"

"我来看吧，他在里屋给万壹洗澡呢。"

万多挽着袖子从厨房出来，站在常菀面前。许久不见的两人突然直面相见，多少有些尴尬。

"啊……好，梯子在洗衣房。"

常菀一手扶着梯子，一手接过万多递下来的灯泡。

"钨丝断了。"

"哦。"

新的灯泡拧上去，万多咳嗽一声，楼道重新亮了起来。

"好了。"

"行，谢谢，慢点下来。"

万多是万壹的爸爸，并且目前和常菀依然是受法律保护的合法夫妻关系。

"爸爸！"

万壹裹着浴巾一路小跑出来扑进万多怀里，万多张开双手俯下身去亲吻儿子的额头。

"你爸手上都是灰，你赶紧跟秦朗叔叔去把头发吹干，穿上衣服，别着凉了。"

秦朗正系着衬衫的袖扣从洗手间出来，常菀换了拖鞋，把空调的温度调高。万壹喝过牛奶，拉着万多去房间，给他展示新买的玩具，趁着这个空当常菀把秦朗送到电梯口。

"我们回来的时候他站在一楼大厅等着，就一起上来了。"秦朗按了下行的电梯按键。

"他没跟我说要过来。"

"你没把家里门锁的密码告诉他吗？"

"又不住在一起，没必要吧。"

"你们打算把这样的关系还持续多久？"

"没想过，反正是结是离都是为了孩子，对我来说没什么区别。"

"既然没什么区别，为什么不离了算了？"

秦朗看着常菀，她垂着眼睛没有回答，直到电梯到达的提示音响起。

"回去路上慢点开车。"

"对你没区别，不代表对别人没区别。"秦朗走进电梯，"你不能只看得见自己的生活。"

电梯门在他们之间缓缓关闭，常菀刻意避开了秦朗的视线。我自己的生活？她在心里轻笑了一声，我早都看不见自己的生活了。

结婚五年，她生活里所有的选择都是以万壹为判断标准。工作、买房、作息、习惯、交际，甚至结婚这件事本身，都是因为他才发生的。从二十七岁开始，她就不再是一个女人，而是一位母亲，一位几乎独自抚养儿子成长的职场妈妈。她一刻都不敢松懈，无论是对于工作或者生活。章晗的帮衬和秦朗的关照并不会令她觉得心安一些，在由命运抉择的家庭成员关系里，常菀觉得孤立无援。也许就是因为这样，她才选择了让万壹出生，好歹这是第一个她可以为自己选择的家人。那段日子，太多的疏离、隐瞒和得过且过充满她的生活，她觉得自己需要些新鲜的、柔软的、别的什么东西来喘口气。于是，上天给了她一个婴儿，让她走上了一条也许和自己原来所要走的背道而驰的路。

常菀转身踱回屋里，远程开启了章晗家的摄像头。这是章晗强行为她们安装，用来照应彼此家里的实时交流工具，一个用来看猫，一个用来看孩子，还能像住在一起似的张嘴就对话聊天。只是常菀家的那个没有设置远程开启功能，她没有办法像章晗一样那么坦然地接受未经允许的随意监视。并且，她的不安全感其实来源于她从来不敢把万壹一个人放在家中，哪怕只是下楼取个快递，也要带他一起去。

手机画面里，章晗蜷在客厅的椅子上呆坐着，旁边的摄像头轻响起一声提示音，常菀的声音传了出来。

"还没睡啊？"

"嗯……蛋糕烤煳了，忘了买面粉，剩下的不够做一个新的。"

她背对着摄像头坐着，常菀看不到她脸上的表情。

"明天一早去买也来得及，你赶紧睡吧。"

"常菀……"

"嗯？"

"你说我活得是不是特失败？什么事都半途而废，什么角色都扮演不好。"

常菀有一肚子话想说，反而不知道要先说哪一句。

"我总是跟你说，我爸没良心，一去不复返，看都不看我一眼。其实这些年，他一直都有联系我。他说，如果我在国内过得不开心，随时可以去国外找他，他还提过很多次要回来看我，都被我用很难听的话回绝了……十七年了，这十七年我连一次见他的机会都没给自己，他都去了哪些地方，做了些什么，过着怎样的生活，成了怎样的人，我全都不知道。"

章晗开始掉眼泪，睁着眼睛大颗大颗地往下掉。

"你还没跟你的亲生父母联系吗？"章晗转过身去，盯着摄像头问道。

"为什么突然说起这个？"

"如果你们还没正式见过之前，他们就去世了呢？你不会遗憾吗？"

常菀走到阳台上，手肘撑着窗台。

"原本这辈子也该是陌生人，对于我来说没什么区别。"

"但是知道和不知道他们的存在就是不一样，你对他们从来不好奇吗？"

"我现在只想知道把我养大的爸妈到底在哪里。我只认他们，他们才是我真正的爸妈。"

常菀看着哭得上气不接下气的章晗，知道此刻她的世界毫无逻辑可言，一片混乱，任何安慰都有可能成为枝节横生的导火索。

"睡吧。"

说完，常菀关掉了监控软件躺到床上。还好，悲伤总算是到了能哭出来的阶段。她从来不会劝人别哭，难过为什么不能哭？只有会哭，才会有好起来的可能。

- 4 -

快要睡着的时候，常菀听到了几下很轻的敲门声。

"睡了吗？"

万多站在卧室门口小声询问。

"没有，进来吧。"

常菀坐起来，整理了一下身上的衣服。万多只是推开门，没有走进去。

"万壹睡了。"

"嗯。"

"今天临时决定过来的，就没跟你说。你和秦朗……"

"并没有。"常菀知道他想问什么，于是抢先回答，"他只是偶尔帮我照看一下万壹。"

"哦，没关系的。他对你好，我看得出来。那么多年，他在你们身边照顾得比我周全。如果需要，我可以配合你去离婚。"

见常菀没说话，万多也就没再继续这个话题。

"今天来是想跟你商量件事。马上放暑假了，我爸妈的意思是想带着万壹出国玩一趟，刚好我接了个帕劳的活，可以带他们一起去。"

"你天天教人潜水、陪人玩，哪有空照看孩子？就两个老人带着孩子在国外的陌生环境，危险因素太多，我不同意。"

"这次的客人不多，而且都是老朋友了，不需要我怎么陪着，每天带他们一起潜个两三小时也就差不多了，剩下的时间我都可以陪我爸妈和孩子。我经常不在，老人挺长时间也见不了孙子一次，每次见也都是急急忙忙的，没时间好好相处，刚好有这么个机会，要是错过挺可惜的。就一周，我保证安安全全去，安安全全回来。"

"如果所有保证都能有效的话，也就不会有那么多意外发生了。万壹是我儿子，我不能让他离开我的保护范围。"

"万壹也是我儿子！"万多意识到自己的声音大了一些，赶忙回头看了看，确认没吵醒孩子之后，走进卧室反手关上房门，"常菀，我们协议里说好的，共同对万壹行使监护权。你已经没做到每周让他去见一次我爸妈这条了，不能连我带孩子的权利也剥夺吧？"

"那你就做到协议里说好的每周至少回来看一次孩子这条了？你就做到每学期至少出席一次他的家长会、带他参加一次运动会这条了？如果你要拿协议跟我说事儿，那我们确实可以好好说说清楚。"

万多知道如果计较起来，自己不占任何优势。作为一个潜水教练和爱好者，他常年带领各种各样的定制团在世界各处的潜水胜地辗转飞行，回来看万壹大多也只是带他出去吃个饭、买点东西之类的简单活动，从来没有深入参与过他的生活。开始两三年，他确实把这当成在履行义务，心思都在蓝天大海之间飘着，但随着万壹的长大，他也过了三十岁，父亲和孩子之间的那个牵绊开始在心中渐浓。虽然这并没有实质性地使他的生活方式发生什么改变，但他却开始在意自己在儿子心目当中的分量。

"如果你不放心，可以跟我们一起去。"万多和缓了语气，"我爸妈也说好久没见你了，想让你哪天去家里吃个饭。"

"时间不早了，我明早还要上班。"

常菀抬头看着万多。

"好吧，我先走了，这件事希望你能好好考虑一下。我知道自己之前做得太少，但我现在想要弥补还来得及。孩子越来越大，越来越需要父亲这个角色，这难道不是我们当初选择结婚的意义吗？"

常菀坐在梳妆台前把护肤品一层层涂在脸上。她看着自己，想问问自己有没有一刻后悔过当初的决定。她总是觉得自己在二十六岁其实已经死在了那个马来西亚的小岛上，然后另外一个人的灵魂借用自己的身体活了过来，于是她现在所拥有的该是那个人的命运轨迹，并且连皮囊都随之改变。章晗时常抓着她的肩膀，边用力摇晃边叫嚷着让她把真正的常菀吐出来，她也曾试图按照从前的方式思考行事，却发现身体根本不听自己使唤，像被另外一个清醒的人格操控着。后来，她渐渐习惯了现在这样的自己，并接受自己活成了另外一个人的样子。

二十六岁那年，常菀研究生顺利毕业，也成了心理工作室的正式员工。她花了两个月的薪水租下了离工作室只有三站车程的一套公寓，觉得自己的美好人生就要从此开始。而大学毕业三年在各种广告设计公司间不停换工作的章晗，也退了自己那套房子，死乞白赖地搬进来同住，并且没过多久，就因为住得离当时的公司太远而干脆辞掉了那份工作，过起了完全赋闲的生活。她每天像常菀的男朋友一样准时接她下班，一起买团购券吃饭逛街，然后回家窝在沙发上对着韩剧男主角犯花痴。

那时的常菀笑起来比章晗声音还大，满脑子都是风花雪月，也从来不去想明天的日子是怎么样。在老家做着小生意的父母虽然不能给她什么帮助但也没有给她后顾之忧，从小到大，平淡却安稳的专宠让常菀这个独女生得心智单纯而野蛮。虽然经过了一年半的时间，她的工作能力得到了秦朗的初步认可，但为人处世却常常让他皱眉。

"说这句话的时候过脑子了吗？"

这是那时秦朗对她说得最多的一句话。她后来的那些转变，唯一欣赏的人可能也是秦朗，他觉得这是一个优秀独立女性应该有的样子，能令她散发出高冷和性感的光芒。当然，后面这句话是章晗总结出来的。秦朗对常菀的情感克制而又明确，他从来没通过语言表达给过她什么压力，却用年复一年的实际行动让她陷入无法拒绝的境地。在外人看来，秦朗、常菀、万壹三人在一起，已经是实际意义上的家庭标准配置。

接到医院电话那天，常菀正站在秦朗办公桌前听他对着电脑数落自己。前一天晚上是章晗的生日，她们在夜店蹦到凌晨三点才回家。半梦半醒之间，常菀想起第二天要交的报告还有一半没写，于是爬起来硬撑着脑袋写到凌晨五点。在她的手机连震了三遍之后，秦朗不耐烦地暂停了训话，示意她赶紧接完继续。没想常菀刚听了两句就哭了起来，慌乱得完全失去了方寸。

常菀的父母比她大将近四十岁，她觉得自己一直那么被宝贝着一定是因为出生晚的关系。在她二十六岁的时候，父母已经退休几年了。闲不下来的老两口在家门口盘下一家早点铺子，每天天不亮就起床和面、煮粥。北方冬天的早晨零下十度有余，她的父亲常继文踩着雪还没走到店门口，就胸口一紧倒在了地上。心肌梗死，医院在抢救的过程中下了病危通知书。还好父亲最终平安度过危险期醒了过来，但这次的有惊无险却让常菀的母亲元禾下定决心道出了一个原本打算瞒她一辈子的秘密。

- 5 -

常菀生在一座小城的边缘，她所住的家属院门口绵延着一条长长的铁轨，半夜的时候会有装着一两节车厢煤炭的火车缓慢经过，发出低沉的鸣笛声。顺着铁轨走不到五分钟就是大片的庄稼地，冬天种小麦，夏天种玉米。她小时候经常和元禾一起坐在铁轨边乘凉，空气中飘散着秸秆燃烧的味道。和大多数孩子一样，她喜欢问妈妈，自己是怎么来的。元禾说，是有一天散步的时候，发现了路边的一颗红宝石，捡回来之后就变成了她。

"为什么别人没发现呢？"

"因为你注定是我的宝贝呀。"

常菀每次想到这句话，心里都溢出满满的幸福，幸福到完全忽略了自己长得和爸爸妈妈都不怎么像的事实。现在想想，从不说谎的元禾在这件事上也并不例外，她是被捡来的，她早就知道了事情的真相。

常菀躺在秦朗咨询室里的白沙发上，秦朗坐在一旁的椅子上看着她，这个场景很久没有出现过了，但对于他们两人却并不陌生。在常菀知道了身世的真相，离家出走又归来的那段日子里，秦朗几乎天天都要以这样的方式才能让她睡上一会儿。她在秦朗面前没有秘密，并且因为他才能拥有后来逐渐步入正轨的人生。这些年来，秦朗成了她心中不可撼动的存在，无论在工作中或生活里，他支撑着她的心平气和。常菀知道秦朗对自己的感情早已不止于简单的帮助和关心，但却始终无法回应。男朋友甚至丈夫这个角色，仿佛不足以诠释他在她心里的重要性。

"你把我看得太清楚了，秦朗。"常菀闭着眼睛呢喃，"我觉得自己有的时候会怕你，感觉你手里捏着我的命门，随时可以控制我的一切。"

"我为什么要那么做？"秦朗的语气中带着笑意。

"你不会觉得我不知感恩吗？"

"你觉得我会需要你因为感恩跟我在一起吗？"

"我配不上你。"

"如果你要拒绝我，也应该找更好一点的理由。"

"我不想成为别人的累赘。"

"常菀，你为什么就不能接受自己已经做得很好了的事实呢？你总是把自己放低在泥土里，到底什么时候才打算出来，坦然地接受阳光照在你身上？自卑这件事，怎么也轮不到你吧？"

"那为什么他们都不要我？"常菀的身体轻微地颤抖，"我在这世上活了三十二年，被不同的父母抛弃了两次。小时候那次，我不记得是什么感觉，也就罢了。但是二十六岁的时候又被活生生地抛弃一次，而且还要把我第一次被抛弃的事实一并告诉我，你觉得我凭什么不能自卑？我该拿什么来看重自己？"

"你的亲生父母在找你，在等着你见他们……"

"但是把我养大成人的爸妈不见了！"常菀一下子坐起来，圆睁着双眼盯着前方空气中某一个虚无的焦点，"为了躲着不见我他们竟然离开原本生活了六十年的地方，一点痕迹也不留下。可我清清楚楚地知道他们还活着，他们不接我电话，我发了无数条信息给他们，一条回复都没有。我知道他们明明就在那里，在一个什么地方，看着我跟他们说的那些话，却就是选择不见我。如果是这样，当初干吗不让我亲生父母就那么弄死我算了？"

秦朗走过去从身后紧紧抱住她，用宽大的手掌揽过她的头贴在自己胸前。他什么都没有说，只是用自己的力度让常菀慢慢平静下来。

我们都以为，长大后的难过该是常态，长大后的分离不算分离，所以不被同情的弱小只好匆匆长成坚强，仿佛只有儿时的痛楚才会生出一辈子的伤疤。可其实在父母的面前，我们的年龄只是数字，我们永远只是个孩子。

当年，常菀的亲生母亲在她一岁三个月的时候，终于产下丈夫盼望许久的男孩。而家里另外的三个女孩，最小的也已经四岁。那几年计划生育政策实施得正盛，所以他们竭尽全力隐瞒常菀的出生，连正规医院都没敢去，只找了一家可能连资质都没有的小诊所，生下她后便匆忙回家藏匿起来。在很快又怀上一胎之后，他们再也不敢住在厂里分配的家属院，迅速搬到了附近村里的一户农家。男人除了上班几乎不敢有任何多余社交，女人除了夜晚几乎不敢迈出房门。一家七口，要有多谨慎才能在人人相熟的那个工厂聚集区掩人耳目地生存下去？况且孩子们都一天天长大，所需要的花费和上户口、上学所需要的手续都成了无法再逃避的问题。于是夫妻俩终于决定，先离开这里之后再从长计议。

若不是常继文在那天得知了同车间工友辞职回老家的消息，当晚去给他送自家刚出锅的馒头做路上的干粮，也许常菀就因他亲生父亲的一念之差被捂死在那个绣着鸳鸯的大枕头之下。推门而入的常继文额头上还挂着没来得及擦掉的汗珠，看着坐在床边捂脸痛哭的那个父亲，走上前去默默抱起吓到忘了哭的女孩，转身出了大门。第二天，剩下的一家六口在闷雷声声的夏夜中不声不响地离开，而元禾也趁着夜色坐上了回老家去的火车，直到两年后带着一个小女儿回到这里，从此常家的户口本上多了一个两岁的常菀。

"所以，其实我已经三十三岁了，但我的生命只有三十二年。另外的那一年，我就是个幽灵，没有活过。"

常菀双手握着杯子坐在秦朗旁边。这个故事里的许多话，她已经反反复复絮叨了无数遍。每说一次，就伤心一次，秦朗也就再听一次，再安慰她一次。

"天黑了。"秦朗说，"我们还得去把万壹接回来。"

喜欢是需要比较的。如果他恰好无害地出现在你充满恶意的生活里，那便会是喜欢。

常菀遇见万多的那天，她喝醉了酒，倒在了马来西亚某个小岛的沙滩上。再醒来时，她躺在一个陌生的房间里。借着微亮的天光，常菀看到外面阳台的衣架上挂着潜水服、泳镜和毛巾，旁边的地上放着一些不知道做什么用的其他东西。她坐起来，眼皮每眨一下，都带动着脑袋里沉重而敏感的神经疼一下。她没找到自己的鞋，于是光着脚木然地往门口走去。绕到床另一边的时候发现地上躺着一个男人，蜷缩在一张铺展开来的白床单上。常菀差点叫出声来，她赶忙捂住自己的嘴，凑近了一点，听到了他发出均匀的呼吸声才匆匆跑出去，任房门就那么敞在身后。这家民宿离她住的那家也就两百米远，她一路上都在摸着自己的身体努力回忆究竟发生了什么。第二天，当她又拎着一大瓶威士忌坐在沙滩上，看着被夕阳染得血红的天边时，一个从海里冒出来的人甩着头发上的水珠，径直朝她走来，准确地坐到她身边，拿过酒瓶仰头喝下一大口。

"就算不说声谢谢，也该把门给我关上再走吧？虽然我屋里确实没什么值钱的玩意儿，但好歹我算是一条活生生的人命啊。"

常菀盯着这人的脸看了半天。

"是你……"

"对，可不是我吗，你的救命恩人。要不是我，你昨天可能就被大海卷去做小龙女了。"

"你……是不是占我便宜了？"

原本一脸得意的万多换上一副不可思议的表情，看着这个素颜顶着黑眼圈，却连舌头都捋不直的女冤家，站起来转身就走。

"嘿，我这真是，踩了谁尾巴了吧我？"

常菀回头看着他的背影，也摇摇晃晃地站了起来，跟跄着追了上去，边追还边大声喊。

"喂！那个穿紧身衣的！你给我站住！占了便宜就想跑是吧？"

幸亏这个岛上没什么中国游客，周围几个金头发白皮肤的外国人笑着看向他们，以为这是一对刚吵了架的小情侣。

万壹从楼门口冲上来抱住常菀，然后拉住秦朗的手。万多跟在身后，向秦朗点头示意，把书包交在常菀的手上。

"明天幼儿园就开始放假了，所以我们准备下周三出发。这两天我临时去一趟泰国，回来就过去帮万壹收拾行李。"

"我好像还没答应他去吧？"

"妈妈我想去，爸爸说他可以教我潜水，可以看到好多海里的小动物呢，像海底总动员那样！"

常菀看了秦朗一眼，秦朗会意地带着万壹先上了车。

"简直是胡闹！"常菀听见车门被关上之后立刻换了一副语气，"他才五岁，身体机能和安全意识完全还没有到可以去进行这种危险活动的程度，你没有权利把自己的喜好强加到孩子身上！"

"不是你想的那样，我当然不会带他直接下到海里，我们住的那个酒店里就有浮潜泳池，很多三四岁的孩子都开始在那边玩边学了，我怎么可能会让他有危险呢？"

"孩子和孩子不一样。别人家的孩子怎么样我管不着，但是我的孩子就是不可以！"

"万壹也是我的孩子。"万多一字一顿地说，"这种对话我们要说多少次？常菀，孩子不是你的私人财产，你不可能一辈子把他绑在身边。"

大荧幕上放的是正在热映的《疯狂动物城》，万壹和电影院的其他小朋友一起时不时地发出一阵阵笑声。秦朗把爆米花筒递到常菀面前，她摇摇头，看着兔子小姐和狐狸先生的嘴唇翕动，却完全听不进去他们在说什么。

如果当初自己没有经历稀里糊涂的那几天，没有怀上万多的孩子，或者没有阴差阳错到了那个小岛，甚至压根没有动身前往马来西亚呢？现在，一切是不是会完全不一样？是不是可以谈个正常的恋爱，可以继续做常继文和元禾的孩子，可以不去做那么负责任的选择？

但命运给她的设定不是那样的。

在常继文的病床前，元禾从钱包的夹层里掏出一张小纸条递给常菀，上面写着她亲生父母的住址和联系方式，地址的开头，写着马来西亚。

在此前一年，那个因为他的降生而差点让常菀没了命的弟弟找上门来，在饭店的包间里，代替自己的父母给常继文和元禾深深鞠了一躬。

"我是顾念。"这个眉眼间长得和常菀颇有几分相似的青年递上全家的合照和一封亲笔信，"我想带我四姐回趟家。"

常继文看了一眼那张照片，便甩在桌上起身出了门。元禾没有阻拦，也没有动，只是低着头红了眼眶。照片上除了顾氏夫妇和他们的四个孩子之外，还多了两个女婿和两个外孙女。十口人的大家庭，幸福圆满。

"阿姨，您和叔叔对我家有恩，我们一辈子都还不完。其实这些年，我爸妈也不好过。当初离开这里以后，我们一路跑回南方农村老家，后来我爸为了家里的生计又偷渡到马来西亚，拼死拼活生存下来。这几年，我妈精神状况越来越不好，时常念叨起我四姐，说是对不起她，经常一宿一宿睡不着觉，抱着当初包我四姐的小毯子哭得眼睛都快瞎了。两年前，我二姐把这件事告诉了我，让我无论如何都要找到四姐，带回去让她见一面。就算不能生活在一起，互相能有个联系，认个家门也是好的……"

"她知道自己的家门在哪里。"元禾抬起头看着顾念，"她有名有姓，她叫常菀，不是什么你四姐，不是你们顾家一个连名字都没给起的女儿。"

后来，顾念在镇上的宾馆又住了一周，依然没能改变常继文跟元禾的主意，也没能得知常菀的下落。临行前，他带着一张三十万元的存折找到常家，硬是要把钱留下来。

"家里这些年虽然没有大富大贵，好歹是宽裕些了。这钱，对于二十多年的养育之恩来说不值一提，但也算是了了我爸妈的一个心结。叔叔阿姨，你们无论如何要收下，就当帮我们一个忙，让我爸妈心里能好受一点。"

"花了钱，就能换个心安理得了？他们到底还是为了自己，跟当年一样。"

常继文把蛋黄用小勺碾碎，小心翼翼地送进鸟笼，倒在青色的小瓷碗里。母鸟从用棉花和软草铺成的窝里飞过来进食，三颗静静躺在窝里的卵露出来，公鸟立刻飞过去代替它孵着。

"你走吧，把这些东西和钱都带走，我们就当你没来过。"元禾站起身来系上围裙，"你们拥有的已经够多了，而我们家只有常菀一个女儿。"

直到三十五岁，结婚十二年，元禾都没能怀上孩子。她一直责怪自己，当了许多年的药罐子，后来检查出来却是常继文的原因。两人没有吵架也没有抱怨，和以前一样举案齐眉地过日子，想着就这么过也是一生。直到那个闷热的夏夜，常继文闷着头走进家门把裹在被单里的小女孩放在床上，两人一句话也没有多说，便默契地决定，不惜一切代价也要把这个秘密烂在肚子里。

常继文出院之后，常菀准备回京城。临走的前一天晚上，她早早上床睡下，生怕父母再谈起关于她身世的话题，无论是驱赶还是挽留，她都不想面对。在知道自己不是父母的亲生女儿之后，她过得轻不得重不得。亲热了，觉得刻意殷勤虚伪；可随意了，又显得别有他想。对亲生父母天然的好奇和不可抑制的怨恨在常菀的心里此起彼伏，但表面却要做出一副满不在乎的样子。她甚至用所学的专业知识来开导自己，希望作为一个成年人，自己能够真的按照成年人的方式来解决问题，可确实又觉得煎熬，觉得无论如何都要先逃离这个家，才能毫无负担地想清楚。

其实常菀要想清楚的问题，无非是要不要去见亲生父母一面。她根本没有想过要离开常继文跟元禾，无论如何她都认定自己是常家的女儿。如果她知道这些的时候年龄再小一点，她就可以哭，可以怨，可以撒娇和寻求安慰，可以说些任性和毫无意义的狠话。但是她已经二十六岁了，二十六岁再知道这些的感觉特别奇妙，像是在听一件与自己无关的事。因为人生轨迹已经是属于自己的，不会由此发生什么改变，但心里确实又会感到委屈和凄凉。这种不疼不痒却不可忽视的孤独感让她一度有些尴尬和想笑，像是一种蹩脚的测试或者恶搞的电视节目，无聊又令人沉溺。

常菀想要彻底驱赶心中所有杂念，心无旁骛地按照自己之前的规划继续生活。于是她在回到京城之后的那段时间没有跟父母联系，并且最终决定去一趟马来西亚，她甚至已经站在了那栋房子的街对面，看着那陌生的两层小楼，拨通了一个座机的电话号码。一声，两声，三声，常菀想着，如果响了六声还没人接，她就当自己没来过这里。然而第五声过后，电话接通了，一个中年女人的声音用马来语说"你好"，听对方没有反应，又用英文打了招呼，然后终于说了一声"喂"。常菀迅速挂掉电话，那一刻她觉得自己心里破了一个大洞，所有的力量和思想都瞬间坠落到一个不知名的地方。她和那栋房子间不到一百米的距离，却越拉越远，好像永远也到不了。

常菀随便坐上了一辆长途车离开了那里，却也不知道应该去往哪里。之前那种"让她觉得可笑的孤独感再次将她吞噬，那种我是谁，我从哪里来，该到哪里去"的质问当头一棒，把她打了个措手不及。为了消除这种孤独感，她一直走，转换各种交通工具不停地走，直到踏上那座小岛再没有办法继续前行，才暂时停了下来。

— 7 —

"人有多孤独，就有多旺盛的生命力。"

当初在岛上的小酒馆，万多和常菀喝到打烊还不甘心，两人拎着一打啤酒坐到沙滩上，面对着漆黑一片的大海，万多冷不丁说出这句话。那时常菀很不屑，觉得这个比她还要小一个月的二十多岁大男孩懂什么是孤独和生命？然而现在，她却越来越能体会这句话的含义。

常菀把万壹安顿在办公室，给他倒了一大杯水，转身走向二楼的咨询室。她收拾了一个旅行袋放在后备厢，准备今天下班之后带万壹去住酒店，请假后一直关机直到过了万多必须出发去工作的时间。拉上窗帘，她坐在椅子上深吸了一口气，这个决定是万多早晨发信息给她，说晚上会去家里帮万壹收拾行李时做出的。她不能接受有人从她身边把万壹带走，即便是临时的也不行，即便是万壹的亲生父亲也不行。

Lily进来的时候，没有像往常一样直奔卧榻躺下，而是在沙发上坐下来，长呼了一口气说："外面下雨了。"

常菀一时没做好可能要产生对话的心理准备。

"把窗帘拉开吧，我喜欢闻下雨的时候泥土的气味。"

常菀起身拉开窗帘打开窗户，雨声和风声一同透过纱窗钻进房间，很快充斥了她的鼻腔。回到椅子上坐下，常菀第一次这么清楚地看到Lily的样子。她留着齐耳的短发，圆圆的脸盘，画着得体的妆容，穿了一身本麻色的短袖裤装。

"这么久以来，谢谢你了。"Lily笑着，"今天我们说说话吧。"

"好。那我可以录音吗？"

"不用了，就当是朋友那样随便聊聊，不用整理记录备案，不用做分析报告。想想这一年多我身边的人，你就算是我比较亲近的朋友了。"

听到这句话，看着她微笑时眼角的皱纹和脚背上有些干燥的皮肤，常菀有些动容。

"如果你想抽烟的话，我可以为你破一次例。"

"我看起来就像是不少抽烟的人吧。"Lily又笑，"戒了，为了生孩子戒的。你……一个人带孩子不容易吧？"

常菀一愣，不明白为什么她会知道自己的生活状态。

"别担心，没人告诉我，我自己猜的。刚才上来的时候路过你的办公室，看到里面有个小男孩，长得很像你。我就想，就算没有长辈帮忙照看，老公也要上班，以你的经济条件请个保姆在家带着完全不成问题。上班也要把孩子带在身边的妈妈，是多么没有安全感。"

常菀动了动嘴角算是默认。她觉得自己身为一个心理医生，却被来访者看穿，心里多少有些别扭。

"我曾经也是这样的，而且比你恶劣多了。那时候我在夜总会工作，没人帮我照看孩子，我就把他放在没人的包房里睡觉，时常去看一眼。有时候酒喝多了没法开车回家，我就躺在他身边一起睡。后来他刚懂事，差不多三四岁的时候吧，就被他爸爸接去香港了，有很长一段时间我们都没有再见面。确切地说，是他爸爸不让他见我，觉得我丢人。"原本低着头的Lily突然抬起头看着常菀，"可是当初，天天泡在我那场子里、大把砸钱求我跟他回家、给他生个孩子的人也是他。"

一直在想该怎么开口的常菀，突然不着急说话了。跟说些什么专业宽慰的话比起来，Lily更需要的是有人听她把这些话说完。

"我那时候场子里的姑娘漂亮是这一片出了名的，多少富商公子、有头有脸的人都慕名而来，就为看上一眼。只有他是来找我，每次来，都开一瓶理查，那时候我们店里卖差不多六万元一瓶吧。

他也不找别人，也不唱歌，就坐那等我去陪他喝。所以，大家都叫他理查哥。"

Lily 的脸上露出些许少女的神色，那是她生命里闪光的日子，即便后来有再多的辛苦和不堪，也无法抹去它的颜色。

"开始觉得他是在逗我玩。那时候我也三十岁出头了，长得也不算漂亮，想着有个金主愿意捧场我就陪着，这种钱赚一天是一天，等他过了那个新鲜劲儿求也求不来。结果，他一来就是一年。只要我不休息，就每天都来。女人都是经不起时间的动物啊，"Lily 轻轻摇摇头，好像在嘲笑自己，右手下意识地抚摸着左手空空如也的无名指，"皮囊经不住，情感也经不住，虚荣心更经不住。可是他的那份坚持，和开出的条件，搁哪个女人，也得动动心思。"

她竖起一根指头。

"一千万？"常莞咬咬牙。

"是一个亿。在确认我怀上儿子的那天，钱直接转到了我的账户。"

常莞无法相信这个传奇故事的女主角就坐在自己面前，或者说，她不相信的是故事的女主角就是 Lily。

"我也不敢相信。当初就是觉得，我这样的女人，能跟了这样的男人这辈子也算不亏。钱不钱的，能说出口、有那份心，我也就觉得没那么重要了。现在想想，多亏我后来没因为妇人之仁把钱还给他。不然，我可能这辈子都没法原谅他。"

孩子生下来没多久，理查哥就出事了。像所有烂俗的影视剧桥段一样，他一夜之间没了踪影，没了消息，所有的家产被掳走的被掳走，被查封的被查封，Lily 只能抱着几个月大的婴儿躲到了老家。因为他们没有对外公布关系，也没有正式领证结婚，并且也没有什么生意上的关联，Lily 很快就成了一个彻底被排除在理查哥世界之外的人，好像她从来没跟这个人遇见过。她的那笔钱安然无恙，但她却一分都不敢动。她想着，如果有一个需要这笔钱去救他或者为他赎罪的机会，那就得一分钱也不能少地给出去。

Lily 又回到了她的夜场生活，老家的闲言碎语和冷眼孤立让她的父母也不再愿意为她提供最后的屏障。

"一个人活在这个世界上多孤独啊，没有谁能保证一直在谁身边。所以，我们不能心软，对别人不能，对自己也不能。"

常菀觉得她和 Lily 很像，虽然是完全不同的生活轨迹，却磨砺了同样坚硬的内心。我们从千千万万条路的起点出发，最后却汇成寥寥几类的殊途同归。我们曾提出千万种的可能，最终生活却给了我们相似的答案。

"今天是我最后一次来你这里了，明天我就要站在法庭上正式和他争夺孩子的抚养权。这一年来，我每周末跑一趟香港去看儿子、去见律师，就是在为这一天做充足的准备。他想象不到我在他身上花了多少功夫、多少钱，现在，对他的情况，说不定我比他自己还要了解。"

"祝你成功。"这是常菀的真心话，"孩子是你的，谁也抢不走。"

Lily 看见常菀眼中突然变得有些凌厉的目光，于是换掉了刚才坚韧的语气，用真切的眼神看着她。

"孩子是我和他爸爸两个人的，这是一辈子都无法改变的既定事实，谁也否认不掉。只是他爸爸后来再出现的时候，无论如何也要把孩子带走，只带孩子走。他在香港重新组建了家庭，而这些年我竟然还一直在等他回来。他说，曾经给我的，足够补偿一切。也许是，用那么一大笔钱去买几年青春和一个肚皮，很多人都会觉得划算吧。但是我不稀罕，我说要把钱还给他，但他说他也不稀罕。那么好吧，如果只有这一条路可走，我也不会怕什么。可是，不怕你笑话，如果要我说句心里话，如果有可能，我愿意给孩子一个原装的、完整的家，这比我活得到底甘不甘心重要多了。生活在我身上已经没有了什么可能性，但在孩子身上还有的是，我没有资格去替他做我认为对的选择。"

这不是 Lily 跟常菀说的最后一句话，但却反复回荡在她耳边。其实最后 Lily 是说，可谁不是自私的呢？谁会想输给那个轻贱自己的人？

晚上七点，万多再次把万壹塞进箱子的变形金刚拿出来，果断扣上盖子并拨乱了密码。父子俩嬉闹着在地上滚作一团，听见常菀在厨房喊的一句"洗手吃饭"。常菀炒好了最后一个菜，端到了摆着三副碗筷的饭桌上，想了想又摆上了两个红酒杯。

"后天我跟你们一起去。"

常菀没有看万多，把盛好的一碗汤摆在他面前。万壹欢天喜地拍手叫好，差点弄洒了面前的橙汁。

"我早晨八点准时到楼下接你们。"

常菀抬起头，刚好撞上万多的眼神。她急忙拿过旁边的酒杯仰头喝了一大口，荡漾着的红色液体就像当年天边的夕阳一样，映出万多的笑容。

－ 8 －

常菀照常在沙发旁边的矮柜处为来访者倒水。

"有没有冰可乐？"

坐在沙发上的是一名看起来和常菀差不多大的女性，正从 LOGO 格外大的手包里掏出精致的女士香烟和打火机。

"如果您想喝，我可以让助理去买，还有，室内不可以抽烟。"

常菀把手上的水杯放到对方面前，然后在她对面坐下来。来访者看看面前玻璃杯里浮着两片柠檬的清水，还有表情温和却不容置疑的常菀，笑了笑，拿下嘴边的烟，放回盒子里。

"不好意思，习惯了。"

"没关系。我是常菀，怎么称呼你比较方便？"

"叫我菲菲吧。"

除非特殊情况，常菀从不需要来访者填写咨询表格，不需要在一开始就刻意去知道他们的真实姓名、身份和其他生活信息。她不觉得这对彼此快速建立信任和坦诚相待有任何帮助，相反，这些附加的束缚可能会让人失去安全感，或者在意自己被如何看待而在表述过程中增加表演和加工的成分。当然，如果她需要这些信息的辅助，会在谈话过程里引导来访者自己主动透露，这样不但可以得到更多的真实内容，还能让他们主观觉得自己可以对常菀产生信任。

"你可不可以对我进行催眠？"菲菲拽了拽色彩鲜艳的短裙，画着流行的妆容，说这句话的时候甚至有些兴奋地向前探着身子。

"为什么想被催眠？"

"好奇呗。听说人被催眠之后可以说出自己都不记得的事。"

"你有什么不记得的事想要想起来吗？"

"算是吧。"她靠回沙发背。

"为什么突然想要想起来呢？"

"我这人吧，虽然不怎么用脑子，但是记忆力还算好，三岁发生的事情我都能有些印象。但就是十三四岁那两年，每次回想那时候的事情都是大脑一片空白。我从小挺爱拍照片，但是那两年的照片好像也不太能找得着。"

"如果我问得不合适请别介意，你有跟家人沟通过这件事吗？"

"没什么不合适的，我不是什么家庭破碎、有阴影的孩子。小时候我爸常年在外面做生意，所以关于我的事他本来也不清楚。我倒是问过我妈，也没问出个所以然。"

"那这样看来，那两年在你的成长过程中并没有什么特别，说不定只是因为特别平淡，所以没留下什么印象呢？关于你对三岁时候还有记忆的说法，我是完全相信的。学术理论我们就不提了，简单来说，那个时候是我们可以产生记忆的起点，再之前其实我们也是有记忆的，只是在那个脑部结构快速发育成熟的过程中，被更新替代了。再往后，随着年龄的增长，新的神经元替代了旧的，所以年月较远的记忆就会变得模糊。"

菲菲摇摇头。

"我觉得事情没那么简单，你也说了，记忆只是会变得模糊，而要模糊应该也是先模糊我三岁时候的记忆吧？为什么恰巧在中间一段年龄出现记忆空白？"

常菀觉得，这位来访者在意的并不是那两年的记忆究竟是什么，她来这里真正想解决的问题在别处，只是也许她自己都没意识到，或者不知道该如何表达。她想换一个角度，试探一下别的可能性。

菲菲从咨询室出来时，已经是下午三点半。她的脸上带着满意的笑容，并跟工作室的助理唯安预约了下一次来访的时间。常菀拉开窗帘，站在窗边看着菲菲穿过楼下的院子，直到她坐上等在门口的网约车。秦朗站在门口，轻轻敲了敲原本就开着的门。

"结束了？"

"是啊。"

"看来不太顺利啊？"

"她让我对她实施催眠。"常菀转身走到沙发旁，关掉了桌上一直在规律摆动的节拍器，"你知道的，我从来不相信催眠这回事。而且，我也做不到她在影视剧和综艺里看到的那种催眠。"秦朗笑。

"那你这是摆什么排场呢？"

"配合她的想象力表演呗。她花钱买时间请我帮她解决问题，那我就不应该让她失望而归。至少，我找到了和她产生真正沟通的方法。"

"真没法想象你和我都是林老师教出来的学生。"

"话不能这么说。老师只给我们提供入门的方法，而我可没有学长你在西方列强那里见过的世面多，但是小米加步枪也能保一方平安，可能土方子见效还更快呢。"

"我上一个咨询提前结束，刚去见过章晗了。"秦朗走进房间有意压低了声音。

"她怎么说？"

"她什么都没说。我觉得，她目前要解决的问题不是心理问题，而是现实问题。她现在的问号太多，而在这些问号没有答案之前，哪个伤口会流血我们无从得知，自然也就无法对症下药。对了，那天的葬礼到底出了什么意外状况？"

"一个谁都不认识的女孩突然出现，大闹了一场之后晕了过去，好像是专程从巴黎赶来的。"

"巴黎？章晗的父亲这几年也在那里。"

"你怎么知道？"

秦朗举起手机。"我从章晗家国内那间贸易公司的股权变更一路查下去发现的，虽然章晗的妈妈是公司法人，但实际持有的股份只有15%，章晗持有的都比她多，有20%。其他股东加起来有40%，而剩下的25%，是一家有海外背景的基金公司在持有，幕后真正的出资人就是章蘅。这个信息一般人可是查不到的，估计章晗的妈妈自己都不清楚，其实她前夫一直还暗中潜伏在她的公司，她这些年面对的只是那个站在明面上的基金管理人。章蘅前些年基本完成了自己的财富积累，在巴黎过着半退休状态的生活。你说，如果章晗知道她爸净身出户之后反而成了一个如假包换的土豪，会不会深刻反省自己那拒人于千里之外的态度？"

常菀似笑非笑地看着讲得眉飞色舞的秦朗，好像描述的是他自己的发家史。

"我觉得咱们应该增加私家侦探业务，也许能助你走向人生巅峰。"

"别闹，违法的事我真干不了。"

"明天……我要和万多一起带着万壹去帕劳几天。"

常菀在说这句话的时候有些心虚，好像自己擅自做了什么没有道理的决定。今天一整天她都有些心不在焉，想着该怎么跟秦朗提起这原本再正常不过的旅程。

"工作都安排好了？"

秦朗只是不紧不慢地问出这句话。

"已经跟唯安交代好了。"面对秦朗的泰然，常菀竟然有些受宠若惊。

"嗯，去吧，为别人操了那么久的心，也该好好放松一下了。"

话虽说得云淡风轻，但秦朗的眼神里满是殷切的期望。

- 9 -

洪果儿坐在派出所角落的椅子上，浑身脏兮兮的，胳膊还贴着好几处大大小小的创可贴。她垂头丧气地抠着指缝的一小块死皮，面前的桌子上放着两个连汤都喝干净了的碗装泡面盒。凌晨两点钟，值班的年轻警察有气没处撒来回地踱着步子。

"你能不能说句话？你把我和我同事的夜宵都吃了，是不是至少要告诉我一下你的名字和身份证号？"

洪果儿像跟他不在同一个时空里似的无动于衷。

"那你跟我说说，你一个挺周正的小姑娘，三更半夜的为什么要翻人家火葬场的墙头？你撬开的那间屋子里除了寄存的骨灰什么也没有，你到底想要干什么？"小警察俯下身来企图能对上她的眼神，"你就不害怕？"

洪果儿依然毫无反应。

"行，好。"小警察坐回电脑前开始敲击键盘，"本来我还想着给你个机会大事化小来着，你这个态度，我看我也别费心同情你了。虽然不知道你名字，但我可知道你砸烂玻璃那柜子里放的是谁的骨灰。他总有家属吧？我叫他们来跟你见见面，当面问问你这唱的是哪出。"

说着，他拿起桌上座机的话筒开始拨号。

"韩秀，1391……"

"我叫洪果儿。"

小警察看着她用手指死死按着挂机键，轻笑了一下，用话筒轻轻碰了碰她的手示意她挪开。

"这蹿过来的速度，身手矫健啊。怎么着？害怕受不了家属的谴责啊？那你早配合不就完了吗？去，把椅子拉过来，坐我桌子前面。"

洪果儿照做。

"证件拿我看看。"

"丢了，我的背包整个都丢了。"

"这么巧啊，什么时候丢的？丢哪儿了？"

"前天晚上，我去夜店喝酒的时候……"洪果儿抬眼瞄了一下警察的表情，"我成年了啊，不信你可以查我身份证号……"

"谁关注这个了！不过这确实也得查。身份证号多少？"

洪果儿如实报了出来，她的资料出现在电脑屏幕上。

"是，成年了，那夜店喝酒这事儿就过了。跟我说说是哪家夜店？具体几点去、几点离开的？都在哪个区域活动过？我帮你找找包。"

洪果儿有点感激地看着面前这个眉清目秀却一脸正义的小警察，把前天晚上发生的事一五一十地跟他说了一遍。

"行，有消息我通知你。那咱们说说这个偷人骨灰的事吧？"

洪果儿又蔫了，缩回椅背上蜷着。

"你这人怎么用着人朝前，用不着人朝后啊？我帮你找包，你也得帮我赶紧结案吧？"

"你叫什么名字啊？"

"我？"小警察被她突然问得一愣，然后指指一侧墙上挂着的警务人员公示栏，"那儿，写着呢。"

洪果儿转身把照片扫了一遍。

"沈家奇？"

"对，是本人。"

"咱俩差不多大吧？"

"嗯，我今年……不是，说的是你的问题，扯我干什么！赶紧说，为什么半夜去火葬场偷别人家骨灰？"

"那骨灰该属于我。"

"属于你还需要去偷？"

"我斗不过霸占骨灰的人。"

"不至于吧，又不是什么天大的宝贝，没事谁多要这东西干吗……"沈家奇瞥了一眼表情哀怨的洪果儿，"对不起啊，我不是那个意思，我的意思是，这个东西吧，别人要来也没什么意义，肯定是该归家人或者亲属保管处理。"

"我是他未婚妻，该不该归我？"

"这样啊……那确实……你节哀顺变啊……那，你完全可以正大光明去要啊，现在负责安置的是谁啊？"

"他老婆和孩子。"

"啊？"

"确切地说，是前妻和女儿。"

"哦……这就麻烦了……这，清官难断家务事啊。你们可以好好商量一下，没必要去折腾人家火葬场啊，还破坏了公共设施。我去跟火葬场商量商量，毕竟也没造成什么特别恶劣的影响，看看对方能不能尽量不追究你的责任。但是罚款和赔偿的钱肯定是少不了，咱们也不能让人家值班老大爷背这个锅。那什么，你包丢了，估计也没法掏这钱，叫你家人来吧，跟我把该办的手续办了，然后领你回家。"

洪果儿又没了响动，刚显露出来的一点战斗状态瞬间又灭了下去。

"是不想让家人知道？"

沈家奇在旁边的饮水机接了杯水，放在了她面前。她一口气喝完用手背擦了擦嘴。

"我没有家人。"

"瞧你这话说的，年纪轻轻怎么就能没家了，是不是和家里吵架了？一家人拌拌嘴难免的，你就说我和我妈，她天天念叨我，嫌弃我这嫌弃我那，做了什么好吃的，还不是第一个想到我，我跟你说……"

"我爸妈三年前出车祸，当场死亡。爷爷早没了，奶奶跟姑姑在外地。我妈是独生女，外公外婆去年也前后走了。所以，你希望我把谁叫来？"

洪果儿一口气说完这些，看着一脸茫然的沈家奇。

"你是不是觉得我在撒谎？"

沈家奇回过神，拿过桌上的纸杯又去接了一杯水，递到洪果儿手里。

"我信你。再浑蛋的人也不会拿爹妈和全家赌咒撒谎。"

他转身回到自己座位上，从警服口袋里掏出钱包，打开看了看，又从裤兜里翻出两百块钱。

"这边的罚款，我先帮你交了，等火葬场那边把要赔偿的数目报过来，咱们再说。"

"你不怕我出了这个门就消失了？"

"天网恢恢，疏而不漏。"沈家奇把一张写好的收据递给洪果儿，"行了，就这么办吧。那朋友、同学、熟人，你总有吧？找一个来把你接走，一方面是得给我签个字，另一方面，我也不放心你一个人身无分文地走。"

"其实，我在这个城市谁也不认识。"

"不能吧？你这……我这……"

"不过，找个人来接我，应该没什么问题。"

- 10 -

常菀睡在大床上，万多在床下打了一个地铺，万壹跟爷爷奶奶住了一个房间。在万多的父母面前，他俩好歹还是要做出夫妻的样子。万多每次带万壹回父母家时，都特别担心他童言无忌，会顺口就把他们没在一起住的风声露了出去，他也没法明着叮嘱万壹不准说，否则还可能起了提醒孩子的反效果。还好，到目前为止都还风平浪静。他一直都在说自己忙，常菀也忙，所以互相走动得少。

这是到帕劳的第二个晚上，万多除了每天跟客人出海潜水三四个小时之外，都是带着常菀他们吃吃玩玩，俨然一家之主的模样。很久没有出来度假的常菀突然放松下来还有点不习惯，依旧一大早就醒来。常菀干脆就走去附近的市场，买了些新鲜的蔬菜水果，给所有人做早餐。多年来，常菀家的饭桌上只有两个人吃饭，突然被坐满，席间说说笑笑推杯换盏让常菀时而会产生一种错觉，好像是灵魂穿梭回另一个平行时空，回归了本位的身体，好像这才应该是她的生活，熟悉且完整。然而当日光下的热闹散去，夜晚如期而至，她又会真切感受到内心的寂寥。白天有多繁茂，此刻就有多荒凉。

床头的手机突然振动起来，常菀很快醒来，看到屏幕上显示着一个国内的陌生号码。她看看地上还在熟睡的万多，拒接了来电。还没重新躺下，那个号码又打了过来，她只得快速下床，走到洗手间关上门，压低声音接听。

"哪位？"

"您好，请问是常菀女士吗？"

"对，是我。"

"这里是三宝山派出所。"

"派出所？"

听到动静，万多起身走到洗手间门口。

"对，我这有个叫洪果儿的姑娘，您认识吗？"

　　洪果儿手里拿着一张在裤兜里被团得皱巴巴的名片，伸头去听听筒那头的回应。这是她在医院临逃跑的时候从常菀包里拿的，虽然那时候她还不知道做什么用，但总觉得能派上用场。

　　"她怎么了？"

　　听到是关于洪果儿的消息后，常菀的心放下一些，她还以为是章晗出了什么事。可紧接着又有些别扭，她想起自己上次为救这个小丫头以身犯险，可人家却一声不响地就跑得无影无踪，那现在又何必找上门来？

　　"您现在方便来所里一趟吗？具体情况咱们当面说。"

　　"我现在人在国外，肯定是没法过去。不能在电话里说吗？"

　　"这样啊，那可能比较麻烦……"

　　"必须得有个人亲自去是吗？"

　　"对。"

　　"那这样，麻烦您再照看她一会儿，我马上叫朋友替我过去。"

　　"也行吧。"

　　挂了电话，常菀磕绊都没打地按下了键盘上快速拨号的"1"，秦朗的名字出现在屏幕上。

　　从洗手间出来，她轻手轻脚地躺回床上。万多背对着她的方向侧躺着，在一片寂静中听到常菀的手机轻震一声，随后听筒里隐隐传来秦朗的声音，说他已经出门了，让她安心睡觉，有什么事他处理就好。刚才万多在洗手间门口正准备问常菀发生什么事的时候，听到了她打给秦朗的那通电话，于是他默默回去躺下，觉得自己好像有些多此一举。

　　当初万多还在电视台上班，做旅游节目的编辑，偷偷跟女上司谈恋爱被发现。那时候台里不允许同部门员工之间交往或结婚，女上司左右为难之时，万多毅然提出辞职。然而这并没有保全他们的爱情，一周之后，女上司还是提出了分手。万多什么也没说，收拾了行李，就到了之前某期节目里拍摄过的小岛。他曾经当着所有节目组的同事说，一定要带心爱的人去那里度蜜月，当时的女上司面若桃花，心领神会，彼时二人情意正浓，谈婚论嫁也在日程之上。

万多就是在这座小岛上遇见常菀的。他们成了彼此逃避现实的世外桃源，直到几天后的一个清晨，万多睁开眼睛看到身边空了半边的床。在两个人的关系里，总有一个人要先走。更何况他们之间，应该还没有形成任何关系，也就像是下雨天在公交车站一起避雨的两个人，看起来是在彼此分享一片庇佑的屋檐，其实满心期盼着下一辆进站的公交车能先带自己回家。

后来，万多想过要联系常菀。回到京城后，父母知道他丢了工作，恨铁不成钢之余，又开始把催他找女朋友结婚这件事提上日程。先成家后立业，男人要有了家庭，才能有明确的目标和责任感。在这个思想指导之下，相亲甚至超越了找工作，成了家里更重要的议题。有好多次，万多在看着对面完全陌生的姑娘时都想到了常菀——她能不能挺身而出为哥们儿暂时挡一挡啊？这么想着，却最终没有打出一个电话。

距分别快要两个月的时候，万多却意外接到了常菀的电话。她约他在一家热闹的茶餐厅见面，没有过多的客套和开场白，只是把两份打印好的协议放在他面前，借着周围嘈杂的声音背景对他说："你愿不愿意跟我结婚？"

常菀的眼神带着真挚的歉意，身体微微前倾，将全身重心放在捏着桌边的两只手上。

"我怀孕了，我想留下这个孩子。"

协议里，清晰地列出了两人婚后的责任义务和相处原则。孩子归女方抚养，不需要男方支付任何抚养费，不需要男方尽丈夫与父亲的日常职责，不需要生活在一起……各种各样的"不需要"只表达了一个意思：她什么都不要，只要这个孩子合理合法地出生，拥有一个堂堂正正的身份。万多当天没有答复她，只是拿着其中一份协议离开了。两天后，他带着那份修改过的协议找到常菀，说如果她能同意他改动过的内容，那么随时可以准备结婚。

领结婚证那天，两人跟万多的父母一起吃了顿饭，就算是完成了仪式。为了一劳永逸，常菀跟公婆说自己在孤儿院长大，所以也不需要办什么酒席，眼下照顾好肚子里的孩子才是最重要的。好在老两口沉浸在儿子成家和期盼孙子出世的双重喜悦当中，没有多问也没有坚持什么。从那天开始，万多正式搬出父母家，开始了自立门户的生活。他租了套两居室稍加布置作为婚房，带父母来看的那天也顺便告诉了他们，常菀决定提前去美国待产，生完之后再回国。所以这段时间，不用麻烦他们帮忙照顾。

常菀当然没有去美国，她暂时隐瞒了自己怀孕的消息，依然像之前一样上班、下班、加班、熬夜，并用各种方式寻找常继文与元禾的下落。直到有一天她在洗澡的时候差点滑倒，被听到惊呼声冲进来的章晗看到了无处遮掩的小腹，才不得不向她道出这些日子究竟发生了什么。章晗抱着常菀在花洒喷出的水流之下哇哇大哭，声音回荡在浴室里，发出嗡嗡的共鸣。

"别哭啊，我没事的。"水流滑过常菀平静的脸庞，"我要有自己的孩子了，一切都会好起来的。"

- 11 -

秦朗走进派出所的时候，洪果儿正趴在桌子上打盹，沈家奇强打着精神在看一本侦探小说。

"请问……"

"常菀的朋友吧？"

"对，您好，我是秦朗。"

沈家奇连忙放下小说，坐直了身体。

"您好，麻烦您这么晚跑一趟。"

洪果儿迷迷糊糊醒过来，打量着正认真听沈家奇说明情况的秦朗。他穿着一件简单的白T恤和牛仔裤，头发梳得整整齐齐，举手投足之间带出下雪时空气中那种清凛的味道，干净得有点拒人于千里之外。

"好了，这样就差不多了。那边赔偿结果出来之后，我可以打电话联系您吗？她的随身物品都丢了，暂时没有住处和联系方式。那个，你方便临时安顿她吗？"

秦朗的目光总算落在了洪果儿身上。他像在超市打量货架上的商品一样，不带任何情绪地看了她两眼，然后视线又转回沈家奇那里。

"安顿好了之后，我会让她尽快跟您联系。"

"好的，感谢配合。那，你们可以走了。"

秦朗伸出手跟他握了握，转身往外走。

"喂！"洪果儿在身后叫住他，"刚才他帮我垫了派出所的罚款，你能不能先帮我还给他？"

"说这个干吗，回头你再还给我不就得了……"

看起来沈家奇并不想让第三个人知道这件事，但洪果儿已经上前一步，把刚才那张罚款收据递到了秦朗面前。秦朗掏出钱包，按照上面的数字如实付清。

"可以走了吗？"他看向洪果儿。

"走呗。"

洪果儿跟在他身后，还不忘回头跟沈家奇挥手告别。她坐上副驾驶位置，把座椅靠背往后调了调，换了个舒服点的姿势。

"你喜欢常菀吧？"

"为什么这么说？"

秦朗严格按照最高限速开着车。

"你俩是亲戚的可能性不大，毕竟看起来就不是同一家族基因的产物。你肯定也不是她老公或者是她男朋友，不然，她不会这么果断就决定让你大半夜的出门，去派出所带一个来路不明的陌生女人回家。但是既然她能找你帮忙，就说明她有信心，知道你一定会替她跑一趟。那，在这个时间还能这么心甘情愿、能被随意使唤的你，一定就是追求者啰。"

"呵。"

秦朗轻笑了一声，不置可否。

"怎么？被我说中了不好意思啊？没关系的，单相思这种事很常见，喜欢一个人不丢脸。"

"首先，她第一时间找我，而我也责无旁贷，是因为我们俩是多年的老朋友，而且是合作伙伴，彼此无条件信任。其次，我喜不喜欢她这件事不需要跟你交代。最后……"秦朗猛地一打方向盘在路口掉头，洪果儿赶忙抓住车窗上方的拉手，"我没想要带你回家。"

秦朗用自己的身份证在工作室附近的酒店给洪果儿开了一个房间，然后把洪果儿送到门口，把房卡交到她手里，并把刚才在前台写好的一张便笺递给了她。

"这是我的手机号码，没有紧急的事就不要打了。饿了你可以叫客房服务，其他的要等明天上班我让助理安排好后再联系你，我先走了。"

"哎哎哎……"

洪果儿刚想说什么，秦朗停下来转过身。

"对了，你最好不要乱跑。你现在这种情况，如果再闹出什么乱子的话，可没人有空专门帮你善后。"

说完这些，他头也不回地走了。洪果儿看着他的背影撇了撇嘴，然后刷卡开了房门。

第二天傍晚约莫七点钟的时候，刚刚吃过晚饭的洪果儿正躺在床上百无聊赖地看着电视。忽然门铃声响了起来，她以为是服务员来收餐具，于是大喊了一声"自己开门进来吧！"而门铃声却又响了两遍。于是她系好睡袍下了床，光着脚小跑过去开房门。唯安有些惊讶地看着面前蓬头垢面的洪果儿，洪果儿也从头到脚把唯安打量了一遍。唯安的妈妈是德国人，所以她生得浓眉大眼、五官立体。唯安微卷的长发在脑后束成马尾，穿着一身千鸟格的裙式套装。

"洪果儿小姐？"

"嗯，你是……"

"你好，我是唯安，秦朗先生的助理。他让我来给你送点东西，我方便进去吗？"

"哦，方便方便。"

唯安提着两个大纸袋进了房间，眼前是乱七八糟的床铺，扔在一起的靠垫和拖鞋，还有杯盘狼藉的餐车。她穿着细高跟鞋，尽量躲开这些，小心翼翼地往里走了两步，还是差点一脚踩到扔在穿鞋凳旁的遥控器。洪果儿有些尴尬，连忙把沙发上的浴巾扔到床尾，请唯安坐下。

"没关系，东西送完我就走。"说着，她把纸袋放在沙发上，从里面掏出一个手机盒，"这个给你用，SIM 卡已经装在里面了，秦先生让你尽快给派出所的警察打个电话，告诉他你的联系方式，这样方便直接沟通。"

洪果儿接过去。

"这个袋子里是新买的几件换洗衣物，是我按照秦先生描述的大概身高体重买的，如果有不合适的，可能得麻烦你自己去换一下，就在马路对面的那家商场。"唯安从包里掏出一个信封，"这里面有一些现金，不多，秦先生说你应该也没有什么需要花钱的地方，所以就当作备用。如果还有什么需要，你可以给我打电话，号码已经存在手机里了。秦先生比较忙，希望你能理解。"

送走唯安之后，洪果儿趴在床上，拿出盒子里的手机，第一件事就是下载了微信，打开朋友圈相册，选了一张阳光下她和章蘅坐在古玩店门口吃三明治的照片设为手机桌面。照片是店里的常客帮他们抓拍的，定格了两人脸上不自知的灿烂笑容。手机通讯录里除了唯安的号码之外，还存了一个"三宝山派出所沈姓男警察"，这名字一看就是秦朗存的，精准得恨不得把人家简历都写上去。洪果儿把名字修改成沈家奇，看起来顺眼多了。然后编了一条信息发给他：警察叔叔，守法公民洪果儿前来报到。没一会儿，就收到回复：包已有了下落，等候通知，切勿失联。沈家奇的一句话把洪果儿逗笑了，她觉得沈家奇努力维持的那个正经严肃的表象根本掩盖不了他身体里活泼热情的灵魂。如果他不是警察，她觉得他们也许能成为特别好的朋友，可以一起捣蛋的那种。

- 12 -

章晗打开家门后自动让到了一边，等着快递小哥把那个一人多高的纸箱子帮她挪进屋里，然后热情地跟他说再见。最近这段时间他们每天至少见一次面，章晗除了做蛋糕之外，就是在网上买各种各样不管有用还是没用的东西。大多数情况下，章晗只拆开箱子看一眼就会把它扔到一边，所以屋子里随处都可能放着不属于那个地方的物件。比如被扔在地毯上的那个毛线帽就成了虎妞的新玩具，这会儿它正跟帽顶的那个大毛球玩得起劲。

刚刚收到的纸箱子里装的是一把大提琴，擦掉上面吸附的泡沫颗粒和浮土后，章晗在椅子上坐下来，左手随意拨动了几下琴弦。她闭上眼睛，凭着记忆拉出一小段简单的旋律，这应该是她学会的第一支可以用来演奏的曲目。

让章晗学大提琴是章蘅的主意，他说，如果在每晚睡前能泡一杯清茶，静静地坐在沙发上听女儿为自己拉一支曲子，那该是多美好的事。他一遍又一遍地把自己想象的这幅画面讲给章晗听，甚至还在讲到她最终要出嫁时禁不住黯然神伤。章晗一直觉得大提琴是她和父亲之间的默契，章蘅远走他乡之后，她抄起榔头，亲手将那把陪伴了她七年的大提琴砸了个稀碎。对于她来说，父亲的离开不仅仅是对母亲的背叛，更是对他们之间那种无条件的信任造成了不可原谅的亵渎。

门铃声又一次响起，她把琴放在支架上，起身去开门。

"章晗姐，不好意思，路上堵车迟到了一会儿，没耽误您什么事吧？"

门前是一位之前采访过她的杂志社编辑，一个短头发大眼睛的小姑娘。章晗这才想起来前天她们俩确实约好今天要见面，忙说着"没关系"把她请进屋里。

"最近比较忙，没空收拾家里，有点乱，你别介意。"

"哪有女孩子家里不乱的？我和姐妹合租的那小屋，最乱的时候连下脚的地方都没有。"

小姑娘笑起来眼睛弯弯的，章晗记得她好像叫猫鱼。

"呀！猫！"

猫鱼蹲下来冲盯着她看的虎妞拍拍手，它竟然就放下了毛球走近她，眯着眼睛任她轻挠下巴。

"它一般不怎么理人的。"章晗倒了杯橙汁拿在手里，"看来挺喜欢你。"

"我特别喜欢猫，老家养了三只呢。来京城之后，自己一直都没养活明白，也没法接它们来一起住。它叫什么名字啊？"

"虎妞。"

猫鱼拍拍虎妞的小脑袋后站起来，接过橙汁。

"啊，那还是别遇见它的祥子会比较安全。"

章晗笑笑，邀她一起坐在餐桌旁。

"我特别喜欢你这张照片，又温柔，又知性。"

猫鱼把杂志翻开到有章晗采访的那一页，指着其中一张她用单反相机拍摄的成品蛋糕的图。

"其实我自己去报刊亭买就行，还麻烦你亲自送来。"

这是第一次有人把"温柔"和"知性"这两个和章晗毫不相关的词语安在她头上。

"那怎么行？您这么配合我们的工作，我们必须要再次来当面道谢。章晗姐，您怎么不给自己的蛋糕品牌起个名字呀？说起来也会好记、好传播。"

"这就是我的一个爱好，如果我给它起了名字，有了品牌，我就没那么自由了，想要的也会越来越多。说不定哪天起床我突然就不想做了，也好放得下，大家都能省掉些不必要的感情负担。还有，我比你大不了几岁，不用您啊您的，随意点就行。"

"哈哈，好！平时工作中遇见的都是前辈，礼貌些总是没错。不过您……哦，你，你蛋糕做得那么好，不做了多可惜啊！我和摄影师那天吃了你做的红丝绒蛋糕之后，都觉得特别好，回去还跟我们主编推荐来着，她也说一定要亲自尝尝才行，我就把你的微信推给她了，也不知道她后来买了没有。"

章晗没什么心思去过多地客套，笑了笑算是回应。

"你还会拉大提琴啊？"

本以为小姑娘就应该识趣地告辞，没想到她聊天的兴致却丝毫没有减弱。

"小时候学过一段时间。"

"真好。我小时候看别的同学弹钢琴，每次六一节、联欢会都上台表演什么的，就特别羡慕。但是我家条件不太好，只能好好上学，所以到现在什么才艺都不会，也只能好好上班。"

"踏踏实实也挺好。"

章晗的微信连响了好几下，有客户下了新的订单。

"不好意思，我得去做蛋糕，可能没法陪你聊天了，辛苦你专门跑一趟。"

"不辛苦不辛苦。不好意思，刚净顾着闲聊了，其实，我今天来还带着别的任务呢。"猫鱼从背包里掏出一个平板电脑打开，把屏幕举给章晗看，"不知道你看没看过这个美食节目，最近可火了，我们杂志和栏目组有合作关系，想推荐你作为嘉宾去参加下期节目录制，做你最拿手的甜点。"

章晗看了看屏幕上的节目页面，确实是最近挺受关注的一档互联网综艺节目，大概形式就是请一些素人嘉宾去节目上做一道自己拿手的菜品，多高级或者多家常都行，中西形式不限。如果三个明星评委都觉得好吃，嘉宾就可以获得一个商家赞助的大奖，如果只有一个或者一个喜欢的人都没有，那菜品就要被当场毁掉。

"目前还没有哪个嘉宾的菜品被当场毁掉呢，有一期，确实出现了只有一个评委喜欢的情况，结果被现场观众给复活了，最终虽然没拿着奖品，但也算平稳过关。这都是节目故意设置的悬念和套路，真要是满足了观众，现场毁那么几道菜，他们绝对又该说节目组浪费粮食在网上讨伐了。"猫鱼说得津津有味，"所以你放心，你是我们推荐去的嘉宾，绝对不会被淘汰。但是能不能拿奖我们真的不能保证，毕竟现在的评委阵容刚换了一位从国外回来的米其林大厨，他挺犀利的，不太听节目组使唤。可是谁让人家最近火呢，他开的那家餐厅你听说过吧？叫'我家'，搞得最近'去我家吃饭'都成流行语了，听说明星去他那里吃饭都得在门口排队等位，绝不搞特殊。"

猫鱼指着屏幕上大厨的照片给章晗看。

"喏，就是他，叫山下。曾经有人怀疑这是他的艺名，结果第二天他直接在微博上晒了自己的护照。他是个特别直接的人。"

他更直接的时候你们还没见过呢，章晗在心里说。

大四那年，常菀放弃了出国的机会，选择了本校全额奖学金保研，继续修心理学专业。章晗不想那么早就独自迈入社会、开始工作，于是天天和常菀一起泡图书馆，想要突击考研。她读的是艺术专业，成绩一直也不差，再加上想继续躲在校园里潇洒三年的愿望十分强烈，到了考试前夕，基本也已经做好了万全的准备，甚至自信到续订了下一年的手机校园套餐。可是她千算万算，没算到爱情这一环。

章晗突然间疯狂迷上了摇滚，因此顺便爱上了山下。这一切源于她非得拉着常菀去看的那场在一个破仓库里举办的野生演唱会，观众基本都是周边大学的学生和待业青年。那时候章晗觉得，越脏越破、越穷就越摇滚。她在众人为主音吉他手的各种耍帅尖叫欢呼之时，被那个略显木讷的贝斯手深深吸引。当天晚上，她就成了他的女朋友。山下说，他在台上的时候看到了章晗闪烁着光芒的眼睛，像暗夜中指引前路的星辰。

演出结束之后，章晗撇下常菀径直奔向后台，两人一句话都没说，山下把一个头盔扣在她头上，一把将她拉上摩托车的后座，直到第二天早晨，章晗才回到学校。她冲到常菀宿舍，把她从被窝里拽起来告诉她，整个晚上，他们开着摩托车几乎走遍了城市里的每一个街道。他们在市中心的天桥上接吻，在黄灯的最后一秒冲过路口，在便利店门口喝同一杯热奶茶，并且还伴着朝阳在路边的早点摊吃了第一锅炸出来的油条。她的鼻尖冻得通红，浑身却散发着积攒了整个夜晚的灼热。

"这才是爱情该有的样子！"她把给常菀带的包子从外衣口袋里掏出来，"黑暗中的狂欢和天亮后的早餐。"

常菀迷迷糊糊地接过已经凉透了的包子。

"大姐，大冬天的你这么折腾一晚上不冷啊？"

结果当天下午，章晗就发烧了，连续三个晚上三十九度的高烧不退。这也要归功于山下，得知章晗病了之后，他带着口琴到学校去找她，在宿舍楼下搂着她吹了一个小时的曲子。原本白天退下去的温度又加倍补了回来，令她一度陷入昏迷。但章晗说，这是爱情的沉醉。

"章晗姐？"猫鱼见她看着照片愣神，连忙把平板电脑装回背包，解释道，"你也别压力太大，你看，我是这样想的，你长得那么好看，蛋糕做得又是真的好吃，上这个节目一定效果很好。说不定你一下就红了呢？成为著名美女美食博主什么的，到时候肯定有更多人抢着订你的蛋糕，你的事业就可以做得更大、赚更多钱……当然，有可能这些不是你在乎的，但是……"

"节目什么时候录？"

"下周五，在四环那边的一个摄影棚里。那什么，我把位置编辑成信息发给你啊！"

听到章晗这么问，猫鱼立刻兴奋地掏出一份打印好的合同递过去。

"这是合同，你看看如果没问题的话，咱们现在就可以签。每个嘉宾都是一样的条款，合同都是按标准格式拟的。我们负责你的车马费和妆发，衣服你可以穿你自己喜欢的……"

签了合同、送走猫鱼后，章晗打开电脑搜到了山下那间叫"我家"的餐厅。它开在一座郊外的木质小屋里，有宽大的天窗和落地玻璃，考究的餐具里摆的是中西结合摆盘精美的创意菜。这一切都无法让人联想到总是穿着皮夹克、留着打绺齐肩长发的山下。页面中间有一些他工作时的照片，夹杂着一些履历简介。看样子，跟章晗分手不久后，他就跟人做了厨师学徒，后来还去了法国进修，俨然蜕变成了一位气质高雅、品位独特的大师。他用那双曾经拨弄贝斯的粗糙温暖的双手开始创造治愈味蕾的人间烟火，不再是当年那个活在虚空当中，不问世事的向死青年。

当初，山下偏巧在考研前晚跟章晗说了分手，不到一个月的爱情在熊熊燃烧之后迅速熄灭殆尽，结束如开始一般决绝。

"我爱上了别人。"山下跨在摩托车上，对精心打扮以为要出来约会的章晗说，"我必须一刻也不能耽误地告诉你。我的爱情是纯粹的，容不下任何交叠。之前的这些全部留给你，现在属于别人的，也一点都不能被分走。我要去找她了，谢谢你今天依然那么美。"

　　说完，他一拧油门，迅速消失在夜色当中。章晗站在原地，一直看着山下消失的方向。在之后几十分钟的时间里，她都以为这是一个什么精心制造的惊喜或玩笑，直到常菀拿着大衣赶来把她裹回宿舍，而山下也没有再接她的电话，她这才开始意识到自己不敢相信的这一切竟然就是所有的真相。章晗哭着哭着睡着了，第二天被常菀拖起来硬塞进考场之后，她继续趴在桌子上，哭烂了整张试卷。考研这件事从此成了她生命当中的阴影，关键是后来常菀为这件事去找山下兴师问罪时，对方却是根本搞不明白哪天考研、哪天毕业的那种无辜人类。

　　兜兜转转，现在章晗和山下竟也成了半个同行。既然缘分转到今日，那也算能借机了却了当年她想要亲自为他下厨的心愿。章晗想，山下，希望你如今还像当年一样炙热而纯粹。

第 二 章

辗 转

Chapter

爱是战利品，
要追求回报才有意义。

— 1 —

常菀裹着毯子坐在阳光热烈的落地窗前，房间里空调关着，但她看着不远处在海边戏水的人群还是觉得冷。经过这两天的假期，她的身体终于适应了每天无所事事的节奏，于是一直以来紧绷的免疫系统也得到了放松的信号，让病毒终于有了可乘之机。但感冒和低烧所带来的这种浑浑噩噩的状态却让常菀久违地感到满足，周身的无力让她连内心都变得柔软，好像可以被靠近，可以去示弱。秦朗发来视频通话的邀请，她接起来后，把手机靠在旁边茶几的水杯上。

"好些了吗？"

"嗯，好多了。"

秦朗坐在办公桌前，看着窝在沙发椅中有些凌乱的常菀有气无力地把头靠在扶手上。他调整了一下手机位置让自己看上去更近了些，轻声笑了笑。

"干吗，笑我狼狈啊？"

"要是早让我看到你这一面，也许能让我更勇敢一些。"

常菀知道他想说什么，于是有意把话题引开。

"洪果儿怎么样了？"

"还在酒店住着呢。昨天警察帮她把包找回来了，偷包的人也抓着了。值钱的东西都没剩，护照倒是还在，但是已经污损，没法用了，得去补办，大概要十个工作日吧，所以她暂时还回不去。"

"麻烦你了啊。"

"是挺麻烦的，今天上午唯安还陪她去了趟火葬场，给人交赔偿金。三更半夜去偷骨灰这种事，连亲闺女也很难干出来。你说她到底和章蘅是什么关系啊？私生女？"

"干吗要私生啊？章蘅当初是正儿八经离了婚出国，洪果儿比章晗小快十岁，怎么也算是另一段独立情感的产物了。可是她怎么不姓章呢？"

"对啊，想不明白……"

正说着，万多推门走了进来，手上还端着一个托盘。常菀的手机屏幕正好对着他进来的方向，秦朗和他彼此看了个正着。

"你好好休息，争取早点回来。"

"好。"

挂了电话，常菀有些尴尬地站起身来，一瞬间她又不明白自己为什么要尴尬，结果随口说出一句硬生生的话。

"你怎么进来了？"

"我以为你还在睡觉，所以就没敲门……"

僵硬的两人对视了几秒钟，突然一起笑了出来。

"吃口东西吧，我刚煮了点粥。"

万多把托盘里的粥和青菜还有一碗切好的水果放下，然后把药分别从不同瓶子里倒出来，放在一张纸巾上。

"吃完饭半小时再吃，我觉得这次吃完就不用再吃了，伤胃。感冒这种病，吃不吃药都得一礼拜，只要烧退了就行。"

他从水壶里倒出一杯热水，晾在旁边。

"谢谢，你带万壹就够累了，还得照顾我。"

"我这算什么，孩子长那么大，健健康康的，还不都是你的辛苦换来的。"

低头喝粥的常菀突然一阵鼻酸。她在众人面前表现出来的一贯是活得毫不费力的样子，就是因为不愿意听到这样被人可怜的话。今天被万多这么不经意地说出口，她竟然泛起一阵窝心的委屈。

"以前是我不成熟，总觉得自己还是个孩子，没玩够，没法想象自己还得去照顾别人的样子。"万多整理着床铺，把被子铺展之后掀起一角，把枕头和靠垫拍得蓬松平整，"如果你同意，我愿意多带带孩子，你有什么事忙不过来，可以尽管找我。"

"你可不好找。"常菀打趣着。

"以后不会了。"他在常菀对面坐下来，"这次出来是我最后一次带团。一个朋友开了家旅行社，一直叫我去跟他一起干，做管理，不往外跑了。这么多年我也算折腾得可以，再任性下去就不像个老爷们了。"

吃了药，常菀又昏昏沉沉地睡了过去。再醒来时，屋里的光线已经暗了。她睁开眼看着窗外被纱帘晕开的夕阳，隐约记得刚刚做了一个奇怪的梦。好像就是现在这个场景，她推门走出去，沙滩上空无一人，退潮的海浪悄无声息，她朝着海平面的方向挥手、叫喊，却得不到回应。常菀披着毯子推开落地窗，从木头铺就的栈道走向海滩，海风的味道腥甜黏腻，她用好不容易通气了的鼻子深深吸了两次，觉得身体都轻盈了起来。不远的一家露天餐厅外面，万壹正在帮万多点燃烧烤架下面的火炉，有隐隐的音乐传来，是热情的桑巴舞曲。

"出来吹风没关系吗？"

身后传来一个声音，常菀回过头，看到一个小麦色皮肤、穿着碎花短裙的女孩。她身材高挑匀称，笑容灿烂。

"我叫路晴海，万多的朋友。"她把被海风吹乱的长发别到耳后说道，"很高兴认识你。"

"你好，我是……"

"常菀，我知道你是谁，万壹的妈妈。"

"啊……是。"

"我前天晚上到的这里，万多说你病了，不然我们早该见面了。"

常菀不知道该说什么，只是笑了笑。晴海的脸上虽然一直挂着笑容，语气和善，但却总是给人一种咄咄逼人的感觉。万壹大声地呼唤常菀，并招手让她过去，她挥挥手算是回应。

"走吧，一起过去。"

晴海的这句邀请让常菀心里很不舒服，这让她觉得很被动，好像她是一个来到别人领地做客的外人，需要被招呼安排。火已经生了起来，各种各样的烤肉在铁架上滋滋冒着油花。人们端着大杯的啤酒三五成群地聚在一起，放声大笑和说话，万壹看起来熟络地向晴海问好。

"咱们去里面坐吧，风还是挺大的。"

万多有意无意地把手心贴上常菀的额头，然后拉过她的手，并搂着万壹的肩穿过人群。常菀注意到晴海脸上的表情有了微妙的变化，但却依然跟在他们后面，不时向擦身而过的人热情地打着招呼，他们随后在餐厅相对避风的一个位置坐下。

"正式介绍一下，这是常菀，我太太。"

"我们已经认识了，"晴海又露出标准的灿烂笑容，"刚刚在海滩上碰到。"

"对，晴海小姐好像认识我很久了。"

常菀迎上晴海的眼神，也对她笑着。

"我们是潜水认识的，她也是带团教练，在几个地方碰见过，后来就经常一起合作，女教练教女学员比较方便。"

"对，他经常提起你呢，还给我看过你的照片。"

服务员送来烤肉，晴海拿起一串，主动递给常菀。

"这家烤肉特别好吃，我和万多第一次来的时候，一直吃到人家关门，撑到连腰都弯不下去，硬是在海滩上走了两个多小时。"

"今天还是不要吃这个了，你刚刚好一点，太油腻的食物不好消化。"万多把烤肉接过去，"锅里还有中午熬的粥，我陪你回去吃点。"

"没关系，我还不饿。我总是闷在屋子里，是不是错过了很多？"

"就是啊妈妈，今天爸爸和晴海阿姨带我去坐船钓鱼了，钓了一条那么大的，你都没看见！"

万壹比画着，不小心把一块撒着辣椒粉的烤肉塞进嘴里，被辣得龇牙咧嘴，万多连忙带他去找水漱口。

"太可爱了。"晴海笑着看他们离开，然后拿出手机给常菀看他们今天出海的照片。

"你今天没去真的太可惜了，这里的风景真的特别美，你看，这张是小万壹拍的。"

照片是万壹对着镜头竖着剪刀手的自拍，可惜角度不对，只拍到了半张脸。而在他的身后，万多正站在晴海身后帮她拉起手中的钓竿，晴海自然而亲昵地偎在万多怀里，两人的手在钓竿上交叠紧握。

"瞧我儿子这大脑门，简直跟他爹一模一样。"

常菀用手指放大万壹的脸，无视那幅晴海想让她看到的画面。

"我知道你们之间协议的事，"晴海收起笑容，"就算你无所谓，也不应该耽误别人的幸福，不然未免也太自私了。"

常菀突然觉得生活好幽默。她和万多身边各自有一个等待他们分开的人，秦朗对她说不能只看得见自己的生活，路晴海说她不应该耽误别人的幸福，好像一直是她在抓着这段婚姻不放。她和万多到现在还保持着婚姻关系，在常菀看来，那才是最真切的不在乎和无所谓。她觉得没必要刻意去提起离婚的事，好像自己多么需要一个身份的存在感。可是即便拥有的是这样的婚姻关系，常菀也不觉得自己就低谁一等，尤其是没有义务承受来自一个刚刚认识的"情敌"故意挑衅的指责。她看见万多跟在蹦蹦跳跳的万壹身后向这边走来，于是站起身想要迎上去。

"万多是我的男朋友。"

晴海也站起来，对上常菀的视线。

"万多是我丈夫。"常菀露出因为这次出来专门戴在无名指上的婚戒，"至少现在还是。"

-2-

千万不要激发女人的占有欲，这能够让她们调动每一根智慧的神经，用破釜沉舟的行动力不惜一切手段去战斗，哪怕最终两败俱伤，无人得利。而每个人使用的武器不同，有的专攻百炼钢，有的擅长绕指柔。常菀独自离开了帕劳，临行前她当着晴海的面把万壹托付给他爸爸。

"好好带儿子玩，我先回家等你们。"

说完，常菀给了万多一个拥抱，留下一个大病初愈、楚楚可人的背影。其实常菀并没有想真的去跟晴海争什么，如果万多真的想和她在一起，自己也不会上手去撕扯争抢，只等办妥了手续，好意成全便是。但好歹对手不能失了礼貌风度，想远一点，若真有一天她成了万壹的后妈，为了不让孩子受委屈，是不是自己也得有所忌惮，更不能随时和她翻脸？这些当真是常菀理智的真实想法，并不是为了找个冠冕堂皇的借口掩盖自己的嫉妒。可有夫妻之名这么些年，万多这个存在让常菀心里总还是有个托付，较起真来，她确实有一个合法的丈夫，只不过相处方式不同，那这就是另一个层面的事了，不碍着脸面和猜度。人就是这样，有些东西即便自己不用，也不愿意归了别人，落着灰心里总归也踏实，比彻底失去了强。

提早回来的留白比日日在身边针尖麦芒的招儿好用。常菀一方面是想借这个机会让万多厘清心意，同时也给自己一个心理准备。再说，若真要离婚，也不能当场败在异国他乡。另一方面是为了自己的事业考虑，因为自己这个职业，确实不能由了性子。心理疾病不像身体疾病般来势汹汹、分秒必争，但如果在一个电光石火之间错过了最佳时机，结果也是同样无法挽回的。加上周六周日，她总共耽误了五天工作，这几乎是她从正式独立接诊以来第一次出现这样的情况。

　　连转了两次机，常菀总算是赶在周一中午进了办公室。唯安帮
她把菲菲原先定在上周五的见面改到了周一下午，这样单方面的失
约有可能会让她们之间的沟通效果产生倒退，所以她今天准备采用
比较特殊的方法快速突破对方的心理屏障。她准备使用之前一直拒
绝的所谓催眠方式，却想起自己连类似怀表这样看起来专业而唬人
的工具都没有，于是起身走向三楼秦朗的咨询室。

　　当下是午休时间，工作室会锁闭大门，停止接待。刚才常菀自
己开门进来时就看见办公区空着，秦朗也不在办公室，她想他肯定
是像往常一样和其他同事去附近吃饭了，于是便径直推开了他咨询
室的房门。屋内窗帘半掩着，秦朗面对窗外，双手撑在窗台上，而
唯安则站在他身后，用双臂环抱着他的腰，脸庞紧贴着他的后背。
门锁的响动令两人像电击般弹开，光着脚的常菀急忙想要退出去的
时候却被门边和地板之间的缝隙卡到了脚趾。她顾不上钻心的疼痛，
连忙说着抱歉，关上门就往楼下跑，还没跑几步就被追出来的秦朗
拽进怀里，一把横抱起来。

　　"流血了，没感觉吗？"

　　常菀看着自己的小脚趾被扯开一道裂口，血珠正一点点从翻起
的指甲缝里涌出来，随着重力坠了下去。脚下是从二楼转弯处一直
延伸到秦朗咨询室里特别铺就的白色地毯，他曾开玩笑说，想要客
人从脱下鞋子迈上地毯的第一步开始就处于心理劣势，然后通过一
路前行，直到坐在那张白色的沙发上时，刚好清空大脑，卸下所有
防备。幸亏一般人轻易付不起他的咨询费，常菀当时打趣他说，不
然只是洗地毯这一项支出就得影响工作室的整体利润。

　　"不是你看到的那样。"

　　"我什么也没看到。"

　　"那你跑什么？"

　　唯安在秦朗抱着常菀进门的时候便快步离去。此刻，常菀坐在
秦朗的白沙发上，看着他半跪在地上给自己的伤口消毒，药水蜇着

血肉的疼痛令她咬紧牙关，嘴唇微微颤抖。

"难道我应该站在那里看完全部吗？"

"你看到的就是全部。但，不是你理解的那样。"

"我没理解什么。"

"那就好。"秦朗把纱布覆在她的伤口上，用胶条松紧正好地缠起来，"你最好不要有自己的理解，听我跟你说清楚。我在德国上学的时候，唯安来听过我的一次演讲，后来我才知道她是我导师许奂的女儿，也是我正在读大学的师妹……"

"秦朗。"常菀把双脚踩在地毯上站起身，"我要去工作了。我上来，是想借一下你上次在接受采访时用的那只怀表和音乐文件。"

秦朗看着没有什么情绪波动的常菀，转身去书桌的抽屉里拿了一个木质的棕色盒子递给她。

"谢谢。"常菀一脚轻一脚重地走到门口后回头说道，"记得让唯安尽快找人来把地毯清理一下，血渍久了不好去掉。还有就是，洪果儿的事接下来我自己处理，就不用麻烦你们了。"

直到她回到自己的咨询室，秦朗也没有再说一句话。她原本以为他会追上来，或者叫住自己，可是都没有。还指望他说什么呢？常菀从衣柜里拿出另一双宽松点的鞋子穿在脚上，她打开那个棕色的盒子，把里面一个十字架形状的 U 盘插在电脑上，开始播放音乐。唯安带着菲菲出现在门口，常菀向依然五彩斑斓的菲菲问好，然后笑着对唯安点头示意。她看到唯安关门出去时眼睛里闪过的神色，有一丝怯弱，还有更多的不屑。

常菀曾说过，人的第一道心理防线一旦被突破，就会格外容易被全面攻陷。其实不是被别人攻陷，而是自己放弃了抵抗。博取认同是人类的基本情感诉求，即便是反社会人格的变态杀手也希望有人能够理解他的内心，只要找到契合的沟通方式。菲菲在她所信服的形式感和气氛下，只经常菀稍加引导，便豁然开朗般记起她十三四岁时丢失的记忆。其实哪是忘记，不过是当时太过痛苦，被她自己刻意掩盖起来罢了。那个小学毕业的暑假，那条夜晚的小路，那辆紫色的自行车，是她心底无法被拭去的污点。她从零落的背巷中挣扎着爬起来，下体撕裂般疼痛，混浊的液体顺着大腿内侧的皮肤滑落，胶带一圈圈地束着她的双手，封着她的嘴巴，她闻到自己的皮肤散发出阵阵腥臭，刚穿了一次的白裙子被撕烂，勉强挂在身上。她想要扶起倒在一旁的自行车，赶紧骑回家好好洗个澡，妈妈马上就要下夜班了，要是看见她这个样子，就该知道她又不听话偷跑出去和同学疯玩了。其实不走这条小路也赶得及，其实她和今天叫她出去玩的那个同学关系并没有那么好。

菲菲躺在卧榻上，眼泪从紧闭的双眼里流出来，她攥着自己的裙边使劲往下拉扯，膝盖死死地并在一起。

"幸好那天晚上我妈回来得晚，我把裙子烧了，还擦干净了自行车。"

"她到现在也不知道这件事吗？"

"对，没人知道。我跟她说，自己骑车摔了一跤，她也就信了。"

"你没去报警吗？"

"如果报了警，不是所有人都该知道我被……"

"你现在，有喜欢的人吗？"

"有，他向我求婚了。"

"你不敢答应对吗？"

"他是我第一个男朋友，我很爱他，我不想欺骗他，但更不想失去他……"

"我倒数三下之后，你会听到一阵铃铛的响声，然后你会醒来，之前所说的一切都不再记得，所流的眼泪不过是做了一场噩梦。三，二，一……"

常菀摇响了手中的铜铃，菲菲慢慢睁开双眼。

"睡得怎么样？做梦了吗？"

"不记得了。"菲菲坐起来，接过常菀递过去的纸巾擦了擦眼泪，一副失神的样子，"我说了什么吗？"

"嗯，说了些梦话。"

"我说了什么……"

菲菲怯弱地看着常菀，仿佛期待而又害怕面对接下来将要听到的一切。

"你给我讲了一个布娃娃的故事。"常菀温和而又坚定地看着她的眼睛，"你有一个特别喜欢的布娃娃，有一天晚上你偷偷带它出去玩，却被别人看到了，于是那人冲上来跟你抢。为了保护它，你弄脏了自己，摔得遍体鳞伤，还耽误了回家的时间。"

"然后呢？"

菲菲强忍着泪水，脸上的肌肉失控地颤抖。

"布娃娃没有被抢走，你带着它完好无损地回到家，却被妈妈逮了个正着。妈妈没有骂你，帮你洗了澡，包扎了伤口，还给你买了一条新裙子作为你勇敢的奖励。"

"我勇敢吗？"

"当然啊！你没有被坏人所吓倒，还勇敢地爬起来，把布娃娃安全带回家。衣服脏了洗干净就好，伤口也会很快愈合的，只要你还好好的，还喜欢那个布娃娃，就能和它一起继续幸福地生活下去。我们的生活中不会只遇见好人，我们不能因为遇见了坏人就责怪自己走错了路。"

菲菲把脸埋在双手之中失声痛哭，一次次说着对不起。常菀当然知道她心里什么都清楚，只是这么久以来的绝口不提和独自承受，让她至此也无法坦然面对。她已然从一个惊慌失措的小姑娘长成了即将嫁人的新娘，过去的屈辱早就无从追究，但眼前却存在着触手可及的幸福。日子永远不会倒回某个时间让人重来，所以为了不让将来的自己不断生活在后悔之中，再难，也只有咬着牙把每一个当下过得更好。很多时候我们需要的只是一句没关系，从别人嘴里说出的没关系，用来原谅不知所措的自己。

常菀陪着菲菲静默地坐着，直到屋子里的光线全部移到对面楼的窗户上，她突然长呼了一口气，掏出随身携带的化妆镜好好补完了妆。

"本来今天结束之后，我打算跟他分手的。"菲菲脸上又恢复了平时的神情，"但是现在，我想先给他讲一个布娃娃的故事。"

她站起来，常菀也跟着站起来。

"应该有很多人跟你说过谢谢吧，那也不差我这一句了。"菲菲径直走向咨询师门口，拉开门，头也不回地挥了挥手，"希望再也不用见到你。"

常菀坐回椅子上，把右脚从鞋里抽出来，这双看起来宽松的鞋依然把伤口挤得生疼。她拎着鞋子慢悠悠地走回一楼的办公室，唯安敲门进来。

"菲菲没有再约下次的时间。"

"嗯，她不会再来了。"

"财务说她付款的时候多给了一万块钱，那要退给她吗？"

"是吗？"常菀笑笑，"不用了，麻烦你全部买成布娃娃，捐给市里几家孤儿院吧。"

"布娃娃？什么样的？"

"都行。"

"知道了。"

常菀从旅行箱里拿出她在飞机上穿的一次性拖鞋，回头见唯安还站在那儿。

"还有事？"

"秦朗刚才先走了，说催眠的东西用完先放在你那里就行。"

"好。"

常菀穿上拖鞋，拉着箱子也准备离开。

"你的脚……没事吧？我开车送你回去？"

"不用了，我已经叫好车了，马上就到。"

唯安站在那里，好像在下什么天大的决心。常菀就静静地等着，她知道中午的事情不会就这么悄无声息地结束。

"常菀姐，我喜欢秦朗，你可不可以给他一个痛快？"

常菀这次真的笑出了声。最近这是怎么了，好像自己突然成了上帝，能够左右他人的命运。大家都在祈求她的仁慈，放他们一条生路，她都快相信只要自己放了手，所有人就能得到满意的结果了。看到她笑，唯安以为她是在嘲笑自己，恼羞成怒地涨红了脸。

"你可以觉得我好笑，但是我希望你能尊重我这些年付出的感情。我是因为他才喜欢上这个专业，是为了他才离开父母、放弃了国外更好的就业机会来到这里。我从第一次见到他的时候就喜欢他，他是我爸爸最得意的学生，也是我这辈子认定的人。"唯安一口气说完这些，看到的是常菀面无表情的神色后继续说道，"你应该清楚自己没有办法给他纯粹的幸福，但是我可以，而且我还可以给他的事业带来更多的机会和可能。这些年，他的眼里除了你容不下别的女人，虽然我不明白为什么，但是我愿意等，哪怕等来的是你们在一起的结果。可现在我不愿意了，我不能再让你这么三心二意、遥遥无期地耗着他，你没有权力这么自私。"

"我知道了。"

常菀说完这句话，便拉着行李箱尽量体面地趿着拖鞋走出门去。天怎么还没黑啊？她想，院子里的这段小路怎么那么长啊？

- 4 -

常菀平日看到的多是家里夜晚的样子，即便是在周末，她也把注意力全放在了万壹身上。她已经记不得自己有多久没如此安静地醒来，全然没有平日里快速梳妆打扮的雷厉风行和万壹呼来唤去的焦躁。摸过床头的手机，查看了当日的预约情况之后，常菀按下了关机键。常菀今天的日程上没有任何来访者，如果有临时到访的情况，也会先被分给其他同事做预处理，之后再按照实际情况被推送到她或秦朗那里。她拉开厚厚的窗帘，伸了个大大的懒腰，突然想起已经许久没有和章晗两个人慢悠悠地喝一杯咖啡了，于是一时兴起找上门去。可当常菀到了章晗家才发现，除了趴在枕头上睡懒觉的虎妞，并没有人在家，可能是有紧急订单要送吧。常菀觉得自己本来就是临时起意，就没有必要刻意打电话打乱她的正常计划，于是又踱着步子回家，拿了车钥匙准备出门。在工作日的上午偷懒，心里总是有上学时候在家装病的感觉，虽然有点小兴奋，却也有些良心不安。

　　堵在早高峰还没过的环路上时，常菀心里踏实了许多。她把收音机的音量调大，喝了一口保温杯里的咖啡，让过了所有想强行插队到她前面的车辆，反正今天她不急着上班。在离工作室还有一个红灯的路口，她掉头开向洪果儿住的那家酒店。既然洪果儿在那个时候找了自己这么个完全不认识的人帮忙，应该不会吝啬说出自己到底是谁。

　　"麻烦您给2213的客人打个电话，说一位姓常的女士在大堂等她。"

　　"好的，您稍等。"

　　前台小姑娘开始打电话，常菀知道洪果儿住哪间房，却觉得就这么直接上去敲门好像不太合适，总要给人家一些做准备的空间。电话还没打通，旁边的大堂吧突然传来一阵吵闹声，正在当班的客户经理迅速拿起对讲机就跑了过去。这是一家刚开业不久的设计型酒店，虽然不是标准的五星级，但段位设施并不比许多老牌五星级差，往来住宿的客人也都是尊重共享环境的高素质人群，估计这样的情况也不常见，所以工作人员都格外紧张。前台的小姑娘边往那边张望，边告诉常菀电话没有人接，她应了一声，便往大堂吧走过去，因为她越听越觉得那个背对着门口高声说话的女人像是章晗。直到相隔的距离足够看清坐在正对门口座位上的那个人是洪果儿，常菀连忙跑上前拽住正对着经理大呼小叫的章晗。

"干吗呢这是，不丢人啊？"

"我丢人……"章晗甩头看见常菀，底气反而变得更足了，"你怎么来了？你来得正好，我今天不抽服她我就不姓章！你站这别动，你负责给我善后！"

说着她就要往洪果儿那冲，常菀和经理一人拽着她一边胳膊才勉强给她按住。一个服务员拿着浴巾风风火火地赶来，帮头发滴着水的洪果儿擦干。她就坐在那里平静地看着章晗的暴跳如雷，脸上和身上还挂着咖啡渍，还好是冰咖啡。

"松开她。"常菀自己先松了手对另一边的经理说，"让她想干吗就干吗，造成任何损失我来赔，有什么后果她自己承担得起，你们该拍摄的拍摄，该报警的报警。"

旁边围着的一众主管领班服务员全都傻了眼，那经理一时也不知道该怎么办，手还抓在章晗的胳膊上。

"手拿开！"

章晗这么一吼，吓得经理手一哆嗦就松开了。她抄起桌上的柠檬水，旁边人都条件反射似的或者抬手挡住脸或者后退了两步，可洪果儿还是那么一动不动地坐着。章晗瞪了常菀一眼，仰头一口气把柠檬水喝完，用杯子指着洪果儿。

"跟我走。"

洪果儿立刻站起身，跟在她身后往外走。常菀连忙跟经理道歉，交代他一切损失费先挂房账之后，追上正一前一后快步往外走的两个人。

"章晗你要去哪！跟我回家！"

三人在酒店门口站住，来往的住客尽量礼貌地，但不放慢脚步地快速理解着面前上演的这台好戏。

"还有你，逗什么能啊？赶紧回你房间去。"

常菀实在不愿意陪着这两人在大庭广众之下丢人现眼，试图想办法先把她们分开，再具体问题具体分析，结果章晗听完她后一句话之后，又往回走了两步，和洪果儿面对面站着。

"你住这啊？"

"对。"

"走，去你房间。"

两人又立刻一前一后进了酒店大门，常菀只得赶紧跟了上去。

常菀坐在沙发上，章晗盘腿坐在床中央，洪果儿擦着头发从洗手间出来，干脆坐在地上。

"你怎么找着她的？"

常菀问章晗。

"我谢谢你那么看得起我！我怎么知道她是谁啊？还我找她？是人家约我了！"

常菀不明所以地看向洪果儿，心想你要找她在医院那天倒是别跑啊！倒是在派出所的时候就找啊！干吗还要到自己这绕一圈这么迂回？

"你找她干吗啊？"常菀问洪果儿。

"你先听她说说她是谁！"还没等洪果儿开口，章晗先气急败坏地插了一句。

"我是章蘅的未婚妻。"洪果儿伸出左手向常菀展示她无名指上的婚戒，"结婚日期都预约好了，就是他葬礼那天。"

常菀暗暗倒吸一口凉气，她原本以为自己猜想的私生女，最多是红颜知己什么的就已经够狗血了，没想到这个比章蘅小四十多岁的姑娘竟然是他的合法未婚妻，也就是，她是比章晗还小十岁的准后妈？

"是也就是了。"常菀假装镇定地对章晗说，"你爸出国那年她才八岁，之前你家不管发生过什么事，也怪不到人家头上。"

"这个我心里还是有数的，如果当初是因为她，我就不是泼杯咖啡那么简单了。"

"那不就结了，你们俩井水不犯河水，有什么好掐的？过两天她就回法国了，你俩老死不相往来，也没有必要再见。"

"她要把我爸的骨灰带走！她竟然就这么理直气壮地管我要！她哪里来的底气啊？"

章晗狠狠地指着洪果儿，眼睛却瞪得圆圆地看着常菀。你还不知道她已经去火葬场偷过一轮了呢，常菀心里想着。

"他本来已经是我丈夫了，生是我的人，死是我的死人，骨灰当然应该归我。"

"嘿，你还来劲了是吧？"章晗说着就要下床，被常菀一靠垫砸在脸上，重新倒在床上，边挣扎着坐起来边继续嚷嚷，"他还是我爸呢！你一个还没进门的外人算什么东西？"

"这些年你认过他是你爸吗？你回过他一封邮件、接过他一次电话、去看过他一次吗？这次要不是他刚刚出院不久，想在我们结婚前无论如何亲自赶回国见你一面，能就这么突发脑溢血死在半路上吗？"

这两人都盘腿坐着，瞪大眼睛盯着对方。章晗今天才知道父亲为什么会在去世后被运回国内以及去世的原因，她没有办法再理直气壮地反驳回去，她想哭，却不允许自己在洪果儿面前哭，于是迅速下了床快步开门离开。常菀拎起她的鞋跟着往外走，路过洪果儿的时候，她弯下腰握了握她微微颤抖的手说："别着急，她会理解的，给她一点时间去接受。"

常菀开了第四瓶红酒，倒进又一次空了的醒酒器里。章晗抱着膝盖坐在飘窗上，看着不远处飞机闪着灯慢慢经过。自打有了万壹，她们就没在一起这么喝过酒，常菀都快忘了自己竟然那么能喝。从前在 KTV 喝醉了她喜欢哭，好像心里藏了什么天大的委屈，其实自己都不知道为什么哭。而章晗就是不停地抱着话筒唱歌，唱到最后嗓子都发不出声来，两个人就心满意足地一起回家睡觉。后来常菀会刻意控制自己不去喝醉，因为宿醉的感觉会让她第二天觉得自己愚蠢。这个想法最初是秦朗灌输给她的，最后她自己也变得坚信不疑。

"放心把万壹留给他爸了？"

章晗把杯子举过来，示意常菀帮她倒酒。

"他长大了，该跟父亲多一些相处。而且，万多也跟之前不一样了。"

"哎哟，有情况啊。"

章晗碰了一下常菀的酒杯。

"男人的责任感总是突然到来的，同时伴随着身体的衰落。"

常菀说完喝了一大口，章晗听了哈哈大笑。

"瞧你这怒发冲冠的样子。万多还行吧，刚过三十岁，你抓紧时间还能用上几年。秦朗确实应该已经差不多了，你瞧他那副性冷淡的样子。但凡他再多点血性，就不能容了你这个欲擒故纵的小样，早给你扑倒在地，不从都不行。"

"幸亏你有自知之明，早早辞职回家自己伺候自己，就你这欠嘴皮子，放出去不知道要得罪多少人，哪天被人揍了都不知道该找谁算账。"

"谁敢揍我！动我一个试试！"

"你也就是窝里横，人家真揍了你能怎么着？"

"我与厮同归于尽！"

章晗说着一仰脖把杯子里的酒喝了个干净。

"哎，洪果儿的事，你打算怎么办？"

"怎么办？能怎么办！你觉得我能从了她？"

"你爸这骨灰总放在火葬场也不是那么回事啊，准备什么时候下葬？"

"下礼拜吧，我妈前两天刚选好了墓地，这两天正刻墓碑呢，说是要等准备得差不多，选好日子后再通知我。"

"地方选哪了？"

章晗打开跟韩秀的微信聊天记录给常菀看。

"就是定位这儿，呐，还有墓地图片。"

常菀打开大图来看。

"这是双人墓啊？你妈是打算以后跟你爸葬在一起？"

"是吗？没注意，可能吧。"

"这……合适吗？那王叔叔能愿意啊？"

"你觉得我妈做什么王青树敢说个不字吗？他就是一老白脸，自打跟我妈在一起，公司里的财务工作也不干了，天天在家招猫逗狗变着法地煲汤做饭，那么大年纪了还吃软饭，不羞愧吗？"

"你妈还是忘不了你爸吧？"

"喊，我跟你说，要不是怕阎王爷收拾她，你信不信她能买个三人墓？左边葬我爸，右边葬王青树，左拥右抱谁都得占着。她那就是纯粹的占有欲，这种女人，太可怕，怨不得我爸跑得远远的。哎你说，洪果儿干吗不去找我妈要来找我啊？这是她们之间抢男人的事，我说了也不算啊！"

"洪果儿又没疯。"

常菀做出一副冷漠却又饱含深意的表情逗得章晗哈哈哈大笑。

"有道理有道理！"

"如果洪果儿要是知道你妈这么安排更不会乐意了，非得去盗墓不可，你妈可得派人守好了。"

"我就不明白了，人死都死了，怎么埋还有那么重要吗？"

"你能乐意你男人就那么跟别的女人长眠于一个被窝？"

"嘿！你这个嘴啊，也没比我好哪去。"

章晗从飘窗上下来，跟常菀一起坐在地毯上。

"其实说心里话，我爸跟谁埋一起我真无所谓。可要是真让洪果儿把骨灰带去法国，我妈那一关过不过得去都抛开不说，我是绝对不能同意的。中国的传统是落叶归根啊，我爸一中国人凭什么葬身于异国他乡啊？这逢年过节，我要是想去给他烧个纸念叨念叨还得去那么老远。而且她洪果儿还年轻，总不能一辈子不再嫁人吧？到头来我爸不还是一个人，孤魂野鬼的，身边的邻居还都是老外，也太可怜了。"

"死人不会说话，身后事怎么安排，更多是活着的人给自己的一个交代和寄托，所以各有各的道理，怎么选择都对，也怎么选择都错。其实我在想，如果章叔叔能有时间为自己安排这一切，他会怎么做？他的意愿，应该才是最重要的吧。"

"谁知道那老头怎么想的。不过，有一点我敢肯定，他无论如何都不会愿意跟我妈这么挤在一起。"

章晗笑着爬起来摇摇晃晃地走去洗手间，常菀的心却又沉重了起来。常继文和元禾至今下落不明，她最害怕的，就是他们最后连养老送终的机会都不留给自己。他们是担心自己左右为难吧，或是害怕自己成为她回到亲生父母身边的阻碍吧。他们一辈子都那么善良，总是默默地为别人着想，就连这个时候也不例外。常菀的眼泪掉进酒杯里，她对亲生父母的恨，在常继文跟元禾消失的每一天里暗暗滋长，在黑夜里吞噬着她心底的希望和善良。你们为什么不去死？常菀在心里诅咒，嘴唇被红酒染成暗暗的紫色。如果你们死了，他们会因为可怜我而再次把我捡回去吧。

凌晨三点，常菀在干渴中醒来。她扶着天旋地转的脑袋走到厨房，特别想喝点甜的东西补充一下刚刚吐出去的能量。她从冰箱里拿出橙汁来，倒了一大杯后迫不及待地喝了下去，冰凉的液体缓缓流进身体里。她又倒了一杯，想端给章晗，走近了才发现她在沙发上睡得正香，不但贴心地给自己盖上了小毯子，而且旁边的桌子上还放着一瓶喝了一半的牛奶。单身久了，还真是冷暖自知呢。

常菀关了灯，端着那杯橙汁回到卧室，打开了今天一天都没碰过的手机。手机在开机后过了两三分钟，只短短振动了两下，她有些不敢相信地把来电提醒和所有信息都查了一遍，在关机的这段时间里确实只收到这两条微信，一条是唯安发给她第二天的预约提醒，另一条是万多发的一张万壹在海边玩沙子的照片。常菀愣了一会儿，机械性地定好闹钟，借着还晕乎乎的酒劲翻身继续睡去。谁都害怕知道自己在别人心里其实没有那么重要，可偏偏却都喜欢用各种方式去证明。就像是一场和自己的赌博，其实没有输赢可言。

万多给身边的万壹重新盖好被蹬开的被子，继续对着手机翻看章晗的微博，从他和常菀认识那时开始看，现在已经看到了万壹三岁那年。之前他几乎没有关注过常菀的生活，就连万壹小时候的照片都没看过几张。而在万壹出生之后，常菀在各个社交媒体上的活跃度都几乎骤降为零，像是此人突然从世界上消失了一样，和之前每天都要更新的状态形成了一个突兀的对比。好在章晗却像一个忠实的旁观者，乐此不疲地记录着这些年来常菀生活的变化，才有机会让后知后觉的万多能够有迹可循。从她挺着大肚子一人吃三份甜品的狼狈模样，到万壹出生前她弓着身子蜷在病床上用插着针头的手背挡住表情痛苦的脸，然后万壹就出生了，会笑了，会翻身了，会坐了，会爬了，会走了……常菀随之也在章晗的镜头里从一个有些慌乱倔强的小姑娘一点点变成沉稳干练的职场妈妈。她脸上的稚气褪去得飞快，就像她的成长一样迅速。在被捕捉到的画面里，她没有显露过任何的吃力和颓丧，除了对万壹的吃穿用行样样精细讲究之外，她自己的衣着也越穿越有质感，包用得也越来越贵，还全款买了车，贷款买了房。她像别的同龄女孩一样，保养、装扮、努力工作，但是笑容却越来越少地出现在她脸上。

　　黑暗中，熟睡的万壹发出均匀的呼吸声，身上散发出孩子特有的绵甜香气。万多借着窗外的月光看着他脸上由自己和常菀共同雕琢的五官，心底的愧疚夹杂着莫名的幸福感汩汩涌了上来。他突然被生命原始的力量所震撼，深深地感受到什么是生命与生命之间独一无二的关联，突然就后悔这些年错过了母子俩的生活。

　　万壹满月的时候，万多和常菀才假装刚刚从美国回来，让他的父母来家里看了一眼。爷爷奶奶见了孙子简直欣喜若狂，当即就要搬过来住，共同照顾。为此常菀和万多起了争执，她当然没有办法接受这样的生活，这也不在他们的协议内容规定范围之内。最终常菀出面做了坏人，以保护个人空间为由，果断否定了这个提议。从那开始，作为儿媳妇，她和公婆的关系产生了不可言说的隔阂。这倒也给大家的相处模式做了进退清晰的界定，跟那些碍于面子，有什么问题都不好意思说的真实家庭相比，他们之间反而少了矛盾和怨言。万多继续他的碧海蓝天，常菀回到属于自己的安乐窝。开始两个人还会抽出时间，一起带万壹去看望父母二人，后来常菀就不再同去了，她实在受不了那种假装客气和亲密的氛围，担心一时冲动就抖出了事情真相。万多并不清楚常菀的身世，也从来没有试图更深一步了解她的状况。他只当是她性子独，不愿意增添额外的义务和麻烦，却不知常菀每次跟他回家时都会想到自己的父母，心中腌臜。

　　常菀走了之后，晴海几乎用所有时间来跟万多和万壹相处。这次旅行她本来不该出现，她应该带着另一个团飞往塞舌尔。然而在听说常菀也一同到了帕劳之后，她硬是临时推掉了那份工作飞奔而来。自打她知道了万多和常菀之间的婚姻关系是靠一纸协议维持之后，便抛开了所有的顾忌，开始大胆追求万多。男人哪经得住女人的主动？尤其是长得好看又热情的女人。两人一直关系暧昧，也有过实质性的进展，但也就仅此而已，并没有像晴海期望的那样演变成一段足以确认关系的爱情。万多不是不喜欢晴海，谁会不喜欢另一个自己？可就是因为他们实在是太像了，为人处世、生活态度、喜好所长，都太过相似，所以过于坦诚，仿佛一眼可以看完后半段人生。并不是所有人都喜欢运筹帷幄的预见，尤其是万多这样的人。他跟晴海的相处更多是在配合，依据她的一举一动作出相对的预测和回应。他没有办法被她吸引，却也不忍心拒绝。虽然知道这样有点不负责任，但他也清楚，其实选择他们这种生活模式的人不需要谁来对谁负责。于是他一直在等，期望她能早点消耗完在他身上的热情，却没想到自己的消极和这段看起来容易被挑战的婚姻关系反而令晴海越挫越勇。彼此之间的交流变成了心知肚明的攻守游戏，目标明确，索然无味。晴海对万壹越好，万多就越觉得心寒。有些人就是喜欢被放逐，那些为之追逐的反而会被当作是对自己的围剿猎杀。

　　常菀的盘算见了成效。在她离开的这两日，万多时常想念她。想念的方式，是不由自主地比较。看到夫妻情侣时，看到三两姐妹时，看到一人独行时，尤其是看到晴海时。如果是常菀，她会怎么做，她会有怎样的表情，她会说什么？离别时的那个拥抱，万多知道大抵是做给晴海看的，但心里的另外一个声音却又不安分地蠢蠢欲动。对于他来讲，常菀生活在一个神秘而陌生的领域，她的喜悲和对事物的理解超出了他的认知范围。仿佛常菀成了万多曾经的大海，茕茕孑立却又潮汐暗涌，那静谧的开阔蕴藏着令人无法全身而退的未知可能。

- 6 -

　　秦朗其实一晚没睡。他几次三番拿起手机想要给常菀打一个电话，最终却都作罢。他想站在常菀面前对她说我喜欢你，甚至我爱你，想说你嫁给我，跟我在一起，却碍于他所谓的底线和对常菀的尊重，让想说的话一次次化为看起来礼貌的模棱两可。秦朗觉得有些事不必刻意为之，他觉得自己和常菀之间有的是默契，自然而然地在一起才是完美的感情形态，这样的形态才能够天长地久。

秦朗竭力不让这种不安的情绪打扰到手中的工作，白天突然接到的案子让他忙碌了一夜。清晨五点半钟，本来也无心睡眠的秦朗给自己做了顿早餐，冲了个澡后便开车出门，他今天需要去见一个特别的人，一个需要他上门咨询的病人。秦朗从不称前来寻求帮助的人为病人，但这个也许可以。因为他昨天刚刚自杀未遂，此刻正带着伤口躺在病床上。如果可以的话，秦朗此生都不愿意面对这个人，但他却像魔咒一样越来越多地出现在秦朗的视线当中。当然，不仅是秦朗，他越来越多地出现在所有人的视线当中，因为他是一个红得如日中天的明星。这个国家，甚至国外，几乎没有人不知道他的名字。他年轻帅气，阳光上进，多才多艺，是名副其实的偶像，无论是演艺事业还是公众形象都无可挑剔。可就在昨天凌晨，媒体突然曝光了他的真实身份资料和整容前的照片，无比清晰详尽。在失联三个小时之后，工作人员发现他在自家地下室的录音棚内割腕自杀。社交媒体沦陷了，各大娱乐板块的头条也争先恐后地不断释放出夺人眼球的标题。他整容前后的脸被做成对比图甚至表情包，在网络上疯狂传播，巨星的突然陨落成就了舆论的无限狂欢。

在去真正的目的地之前，秦朗先来到了空无一人的工作室，推开常菀办公室的房门，在门口长久地站着。这之前是他的办公室，因为采光更好，在常菀成为了合伙人之后，秦朗便让给了她。他曾经就是在这间办公室里接受了金牌经纪人如澜的预约，满心期待着将她做成自己履历上漂亮的一笔。而事情也确实如他设想一般顺利，一个咨询周期之后，他不仅解决了她的心理问题，还成为了她的好友。一切看起来都在往好的方向发展着，然而如澜却毫无征兆地在家中上吊自杀了。等尸体在一周后被物业工作人员发现时，已经面目全非。遗书封面上写的竟然是秦朗的名字，里面的内容只有四个字：照顾好他。

那位割腕的巨星是如澜唯一的亲人——儿子，只有秦朗知道。起初如澜为了给他更好的教育，便一直留他在国外生活。后来如澜国内的事业越做越大，也确实无暇，便请了专人照顾儿子，母子俩聚少离多。这样的相处模式在无形中保全了那位少年，在她被起诉利用潜规则胁迫公司艺人，其中包括一名未成年男艺人，与她本人及相关利害人士多次发生不正当关系的时候。虽然警方介入调查之后并没有找到什么实质性证据，原告败诉，但所带来的后续影响却远远大于这件事情本身。一时间如澜的公司分崩离析，原本想方设法亲近她的人全部变成了拆台的一把好手，她被塑造成了人间妖魔。媒体说她天煞孤星无亲无故，众人便信了。幸好是信了，不然在失去心智的口诛笔伐之下，那位少年该如何是好。

然而这一天还是来了。秦朗回到车里，准备前往对方刚刚临时变更的见面地点。那是郊外的一处别墅，是如澜自杀的地方。

常菀看到桌上的咖啡有些意外，她觉得也许这两天是自己小题大做了，原本也不是什么大不了的事，却使上了演偶像剧的力气。左右不过是成年人之间的情情爱爱，无论谁合谁分，还能从此结了怨不成？幼稚了幼稚了，常菀这么想着，唯安敲门进来，依旧礼貌得体。

"常菀姐，这是来访者的资料，大约一小时后到。"

常菀接过去，翻看两眼。丈夫出轨，她一下就知道了这个案子一定是秦朗授意交给她的。自打她做了合伙人之后，就没再接过这类案例。她实在不喜欢面对一个哭哭啼啼或者怨气逼人的来访者，反反复复听到的不过是那几句控诉的话。她认为这种事情不用交给心理医生，因为解决方法显而易见：要么离，要么忍。最好不过摊牌之后的原谅与被原谅。夫妻间的事，外人说什么最终都是错，她不想做这种费力不讨好的无用功。如果有更好的选择，秦朗也不用出此下策把常菀引出来，让她回归正轨。他知道，只有工作能让她无法拒绝出现。

"好，我知道了。"

常菀端起咖啡喝了一口，唯安原地没动。

"还有什么事吗？"

"秦朗去找沐徉了。

"哪个沐徉？"

"还有哪个沐徉？"

常菀抬头看到唯安眼睛里尽力克制的不满，知道她是在责备自己明知故问。

"哦，有什么需要我做的吗？"

"你没看昨天的新闻吗？"

常菀没想到在唯一一天躲起来的日子里，竟然发生了这样的事。她知道如澜一直是秦朗心中一道过不去的坎，这些年来他所有的低调谨慎，都可以追溯到那件事的发生。

曾经的秦朗踌躇满志，学成归国之后和自己的大学导师林雨舟一起成立了京城最具权威的心理工作室。他热衷于参加各种学术论坛，乐于在社交场合表明自己的身份，接受采访甚至参加广播电视节目，希望能尽快被更多人知晓和认可。人年轻的时候总是异常渴望成功，且觉得成功总是触手可及，因此不停地追逐，想方设法地获得，不惜丢弃了许多宝贵的东西，比如踏实，比如谦虚，比如善良。甚至会一叶障目，觉得自己的小聪明可以骗过所有人，殊不知却早已穷形尽相。

林雨舟深知秦朗的秉性，用自己的爱惜和包容为自己的学生开拓了一片肥沃的土壤。秦朗专挑那些看起来特别和有价值的案例，尝试各种方法挑战自己的能力，并勇于将业界最新的治疗方法甚至自己尚在实验论证中的手段用于来访者。这样行走在刀尖上的冒进方式确实令他快速名声大噪，之后不久也迎来了那必然到来的滑铁卢。

常菀还记得那段日子。那时她已经怀孕八个月，却依然在坚持工作。她需要钱，也需要得到秦朗的认可。她必须要保证自己在生完孩子之后能顺利转正做一名正式员工，而不是被顺水推舟地要求离开。

偏偏如澜那件事的发生，让她获得了前所未有的机会真正去实践和展示自己的能力。连续几天夜以继日被媒体包围的工作室，落井下石的媒体，冷嘲热讽的报道，消失无踪的秦朗和人心动摇的同僚，更不要说那些杯弓蛇影的来访者，这些都给了她极大的挑战。常菀陪着林雨舟咬紧牙关地一方方面对，一处处解决，忘了去害怕和逃避。为了平衡大局，林雨舟不厌其烦地一遍遍通过各种渠道发声，冷静而专业地与鱼龙混杂的声音做对抗，并四处奔波请求相关部门协助，希望能尽快拿出有力的证明还秦朗一个清白。

最终，常菀带着一段视频文件站在媒体面前，算是为这场舆论风波做了一个了断。视频里，如澜看起来认真打扮过，平静而清醒地坐在镜头前。

"对不起，最终选择了这样的方式跟你告别。我实在没有勇气再去见你，我怕那样会舍不得。请你原谅我的不负责任，我实在太累了，累到连你也不想要了……我自己停不下来，我觉得结束生命可能是唯一能让我彻底停下来，让我平静的方法。这个世界太吵了，却又太美了，我都已经见识够了，再这样下去，只能是步步疯魔。在我还有理智的时候，在我还不是个坏人的时候，我想以这样的方式离开。请你记住我那些美好的样子，不要相信他们说的话，我没有做任何伤天害理的事。我只是比他们过得好，这就是我犯的最大的错。不要为我对谁心怀怨恨，他们不配。我有能力选择自己的命运，无论生死，可他们只能生不如死地继续挣扎。秦朗先生给了我很大的帮助，除了你以外，我最对不起的人可能就是他。如果有一天你需要帮助的话一定要去找他，他是一个值得信任的人。这世上的死亡并不都是因为痛苦，我不希望你懂，但请你相信这是我为自己做的最好的选择。请你好好活着，就当成全我最后一个自私的要求。"

所有人都在猜想这段话的接收者究竟是谁，逐字逐句处心积虑地找他们认为对的证据。又有许多人的名字和过往被牵连，于是秦朗总算是从风口浪尖被挤了下来。常菀再次见到他的时候他依然是以往的样子，没有不修边幅，颓废凌乱，只是好像身上的光亮全部消失了。

常菀起身走向二楼的咨询室，心里想着，沐祥还是来了，却不是在绝望之前，而是在醒来之后。六年后，他还是选择了和他妈妈一样的路，像是她当年命运的复刻。现在世人总算知道了当年如澜的那段话是留给了谁，于是依旧毫不收敛地卷土重来，上演着相似的戏码。可那时如澜已经死了，而那时和如今沐祥都还活着。

- 7 -

章晗站在韩秀买下的那块墓地前，看着两个工人竖起刚刚刻好的石碑。碑的左边写着慈父章蘅，右边还被黄色胶带贴住的无疑就是慈母韩秀了。倒是未雨绸缪，章晗心想。而她的名字也出现在了墓碑上，虽然是在立碑人的下面，但这么看着心里依然有说不出的别扭。这块墓地在这片陵园里算是相当气派了，无论从地理位置、占地面积，还是配套设施都绝对是活人里的独栋别墅级别。但人与人之间相处空间的大小不是靠面积决定的，心若疏离，再大也是拥挤。

离开墓地后，章晗径直去了火葬场，把章蘅的骨灰盒取了出来，用安全带固定在副驾驶上，向洪果儿住的酒店开去。快到门口的时候，她看见洪果儿站在那儿一直朝进车口这边张望。她把车停在洪果儿面前，把副驾驶的窗户降下来。

"上车。"

洪果儿去拉后车门。

"坐前面！真把我当司机啊？"

洪果儿拉开副驾车门，惊讶地看着座位上的骨灰盒，章晗解开安全带把盒子挪开。

"赶紧上来，后面还过车呢。"

洪果儿上了车，章晗把骨灰盒交到她手里。

"抱稳了。"

两人一路奔着郊区开出去二三十公里，终于找到了导航上标记的墓园。洪果儿小心翼翼地抱着章蘅的骨灰盒，三步并成两步跟在章晗身后进了园区大门。这里比韩秀选的那个墓园要偏僻一些，看起来也没那么气派，但周边环境安宁、山清水秀，倒是更加雅致。一名穿着黑色制服的工作人员迎上来，语态得体。

"请问有什么可以帮您的？"

"我就是刚刚给你们打电话那个，我姓章。"

"啊，章小姐，您好。按照您刚才提的要求，我们选了几处，现在马上可以去实地挑选。"

"行，那走吧。"

"那骨灰盒……"工作人员看着洪果儿，"要不要先存放起来？我们这里有专门可以临时安置的地方。"

"不用了，她抱着就行，让我爸自己也看看环境。"

这里背靠着一片山，前方不远处有一座巨大的水库，风吹在皮肤上清清凉凉。她们跟随工作人员走进地势较高的一片区域，无数墓碑一阶阶绵亘而去，目之所及是大片的梯田。

"挺好。"章晗觉得内心前所未有的平静，她转过身看着那方单人墓地，"就这里吧。"

"您需要安排在哪天下葬？"

"就今天。"

"今天？"还没等工作人员回话，洪果儿抢先一步，"太草率了吧！我们……这日子也没选，什么都没准备……"

"你年纪不大倒挺迷信啊！你觉得现在对于我爸来说哪天是好日子？哪天又不是好日子？你不赶紧让他入土为安，还等着我妈反应过来去跟你抢啊？"

洪果儿顿时没了声响，工作人员在旁边听得一愣一愣的，实在没理清楚这里面的关系。

"麻烦您，现有的东西帮我们尽量准备吧，实在来不及的也不差那些规矩。"

"其他的倒是还好，殡葬用品我们这里基本都有，工程师傅也都在班上。就是这个墓碑，做起来没那么快。现成样式的没有几块，石料、大小也不知道是不是符合您的要求，还有上面刻什么字，什么字体，刻多少……"

"现成的里面挑块最好的就成，字的话，刻章蘅之墓……前面加个父吧。然后立碑人，写我名字。"

"就这样？背面呢？生平不刻吗？"

"呵，他这生平，一块石头写不下。"

"那……这样吧，您把基本信息写下来，我们出个设计排版给您确认。如果只是这些文字的话，刻起来应该也快，全部完成加立好大概三个小时，您看可以吗？"

"能把我名字也加在立碑人里吗……"

洪果儿看着章晗，眼睛睁得圆圆的，好像眨了眼就会泄掉好不容易鼓起的勇气。

"怎么写？未婚妻？还是别了吧！"

洪果儿泄了那口气，对她的决定却也无可厚非。作为韩秀的女儿，她能把事情做到今天这一步已实属不易。工作人员拿着章晗填好的信息离开去做准备，她顺着台阶下到一片稍微开阔些的平台上，面对山下席地而坐，按照工作人员发过来的账号，把九万八千块钱一次性转了过去，然后从包里摸出一盒新买的烟，拆开来抽出一支点燃。

洪果儿在章晗身边坐下，把章蘅的骨灰盒放在她俩之间，伸手去拿放在她面前的烟。

"会抽么你？"

"你爸让我戒的。"章晗看着洪果儿熟练地深吸了一口，又长长地吐向前方，"哈，好久不抽，劲使大了，有点蒙。"

章晗看着她揉着太阳穴的样子笑了笑。

"我爸都没顾得上管我，对你倒是挺上心，咱俩到底谁是他亲人？"

"他对我好，我记一辈子。"

章晗看到洪果儿左手无名指上的戒指，和从章蘅手上摘下来的一模一样。她左耳后的刺青是一朵红色的五瓣小花，就是刻在戒指内侧的那个图案，不仔细看还像是一个胎记或新鲜的伤口。

"这几年，都是你陪着他吗？"

"是他陪着我吧。"

"他……身体不好吧。"

"嗯。"

"他这年纪，都快能当你爷爷了，你喜欢他什么？"

"跟他在一起，心里踏实。"

"是踏实，就剩踏实了。"章晗灭掉只抽了一半的烟，"你俩怎么认识的？"

"我去他开的古玩店里偷东西，被他发现了，他没报警，还留我在那里打工。"

"你？偷东西？"

"嗯，我要上大学，可没钱交学费。偷是最快的方法。"

"你爸妈呢？不管你啊？"

洪果儿犹豫了一下，用脚踩灭烟头。

"他们死了。"

章晗看她的样子不像是在说谎，于是没有追问下去，转换了话题。

"那……你上什么大学啊？"

"巴黎一大，数学与资讯学。"

章晗一脸不可置信的表情。

"不像，是吧？"洪果儿笑笑，"你一定觉得我看起来游手好闲的，不是什么正经人吧。"

"那倒不至于。"但章晗对她的态度确实因此有了一些转变。

"谢谢你。"洪果儿看着远方。

"谢我什么？"

"谢谢你带我一起来这里。"

"我不可能让你把他带去异国他乡。"

"本来我也没准备把他带走，他好不容易才回到你身边。只是……"

"只是你不想让他又回到我妈身边，我懂。"

两人相视而笑，章晗的眼神落在骨灰盒上，上面嵌着的照片也是葬礼上用的那张。

"发一张我爸最近的照片给我吧，把那张换下来。"

骨灰盒和墓碑上的照片都换成了新冲印出来的那张。章蘅头发花白，笑盈盈地看着并排站立的两人，笑得两人都湿了眼眶。墓碑是黑色的花岗岩，立碑人除了章晗之外，还刻上了洪果儿的名字。

"我让他们刻的知己，虽然有点矫情，但你终归还要嫁人的，未婚妻这个名号太重了。"

"知己好，人生难得一知己。"

洪果儿把骨灰盒递到章晗手中，章晗稳稳当当地把它放进了那个小方格之中。她摘下脖子上的项链，项链坠是章蘅手上的那枚戒指。

"那天葬礼上，你扑上来想拿的就是这个吧。"

洪果儿点点头。章晗把戒指从链子上摘下来，一起放进小方格里。

"好了。"她站起身对一边的工作人员说，"封吧。"

太阳已经快要落下去了，下山的路蜿蜒环绕，车灯自动亮了起来。

"明天我就回巴黎了，下次回来看他，还不知道是什么时候。"

洪果儿眯起眼睛看那红得并不刺眼的光，并有意无意地转动着无名指上的戒指。章晗没有说话，把放在口袋里的那条链子递给洪果儿。

"摘了吧，要是不舍得，戴在脖子上就好。爱是战利品，要追求回报才有意义。"

- 8 -

藤蔓几乎包裹了整栋房子的外墙，院子里树上的白兰花也盛开着，让这个许久没有住人的地方散发着诡异的生命力。大门没锁，秦朗推开门，径直走上那段他曾无比熟悉的走廊。走廊一直延伸到后院的落地窗前，两边的家具陈设还保持着当年的样子，覆着厚厚的灰尘。落地灯、相框、花瓶、鞋柜，还有鞋柜旁倒了一只的高跟鞋，都昭示着它们的主人匆匆离去的痕迹。

有段时间，秦朗几乎天天都要造访这里，在二楼带露台的那个房间中陪伴如澜许久。他们聊天或听音乐，也会在一楼的院子里喝茶或品酒。他喜欢这房子，高高的房顶和静默的空旷令他觉得仿佛进入了另外一个世界，可以逃避隐居，可以寻欢作乐。这是如澜的秘密基地，只有秦朗知道，这让秦朗每次踏进这里的时候内心总是能骤然变得温暖湿润，有种子破壳生长的轻微响动，充满了试探却舒展的生命力。如澜曾用慵懒而魅惑的眼神几乎将他吞没，却又用绝望且颓败的灵魂将他推至千里之外。她有一种不自知的吸引力，容易令人沉沦，也足以吞没自己。

　　这栋房子因为如澜的死而受到瞩目。她的继母匆匆回国办了继承手续，便挂出了一个低到惊人的售价，可即便这样也没有人敢成为它的下一任主人，甚至连周围房产的交易都受到了影响。于是秦朗买下了它，就这样原封不动地放着。这里封存着他对如澜的歉意和自己年少轻狂的梦魇，就在刚刚推门的那一瞬间全部被重新释放。

　　"沐徉……"

　　屋子里没有电，光线很暗。秦朗叫了一声，灰尘随着声波在半空中飘浮。

　　"我在这里。"

　　声音从二楼传来，秦朗踩着覆盖了地毯的楼梯，仰着头慢慢往上走。屋内采光渐渐变好，露台的门大敞着，知了的声音听起来像是随时都会死去，却又无休止地重复。沐徉背对着房门，坐在屋檐下明暗交界线的地方，那是如澜最喜欢的沙发椅，沐徉左手腕上缠着的绷带沾染了扶手上的灰尘。

　　"坐啊，我擦过了。"

　　和沙发椅并排放着另一张椅子，也是秦朗过去经常坐的那张。他走过去坐下，沐徉疲惫的神色反而衬得他那张精致的脸更加令人动容。整容之前，他就长得眉清目秀，精雕细琢之后，反而没了人间烟火的生动。

　　"唯安还好吗？"

　　"不太好。她很担心你，想要见你。"

　　"我现在这个样子，还是不要让她看见了。"

沐徉的喉结和睫毛一起轻微地颤了颤，在他被许奂收养的那天，从唯安手中传来的温度为他保留了少年时代心中唯一一片柔软的地方。许奂是唯安的父亲，是秦朗在德国硕博连读时的导师。许奂在电话里听完秦朗的陈述之后，第二天就把沐徉带回了家中。从那以后，世间只有许沐徉，另一个人，像从未存在过就消失了。

"我已经联系了律师去查非法泄露你身份资料的事情，这其中有很多信息都是特定机构才有的，应该用不了多长时间就能有结果。"

"不用麻烦了，所有的信息都是我故意放出去的。"

"你？"

"我累了，演不下去了。"

"当初是你非要选择这条路把自己推到大庭广众之下，原本没有人知道你是谁，你完全可以不用活得那么累。"

"可我知道我是谁。"沐徉顿了顿尽力平复着情绪，"我想看看她曾经的生活是什么样子，我想知道她说的是不是真的。"

秦朗知道，这是沐徉的心结。作为一个母亲，如澜的确抛下了尚未成年的儿子做了自私的选择，无论如何，他都有责怪她的权利。

"现在，我不怪她了，也算这几年遭的罪没有白遭。"

"你现在最重要的是尽快养好身体，其他的先不用多想，我会去和你的经纪公司一起想办法善后。"

"我们已经解约了。我在医院醒过来没多久，他们就把协议准备好了，效率高还真是他们一贯的优点。去年我跟他们提过一次解约，愿意一分不少地赔违约金他们都没同意。这回倒是干脆，也算是帮我省了不少钱。"

沐徉脸上露出笑容，嘴唇上被拉扯的裂口渗出血丝。

"那接下来，你有什么打算？要不，先出国待一阵子，眼下的这些问题总要有人解决，不能让影响再变得更恶劣，我想想办法……"

此时的秦朗一点都不像心理医生，完全没有平日沉稳理智的样子。他不敢给沐徉任何建议甚至安慰，这是从第一次和沐徉见面开始他就没有办法为自己解决的心理问题。

"没关系的，过了多长时间事情自然会过去的，会有下一个新闻取代我的。他们关心的是热点，而不是我。"

沐徉站起来走到露台的围栏旁，看着院子里干涸的池塘和丛生的杂草，一只白黄相间的猫看着他，警惕地走过墙头，他长舒了一口气。

"许沐徉已经死了，现在活着的，是穆如澜的儿子穆阳，一个无牵无挂、没家没娘的孤儿。既然老天没让我死，那我就好好活着，用真正的那个我活着。"

转过身，沐徉原本释然的表情僵在脸上。唯安不知道在什么候已经站在了那里，在光影交错的房间里听他说了刚才那些话。她看起来有些难过，为眼前沐徉的样子，也为他说的无牵无挂。秦朗也回过头，站起身。

"你怎么知道这个地方？"

唯安没有回答，而是走上前去站在沐徉面前，轻轻地握住他缠着绷带的那只手，低下头，不敢面对此刻对方的表情。沐徉用另一只手轻轻揽过她的头，靠在自己的肩膀上。他已经超过她一头高了，第一次见面的时候，他十六岁，她二十岁，走路的时候她总是喜欢自然地把手搭在他的肩膀上，或者宠溺地揉乱他的头发。那样的日子没过多久，沐徉就变成了粉丝们的沐徉，即便是作为家人，唯安也必须和他保持合理的距离。他就这样偷偷地长大了，长成可以为她挡风遮雨的模样。

"跟我回家。"唯安抬起头，用温柔却不容置疑的语气对沐徉说，"不管你现在是谁，我的家就是你的家，你哪里也不许去。"

沐徉在唯安的目光里，失去了刚刚所有的戾气和冰冷，完全蜕变成一副柔软的样子。他无法反抗她说的话，正如她无法反抗当初许奂的决定。父亲由了那个少年的任性，用一种极端的治疗方法想要让沐徉逃离原本生活的阴影，却最终将他引向了绝路。

常菀坐在自己的咨询室里，手里拨弄着节拍器的指针。是她把别墅的地址给了唯安，虽然她并不清楚沐徉对唯安的感情，但她知道的是，在这个时候于秦朗来说，唯安的出现比自己更加有用。

－9－

章晗把刚做好的甜点摆在盘子里，用巧克力酱装点之后郑重地用双手端在常菀面前。

“这是我为明天录节目专门研发的新产品，名字叫作‘谁的青春不犯错’。”

“叫‘那些年我们被绿过的青春’更合适。”常菀一口咬下去，嫩绿的牛油果夹心裸露出来，“哟，还只能默默地绿在心里。”

“你就说好不好吃吧？能不能征服那几个评委，拿个大奖回来？”

“奶香的甜美在舌尖绽放，又有青涩的回甘萦绕，入口即化。绝对能让山下回味起当年你那少女的温香软玉。”

“眼前倒是有你这妇女的欲求不满，啧。真不陪我一起去啊？你不在，我单枪匹马的，心里总是没底。”

“你是去会老情人，又不是去打仗。我跟万壹说好了去机场接他，时间刚好撞上了，我也没辙。要不这样，我接了他之后去找你，然后咱们带着大奖一起回家。”

“也成，我的车明天限行，从那地方回来估计还真不好打车。”

“洪果儿已经到巴黎了，刚才给我发信息报了个平安，说刚补了银行卡，还把之前的酒店钱给我转过来了。”

“嗯，回去的机票钱也还给我了。”

"小姑娘挺讲究的啊，年纪不大，做人倒是干脆。"

章晗耸耸肩，不置可否。

"要不是你爸这层关系，你俩倒是挺适合做姐妹，干点啥都是一副不管不顾的样子。你们就这么把你爸劫持转移了，你妈能放过你啊？"

"这件事，绝对是我活到现在干得最对、最有魄力的。我爸活着的时候就够闹腾的了，死了之后清清静静的比什么都强。大不了我去哪玩两天躲躲呗，我妈也没空一直揪着我不放，等她折腾不动的时候，我再告诉她墓的地方在哪。不过到时候她还想不想知道谁也说不好。幸亏她不知道洪果儿的身份，不知道这事是我跟她一起干的，不然，哼哼。"

"想想洪果儿也挺可怜的，没了爸妈，又在原本该结婚的日子没了丈夫，自己一个人在国外无依无靠的……"

"你一个人不也过得挺好……"章晗突然意识到自己说错了话，赶紧观察常菀的表情，"不是，我的意思是……"

"我知道你的意思，你跟我还顾忌什么？"

章晗松了一口气。

"我爸好像开了个什么古玩店，不知道是不是留给洪果儿了。古玩应该都挺值钱的吧？哎，我是不是应该去趟法国，继承一下我爸的遗产啊？"

你爸岂止有那点儿值钱的东西啊？常菀差点就把这句话脱口而出，她想着章蘅那么大的家业，一定有专人负责打理善后，但在情况不明朗之前，她还是不要妄自揣度、节外生枝了。

"你先想想明天穿什么衣服吧，别琢磨那些有的没的。"

"对，人家节目组说服装要自己准备。你说我是不是应该穿得端庄一点？可我平时也不需要那种衣服啊。还是去你家吧，把你压箱底的好货交出来……"

说着，章晗摘下围裙就拉着常菀出了门，毫不留情地侵略了她的衣柜。常菀一直羡慕章晗这说风就是雨的性格，虽然善变，却来去自如，从不钻牛角尖，自己和身边的人都不会觉得负累。而她却正好相反，所以一贯和人保持距离。这是一种自我保护，也是一种甄别和试探。如果彼此都愿意在对方身上消耗时间，那便可当作惺惺相惜的默契。当然，与万多的相处不算。她认为他们之间消耗的时间都是无意义的。

下午，那位丈夫出轨的来访者，临时取消了第二次预约，因为她好不容易约到了很难约的一位著名整形专家。常菀也乐得清闲，于是提前离开工作室，不慌不忙地前往机场。她打开车上的广播，听主持人与听众讨论热点话题。这次的主题，是关于七夕要给另一半准备什么惊喜，常菀听着那一个个层出不穷的创意暗自发笑。惊喜所带来的满足感和失落感的概率是成正比的，而且搞不好还会变成惊吓。所以不要企图试探人性，给对方掩饰的余地是基本的相处之道，没必要事事求真，戴着面具的幸福可能才会更长久。那个丈夫出轨的来访者，便是太过相信眼前的圆满是她生活的真相，于是在丈夫的生日准备了一个惊喜，没想到却一下成了三个人的修罗场。她万万不能理解，一向温柔体贴的枕边人怎么就背着自己，迷上了一个处处不如自己的女人。

"她比我老，比我丑，比我土，比我穷，还离过婚！我老公是走火入魔了，还是米其林吃多了，想尝尝路边的臭豆腐啊？！"

那位正主的确五官精致，品位不俗，从指尖武装到牙齿，但常菀在她身上却看不到一丝女人味。矛盾吗？她几乎把所有的精力都放在如何让自己成为一个相貌、身材、皮肤、气色都无可挑剔的女人这件事情上，相信所有的男人终归离不了的不过是一副好皮囊。可是世间的好皮囊比比皆是，优化更迭，哪差你还需用力维护的这一个？但默契和共鸣却难得遇见。她不懂，还想着用抽脂隆胸来和那边的一颗玲珑心做对抗。

常菀停好车走进候机楼，在航班信息屏幕上找到了万壹乘坐航班的到达口。还有二十分钟，常菀买了杯咖啡找到一个刚好能看到出口的位置坐了下来。章晗在朋友圈发了张在后台的自拍，她化着妆，从廓形衬衫、高腰裤到高跟鞋和首饰，整身行头都是常菀的。为了穿上那双大一个号的高跟鞋，她还专门买了双鞋垫。常菀给她点了个赞，并回了几个奋斗的表情。章晗的自拍下，是唯安发的一张照片。照片里，唯安坐在自家院子里的秋千上，笑容灿烂地看着镜头后面的人。常菀猜想，拍照的人是沐祥吧，看来他好多了。唯安这两天请了假，专门在家照顾他。她是独生女，对这个半路进门的弟弟有着一种责无旁贷的执念。沐祥心里明白唯安对他的感情是来自姐姐的疼惜和怜爱，但却依然无法控制自己心里那份男女之爱的滋长。在他情窦初开的年纪，唯安是唯一的光，她齐腰的长发，睫毛投下的阴影，殷红的嘴唇和身上散发的香气笼罩了沐祥全部的触角。这种近乎偏执的占有欲，令沐祥树立起对她身边所有异性的敌意，但他却从来不敢表露一丝一毫，他知道那样等同于把唯安从自己身边亲手推开。

　　出口的人慢慢多了起来，航班比预计落地时间提早了五分钟。常菀把手机放回包里认真盯着走出来的人群，直到这波人都快走光了，她才看到万壹蹦蹦跳跳的身影。她起身迎了上去，刚准备喊他的名字，便看到万多推着行李车跟在后面，跟在万多身边的还有一个人，那个人正是晴海。晴海不在这个城市生活，不然对万多的攻势和进度早已不止如此。万壹看到常菀，开心地扑到她怀里，而晴海也热情地跟她挥手问好。

　　"你怎么进来接了？"

　　万多有些意外，脸上露出尴尬的表情。

　　"工作结束得早，就提前到了。爸妈呢？"

　　"他们直接飞海城了，说是战友聚会，要在那玩两天。哦，晴海说她还没来过京城，就一起来了。"

　　"Surprise！我临时决定过来玩两天，晚上要不要一起吃饭？"

　　常菀和晴海给彼此的惊喜，此刻都变成了万多的惊吓。不知道万多的父母这些日子是不是感觉到了什么，所以才故意避开了这个局面，以免大家都不好收场。儿孙自有儿孙福，这一点他们倒一直深信不疑。

　　"你们吃吧，万壹出去那么多天，我想带他回去收拾收拾，早点休息。"

　　"好，那回头见。万壹拜拜！"

　　万多还没说话，晴海就先自作主张地告了别。常菀正要上前去拉手推车上万壹的箱子，万多见状连忙抢先一步帮她搬了下来。

　　"儿子给你买了礼物，一起打包在箱子里了，我收拾出来就给你送过去。"

　　"不着急，我们先走了。"

　　"爸爸再见！晴海阿姨再见！"

　　万壹拽着常菀的手大步离开，他不懂这样的组合拆分是什么意思，在他的概念里，爸爸不跟妈妈回同一个家是种常态。常菀听到身后晴海大声向万多询问着晚餐的选择和明天起床的时间，她走向另一个出口，好像这原本就是她轻车熟路的生活。

－ 10 －

　　章晗被安排在最后一个出场。这是一个录播节目，现场气氛没有那么紧张。刚刚她从洗手间出来，正好看到山下和其他两位明星走出化妆间，在工作人员的陪同下前往现场，她发现果然人出名以后，就连走路的姿势都跟别人不一样。此刻她站在上场口的黑暗里，看着舞台上的评委开始品尝上一位选手做的香煎鳕鱼，中间那位女明星果然像网上传出的段子一样，无论吃什么都说入口即化，下面观众发出的一阵轻笑被音响里欢快的背景音乐盖掉了。上一名选手已经获得了两票，算是顺利过关。这位穿着专业厨师服、戴着高帽的选手用期待的目光注视着最后一个品尝的山下，今天的大奖是一台价格不菲的专业烤箱，是否能成功把它搬走，就看这最后一票是否能够顺利到手。现场导演已经写好了鼓掌的指示牌，准备对着观众席举起，没想到山下沉默几秒之后，却按亮了红叉的判决灯。现场观众一片哗然，台上的选手显然不服气，在向主持人要话筒。

"来了来了，好戏开始了。"章晗身边的猫鱼语气兴奋。

果然，被质疑的专业选手没有那么容易顺服，言辞激烈地对山下挑衅。主持人刚准备救场，现场导演示意她引导山下正面回应。要搁从前，他非得跟这个翻白眼的小奶油打一架才解气。章晗心里这么想着，边期待边捏着一把汗。没想到山下果然从评委席上站了起来，向台中间走去，径直从案板上拿起了刀，转身面对着那位已经被震慑住的选手说："我做一遍，如果不如你，我个人送你一台更好的烤箱。"

说完他便开始亲自操作起来，工作人员和观众都异常兴奋。章晗看着山下流畅自信却异常认真的操作，完全找不到他身上有任何当年的影子，但却依然是那股不依不饶的劲头。没有什么特别复杂的工艺和花哨的摆盘，山下把成品交给工作人员，掏出口袋里的手帕擦了擦额头和双手，一言不发地走回自己的座位。工作人员把菜品分切到几个小盘子里，挑了几个现场观众上台和其他两位评委一起试吃对比，当然，那位选手本人的品尝结果才是众人关注的焦点。仿佛没有什么悬念，山下收到了一边倒的好评，包括选手本人。

"又一道热门菜诞生了。"猫鱼小声嘀咕，"估计'我家'门口又要开始为这道鳕鱼排大长队了。"

现场第二阶段录制结束，导演开始催促场工清理和更换道具，准备最后一个阶段的录制。原本井然有序的摄影棚开始热闹起来，化妆师分别上台，抓紧时间给各自负责的艺人补妆。章晗在被猫鱼叫回后台做最后准备之前，看了一眼正在和化妆师交流的山下，山下的脸上带着亲切的笑容。

"你刚才说的'热门菜'那句话是什么意思啊？"

章晗确认着推车上等下要用的原材料和道具，顺口问了一句正在旁边对着她拍照的猫鱼。

"嘘！"

猫鱼赶忙凑上去拉住章晗，看了看周围忙碌的工作人员，还好并没有人在注意她们。

"刚才那一波操作都是安排好的。那选手是个托，就是为了引出山下老师亲自上台做那道菜。"

"节目组安排的？"

"那当然不是啊，山下老师可是出了名的不配合，你忘了我之前跟你说的啦？之前节目组跟他沟通过很多次，想安排他现场跟选手正面对决一下，都被他拒绝了。你没看见刚才现场导演他们都是真兴奋啊？今天这情况他们也不知情啊，还以为是意外捡到宝了。"

"那是什么情况啊？"

"除了自导自演还能有谁这么用他？他们这个月底要上新菜了，主打的就是鳕鱼，你说巧不巧？"

章晗觉得也许真就只是巧合，她实在不能想象山下为了推个新品而上演这么一出戏，那岂不是比她本人还要戏精了？

"不相信啊？那你等着看啊，过两天节目播出之后紧接着会出的新闻，就是这位选手拜山下为师，进入'我家'后厨做免费学徒。"

"你怎么知道？"

"这都是我们主编提前策划好的啊！"

"你们主编？"

"我没跟你说过吗？我们主编和山下老师是两口子呀，是他背后的女人，脑子绝对好使。'我家'能火成这样，你以为纯靠菜品好吃啊？好吃的店多了，谁能鹤立鸡群？还不是得靠市场策略炒作……"

　　章晗觉得自己被骗了，但想想确实又没人骗她，是她自己一口答应要来的。猫鱼今天对她的口无遮拦不能成为她生气走人的借口，这对同样被蒙在鼓里的节目组和这个信任她的小姑娘不公平。

　　"我一个好朋友马上就到门口了，你能不能把她带进来等我？"

　　章晗收到了常菀发的信息，说万壹饿了，让她别忘了留一个现场做的甜点给他，两人已经进停车场了。

　　"等你上台了我再去吧？"

　　"没关系，我自己可以。"

　　"那行，我很快就回来。我回来后就站在刚在那个台的右侧边，有什么问题你随时给我信号。别紧张啊！"

　　现场观众和工作人员都归位了，导演准备开始拍摄衔接观众鼓掌和主持人串词的画面。章晗急匆匆地跑回来，连忙向负责催场的大姐道歉。她努力定了定神，在主持人念出她的名字之后，摆出一个专业的微笑，向灯光下走去。她欠身向三位评委问好时，台下的山下有那么一刻的恍惚。大屏幕上开始播放介绍章晗的宣传片时，他认真地观看画面内容，失去了一贯的客观和冷静。"你千万别让我失望。"章晗默默对山下祈祷，然后不慌不忙地开始制作她寄予深切希望的试金石。她庆幸自己今天选择做的不是一整个大蛋糕，而是精巧的单品，否则要想把芥末粉准确地撒进要给山下吃的那份里，好像没有那么容易。

　　刚才章晗临时消失的那一小会儿，就是趁大家注意力都在台上时，在道具组那一堆各式各样的备用调味品里找到了这瓶和牛油果、抹茶颜色最相近的芥末粉。完成之后，她要求亲自把甜品端给各位评委，主持人欣然同意。没有问题的那两份自然得到了评委很高的赞赏，入口即化的评语再次毫无悬念地出现，章晗谦虚地站在一旁，等待着山下的品尝。他先是用叉子蘸取了表面的奶油放进嘴里，微微挑起的眉毛和惊讶的表情仿佛这才相信了前面两位评委的赞誉不是夸大其词，然后充满期待地把整块甜品放进嘴里咀嚼。章晗的心跳伴随着不断膨胀的期待呼之欲出。哪怕山下跳起来骂我都可以，她这么想着。她看见山下闭上眼睛咽下嘴里的食物，果断按下通过的判决灯。现场庆祝的音效响起，台下猫鱼也向她开心地竖起大拇指，常菀朝章晗努努嘴，好像是在说，你看你在老情人面前多长脸。

山下那被芥末冲到却尽量克制的表情，在旁人看来却成了对美味的享受。他在主持人的邀请下来到台中，从礼仪小姐手上接过一张放大的奖品券准备颁给章晗。他笑着伸出手，可她却站在那里没有任何反应。章晗失望透了，此刻她实在顾不得谁的利益、谁的脸面或是谁的前途，浑身的叛逆细胞都做好了战斗准备。她在主持人打趣她被山下老师帅到了的嬉笑声中接过话筒。

"这个奖品我不能要。"

今天现场接二连三的意外状况让所有工作人员不知是喜是悲，盯着台上的表情统一变得格外纠结。常菀心里咯噔一下，知道即将要有一件无法收场的事情发生。

"为什么呢？你做的这款甜点真的很好吃啊！"

评委席上的那位女明星还以为她是谦虚而鼓励她，另外一位男明星也随声附和。为了加强节目效果，主持人在旁边托盘里的另外几个成品中拿了一个放进嘴里，立刻发自内心地称赞起来，并将其余的都发给了现场观众，确实得到了一致好评。

"既然这一盘大家都吃完了，那我就更加确认刚才的结果不能算数了。"章晗不紧不慢地说，"这是我跟大家玩的一个游戏。刚才我做的所有甜点中，有一个夹心里撒了芥末，应该就是我刚刚拿给山下老师的那个。"

现场观众开始交头接耳、出现骚动，工作人员也互相传递着不明所以的眼神。

"没错吧，山下老师？"章晗笑着看向尽力保持着淡定的山下，"没想到您的口味这么特别，按理说那份甜点应该很难下咽才对。"

导演这才反应过来章晗是在故意找碴儿，他赶忙叫停，把猫鱼喊过去好一通数落。主持人用一脸蒙住的表情看着旁边对视的评委和嘉宾，常菀赶忙拉起万壹的手，掏出车钥匙，摆出了一副要随时准备带人跑路的架势。猫鱼跑上台去跟章晗沟通，导演告知主持人要重新拍摄结尾的颁奖画面，并用话筒郑重告知大家天色已晚，每个人都很辛苦，希望抓紧配合好尽快收工。摄影重新开机，但章晗和山下却依然站在原地。

"就按刚才的内容播出的话，你们的收视率岂不是会更好？没有必要再演一遍。山下老师，祝你的餐厅生意兴隆。"

- 11 -

后来那期节目播出的时候没有章晗的任何一个画面，取而代之的是另外一个做烧卖的大妈兴高采烈地拿走了烤箱。然而章晗却依然火了，同样火的还有她做的那个游戏甜点。不知道是谁偷偷用手机录下了那天现场的画面，并在电视台节目播出的同时把视频公布在网上，第二天山下吞芥末蛋糕的表情包就被配以各种文字广泛传播。而章晗却毫不避讳地在自己的微博上也发布了那张图片，配的文字是"The cake sucks like you"。而这句话被转发翻译成各种版本，例如"这蛋糕跟你一样完犊子"。网友点名要买她在节目上做的那种甜点，并且一定要在一盒里面做一个里面放了芥末的。这成了朋友聚会上的新游戏，吃到芥末的那个人要举着"The cake sucks like me"的字牌拍照，并将照片发布到社交媒体上。随后，章晗和山下大学时期的恋情就被扒了出来，被誉为整垮前任的经典案例。

"妈呀，这张合影我都没有了，这是他们从哪翻出来的？"

章晗看着猫鱼电脑屏幕上的照片，手上还停不下来地在给一个双层的生日蛋糕抹奶油。那件事情之后，猫鱼被杂志社停职了，主编给了她一个因严重工作失误损害本公司及合作伙伴形象的罪名。章晗知道之后，干脆让她辞了职来帮自己打理日常事务，并给了她比原先更好的薪资待遇。而猫鱼则快速上手建立了公众号和网店，把章晗之前毫无章法的工作重新归纳分类，不但建立了因时制宜的产品名录，还制定了清晰的营销和宣传计划。此刻，她正根据目前的舆论风向准备下一步的引导策略。

"你俩真好过啊？"

"对啊，这没什么好隐瞒的。"

"那时候山下真是，怎么说呢？"猫鱼轻拍着趴在她腿上打盹的虎妞，"有一种随时要抛弃所有去远方流浪的气质。"

"他那时候什么都没有，哦，有有有，他有那辆三手摩托。"

"有一个挺火的脱口秀节目想请你去当嘉宾，还是拒绝吗？"

"对啊，咱们不是说好了吗？不再上任何节目，专心做蛋糕才是正事。"

"之前你还告诉我说，说不定哪天一觉醒来就不想干了呢。现在倒是越来越干劲十足了吗？"

"找到乐趣了呗。而且之前我是一人吃饱，全家不饿的，现在不得对你负责啊！"

"老板收留之恩无以为报，只得以身相许聊表心意。"

两人正嬉笑着，门铃响了。猫鱼去开了门，看见是常菀带着万壹，便热情地打招呼。

"按什么门铃啊，又不是不知道门锁密码。"

章晗把刚烤好的曲奇递给进了屋就直奔虎妞去的万壹。

"你这现在好歹是已经有正式员工运营的正经工作场所了，不能再那么没有规矩。"

"你意思我之前不正经啊？"

常菀把曲奇盒子从万壹手里收回来，耸耸肩表示默认。

"你这两天还忙得过来吗？"

"你看呢？"

章晗用手滑了一下旁边电脑屏幕上排着长队的订单。

"赶紧物色着请人吧，就靠你一个人动手做，累死也做不过来啊。"

"再说吧，你知道我不习惯跟别人合作的。你干吗突然这么关心我？"

"这话说得可太没良心了，这个世界上还有谁比我更关心你？"

章晗夸张地点点头表示认可，然后停下手里的动作，用了然的目光看着常菀。

"说，什么事？"

"我要去外地两天，万壹放在你这。"

章晗倒吸一口凉气。

"万多不是回来了吗？"

"他那不是有人吗……"

常菀欲言又止，猫鱼见状特别识趣地带万壹去了另一个房间，打开电视大声地放着动画片。

"他那有人不是刚好吗？你把万壹送过去让他带着，凭什么让他那么舒服啊？明目张胆地婚内出轨，太没有契约精神了。"

"我们也没规定不能婚内出轨啊。"

"那你那么长时间不睡秦大帅哥，是在等什么呢？"章晗恨铁不成钢地白了常菀一眼，"主要是，好歹你们俩这合作关系还存在呢，就算有别的心思也应该低调一点，面子上总得过得去吧！他这可倒好，光明正大地怼你一脸。"

"你就说你带不带吧？别找那么多借口。"

"我找借口？拜托常大小姐，万壹没上幼儿园之前我带得可比你多，有点良心好不啦？你忙事业的时候是谁给你稳住大后方的？"

"是是是，你最好了。"常菀走过去从背后抱住章晗，"你才是我的正牌当家的。"

"好，承认就好。我带多少天都没问题，主要是万多这样太气人，他不是说了要调回来工作，以后可以多陪陪孩子吗？可这还不如以前呢，人就在京城都不露面。要我说，你也别顾忌周全这个那个了，赶紧跟他离，踏实嫁给秦朗，这样才算是给万壹一个完整的家呢。"

常菀坐回椅子上，没有说话。

"你跟我说说你到底是怎么想的？"章晗摘掉透明手套也在她对面坐下，"我就没明白你这几年是在这耗什么呢？万壹的户口早就上完了，该有的身份证明也都齐全了，幼儿园也正常上着，小学也找好人了，你自己的工作居住证不是也有了吗？现在完全已经不需要万多这个挡箭牌了呀！难不成你还跟他演出感情了，舍不得？"

"你这话说的好像是我利用完人家就翻脸不认人似的。"

"大姐，不然呢？你们俩说白了不就是互相利用的关系吗？他当初不也是因为要应付家里才跟你签的那份协议吗？现在不是刚好，他身边真的有人了，你们对彼此的任务圆满完成啦，再这么难舍难分的可就戏过了啊。"

"我是觉得，这样万壹太可怜了。明明是大人之间的恩怨，却把孩子牵扯进来。他对人的感情都是真的，如果我们都重新组建了家庭，产生的都是对他的影响，这不公平。"

"现在这样就公平了？天呐，常菀，我一直都觉得你比我聪明，比我活得明白，可是你这脑子里装的都是些什么年代的想法啊？我告诉你，你和万多现在这个状态才是对万壹的不公平，你让他怎么认知现在的情况？你是他妈妈，在你家进进出出的都是秦朗。万多是他爸爸，却不跟你们一起住，还带着另外一个女人一起回家了。要是我的话，我的世界观都快崩塌了，你还觉得这样对他好？"

　　常菀竟然从来没意识到自己给万壹的生活是章晗说的这样，她一直以为自己努力为他维持的，是一个和别的小朋友一样正常的三口之家，却对这些无法被掩盖的漏洞视而不见。常菀内心的愧疚感太强，令她不得不靠自欺欺人去平衡。她无法否认自己当初生下万壹的决定，却更不能不去面对她不计后果的自私。章晗意识到自己的话可能说重了，但也不想再由着常菀和稀泥，于是也并不打算安慰她。

　　"这次出差是去哪啊？"

　　"粤城，林老师过七十岁大寿，我和秦朗一起去。"

　　"挺好，既然不是为了工作，你俩就好好放松心情，怀念过去，展望未来。两个得意门生能成就一段佳话，林老师也会真心高兴的，连寿礼都省了。"

　　正说着，章晗的手机铃声响起，"老巫婆"这个名字赫然显示在屏幕上。

　　"完了，是我妈。让暴风雨来得更猛烈些吧！"

　　常菀实在不想听这对母女俩之间惊心动魄的对话，于是跑去另一个房间看万壹。他和猫鱼两人正津津有味地看着《麦兜故事》，虎妞被他紧紧搂在怀里，显得并不那么情愿。听着他和猫鱼之间有一搭没一搭的对话，常菀突然觉得自己有些不认识自己的儿子。她只把他当作一个小孩，认为他只要吃饱、穿暖、健康安全、好好学习就好，却从来没有去试着了解他的思想，好好跟他说说话。她每天都在倾听别人，关注怎么能走进别人的内心世界，和他们产生共鸣。而万壹呢？他已经快上小学了，她却依然把他当作一个没有独立思维的个体。其实是害怕吧，常菀一直在逃避那一天的到来。她不想对自己的孩子说谎，可又该怎样向他解释，才能让他的内心不留下伤害呢？

　　"万壹就直接留下吧，就当提前热身了。"

　　章晗满脸斗志地站在房间门口。

　　"那我可以吃冰淇淋吗？晚上可不可以不洗澡就睡觉？"

"可以，在我这你想怎么样就怎么样。"

"耶！妈妈慢走，注意安全，不用着急回来！"

猫鱼被万壹逗得哈哈大笑，常菀斜眼看着章晗。

"你想干什么？"

"万壹，晚上跟我去大别墅里，咱们一边吃着冰淇淋，一边看大电视上放的动画片，好不好？"

"好好好！章晗妈妈万岁！"

常菀做出投降的姿势，假装什么也没听见，生怕自己忍不住后悔，赶紧起身走人。

－ 12 －

章晗开车带着万壹行驶在去往城外的路上。刚刚电话里韩秀的声音听起来格外平静，这让她有一种特别不好的预感。

"等下如果我和姥姥吵起来，你看我落了下风就赶紧哭，然后咱们就走人，我带你去密室逃脱，怎么样？"

"放心，我会保护你的。"

"哎哟，你这个小男子汉，台词是从哪里学来的？"

"我又不是三岁小孩了，别总以为我整天就知道吃吃玩玩。"

"那你还想怎么着？"

"我心里明白着呢，只是懒得表达，怕吓着我妈。"

"你都明白些什么啊？我听听。"

章晗瞥见坐在后排的万壹一脸犹豫的表情。

"你还担心我背叛咱们之间的联盟啊？"

"你背叛了也没关系，那样顶多会让我不再相信别人了。"

"嘿！你这个小孩竟然威胁我，一段时间不带你，你就长成这样了。行，威胁有效，说吧，你都知道些什么？"

"我爸和我妈感情破裂了，但为了我却还没离婚。"

章晗心里喜忧参半，虽然万壹看出了常菀和万多之间关系的异常，却至少觉得他们是感情破裂，还并不知道在这段婚姻里，感情好像从来没有存在过。

"还有呢？"

"还有啊，秦朗叔叔喜欢我妈妈，但是我妈妈好像只是把他当朋友。晴海阿姨喜欢我爸爸，但我爸爸其实并不喜欢她，他还是有点忘不了我妈妈。"

"你从哪看出你爸忘不了你妈了？"

"之前在帕劳，我妈走了以后，他总是半夜在手机上看我妈的照片。"

"啊？有这情况？"

"你别出卖我啊！他们大人的事我可不想干预，你也得让他们自己做选择才不会后悔。"

"现在的小孩真是太吓人了。"

章晗一边小声嘟囔着一边打着灯出了高速路口。

韩秀和王青树看见万壹之后满脸都是抑制不住的笑容，连忙把他领进屋里，又给切水果，又给拿玩具，就连那条大金毛都围着他转。除了王青树给章晗倒了杯果汁之外，好像她压根不存在似的。不过这阵势她也不是第一次见，万壹从小就招韩秀喜欢，她曾经不止一次说过让章晗也赶紧生一个交她带，哪怕不结婚也行。尤其是过了三十岁之后的这两年，章晗的单身成了韩秀看她哪都不顺眼的万能理由。她竟然还让章晗先去冷冻卵子，免得老了后悔。章晗喝着果汁，看着眼前的其乐融融，觉得自己把万壹带来当挡箭牌绝对是个英明的决定。

风平浪静地吃过饭之后，王青树竟然真的带着万壹吃冰淇淋、看电视去了，特意给章晗和韩秀留出了单独的空间。而韩秀脸上的表情也总算从让章晗看着肉麻的宠爱恢复了冷静，两人僵持着，都等着对方先开口。

"章蘅的律师跟我联系了，说过一阵会回来跟你见面。看来你爸还是有点良心，给你留了些东西。"

那洪果儿呢？这竟然是章晗脑子里闪过的第一个念头。如果章蘅生前没有特别去写遗嘱，那么确实该由章晗继承他的所有财产，未婚妻毕竟还不是妻。

"哦。"

章晗一直在等着韩秀跟她说章蘅下葬的事，目前看来，她还不知道自己已经把骨灰偷偷取走的事实。

"虽然不知道你爸这些年在国外干些什么，但至少混得应该也不会差。他留给你的财产，我想的是都尽快拿去变现，投到家里的公司来，刚好帮我拓展一下业务。"

"随便吧。"

章晗从小家里条件就不差，对物质一直没什么追求。可能就是因为从来没缺过什么，所以也就没那么在乎。她本来就觉得能得到遗产这件事就是个意外，如果章蘅和洪果儿顺利结了婚，那第一顺位继承人根本就排不上她。章蘅既然能把洪果儿娶回家，就肯定做不出来写遗嘱把遗产都留给自己女儿这种事。

"不过最好还是得留点给我，我也要拓展业务。"章晗想给洪果儿留一些，就当是替自己的父亲还人情了。

"你不说我还忘了，你都这么大人了，怎么还能干出那么幼稚的事？就算那个山下是你前男友，也不用上电视去弄那么一出吧？搞得人家工作都丢了，你就不怕人家来找你麻烦啊！"

"人家自己当老板开餐馆，生意好着呢，怎么就丢工作了？我就是看不惯他那个假惺惺的样子，心里硌硬。"

"假给你看啦？碍着你什么啦？"

要是你知道当年我没考上研都是因为他，估计上门找麻烦的人就是你了，章晗心想。韩秀对章晗没考上研究生这件事非常介意，她觉得章晗后来之所以没成为和常菀一样优秀的人而是游手好闲到现在，就是因为少了那三年高人一等的研究生专业教育。章晗懒得解释，干脆拿出手机刷朋友圈。

"我跟陵园那边联系好了，选了二十二日早晨九点过去。你把时间留出来，咱们八点的时候直接在取骨灰那里集合。"

总算说到正题上了，章晗琢磨着怎么也躲不过去了，反正早晚都得挨这一刀，横竖都是死，干脆自己找个痛快。

"我已经给我爸埋了。"

"什么时候？"

韩秀明显急了。

"上周。"

"埋哪了？"

"反正没埋你那里。"

"我要是不提，你还不打算告诉我是吧？"

韩秀的声音把大厅四壁震得嗡嗡作响，家里保姆从地下一层上来担心地看了一眼，万壹举着吃了一半的冰淇淋从隔壁房间跑出来，闭着眼睛就开始哭。王青树赶忙跟过来安慰，大家此刻都对章晗带万壹一起回来的原因心知肚明。

"在这件事情上，我不想跟你吵。"章晗站起身，"并且，我觉得也没有什么讨论的余地。你那个安排本来就很荒唐，那是对四个人的不负责任。"

章晗担心韩秀问她为什么是四个人，不想节外生枝，于是拉起快哭不出来的万壹就赶忙往门外走。

"你简直是胡闹！"

看来正在气头上的韩秀并没有注意到这个细节，或者把第四个人理解成了章晗。

"妈，这个家从很早起在胡闹的一直都是你，你先是闹走了我爸，然后又闹走了我。"章晗给万壹穿好鞋子，然后拉开门回头说，

"等我觉得可以说的时候，自然会把我爸埋在哪里告诉你。不过我觉得比知道那个更重要的，是过好你现在的生活。"

王青树看着气得站不稳的韩秀，给保姆使了个眼色，自己追了出去。他一路跟到章晗车前，让万壹先上了车，担心地看着同样无法平复的章晗。

"你消消气，马上还要开车，安全第一啊。"

"王叔叔我没事，您快进去看看我妈吧。"

"唉，你们这母女俩，明明互相关心得不得了，却总要装成一副水火不容的样子。前两天你妈在网上看到你蛋糕火了的消息特别高兴，还跟公司同事推荐来着。她啊，就是刀子嘴豆腐心……"

"王叔叔，您知道我妈要安排她自己跟我爸合葬在一起的事吧？您就完全不介意？"

章晗看到王青树的脸上露出了纵容而无奈的笑容。

"小晗，其实我跟你妈一直没领证，不算正式夫妻。她跟你爸爸一起生活了十几年，还有了你，想要合葬我也能理解。"

章晗这是第一次知道韩秀和王青树过了十几年日子却并没有结婚，她突然有些可怜面前这位无论什么时候见到都干净整齐的男人。他对自己从来都是有些过于讨好地笑着，从当年俊朗干练的中年人变成了眼前的样子。他眼角堆着深深的鱼尾纹，两鬓生出华发，脖子上却系着超人斗篷，手中拿着美国队长的盾牌在给别人家的孩子做姥爷。他把自己的后半生都奉献给了一个连死都想跟前夫葬在一起的女人，却毫不计较名分，也没有任何怨言。

"真不知道你图什么。"

章晗眼眶有些湿了，于是急忙转身上车想要掩饰。

"有空多回来吃饭，带着常菀和万壹一块儿。"

"姥爷再见！刚才还没分出胜负呢，下次我还当蝙蝠侠！"

万壹从后座探出头，对着车窗外的王青树挥手。

"好！姥爷等着你，你回去要乖乖听两个妈妈的话啊！"

"放心吧！"

"坐好了，小马屁精。"

章晗关上车窗，把车开出了院子。她在后视镜里看到王青树一直站在那里目送他们离开。这些年，他在这对母女之间一直默默当着和事佬，每个月按时给章晗转生活费，参加她大学的毕业典礼，记得她每一个生日。他没有自己的孩子，所以尽量为她做好父亲该做的一切，却始终被她拒于千里之外。

"我喜欢姥爷，不知道我亲姥爷是不是也这么好。"

万壹自己扣好安全带，看着窗外大大的月亮。血缘是不是真的有那么重要？如果韩秀不是一个这样的妈妈，也许章晗会更喜欢王青树这个爸爸。

- 13 -

洪果儿从一栋办公大厦里走出来，眼神有些迷茫。这是她回到巴黎之后面试的第三份工作，然而都没有得到什么准确的回复。她找了一个长椅坐下来，从随身的大单肩包里掏出一双平底鞋来换上。她身上的职业套裙和黑色的高跟鞋都是为了找工作而在学校附近的二手店买的。鞋子的号码小了一些，她原本是想买另外一双更便宜也更合适的矮跟鞋，但是店主小姑娘跟她说，女人鞋跟的高度决定了她事业的起点，没人会有兴趣给穿那双老气矮跟鞋的新人一份工作。差不多是下午茶的时间，在附近工作的白领三两成伴地走出大厦，去享受一份甜品或者手工咖啡。他们穿着合身的套装，脸上随时挂着无所畏惧的笑容，洪果儿拎着高跟鞋小心翼翼地避让着他们自信的步伐，快步走向地铁站。

其实洪果儿并不知道自己想要做一份怎样的工作，甚至不知道自己到底擅长什么。当初选择上大学，是因为讨厌自己原本的生活。她受够了当一个骗子，不想再被用作诱饵或者挡箭牌，于是，她在四年多前的那场骗局中做了叛徒，亲手将自己的父母送进了大牢。是的，她在父母的事情上撒谎了。他们并没有死，但是对于洪果儿来讲，说他死了比告诉大家他们是在监狱里服刑的犯人要强。那是她在即将满十八岁的时候做的第一个重大决定，她想给大家一个重新开始的机会，哪怕之后成为一个庸碌的人，也不想再过之前那种双脚悬空的日子。结果当她真的考上了大学，还是一所好大学，需要那笔改变命运的第一笔资金时，她脑海里闪过的念头竟然还是去骗去偷。不得不说这是她最熟悉的赚钱方式，几乎从胎教就开始。尽管她对自己失望透了，但还是迈进了那家古玩店的大门。她告诉自己，这是最后一次，却在犹豫之间，被章蘅抓了个正着。

　　想到这里，笑容竟不经意地出现在了洪果儿脸上。她想起章蘅反复查看她大学录取通知书的样子，像在鉴别一件即将收入囊中的字画。后来他不仅替洪果儿垫付了学费，还给了她一份正经谋生的工作。章蘅是她人生新的起点，如果当初他做了另外一种选择，那么洪果儿也许就回到了和她父母一样的人生道路。

　　地铁到了一个换乘站，上下的人群交错拥挤。洪果儿干脆从座位上站了起来，她下一站就该下车了，于是提前向门口挪动过去。这时，一个十几岁的男孩引起了她的注意。他看起来特别普通，普通到几乎没有人注意到他的存在。但是他的眼睛格外明亮，深蓝色的眸子散发着机警的光芒。洪果儿盯着他的一举一动，或许因为曾经他们是同类才偏偏吸引了她的目光。她知道他已经选好了目标，或许他已经跟了一路了，并且在下一站到达之前就会动手。她看了一眼那个丝毫没有发觉的猎物，一面想着该如何提醒他，另一面又在阻止自己那样做。然而下一秒，她就鲁莽地挤过去，拍了拍那个男孩的肩膀。已经伸出手的男孩显然吓了一跳，强装镇定地看着眼前这个陌生的亚洲女人。

　　"嘿，好久不见啊！"

　　洪果儿露出笑容，用英语跟他打招呼。

"我不认识你。"

男孩用法语回答她，并快速瞥了一眼已经被挤到一边的猎物，还不满地看了洪果儿一眼。

"是吗？"洪果儿也换用法语对他说，"我以为我们在教堂见过，你上周不是还帮唱诗班弹了风琴吗？"

"那不是我。"男孩眼睛里的光芒暗了下去，"你认错人了。"

地铁到站，男孩快速穿过人群下车跑远了。洪果儿站在月台上久久缓不过神，她大脑一片空白，甚至有些后怕，刚才那一瞬间条件反射似的选择也许会给她带来麻烦，她不知道男孩附近是不是会埋伏着同伙。出了地铁口，洪果儿走向那家她常去的面包房，快到半价时间了，在没找到工作之前，她得规划好花出去的每一分钱。她还是忘不了刚才那个男孩的眼神，充满了希望，不觉对错，好像那就是一件和送报纸打零工一样的差事。她知道这一次的阻止对他来说也许并没有什么意义，但她知道自己曾经渴望过被人阻止，哪怕只有一次。

附近的街区虽然不属于高档次的富人居住地，但至少干净安全，还有那么一些文艺气息。当初章蘅租下这间公寓，是因为它离古玩店很近，去洪果儿的学校也很方便。他在这里住的时间不多，基本只有周末的时候两人才有比较多相处的时光。洪果儿把刚买的面包和三明治放进冰箱，冰箱里除了半瓶牛奶什么都没有。反正在这里也住不了几天了，洪果儿打开窗户坐在地毯上。她回来那天，房东太太就来问过要不要续签下一年的合同，上一年的房租只交到了这个月底。没剩几天了，她翻开一旁的电脑，打开的页面都是租房网站。之前章蘅算好了，等她毕业，两人正式结婚之后，就从这里搬出去。洪果儿从来没去过他自己住的那个地方，好像比较远，还是栋老房子，他说需要重新翻修装饰一下才好作为婚房。原本这个时候，她应该已经成为新娘，正准备搬去新居，开启新的人生篇章。可当下的现实，是她就算去租最便宜的地下室，也不知道能坚持多久。

洪果儿和父母一起住的时候，一家人三天两头地搬家，家里也从来没被收拾成一个家的样子，就像一个马戏团的后台。家里有各种各样的服装、道具、假发、化妆用品，这些物品在洪果儿小的时候曾经给过她乐趣。她的父母编造着一个个游戏和故事场景，令她身临其境，她觉得自己拥有世界上最棒的爸爸妈妈，每天都陪着她在这个城市里扮演着各种各样的角色，不用去工作总能陪在她身边，而且给她花钱从不吝啬。长大之后，她才明白这就是他们这个家庭的谋生方式，她所得到的那些糖果和花裙子不过是完成任务之后的奖赏。

难道这就是命中注定吗？洪果儿打开钱包，里面装的就是她的全部家当。有章蘅在的时候，她不必担心未来，每个月在古玩店领到的工资除了给监狱里的父母存生活费之外，剩下的几乎都零零散散地花掉了。他们家好像没有存钱的传统，都是活在当下的享乐派。现在古玩店关了，洪果儿要想进大公司很难。洪果儿打开了招聘服务员和兼职工作的网站，学了四年的专业在此刻毫无用武之地。虽然不甘心，但她还是耐着性子一条条看了下去。无论如何，她都不能再回到从前。

从二手服装店出来的时候，天已经黑了。洪果儿把买的套装和鞋子又卖了回去，拿到的钱还不到花出去的一半。昨天，一个中餐厅在收到她简历之后很快给她回了电话，要她今天就去面试。在简单问了几个问题之后，便当场录取了她。这家餐厅还提供集体宿舍，是一栋在背巷里的老式居民楼，四个中国女孩合住在一个房间里的上下铺。好歹暂时有了个落脚的地方，洪果儿边走边安慰自己。

路过楼下便利店的时候，她进去挑了一瓶最便宜的红酒。店员熟络地跟她打招呼，还问她章蘅怎么没一起来，她胡乱找了个借口付过钱之后迅速离开。她还没有办法平静地跟别人提起章蘅已经不在人世的事实，那天她告诉房东太太不再续租之后，对方还好意打听他们是不是准备结婚的消息。回来之后，洪果儿默默哭了许久，眼前的这瓶红酒成了她用来换一夜睡眠的特价药。

第 三 章

徘　徊

C h a p t e r

欲望是灵魂的出口，
或是孤掌难鸣或是两败俱伤。

　　林雨舟的寿宴，来的都是他教育生涯中的得意门徒。即便当下不是在学术界举足轻重的心理专家，也在相关行业发挥着自己的能量。秦朗和常菀分坐在寿星和林师母的两侧，这两个人与林雨舟老两口更加亲近一些，林雨舟对秦朗倾注了多少期望和心血不必多言，而常菀是当年老两口早就认定的儿媳妇。后来林家的儿子在国外先斩后奏娶了个洋太太，而常菀也突然怀上了万多的孩子，这桩两头都不热的好事便消失在了萌芽状态。但这也不影响林师母对常菀的喜欢，既然常菀做不了她的儿媳妇，干脆把常菀当作女儿看待。要不是后来儿子回国在南方发展，也很快有了孙子，她可能会留在常菀身边帮忙带万壹也说不定。

　　席间觥筹交错，热热闹闹，林雨舟穿着红彤彤的中式服装频频举杯，学生们反而顾及老师身体尽量点到为止。酒过三巡，男人间的话题开始集中在学术、体育和国家大事上，百无聊赖的林师母拉着常菀坐到了外面的露台上。南方夜晚的风湿湿黏黏，两人的脸颊都喝得红扑扑的。两人虽然许久不见，也并没有失了那份亲热。

　　"您身体还好吗？"

　　"我才六十多岁，还年轻，哪里都没问题。"

　　林师母还像从前一样活泼。那时候她在部队文工团，多少官兵子弟都喜欢她，可她偏偏跟了沉默寡言的书呆子林雨舟。她说平时蹦蹦跳跳的就已经够闹了，有个懂自己的人安安静静陪在身边才像过日子。后来林雨舟考上大学，又成了第一批公费送出国留学的专业人才，林师母就一直心无旁骛地等着他，直到同龄姐妹家的孩子都会打酱油了才出了嫁。

　　"真羡慕您和林老师，相敬如宾地走到今天，天长地久也就是这个意思了吧。"

　　"哎，相敬如宾可不是什么好的婚姻状态，两个人过日子，就得放松一些，该说就说，该吵就吵，总是绷着劲儿可好过不了，早晚出事。"

常菀笑着点点头。其实她哪懂婚姻里什么状态是好的，什么又是不好的？她连跟异性同居的经验都没有。

"万多怎么样？"

终于还是聊到了这个话题。常菀不喜欢说谎，也不擅长说谎。但是在她的婚姻这件事情上，她不得不向几乎所有认识的人说谎，而且一说就是好几年。她觉得这可能也是她越来越不喜欢与人社交的原因，因为家庭情感确实是很难逃避的话题。

"挺好的。"

"就这样？"

林师母有些意味深长地看了她一会儿，然后转过头看向前方。

"有些话不管你喜不喜欢听，我都要说。虽然我从来没见过万多这孩子，但是我不喜欢他。他把你变得越来越沉默，这可不是什么好事。"

"师母，我都三十多岁了，都是孩子的妈妈了，难道还要像上学的时候那么咋咋呼呼啊？"

常菀试图用轻松点的语气岔开话题。

"变沉默和变稳重是两回事，生活在人身上留下的痕迹是掩盖不了的，尤其是女人。你现在能理直气壮地跟我说你过得很幸福吗？"

这也不是万多的错啊！可是常菀却依然无法反驳，因为这是她不想与人谈起的另一个秘密，关于她的父母。她突然意识到自己的生活因为这两个禁区而变得漏洞百出，好像所有的事情都因此而无法被谈论。她在这两片交错重叠的阴影里，小心翼翼地画地为牢。

"菀菀，其实要说道理，你能讲出来的肯定比我要多。所以你应该明白，生活发生改变不一定是坏事，如果觉得方向错了，停下来或者往后退都是更加理智的选择。你还有那么长的一生在前面要走，就这么闷头走下去会有多难受，只有你自己知道。"身后的房间里传来一阵哄笑声，两人回过头，看到秦朗拿着手机正给林雨舟演示着什么，其他人都围在他们旁边，"你又不是没有退路。秦朗一直单着身等你到现在，他可是我知根知底的好孩子，你们天天在一起工作，他看得肯定最清楚。我可以肯定，如果你要一直过得好好的，他不会这么执着。"

　　晚上十点钟。其他人去找地方续第二场，秦朗和常菀送林雨舟跟林师母回家。师母熬不了夜，洗漱完毕就睡下了，林雨舟倒是一副意犹未尽的样子，沏了一壶清茶拉着两个学生在书房里聊天。常菀在厨房洗水果的时候，她放在书桌上的手机响了起来。为了不打扰师母休息，秦朗赶忙按下静音键，同时也看到了屏幕上万多的名字。

　　"要不要回个电话？"

　　他把手机拿起来递给常菀，接过她洗好的水果。常菀看了一眼屏幕，对老师不自然地笑了一下，拿着手机走到外面客厅的阳台上轻轻关上门。

　　"还不死心啊？"林雨舟从盘子里拿了一只梨子递给秦朗，"孩子都那么大了，你还指望什么呢？"

　　秦朗是在万壹两岁那年发高烧的时候，从急糊涂了的章晗嘴里得知了关于常菀的协议婚姻。也许就是那一刻心里闪过的欣喜，才让他确认了自己的心意。

　　"昨天许奂给我打电话祝寿，他说沐徉现在和唯安一起住在京城的家里？"

　　"是的。"

　　许奂和林雨舟曾经一起在德国留学，林雨舟学成归国，而许奂则想尽办法留在了那里。

　　"沐徉好些了吗？"

　　"身体基本上已经康复了，可是这心理……应该还需要些时日吧。"

"我看还是有媒体抓着他不放啊，但好歹大部分人的注意力算是已经转移了。这孩子，很久没有过这种能由自己支配的生活了吧。心理方面的问题，如果你觉得为难，就交给菀菀试试。我看这两年她成长不少，有些地方你可能还真不如她呢。"

"是，她比我踏实。"

"咱们的工作，不是踏实就能做好的。虽然我老了，但还没有迟钝。有些事即便我不问，也多多少少心里有数。这孩子不容易，她那个敏感的弱点，反而成了她进步更快的优势，但都是用心头的血肉真刀真枪换来的。当初我退下来养病，把她培养成合伙人，就是看中你俩的互补，你们有能力激发对方的潜能，让彼此都变得更好。现在看来，我还是有眼光的。"

林雨舟端起茶杯啜了一口，脸上是发自内心的笑容。

- 2 -

常菀和万多在电话两头各自沉默了许久。万多此时坐在常菀家楼下的长椅上，抬头看着那面黑着灯的窗户。他刚刚从自己家里冲出来的时候，几乎没做什么考虑就直接来到了这里。他按过门铃后没有回应，于是给她打了这个电话。

"万壹呢？"他问道。

"在章晗那里。"

"你可以交给我的。"

"我想让他面对简单一点的局面。"

对此，万多无法反驳。这几天，晴海像疯了一样想要占有他全部的时间。除了吃饭、睡觉之外，连他去新公司办入职手续、开始熟悉业务的时候她也跟着，更不要说变着法地要去各种地方参观游览。除了身心俱疲之外，万多开始对她产生恐惧。原本他就没有想象过他们长久地在一起生活会是什么样子。虽然这样说不太负责任，但我们身边来来往往的人，有些就只属于当下。而他现在，连这个当下也不想要了。回京城的第一个晚上，万多就拿出备用的铺盖准备睡在沙发上，却引得晴海大哭一场，只好妥协地与晴海睡在一张床上，用尽对策对她的风情万种视而不见。可就在刚才，她直接一丝不挂地从浴室走出来挡在电视前面，万多实在无法控制内心的抵触，穿着睡衣和拖鞋就跑了出来。他脑袋里都是常菀的样子，说话的样子、做饭的样子、微笑的样子和静坐着一言不发的样子。他没觉得自己有多高尚，也并不想否认过去的所作所为。可能就只是随着年龄的增长，心态变了。不是谁都能做到对自己的过去一一负责吧，万多对自己说，成年人应该有为自己承担当下决定的能力。他觉得这两句话好像有点矛盾，但不觉得有错。常菀不就完全符合这个矛盾的设定吗？她从来不给别人添麻烦，自己也过得很好。他越来越觉得自己的儿子有一位强大的母亲，心中竟生出一股莫名的自豪。

“你什么时候回来？”

“不出意外的话明晚。”

“我带着万壹去接你吧，如果可以的话，我想陪他一起住两天。”

“不用了，秦朗的车就停在机场，他会送我回去。你要过来住的话，我就跟章晗住两天。”

万多自然不是第一次听常菀提起秦朗。即便之前万多看到他们在一起也不会觉得有什么不妥，但这次听到她这么自然地说到他会送她回家，好像是多么理所当然的事，万多心中竟有些不悦。并且常菀完全没有问起晴海的去留，使得他这两天的自我挣扎完全变成一厢情愿。这时候，他听到电话那头传来秦朗的声音。

“时间差不多了。”

“马上来。”

常菀轻声回应。

“这么晚你们还在一起？在哪呢？”

万多忍不住冒出这么一句，让两人都有些意外。常菀觉得如果回答了他会更奇怪，好像自己急于澄清什么似的，她好像没有这个义务。

"你回来之后联系吧，早点休息。"

还好万多急忙打了圆场挂掉电话。常菀轻声跟老师拥抱告别，秦朗拿着她的包等在门口。

"对自己好一点。"林雨舟轻轻拍了拍她的后背，"不做好自己的救世主，怎么去救别人？"

常菀点了点头，连再见都没有说便头也不回地出了门。直到电梯显示的数字停在了"1"上，林雨舟才慢慢关上门，轻轻叹了一口气。出了楼门，一直快步走在前面的常菀突然停了下来，她站在路灯的光圈之外，捏着拳头肩膀微微发抖。秦朗走过去背对着站在她面前，她轻轻靠上去用额头抵着他的后背，这是他们早已形成的默契。常菀不喜欢别人看着她掉眼泪，但并不代表她不需要一个依靠。

"我还是觉得当年老林站在讲台上发飙的时候比较帅。"

常菀平复了情绪，从秦朗手里拿过自己的包，开始慢慢往前走。

"他还那样，刚才数落我的时候依然底气十足。"

秦朗跟上去走在她的左手边。

"这种好戏我竟然错过了，他数落你什么？"

"说我不思进取，这两年净想着干活挣钱，疏于学术研究。"

"他之前不是总嫌你纸上谈兵，不求实践吗？"

"反正在他眼里我怎么都不对，倒是没少夸你。"

"那是他对你寄予厚望，对我得过且过。"

"你有没有听过一句话说，错的人会让你越来越狭隘，而对的人能让你看到更广阔的世界，把你变成更好的人。"

"嗯，差不多听过类似的。"

"老林说，咱俩就是把对方变得更好的人。"

　　两人走到了路边，常菀伸出手来打车，被秦朗压下来握住。

　　"这里再也没有能让你逃避的借口了。没有来访者，同事也不需要你，万壹也没在等你回家。"

　　常菀躲开他炙热的目光把脸转向一边，却被他用另一只手不容置疑地轻轻扳住，转了回来。

　　"我爱你。"秦朗猝不及防地说出这句话，周围的气氛一点儿也不浪漫，"我爱你，我想娶你，我想这一生都和你在一起。你听见了吗？够明确吗？可不可以不要再假装不明白了？"

　　大街上声音嘈杂，但常菀还是能听到自己的心跳。她看着秦朗脸上认真得有些令人心痛的表情，有些恨自己曾经那些故意伤人的不解风情。她想要从秦朗手里抽出右手给他一个完整的拥抱，却被以为是想要挣脱。

　　"对不起，弄疼你了吧。"

　　秦朗松开她的手，原本扳着她脸的那只手也慢慢放了下来，希望又一次在他的眼睛里暗了下去，退进周围的夜色当中。突然有一股力量从常菀的心里顶出来，她踮起脚尖抓过秦朗的肩膀对他吻了下去，胸口充斥的不知是害怕还是喜悦，令她有些隐隐作痛。两个人都睁大了眼睛无限接近地看着对方，秦朗在一秒钟的惊讶之后紧紧抱住了常菀，贪婪得像要把她融进自己的身体。

　　常菀闭着眼睛，沉浸在这个热烈而又绵长的吻中。长期盘亘在她身体中的理智让开了一道缝隙，让那些反复被压抑的、被掩盖的情愫伸出了一只触角。她知道有人从他们身边路过，却不想去管他们的指指戳戳。我们是靠肉体活着的，它滋生的欲望才真正掌管着我们在俗世当中的生死存亡。

- 3 -

　　万多没有在第二个晚上等到常菀回来，也没有打通她的电话，于是开着车在城市的环路上游荡。前一个晚上，在他从家里冲出来之后，晴海也收拾东西离开了。万多回家后看着没有留下任何她的痕迹的房间，甚至怀疑这几天的生活是不是因为太想吸引常菀的注意力而产生的幻觉。

这个男人在此时觉得自己需要一个目的地，没有人生的目的地那么宏大，只是想知道在眼前这个漫漫长夜该把车停在哪里。他当然不想回去，其实他每次回到那个地方都会有一种深深的挫败感。一套几十平方米的出租屋，厨房连几件像样的厨具都没有，当然，那是因为他几乎都不会进去那个地方。房间里是原房东留下的旧家具和自己去宜家添置的一套布艺沙发，窗帘打搬进来就没有洗过，阳台的一角堆着大大小小的盒子和包装袋。他没有动力去用心收拾一个无论住多久，还是始终属于别人的房子，这只是他落脚的一个中转站，每一个远方才是他的归属。三十出头，没有不动产，一辆十万元左右的轿车开了六七年，没事业，没家，老婆孩子反而是最不可亲近的摆设。当万多意识到这些的时候，竟然不敢相信这就是自己的生活，这难道不是聊天话题里会提到的别人吗？那种会用来看不起和警示自己的别人？他从前总是觉得一切还早，什么家庭责任、理财规划、升迁创业，都是未来的事不用着急。他认为只有赶紧趁着年轻玩够了，然后再心甘情愿地踏实下来才是正确的人生轨迹，可除了家里有底的那些之外，谁又能在玩过二十打头的年龄之后，突然在三十岁就拥有了能够安身立命的一切？

都是悖论。万多想着，把车停在了酒吧一条街的后巷。这里有一家他之前还在电视台上班的时候经常光顾的小店，他想暂时把那里当作目的地，却不知小店是否还在。这一片的整体规划几乎没怎么变，但从前可以用作参照物的很多东西却不见了。那间一直开到半夜卖各种走私香烟的报亭呢？还有那根歪了的电线杆？没有了这些坐标，他只好靠身体的记忆来左转或右转，很多酒吧都换了名字或者干脆换了装修风格，幸运的是他要找的那家竟然还原封不动地开在那里。只是万多记得之前门前有一片空地，可以放几张桌椅，撑几把阳伞，而现在可能连几辆自行车都放不下。

这家酒吧叫棠，装修是老旧的美式风格，总是放些爵士或者蓝调的背景音乐。酒吧的面积不大，也没有舒适的卡座，只有高高低低的木头桌椅和一整墙面几乎不重样的啤酒瓶。万多走到吧台，里面站着的不是原来熟络的那个中年酒保，取而代之的是一个文着花臂、肌肉结实的小年轻，正认真地在擦一筐啤酒杯。

"一扎福佳白。"

万多在吧台靠边的位置坐下来。年轻的酒保没有应声，拿起一个刚擦好的杯子，接好啤酒，放在了他面前的杯垫上，便继续去干手里的活儿，完全没有要跟他交谈的意思。从前这里的那个酒保很喜欢跟人聊天，尤其是跟一个人坐在吧台的客人。他觉得他们应该是不想一个人待着，愿意说说话才出来的吧，所以他交到了很多朋友，有很多都成了棠的常客。现在是世道变了吧，人们来到这里是不想被打扰，不愿意再被动社交。对他们来说白天硬要找到话题，打起精神和老板、同事、客户、妻子、情人或孩子沟通已经够累了，到了这个时间、这个地点，安静地放会儿空可能比什么都重要。

万多快速干掉了手中的啤酒，又要了一扎新的。吧台斜前方的一桌围着四五个男男女女，正在玩着什么游戏，时不时发出一阵哄笑和催促对方喝酒的声音。万多不由得看过去，越看越觉得背对自己坐着的那个女人的身影似曾相识，却又在记忆中找不到合适的匹配。正对着他坐的那个穿着时尚的男孩注意到了他几次三番投过来的目光，警惕地看着他，引得同桌其他人也向他看了过来。万多还没来得及收回自己的目光，就看到了那个背影的主人也转过身来，她愣了一下之后，便热情地对自己挥手微笑。其他人见是朋友遇见了熟人而已，便很快放松下来继续投入游戏。那女人端起了桌上的酒杯向万多走过来，在他旁边的高脚凳上坐了下来。

"好久不见。"

"好久不见，你现在变得……我都快认不出来了，比以前更漂亮了。"

"这的确是事实。"眼前的人正是那个曾经让万多下定决心投身碧海蓝天的女上司、前女友，她的脸上充满了人工雕琢的痕迹，化着时下最流行的妆容，"以前每天熬夜加班拼死拼活的，能吊着一口气活着就不错了，哪还顾得上脸是什么样？"

"那也不影响你好看，比部门里其他小姑娘都好看。"

"你现在这么会聊天啊？"前任女上司开心地笑着，用自己的酒杯碰了碰万多的，两人各自喝了一大口。

"那边，哪位是你男朋友啊？"

"还男朋友？我结婚都五年了。那桌人里没他，我俩不一起出来玩。"

"五年？那不是差不多我辞职一年之后你就结婚了？"

"对。"

"你不是挺看重那份工作的吗？我还以为你现在都升副台长了呢。"

万多心里多少有些别扭。当年他为了保全对方的位置，毅然舍弃了为之奋斗了四年的工作，然而对方并没有珍惜这份心意。早知现在……唉，哪有什么早知现在。

"我结婚之后就辞职了，一直在当全职太太。女人找一个适合结婚的人可比找一份趁手的工作要困难多了，既然让我遇见了，当然不能错过。"

"怎么算适合结婚的人？"

"有赚钱的能力，有包容的气度。"

"就够了？"

"就不容易了。大多数适婚年龄的男人都做不到这一点，就会用情情爱爱的去骗小姑娘。谈恋爱的时候也就算了，结婚之后还是我刚说的那两点比较管用。"

她从随身的小包里掏出一支女士烟点上，看见万多脸上的笑容有些无奈。

"哎，我没说你啊！你可别往自己身上套。"

"你说得没错。那你这么晚不回家，你老公不会不高兴？"

"那得有多少事情要不高兴？那又何必让自己不高兴？"

万多对她竖了个大拇指。

"你呢？还一个人？"

"也结了，儿子都五岁多了。"

"比我效率还高啊。那时候咱俩在一起的时候你说，让我二十九岁的时候嫁给你，三十岁的时候生孩子。结果我还真是二十九岁的时候跟别人结了婚，三十岁的时候你跟别人有了孩子，也算是对彼此说话算数。"前任女上司把杯子里的威士忌一饮而尽，把还剩半支的烟按灭在旁边的烟灰缸里，"你家那位呢？不催你回去啊？"

"她出差了，儿子在他干妈家。"

万多说这句话的时候心里有种莫名的失落，并且那失落好像还是从影视剧里学来的。

"你也活得挺潇洒啊。"

两人一直有意避开的目光在空气中猝不及防地撞在一起。

"何必让自己不高兴。"

人的眼神有时真的要比语言直白得多。它能够含蓄而进退自如地去试探对方的心意，得到的回应往往也更加明确和乐观。两个人几乎不约而同地起身走出了酒吧，然后在巷子里的路灯下迫不及待地接吻。他们在万多车里并不宽敞的后座上激烈地做爱，空气里混杂着酒精和体液的味道，欢愉因为窒息而升级。熟悉而又崭新的肉体总会让大脑产生误会，生出许多错误的情愫，并且这种情况大多只出现在男人身上。

结束后，万多还想再缠绵一会儿，结果对方立刻整理好衣服，然后开门下车点了一根烟，跟刚才的风情完全判若两人。万多降下车窗，夏夜的风吹了进来，他平复了一下心情，也拉开车门走出去。他想起之前带团的时候也是跟人在酒吧聊天，一个情场老手喝多了之后说起刚刚分手的女朋友，满脸都写着挫败。他说："每次激情过后，我都有一种被那小丫头片子睡了的感觉。她来兴致了就对我一通挑逗，完了下床就能继续打游戏，跟摘面具似的，马上翻脸不认人。在她面前我就像个怨妇似的，求也求不来，只能等她临幸，太憋屈了，我什么时候受过这个？现在的女人真是，禽兽起来男人开飞机都赶不上。"

这是那人的原话，当时万多和在场的几个朋友都笑他老了，开始变得内心细腻、情感脆弱。他始终觉得在两性关系中，男人在这方面无论如何还是占主导地位。那个场景尚且历历在目，结果就在刚刚，他第一次体会到了那种被睡的感觉。

"要是分手之后，咱俩一辈子再也见不到对方就好了。"

"为什么？"

"唉，没什么，真是的。"前任女上司对着天空笑笑，吐出一口烟雾后把烟头扔在地上，然后对着手机补好鲜艳的口红，"刚才这一出把我对你所有的美好回忆都打散了，从此以后，咱们彻底成陌生人了。"

她再也没有看万多一眼，转身大步走回酒吧的方向，闪亮的高跟鞋叩在水泥路上荡出清脆的回声。万多心中堵着一种屈辱感，无法自控地一遍遍地猜度，自己刚刚的表现究竟哪里不够好。她无意挑衅了万多关于男人的那点自尊，抹杀掉的却是在自己最好的那几年被爱过的证明。万多知道，相比起来当年那个决绝而遗憾的结局更适合用作对彼此怀念。原本以为有了着落的漫漫长夜，这下变得更加难熬。

－ 4 －

常菀在秦朗的臂弯里醒来，他已经这样看了她许久，生怕这一幕将不会再重现。窗帘隔绝了外面所有的光和时间，他们克制而绵长地释放着在身体里累计经年的幻想，生怕一不小心瞬间就成了幻灭。欲望是灵魂的出口，或是孤掌难鸣，或是两败俱伤。自怀孕至今，常菀几乎都要忘了身体还能产生这样的感觉，她在秦朗的霸道和温柔当中一点点拼凑出自己关于女人的模样，暂时不再是谁的女儿，谁的母亲，谁的医生。

"几点了？"

秦朗看看床头上的时钟："两点半。"

"下午吗？"

"凌晨。"

"我们错过飞机了是吗？"

"已经错过六个多小时了。"

"啊……已经一天了啊……"

常菀穿上枕边的浴袍起身，按下窗帘的按钮，从桌上的矿泉水瓶里倒出一杯水，站在窗边看着窗外的夜色徐徐在自己眼前铺开。秦朗也下了床，从身后轻轻地抱住她，用脸颊轻轻地在她耳边摩挲。

"我们该回去了吧。"常菀轻轻闭上眼睛，"得回去啊……"

他们坐了最早一班飞机回到了京城，各自回家稍作休整之后，在午饭时间前后脚进了工作室。女人的直觉有多准，当唯安第一眼看到常菀的时候，就知道他们一定发生了什么。本来她也要一起去给林雨舟贺寿的，但秦朗和常菀都不在，工作室的大小事务都需要她来协调，她也不放心沐徉一个人在家过夜，只好托秦朗带去了寿礼以表心意。其实她和这个林世伯并没有见过几次面，也论不上什么感情，只是父辈间的关系摆在那里，大家礼尚往来罢了。她很清楚，如果自己想要跟秦朗在一起，那无论如何也该维护好这段关系，可偏偏她的情敌是林雨舟的另一位得意门生。常菀好像横在她通往秦朗心里的每一条路上，无论上山下海、大道小径都无法绕过。

唯安随手拿起桌上的一个文件夹走向秦朗的办公室。秦朗正在打电话，示意她可以进来稍等，她看了一眼对面办公室里也正在打电话的常菀，反手关上了房门。连电话那头的人都能感受到此刻秦朗脸上的笑容吧，唯安在沙发上坐下来，看着他边打电话边摆弄着桌上的一个曲别针。他还是他的样子，专业，温和，值得信赖。可他笑起来的样子却让人有些不认识了，像是春天的枝丫上开出的第一朵花苞，含蓄而迫不及待。

"找我？"秦朗放下电话看向唯安，她并不喜欢他脸上有刻着别人名字的笑容。

"林叔叔还好吗？"

"嗯，感觉比前两年身体要好了。你的礼物我带到了，他很喜欢。"

"那就好。去的人不少吧，你们有机会单独聊天吗？"

"去家里聊了两句。怎么？"

"哦，没什么。你们那么久没见，他向来关心你的事业，肯定会给些建议和嘱咐吧。"

"嗯，这倒是。"

"所以，他跟你说了？"

"说什么？"

秦朗还是带着笑意看着唯安，但原本眼里的温度却渐渐冷却下来。他当然知道唯安想问的是什么，林雨舟也的确把话带到了，就在常菀去阳台跟万多通电话的时候。许奂太了解自己的女儿，也自认为了解秦朗，于是他在给林雨舟打的那通祝寿电话里，再次提到了希望秦朗去德国和他一起发展事业的话题。他想让林雨舟帮他做说客，他认为这样无论对唯安还是秦朗来说，都是有百利而无一害的安排。可偏偏林雨舟并不这样认为，他既不认为秦朗应该舍弃国内的事业，也不认为唯安是比常菀更好的结婚人选。在这一点上，他和林师母的意见是一致的。所以，他仅仅是把话带到了而已，并没有劝说什么。他太了解自己这个学生，在别人看来财色兼收的这个选择，于秦朗来说反而是一种无能妥协的表现。

"我跟你提过的，回柏林，或者你想去美国还是哪里，我爸爸都可以安排。那些地方有更配得上你发展的机会，你知道的。"

"我就想在这里。"

"是因为常菀对不对？"

"我刚回国的时候并不认识她，你知道的。但是如果要说现在想留在这里有她的因素，我也不否认。"

"你怎么……"

"唯安，我知道你和许老师都是为我好，我不是个不知好歹的人。但人生是我自己的，我做好的决定也从来没有被谁推翻过。所以如果你们能尊重我的意愿，不要因为不可能改变的事而相互拉扯、伤了和气就再好不过了。"

"我懂了。这样的话，我想跟你辞职。其实我根本不喜欢这个城市，人又多，又挤，天气也干得要死。你要愿意就继续待着吧，我要回去了。"

唯安红了眼眶，站在那里的样子楚楚可怜。秦朗知道她在等自己的挽留，也许这一刻只需要他一句挽留的话就能暂时拯救了她。但是，他当然不会那么做，这时的挽留只能把他们之间的关系变得更加复杂，她的乞求和他的施舍，将会把所有人的心腐蚀得更坏。

"也好。"秦朗尽量做出一副轻松的样子，不想让气氛因此失控，"老师和师母就你这一个女儿，你回去陪在他们身边，我也就安心了。"

"你确实可以安心了。那你尽快找到能替代我的人吧，这对你来说并不难，对吗？"

唯安笑着，眼泪滑进了她的酒窝。秦朗想起第一次看见她哭的样子，那时她还在读大学，叫他一声秦朗哥哥。她坐在家里院子的秋千上，因为专业课考砸了被许奂训斥而委屈不已。她从小喜欢画画，也非常有天分，高中还没毕业就被柏林艺术大学看中，却最终敌不过父亲的强势，勉强进入柏林洪堡大学去读心理学专业。直到今天，她对这个学科也并没有什么热爱，她是因为秦朗才下定决心在这条并不适合自己的路上走了下来。秦朗没有办法再忍心说出什么决绝的话，即便是以为她好这个前提，也说不出口。

"我找不到能够替代你的人。"他看到唯安的表情立刻重新燃起希望，于是赶紧说下去，"但是我会尽快找人来接替你的工作。"

唯安正式离开的那天，没有跟任何人告别。她在所有人下班之后来到工作室，收拾好自己的私人物品，在秦朗咨询室的沙发上躺了一会儿，便消掉了门禁系统里自己的工号和指纹，随后关门离开。代替她职位的是一位跟秦朗和常菀从同一所大学毕业的研究生，秦朗已经关注了他许久，终于给了他这个和自己在一起工作的机会。没过几天，工作室里所有的人都习惯了这个新人的存在，他为人和善，谦虚安稳，又像当初的秦朗一样充满理想，干劲十足。秦朗在每次习惯性想要开口叫唯安的时候，都会立刻想到门口的座位上已经换了人，最后只能从半张的嘴里吐出一口叹息。那些曾默默陪在我们身边的人、我们用力逃避过的人突然离开时，也许并不会带来强烈的痛苦和难过，但那令我们手足无措的惯性，却足够绵长，让人无计可施。

唯安并没有直接回柏林的家，而是和沐徉一起踏上了没有时间限制、没有最终目的地的旅程。他们带着同样无处安放的心，暂时放下了一切世俗纷扰。跟千千万万有同样心伤的人比起来，他们的伤心因此变得微不足道。即便他们失去了很多，但他们依然拥有能说走就走、衣食无忧的生活。路上的阳光和美酒给了他们足够广阔的空间来稀释悲伤，但能真正解决问题的方法永远不会是逃避，只是人们往往需要过去很久才能明白。

- 5 -

洪果儿坐在地毯上，旁边堆着几个已经打包封好的纸箱。她将要迎来在这个公寓的最后一晚，明天一早她就要搬去那个可能都没地方放她这些行李的集体宿舍。章蘅留下的物品还在房间原有的地方摆着，不过是些衣物和日常用品，并不值什么钱。而且除了她以外，这些东西对于别人来讲连意义都没有。但是以她现在的处境，连现实的自我安放都有困难，哪里还有余地去背负记忆的重量？

手机响起的时候，洪果儿正坐在矮柜前对着抽屉里的一对酒杯发呆。那是她和章蘅去奥地利游玩，偶然造访一个玻璃工坊的时候亲自参与制作的。这本来是他们准备在结婚当天用来喝交杯酒用的，包装纸上的火漆还完好无损地等待被开启。洪果儿起身把它们放进一个大的编织袋，紧接着又拿了出来放在桌上。手机上显示着一个陌生的当地号码，她用法语接了起来。

"哪位？"

"是洪果儿女士吗？"

电话那头开口的是一个说中文的男声，于是洪果儿也换了语言。

"是我。"

"你好，我是章蘅先生的律师，我姓胡。"

"哦……胡律师，您好。"

洪果儿并不知道章蘅还有什么律师。

"我之前一直都联系不到你，电话打不通，公寓也没人。"

"不好意思，我回国待了几天，手机丢了，这才刚回来补了原来的号码。"

"你回国了？"

"是……我去参加了他的葬礼……"

"那你见到韩秀和章晗了？"

"算是吧……您找我，有什么事吗？"

"章蕤先生有些身后事，我需要当面跟你沟通一下。你明天有时间吗？"

"明天上午我要搬家……中午吧，十一点左右，咱们可不可以就约在我打工的那家餐厅？因为我十二点要开始上工，别的地方怕赶不及。"

"好，你把地址发给我，明天中午见。"

洪果儿离律师最近的一次，是把自己爸妈送进监狱的时候。而她对这个职业其他的理解，都来源于影视剧当中的形象。总之在她看来，有律师找上门一定没有什么好事。当然，她也看过关于律师突然出现宣布遗产继承的情节，但是她从法律上还没有跟章蕤产生任何关系，即便有遗产要继承也轮不到她头上。不过倒是可以问问这个胡律师有没有地方能暂时寄存一下章蕤的东西，洪果儿想，等她在这个城市有自己一席之地的时候，就立刻把它们取回来。

她在沙发上睡了一夜，醒来的时候还没到闹铃设置的时间。洪果儿叠好昨晚盖在身上的毯子，把它塞进编织袋，这是她最后一件没有打包的东西。吃完了冰箱里最后一个面包后，她坐在门口的椅子上等之前约好的一辆小货车来帮她搬家。几年的生活最终不过装进面前这些大大小小的包裹，能有多难，再长久的关系都逃不过结束的一天。而要走下去的第一步就是重新整理，那之后你可能就会发现，生活并不像自己以为的那么庞大而不可收拾。

听到敲门声，洪果儿立刻站了起来。她好不容易才说服小货车的司机帮她一起搬东西还不另外加钱，于是尽可能挤出一个灿烂的微笑打开门，却发现站在门口的并不是那个性子有些急躁的黑人小哥。

"洪果儿女士吗？"

"对，你是……胡律师？"

面前这个穿着一身得体的西装，年龄大概在三十上下的中国男子，声音听起来其实并不像昨晚电话里的那个，但洪果儿实在也想不到还有什么其他这种打扮的人能在这个时间、这个地址准确地找上她。

"我是姜莱。"男子露出礼貌的笑容，"你就先把我理解成胡律师的朋友吧。"

"不好意思，我这正准备搬家，乱七八糟的也没法请你坐。那个，咱们不是约的今天中午吗？我的车马上就要到了，可能没有办法推迟……"

"你是不是约了一辆车身上都是涂鸦的小货车，司机是个扎着脏辫的年轻黑人？"

"对，他到了啊？那我赶紧……"

"他已经走了。"

"走了？"洪果儿急了，说着就要给他打电话，"他已经收了我的订金，怎么能说话不算数啊！"

"是我让他走的。"姜莱不紧不慢地说，"他那辆车看着不太安全，如果被警察拦下开了罚单，钱可能还需要算在你头上。"

"我知道他那个车有点……那什么，但是正规的我也租不起啊！我现在必须赶紧搬走，房东一会儿就来收房了，而且我中午还得打工呢，这怎么办啊！你也不了解情况，怎么就能让那个司机走了呢？"

洪果儿已经顾不得什么初次见面的礼貌，埋怨的情绪明明白白地写在脸上。很明显这个突然上门的姜莱也并没有把自己当外人，不然他凭什么不问情况就替素未谋面的"客户"做了主。并且面对此刻乱了分寸的洪果儿，他却笑了出来。

"别急啊，我这么早来就是帮你搬家的。"

"你？你怎么知道我要搬家？为什么要来帮我？"

"我们有的是时间回答问题。楼下不能长时间停车，咱们先离开这里再说。"

　　两个专业的搬家工人在他们说话这段时间已经去公寓管理处办好了出门证明，有条不紊地把所有东西搬上了一辆整洁的厢车。洪果儿则坐上了姜莱的车，在前面带路。

　　"谢谢你啊，刚才我态度不太好，你别介意。"

　　用人气短，现在看来有些不识好人心的洪果儿突然觉得有些尴尬。姜莱不动声色地开着车，笑容始终挂在脸上。

　　"那个，你刚才说，先把你理解成胡律师的朋友是什么意思啊？"

　　"因为跟你解释我的身份需要些时间，刚才的情况不允许，所以就先告诉你一个最快能说明问题的身份。"

　　"这样啊……那实际上怎么样才是最准确的呢？"

　　"最准确的，需要等胡律师一起才好跟你解释清楚。总之你不用担心，我不是坏人，我这算是受人之托，忠人之事。"

　　"我当然知道你不是坏人，坏人这时候见到我都想躲得远远的，怕惹上麻烦吧。"洪果儿自嘲似的笑笑，"前面那个路口左转。"

　　但姜莱像没听见似的，径直开过了那个路口。

　　"哎哎哎，错了，走错了，这下麻烦了，得开出去好远才有地方掉头呢。"

　　"你都不知道我要去哪里，怎么就知道走错了？"

　　"去哪儿啊？不是帮我搬家吗？"

　　"对啊。"

　　"我住的地方在刚才那个路口左转啊！"

　　"这个，还不一定呢。"

　　车子往出城的方向开去，最终在近郊的一个独院门前停下来。门边对讲机的指示灯变绿之后，大门自动打开，洪果儿看到一片砖红色的建筑错落连接在一起，姜莱直接把车停在看起来是主入口的那间外面，下车跟早已等在那里的一个满头银发的老管家模样的叔叔问好。那辆跟在后面的厢车在侧面的一间房子门口停了下来，搬家人员在穿着白围裙的女佣指引下把东西搬了进去。洪果儿不知道自己该不该下车，她隐隐约约意识到了这是什么地方，却实在无法将面前的房子与章蘅描述中那个需要翻修的老房子联想在一起。她意识到也许这几年她依然生活在别人的谎言里，她打算托付一生的那个男人看来一直对她有所防备。是因为我过于坦诚了吗？洪果儿心里充满了别扭，她把自己从小到大的经历和她父母的状况对章蘅和盘托出，觉得这是两个人决定真心交往之前必须要做的事。结果，反而让对方起了戒心是吗？那还真是讽刺啊。

姜莱走过来为洪果儿打开车门。

"下来吧，看看你的新家。"

"麻烦你，让他们把写着章蘅名字的那几个纸箱留下，剩下的搬回车上，我时间来不及了，请你送我去我该去的地方。"

"这就是你该去的地方啊，这里是章蘅先生的家，也就是你的家。"

原来他不在公寓住的时候会回来这里。洪果儿一直把这里想象成那种很旧的屋子，所以每次还会提醒他要注意保暖，担心他会不会不方便做饭。在眼前这番景象面前，曾经那些盲目的自以为是都成了笑话。她以为自己拥有的那些已经够好了，以为他已经尽力给了她最好的生活保障。要说此刻不生气、不失望，那未免太过虚伪。但让洪果儿生气失望的不是章蘅没有让她享受到原本他拥有的豪宅生活，而是他一直以来都在提防和考验自己，她曾经的所作所为都成了被考核的日常。想到这里，她真的一分钟都无法在这里待下去，一个乞求信任的人终于因信任被辜负了信任，这种耻辱让洪果儿更加痛恨自己想要和命运抵抗的念头。

"我可以坐那辆车回去，费用我自己来付，谢谢你的好意。"

洪果儿下了车，头也不回地往厢车那里走去，比比画画地跟已经上了车准备离开的工人沟通着什么，工人左右为难地看向姜莱。

"没关系，你们可以走了，谢谢。"

姜莱走过来，轻轻拍了拍车门，工人赶忙开车离开。洪果儿的怒气快要到达顶点，她努力告诉自己这里不好叫车，还需要他送自己回去，不然误了工可就麻烦了。

"我好不容易才找到这份工作，如果因为今天的事情被炒了，那真的就要流落街头了。"

"我已经帮你把工作辞了，所以这个担心没有必要。"

"你有病吧！你以为你是谁啊？上帝啊？从出现开始就自以为是地帮我做决定！你凭什么啊？我认识你吗？你有没有搞错啊！"

洪果儿感觉自己整个人要炸开了，她无法自控地站在院子里对姜莱大吼，眼泪竟然不知不觉地流过涨得通红的脸庞。另外一辆车这时开进院子停下，胡律师匆匆忙忙下了车快步走过来。看来他也是接到了姜莱的通知直接来到了这里，眼前的情况让他一时间措手不及。

"虽然我不明白你为什么有那么大的抵触情绪，但还是希望我们能认真对待接下来的谈话内容，毕竟这是章蘅先生的遗愿，应该被尊重和认真对待。"

胡律师把所有相关文件全部摊开放在桌面上，和洪果儿、姜莱三人围坐在偏厅一间会客室的圆桌旁，管家赵叔亲自上了茶点之后便关门走开。洪果儿在激烈的情绪过后现在只觉得沮丧和口渴，她的脑子里一片混乱，各种念头此起彼伏却就是理不出一个头绪，干脆就同意坐下来找个凉快的地方见招拆招，由着眼前的事情发生。

"简单来说，章蘅先生生前委托姜莱所在的公司建立了一个信托基金，将他名下所有的财产做了梳理整合，目的是在他去世后还能给你的生活提供保障。"

"还没开始一起生活呢，他就先把死之后的事想好了？他根本不是什么开古玩店的对吧？他是不是在骗我？"

"他骗了你什么？"姜莱端起茶杯，"如果有用这种方式骗人的，我倒希望自己被多骗几次。"

洪果儿万语千言如鲠在喉，不知道该从哪里开始反驳，只好也端起茶杯一饮而尽。

"那家古玩店确实也是章蘅先生名下的财产，不过只能算是他近两年的一个爱好。"胡律师推出桌上的其中一份资料，"这是章蘅先生名下的产业清单，主营业务是进出口贸易，如果你有兴趣可以了解一下。"

"你的意思是，他把这些产业都留给我了？"

"噗……"姜莱险些把嘴里的茶水喷出来，"这位小姐，你胃口可真不小啊，这么多产业交给你，你知道该怎么办吗？"

"那你们到底要跟我说什么？"

"章蘅先生将他个人名下的房产、股票、债券、基金和现金等财产都建立了信托基金，全权交由我们公司打理，具体情况你无权过问，只享有所产生收益的支配权，用来保障你的日常生活和其他消费需求。"姜莱站了起来，看着落地窗外庭院的景致来回踱步，"也就是说，我们用章蘅先生的个人财产继续帮你挣钱，而你什么都不用管，只需要安心花钱就是了。这些钱你可以用于个人的日常消费，吃喝穿戴出行，怎么买都不过分。我们针对受托资产有专门的项目组分工打理，所以每年的利润收入也是一笔相当可观的数字，供你花应该是不在话下。但是，你不可以将这些钱用于投资、置业、创业、捐款或者赌博吸毒这种不正当消费上，具体更详细的划分桌上也有相关资料可以供你参考。其实大致总结一下也很好记，就是你以章太太的名义怎么消费都可以，但是不可以用洪果儿或者其他人的名字做疑似财产转移。"

"我还不是章太太，所以你说的这些跟我都没有什么关系。"

"这份委托协议是在你们订婚之后章蘅先生就签署完毕的，在他去世之后，无论你们是在何种婚姻状态下都不影响正常履行。除非，"胡律师推推眼镜，"除非你重新与他人登记结婚，那么协议将自动终止。之后所有财产以及相关收益的处理都跟你不再产生联系，我们会按照另外一份协议的约定做后续处理。"

"不得不说啊，章老实在是太仗义了。他知道自己比你大四十多岁，身体又不太好，生命无常啊，所以为你考虑得这般周全细致，只要你一天不嫁别人，他就养你一天，这实在是太感人了。"

姜莱重新在桌边坐了下来，并帮所有人添了茶。

"那，章晗和她妈妈呢？"

洪果儿也没想到自己在听完这些之后的第一反应竟是心虚。她想，如果章蘅没有特别去做什么信托基金或者立遗嘱，那么按照继承顺序，遗产应该全部留给章晗才是吧？而目前看来，好像只有自己这个还没正式过门的未婚妻意外受了益，他真正的家人却什么也没有得到。

"韩秀早就已经是外人了吧，她都已经跟别人生活十几年了，肯定不在考虑范围之内。而章晗，这就是我接下来要说的另一个重点内容了。"姜莱把两份协议推到洪果儿面前，"如果你在这上面签了字，那么我以上所介绍的你享有的相关权益将立即生效。所以你说，你一上午跟我较的劲是不是完全没有必要？你还去住什么集体宿舍、打什么工？你现在拥有的财富可以买多少家那样的餐厅你知道吗？当然啊，我只是举个例子，你当然是不可以这样花钱置业的。另外，这份协议，算是章老委托你为他履行的一个义务。本来这次回国，他是打算自己来完成的，但是没想到意外就那么发生了……所以我们只好将备选方案提上日程，由你来代替他行使相关权利。"

"需要我做什么？"

比起刚才那些被圈在条条框框里的所谓获得，洪果儿反而更关心自己还能为章蘅做些什么，这种被托付的信任才是她更需要和更显珍贵的。他走得那么突然，连一句话都没给自己留下。若不是这些未雨绸缪，也许她现在都无法判断自己在他心里的位置。说不定她会带着刚看见这房子时的那股愤怒和失望生活许久，会觉得章蘅和自己的父母是一样的人，在用同样的方式对待自己。

"在这个问题上，有一些前提条件你需要清楚。"胡律师抢在姜莱开口之前说，"这份协议中的部分义务，并不会伴随你嫁人后不再享有信托利益而结束。要基于届时的具体情况，综合多方因素来客观决定，你无权单方面选择退出。"

"是很困难的义务吗？"

"说难也不难，说简单也没那么容易。这么说吧，我刚才跟你说的那些章老交给我们公司打理的财产，都可以算是他个人名下的私有财产。而由他创立和掌管的主营业务公司依然正常市场化运营，大小事务由公司董事会和职业经理人来决定。那些他都做了另外的处理，不在我的职责范围和我们的讨论范围内，我只是告诉你一下大概情况。但是其中有一只基金，在关键时刻，得需要你出面去代替章老行使相关权利，这就是那部分你无法选择单方面解除的义务。"

"什么是关键时刻？"

"只有在到来的时候，你才会知道什么是关键时刻。比如说，你需要帮章晗从她妈妈手里把国内那家贸易公司拿走的时候。"

姜莱把洪果儿面前的两块曲奇放在了自己的盘子里。

"对于她们母女来说，公司在谁手里不是一样，何必这么处心积虑、白费工夫？"

"是吗？章晗永远是章蘅的女儿，可韩秀不仅可以是别人的妻子，还可以是别人的母亲。虽然后一种情况目前没有发生吧，但章老这么多年的运筹帷幄确实是步步为营，让人不得不佩服。"

"所以，这份保障工作接下来由你来做。就算她们母女俩相安无事，那家公司里还有别的股东，韩秀也到这个年龄了，你迟早得帮章晗一把。"

"好，这个我能做到。"

就算没有之前和章晗短暂的交集，洪果儿也一定会应下这个真正的举手之劳为章蘅守护他的女儿。

"那另外一部分会随你不再享有信托利益而结束的义务，就是你要帮助章晗建立属于她自己的生活，真正掌握在自己手里那种。"

姜莱把曲奇塞进嘴里，冲着胡律师做了一个有请的动作。

"章蘅先生没有给女儿留下任何财产，具体原因我们也不清楚。但在一只基金里给她留下了足够多的资本，需要通过你来帮助她使用。你可以这么理解，她和你的受益方式恰好相反，你是只能消费不能投资创业，而她不能消费只能投资创业。不难理解吧？"

"授我以鱼，授她以渔呗。"

"是这么个意思，大学没白读。"

洪果儿白了姜莱一眼，用已经冷静下来的大脑快速梳理着这一连串的信息。谁敢相信，一个几小时前她还怕丢了一份时薪八欧元且不申报工时的黑工，现在却坐在占地百来亩的豪宅里思考信托基金所带来的权利和义务。她在揣度章蘅这一切安排的用意，他对不再受自己控制的身后事也安排得细致入微，并无比笃定会按照自己预期的方向发展。在这件事里的每一个人得到的信任都是无条件的，除了洪果儿、姜莱、胡律师，还有那些她并不认识的合伙人和管理人。她佩服章蘅的同时，也为他感到庆幸。在强大的利益面前，谁都有可能动了私心，若是真有人动了心思联合起来互通有无形成联盟，那后果将不堪设想。也许，也就是因为这样，才没有人敢去越雷池一步，相互牵制。究竟该说他智慧，还是说他心大，洪果儿无法判断。在这种情况下，她只是想尽可能地按照章蘅原本的意愿去履行自己的职责，她是这些环环相扣的利益关系里看似无碍却牵一发而动全身的那个机关。这种级别的信任，激发了洪果儿心中的斗志，与那孕育多时的使命感相比，什么骨气、原则、骄傲都显得无足轻重。

姜莱和胡律师带着洪果儿全部签署完毕的协议离开之后，她站在大门口，转身再次看着眼前的这片单层建筑和托着毯子穿过侧边门廊的女佣，突然不再觉得陌生。原本这也是她该开始新生活的地方，不是吗？洪果儿握住胸前的那枚戒指吊坠在心里对章蘅说，我终于来了，那么从今天开始，也请多多关照。

－ 7 －

常菀和章晗坐在"我家"门口一长排靠墙的条椅上等位，原本并不明亮的餐厅里，章晗还戴着帽子和墨镜。

"你这副模样不是更显眼吗？没人注意你，赶紧都摘了吧。"

常菀无奈地看看排在前面的队伍，手里的菜单已经看了好几遍。

"那不行，他们服务员要是把我认出来了，不得报告山下把我轰出去啊？毕竟我之前的折腾也不是什么好事，还害人家丢了上节目的工作。那些来他家排队的艺人不都是这副打扮么？他们肯定都习惯了，不会特别注意到我的。"

"你还知道自己之前干的不是什么好事啊？行，还算保留了些正常人的是非观。不过餐厅那么多，干吗非得找上门来吃这冤大头家啊？早知道我自己凑合一口不找你吃饭了，饿得我都快低血糖了。"

"你这个人……刚才兴趣高昂的人不是你吗？你要不陪我，我也不可能一个人来吧。"

"好了好了，来都来了，懒得跟你争。那什么，今天晚上我还得住你家啊，万多刚跟我发信息说他今晚又不走了，陪万壹拼乐高。"

"什么情况啊他？是不是找辙跟你套近乎呢？怎么着？一起出去浪了几天旧情复燃了啊？"

"哪有什么旧情，我俩当初那就是在错误的时间遇见了错误的人，喝了一顿错误的酒又做了一件错误的事，你又不是不知道。"

"你没有不代表人家没有啊！他现在年龄大了，折腾不动了，回来朝九晚五了，突然意识到：哎哟，我竟然有现成的老婆孩子，多好啊！潇洒那么久倒是什么都没耽误直接进入稳定的家庭生活，不要太划算哦。"

这时连续出来了好几桌用餐完毕的客人，常菀和章晗跟着服务员走进了正式用餐区，在中间靠近吧台的一个位置坐下。

"妈呀，这里面地方也不小啊，干吗不多摆几张桌子，大家就不用等那么久了啊！"

章晗正准备随手摘了墨镜，看到服务员正微笑地看着自己，又急忙戴了回去。

"我们老板是为了保证每桌客人用餐的舒适度、用餐氛围以及谈话的私密性，拥挤的摆位方式不符合'我家'的定位和客人群体需求。二位先看一下菜单，我稍后过来为你们点餐。"

"哎不用了不用了，我已经看好了，现在点吧。"

常菀赶紧叫住服务员，磕绊都不打地点好了所有饮料主菜和甜点，服务员帮她们在高脚杯里倒好了气泡水便转身离开。

"咱俩吃得了那么多么？"

章晗还是摘掉了墨镜，把帽檐又往下压了压。

"把想吃的都尝一遍，以免你不甘心下次又拉我来。再说了，你最近甜品卖得那么好，不得慷慨地请我好好吃一顿？要不是当初我给你的肯定和支持，你也不知道自己还有这份天赋。"

"吃！给我心爱的女人花钱怎么都不过分。我还正打算跟你商量商量呢，我现在这个小作坊吧，做得是不错，而且自打猫鱼加入更加正规系统化运营起来之后，我确实有了想要扩大经营规模的念头。你看，我也三十多了，再这么有一搭没一搭地晃悠着，不用我妈嫌弃我，我自己都挺泄气的。现在做的事吧，至少还是我感兴趣的，转别的行当我也不知道还能干什么。总之不管怎么样，我自己做自己的主，总比被我妈抓回去给她当傀偏强。你觉得我租个门面，请几个人，开个甜品店卖下午茶，怎么样？"

"哎哟哟，真是士别三日当刮目相待啊！你这个千年懒虫竟然动了创业的念头，不容易，这就算是一个划时代的进步了。行，你今天回去先好好睡一觉，等过了这个热度，一礼拜之后你还跟我说想这么干，我再认真跟你共商大计不迟。"

"什么意思？你觉得我是拍脑门的三分钟热度啊？这事我都琢磨小半个月了，商业计划书都做好了。我最近在做市场调研评估风险因素呢，猫鱼也跑了好几个地方去选店址。我是想着等前期工作都做得差不多了再跟你说，免得你觉得我瞎胡闹。看吧，果然不出我所料。"

常菀紧紧握住章晗放在桌上的手，做出一副夸张的感动表情。

"你长大了，我终于等来这一天了。为你骄傲，为你打 call。说吧，需要我为你做什么，我一定赴汤蹈火，倾家荡产……"

"得得得，哪至于啊？"章晗抽出自己的手，却立刻反把常菀的手握在手里，"不过，我确实需要管你借点钱……不白借啊！给你干股，还本金之外还有分红，你知道，我没法去向我妈要钱，你就是我最亲的人了……"

常菀把手抽回来，端起气泡水喝了一口。

"既然要干，那就好好干，正规的商业模式，正规的合作，我一定全力支持你。但是亲姐妹明算账，你要对我的投资负责，不能一遇见困难就退缩了、顶不住了、不干了，我的钱也不是大风刮来的，你不能靠撒娇蒙混过关，那样还不如从一开始就别干，回家我养着你呢。"

"那当然了，你也太小看我了。我不仅要对你负责，还要对我的员工负责呢，他们跟着我也不能说失业就失业呀。"

"猫鱼对你的影响很大呀，成功激发了你大姐头的使命感。你说咱俩认识十几年了，我怎么就没享受过这种待遇呢？"

"你啊，也就只有秦朗这种对自我评价非常高的人才能对你产生得了保护欲，你一副无懈可击女战神的样子，一般人谁好意思动这种不自量力的念头啊？你看我，你看万多，你看你身边那些同事，跟你比起来哪方面都不存在优势，不产生距离感就不错了，还使命感。"

服务员上了例汤和一道沙拉，饿傻了的两个人立刻动起手来。

"嗯！好吃！等会儿再点些东西打包给万壹带回去。"

"你别说，山下这两下子还真不是吹出来的。"

一向得体的常菀此刻也顾不得吃相了。

"哎，这都是山下做的么？"

章晗问前来上主菜的服务员。

"当然，就算是不用我们主厨亲自动手的小菜，也都是他带出来的徒弟在他的指导下按他的方法做的，而且都要由他亲自确认过才能端上桌的。"

"我现在心里更加愧疚了，怎么办？"

服务员离开之后，章晗压低声音说着，表情却眉飞色舞。

"那刚好，你来都来了，当面给山下道个歉呗。本来也是，人家那天是帮你的，结果被你反咬一口。一个综艺节目，本来也是互相利用的一个秀罢了，明明就是你自己跟自己较劲的事，结果给了人家那么大一个难堪。"

"好好好，是我不对。我这就去给他的餐厅点赞，五星好评，发带图评论，这不比道歉实际。"

说着，章晗切了一大块牛排放进嘴里，边嚼着边用手机把桌上的菜拍了一个遍。

"你这事业的事情也算是有个方向了，接下来是不是可以把个人问题提上日程？"

"干吗，你又想安排我跟谁相亲啊？"

章晗警惕地放下手机。

"这次这个啊，绝对是上等的货色……"

"嗯，又是这句熟悉的开场白，你别说，好久不听还真有点小亲切呢。"

"你别打岔。这位公子啊，最近在我这做咨询，性格特别好，也很有教养。他爸爸是在南非开金矿的，他刚刚从美国读完博士回国。虽然他比你小三岁，但是女大三……"

"常菀啊，有时候我真觉得自己一点都不了解你。你说你一个长得漂漂亮亮，有知识、有教养的新时代独立女性，怎么每次说到我感情问题的时候就变成公园相亲一条街的大妈了呢？还女大三，女大三，早晚散。你自己活得先锋又精彩，凭什么我就一定得赶紧谈恋爱嫁人？"

"我这不是为你好……"

"听听，又一句大妈式标准台词。你就想想你给我介绍过的这些人，不是你的同行就是你的病人，货源也太单一了吧。"

"那我的生活圈里可不就是这些人啊？"

"所以啊，你就甭替我瞎操心了。你那些病人再优秀，再完美，可不也是上你那咨询的病人吗？哎，我可不是对看心理医生的人有看法啊！再说你那些同行，就我这智商和情商，两下就被人看穿了，势不均力不敌，没法一起愉快地玩耍啊，还不如病人呢……"

"对啊，所以我这次给你介绍的不就是个病人，不对，是个来访者。"

"你和秦朗发展得怎么样了？上次你晚回来一天，你俩干啥去了？唯安这个障碍走了之后，有没有让你们之间的电波传导更加顺畅啊？"

这三个问题一出，常菀立刻闭了嘴。章晗得意之情溢于言表，心想着，小样儿我还治不了你了？

"说正经的，你不会打算一直这么跟万多和秦朗相互耗下去吧？我觉得这对秦朗不公平。”

“你怎么没觉得对万多不公平？”

“对他有什么好不公平的？本来你们也是互相帮助，也不是你赖上他的。而且万壹长那么大，作为一个父亲，他尽到责任了吗？丈夫的责任可以不尽，但儿子不也是他的吗？不也是他需要的吗？难不成你还觉得自己亏欠他呀？”

章晗声音忍不住提高了一些，旁边桌的客人看了过来。

“嘘嘘嘘，小点声。我对他当然不存在亏欠，我的意思只是说，你怎么总是那么向着秦朗说话。”

“他对你好，对万壹好，适合做一个好老公和好爸爸，还不够吗？事业有成、帅气多金我都还没算进去呢。”

“我的人生就没有其他可能了？”

“就你这个交际圈还是算了吧，不可能再出现像秦朗这么合适的。我觉得，你就算不为你自己，也该为万壹考虑考虑。现在的孩子都早熟，你别觉得他什么都不懂。你这一言难尽的婚姻，与其这么不清不楚地拖着，让他形成一个不正确的三观，还不如痛痛快快地离了，重新组建一个幸福健康的家庭。我绝对相信秦朗对万壹的好不是装出来的，而且他能给到孩子的东西，无论是物质条件、教育资源，还是成长环境和未来的人际资源，都是万多没法比的。”

“是不是万壹跟你说什么了？”

“他一小屁孩能跟我说什么。只是作为孩子的章晗妈妈，我得替他铺好未来的道路。这事没那么难办吧？你可别给万多拖醒过味儿来抓着你不离了啊！他三十多岁一大老爷们，没房，没存款，工作也挣不了几个钱，生活完全没建立起来，你再看看你，要啥有啥，前途一片光明，一副被人抱大腿占便宜的样子。”

“也就你，觉得我哪哪都好。他又不是没人喜欢，那个晴海……”

正说着，常菀的目光被从厨房走出来的山下吸引过去，于是连忙低下头假装若无其事："章晗，别回头，赶紧站起来径直往前走，冤大头出来了。"

章晗嘴里还填着食物，立刻身体僵直地从座位上站起来，背对着山下快步向前走，但前面不远处除了墙什么都没有，她只好赶紧转向门口。

"章晗？"章晗赶紧把嘴里的食物咽了下去。"是章晗吧？我还以为自己认错了呢。你好，我是山下的妻子，我叫龙骧。"

章晗和刚从门口走进来的龙骧打了个照面，老板娘这声音不大不小的自我介绍刚好引来了山下的目光。

- 8 -

服务员重新摆了台，换上新的餐具。这时候的章晗反而显得淡定许多，山下夫妇亲自端来了两份甜品，四人围坐在同一张桌旁。

"我们早该认识才对，之前你上我们杂志的时候猫鱼就跟我强烈推荐了你做的蛋糕，但是我不太吃甜食就错过了。要不是后来网上的新闻，我还不知道你和山下是老相识呢。"

龙骧特别瘦，随性却入时的中性风打扮更显得衣服空空荡荡。她的头发染成暗暗的紫色，衬得皮肤更加雪白。

"猫鱼现在在我那里工作。"

章晗自己也不知道怎么第一句说出口的竟然会是这句话。对于这两个女人之间的对话，常菀心里默默为自己的傻姐妹捏了一把汗。

"哦？是吗？"龙骧微微笑着，眉毛不经意地挑了一下，"她是个能干的小姑娘，本来年底有机会升专栏编辑的，可惜了。你们是大学同学的话，应该跟山下也是老相识咯？"

龙骧又转向常菀。

"也不算相识，见过而已。"

常菀说的是实话，当初章晗跟山下谈恋爱那段时间，她几乎见不到他们的身影，说过的话加起来都不超过十句。

"你们不会也是看他演出认识的吧？"

常菀和章晗两人不约而同地笑了笑表示默认。

"真是巧了，那时候啊我特别喜欢他，可他就是不搭理我。他每场演出我都在，说不定当时我就站在你们身边呢。"

这句话让常菀起了一身鸡皮疙瘩。她隐约觉得当初山下跟章晗突然分手就是因为龙骧，如果是那样的话，两人最终修成了正果，也算是没白砸了章晗的研究生考试。一拨新的客人跟着服务员走过他们的桌旁，主动跟山下夫妇打了声招呼。

"是餐厅的投资人，我可能没办法陪你们了。今天这顿算我的，下次再来的时候不用等位，直接给山下打电话让他给你们留好。别光顾着说话，甜品是山下亲手做的。失陪了啊，老公你等下也一起过来聊两句。"

山下点点头，龙骧快步走向窗边的位置，热络地跟几个投资人寒暄，留下了一桌低气压的尴尬。

"放久了影响口感，尝尝吧。"

山下总算是开口说了句话。常菀和章晗配合地拿起小勺，尝了一口盛在一个造型别致的木质器皿中的甜品，然后互相看了一眼，尽量不表现出太好吃的样子。

"刚才你怎么一句话都不说？完全被你太太的气场碾压了啊。"

常菀知道这个时候如果自己不在中间调和气氛，章晗心里可能会很煎熬，所以没话找话。

"你们也看到了，有她在的地方，基本没我说话的余地。"

山下耸耸肩表示早已习惯。

"不过你们在一起倒是相得益彰。"

"她是很擅长张罗，我也乐得清闲。"

"你们在一起多久了？"

"十来年了吧……"山下快速看了一眼章晗，这一眼，让常菀更加确认了自己刚才的猜测，不过章晗却不知道是一副已经放空还是无所谓的样子，"一开始我就是给她爸爸当的学徒，后来跟她一起去的法国。"

"你就是因为她跟我分手的吧？"

章晗突然反应上来冒了这么一句，语气倒是轻猫淡写。

"是……我爸那时候在她爸的餐厅工作，有一次喝了酒，不小心把厨房点着了，烧伤了好几个人。后来……"

山下没说下去，也不用说下去。后面发生的事，大家都多少能猜出个一二。此刻当年那件事在章晗心里一下子就过了，谈不上什么原不原谅，就像身体上很久没注意到的一个伤疤渐渐淡去了痕迹，你知道它原本在哪里，但再也不疼不痒，甚至没有留下纪念。如果他当时能诚实地告诉自己分手的原因，而不是努力去装什么爱得纯粹，也许她也能顺利考上研究生，毕业之后踏实找份工作相夫教子，也就没有之前那场闹剧和风波，他们此生也就可能再不复相见。

"关于你丢了节目的事……我应该说句对不起……"

章晗抬起头来硬逼着自己看着山下说出这句话，自上次在节目录制现场匆匆不欢而散之后，她一直有些后怕。直到今天再见，自己预设的那些或是责怪或是冷漠的状况都没有出现，她才反而觉得羞愧。

"我好像应该谢谢你才对。"山下前倾身体，小声对不由自主凑过来的常菀和章晗说，"你以为我愿意参加那个节目啊？我只想在厨房面对萝卜白菜，其他那些有的没的，我躲还来不及。"

三人会心一笑。送她们到门口的时候，山下主动提出交换联系方式。

"我们餐厅的服务员上次买了你的蛋糕，结果我还是吃到了带芥末的那个，所以，你之前在微博上发的那张照片，就算是我输了游戏提前到来的惩罚。"

回去的路上，这句话，和山下说这句话的表情在章晗脑袋里反复重播。他得体而轻巧地说了"没关系"也说了"对不起",这温柔且善解人意的样子不知究竟该归功于时光还是龙骧。即便他们当初没有分开,即便他们能够走到现在,章晗心里也清楚这是她力所不能及的改变。不要因为羡艳别人的当下而懊恼当初,毕竟如果你是那个当初,也许对方拥有的当下并不会是那令人羡艳的样子。

"她为什么要起一个包包品牌的名字?"

章晗没头没脑地说了这么一句。

"谁啊?"

"龙骧。"

常菀跟着章晗一起笑,陪她把心里那些说不出口的小小不平衡全部都笑散。

- 9 -

秦朗端着两盆多肉植物从地库上了常菀家的电梯。前一天一起吃午饭的时候,秦朗听她随口说起因为自己太久忘了浇水,她最喜欢的雪莲和桃之卵死掉了。他知道常菀和章晗去吃饭了,这个时候不在家,所以想趁她回来之前做一个田螺姑娘。但当他开门之后,眼前万多和万壹正坐在电视前打游戏的场景却让他始料未及。他也知道这对父子俩此刻在一起,但没想到他们竟然没像以前一样出门,而是从未有过地待在了家里,并且都还穿着睡衣。万多一分神,他操控的那辆赛车便直直地撞向了侧边的护栏,万壹欢呼雀跃地向秦朗炫耀着自己的成绩,又自顾自地开了一局。

"她没在家。"

万多放下游戏手柄,有些局促地站起来。

"哦,我知道,你们玩你们的。"

秦朗轻车熟路地从鞋柜里拿出他的专属拖鞋,礼貌地对万多点点头。毫无疑问,他与万多相比起来更像是这个家里的男主人,而坐在沙发上的那个，只是偶尔来帮忙看孩子的男保姆。万多眼睛盯着电视，却竖起耳朵听着秦朗自如地进进出出，忍不住想跟上去看看。

其实秦朗也不是故意做给万多看什么，这就是他平时在这个家里时该有的样子，但今天这么翻来覆去地折腾确实有混淆视听的意思。盆栽不过是一个幌子，他今天来的主要目的是想要拿到常菀左手中指和无名指的尺寸。粤城之行过后，在他心里已经认定了常菀是给了毫无疑问的肯定答复，那么接下来的求婚、结婚便是再自然不过的发展。秦朗找到了几个常菀常戴的装饰戒指，用极细的签字笔顺着内圈画下一个圆，然后按照拿出来之前的摆放顺序放回原处。即将关上抽屉的时候，他注意到角落的一个小红布包，和其他精致的盒子完全格格不入。他朝着门口看了一眼，听见万壹还在抱怨万多怎么开那么慢，便稍稍放下心来，打开了那个布包。

里面放着的是一枚银色的戒指，简单的光面素圈。它看起来前不久应该还被佩戴过，并没有因为长时间放置而失去光泽，反而被悉心擦拭。秦朗把戒指放在笔记本上，从布包里又掏出一个折成小方块的纸条，他犹豫了一下，还是一点点打开。这是一张收据，内容是结婚对戒，日期是六年前，价格不到两千元。他重新把收据折好，和戒指一起放了回去，轻轻关上了抽屉。这应该是当年买来给万多爸妈看的没错。收据在常菀这里的话，钱应该也是她出的吧。秦朗走出卧室，把笔记本放回包里，看着正在打游戏的万多，心中生出了鄙夷。他知道当初是常菀提出要留下肚子里的孩子的，但他觉得既然是男人，就该敢作敢当。在男人面前，女人并不是任何时候都不能花钱，可是结婚戒指这种东西，无论如何都不应该由她来埋单。

"我先走了。"

"不等她回来吗？"

万多暂停了游戏，万壹在一旁不满地大呼小叫。

"不了。"秦朗自然地把目光转到万壹身上，"八点多了小朋友，是不是该准备睡觉了？总这么盯着电视，眼睛不要啦？"

"明天又不上学，"万多立刻回答，"平时就被管得够紧了，我带的时候就想尽量让他放松一下，想怎么玩就怎么玩。"

"凡事应该有个度，好习惯是需要时间养成的。"

秦朗不想再跟他多费口舌，转身开了门。

"下周菀菀过生日，我订了餐厅庆祝，章晗会来，你也一起吧。"

万多趁秦朗走前说道。这声菀菀好像是专门叫给秦朗听的。若不是万壹在场，还热情地随声附和着，秦朗真想给他一点难堪。

"如果需要我去，她自己会告诉我。再见。"

此刻秦朗心里又多了一些轻蔑，常菀这个法律名义上的丈夫，除了她的名字和住址之外，根本不了解她的生活更不了解她本人。自从常继文和元禾失联之后，常菀就再也没有过过生日，因为这会让她想起他们，想起自己的生日其实是被亲生父母抛弃的那天，也是被常家收养的那天。想到这里，秦朗甚至希望万多能尽量隆重地举办这场生日聚会，那充满幸灾乐祸的期待此刻在他心中膨胀，以至于忽略了常菀会因此难过的事实。

– 10 –

万多不知道自己是从什么时候开始想和常菀在一起的。也许是决定回来接受旅行社这份稳定工作的时候，也许是答应和她结婚的时候，也许是第一次在海边遇见的时候。要说大多女人会因为突如其来的责任而迅速成长，那么大多男人会因此而退缩。当初万多刚刚结束了一段失败的感情，从没日没夜的加班生活中逃脱出来，怎么接受得了丈夫和父亲这个身份？可其实他的潜意识帮他接受了这个设定，虽然没有改变他漂泊的心意，也没有让他能真正对常菀负责。

万多不想承认在旅行社工作之后，很快发现自己确实一无所有的事实。身边的同龄人至少都在明确的规则中积累，而他几乎和那些刚进公司的小年轻一样从零开始。常菀却什么都有，甚至靠自己的能力拥有得比其他同龄女性更多，这让万多的感情显得突兀而目的不纯。他确实没有办法像秦朗一样理直气壮地说只是纯粹地爱着常菀，并承诺给她富足的生活，而更尴尬的是，即便万多能做到，也并不显得高尚。

常菀生日那天，万多包下了一个潜友开的餐吧小院，并用万壹做借口，说自己临时有事，分别叫常菀和章晗来接他回家。秦朗当然会是一个好的秘密保有者，他知道这场惊喜准备得越充分，后果也许就越符合他的期望。万多按照一般女孩所喜欢的那种氛围，用气球、彩灯、鲜花装点了那个小院，并穿上了新买的衬衫。他想借这个机会宣示主权，正式向常菀表明自己愿意开始真正履行作为一名丈夫和父亲的责任，他想在婚姻存续六年后对自己的法定妻子做正式的表白。那些喜悦的、感动的、意外的或者犹豫不决的场景在万多的脑海里预演了无数遍，他的心被一种偏执的自信占据，觉得常菀愿意在这段婚姻中等待那么久，就一定说明了什么。之前的帕劳之行，她对晴海的态度以及对他的接纳都多少显露了心迹，况且还有万壹，万多觉得常菀在他们的儿子面前至少不会给他难堪。

当秦朗跨进这个院子的时候，就猜到了万多以上那些想法。他在来这里之前，专门回家换了一身舒服的休闲装，看起来就像下楼买菜顺便路过的样子，和万多的刻意形成了鲜明的对比。秦朗在心里轻轻摇头，为那个从各方面都无法做到与自己势均力敌的对手。不了解常菀的身世也就算了，可他甚至都不愿花点心思去了解常菀这个人。并不是只有心理医生才能做到悉心观察和合理推测，这应该是每个人在面对自己心仪对象的时候，基本的条件反射。所以秦朗觉得，万多要么是蠢，要么是根本就不是真的喜欢常菀。而无论是这两点中的哪一种情况，他都没有和自己竞争的资格。他当然会因此觉得万多不过是一个之前不着调，而现在想要捡现成便宜吃软饭的渣男。这一点，他从比自己晚到一些的章晗眼里，也多少看出了一些共鸣。这两个人一边陪万壹玩游戏，一边心照不宣地没有任何多余的交流。在觉得常菀离开万多会更好的这件事情上，这两个人的立场丝毫没有冲突。

这场生日宴会，除了原本的受邀者，还有两个意外出现的人。先是洪果儿，前一天她刚和胡律师一起回到国内。常菀接到万多电话的时候，正和她在一起讨论关于如何能让章晗心甘情愿地接受章蘅遗愿的问题，于是没有多作他想，便带着洪果儿一起准备接上万壹去吃晚餐。常菀当然不会忘了自己的这个生日，她也知道秦朗和章晗不会刻意为她张罗什么。能在今天跟一个对自己生活一无所知的人，在讨论别人事情的话题中度过夜晚这段难挨的时光，原本令她觉得放松和安全。结果洪果儿成了唯一一个在到达现场之后感到惊喜和兴奋的人，虽然与其他人的情绪形成了很大的反差，倒也无伤大雅。

如万多所想，常菀虽然没有表露出什么开心的情绪，但至少没有拒绝被万壹拉着坐了下来。但秦朗看得出来，她的眼神已经开始失去焦点，这意味着她脑袋里那根紧绷的神经随时可能断开。所有人都落了座，宴会开始按照预定的环节展开，香槟，佳肴，甚至还有现场演奏的音乐。所有的颜色在常菀眼前化成大块的光斑，所有的声音都变成模糊的低鸣，所有的气味都令她精神紧张，她想起了小时候生日蛋糕上那块鲜红色的果酱，想起了拆开包装纸之后的自动文具盒，想起了自己抱着元禾，竖起两根指头对着常继文手里新买的傻瓜相机笑没了眼睛，想起了在马来西亚机场回国之前家里那通长久没人接听的电话。她的呼吸开始变得沉重而急促，章晗在桌子底下去握她的手，被那夏夜中彻骨的冰凉刺痛。万壹的欢呼声把常菀拉回到现实，万多小心翼翼地推着一个放着蛋糕和礼物的餐车从屋里走出来，同时除了彩灯之外的所有灯光熄灭，生日歌也应景地响起。而当他刚刚在常菀身边站定，正准备开口说些什么的时候，院子的门被推开了。所有人的目光都被吸引了过去，包括常菀。这个人的出现，才算是那个真正的意外。晴海刚下飞机，打不通万多的电话，却恰巧在同为潜友的朋友圈里看到了他和常菀一起在这里的照片。她拥抱了冲上来打招呼的万壹，在人们一半诧异一半疑惑的眼神当中，露出淡定的笑容。

"生日快乐，常菀。"

她的出现，无疑成了压垮这场宴会的最后一根稻草。章晗在意识到她是谁之后，立刻摆出了防御的姿势，而秦朗虽然不知道她是谁，也从其他人的反应中猜到个七七八八。这种情况完全不在他的预测之内，甚至还会起到和他之前的期望背道而驰的效果。面前这个浑身充满了侵略气息的女人，有可能挽救那个一路滑向谷底的局面，激发起常菀的战斗欲，从而替万多赢得很好的机会。但秦朗此刻并不慌张，因为他看到了万多的反应，笃定他不会再说出准备好的那番话。那番话是他唯一能扳回一城的可能，如今他却无法说出口。如此一来，情况会越过那个下滑的过程直接砸向谷底。

常菀定了定神站起来。

"麻烦把灯打开。"

突然亮起的光线照在众人各自心怀鬼胎的脸上，音乐也因此戛然而止，服务员不明所以地随时关注着眼前的情况，生怕等下要收拾什么不得了的残局。

"果儿，能不能请你带万壹去屋里，和服务员一起帮大家把蛋糕分一下？"

"哦，好。"

洪果儿拉着万壹和服务员一起把蛋糕车推回屋里，并关上了那扇连接室内外的对开木门。她明白自己这时候要做的就是尽可能带着不相关人员离开，给留在那里的人足够的时间和空间。虽然不过是第三次见面，她对常菀的信赖程度已经远远超过大学四年的同班同学。女人之间情感友谊的诞生不需要任何理由和酝酿，喜欢和不喜欢都是第一眼看见的天经地义。她喜欢常菀，也喜欢章晗，并且知道她们对自己也有一样的感觉，尽管她以一个奇怪的开场和身份出现。

"晴海，坐。万多，你也坐。"

秦朗看到常菀脸上的表情，那是他最喜欢的表情，明明杀机四伏，胜券在握，看起来却是一副放弃抵抗的样子。

"感谢大家今天为我的生日而来。我已经好几年没有过生日了，今天要不是万多有心，也许我和这一天又一次相安无事地错过了。"

万多脸上露出欣慰的表情，章晗看到后在心里默默骂了一句脏话。这么多年，这么大人了，真是丝毫没有长进。她又想起万壹出生后的第二天，万多拎着一个婴儿毛巾大礼包走进病房的样子。会有谁在去看自己儿子的时候带大礼包这种东西？他总是能成功地把男人的不拘小节和善解人意体现在最不该体现的时候。

"现在在座的所有人应该都清楚我和万多之间的婚姻状态，也是知道这件事的所有人。那么刚好，我有一个决定，就不用挨个去通知和解释了。善始善终，你们都看着，我心里踏实。"

常菀看向万多，他竟然正期待地看着自己。而此刻的秦朗却缓缓闭上了眼睛，他要享受即将到来的这个时刻。

"我们已经为彼此消耗了太多宝贵的时间，我们都有权利给自己，给孩子一个健康完整的生活。所以，万多，我们离婚吧。"

说完，她大声招呼屋里的洪昊儿出来，搞不清楚状况的万壹兴奋地把切好的蛋糕逐一分给大家。常菀看着此刻唯一能大口享受蛋糕的儿子，虽然心酸，但还是咬咬牙端起手里的香槟向着万多。

"结婚那天委屈你了，因为我，因为我父母不能在场，都没能满足公公婆婆想风风光光办场酒席的心愿。今天，有蛋糕，有美酒，还有那么多好朋友，万壹也长大了，算是给了彼此一个体体面面的交代。谢谢你，我先干为敬。"

常菀不知道万多最终有没有把杯子里的酒喝完，在连干了三个满杯之后，她就被章晗和洪果儿夹在中间几乎是绑到了车上。秦朗把面前的香槟一饮而尽，抱起满嘴奶油的万壹离开。他和晴海有一个短暂的对视，这个狼藉的夜晚，只有他们心甘情愿地站出来收拾和善后。万壹趴在秦朗的肩膀上对万多和晴海说再见，秦朗没有听见回应。这就是他所谓的，万多从各方面都无法做到与他势均力敌，包括自己的儿子在内。

万多就那样坐在原先的位置上给自己打气：千万不要失态，千万不要较真，千万要体面地做一个收场。他喝完了冰桶里的那瓶香槟之后起身离开，扬手把原本要送给常菀的礼物扔在车后座。那里装的是一个相框，是他用这些年在海边收集的贝壳自己做的。原本他想要在拿出这个礼物之后对常菀说，希望可以用它来装一家三口的第一张合影，现在想来，还真是矫情得可以。晴海把万多从驾驶位上拉下来塞进副驾，安全地把他送到了家楼下。万多对她挥挥手，摇摇晃晃地进了楼栋，根本不关心她为什么突然出现，为什么知道他的行踪，突然离开又突然出现是有什么打算，以及今晚有没有地方住。晴海倒也不恼，她这次再来原本也不打算赖着万多不放，她回到自己订好的酒店，从前台取了寄存的行李。她想要睡一个好觉，来迎接新的一天。

去民政局办离婚手续那天，工作人员看到万多和常菀的脸色，连基本的询问和劝说都省了，直接确认好材料后，果断在离婚证上盖了章。整个过程当中，两个人没有过一句交流，倒不是怨恨或是厌倦，而是有种说不上来的尴尬。他们都为那个夜晚自己过于冲动的行为而感到后悔，倒不是后悔那个决定，只是觉得方式欠妥。

万多觉得如果再给他多一点时间去认真跟常菀相处，逐渐渗透自己的心意，可能就会得到不同的结果，他到现在还认为是自己的突兀和晴海的意外出现导致了问题的激化。可秦朗让他失去了耐心和淡定，才致使他在没完全准备好的情况下贸然放手一搏，这样总好过在沉默中被对手抢占先机而遭淘汰。说离婚和说分手不一样，在人前说和在人后说又不一样。这么些年万多虽然不太了解常菀的行事为人，但知道她既然说了，就一定不是在跟自己撒娇，所以也就不必去做无意义的挽回。

常菀倒是从来没有担心过万多会来挽回什么，因为她并不知道他为自己办这场生日宴其实是为了表白。她只是觉得自己选了一个最差的时机来结束两人之间的婚姻关系，因为那样看起来好像是因为晴海的出现让自己起了醋意才赌气说出离婚的话。当然，要说这完全与晴海无关也的确自欺欺人，但常菀却是因为她的出现才从之前即将失控的情绪里冷静下来。那一刻她心里充斥的酸涩令鼻梁和眼眶发紧，她不明白自己为什么还要因为一个根本不了解也没有试图了解过自己的婚姻伙伴而耽误了自己接受幸福的机会。她为自己之前和晴海的暗自较劲感到不齿，对方的突然现身更令她无法忽视心底存在过的那些小期望和小邪恶。

秦朗和晴海都等在停车场，秦朗坐在车里的驾驶位，晴海则从副驾驶下来靠在车门上看着民政局大门的方向，直到看见常菀和万多分别从台阶上走下来。两辆车停得不远，秦朗特意下了车为走近的常菀开门，四个人没有遥遥相望，却也切实看见了对方。秦朗早晨出发去接常菀之前特意洗了车，他这辆原本价格就比万多的车贵十倍多的座驾，此刻更是在太阳下折射出刺眼的光芒。

两辆车一前一后出了停车场，向左向右背道而驰。原本万多也应该走右转那条路，但他实在不想跟在秦朗后面看着他的背影，再被他甩得更远。早晨晴海在万多家楼下等他的时候，本来只是想搭一段顺风车。他以为这只是凑巧，以为她并不知道今天恰好是自己要去办离婚手续的日子。那时他碍于情面没好拒绝，还担心被常菀看到。而此刻他竟有些感激晴海的到来，否则刚才的形单影只恐怕会让他显得更加凄惨。

- 11 -

这的确可以算是真正全新的一天。万多在闹铃声中醒来，强忍着困倦和头痛起床上班。这简直是大部分上班族的必备技能，无论前一晚有多么嗨或多么丧，第二天都要像什么都没有发生一样走进公司大门，这点他倒很快适应了。晴海坐在万多办公室门口的工位上主动向他问好，万多还以为她又像之前一样要来陪他一起上班，于是连忙把她叫到办公室，想要晓之以理动之以情地说服她离开。

"万总，今天是我第一天上班，还请你多多指教。"

晴海赶在他说话之前先开了口，万多这才注意到她今天是一副之前从来没有过的打扮，蓝白色的条纹衬衫加浅蓝色的高腰职业裙，还穿了她从前不喜欢穿的高跟鞋。

"你这是……"

话音刚落，人力资源的负责人敲了敲原本就敞着的门走进来。

"哎呀，你们都见面了啊，我刚有点事耽误了，本来还说介绍你们认识呢，这下还省事了。万总，这是新来的项目策划路晴海，直接向金总汇报，也负责和您这边的业务对接。她的实操经验很丰富，对旅游产品的设计很有自己的见解，很是有您的风采。你们多交流啊！我还有个应聘者要面试，得赶紧去一下。"

说完此人就匆匆忙忙走了，脑子还没缓过劲来的万多慢半拍地理解着刚才那些话里的内容。

"什么时候的事？"

"有两周了吧，我递交了简历后通过视频电话做了三轮面试。"

"就这样？"

"那还有多复杂？万总是怀疑我的工作能力啊。"

"那怎么可能，你比我可能干多了。还有，别万总万总的，听着特别像挤对人。公司一共就这么几号人，我除了坐这么个办公室之外和其他人有什么区别，还不是和他们一样干活拿提成。"

"这还不是你自己的选择？所以，我想亲自来看看你的选择到底有没有错。"

这句话让万多觉得有些刺耳，好像是在说一句活该。那天之后，晴海在万多隔壁小区租下了一套两居室坐地铁上下班，两人倒也相安无事，工作上的默契配合还让他们之间的情谊重新建立起来，好像又有了刚认识的新鲜感。直到今天，也就是万多要和常菀去办离婚手续这天，晴海才第一次要求坐他的顺风车。这一天她在脑海里设计过无数遍，她想在万多走出民政局之后立刻主动向他求婚，然后两人再当着常菀的面一起手拉手走回去领结婚证，这个场景令她想想就激动不已。虽然也就是想想而已，但她甚至连自己要穿什么样的衣服和对方脸上会出现怎么样的表情这样的细节都做了预期。可当这一天真正到来的时候，却好像没有想象中的开心。

到了公司地库之后，万多和晴海两人刻意拉开一段时间先后乘坐电梯上楼。虽然晴海对这座城市、朝九晚五还要加班的工作、要处理与同事间的关系都不太适应，但这确实为她找到了一个新的角度能参与到万多的生活，并且令他无法抗拒。她不但不再像从前一样缠着他不放，还刻意与他保持距离，像是真的为了这份工作才来到这里，个人情感从此绝口不提。公司里没有人知道他们曾经的关系，完全没有人把新来的这位女同事和曾经等在公司楼下可能还打过照面的万多的跟屁虫联系在一起。万多因此还不太适应，看着晴海认真工作，努力和同事相处的样子，他觉得有一天自己可能真的会变成孤家寡人。而晴海并不是在用刻意疏远吊万多什么胃口，她是真的担心自己这个有些鲁莽的行为会再次引起他的反弹。如果他再次逃跑，她可能也就没有办法再积蓄足够的力气，找万般理由去到他的身边了。于是，她尽量扩大新的生活圈，和同事聚餐，去健身房跑步，和同城的潜友聊天，就是不给自己跟万多哪怕有一顿饭单独相处的机会。可今天早晨她还是没忍住，假借坐顺风车的名义想亲眼看到这段婚姻的结束。当她在停车场看到秦朗的时候，知道他想的也是一样。

常菀坐在自己的咨询室里看着窗外发呆，虽然接下来的生活和之前并不会有什么实质性的不同，但她却觉得像少了些什么似的心神不宁。她这婚当然不是为别人离的，这些年的生活也不是依靠谁过的。只是之前总是在明着暗着盼望她从婚姻关系中脱身的秦朗，反而在她真的宣布了离婚之后变得无动于衷。这星期以来，她找律师咨询，商量细节，起草协议，虽然和万多之间需要划分清楚的内容很简单，但她也想做到万无一失，不想留下隐患。在这个过程中，秦朗就只是事不关己地远远站着，甚至还有意尽量少地占用她的时间，直到今天早晨，是他这几天来第一次主动联络她说，因为她今天限行，所以他会开车接她去民政局。

常菀说不上心里是有些生气还是有些失望，她觉得和秦朗之间虽然没有任何约定，但至少应该有默契，至少不应该就这么把自己晾在旁边。她不喜欢自己的这种状态，像是一只对人性满怀期望的丧家犬。

在付出之后期望立刻得到回报是人的本性，这无关于品位和道德。说到底，这是个主动权控制在谁手里的问题。在感情中越强势的人越是缺乏安全感，总是斤斤计较地和对方博弈，衡量着付出与获得。其实不过是知道自己容易失控罢了，害怕因此而失了体面，从而被轻视和伤害。这跟爱得纯粹与否无关，自我保护是人类先于爱而存在的本能。尤其是女人，在爱里懂得节制于双方来说都是一件好事，这为一段关系提供了长久存续的可能。

直到听见了上楼的脚步声，常菀才回过神来。她今天要接待一个新的来访者，这位来访者指名要预约她的时间，并且没有填写任何资料，只有秦朗的一句交代。又是靠私人关系插队进来的吧，常菀这样想着。以往常的经验，这种来访者多数没有什么真正的问题需要解决，他们的问题多是因为工作压力太大或者人际关系太假导致的失眠、焦虑之类。他们只是需要找个无利害关系的人，在保密条款给的安全感下聊聊天发泄一下罢了，然后把平时伪装在完美外表下那不堪的真实释放清零，再轻装上阵地回到外面的世界。因此，常菀心里稍微放松了一些。她觉得以现在的心力，好像没有办法专注高效地去解决复杂的问题。

助理把来访者带进咨询室，等他坐下之后便关门离开。

"你好。"

来访者主动打了招呼，常菀看着面前这个男人的脸，大脑突然反馈出一种不可名状的感觉。

"你好，我是常菀。"

"可以给我杯水吗？外面实在是太热了。"

"柠檬水可以吗？"

"可以的，谢谢。"

常菀倒好水递给他，重新坐了下来。

"我该怎么称呼你？"

"不用称呼。"

"哦？很多来这里的人，不愿意透露真实姓名，于是就起一个化名，直接不用称呼的倒是第一次见。"

"真名、化名或者不用称呼，对我来说其实都是一回事。我也不是什么名人，即便你看到我的长相也不会知道我是谁，更不会无缘无故地去查我是谁。所以我何必还费心去给自己起一个化名，或者编一个假的身份呢？这对于我们之间会如何交流不产生什么作用，所以就没有区别。而且我觉得，这样的交流，反而会更加坦诚。至少我愿意说出来的，一定会是真的。"

常菀笑而不语。她很少觉得一个人有趣，而有趣算是人可以拥有的众多优点里最不可多得的那一个。

"为什么一定要找我？"

"直觉吧。"

"直觉？这样对你自己会不会有点不负责任啊？我们这里每个人都有自己擅长的领域，你应该通过基本的预诊结果去匹配最适合的交流对象。"

"那些测试题对我没有用。我知道每一个答案背后的排列组合会指向一个怎样的结论，所以没有办法客观地做出回答。"

"你怎么就那么肯定你认为的结论就一定是我们会得出的结论？"

"分析。世界上所有的事情都可以被分析，进而追溯到一个可以用科学解释的答案，只不过是早晚的问题。"

"你是做什么职业的？方便透露吗？"

"我是做建筑设计的。"

"我还以为你是我们的同行。"

"我可不是来故意找碴的。心理学也算是我的爱好吧，但爱好不能当饭吃，我个人也比较容易焦虑，所以还是倾向于做一些可以在短时间内能看到实物成果的工作，这样心里踏实。"

"那，我们应该从何聊起呢？我对你一无所知，也不知道你期望从我这里得到怎样的帮助。"

"这是我第一次做心理咨询。是不是就像在医院看病一样，我说出症状，然后你帮我做检查，根据这些得出一个结论，归纳到某种疾病范畴，最后给我一个吃药或者做手术的解决方案？"

"如果能这样是再好不过了。"常菀笑出声来，"人的心理问题如果能像感冒发烧或者哪怕肿瘤癌症一样可以被明确地定义、确诊，再被批量的标准化治疗，那我们这一行的发展状况应该比现在更好才对。所以你不能心急，我们得需要一些时间来建立信任和了解。"

"信任和了解应该都是互相的，对吧？"

"嗯，没错。"

"那你会给我信任，让我了解你吗？我们应该从来都不了解给自己看病、打针、做手术的医生是怎样的人。"

"既然你的直觉让你选了我，就应该是有天然的信任才对。我们去医院看病的时候，也很少怀疑自己的主治医师对吗？"

对方似乎认可了这种说法。接下来的谈话，在常菀的掌控下按部就班地进行。两个小时的时间里，他们聊到了工作，聊到了感情，聊到了生活习惯，她发现对方除了像他自己说的有些轻度焦虑之外，暂时并没有发现什么大问题。并且她总是觉得，对方看起来很清楚自己能从她这里得到什么的样子。他们约好了下次见面的时间，在工作室大门口告别。常菀很少会送来访者到大门口，也许是因为第一眼的面善，也许是因为刚才的聊天不但没有令她疲惫，反而让她从之前的情绪中跳脱了出来，感到轻松愉悦。他们之间的地位好像是对等的，说不准是谁在治愈谁，她喜欢这种棋逢对手的交谈。

- 12 -

常菀脚步轻快地走回办公室，刚一推开门，便立刻感到一阵头痛，立刻想要装作若无其事地转身离开。然而章晗用力地清了清嗓子，正拿着陶瓷杯垫有节奏地在桌子上敲着，这让她不得不硬着头皮回去面对章晗和洪果儿再一次共存在她眼前的这个场景。

"你先把杯垫放下，有话好说。"

常菀偷瞄了一眼坐在窗边沙发上的洪果儿，想从她脸上的表情判断一下目前的形势，却发现对方一直盯着手机，连抬头的打算都没有。章晗靠坐在办公桌的椅子上，腿跷上了桌，像是撒网许久，只等猎物主动上门的黑社会女流氓，脸上的表情深不可测。事已至此，常菀只好赶忙先关上了房门。好歹自己是公司的合伙人，总不能在其他员工面前搞得太难看。

"你坐。"

章晗指指她对面靠墙的沙发，常菀顺从地坐了下来。

"你俩……"

"倒是你俩，那天为什么会一起出现？"

章晗抢过常菀的话，用手里的杯垫指着她。

"一礼拜前的事你现在才来问我，想必自己已经有了答案，不然也不能这么理直气壮地找上门来堵我。"

"哈！你俩这点倒是挺像，诚实，问啥说啥，连丝毫反抗的迹象都没有，还真是让我不好大打出手。"

"谁敢瞒你啊？再说了，我俩也没打算瞒你什么，这不是担心你这脾气一上来白瞎了你爸的好意，所以才想提前谋划一个万全之策，各成所愿，皆大欢喜。"

"少来这一套！幸亏那晚我没有被你恩断义绝的气势冲昏头脑，回到家就立刻反应过来，发现事情不对，立刻就给这小丫头片子撅了。"

洪果儿捣蒜似的对着常菀点头。

"全撅了？"

常菀小声对她做口形。

"对，全撅了。"

章晗替她回答，晃晃手里跑车形状的钥匙，对着窗外按了一下，常菀顺着看过去，才发现在正对自己办公室窗前的空地上有辆最新款的跑车闪了两下灯。

"刚带着这位土豪妹妹去提的车，全款刷卡不砍价，你知道那是种什么样的感觉吗？"

常菀这才注意到，除了那辆车之外，章晗全身的行头，从衣服、鞋子到包包，全都换成了奢侈品牌，而洪果儿反倒还是简简单单的打扮。

"不是说，只能给你投资，不能给你消费吗……"

"谁说给我消费了，车在她名下，衣服和包包也都是她不喜欢才淘汰给我的。我就是一跟在她后面捡剩的，这总可以吧？"

洪果儿对着常菀摊摊手表示无奈。

"这几天，你忙你的，我俩也没闲着。我已经见过胡律师了，知道了我该有的权利，不该知道的那些完全没有多问一句。比如，我只知道我可以找那个叫什么，John黄的基金管理人来支持我创业，但我绝对不知道我爸那么有钱，还把钱都留给了自己尚未过门的小未婚妻洪果儿女士。"

"不是把钱都留给了我，只是我在一段时间内可以暂时享有……行了行了，解释多少遍也没用，你怎么理解都对，反正你要什么我来负责买就是了。"

原本牙尖嘴利并不输人的洪果儿这次回国之后，面对章晗总是觉得底气不足，好像落在自己身上的眷顾是从她那里抢来的，是把自己的获得建立在了别人的失去之上。

"哎，这才是正确的态度。我爸这个老滑头，千算万算，就是没算到我和这位小后妈竟然相处融洽，彼此坦诚，心照不宣，互帮互助，同甘共苦……"

"同甘我看见了，共苦体现在哪里？"

常菀实在看不下去章晗这个盛气凌人的样子，打断了她四个字四个字的成语堆砌。

"我们要一起创业了呀！"说到这里，章晗把脚放回了地上，站起来坐到常菀旁边的沙发扶手上，"我准备拉她入伙，做我甜品店的股东。"

"这好像不太可行吧？虽然我搞不清楚什么公司股权，合伙方式之类的，但是如果她成为了你的股东，还怎么同时给你投资呢？"

"又不是她投资！表面上不是John黄出面吗，她只是幕后黑手罢了。而且她的名字不用出现在工商注册里，也就是说她做我的隐形股东，明面上你来帮她持股，除了属于你自己的，再帮她代持一部分。"

"我？"

"对啊！咱们之前不是说好了你要支持我创业吗？现在钱不用

你出了，来做我的股东就好。你、我、她再加上猫鱼，基本上就是我可以信任的所有人了，我必须要把你们都拉到船上，你们才能把我这买卖真正当回事。"

"不是还有韩秀阿姨吗？她在商业经营方面可比我们都有经验多了吧。"

"说这话你是认真的吗？我要是想被她摆布的话，干吗不直接去她的公司上班？还更省心。这是我自己的事业，必须要我自己说了算。当然了，你们是股东，你们也说了算，咱们商量着来。"

在这一点上，章晗和她爸爸的心思倒是不谋而合。常菀把这当成一种姓氏基因的排他性传承，无论是拉洪果儿入伙的商业筹谋还是和韩秀之间的界限划分，都是这对父女即便阴阳两隔也能彼此想通的默契。常菀知道，虽然章晗平时看起来大大咧咧，其实是大智若愚。她从一个家庭中孤立出来的时间比一般人都早，自然更快地学会了如何与不安全感相处。所以即便她明明白白地知道自己在父亲那里没有获得什么，也依然不吵不闹地坦然接受。因为她知道与其做这些无用的挣扎，不如抓住那些可以抓住的，尽快把它转化成不受别人摆布的私人财产。也许这也是章蘅当时回国来见章晗的目的，他想要告诉她自己做这个决定的理由。无论是依靠血缘的强大或者章晗自己的领悟，现实都在按照章蘅当初的设想一一实现。至于洪果儿要以自己的名义实际把多少钱花在章晗身上，这于全局来说不过是无关痛痒的九牛一毛。

章晗拿起她鳄鱼皮的新包包，已经全然是一副新晋人生赢家的样子。

"好了，公事讨论完毕，当务之急是去解决一件重要的私事。走吧，我跟人家约好了时间，都快迟到了。"

"您慢走。"

常菀松了一口气，站起来打算送章晗出门。

"我慢什么走？你得跟我们一起走！你以为我俩是专门跑来跟

你汇报工作的啊？"

"我以为你是专门来跟我炫耀新车的呢。"

"少贫！我在你助理那查过你的行程了，这里现在已经不需要你了。"

"但是万壹需要我，我得到万多爸妈那里去接他。"

"这点小事怎么能让你亲自操心，我已经安排猫鱼过去接了，然后咱们找地方会合，找个贵的地方去大吃一顿，好好庆祝一下。"

"创业尚未成功，提前庆祝什么？"

"创业必须成功，同志只管努力。今天主要是庆祝你挣脱牢笼，成功奔向人生第二春。"

章晗这辆亮蓝色的跑车一路所经之地无不吸引着众人各式各样的目光，她倒是接受坦然，而常菀却默默地从包里掏出一副能遮去大半张脸的墨镜戴上，并且以跳车为威胁，好不容易才阻止了虚荣心爆棚的暴发户章大小姐敞开头顶的车篷。在一个十字路口等红灯的时候，她们被左边的公交车和右边的面包车夹在中间，坐在副驾驶的洪果儿赶忙弯下腰假装找东西，因为一辆拉风的跑车再加上三个好看的姑娘这件值得拍照发朋友圈的事，已经令好几个人把手机举出了窗外。

"如果我刚才没阻止你把车篷敞开，现在我就去死。"

常菀也弯下腰假装去系高跟鞋上并不存在的鞋带。

"我觉得自己跟野生动物园的猴子似的，这红灯怎么那么长啊？"

洪果儿埋着头依然不敢抬起来。

"瞧瞧你们俩这心态。"章晗倒是泰然自若地端坐着，推推鼻梁上小巧的太阳镜，"让人家看一眼拍个照又怎么了？咱们一不偷二不抢，也不是小三，不怕被曝光，大大方方地出个街，怎么还搞得畏畏缩缩的。"

"绿灯了绿灯了，赶紧走！"

洪果儿拉过头发当作口罩遮住下半边脸，激动地拍着章晗，结果毫无防备的洪果儿又差点被章晗一脚踩下去的油门扭到脖子。

"你到底要带我去哪啊？"

常菀忍不住在后座怒吼。

"马上就到！"

三人在房产中介的带领下，开始参观一栋地上两层地下两层的独院别墅。不仅装修完善豪华，配的家具也是价格不菲。

"章老板，洪果儿的钱是不能用来置业的，你不知道吗？"

"哟，常秘书记得挺清楚啊。谁说我要买了，我租总可以吧？洪果儿回来那么多天一直住在酒店，多么奢侈。有那个钱，不如租个自己的地方，反正她一时半会儿也不回巴黎了。"

"这里租金多少钱一个月？"

常菀问房产中介。

"小姐，这里不包括水电费，一个月六万元。"

小姑娘笑容可掬地回答。

"你住那酒店多少钱一天？"

"六百五十块……"

洪果儿看着章晗的背影凑到常菀耳边小声回答，结果还是被章晗听见，转过身来白了她一眼。

"我就看不上你这种假清高的，明明有钱到这个程度，还非得显示自己拒腐蚀永不沾。你要是住那两千多元一天的呢？是不是就显示出这里的划算了？再说了，这里比你那酒店大多少倍呢，能住的人也多。算上你，我，常菀，万壹……"

"打住。你想一起跟果儿住进来我管不着，可我什么时候说过要搬家了？"

"干吗不住啊！"

"我自己有房子，干吗要再租一套来住？"

"又不用你掏钱，你把你现在那套公寓租出去的话，还能多一份收入呢。这里离你工作室近，离我准备定的那个店址也不远，而且面积条件各方面也更好，还有院子可以给万壹养条狗，咱们互相也有个照应。"

"这里再好也不是我的，兴师动众地搬进来早晚还得费劲巴拉地搬走。我那个小窝再不济也是属于我的家呀，我自己说了算，谁也不能随便给我轰出来。"

"你以为你不搬来跟我住就不用搬家啦？等你跟秦朗结了婚，难道让他上门搬去跟你住啊？"

常菀突然意识到自己从来没有想过这件事，无论是别人搬来跟她住，还是让她搬离现在的地方，好像就没有被她列入对以后人生的规划范畴中。房子对于她来讲是一个家，而不仅是一个吃饭睡觉的地方，怎么能够随意改变？

"那个……我觉得……我们住这里是不是有点浪费啊……"

洪果儿话刚说出来就后悔了，因为她看到章晗立刻打开手机举到常菀面前。

"你知道她在巴黎住什么样的房子吗？快看看快看看，看看什么叫作浪费。"

"那也是你爹浪费！她也没住两天不就被你摁在这了。"

"嘿！我说常菀，跟你并肩战斗了十几年的人是本人在下我吧？你怎么总替这位程咬金说话啊！"

"我只是实话实说啊。你如果喜欢这里就租，没问题，我和万壹可以偶尔来串门。"

"串什么门，你要是不来一起住，那我租这里干吗？这离你好歹还有两站地呢，临时有点什么事我着不起那急，哪有住一小区方便。得得得，当今天没来过，走人，吃饭。"

说完章晗就大步流星地走了出去，洪果儿忙跟中介小姑娘赔礼道歉，转托她帮自己在附近找个一居室的公寓。

虽然接下来章晗抱怨了一路，但常菀依然觉得心里装着满满的幸福感。在外人看来，一直以来是没有主心骨的章晗在追随着她的脚步，包括章晗自己都这么觉得。可实际上只有她清楚，这些年来如果没有章晗，她一定支撑不了生活的重量。

- 13 -

万多下班回到父母家，万母正在厨房炒菜，万父坐在餐桌旁往酒盅里倒白酒。

"爸，万壹呢？"

"常菀的朋友来接走了。"

"男的？"

"女的。"

"哦。"

万多默认为是章晗，去厨房洗了手，盛好饭端到餐桌上，自己也坐了下来。万父看了他一眼，从旁边的托盘里又拿出一个酒盅放在他面前。

"喝点儿？"

"行，跟您喝点儿。"

万多给自己倒满，跟父亲干了一满杯。

"新工作还适应吗？"

"我也不是没上过班，有什么不适应的。"

"既然踏实回来了，就跟常菀好好过日子。没时间的话少回来也行，我和你妈身体都挺好，也不需要你们照顾。"

"嗯，我们挺好的。"

"挺好的？那你下班不跟老婆孩子在一起吃晚饭，上我这来干什么？"

"瞧你说的，孩子还不能回来吃个饭了？"

万母端着一盆汤放在桌子中间，给万多盛了一碗，解开围裙坐下来。

"今天万壹跟我说，你一直没跟他们住在一起。"

万母在桌子下面踢了万父一脚，示意他闭嘴。

"踢我干吗？你别总在中间和稀泥。孙子不说，就觉得万事大吉了？我还没老糊涂呢。这么长时间，你不会觉得我和你妈一直都被你糊弄得好好的吧？"

万父盯着万多，酒盅端在半空。

"有什么事吃完饭再说。"

这是所有母亲的经典台词，但往往预示着接下来一定会有什么不得了的话要被说出口。

"我俩离了。"

万父重重地把酒杯放在桌子上，万母慢慢地放下筷子，两人脸上倒是都没有什么惊讶的神色。

"爸，妈，对不起……是我没出息，这些年让你们失望了。"

万多一仰头干了杯中酒，继而比万母先红了眼眶。

真相往往寥寥数语，谎言总是繁冗绵长，可坦白却往往令人伤筋动骨，字字艰难。因为那是剖开自己，主动放弃还手能力，任人审视和评断的过程。

一桌子菜在夏末的傍晚凉透了。当万多从头把他和常菀从相遇到如今的故事再讲一遍的时候，发现自己在讲述之外，更像是一个倾听者。有些话不说出口，是体会不到它所代表的重量的。重新斟满的酒杯一直捏在他手里，却没有再喝一口。沉默占据了之后大段的篇幅，三人几乎同时深深呼了一口气，像是刚刚从一场冗长的梦中醒来。

"人家姑娘没毛病。一个人体体面面地把孩子拉扯大，到了这个年纪，该有的都有，该经过的也一样不落，没必要再受委屈，你的确配不上人家。"

万父把酒杯举到嘴边又放下，他怕再开口就要忍不住数落儿子这些年的不务正业。原本他觉得一家子有一家子的活法，既然万多已经成了自己的家，那只要他们夫妻你情我愿好好过着日子，他这个当爹的也没有权力去干涉什么。可事情的真相往往比我们想象中的更坏，在这个时候责备或者安慰都同样显得残忍且无济于事，谁还能比后知后觉的当事人更加清醒，彻底的清醒本身就是一种折磨。

万多觉得父亲说得没错，可是"配不上人家"这句话从自己的默认变成了亲人说出口的话还是让他面子上有些挂不住。然而真正让他觉得再也待不下去，从而起身离开的是万母说的那句话。她说，儿子啊，既然话已经说开了，你就别逞能了。咱们有家，不行就回来吧，别在外面租房子住了。

好像我们都有过这样的体验。父亲的责骂甚至体罚只会让我们更加充满斗志，无论是心服口服地想要证明自己或者憋着一股宁死不屈的蛮力。而母亲看似体贴的安慰，却总能激起我们心中的悲愤，她会把我们最后想要维护的那点自尊轻描淡写地扔在地上，像扔掉小时候我们在路边捡起的什么脏东西。万多感到此刻心中的屈辱感比那天常菀当着秦朗的面跟自己说离婚的时候还要难捱，他在开车回去的路上手都是麻的。"不行就回来吧"这种话，是能击垮一个三十几岁大人的方式之一。

离小区大门还有两条街的时候，万多把车停在路边。他发现自己竟然一直都没开空调，被车里晒了一天的气温闷了一身汗。他打开车窗，空气中飘来了一阵烧烤的香气，不远处路边的家属院门口摆着一片矮桌矮凳，白烟氤氲在一长排烤架的上空，谈笑声中夹杂着啤酒瓶倒地的响动。万多刚才一口饭都没吃就从父母家离开，此刻稍稍放松下来，就感觉胃里空得发慌。他锁好车门，向烧烤摊走去，想从口袋里掏出一支烟来点。手伸进裤兜的时候，万多才想起下午在公司的时候，他把烟借给了同事。马路对面有一家二十四小时的便利店，于是他穿过小街，想要先去买一包香烟。

晴海就住在便利店后面的那个小区。她前两天在网上买了一个鞋架，收到之后才发现自己没有可以拧螺丝的工具，无法组装，于是想下楼碰碰运气，看能不能买到一把螺丝刀。两人在收款台碰了个正着，这里没有螺丝刀，晴海只好买了一个拔眉毛用的小镊子，估摸着也可以替代。

"这么巧啊。"

她向正拿着手机让店员扫支付码的万多主动打招呼。

"啊，是，我来买包烟。"

"怎么跑这里来买烟？你家楼下那家小超市不是可以送货上门吗？"

"哦，我刚好准备在对面吃饭。"

"这样，那你去吃吧。"

晴海把镊子递给店员，也拿出手机来支付。

"你吃了吗？"

万多等晴海付完款，和她一起走出便利店。

"都这个时间了，当然吃过了。"

"哦，行。那你先回去吧。"

"你一个人吃饭啊？"

晴海叫住他。

"是，准备去那家随便吃一口。"

他指指对面的烧烤摊。

"吃烤串儿啊，那我跟着蹭两根吧。我上次来的时候就想吃来着，结果……没吃成。"

两人心照不宣地笑笑，向马路对面走去。万多还穿着白天上班的衣服，晴海穿着简单的 T 恤和短裤，踩着一双夹脚拖鞋，他们看起来和旁边桌住在附近的小夫妻没什么区别，老公加班之后，叫着妻子一起陪自己喝杯啤酒，聊聊同事和朋友的琐事。从一定程度上来讲，晴海和万多在这个城市中的地位平等了，同是租房住的公司上班族，有自己的生活圈，不再需要绑定与依附，也不存在什么主客之分。万多再一次感觉到生活真是没有什么公平可言，他在这个城市出生、成长，到头来归属感并没有比刚来不到一个月的晴海要强。

一瓶啤酒下肚，万多觉得身体找回一些知觉。继感激晴海因为搭顺风车而让他不用独自面对常菀和秦朗之后，他再次为她此刻能在这里陪着自己而感到庆幸。其实他在这个城市已经没有了什么能随时聚会聊天的朋友，哪有不需要维系的关系？除非突然有了共同的利益。但现在的万多能跟谁产生什么共同利益？就连把他叫回旅行社工作的金总，说得好听是他的合作伙伴，其实他就是给人家打工而已。共同利益是需要地位高低相互制衡的，不然那只能算是利用，最后也会人走茶凉。万多看着认真在啃一串鸡翅的晴海，意识到她是这些年来唯一在自己生活中留下的那个人，并且只有她知道几乎关于自己的一切。

"你看我干吗？谁啃鸡翅也优雅不了吧。"

晴海放下啃了一半的鸡翅，端起啤酒来喝了一口。

"我是不是特别失败？"

"你是指离婚吗？"

"这只能算其中一部分吧。"

"那还有什么？"

"我这些年，不务正业，没房也没积蓄。之前我看不起那些每天为生活奔忙的上班族，现在却重新站在别人的起跑线上。"

"要是这么说的话，我不是也一样？"

"你不一样，你是个女孩，二十多岁，生活才刚刚开始呢。"

"我觉得人在成年之后，生活和年龄就没了什么关系。只是大部分人都在按照一个顺序去要求和衡量自己，其实哪个先哪个后又有什么分别？为什么年轻时勤勤恳恳为以后打拼的人就是靠谱，而那些趁年轻及时行乐的人就是不着调？年轻的时候玩够了，然后再踏踏实实地为适合自己的人生目标去努力有什么问题？那些年轻时候憋坏了，到中年有了一定成就之后就去报复性享乐，最终家破人亡的也不在少数。你不能单拿某一个年龄点去衡量人的一生，在钱堆里死去的人不一定就是成功典范，少年得志也不代表他今后就会一帆风顺。这跟男女性别就更没有什么关系了，你这属于性别歧视的一种。"

万多拿起杯子跟晴海碰了碰，竟然对她有些另眼相看。之前在外面玩的时候，他们没有什么机会安静地坐下来说说话，即便是聊天，话题也很快就在酒精的作用下变得无关痛痒。万多发现自己不但对常菀几乎一无所知，对晴海也是一样。好像自打当初选择了在路上的生活，身边出现的所有人都被自动归为了过客。这样当然是最为轻盈的活法，不用甄别筛选，不必走心付出，能自如地到来或者离开，不被牵绊，但自己同样也不会在别人心里留下什么特别的分量。除了晴海。

"你为什么要来这里工作？"

万多又开了一瓶啤酒。

"这个问题你之前好像问过了吧。如果我说不是因为你，你会相信吗？"

晴海的直白反而让万多有些不知该如何回应，于是只好添满她的酒杯，想让她继续把话说下去。

"我没想那么多，就觉得如果能离你近一点，这样的话，等到你或许想要重新做选择的时候，能优先考虑一下我。如果我们因为距离而错过了，那就太狗血了。"

"我一直不明白你喜欢我什么？我身上到底有哪点值得你这么做？想想也是心虚。"

"我也不明白。也许哪天我要是能搞明白，可能也就不喜欢你了。"

万多知道，跟常菀相比起来，晴海和他才是一个世界的人。她能理解他之前的生活方式，不觉得他当下的一无所有是什么不得了的人生缺陷，并且那种新鲜的热情和占有欲让她不计较自己的付出。而人一旦有付出，就会自动和对方站在同一水平面，盲目得不可理喻。他知道自己这个想法又是出于完全的自私，但在今天，在他当下这种人生时刻，有这样一个人心甘情愿地陪在身边，并且让他觉得自己重要，简直像是上天给他留下的唯一一个好好活下去的理由。这世上，也唯有爱情可以有这种力量，不需要血缘，不需要时间，不需要理由，也不需要回报，只那一瞬间莫名的心动和认定，就足以完完全全地把自己奉上。在这一天，万多终于被晴海感动了。也是在这一天，他们都还不懂，女人感动男人的那一刻，便也是两人渐行渐远的开始。

第四章

怀 念

Chapter

幸福永远不是争取来的。

　　秦朗开了将近一个小时的车才来到了见面地点。这一片区域完全在他的日常活动范围之外，所以也差不多是常菀不会出现的地方。他不想被她撞见今天约见自己的人。

　　常菀应该怎么也不会想到，那天让她觉得棋逢对手的无名来访者，就是当年差点要了她命的那个亲弟弟顾念。她把那种看起来默契的互动当作是投缘，其实那是来自血缘的奇妙力量，再加上对方于她费尽心思的了解。

　　那天是常菀和顾念的第一次见面，却不是顾念第一次见到常菀。当他找到她工作的这个地方，第一次去到工作室时，其实就看到了常菀。她穿着一身职业装带着万壹走进办公室，手里拿着文件夹和卡通图案的饭盒。那张脸和他在学术网站的报道上看到的照片明明长得一样，却判若两人。在顾念看着她从门口走过来的那几秒中，她职业女性和母亲的形象就在他心中鲜活了起来。这样突然超然于纸上的生动让他生出忌惮，让他不敢就那样贸然上前。直觉告诉他，这就是他要找的人。他压制住内心的冲动对自己说，如果是这样，如果真的是她，那么一切必须从长计议。他们的每一次见面都必须有效，并且不能出现任何差错，否则必定适得其反。

　　顾念并不知道自己在见过常继文和元禾那一面之后，常家发生了一连串的变化。他以为常菀依然不知道自己的身世，他们一家三口还过着平稳安宁的生活。直到几个月前，他再次去往常家所在的那座小城，想着务必要求得常菀的下落，才发现常家夫妇早已不在那里生活。原先的工厂已经倒闭，年轻的后辈都离开那里去外地谋生，还留在破旧的家属院里的都是些上了年纪、自己没有能力离开，儿女也没有能力带他们离开的老人。常家原先的房子已经住进了一对从更偏远的农村来这里开小饭馆的年轻夫妻，他们是从居委会手里租来的这套房子，根本不知道这里之前住的是什么人。顾念又在那附近打听了好几天，才得知常家夫妇在六年前就离开了这里，有人说也许是去了京城和女儿一起生活。还有几个老人记得常菀的名字，但都说从她上了大学之后就很少再见到她。

顾念只能带着这有限的信息，再次匆匆启程。他知道要在两千万人口的大城市里找一个只知道姓名、性别和年龄的人将会有多么困难，但也必须要想尽办法去试一试，因为他躺在病床上的父亲随时都有可能咽下那最后一口气。他知道，父亲心中抱着一丝侥幸和不甘，他想在死之前再见那个被自己抛弃的女儿最后一面。可是已经来不及了，他的父亲终于还是没有足够和病魔抗衡的力量，匆匆离开了人世。他不仅没能见到女儿，连儿子的最后一面也没能见到。既然父亲已经离世，但母亲身体尚好。顾念心里其实清楚，即便真能顺利找到常菀，她也不一定愿意跟自己回去和家人相认，况且还有常家夫妇这层阻碍。眼下效率不是最重要的因素，关键是要找到一个万无一失的方法。

顾念快步走到秦朗对面的位置坐下，这个咖啡厅人声嘈杂，刚好可以掩盖他们将要进行的对话。

"进来的时候我顺便点了两杯美式咖啡，你是喝美式的对吧？"

"对，谢谢。"

秦朗想起自己上次和他见面的时候，他点的确实是一杯美式咖啡。

善于察言观色算是顾念从小练就的一项生存技能，作为父母当初心心念念盼望的家中独子，却因为常菀这个缺口并没有得到应有的重视和宠爱。他觉得自己才真正成了那个多余的孩子，他的存在昭示着这个家庭的不完整和曾经差点发生的不幸。父母看他的眼神永远带着哀怨和亏欠，不敢爱却也无法责怪。在这种常年处于失衡状态的家庭关系当中，顾念小心翼翼地生长。他没有变得暴戾或者满心怨恨，好像默认了自己的原罪，一心只想尽快弥补，好换回自己和父母之间心安理得的情感表达。

"我按照你说的，昨天跟她见过面了。一切都跟你预料的差不多。"顾念有些感激地看着秦朗,"接下来我该怎么做?"

服务员送来咖啡,秦朗不动声色地端起杯子喝了一口。对于顾念来说,秦朗就像是一个突然降临的救世主,让自己多少年来的慌乱有了着落。

那天,在顾念第一次来到工作室的时候,原本是想直接找到常菀,当面跟她把真相说清楚的,结果前台却说她还没有来上班,并且告知了他预诊和分诊的流程,不一定会被匹配到哪位医生。就在他坐在接待室想要碰碰运气时,正好看到了走进大门的常菀和万壹,他就那么看着她走过去,双脚发麻,连站起来的力量都没有。突然的慌乱令顾念拿起未填完的表格就急忙出了门,差点和秦朗撞个满怀。他低着头快步往前走,一心只想先赶紧离开,顺手把表格揉成一团扔进了路边的垃圾箱。秦朗以为是工作室的接待出了问题,于是进门便向前台问询情况,结果前台也是一头雾水,只好把刚才的情况原原本本地描述了一遍。秦朗让她调出先前他登记预约的来电记录,看到"顾先生"三个字的时候心里微微一动,立刻踅出门去。人没追到,却从垃圾箱里找到了那张表格,上面写着:顾念,男,三十一岁,还有一个电话号码和写了一半的联系地址。

一整天,秦朗几乎都待在自己的咨询室里,避免和常菀碰面。他主动给顾念打了一个电话,两人约好在晚饭的时候见面。直到走进餐厅之前,秦朗都还在问自己是不是做了一个错误的决定。一方面,他知道常菀对自己这段身世有多么抵触,另一方面,从某个角度来讲,她算是自己的病人,他没有权力单方面透露关于她的任何信息。只是,秦朗想着,既然顾念已经不可避免地找上门来,就该找到一个能把对常菀造成的伤害降到最低的方法。至少他觉得自己的方法,要比今天那两人差点发生的突然的当面对峙要理智许多。

其实这些年来,秦朗一直想帮常菀解开这个心结,但实际能做的不过就是引导和安慰,这是作为她的心理医生职责范围的事。但作为朋友,作为一个心存爱慕的追求者,他不确定自己如果插手到现实层面，比如说真的找来所有当事人让他们相认，让问题集中爆发解决，会不会太过冒险。或许他会一击即中，从此成为常菀托付后半生的不二人选，或许也可能越过了底线，两人的关系分崩离析，从此老死不相往来。这种百分之五十非此即彼的极端概率不是秦朗敢在他与常菀之间开的赌局，因此一直以来只能选择顺其自然。而顾念的出现，恰好成全了他所选择的顺其自然，不但能够达到帮助常菀的目的，还能让自己继续站在安全线以外的位置静观其变，随时调整应对策略。虽然这种想法一点都不爷们儿，但符合秦朗周全的处世规则。

"她有怀疑你的身份吗？"

"没有，我们聊得很顺畅。"

"有没有多说什么？"

"完全没有，我都是按照咱们预演的内容说的。你放心，你这么帮我，我不会让你跟我一起冒险。"

"下次，可以聊聊家庭。"

秦朗迟疑了一下，还是说出了这句话。

"这么快？"

"当然不是摊开了明说。模糊掉其他所有信息，单纯只是聊你的问题，你与父母情感沟通的障碍，你的委屈和困惑。"

"但这一切的起源还在她那里，避不掉的啊。"

"编一个别的理由，我稍后会整理好背景资料发给你。情感是相通的，不难理解。你提前做好功课，结合你自己的情况，说得越真挚越好。"

顾念点点头。

"还有，不要向她提问，不要向她寻求共鸣。如果她问的问题超出了所准备的范围，或者你拿捏不准该如何回答，那就不要回答，她不会追问。"

"好的，我会按你说的做。不过，秦医生，你为什么要这么帮我？"

"我想给常菀一些选择的余地。如果她先入为主地接受了你，和你的经历产生了共情，那就相当于比原先的完全抵触多给自己了一个可能性。她不喜欢被迫接受一个事实，但是我们却可以让她觉得是她自己做的选择。"

"你一定很了解她吧？可不可以跟我聊聊她这些年的生活？"

"不可以，你也不要试图去打听，这样对于你和她面对面的交流没有任何好处，很可能就会功亏一篑！"

秦朗有些急了，觉得自己在玩火。他知道这一切并不是在帮顾念和常菀，而这种把信任和主动权别无选择地交到一个完全不了解的陌生人手里的行为，着实需要一种大无畏的精神和勇气。但第一步已经迈出去了，这件事情一旦迈出第一步，中途反悔只会更加弄巧成拙。他既然把破釜沉舟的顾念拉上了自己的船，就必须把他摆渡到终点的彼岸。

"常菀很敏感，也足够聪明。你知道关于她的事情越多，就越没有办法保持客观和冷静，很容易不经意就走漏了情绪和信息。你先按照我每一次告诉你的方式和她见面，再根据实际情况来决定下一步该怎么做。"

"她一定很信任你吧。"

顾念的眼神里带着羡慕和欣慰。可这句话，却像一排绵密的针一样扎在了秦朗的心上。

- 2 -

周一一大早，秦朗就带着行李出发去往工作室，他要赶中午的飞机去港城出差，参加一个重要的研讨会。这段时间他都在为研讨会上的发言做准备，又担任着顾念的军师，几乎没有什么机会和常菀碰面。他既害怕见到她，又实在忍不住惦念她。他知道今天章晗要借工作室的地方跟从巴黎专程而来的John黄提案，常菀也一定会和她一起早到。所以秦朗想着在上飞机之前，怎么也应该用一杯咖啡的时间，制造个和常菀单独相处的机会。

刚刚八点多，常菀的车已经停在了院子里。距日常上班的时间还有将近一小时，工作室里尚且空无一人，只有茶水间的灯亮着。秦朗走过去，看见常菀背对着门，正蹲在橱柜前翻找些什么。

"早啊，小仙女。"

"小仙女是什么鬼？"

章晗脸上带着奇怪的笑容转过头来，秦朗略微有些尴尬。

"是你啊！你今天演常菀啊？这穿着打扮，背影和常菀简直一模一样。"

"这就不枉费我天还没亮就把她拽起来帮我这一通捯饬了。怎么样？到位不？洪果儿跟我说，今天得收拾得正经一点。我身边最正经的就是常菀了，照着她来那就准没错。哎，你们这没有水壶和托盘吗？"

"有，在上面那个柜子里，我帮你拿。"

说着秦朗走过去，抬手打开柜门。

"啧啧啧，瞧这大长腿，脑袋以下全是腿。"

"常菀呢？"

"去万壹学校了啊！今天开学，万多一大早就去接他们一起报名去了。"

"哦，这样。"

秦朗把拿下来的东西用纸巾擦拭干净，章晗凑上去，一副关切的模样。

"怎么着？她没跟你说啊？你们俩最近这相处状态有问题啊，怎么明明阻碍没了，反而还不如以前了呢？你是不是根本没想好，一看要来真的、要负责任就退缩了？"

"我们认识这么多年，我在你心里就是这种人啊？这几天她都被你霸占着，我连人都见不着，我还没嫌你碍事呢。而且她这刚离婚，我就迫不及待地扑上去，就算我可以不在意别人怎么说，也得照顾一下她作为一个女人和一位母亲的自我评价和感受吧？"

"这倒是啊。要不说还是你行呢，细致周全。哎我说，你不会是在憋一个什么大惊喜呢吧？可别玩火自焚啊！"

"对她这点了解我还是有的。洪果儿呢？"

"去给我爸扫墓了。"

"她不来啊？"

"她怎么来啊！你这说得我们也太不管不顾了吧！就算我们现在是团结有爱，互通有无，但也不能放在桌面上明目张胆的吧。再说了，创业这件事，我完全是靠自己的能力说话，就算没她这茬，我也志在必得。"

"有志气！"秦朗夸张地点点头，竖起大拇指，"你那炸街的跑车呢？"

"这事你倒知道得快。在家里地库停着呢，现在我开那车常菀都不跟我出门，洪果儿宁可我之前的小破车都不碰那辆。我琢磨着吧，还得让她买辆稍微低调点的……"

正说着，章晗的手机响了起来，显示着猫鱼的名字。

"估计是人到了，我出去迎一下啊，东西你放这就行，一会儿我自己来弄。"

她别扭地踩着高跟鞋小跑出门，秦朗笑着摇摇头，打开放咖啡豆的密封罐。

洪果儿抱着鲜花一只脚刚踏进墓园，包里的手机就突兀地响了起来。她赶忙退出来，手忙脚乱地接起。

"你不好好提案给我打电话干吗？"

"你不是说只有John黄和他的助理两个人来吗？为什么来了三个啊？"

章晗在洗手间里，压低声音质问她。

"他跟我说的两个人啊，多一个人也无所谓吧？你该怎么讲还怎么讲就好了，也没什么区别。"

"怎么没区别，我是要提前做功课的好吗？我得了解交流对象的个性才好对症下药啊！这个人，虽然长得不错吧，但是看起来很不好对付的样子。"

"他叫什么名字啊？"

"他压根儿没做自我介绍，我听 John 黄的助理叫他什么，姜先生，好像之前跟我爸也是朋友吧？"

"姜莱？他来干什么？"

"你认识他啊？"

"他就是我跟你说的那个信托管理人。"

"不好对付的那个吧？他跟我这摊事有什么关系啊？能不能给我钱还得经过他同意啊？"

"按理说是不用的，这只基金不归在他负责的信托财产里。你不用在意他，他主意正着呢，在意也没用。"

挂了电话，章晗对着镜子整理了一下衣服，定了定神，便走出洗手间。再回到会议室的时候，自信的笑容又回到了她的脸上。

"不好意思，让各位久等了。还合口味吗？"

桌上的托盘里放着她自己制作的各式甜点，她去打电话的这段间隙猫鱼边给他们介绍边让他们品尝，John 黄看起来很满意的样子，姜莱脸上的表情令人捉摸不透。章晗在心里对他翻了一个大大的白眼，暗自希望他就是来凑热闹的，一会儿千万别发表什么意见。如果被这么个原本不相干的人搅了局，她不保证今天这么费力营造的正经形象会不会立即被自己撕破。

"那么接下来，就由我来做今天的提案。在我全部讲完之后，会留有专门的时间来为大家答疑。"

猫鱼把会议室的灯光调暗，章晗拿着激光笔对着投影上的演示文稿，从市场需求、消费者分析，再到选址、预算、收入预期和融资计划，有条不紊、思路清晰地逐一介绍下来。方案有理有据，讲解生动易懂。这是她和猫鱼这些日子以来的心血，但也确实没少得了洪果儿和常菀的帮助。虽然思路和模式是章晗自己建立的，猫鱼也做了很多调研和实地考察，但算账和表达可不是她们的强项。洪果儿帮她们整理好的财务表格精密清晰，章晗从来没想过竟然可以用美来形容满屏的数字。而常菀陪她把提案的流程演练了不知多少遍，逐字逐句，用词语气，包括表情和停顿都暗藏用意。累的时候，她也会暗暗觉得委屈，明明是花自己亲爹的钱，却搞得费尽周折，提心吊胆。站在被投影仪打亮的这一片区域，她心里憋着一股劲儿，想象着章蘅也坐在下面认真看着自己，听着自己。他会觉得欣慰吗？这是他想要的女儿的样子吗？

文稿翻过最后一页，章晗默默松了一口气。截至目前，一切和预想的一样完美。她示意猫鱼调亮灯光，自己也在会议桌旁坐了下来。

"辛苦了。"

John 黄脸上露出赞许的表情，不知道是不是在他看来今天的提案不过是走一个过场，他原本只把章晗看作章蘅的女儿，一个不需要较真的投资对象，而她的表现显然大大超出了他的期待。

"你的融资计划里提到，你希望通过出让 30% 的股份，拿到相当于总投资金额 70% 的现金对吗？"

"对。因为我除了要实际出资 30% 之外，还要出技术、管理、运营和资源，相当于是用技术和资源入股，所以议价应该是可以被接受的吧？"

"当然。只要能按照你所介绍的运营步骤和经营情况来进行，达到预期的现金流回报。"

"这些数据都是我们经过大量综合评估计算得出的，不是凭空捏造出来的，这点您可以放心。而且，咱们还可以商量一个退出机制。我对自己所做的这件事很有信心，本来是打算和几个股东一起完全以个人形式出资的。后来希望有资本进入，也是希望能从容一些，有更多的现金流就能有更多的变通方式来让经营更加稳固持久，应对市场很多不可预知的突发状况。"

这些都是章晗预料到的提问，因此她按照提前准备好的答案侃侃而谈。

"嗯……我倒是有些不同意见。"一直坐在旁边一言不发的姜莱突然坐直了身子，"哦对了，忘了自我介绍，我是姜莱，不过我想洪果儿女士应该已经提前跟你介绍过了。"

章晗微笑着迎上他的目光，不置可否。

"姜先生有什么不同意见，可以尽管提。"

"我就是随便说说，不算数的啊。本来今天我也就是来旁听，凑个热闹，其实就是想亲眼见见章蘅先生的女儿。"

"您不用客气，我洗耳恭听。"

"好，别的都先不谈，我就来简单说说你用于议价的技术和资源入股吧。按照你的履历来看，之前你独立运营的是一家互联网售卖式的甜品工作室，就靠你一个人做，只有那些相对固定的品类。而你个人也只是一个经过短期培训就上岗的业余从业者，没有什么专业的知识体系和采购渠道，完全是点状随机的松散式销售。刚才我尝了你做的甜品，中规中矩，没有什么特点，和目前国内市场的大部分中低端产品呈同质化。当然，你开店之后可以聘请更专业的甜点师，但你所做的市场定位和薪资水准是脱节的，也就不可能请到特别优秀的人才。就算你侥幸请到了，他们也需要定期去学习和培训，接受最前沿的技术和概念，做新的产品研发，这部分所需要的花费不小，可你并没有做进预算里。因此，你所说的技术这一点，我先打一个问号。管理和运营这部分，我可以合并在一起说，基于刚才提到的你从前的经营模式，可以说基本不存在什么实体店的管理和运营经验，这一点显而易见，我就不赘述了。资源方面，原材料的进货渠道，品质和价格其实都没有什么优势。客户资源，实体店和网店的也不一定可以吻合，并且你们三位创始股东看起来也并不能引进什么更专业、有用的其他宣传或销售渠道。这样粗略理下来，好像你所笃定的那些并不存在什么优势，也就使得议价部分看起来没那么合理，并且会让我对你所做的收入预期产生合理质疑。"

猫鱼有些慌了神，她看向章晗，发现她依旧保持着淡定的微笑看着姜莱，殊不知在她心里已经万马奔腾，把这个程咬金踩踏了无数遍。

"当然，这一行我完全不了解，只是站在我浅薄的个人理解角度谈谈看法，也算是给你提供一个新的审度方式。"

"对对，隔行如隔山。姜莱也算是帮我们做了一些风险预期，这样可以提前规避掉可能存在的负面因素，扬长避短。"

John 黄站出来打圆场，但此刻章晗的战斗欲已经彻底被挑起，她关注的重点已经不在这场提案的结果，而是如何将对方制伏。

"我父亲看人的眼光果然独到，相信他的财产一定被您管理得井井有条吧？那么在您看来，我应该做些什么样的改进呢？还是说，我压根就没有做这件事情的资格？"

"这就言重了。从前我没少受到章蘅先生的帮助，也是因为他的严格，才鞭策着我快速成长。我说这些，当然不是给你捣乱，我是不希望看到你走弯路，承受不必要的打击和损失。"

姜莱语气诚恳，让明明憋了一肚子火的章晗找不到任何可以发作的由头。她终于体会到了洪果儿所说的那种，明明被人殴打却不好意思还手的感觉。

"那个……我能不能说两句……"

一个有些怯怯的声音打破当下紧绷的僵局，从角落里传出来。猫鱼有些紧张地看了看章晗，好像在询问这样合不合适。

"说，当然能说，你也是股东，绝对有发言权。"

这意外的增援，让章晗精神振奋。虽然她不知道平时看起来也没有什么主见的猫鱼准备说些什么，但怎么也比孤军奋战的底气要来得足。

"我没有姜先生那么强大的知识背景和经验，我就从我自己有限的从业经验来说说吧。在跟章晗姐一起工作之前，我在做一个时尚杂志美食板块的编辑，平时接触的有各细分领域的专业人士，也有普通消费者，借着职务之便确实也没少饱口福。刚才姜先生说，章晗姐做的甜品中规中矩，没有什么特点，我想这可能也是符合大众口味的另外一种表达方式。之前去法国出差的时候，我有幸品尝到了法国最佳工艺大奖的主厨制作的最纯正的法国甜点，确实很惊艳，但从价格、吃法、口味，包括甜度来说，都没有很好地匹配中国消费者的日常饮食习惯。我们想开的这家店并不是定位在奢侈消费领域，而是希望用最高的性价比让更多的人能够调剂自己的生活，这和之前基于互联网售卖形式的消费需求吻合，因此已经经过了一定的验证。虽然我们从线上转移到了线下的实体店，但并没有舍弃线上销售这部分，并且和专业的物流公司合作，能够满足更多的配送需求。而实体店部分新增的下午茶业务，让我们在平价消费的基础上更加凸显了环境部分的优势，这将符合更多女孩对于品质生活的追求。我们的品类会依照季节、流行和消费者爱好做出调整，常备的基础款将和轮换的尝鲜款搭配出售。原料的供应商也都是正规渠道的大品牌，价格也许没有什么优势，但也和其他从业者拿到的基本一致。刚才给各位介绍的几位我们准备聘请的甜点师，也都按照我们提供的薪资条件确定了意向。他们都是经过正规长期培训的专业人士，愿意跟我们一起创业，看中的也是我们共享股份分红的诚意和为人处世。虽然我们三个人都没有对相关产业成熟的管理和运营经验，但合伙人现在所在的那家心理咨询室，常菀姐已经做了三年的合伙人，章晗姐有从零开始摸索出来的最前沿的实践经验，而我也算是经过了大公司正规标准的历练。正是因为我们没有开始过，所以现在才叫创业。每家公司都有自己的生存之道，并没有一个通用的标准。也许就像黄先生说的，隔行如隔山。我们做的不是什么关乎国计民生，兼济众人的大事，但我们的存在也会让很多人体会到满足感和幸福感。"

　　会议室里一时间鸦雀无声。猫鱼腰杆挺得笔直，说得涨红了脸。可当话音落地，她像恍然从梦中醒来一般，注意到所有人的目光都集中在自己身上之后，又一点点缩回到椅子里。章晗努力克制着自己想要起立鼓掌的冲动，觉得跟猫鱼比起来，她刚才简直显得幼稚而心虚。姜莱也没有想到这个看起来就是一个毫无主见，扮演着跟班角色的小姑娘会说出这么一番话来。她说的话不是不可反驳，却让他没有办法再开这个口。在年轻和诚恳面前，老生常谈会让人觉得倚老卖老。

　　"她说得对，正是因为没有开始过，所以才叫创业。"且不说三百万元人民币对于章蕖留下的这只基金根本不算什么，John 黄也许是真的被猫鱼的话所打动，"我这里没什么问题了，希望你们真的能够不忘初心。"

　　章晗看到了猫鱼眼睛里竟然闪动着点点泪光，此刻她丝毫没有心情去以胜者的姿态跟姜莱一较什么高下，她只想赶紧结束眼前这一切，和姑娘们拥抱在一起。这不是输赢能够解释的喜悦，章晗觉得自己的生命在此刻格外丰盛。

- 3 -

　　洪果儿从山上扫墓下来，还没开到大路上，发现油量已经亮起了警报。早晨出门的时候章晗跟她说，油箱里的存货跑这么个来回绝对没问题。洪果儿对这里的路完全不熟，对距离的远近丝毫没有概念，便理所当然地信以为真。她连忙把车停在路边，用手机导航寻找沿路的加油站，最近的一家也差不多是剩余公里数的极限距离。抱着侥幸心理，她还是把那里设定为目的地，然后选了一条最好走的路线，以最省油的匀速小心翼翼地踩着油门，一路上遭受了无数喇叭和白眼。她盯着仪表盘上还剩一公里的数字一脚踩停在加油站，忍不住用手机拍了一张照片，准备用作声讨章晗的证据。重新加满了油，她交了钱出门之后，又折回柜台办了张储值的加油卡给章晗放在车里，以备不时之需。

眼看到了中午，落单的洪果儿想着干脆在附近解决了午饭再说。她原本想要租间一居室的想法并没有实现，被强行邀请成了章晗的合租室友，号称合作伙伴应该同甘共苦，既然不能一起享受大别墅，那也不要浪费这不再具备工作室功能的三居室。洪果儿住在占总面积 30% 的次卧，却承担了 70% 的房租。这倒是很符合章晗现学现卖的做事风格，说是因为自己当初签约的价格便宜，作为二房东当然要多少做一些议价，况且她还能随时提供不限量的甜点服务，总体来说物超所值。这对洪果儿来说没有什么区别，在这个城市她也没有其他朋友，就近跟章晗和常菀作伴反而是一个最好的选择。她原本是提议承担所有房租的，结果被章晗说成冒犯了她作为大股东的尊严。

洪果儿坐在车里，用手机软件搜索附近的餐厅，发现自己所在的位置离三宝山派出所不远，于是临时起意想要去看看沈家奇在不在班。虽说为人民服务是警察叔叔的职责所在，但她上次回国的经历确实是给人家添了不少麻烦。她决定不跟他提前联系，准备直接过去碰碰运气，免得太刻意了反而让他为难。

午休时间，派出所里的其他民警出去吃饭了，沈家奇挽着袖子一身是土地从外面回来，就看见洪果儿坐在屋里的椅子上。

"你又犯什么事了啊？"他凑上去，确认自己没有看错人，"不会又去折腾火葬场大爷了吧？"

"你们这难道只受理跟火葬场有关的业务啊？"

洪果儿假装严肃地看着他。

"那怎么可能？我这不是刚帮旁边社区的李奶奶把她家猫从树上抓下来吗？"

"这种事你也要管啊？"

"那只猫是她老伴留下的，是她无比重要的精神寄托。都是街坊邻居，我不管谁管？"沈家奇拍打着身上的衣服，"你别打岔，赶紧说说你又怎么了？接警的人呢？"

"我看起来就像是那么爱惹事的人啊？"

"那你是来报警的啊？"

沈家奇拿起自己桌上的缸子猛喝了一大口水，差点呛住。洪果儿饶有兴趣地看着他，站起来向他的脸伸出手去。

"你干什么？"

沈家奇条件反射似的后退了一步。

"别动，你头上有根草。"

说着她踮起脚从他耳朵后面把那根草摘了下来。而这一幕，恰好被进门给儿子送饭的沈妈妈看在眼里，她像是发现了新大陆似的，眼神瞬间亮了起来。

"妈，您怎么来了？"

沈家奇连忙迎上去，脸上的表情相当不自然。

"新炸了你爱吃的带鱼，估摸着你还没吃饭，就给你送过来。"

虽然跟儿子说着话，但沈妈妈的眼神一直落在洪果儿身上，她来回打量，看得洪果儿也浑身不自然起来。

"那，我就不耽误你吃饭了，我先走了，阿姨再见。"

洪果儿越想越觉得自己这句话别扭，于是赶紧低头往门外走。

"哎哎站住！你什么情况还没说清楚呢啊！"

沈家奇急忙叫住她。

"我就是路过，本来打算叫你一起吃个饭……"

洪果儿不想被误会，实话脱口而出。

"那敢情好啊！赶紧来坐下一起吃！"沈妈妈听到这里豁然开朗，上前就把洪果儿拉了回来，"阿姨新炸了带鱼，还有木须肉和熘肝尖。你跟这小子一起吃他还能多吃点，来，坐这吃。"

沈家奇这才反应上来眼前这是什么情况，一时不知道该如何是好。

"想什么呢？过来吃饭！"

沈妈妈把饭盒挨个儿打开摆在桌子上，家常菜的那种特殊香气顿时弥漫开来，洪果儿记忆深处的某个地方突然发出了一声短暂却强烈的轰鸣，她呆坐在那里突然有些失神。

"行了，妈，你赶紧回去吧。"

沈家奇想起了洪果儿说的身世，担心他妈妈接下来可能接踵而来的一连串询问会让她难以承受。

"好好好，你们俩吃，我等会儿再来收饭盒啊！"

"收什么饭盒，我带回去不就得了吗？"

洪果儿连忙整理好情绪，起身送沈妈妈出门。看着沈妈妈欢天喜地的背影，洪果儿感觉原本两个人一起吃个饭这件再正常不过的事，在此刻变得有点尴尬。

"反正本来也要吃饭，那就在这吃吧……我妈做饭还挺好吃的……"

"哦……"

两人走回桌前，相对而坐。沈家奇把筷子递给洪果儿，自己找了把勺子，把米饭拨出一部分到饭盒盖子上，剩下的递给她。

"这样够吗？"

"够，我吃不了多少的……"

"不用谦虚，我见识过你的饭量，这些可比泡面好吃。"

两人相视而笑，完全没有注意到窗外几位举着手机看热闹的同僚。

- 4 -

常菀和万多从万壹的学校出来时，已经差不多下午一点了。这间私立学校原本需要学生本人或者父母至少有一方持有外国国籍，但秦朗曾经帮他们做过几次教育心理学的培训，和校长的私交不错，再加上万壹的入学考试成绩名列前茅，就被按照特例录取了。一上午的安排满满当当，除了各种参观之外，还有外教试听课和亲子午餐，都是为了让一年级的新生消除刚刚入学的紧张感，快速互相熟悉起来。

这是常菀和万多第一次一起陪万壹参加活动，却是在他们结束了婚姻关系之后。万壹显得格外兴奋，积极地去体验和社交，好像身后有足够强大的力量，让他什么都不用害怕。

从学生宿舍走到校门口的路上，常菀一言不发。她脑海里一直停留在刚才万壹自己爬上小床准备午睡的画面，看他有些不安又觉得新鲜地从床上探出头，对站在门口的父母挥手说再见。今天晚上所有新生被统一安排住校，作为体验课程的项目，之后可以按照各家不同的状况自主选择。常菀跟自己说，今后如果没有非常必要的情形，一定会每天都接万壹回家。可这样也并没有抵消她内心的愧疚，毕竟当初之所以选择这所学校，除了教学方式和质量的考虑之外，确实也是因为这里有良好的住校条件。直到身临其境，常菀才不得不面对一直不愿承认的自私。她原本是想，万壹总算上了学，可以允许自己有些喘息的空间和个人生活了，并且她也不想去指望万多什么。而现在她竟然有些莫名其妙地责怪起秦朗来，如果不是他，自己也许不会，也不用去考虑那么多，可他的态度偏偏在自己离婚之后变得模棱两可。常菀一直觉得秦朗周全，觉得如果他想好了要跟自己在一起，一定会把所有事情都安排妥当，与她商量完毕之后，再一件件提上日程，包括他们之间关系的确认和对待万壹的抚养问题。

而现实情况是她在自己心里默默做了一个计划，却没有办法主动说出口，所以只能在错过每个计划的时间节点时暗自跟自己较劲。

"一点半我有个会要开，可能没有办法送你了。"

常菀回过神来，发现自己一路跟着万多走到了他的车旁。

"哦没关系，旁边就是地铁站，我自己走很方便的。"

这是继常菀生日那晚之后两人第一次单独相处和对话，刚才那一连串情绪让她都忘了心虚。没错，就是心虚，这是她离婚之后的这段日子想起万多就会出现的感觉。

"对了。"万多叫住连再见都忘了说就转身离开的常菀，"那天晴海……是个意外，我也不知道她怎么会出现……不过，无所谓了。"

万多有些无奈地笑笑，准备上车。

"对不起……"常菀鼓了半天勇气总算开了口，"我一直想找机会跟你说声对不起，那天……不是你的错，是我自己的问题，让你白花了那么多心思，还那么难堪……"

"没关系，早晚的问题。每件事情都会在它该发生的时候发生，不分什么恰当不恰当。"

要说万多和秦朗最大的区别，就是在秦朗那里什么都是事，每一件他都会认真对待。而在万多这里好像什么都不是事，在平常可能会让人觉得不够被重视而生气，可在这种时候却容易让人觉得亲近。

"咱们的事，我已经跟我爸妈说过了，包括之前瞒着他们的那些。责任都在我，没有尽到男人应尽的义务，他们心里也都明白。所以，如果接下来你有什么打算，别有负担。你这么好一个姑娘，早该有个归宿了。"

常菀心中突然有些难过。当两个人认真去计较孰是孰非，付出多少的时候，往往互相记恨，攀比着想迅速找到一个过得更好的方法把对方踩在脚下，很少有人会愿意看到前任离开自己之后，真的过得比自己更好吧。这无关乎什么心眼道德，而是一种对于自己的看法。偏偏万多就不是这种人，他不但不计较，还主动示弱，这不得不让原本就心虚的常菀更加自责。她的悔意开始一路向前追溯，整个人瞬间卸下防备，变得谦卑起来，她有许多话想说，却不知道如何开口。

"如果有机会的话，我想去看看你的父母，当面给他们道个歉。善始善终，前一半已经做不到了，至少后一半我还有弥补的余地。"万多打开驾驶座的车门，"对了，晴海现在跟我在一个公司上班，我想还是应该告诉你一下。路上小心。"

常菀已经好几年没有坐过地铁了。她不喜欢人多的地方，人多的地方就容易暴露人性。她不喜欢看到毫无修饰的人性，无论是好的还是坏的，因为那些都会映射到她自己身上，动摇她努力维持的冷静。

还好这个时间车厢里的人不是很多，常菀守在门边，紧紧抓住扶手，盯着报站的指示牌。她不知道让她觉得烦躁的到底是车厢里混浊的空气，踩了一上午有些磨脚的高跟鞋，生活在同一个城市的晴海，还是又让自己想起父母的万多。平衡终于被打破了，所有的选项看起来都不像是正确答案。常菀在这一刻觉得孤立无援，好像她和身边的每个人都不再相关。

回到工作室，前台告诉常菀，来访者已经在咨询室等她了。她抬起手腕看了下时间，离原本约好的三点还有半个多小时。

"我给你打了好几个电话你都没接，来访者两点就到了。"

常菀这才想起自己上午在进学校之前专门把手机调成振动放在了包里，从忙忙叨叨到心烦意乱导致她竟然忘了这回事。除了工作室的未接电话之外，还有十几条微信。

"我需要准备一下，让他稍等。帮我送一杯低因咖啡进去。"

"好的。"

四个女人的创业微信群里，章晗宣布了她的胜利，盛赞了猫鱼的临场发挥，并且好好发泄了一下对姜莱的不满。最终的落点是，晚上的庆祝 Party 开始倒计时。她正在陪 John 黄看店址场地，所以安排周到地让洪果儿去接上常菀会合。

除此之外，秦朗给常菀发了一条信息，告诉她自己即将起飞，两天后回来，并且说他在她书桌左边最下面的抽屉里留了东西，让她记得查看。常菀心里生出一种预感，但很快打消了那个念头，不想让自己有所期待。她强行要求自己先不要拉开抽屉，于是立刻起身，快速整理了一下头发，补了唇膏，就拿起助理提前放在桌上的文件夹走向二楼的咨询室。

这是第一次出现有来访者在咨询室等待常菀的情况，而且还不是因为她的耽误或者迟到。她走进门看见顾念坐在沙发上喝着咖啡等待自己的样子，好像他才是那个想方设法令对方卸下防备、敞开心扉的心理医生。

"抱歉，让你久等了。"

常菀在他对面的椅子上坐下来，找回了自己该有的位置。

"是我时间观念太差了，打乱你计划了吧？"

"这倒不会，我一天之内最多接待两个来访者，中间间隔不会少于两个小时。一般都是上午一个下午一个，今天只有你一个人。"

"怪不得，刚才我到的时候，他们说你还没有来。"

"对，今天我儿子第一天上小学，上午陪他一起参观适应了一下。"

"有你这样的妈妈真幸福。"

"这还不是应该的，况且，我亏欠他的已经很多了……"

"哪有什么事是应该的。"

"父母为子女做什么不都是应该的吗？"

顾念看着常菀的眼睛，仿佛想要为她自己说的这句话寻找一个肯定的证据，结果却被她巧妙地避开。

"这两天睡眠还好吗？"常菀转换了话题。

"不太好，越到睡觉前思想越活跃，想得越多越睡不着。"

"大多想些什么呢？"

"什么都有，工作，人生，还有家庭。"

"一个单身的人的家庭，那指的应该是父母啰？"

"对。"

话题意外地走向了正轨，顾念打起精神，生怕哪句话露出破绽。

"和父母关系还好吗？"

"他们，就是我的父母，谈不上好还是不好。"

"家里就只有你一个孩子？"

"如果只有我一个，也许我就能回答你那个关系好或者不好的问题。我还有个姐姐，比我大两岁。"

这是秦朗重新写给他的剧本，他还不知道有多少内容能派上用场。

"为什么有姐姐就不能回答这个问题？有个对比，岂不是更好做判断？"

"关系好不好，是不是至少得基于有互动，有交流？"

"可以这么说。那你的意思是和父母之间没有互动和交流？"

"很少，他们的心思都放在了我姐姐身上。"

"这倒是少见。"常菀调整了一下语气，"咱们那个年代的父母，好像都比较看重对男孩的培养。"

"可能是因为小时候，姐姐差点因为我而失去视力吧。从那以后，父母对我的感情就变得很复杂。"

秦朗说过，经历相像没有关系，只要细节充分，常菀即便起疑也会很快化解。

"你也不是故意的，对吧？"

"这种事情故不故意又有什么区别，带来的后果才是无法逃避的现实。那天我爸妈把我们俩放在家里出门办事，原本也就是小孩子间打打闹闹时的意外罢了。后来好多年，我姐自己连回家的路都找不到，直到现在视力也不是很好。"

常菀不由得同情顾念。虽然他的姐姐确实因为他受到了伤害，可在这几十年里，谁失去的更多也着实未可知。原本也是父母的责任，却把后果交给一个那时懵懂的孩子来承担。她觉得自己找到了顾念焦虑的症结，上次聊起的那些他在工作中对于自己和别人的苛刻，对于感情的无法选择，还有那些生活习惯中看起来无伤大雅的强迫症，都是源自他在家庭生活中的成长地位和经历。他没有办法认可自己，无论他做的事情是对是错，是好是坏，都得不到一个公正和足够正式的反馈。常菀觉得他的父母不是不想这么做，这些年来他们心里也一定不会好过。一家人在亏欠与被亏欠中身体力行地还债，没有人被允许正常地表达自己的感情。这样说起来，最好过的，也许是那个姐姐。即便怨恨，也比终日战战兢兢要来得好过。

– 5 –

九月的下午六点，太阳已经开始落山了。工作室的最后一个同事也已经离开，只有前台四周的射灯还亮着。常菀坐在办公桌前，房门虚掩着，屋里充斥着天黑前的暗红色。她面前摆着一个打开的蓝色丝绒盒子，一枚三克拉大小的钻戒散发着幽暗的光。这是秦朗留在她抽屉里的那个物件，除此之外连张卡片也没有。这就是常菀刚刚期待却又害怕落空的那件东西，也许就是因为一颗悬着的心落了地，此刻她脑海中想的都是顾念刚才说的话。

常菀暂时还没有产生什么怀疑。虽然这两次跟顾念见面的日子，都刚好发生了对她来说不怎么愉快的事，但他们都是提前约好的，很多状况连她自己都无法预料，所以谈不上什么有意为之。可这的确使得她的心理防线变得脆弱，容易感情用事。他们虽然都是在聊顾念的事，但她总是觉得，自己的心理活动和说出来的话像是在开导自己。这算是常菀第一次想走出工作室，走出心理医生这个身份去了解一名来访者。她知道自己不应该去擅自刺探对方没有主动说出口的事，可她觉得至少应该有一个可以用来称呼他的名字。人的名字，是一切爱恨情仇的开始，否则有的只是一个众生相，是混沌和散落的。她想装作不经意地问问秦朗，可专门发信息去询问一个来访者的名字本身看起来就不是一个毫无目的的举动，况且眼下，他还在等她的一个答案。

"你在啊？这黑灯瞎火的，我以为你还在楼上咨询室没结束呢……"

洪果儿突然推门进来，导致两个人都吓了一跳。

"结束一会儿了。"

常菀迅速调整了表情，打开桌上的台灯。

"你干吗呢啊……"

说这句话的同时，洪果儿看到了桌上在灯光下熠熠生辉的钻戒。

"秦朗求婚了啊？"

她凑上来把盒子拿在手上反复端详，此刻脸上的表情比常菀刚刚打开盒子的时候还要生动，这好像才是一个女人对待钻戒应有的反应。

"应该是吧。"

"应该是？"

"他出差了，把这个留在了我抽屉里。"

"平时看起来顶天立地的，怎么关键时刻尿成这样？肯定是太紧张了，实在接受不了你可能拒绝他的结果。"

洪果儿把盒子放回桌上，拿出手机找了好几个角度才拍了一张满意的照片。

"走吧，这会儿路上不好走，今天是章晗的大日子，迟到了她又该嚷嚷了。"

常菀起身拿了包，顺手把戒指放在里面。

"你不戴上啊？不准备答应啊……"

洪果儿刚准备把照片发进微信群里，连忙停下手上的动作。

"说实话，我还没想好。跟万多离婚，也不是为了急着嫁给秦朗。"

　　常菀当然知道自己心里在别扭些什么，只是这些别扭她只能默默跟自己闹。她觉得这样的求婚方式不够正式，好像除了接受之外没有别的悬念。可这又凭什么呢？就因为她经过了一次婚姻，就可以省去那些充满形式感的步骤吗？一直以来，无论是在别人眼里还是自己心里，她都是一个大女人，怎么说呢，就是应该有那种不以物喜、不以己悲的淡然。她太了解自己，太依靠自己，于是宠辱不惊。从主动要来一段婚姻，到单方面宣布结束这段婚姻，她片叶不沾身。直到在给万壹办理户口迁移手续，看到自己更新后的婚姻状态成为离异时，心里突然间产生了一些变化。

　　常菀曾经接待的来访者案例当中，不乏分手或离异的女人，她们的倾诉通常都会包括一个共同的话题，那就是自轻自贱。我到底哪里不好？我究竟该怎么做才对？我接下来要怎么办……每次听到这些话，常菀心中都会生出一股轻蔑。她不明白，难道女人会因为结束一段关系而贬值吗？她当然选择了去鼓励那些来访者，在一遍遍类似于不是你的错，你很好，你还可以更好这种车轱辘话的拉扯当中，为对方依然迷茫的眼神感到疲惫和难过。后来常菀和一位在她的帮助下再婚且嫁得更好的来访者在飞机上遇见，她告诉常菀，即便自己成了那个看起来幸运的人，但在家庭的日常生活当中也不会有任何优越感。这是一种无法逃避且不可言说的微妙心理，必须当真发生在你身上才能体会。曾对此不屑一顾的常菀竟也未能幸免，那是什么呢？有些尴尬，有些挫败，还有些羞愧和自卑。虽然只有短短一刻，却足以让她对自己的看法产生了动摇。她开始不自信，开始有杂念，那些作为一般女性该有的七情六欲和贪恋嗔痴仿佛经历了漫长冬天的压抑，一夜之间破土而出。

　　秦朗的心思常菀自然了解，在他面前，她几乎是透明的，他了解她的一切喜好秉性。就像洪果儿说的，秦朗选择这样轻描淡写的方式表明心迹，其实是在给常菀最大限度的自由，这是他能给予她最好的了解。可他没有想到，偏偏就在这个时候，她的心里正在经历着翻天覆地的变化。

　　这几乎是无法追溯轨迹的一场蝴蝶效应，也可以说是命运使然。近两个月来，在常菀身上发生的波动比之前几年加起来都要多。在她生下万壹以后，生活就被很好地控制在一个节奏范围内，每一年差不多都由大块的复制粘贴构成。即便有秦朗这个变量，也并没有打乱她。反倒是一直存在且并无存在感的万多，有心无意地使常菀在不知不觉中倾覆，当然也没少了晴海推波助澜的功劳。

　　说来也是奇怪，两个人之间总是要通过另外一个人才能看到彼此的存在。如果常菀和万多一直是背对背站着，那秦朗和晴海就分别是他们的镜子，没有令他们看清自己，反而注意到了身后人脸上的表情。于是他们转过身来想要一探究竟，却因为离得太近撞了个满怀，只得慌忙后退，被身后的人分别接在手里。而这一撞，使得他们在一定距离之外，更加清晰地看到了对方来不及掩饰的狼狈。

－ 6 －

　　章晗在时下正热的 club 开了个能容纳五十人的 Party 房来庆祝胜利，房间里服务员的人数是她们四个的两倍，却一个都没闲着。端茶的，倒酒的，陪玩的，陪喝的，还有负责鼓掌叫好的，气氛看起来也并不比旁边满坑满谷的包间差。酒过三巡，四个姑娘都喝到了自己的警戒线，豪迈的热血挥洒够了，沉在心底的柔软显露出来，服务员终于也可以退在一边喘口气。章晗和洪果儿两人勾肩搭背地坐在吧台上一首接一首地唱歌，猫鱼闹饿了，此刻正蹲在桌旁撑着脑袋吃一碗牛肉面。常菀窝在长条沙发里，右手端着香槟，左手不经意地伸进一边的包里摩挲着丝绒质地的戒指盒。已经晚上十点了，秦朗没有给她发任何消息，她几乎都要开始怀疑是不是自己会错了意。唱完《一个像夏天一个像秋天》后，《今天你要嫁给我》的前奏响起，洪果儿突然蹦起来，兴奋地邀请常菀来唱这首歌，章晗和猫鱼不明所以地大眼瞪小眼。

"对了！今天秦朗跟常菀求婚了呀！VVS级D色大钻戒，闪瞎了我的钛合金双眼啊！"

章晗尖叫着几乎从吧台纵身凭空跃到了沙发上，抓住了常菀的左手。

"她没戴！包里呢！"

洪果儿和猫鱼也凑上来，看着章晗从常菀的包里翻出戒指，举在灯光下。

"哇……"

除了常菀之外，房间里的其他人都十分配合地发出赞叹声。

"这么大的事你竟然瞒着我！而且你干吗不戴着……"

满脸兴奋的章晗转头看到常菀脸上冷漠的表情，意识到事情可能没有那么简单，于是把戒指放回盒子里，用力咳嗽了一声，按住搞不清楚状况还使劲起哄的猫鱼，把所有服务员都打发了出去。

"怎么着？嫌小啊？玻璃珠子倒是大呢，你不稀罕就归我了啊。"

章晗嬉皮笑脸地想要逗常菀开心，显然没被领情，于是站起来一口气喝了大半瓶矿泉水，强打精神琢磨着究竟是哪个环节出了问题，纳闷地自言自语。

"秦朗这是什么时候动的手啊？早晨我还看见他了呢，不对啊，他不是赶着去出差吗？"

"是电话求的吧？或者也可能是找别人替……"

"猫鱼！去，跟果儿上个厕所。"

章晗强行打断喝得七荤八素、脸上还沾着香菜的猫鱼，边把她往外推搡边给洪果儿使眼色。

"我不想上厕所啊！"

显然洪果儿也没清醒到哪里去。

"我也不想！"

这俩人一屁股分别坐在常菀两边，章晗只好移开杯子，在常菀对面的茶几上坐下。

"没关系，不用避着她们。"

常菀一口气喝干了手里的香槟，把杯子放回茶几上，又拿了一杯新的。

"那你这是答应了还是没答应啊？"

"需要我答应什么？他什么也没说，难道我要主动戴上戒指跟他说，好，我嫁给你吗？"

"上午你不是没在吗，秦朗出差前还专门赶去工作室一趟，肯定本来就是要跟你说的呀……"

"是呢……真是不巧，偏偏赶在了这么仓促的一个时间。"

"一个大男人，怎么关键时刻还害羞掉链子了呢？不行，不能再让我们常菀受一次委屈。"

章晗边说着边从乱七八糟的沙发上刨出自己的手机，给秦朗拨了视频通话。常菀想要上前阻止，却被左右两边兴奋的洪果儿和猫鱼死死抱住，于是只得听着正在接通中的声音一遍遍重复响着，脑海里不断转着章晗刚才说的那句话中的"再"字，觉得现在对于自己来说，难堪比起委屈更加难以忍受。

过了好一会儿视频才接通，秦朗看起来是在酒店的走廊里。

"干吗呢你，半天不接，不想结婚啦？单身狗没当够啊？"

章晗对着屏幕大呼小叫，秦朗连忙调小了手机声音。

"姑奶奶，小点声。"

"你在哪呢，怎么鬼鬼祟祟的？"

"我正准备回房间。"

秦朗把手机拿在胸前穿过走廊向前走。

"哎，你把手机拿好了，接下来，就是见证奇迹的时刻。"章晗把手机屏幕转向常菀，并把打开的戒指盒举到她面前，"求婚呢，好歹也得跪一下才有诚意吧，戒指已经收到了，就不等你回来浪费时间了。呐，你在那边跪，我在这边同步替你跪，就算是大功告成！"

"表白！求婚！表白！求婚！"

洪果儿和猫鱼跟着起哄。

秦朗站在电梯间门口，看着屏幕那边神情复杂却似乎在等待下文的常菀，一时僵在原地。他倒不是不能跪这一下，可如果要跪，他也会选择体体面面地当面求婚，而不是现在这样看起来像儿戏一样的远程传递。在秦朗看来，常菀并不喜欢也不需要这样的形式感，他觉得在一定程度上，刻意的隆重其实是一种心理压迫。而他希望常菀能够在完全放松的心态下，心甘情愿地主动选择他们的婚姻。秦朗觉得这应该是他们早已达成的共识和默契，没想到此刻常菀所需要的偏偏是一个明确直接的推动力。她需要看见，需要听见，进而让自己相信眼前的选择。

"秦朗你还想什么呐？不好意思啊？"章晗把头探到屏幕前面，"你周围又没人，你看那些在大街上广场上，拿着喇叭捧着鲜花求婚的，那决心，那热情，你这专家的心态不能还不如……"

"秦朗……"

这一声呼唤从秦朗身后传来，他回过头，来不及放下手机，于是屏幕这边的所有人也清楚地看到了穿着浴袍和拖鞋的唯安。两千多公里两端的人，通过秦朗回过神来也无法放下的手机画面面面相觑，谁也不敢先做出反应，包括不认识唯安的猫鱼，看到眼前的场景也在内心疯狂的猜测中保持沉默。

"我刚才……"

"你的手表。"唯安打断了秦朗的解释，把手表递给他，"晚安。"

她对着手机屏幕笑着挥挥手，不假装热情，不刻意解释。转身那一刻，笑容就已经消失在脸上。她绕过电梯间的拐角，快步穿过走廊。关上房门后，唯安靠在墙上看着对面镜子里的自己，脱掉了浴袍扔在地上，里面穿的还是刚刚那套完整的裙装。她是听到了章晗电话里的声音故意跟上去的，也是故意散开头发、披上浴袍、换掉高跟鞋的。就算不是那块刚刚秦朗因为洗水果而摘下的手表，她也会找个什么别的理由追出去，即便这种行为连她自己也看不起，不但幼稚并且无济于事。可在嫉妒面前，理智是不存在的。理智累积得越久，人就会越容易失去理智。

— 7 —

　　常菀处理好手头的工作，准备下班去接第一次住校的万壹放学。昨晚的视频通话因为唯安的出现被章晗迅速挂断，酒局也因此不了了之。到现在，章晗都没有以任何形式冒头，常菀知道她是害怕所以躲了起来，觉得因为自己的多事闯下了完全可以绕过去的祸。秦朗后来打了两个电话给常菀，她都没接也没挂断，于是他也就没有再打，只发了条信息来说记得叫代驾，到家之后报个平安。常菀心里其实有底，她知道昨晚大家有目共睹的那个场景什么也说明不了，并且她清楚秦朗也知道她会这么想，所以他什么也没有解释，好像反而那样才是此地无银三百两。可很多时候，解释的内容并不重要，重要的是解释这个行为本身。这代表的是一种在乎，一种紧张，一种最浪费时间所以显得宝贵的陪伴。

　　常菀心里当然别扭，但她更清楚这怪不得秦朗。一直以来是她要把自己活成一副理智淡然的样子，于世俗教条之下独善其身，自然不屑于心计是非。这令她与众不同的一切也许就是秦朗所倾慕的特质，你要别人看到这些，就不能同时要求得到相反面的对待。常菀时常在心里骂自己活该，没有人不让她哭，不让她闹，剥夺她撒娇的权利，她却给自己套上枷锁，活在条条框框之中，享受压抑和节制所带来的安全感，同时也承受着不可逾越的悲喜，甚至有些时候她能从中体会到由缺乏带来的通透和快感。常菀觉得自己是一个变态的自虐狂，通过各种各样的不被满足来保持清醒和强大。所以，婚姻也许并不适合她，因为日常的幸福模式应该很快会令她厌倦或紧张，除非秦朗和她是同样的人，才能保持一个怪异的平衡，否则，这段关系不过是她的另一个深渊。

走出办公室的时候，正好碰到来找常菀的前台小姑娘。她说，有一位秦朗的来访者突然上门，他的助理也不在，因此不知道该如何处理。常菀抬腕看看表，万壹还有半个小时就要放学了，加上排队走出校门的时间，也就还有四十分钟，而她刚才看过路况，即便立刻出发时间也不宽裕。但很显然，身为合伙人，她不能置工作室的任何情况于不顾，于是她给万多打了一个电话，在确定他可以立刻动身去接万壹之后，便把包放回办公室，去见那位临时上门的来访者。

"您好，我是常菀，秦朗的合伙人。"

常菀把一杯水放在对方面前，微笑着在她对面坐下来。

"你好。"

对方看起来是一位六十岁左右的女士，没有刻意的保养和装扮，但气质不俗，鞋子一尘不染，衣服熨烫得平平整整，皮包用了有些年头却打理得很好。

"秦朗去外地出差了，还要两天才能回来，麻烦您白跑一趟。要不要我帮您重新做一个预约？"

"没关系，我就是顺路来看看他，没有什么要紧事。"

刚才前台告诉常菀，这位女士在知道秦朗不在之后，也并没有要离开的意思，所以才来找她出面。那么，这没有什么要紧事的探访，如果不是一个无聊老人家出于字面的意思，那就是有别的什么不要紧却重要的事。

"要不，您有什么话，可以跟我说说？"

"你有时间吗？"

"如果您需要，我可以安排时间。"

"那你方便陪我一起吃个晚饭吗？"

两人去了工作室所在的别墅区门口的西式餐厅，找了个靠窗的位置坐了下来。点好餐之后，常菀发现对方并不避讳地直直看着自己。

"阿姨您……经常来看秦朗吗？"

她觉得有些尴尬，于是随便找个话头开了口。

"不常。我生活在外地，偶尔会来。"

"哦……这样。"

常菀不方便再更多地询问私人问题，想着该赶紧找个什么话题岔开，没想到对方先开了话口。

"你和秦朗认识多久了？"

"有差不多十年了吧，读研的时候我来这里实习，那时候他刚回国不久。"

"他这个人平时好相处吗？感觉他总是很严肃，很少和人说笑。"

"他是这样的，在工作和学术方面一丝不苟，严谨负责。其实私下里还是挺好相处的，对同事都很随和。"

"那站在女人对男人的角度来看呢？"

"您的意思是？"

"适不适合一起过日子？"

常菀觉得自己算是明白了这位阿姨的来意，大半是相中了秦朗做女婿，在替自家的女儿做盘算，还偏偏在这个时候问到了自己这些问题，她暗自觉得好笑。

"这个……我也没试过，好像没有什么发言权。"

"他现在有女朋友吗？"

话题总算是来到了重点。

"这属于秦朗的私人生活，我好像不方便替他回答。"

常菀露出为难的笑容。

"那你呢？有没有男朋友？方便回答吗？"

"阿姨，原来您这专门跑一趟是要替我们相亲啊。"

"像你们条件这么好的年轻人，总是容易挑花了眼。三十多岁了，还没有属于自己的家庭，也不着急结婚，这心怎么稳得下来？"

"想好了再结，总比仓促选择之后再分开要来得好啊。"

服务员端上一份意大利面，阿姨拿起勺子和叉子，熟练地把面条卷进常菀面前的盘子里。

"这人呐，都有归属感。但凡结了婚的，如果没有什么一定过不去的事就很难分开。毕竟成了一家人，离婚可不比分手，说散就散了，转身成本太低。结婚证看起来就是一张纸，其实就像是保修单，很多时候没必要非要换个新的，东西坏了是可以修好的。"

常菀有些不太明白对方为什么要跟她说这些，也开始有些搞不清楚她的来意。可这时候她却没有花心思去做更多猜测，而是被那双伸在自己面前的手吸引了注意力。那些时间留下的沟壑和皱纹，左手无名指上承载的厚重岁月，还有隐隐散发在空气中的雪花膏的味道，压制着她的思想。她强忍着眼眶和鼻子的酸胀，盯着面前的盘子不敢抬眼，这些年她对元禾的想念通通被这双手具象在每一次眨眼和呼吸之中。

"吃吧孩子。"阿姨把常菀面前的水杯拿到一边，"吃饭的时候就别喝水了，对胃不好。"

趁服务员又来上菜的工夫，常菀快速蹭了一下眼角，低下头去把面条往嘴里扒拉。

"你不是本地人吧？"

"对。"

"那父母在老家？平时你一个人生活吧？"

常菀犹豫了一下，她今天不想说谎，却也不觉得自己可以跟对方倾诉什么，权衡之下决定避重就轻。

"我和儿子两个人生活。"

"你有儿子了？"

"对，我结过一次婚。"

"这样啊……儿子多大了？"

"这个月满六岁，刚上小学一年级。"

"一个人带孩子，还要工作，很辛苦吧……"

"一直是我一个人带他，所以也就习惯了。有姐妹帮衬着，也得了秦朗不少照顾。"

这顿饭，两人有说有笑地吃了一个多小时。她们聊了怀孕的不易，聊了育儿经，也聊了平时拿手的饭菜。在旁人看来，这就是一餐母女之间的家常饭，母亲琐碎温暖，女儿孝顺体贴，两人都刻意避重就轻地不去触碰更深的话题，生怕惹得对方伤心。

分别的时候，阿姨坚持不让常菀送她，自己拦下了一辆车。坐进车里之后，她对常菀说，下次再到工作室，就是去看两个人了。常菀带着心中的满足感笑着向她挥手告别，直到走回自己的车旁，才想起自己连对方姓什么叫什么都不知道，也没有交换联系方式。反正还会再见的吧！这么想着，她发动了车子，准备去万多那里接万壹回家。

常菀把车停在万多家楼下，拨通了他的电话。

"我到了，麻烦你把万壹送下来吧。"

"我们还在吃饭，要不，你上来等他一下？"

常菀本来不打算上楼，但刚才在餐厅因为抢着和那位阿姨埋单就忘了上洗手间，于是停好车快步走进电梯。

万多打开门之后，常菀正准备直奔洗手间而去，却一眼看见了鞋柜旁边的高跟鞋。

"晴海来做晚饭。"

万多并没有显得尴尬，脸上的神情稀松平常。

"哦，我先用一下洗手间。"

常菀站在洗手池前，看着牙刷架上挂着的两支牙刷和随手挂在镜柜拉手上的发带。就在前一天，她还为万多动容，而现在看来，他的淡然和周全只是因为他已经先一步跨过了筑在他们面前的坎，接受了新的生活。常菀从包里掏出口红补在嘴唇上，并抚了抚卡在法令纹里的浮粉。试想起来，认识晴海以来的每一次见面，都是她和万多关系的转折点。第一次，她还在向晴海宣示妻子的主权，而再次见面，就让晴海见证了她宣布离婚的场面。今天，她们一定程度上算是对调了位置，常菀作为一个身份敏感的闯入者站进了晴海的地盘，那便不能失了风度，更不能掉了品相。

晴海穿着万多的大 T 恤，正从厨房端着一锅汤走出来放在餐桌中央。见了常菀，她热情地招呼着，俨然已经是一副女主人的模样，并且比当时的常菀看起来有说服力多了。

"我陪客户吃过了。"常菀倒也不避着，在万壹旁边坐下来，擦掉他脸上沾到的油渍，"这么临时麻烦你们，实在不好意思。"

"没关系的，反正我上班的时间比较规律，也没你那么忙。你要是照顾不过来就尽管说，万壹住在这边也没问题的。"

晴海分别给万多和万壹盛好汤才坐下来。

"这倒不至于，今天是特殊情况。以后我可以提前安排他住校，提前两个小时跟老师打招呼就好，很方便的。"

常菀对她笑笑，把话锋转向万壹。

"怎么样啊小伙子，这两天在学校表现好吗？昨天晚上有没有哭鼻子呀？"

"我又不是三岁小孩子了，有什么好哭的。看，这是表现好五次老师才会给发的。"

万壹指指自己胸前别着的黄色笑脸奖章。

"下午接他的时候就给我们显摆过了，老师还跟我们当面表扬他了呢。"

晴海朝万壹眨眨眼。

"住校这件事体验过就行了，就算真要住也等大一些再说。孩子刚开始上学，要适应和学习的东西太多，别给他太多压力。"

万多这话说得常菀心里不太乐意。他真正进入父亲这个角色的时间不超过两个月，却开始用一副大家长的姿态教育起了做了六年母亲的常菀。若不是刚才她在洗手间给自己提前做好了心理建设，可能会忍不住反驳回去。

吃完饭，常菀站在门口等万多带万壹去洗手，晴海拎着垃圾袋出来扔进楼梯间的大垃圾桶，路过她的时候停下来。

"这次我来这里，万多事先并不知情，他也不知道我会应聘去那家公司工作，这些都是我自己的决定。"

"他告诉我了。"

"如果那天不是我突然出现，你还不会下定决心跟他说离婚的，对吧？"

常菀的手机突然响了起来，她看到章晗的名字，按下了静音键。

"没有什么如不如果的，每件事情都会在它该发生的时候发生。"

万壹背着书包从屋里跑了出来，跟万多和晴海说再见。常菀扬起嘴角对他们笑笑算是告别，同时接起了电话。

"赶紧带万壹来救火！我妈已经杀到楼下了！"

章晗的声音穿过手机回荡在电梯间，大敌压境的肃杀感令常菀禁不住打了个寒战。

– 8 –

韩秀已经上了电梯，把正在家里吃外卖看韩剧的章晗和洪果儿堵了个正着。如果不是发生了什么不得了的事，她是绝对不会不打招呼就亲自上门来的。而关于她此行所指，章晗也已经猜了个七七八八。在 John 黄来中国的前一天，胡律师就给洪果儿打了电话，告诉她有一名中国过去的律师在打探关于章蘅的消息，那时候章晗就怀疑是韩秀的动作，但一忙起来就全然没顾上，并且她忽略了自己母亲这些年累积的能耐和行动力。

章晗把洪果儿推进她自己的房间，想了想又不放心地用钥匙从外面把门反锁了起来。她千叮咛万嘱咐洪果儿外面不管发生什么样的事，说出什么样的话都不要吭声，一忍再忍。章晗想，韩秀现在顶多知道了关于章蘅身家遗产的事情，这是无法改变的法律问题和家务事，再闹也不过是撒撒气的内部矛盾。可是，如果她发现自己和洪果儿竟然沆瀣一气，还成了同居密友，那场面一定要多难堪有多难堪。她刚把钥匙扔在洗衣筐里用脏衣服盖起来，门铃就响了。桌上的两份餐具还来不及收拾，她赶紧手忙脚乱地一股脑儿放进水池，深吸一口气打开家门。

"哟，皇太后大驾光临，寒舍蓬荜生辉啊。"

章晗尽量做出一副和平时一样满不在乎的样子。韩秀白了她一眼走进屋，看见餐桌上吃了一半的麻辣烫和几盒鸭货，禁不住皱了皱眉。

"你这心态还真是雷打不动的好，眼睁睁看着你爸那么多资产归了外人不去争取，竟然还在这儿吃这些垃圾食品！"

"韩秀女士，咱能有点基本的法律常识吗？这白纸黑字写得清清楚楚的事是我去争取就能改变的吗？"

章晗拿了段鸭脖放进嘴里，一屁股坐在椅子上。

"瞧你这个没出息又破罐子破摔的样子，你不去争取怎么知道不能改变？你怎么知道这不是那个狐狸精趁你爸年纪大了，联合情夫用非法手段制造的骗局？她要是不心虚，上次来参加葬礼的时候为什么要鬼鬼祟祟、一声不吭地从医院逃跑？"

"呵，您是狗血电视剧看多了吧？我爸能有那么多钱就不能是个傻子吧？说被骗就被骗啊？照你这么说，他的死也是被提前设计好的呗，那洪果儿干吗还专门跑来自投罗网啊？"

"这名字你叫得倒是亲热顺口啊。"韩秀躲开餐桌，在一边的沙发椅上坐了下来，"总之，这件事不能就这么完了。章蘅活着的时候没对你尽过什么做父亲的责任，死了还什么都不给你留下，这是什么道理？真的什么都没有也就算了，可这不仅是有，还不是一两百万的事，不要就算了，如果跟那个狐狸精去争抢，还丢了身份。可这是多少亿的资产啊我的女儿！"

"我的妈呀，当初我爸出国的时候，您不是说了从此之后跟他再无瓜葛，老死不相往来吗？是你不让他见我，不接受他给的任何东西啊！"

"这能是一回事吗？我跟他怎么样是我俩之间的事，夫妻一旦离了婚就不再有任何关联，跟陌生人没什么区别，但你是她的女儿啊！是他的亲骨肉啊！他怎么能连一分钱都不给你留下呢？那个陪了他几年的狐狸精还比不上你这个亲女儿吗？你过得好不好他不管也就算了，可是你看看你这个样子，三十多岁的人了，还一天一天吊儿郎当的什么都没有，我真是……"

"说我爸就说我爸，别又冲着我来啊！还有，别一口一个狐狸精的，搞得跟歇斯底里的怨妇似的。"

章晗快速瞥了一眼韩秀身后那扇反锁的房门，生怕洪果儿气不过在里面嚷嚷起来。她在心里嘀咕着，如果韩秀继续这么咄咄逼人下去，常菀这个救兵再不赶到，别说门里面那位了，可能连她自己都要忍不住爆发了。吵架这种形式在她们娘俩之间倒是稀松平常，主要是章晗害怕自己情急之下把什么不该说的抖搂出来，要是被韩秀抓住了把柄，那将带来无法估量的麻烦。

"这次我派去巴黎的人没找到那个狐……那个洪果儿，你看看，你爸还尸骨未寒呢，她就忘乎所以了，不知道正大笔扬着那不劳而获的钱在哪儿野着呢。反正我又派人去找了，即便掘地三尺把她父母亲戚都整个翻一遍，也必须把她揪出来当面解决问题。就算不让她把那些吃进去的都吐出来，也得好好扒她一层皮。"

韩秀咬牙切齿的样子令章晗忍不住哆嗦了一下，果然这股强大的气场也传到了门内，一直趴在门上偷听的洪果儿脚下一滑，不小心撞到了门把手，发出了清脆的声响。

"什么声音？屋里有别人啊？"

韩秀四下环顾着。

"我要能在家里藏人还算是长本事了，您可别这么抬举我。我顶多也就藏只猫，虎妞，屋里玩呢。"

章晗假装镇定地说完这句话之后，背后立刻就冒出一股冷汗，虎妞刚才吃饱了，现在应该是在她房间里的阳台上睡觉，而阳台门并没有关，她的房门也没有关……她已经在脑海里快速盘算着，如果一会儿韩秀真的发现了洪果儿，自己应该是立刻跪下认怂还是干脆硬到底更有效。就在这个时候，门铃声响起，章晗几乎是从椅子上弹了起来，立刻冲过去开门。她在心里不停对常菀表白，在这种火星撞地球的时刻，只有万壹才有成为救世主的可能。

打开门的那一刻，章晗愣是呆在原地，一时没反应过来。一方面是因为站在门口的竟然是姜莱，另一方面是因为自己没有洗头穿着宽大的家居服，还没穿内衣。姜莱脸上带着似笑非笑的表情，从头到脚把她打量了一遍，章晗觉得前两天在他面前积攒的所有高冷、精致和强势都在这一瞬间灰飞烟灭，心气儿一下跌到了谷底。

"你怎么知道我住哪啊？"

"你平时都是这个样子啊？"

两人几乎异口同声地开口说话，屋里的韩秀站起身走过去，想要一探究竟。

"这位是……"

看着仪表堂堂的姜莱，韩秀一时有些不确定自己该采用什么样的态度。章晗绝望地看着姜莱，他在这个节骨眼上出现，无疑只会让情况雪上加霜，成为压死她的最后一根稻草，就算常菀和万壹赶来，可能也无济于事了。

"这是我妈，她知道了我爸的事来找我兴师问罪，恭喜你可以目睹并亲自参与我的末日。这是姜莱，是我不知道上辈子造了什么孽才会遇见的……"

"男朋友。"姜莱抢过话茬，一把搂过章晗的肩毕恭毕敬地对韩秀说，"伯母您好，我是章晗的男朋友姜莱，很高兴见到您。"

- 9 -

三个人围坐在沙发上，韩秀将信将疑地看着淡定自若的姜莱和眼神空洞的章晗。

"你们什么时候在一起的？"

"差不多一个月了。"

姜莱微笑着回答。

"怎么认识的？"

"通过一个朋友。"

"常菀？"

"不，是另外一个朋友，从国外回来的。"

"她除了常菀还有别的朋友？还是从国外回来的？"

章晗不知道姜莱葫芦里卖的什么药，只能老老实实地坐在他身边，任由事态发展。

"平时不就你能说吗？怎么这会儿不吭气了？"

韩秀盯着章晗，目光炯炯。

"一个女孩子家，可能不好意思吧。"

姜莱出面解围。

"她？不好意思？那还真是个稀罕事儿。那你告诉我，你喜欢我女儿什么？"

姜莱转头看着章晗，章晗连忙弓了弓腰，把右手搭在左边的肩膀上盖住胸前。她斜眼看着姜莱，没想到却撞上了他柔情似水的目光。

"我也这么问我自己来着，可是好像却找不到一个准确的答案。我第一次见她的时候，她就跟我针锋相对，争了个面红耳赤，我心想着，一个看起来小鸟依人的女孩子，怎么会那么霸道和强悍？"

"嗯，这倒像她的作风。"

韩秀端起茶杯喝了一口。

"可是后来我发现，她之所以会这样，其实是因为缺乏安全感，想要保护自己。她外表有多独立、上进、争强好胜，内心就有多需要被照顾。就是因为没有人替她奋斗，所以才得不留余地地让自己变得强大吧。可能，我就是被这样的她打动了，所以想要保护她，想要让她拥有一个女孩子应该有的生活和幸福。"

屋里的洪果儿死命捂着自己的嘴巴怕笑出声来，章晗半张着嘴看着姜莱的眼神，听他说完这些话，几乎连她自己都要相信了。姜莱顺势拉过她的手握在自己的膝盖上，那触电般的感觉从章晗的指间蔓延开来直击心脏，反而让章晗清醒过来。面前的场景让韩秀有些不适应和尴尬，但的确让她整个人柔软了一些。她放下茶杯，轻轻咳嗽了一声。

"这么重要的事，为什么不告诉我？"

"也许……是对我的身份有所顾忌吧，怕您会生气。"

"哦？你的身份？"

"是。可是我想，如果我要和章晗在一起，迟早得要让您知道真相，既然今天刚好遇见，那就请您能给我一个机会向您解释。"

章晗觉得自己完了，姜莱这是要和盘托出坑死自己的节奏啊，莫名其妙上演这么一出烂戏，无非是想报上一次的仇，把她耍得更狠。她不耐烦地想要抽出自己的手，却被姜莱更紧地握住。

"由我来说，相信我。"

他深深地看了章晗一眼，并用力捏了她的手两下像是发出什么信号。

"您应该已经知道洪果儿是谁了吧。"

听到这个名字，韩秀坐直了身体，神情又警惕了起来。

"其实，我是章蘅先生留给她的那只信托基金的管理人。"

"所以，你和她是一伙的啰？你们联合起来坑我女儿，还有什么资格在这假惺惺地谈什么男女朋友！"

"伯母，您是不是对我们和整个事情有什么误会？这只基金，是在章蘅先生身体完全健康，有绝对独立行为能力的时候主动找我们设立的。在他去世之前，整件事情是完全保密的，就连洪果儿女士都不知道，我和她更是完全互不相识。而且，从开始到最后的整个过程，都是在律师的监督下执行的，符合所有法律程序。这一点，无论查到哪里去都没有问题。如果您不放心，只要不牵扯到保密条款的文件内容，我都可以配合您查看。"

姜莱不疾不徐，有理有据地说出这番话，令韩秀一时间找不到什么反驳的机会。

"洪果儿女士享受权益的同时也是有条件的，当然，这部分内容我没有权限向您详细陈述。但我可以告诉您的是，目前看来，她并没有任何一笔支出是在给自己随意挥霍，而且她应该还在尽可能地减少开支，同时积极地寻找工作。"

"这你都知道？那你也知道她现在人在哪里啰？"

"她从基金支取的所有消费都在我们的监督之下，但是她的个人行踪，我们就没有权力去干涉了。"

"听你这么描述，这个洪果儿还成了拒腐蚀永不沾的五好青年了呗？反而是我以小人之心度君子之腹了？"

"当然不会，您是为自己女儿考虑，天经地义。"

"说的就是啊，就算他章蘅要养着自己的相好……"

"妈，用词怎么总是那么难听呢！"

章晗对姜莱的战术心里有了底，于是抽出自己的手开始剥橘子。

"你别打岔。就算他要给洪果儿留钱，那也不用全部留给她吧？

自己的女儿不管啊？他有那么多资产，又不是分不过来。"

"确切地说，洪果儿女士只享有资产收益的一般消费权……好吧，您那样理解也可以。但我想告诉您的是，章蘅先生并没有不管章晗，他给她准备了另外一只创业基金，并且章晗已经在这只基金的帮助下开始创业了。"

"这……可以说吗？"

章晗瞪圆了眼睛看着姜莱。

"如果你什么都不说，伯母难道不会更担心吗？"

姜莱带着满脸的笑容回瞪她。

"对啊！你一天到晚什么都瞒着我！你以为你不说我就什么都不知道了？我不会自己去查的吗？你是不是以为你妈这些年真是靠运气才养活一个公司和那么多人的啊？"

"好好好，你们聊，你们聊，当我不存在。"

章晗塞了一瓣橘子到自己嘴里，心里默默觉着面前的气氛有点说不上来的诡异。

"自己生的是个女儿，又不是儿子，用钱养她一辈子又怎么了？还非得用这种办法让她自食其力。我这一辈子就够累的了，章蘅还真是用心良苦呢。"

韩秀虽然嘴上这么说，但听到这个消息之后，她整个身体都表现出了深深的认同感。好歹也做了十几年的夫妻，她了解章蘅的用意。

"创业的话，那不如把钱投到我现成的公司里，扩大业务经营，我可以把位置让出来给章晗坐，这样风险还小一点，我还能给她出出主意，帮衬帮衬。"

"这个……可能不太符合这个基金的投资条件，也不是章晗自己想要做的事业吧。"

章晗点了点头，难得赞成一次姜莱所说的话。

"她想做些什么？开蛋糕店吗？餐饮这种伺候人的勤行挣的是

辛苦钱啊，能有什么出息？"

"不是开蛋糕店，而是开西点学校。"

章晗刚要开口反驳，又被姜莱硬生生噎了回去。她再一次被他搞蒙了，男女朋友这种事还有分手这个说法可以用，但是蛋糕店和西点学校却是天差地别的概念，并且一目了然，这个谎一旦撒出去了，以后藏都藏不住。

"行了行了，等咱们商量好了都确定了之后再跟我妈说，今天先到这吧，时间也不早了，明天我还有事呢，各回各家吧！"

说着，章晗就站起来做出一副送客的样子。

"困了你去睡，我和小姜在这里聊就可以。"

"嘿！你们这……"

这时候，章晗的微信连响了几声，洪果儿说刚吃了辣的，这会儿闹肚子，实在憋不住想上洗手间，让她赶紧想办法放她出去。与此同时，门铃又响了起来，常菀带着万壹终于到了，而这刚刚连撒的两个大谎不知会不会立刻被她的一个反应所拆穿，再一次成了定时炸弹。章晗的心理状态已经崩塌得快要笑出来了，除非刚才目睹了整个过程，不然根本没法传达清楚个中逻辑和一波三折的过程。

— 10 —

"姥姥！"

门一打开，万壹就连蹦带跳地向韩秀扑了过来，韩秀脸上果然禁不住地笑开了花，连声答应，可是就这样她也没忘了要测试常菀的反应。

"你们认识吧？"

她指指姜莱看向常菀。

"当然，这不是章晗一直不好意思摆上台面的男朋友吗，姜莱，章叔叔的信托基金管理人。"

章晗惊讶地看向常菀，她压根连姜莱都没见过，竟然准确而又点到为止地印证了刚才他们所聊的主要内容。趁众人重新坐下的功夫，常菀悄悄朝家里的摄像头努了努嘴，暗示章晗她刚才已经看过所有谈话的直播了，心里有数。章晗简直要为常菀的机智感动得哭出声来。

"不好意思，我去一下洗手间。"

韩秀起身向洗手间走去。

"等一下！我……您等一下……"章晗率先冲了进去，从脏衣篮里拿出了洪果儿房间的钥匙，"可以了，我就是看看卫生纸还有没有。"

韩秀探头朝里看了一眼，并未多想。在反锁声响起的那一刻，章晗三两步跨到洪果儿房间门前，快速打开房门把已经直不起腰的洪果儿拽到自己房间里的洗手间。整个过程以迅雷不及掩耳之势一气呵成，看得常菀和姜莱目瞪口呆。

"你竟然，你，胆子太大了吧你！"

姜莱压低声音还不忘瞟着有韩秀在的那个洗手间。章晗顾不上搭理他，又拉着万壹进了她的房间，把他抱在床上，打开了电视机。

"好万壹，替章妈妈守住了，千万别让洪果儿和虎妞出去，我给你信号你再出来，好吗？"

"没问题，刚才直播我也看了，保证完成任务。"

万壹用小拳头敲敲自己胸口，拿过遥控器开大了电视声音。章晗连忙关上门，回到客厅坐到姜莱身边，韩秀刚好打开洗手间的门。

"来吧，跟我说说你的创业计划。"

"还是让姜莱说吧，同样的事从我嘴里说出来，你也会觉得不靠谱。"

章晗心里发虚，用眼神示意姜莱赶紧顶上。

"是这样的。差不多十年前，我在读芝加哥大学商学院做一个商业模拟项目的时候，认识了两位法国的先生，都是法国顶级的甜点大师，被授予法国最佳工艺大奖的勋章，曾经担任过法国总统密特朗的御厨，还为戴安娜王妃做过婚礼蛋糕。当时他们作为校长，在芝加哥市中心经营一家法式甜点学校已经有十几年了吧，拥有十四位平均超过二十年行业经验的行政主厨级别教师团队，每年吸引来自美国三十多个州，全球二十多个国家的上千名学生去学习和进修。当时，他们就跟我讨论过，如果把学校开到中国来，会不会获得同样的成功。但是那时候国内的市场环境还不够成熟，无论是从消费观念、消费水准还是普及需求来说，都没有形成大批量的行业态势，西点还是作为一个小众非必需品的生活点缀存在着。"

韩秀全神贯注地听着，常蔻和换了个房间趴在门上听的洪果儿也成功被吸引了注意力，而离姜莱最近的章晗则全程侧身盯着他的一举一动和神态谈吐，被他所说的内容和整个人的气场深深吸引。

"我和John黄私下也是好朋友，哦，伯母，John黄就是为章晗投资那只基金的管理人。我在巴黎的时候，看到了章晗她们递过去的项目方案，不瞒您说，开始她确实是打算开一家实体蛋糕店兼做下午茶，当时我就觉得，经过这些年的经济发展，国内这个行业已经趋向饱和，市场竞争非常激烈。除了自身技术要过硬之外，创意、原材料差别、品质定位、营销宣传等一系列因素都能作为成败的决定性因素，而恕我直言，我不认为章晗在这些的任何一个方面具有优势。"

韩秀用早就看穿一切的眼神重重白了章晗一眼，章晗意识到姜莱又打算用之前会议上的那套说辞来否定自己，于是急了眼刚要反驳，就被姜莱摆摆手立刻压了下来。

"但是，如果是开西点学校的话，她那一个个都不算突出的所谓短板却组成了平衡的综合能力，站在创始人和经营者的角度统领大局，就转化为优势所在。"

听到姜莱貌似是准备开始夸自己，章晗立刻转变了态度，来了精神。

"在看到章晗的项目方案之后，我立刻委托咨询公司的朋友帮我做了一份详尽的西点全产业链在国内市场的整合分析报告，发现当下中国消费者在烘焙食品方面的年人均消费水准已跻身于世界前五，并且还在逐年爆发上升。中国人现在有钱了，出门长见识的机会也多了，饮食习惯和消费观念也在发生变化，包括销售形式。之前章晗开的不就是网店吗，我看把她自己养活得也挺好。所以说，这个行业不是饱和，不是不能做，而是我们没必要去从底端一步步往上爬，既然要做，既然我们有得天独厚的资源条件，那就干脆从产业链顶端向下输出。做产品之前，我们先做布局。这个行业最重要的资源是人，那我们就用最纯正的血统去培养人，有了世界公认的行业地位，那我们所能创造的就不仅仅是产品本身的价值了。而那个时候，如果章晗再想去开一个属于自己的品牌店，哪怕连锁店，都是一件轻而易举的事情。并且，在市场上的影响力和话语权也完全不一样。"

章晗差点就拍着大腿反问他，上次开会的时候干吗不直接说这些，而是对自己提出一堆质疑，看起来像是捣乱和抬杠的架势。还好常菀看出了她的激动，猜到了她的心思，咳嗽了两声提醒她保持淡定。

"我明白你们的思路了，那具体做法呢？"

到了这个时候，韩秀已经完全忘了今天到这里来的初始目的，什么遗产，什么洪果儿早已被抛到了九霄云外。她已经完全从一个女人、一位母亲的角色转换成了女强人、女企业家的身份，眼神里透露出智慧和野心。

"在定下这次回国的行程之前，我先去了一趟芝加哥，和法式甜点学校的两位校长见了面，拿这份报告和我设计的在中国办学的方案跟他们做了沟通，他们完全赞成我的看法，表示愿意合作并且会全力支持。但是保险起见，我并没有马上跟 John 黄透露我的想法，而是想着先和章晗一起在京城做一圈真正的实地考察，把所有构想和具体数据全部落实到纸面上，形成一套完备的可执行方案，和两位校长达成共识之后，再正式跟 John 黄提案。毕竟，再一再二没有再三再四，之前已经有过一次不那么靠谱的经历，必须要有推翻自己的实力和底气。"

姜莱戏谑地笑着瞥了瞥章晗，章晗回了他一个大大的白眼。

"现在一切准备得差不多了，我们准备后天晚上就出发去芝加哥，和两位校长把这件事确定下来，然后直接去巴黎面见 John 黄。"

"啊？后天？"

章晗顺着姜莱的思路一直听下来，简直觉得自己的确已经把刚才说的那些事经历了一遍，一时没反应过来。

"你啊什么啊？想要创业就得抓紧时间，不能错过任何一个窗口期，你以为你还能像之前那么散漫啊？"韩秀一副恨铁不成钢的样子，"那你们觉得现在还缺什么？有多少把握？"

"要说缺，什么都缺，毕竟一切都还没有开始，未实现的都是未知数。但要说不缺，也没有什么问题，资金、资源、人脉、管理配置、方案、预算和风险预估都摆在眼前。我记得有人说过，正是因为没有开始过，所以才叫创业，谁不是边走边成长起来的呢？"

姜莱端起茶杯润了润嗓子，他的表演算是告一段落。原本只是半路杀出的程咬金，充当了临时救场的挡箭牌，没想到他临场发挥的技巧却如此纯熟，连当事人都沉浸在了他讲述的剧情里差点信以为真。

"教育行业的前景和潜力都确实不错，再加上周边的可拓展空间大，值得好好搏一把。"韩秀一脸赞许地看着姜莱，仿佛看到了自己女儿未来的幸福，"也就是有你来当军师，才能下出这么一盘好棋。章晗，你可收收性子，好好跟人家学学，这么优秀的男孩子能看上你，真是你这辈子打着灯笼也再撞不到的大运。就是小姜啊，刚才你说的，章晗的短板转化成的优势，体现在哪里啊？"

"这个……这么说吧。办这个学校需要一笔不小的启动资金，她背后有资本愿意支持；愿意来中国办学又有成功经验的两位校长，已经被我们抢占了先机；所有开公司办学所需要的教育资质，包括政府的支持，我都帮得上忙；而对这一行的了解和她之前的经验，以及为本来开店所做的准备工作，还有她天不怕地不怕的做事风格，看起来都是天时地利人和的不二选择。"

终于得到肯定的章晗虽然知道这些都是姜莱瞎诌的，但还是忍不住喜形于色。

"这些，怎么听好像都跟她没什么关系呢，感觉这其中缺了她也能照干不误啊。"韩秀对姜莱的谬赞并不买账。

"伯母，您自己经营公司应该很明白，做事情，天时地利固然重要，但最难得的是在人和。如果没有章晗，这些有利因素都是分散的个体，能被有机地结合起来，都是因为她这个核心。"

这段话，不仅说得韩秀心服口服，连常菀都起了一层鸡皮疙瘩。章晗算是彻底沉浸在了虚假的喜悦当中，全盘接受，拒绝清醒。

"好。有你在，我也就可以放心了。虽然我不懂你们这个行业，但如果有什么帮得上忙的地方可尽管开口，我也很乐意成为你们的股东，助你们一臂之力。"

"别，不用，谢谢您的好意，妈，可千万别把事情搞复杂了，不然跟我去您那上班有什么区别啊？求求您给我点个人空间，放我一条活路。"

对于这种要求的应对已经成了章晗的条件反射，无论真假，她都会第一时间全盘否决。

"哟，快十点了。我得赶紧带万壹回去睡觉了，明天他还得早起上学呢。"

常菀赶紧出来解围。今晚的信息量实在是太大了，再发展下去，谁都无法保证因为哪句话的疏忽而节外生枝。

"哟，还真是，光顾着说话，把我们重要的小学生都给忘了。"

韩秀说着就起身要往章晗的房间走，吓得章晗扯着嗓子赶紧喊万壹，万壹应声跑了出来，还顺手关上了身后的房门。

"快来，我这大外孙，成了小学生了，姥姥给你准备了奖学金。"韩秀眉开眼笑地从包里掏出一叠现金，厚度看起来应该是一万到两万元，"喏，具体我也不知道是多少钱，都给你拿着，好好学习，有什么好成绩都记得跟姥姥汇报，姥姥一定都给奖励！"

常菀忙在一旁推脱，韩秀不由分说地把钱装进了万壹的书包。

"又不是给你的，由不得你说不要。走，姥姥跟你一起下楼。"

"谢谢姥姥！"

万壹抱住韩秀的脖子亲了亲她的脸颊，两人有说有笑地就往门口走去。

"哦，对了，姜莱，你再多待一会儿，和章晗多沟通沟通，如果太晚了就不用走了，住下来，不用客气啊。"

常菀跟丫鬟似的赶忙拎着书包跟了上去，还不忘回头给章晗留下了一个等会儿联系的口形。

"嗯，这像是我亲妈能说出来的话。"

章晗看着眼前的情景，忍不住咂了咂嘴。她时常觉得在韩秀心里，自己的地位远不及万壹的万分之一。她的亲妈把在她那里节约出来的爱全都倾注到了万壹身上，那个大方、疼爱、发自内心的稀罕真是羡慕不来。

大门一关，章晗连忙跑过去透过猫眼观察了一会儿，确定那三个人彻底离开了之后，大大松了一口气。

"出来吧果儿，大敌已退。"

洪果儿伸了一个大大的懒腰，揉着酸痛的脖子从屋里走了出来，一起跑出来的还有憋坏了的虎妞，它看到姜莱的时候停了下来，远远地观察着他。

"哎哟喂，容易吗我，趴门上听得我脖子都歪了。不过章晗你还真得好好谢谢姜莱，不管他之前多不招人喜欢吧，但今天确实算是漂亮地救了你一局。反应是真快啊，是真能编啊。我就是被这样的她打动了，想要保护她，想要让她拥有一个女孩子应该有的生活和幸福。哎哟妈呀，这给我感动的。"

姜莱摊摊手，一副稀松平常的样子。

"谢？哈，是不是该报仇都不好说。他这么一通天上地下的是说爽了，接下来这烂摊子我得收拾到什么时候啊？这不是逞一时英雄，不计后果吗？过两天他拍拍屁股走人了，我上哪儿说理去？上哪弄一个西点学校给我妈交差？她要是发现今天这么一本正经地被人忽悠了一通，面子该往哪搁？就算是把我大卸八块了估计都不解气。"

章晗的大脑总算是降了温，开始一点点找回理智。

"那刚才你怎么不站出来制止我，大义凛然地戳穿我啊？那个听得两眼放光芒的人不是你吗？"

姜莱幽幽地说。

"你还好意思说我？谁允许你冒充我男朋友了？谁允许你搂我、摸我手了？你这是得了便宜还卖乖啊！我现在反应上来了，你这比直接落井下石还可恶啊！简直是……把我卖了我还在为你叫好啊！"

虎妞站在章晗身边，和她一起虎视眈眈地看着姜莱。

"啧啧啧，还真是即刻翻脸不认人啊。得，我没空在这跟你耍嘴皮子，我回去还要为明天的会议做准备。"

"不过话说，你今天为什么会到这里来啊？你怎么知道这个地址的啊？"

洪果儿抱起虎妞安抚着它的情绪。

"这要多谢某人新买跑车留下的信息，才能让我有迹可循。"

姜莱站起来，整理了一下身上的衣服，意味深长地对洪果儿笑了笑。

"那个，我，呀，电脑还下着东西呢。"

洪果儿逃也似的钻回了自己房间，章晗依然保持着刚才的眼神注视着姜莱。

"你，到底干吗来了？"

"我刚才说得还不够清楚吗？"

"什么意思啊？"

"意思就是，刚才我跟伯母说的那些，就是我今天本来要告诉你的。"

"啊？你的意思是，你刚才胡编乱造的那一套全部都是真的？"

注意力一直没有离开主战场的洪果儿从房间探出了头。

"对，除了我和你之间的那部分，剩下的事情都是确实发生过和正在发生的。"

"我……你……你为什么要这么做啊？"

章晗说这句话的时候竟然莫名其妙地有些脸红。

"明天早晨九点，我在地库等你，不准迟到。"

说着，姜莱头也不回地出门离去。

"哎哟哟，霸道总裁看上了地主家的野丫头，要有好戏看啰。"

洪果儿向气急败坏的章晗抛了一个媚眼之后，赶紧锁上房门，把她关在了门外。章晗一个人站在客厅中央，心跳竟然莫名其妙地快了起来。

- 11 -

第二天早晨八点五十五分的时候，章晗就下楼到了地库，远远地看见姜莱已经站在了车边，章晗再次看了看表确认了一下时间。

"你这是等着看我迟到好数落我呢吧？"

两人在车头相对而立。

"男人和女士见面，提前十分钟到是基本礼貌。"

"哟，主要是真没看出来你是个讲礼貌的人。"

说着章晗拉开驾驶位的门准备上车。

"等等，我来开。"

姜莱绕过车头走过来。

"干吗，看不起女司机啊。"

"男人应该为女士开车，这也是基本礼貌的一种。"

"大男子主义。"

章晗这么说着，却心甘情愿地让出了位置，姜莱平稳熟练地把车开出了地库。

"你怎么不问我们去哪啊？"

"怎么着，我还怕你把我拐卖了不成？我问了也得去，不问也得去，那何必多此一举？反正你什么都安排好了，我刚好乐得清闲。"

"你能这么想就对了。那别忘了收拾好东西，明天晚上七点机场见。"

"去哪啊？"章晗反应了一下，"不会是芝加哥吧？还真去啊？"

"我说过了，昨天那些话，除了我和你之间的那部分，剩下的事情都是确实发生过和正在发生的。"

"我都还没完全搞清楚状况，什么准备也没做……"

"今天之内，我会把所有事情跟你讲清楚，你有一天的时间去消化。至于该准备的东西，我都准备好了，你只需要多带点脑子就可以了。"

车子在一个岔口开出五环主路的时候，一直瘫坐在座椅里的章晗突然坐直了身子。

"我们这是要去哪啊？"

"你不是不问吗？去一家餐厅，见美方的两位校长介绍的一位得意门生，将来他也会参与学校的运营工作，作为中方的教务校长主持日常事务。"

"我们去的那家餐厅，不会是叫'我家'吧……"

"你怎么知道？"

章晗万万没想到自己在这么短的时间内再次来到了这里。她心想着，约哪里不好，非得跟风选这里。她边祈祷着别再撞见山下，边低着头跟在姜莱身后走进"我家"，结果刚到吧台的位置就被山下截了个正着，并朝自己这边走了过来。

"姜莱吗？你好，我是山下。这位……章晗？"

"你们认识啊？"

姜莱闪身把章晗从身后让出来，看到她脸上露出了好像是笑容的表情。

"啊……对……认识……"

章晗支支吾吾地回答。

"真是巧，那就太好了，这样合作起来就方便多了。"

"她就是你说的那位……"

"对，我们的项目发起人和未来的董事长。章晗，这就是我刚才跟你提到的即将参与进来的教务校长。"

山下看着一脸茫然的章晗，露出了一个讳莫如深的笑容。

"好，我们坐下来聊，John 黄先生已经到了。"

"你还约了 John 黄啊？"章晗边跟着往餐厅里面走，边凑到姜莱旁边低声问道。

"对，整件事他了解得已经比你清楚了。今天大家是来做决策的，不是来提案的，这点你不用担心。"

"他什么时候知道的啊？"

"其实，上次你们见面之前，他就已经知道我在做什么了。"

"所以上次你们是合伙把我当猴耍啊！"

章晗停下了脚步，不自觉地提高了声音。

"我先去后厨看一下点心准备好了没有。"山下识趣地先行离开。

"就是因为尊重你的想法和选择，上次那个提案会才按计划进行。如果不听你说，直接把这个项目摆在你面前，那你才应该生气吧？如果你现在依然坚持要做你自己之前的选择也没有问题，但你今天之所以能二话不说地跟我一起来，不就是因为你也认同这个建议吗？"

姜莱把手压在章晗的肩膀上，看着她的眼睛，耐着性子一字一句地跟她说完这些。这个动作是让章晗冷静下来把话听了进去，但章晗听了，心里却紧接着泛起一阵莫名的委屈。

"是不是只要不是违法犯罪坑人的买卖，John 黄都会给我钱来做？他看的根本不是我的能力，而是我这个人。就因为这些钱是我爸留下来的，所以怎么花都可以是吗？"

"在 John 黄手里，除了章蘅先生留下的这只基金之外，他还管理着其他更大的基金。所以，他并不是谁的傀儡，也不是昏庸无能之辈。他之所以答应你爸爸来管理这只基金，就是因为只有这只基金没有那么多严苛的条件和门槛，可以真正投给那些拥有梦想和冲劲的年轻创业者们，不仅仅是你，明白吗？"姜莱把手放了下来，"像个大人一样，去为自己和伙伴做更好的选择吧。"

章晗觉得心中涨满了一股力量，这几乎是她第一次感受到被谁所鼓舞，就连上学时课本中的英雄人物和科学家们都没能做到。强烈的预感告诉她，今天如果走进了不远处的那扇门，那么另外一种人生就要开启了。

-12 -

黑夜里的灯都快要熄灭了。常菀靠在飘窗的玻璃上看出去，远远地能看到四环路上汽车星星点点的灯光。

"当初，我租住进这里的第一个晚上，就坐在这里往外看，季节和时间都跟现在差不多。当时我就想，这个城市那么大，抬起头就能看见无数小方格垒起的高楼大厦，能不能有哪个小方格有一天可以真正属于我啊！只要这个小方格里亮起灯光，我就会知道，自己至少可以有一个地方能让我安心地睡个好觉。"

"你现在不是有了吗？还就是你第一次往外看的那个小方格。"

章晗擎着红酒杯趴在她腿边也在往外看。

"真羡慕你们，在这个城市都有自己的家。"猫鱼喝得眼皮红红的，"我下个月租约又到期了，又要搬进另一个人的房子，在别人留下的痕迹里生活。"

"你可以搬来跟我住啊，我不收你房租。"

章晗回头看着她。

"我一个人自食其力惯了，心里踏实。"

猫鱼还是感激地对章晗笑笑。

"我在这里也没家啊！寄人篱下，还要掏着高额房租。"洪果儿闭着眼睛蜷着身子躺在地上。

"但是你在巴黎有个庄园，账户里还有花不完的钱啊小妈妈。"章晗伸腿踹了她一脚。

"那也不是我的啊！而且说没就没。我还是得赶紧找到工作，不然被腐蚀久了就真要变成废人了。"

"你还真在找工作啊？"

章晗又踹了她一脚，洪果儿一激灵翻坐起来。

"不然呢？你还真以为我能心安理得地坐享其成啊？我没那么无耻好吗！"

"谁又没嫌弃你什么，我爸既然替你安排好了，你就踏实接受呗。要是我有这么一有情有义又有钱的老公给我留下这么多遗产，我一定不辜负他，好好花钱，享受人生。"

章晗用四十五度角仰望着天空，一脸的陶醉。

"遗产会有多少我说不准，但有情有义又有钱这件事，我觉得姜莱活着的时候也能帮你实现。"常菀从飘窗上下来坐到章晗旁边。

"呀呀呀！你也看出来了吧！"洪果儿兴奋地大呼小叫，"你说这姜莱如果不是看上咱们章晗了，要不干吗那么主动上心地为她跑前跑后，还甘之如饴啊？而且还是默默付出，运筹帷幄，不提前张扬那种，想想就觉得……不对啊，那么早的时候他还没见过章晗啊，不能是看个照片就走梦中情人这个鬼扯的路线吧？"

"所以，你们这一个个戏精就不要在这里给我编故事啦！他啊，是为了报答我爸当初对他的知遇之恩，从一定程度上说，也算是用他的专业履行职责吧，保护我爸留下的财产不会白白浪费。"

"那他这个劲可是使大发了。"

常菀拿起酒瓶给所有人的杯子里添酒。

"是啊，就算是按照我们原先的计划创业，也不会浪费章叔叔的财产啊……"

猫鱼三个小时之前才得知自己为之辛苦付出了许久的创业计划已经完全被颠覆，还没有完全缓过劲来，心里多多少少有些难以接受，章晗凑过去用双手环抱她的肩膀。

"之前做的一切都没有白费，如果没有这些亲自用双脚跑出来的实践，我们也没有底气能接受更大的挑战。你放心，只要有我的就有你的，还有你们的。"

她举起手中的酒杯，常菀和洪果儿却没有给予积极的回应。

"我就不跟着瞎掺和了，本来我对这行也不懂，也没什么兴趣，而且工作室的工作和万壹已经让我够累心的了。现在有更专业的人来帮你，我也就放心了，也不用我这么个狗头军师了。但是，只要你真正需要，我随时会顶上。"

"嗯嗯，我也是。我这个身份本来就敏感，也没办法真正去帮你做些什么。我还是想找一份能实现自己价值的工作，那么多年学也不能白上了。"

听过两人的话，换章晗开始失落了，猫鱼赶忙回抱着她。

"我在呢，我在呢，你做什么我都陪着你。"

常菀和洪果儿也连忙挪过去，四个人环环相抱在一起。

"我们也在呐。"

章晗闭上眼睛，露出满意的微笑，享受着被簇拥陪伴的温暖。

"那你们明天陪我一起去芝加哥吧。"她幽幽地说，"让果儿用我爸的钱出所有费用。"

一瞬间，所有人都松开手各归其位。

"哎，说好的你们都在呢？当场破功啊！"

"你啊，什么时候心里才能真正有点数？马上都要当董事长的人了。"

常菀摇了摇头，举起杯子和洪果儿碰了一下。

"我刚也说了啊！我这身份敏感，而且，我过两天应该要回一趟巴黎，有些事情需要处理一下。"

她打算去监狱给父母账户上存钱，再送些衣物。

"你在那还能有什么事啊？"

"这话说的，全世界都要围着你转啊？人自己家不用管的啊？"

常菀这句话让洪果儿心里咯噔一下，还好谁都没有继续追究下去。

"那你呢？"

章晗用毋庸置疑的目光看向猫鱼。

"我……也不去凑热闹了，你们好好去处理大事，我留下来善后。之前谈好的场地、人员和供应商之类的，总得去给人家一个交代。"

"啊！还没怎么样我就成了孤家寡人啊！"章晗仰天长啸。

"小点声，别把万壹吵醒了。"常菀赶忙提醒。

"对了，秦朗什么时候回来啊？我这去多久时间还没谱呢，你身边不能没人啊。"章晗压低音量。

"说得好像我一个人就没法活了似的。他应该是明天晚上回来吧，具体我也不清楚。"

"你俩不会这两天一直都没联系吧？"

"他那边的日程安排应该挺满的，我也没闲着。"

"完了完了完了，我这个好心办了坏事啊。"章晗懊恼地喝了一大口酒，"那等他回来，你打算怎么办啊？"

"这种事不应该由我来做打算吧？顺其自然呗。"

"也对，如果男人在这个时候都硬气不起来，不好好表现一下的话，那以后就更没戏了。秦朗办事我放心，他一定有本事把你娶回家。"

常菀把喝得歪七扭八的三个姑娘妥善送出家门，踏实躺在床上的时候，已经是凌晨一点多了。她辗转反侧了好一会儿也睡不着，于是打开台灯，从枕头下面拿出了戒指盒。常菀是一个习惯为任何事情做好打算的人，她并不果断，相反还很患得患失。那些在人前的从容不迫，不过是背后纠结了许久之后的结果，最好的和最坏的结果，她都要保证自己做好能够接受的准备。

但这一次，她确实有些慌了，因为从前的判断标准好像都失效了，不足以说服她去下定什么决心。息事宁人、皆大欢喜地接受求婚究竟是不是可以算作最好的那个选择结果？这些年下来，最终常菀跟万多离了婚，和秦朗在一起，好像是理所当然，是再正确不过的唯一结果，包括常菀自己一直也是这样想的。

但也就是因为这样，因为离婚之后的发展情节和她想象的并不一样，所以她有些害怕面对接下来即将发生的任何可能性。她心里没有一个底线托着她的心态，所以她的心态就又能随时冲破底线，做出无法挽回的选择。钻戒静静地在盒子里散发着光芒，它的戒托没有什么复杂的样式设计，反而衬得那块标准的圆形石头格外夺目。常菀忍不住把戒指拿了出来，想着如果戴上了它会不会更容易得出一个答案，然而就在她的无名指尖刚刚通过戒指的一瞬间，心里的抗拒让她立刻停止了那个动作，迅速把它放回盒子里，重新压在枕下。

　　我不能再一次自己给自己戴上戒指，常菀对自己说，幸福永远不是争取来的。

KUWEI

酷威文化

图书 影视

一生别离

下

蘭若一 著

四川文艺出版社

第 五 章

泰 来

C h a p t e r

她用不为人所知的一面，索要一个对未来的承诺。

- 1 -

　　所有心中犹疑的、牵绊的那些，都需要十倍甚至百倍的肯定和幸福感才能稀释，否则就会潜移默化地扩大，吞噬日渐稀薄的热情。

　　秦朗并没有如期归来，而是在三天后的晚上才给常菀发了一条信息。他说，我回来了。常菀也就简单回了，好。这几天，她随时都把戒指带在身边，觉得无论如何他都不能不声不响地就把戒指留在自己这里，想要在见到秦朗的第一时间先还给他。这样，他总该做出些反应了吧？虽然常菀觉得这种明明被动，却还要主动想办法推进事情发展的处境让她疲惫，但总好过什么也不做地悬着一颗心。成人的世界，不允许长时间感情用事。

　　周六早晨，也就是秦朗回来的第二天，好不容易可以多睡一会儿的常菀被门锁的声音惊醒。她的睡眠一向很浅，任何异常的光亮、响动、气味都会第一时间把她从睡眠当中拉出来。她以为是万壹不小心碰了电子门锁，于是叫了一声他的名字，但是没有回应。尽管她因为突然惊醒而导致心跳加快还未平复，她还是下床往外走，却差点迎面撞上已经站在卧室门口的秦朗。空气中是露水与花香的味道，还有豆浆油条的热气。常菀光脚穿着睡衣，头发蓬乱，睡眼惺忪。而秦朗竟然穿着一身笔挺的西装，胸口甚至还别了口袋巾。

　　"你怎么……"

　　常菀刚说了三个字，就立刻意识到自己还没有洗漱，赶忙用手捂上了嘴。秦朗把豆浆油条放在餐桌上，对她做了一个"嘘"的手势，一手拉着她走回卧室关上了门。

　　"戒指呢？"

　　秦朗开门见山，让常菀有些手足无措，只能伸手指了指床尾凳上放着的包。秦朗接下来的动作，让常菀禁不住后退了一步，他把那捧洋牡丹递到了她的手里，之后干脆利落地单膝跪在了她的面前，举起打开的戒指盒。他紧盯着常菀的双眼，用让她完全无处躲藏的目光看进她的心里。

"常菀女士，你愿意嫁给我，秦朗，做我的合法妻子，一生一世在我身边不离不弃吗？"

虽然眼前这个情景，常菀已经在电影中看过各种版本，但是当它真的在自己身上发生，当有一个男人真的庄重而又深情款款地在你面前臣服，用胆怯和期待的眼神看着你，那一刻，所有情感都会从身体里剥离出来不再受控，无论是颤抖的神经、哭笑不得的表情，还是瞬间涌出的泪水，都是来自蛰伏许久的肯定回应。常菀右手怀抱着鲜花，左手紧紧捂在嘴上，她现在所能做的一切，就是让看起来已经很狼狈的自己不再发出难堪的声响。若是说她压根没设想过类似的场景，那确实太虚伪了，但若是这个场景发生在大庭广众之下，她心里率先冲出来的防备一定会盖过其他感受，为自己形成一层保护壳，她不会像现在这样完全吸收了所有的信息，被体无完肤地彻底击中。

"你竟然挑了这么个时候……挑了我……我脸都没洗，也太丑了吧……"

"我不希望在这个时刻，还给你任何对我设防的时间。我太了解你了，也许只有在这个你毫无抵抗力的时候，我才能得到你最真实的答案。投降吧，常菀。"

秦朗把常菀的左手拉到自己面前，取出盒子里的戒指，郑重地套在了她的中指上，然后像终于松了一口气似的露出笑容，起身把她拥在怀中。

"我回来了，秦太太。"

常菀闭着眼睛，尽量打开身体所有的触角，贪婪地感受着现在的一切，她知道这会是她生命当中屈指可数且不可复制的闪光。也许在什么时候，需要把它挖出来，用以抵御那些苦涩和脆弱的无常。

"妈妈……"

听到声音，常菀立刻睁开眼睛推开秦朗。万壹不知什么时候站在了卧室门口，正扒着门框小心翼翼地看着他们。

"你醒啦，那什么，秦朗叔叔给你买了你爱吃的油条，在外面……"

"我来说。"

秦朗抚了抚常菀的背，走到万壹面前蹲下来。

"万壹，我刚刚向你妈妈求婚，她已经答应了。也许你现在还不能真正明白我们和你爸爸之间的关系和这么做选择的原因，但是你不用害怕，一切都和之前一样，而且生活会变得更好，会有更多的人来爱你和照顾你。今后我们就是一家人了，希望我们能够互相照顾，互相支持。如果我有做得不好的地方，还请你能多多指教。"

秦朗伸出右手，真诚地看着万壹。常菀心中充满了紧张，她生怕孩子一时接受不了，就这么哭闹起来，这样就会把她刚刚积累起来的幸福感全部变成负罪感，动摇她的心。然而万壹却意外地淡定，他表情庄重地看了看常菀，然后盯着秦朗的眼睛。

"你会一直陪着我妈妈吗？"

"会。"

"你会只对她一个人好吗？"

"不会。因为我们还有你呢。"

常菀的眼泪再次控制不住地流了下来。她觉得这一刻的幸福感足以抵消她前半生所有对生命的怨恨，并对以后的生活不再有任何奢求。

"我会很快长大的，我是男子汉，你只要对我妈妈好我就放心了。不然的话，我就会把我妈妈从你身边带走。"

万壹也伸出右手，郑重其事地和秦朗的手握在了一起。你看，每个人的生命，都是因为照耀着另一个人才拥有了意义。

- 2 -

洪果儿和沈家奇坐在草地上吃着午餐。

自打上次在派出所和沈妈妈有了一面之缘，老人家就经常做些好吃的让儿子带给她。沈家奇倒也不推辞，洪果儿也乐得享受这份口福。没什么更好的地方选择，两人就会约在一个离派出所不远的公园里。洪果儿开常菀的车来的，她把车停在稍远的地方，自己走过来。两人在地上铺上一块野餐垫，看上去就像是在约会的小情侣一样，无意中反而制造了风情。

"今天怎么连个太阳都没有，阴沉沉的。菜凉的速度越来越快，等天再冷的话可没法这么吃了。"

"不能总这么麻烦阿姨，我实在不好意思再这么蹭饭了。而且，明天我要回一趟巴黎，还不知道什么时候再回来。"

"这么突然……"原本美味的菜肴此刻在沈家奇嘴里变得索然无味，"是你未婚夫的事情还没处理好吗？"

"不，是我自己的事。他的事，算是都处理得当了吧……"

洪果儿一只手无意摩挲着项链坠上的戒指。

"虽然我说这样的话可能有点不合适，可事实就是，无论谁离开我们，生活总归还是要继续的……"

洪果儿眯着眼睛抿着嘴，歪着脑袋去找沈家奇闪躲的眼神。

"为什么你说这样的话不合适？"

"显得我好像目的不纯似的。"

洪果儿笑出了声。

"你目的纯不纯先放一边不说，阿姨确实把我当成你的女朋友了，对不对？上次见面时的场景让她误会了吧？"

"那个，你接下来，有什么打算？"

沈家奇清了清嗓子，刻意岔开话题。

"无论如何我都得先找份工作安顿下来。原本我没想到这些问题会来得那么快，现在一下子全成了亟待解决的现实问题。"

"你学的什么专业？想找个什么样的工作啊？"

"怎么，你还兼职做猎头啊？"

"总能留心帮你看看吧，万一能帮上呢？"

"我的专业是数学与资讯学。"

"真没看出来。"

"怎么，我看起来像是个笨蛋啊？"

"没，你长得……我以为你是学艺术专业的呢。"

沈家奇竟然莫名其妙的有些脸红。

"家里没有一定条件的，谁敢轻易去学艺术？像我们这种专业的，能进金融行业，能做软件开发，或者当个老师也可以养活自己，相对好找工作。"

"现在国内发展得那么快，机会也多，你回巴黎也是一个人住，还不如就踏实回国找工作，彻底安定下来。"

"我回来不也是一个人住吗？"

"哪能一样啊？好歹是自己国家，身边都是自己同胞，怎么都好过一些。再说，不还有我呢吗？有什么能帮上忙的，那还不是一句话的事。"

洪果儿的心像被什么刺破了一个小孔，被一股缓缓洇开的暖流包围。

"有困难找警察啊，"她不露声色地打趣着沈家奇，"女孩子跟你在一起，肯定都特别有安全感吧？"

"哪里有'肯定都'啊，像我们这种职业，本来接触姑娘的机会就少，而且工资不高。虽然接触不到什么大案子，但工作性质也多少有点危险，还没法经常陪在家人身边去尽一个男人对家庭的责任，所以，没什么女孩愿意跟我们在一起。"

沈家奇边说边把两人吃完的饭盒整整齐齐地码好，再放进袋子里，脸上的表情有些说不出的尴尬。

"真正喜欢你的人不会在意这些。而且这些本来也不算什么，她反而还应该为你骄傲才对。"洪果儿站起身，帮他把野餐垫折起来，也放进袋子里，"再说，你还长得那么好看。"

"哪有人用好看形容一个男子汉的？"

沈家奇涨红了脸。

"哪有人说自己男子汉的？"

洪果儿笑着，她觉得沈家奇是一个呆得有些可爱并且特别不禁逗的人，从第一次见面时就这么觉得，所以更喜欢拿他取乐。

"是不是有些掉雨点啊？"

"别又转移话题！"

"真的，你看。"沈家奇指着手机屏幕上的雨滴，"赶紧，先找个地方躲躲，等下大就晚了。"

两人快步向不远处的回廊走去，公园里附近的人也都在越掉越大的雨点中向那里集中过去。刚找到一个位置站定，雨滴就瞬间连成了线，迅速浇湿了地面。回廊下的空间并不宽敞，人们肩挨肩站着，雨从檐上落下来，在面前形成了一道水帘，在地上溅起水花。沈家奇把洪果儿往后面相对宽松和干燥的地方拉了拉，自己站在边缘的位置，半个袖子和裤腿已经湿透了。

"好久没下那么大雨了吧？"

洪果儿显得有些兴奋，眼前公园熟悉的景致在雨中展现出了另一番模样。这样的氛围有些奇妙，因为挨得很近，所以躲雨的人都相对规整地站着，一起静静地抬眼看着落下的雨。没有人在聊天，甚至没有人在看手机。空旷的视野，与街道隔绝的环境，还有植物散发出来的清香安抚着每一颗心，任思维飘散在半空。

几天前，巴黎警方联系到洪果儿，她的妈妈即将刑满释放。这个消息，就像是从未停止摆动却被时间忽略掉的钟摆，在十二点到来之际，稳稳地敲响了钟声，将洪果儿从这四年来的生活中彻底唤醒，让她意识到什么才是自己无法摆脱的命运。

当初，作为亲手将自己父母送进监狱的洪果儿其实也并不无辜。虽然她那时还未满十八岁，但也不再像小时候，是一个纯粹的傀儡那样对自己的所作所为一无所知。多少年，她都在内心的挣扎当中配合着父母完成了一个个骗局。行骗是她父母苟且偷生的手段，并不是求富方式。洪果儿觉得，自己是从上帝手里偷来了真正属于自己的这四年，上大学、打工、参加社会活动、拥有稳定的情感，琐碎却真实的每一天差点让她以为这才是该属于她的生活。那时她笃定的正义，其实多少是出于自己想摆脱命运的自私。事发后她的父母不作任何辩驳地认了罪，难道就真的不知道谁才是这一切的始作俑者？她带着满心推诿的怨念以为终于还了自己原本该有的清白之身，却忽略了身后用沉默换来的成全。所以，她便没有资格选择充耳不闻，独善其身。

“这雨恐怕一时半会儿还停不了呢。”沈家奇小声咕哝着看了看表。

“呀，你下午还值班吧？”洪果儿的思绪被拉了回来，“不然你赶紧拿这垫子挡一下，先回去吧，反正我有时间，等雨停了之后，我再把饭盒给你送过去。”

“我把你一起带来的，就要把你一起带走。”

沈家奇一本正经地说出这句话，并没有任何撩拨的意味。洪果儿内心又温暖了一下，这再次出现的反应让她注意到这是一种完全陌生的感觉，有些刺刺的酸麻，却又让人忍不住露出笑容。

“要不，咱们冲出去吧？”

“什么？”

洪果儿没有多解释，展开餐垫顶在两人头上。

“一、二、三，跑！”

两人就这样在众人善意的笑声中一头冲进雨里，眯着眼睛，踩着积水，沿着空无一人的小路向前跑去。其实头发和身上的衣服已经被迎面而来的雨水打湿了，但他们依然挤在餐垫撑起的一方荫庇下脚步不停。这是只属于他们两人的此时此刻，只属于他们两人的选择。跑着跑着，两人都笑出声来，鞋里的积水和沾在脚踝上的泥沙仿佛都成了他们内心觉得快乐的理由。

"看到那辆车了吗？先往那里跑！"

出了公园大门不远，洪果儿指着路边对沈家奇说。

"你的啊？"

"朋友的。"

两人分别拉开了驾驶和副驾驶的车门，急忙钻了进去。洪果儿连忙发动了车子打开暖风，把滴着水的餐垫扔在后座脚下。

"快擦擦。"

她把纸巾盒递给沈家奇，两个喘着粗气、头发都滴着水的人突然在封闭的空间里定下神来面面相觑，气氛变得有些微妙。

"这么快就有能把车借给你的朋友了啊？"

沈家奇尽量不让自己把车里更多的地方弄湿，拘谨地坐着。

"啊？"

"第一次见面的时候你不是说，你在这个城市谁也不认识吗？"

"哦，后来我不是找了个人来接我吗？现在我们是朋友了。"

"就那个男的？"

"哦不不，是他女朋友，不对，现在是他未婚妻了，她叫常菀，后来帮了我不少忙。"

洪果儿开的是章晗的车，但她不想去解释这个中关系，因为沈家奇一直不知道她那已故的未婚夫和他前妻留下一个比自己还大的女儿，这些日子以来发生的各种不可思议的事情和变化，一时半会儿要想彻底讲清楚可不是一件容易的事。

"这样啊。你看，有个对你这么好的朋友，这下你就更有理由回来工作和生活了吧？"

洪果儿没想到沈家奇还在纠结这件事，以为他刚才也就是顺口说说而已。

"我可真要迟到了。你赶紧回去洗个热水澡，别着凉了。等你从巴黎回来的时候，记得告诉我。"

沈家奇认真地看了洪果儿一眼，没有说再见，像是拒绝接受她不会回来的可能。

"哎，把伞拿着。"

洪果儿回身从车座后面的置物袋里掏出了一把折叠雨伞。

"不用了，几步就跑到了。"

"拿着吧，等我回来的时候记得还给我。"

沈家奇忍着自己想要拨开挡在洪果儿眼前那缕刘海的冲动，接过雨伞，一声不响地下了车。

洪果儿在后视镜里看着他并没有撑开伞的背影，渐渐被雨水模糊成几个光斑。她就在这距离派出所几百米的车里坐了许久，这可能是当下她能最大限度靠近沈家奇的地方。她当然不会一辈子不再回来，但她的确不知道这次回去和母亲见面之后，自己的生活会被带往哪个方向。即便她尽可能不去多想，但始终没有办法忽略无论是自己的出身，或当下所背负的一切，自己和沈家奇的世界之间有着多大的落差。他们之间的关系站在狗血的对立面，从相识那刻开始，就是警与贼的势不两立。而且不管她愿不愿意，她确实拥有着也许他一辈子都无法想象的可支配财富。她的生活处处是不可探究的秘密，她不可能终其一生活在谎言当中。

喜欢一个人是怎么样的？洪果儿想着。在章蘅之前，她并没有和谁在一起过。而从意外相识到天人永隔，他们就像山涧的涓涓细流一样，不动声色却自有一番隽永。四年来的相处，没有海誓山盟，也没有缠绵悱恻，甚至没有一句像样的表白，但谁也没有资格说这不是爱情的一种。一个女人选择和什么样的男人在一起，其实是在为自己选择过什么样的生活，而章蘅所能给的那种波澜不惊的关系，正是那时的洪果儿所需要的。所以，他愿意照料怜爱，她乐于陪伴依赖，如果再给他们几十年，这种惺惺相惜也能敌得过其间的时光。

可当洪果儿和沈家奇靠近时，所有的感官知觉全部被放大，他们的眼中全都是对方的美好，耳朵里回荡的都是对方的呼吸，呼吸中都是对方散发出的体香。他们的大脑被挤压着，没有时间去问为什么，没有念头去想过去、将来以及是非对错，在每一刻，我只想要拥抱你，只想确定你的名字与我有关。新鲜美好的肉体，丰沛勃发的荷尔蒙，没有任何理由的躁动和企图占有，昭示着最原始和真实的欲望，是不是这才像二十多岁时候感情该有的样子？

雨停了。洪果儿在一个红绿灯前停下车，降下车窗。腥甜潮湿的空气夹杂着街道上城市烟火，汇成一种依恋的味道挤进她原本悬在半空的心里，压着它一点点下沉。街道尽头的天空，被冲洗过后的夕阳晕成了粉红色，她掏出手机伸出窗外拍下了这一刻的风景。年轻的爱情和衰老的命运一样，是没有办法被任何外力所阻止的，即便死亡是它们最终的共同命运。

- 3 -

吃完晚饭，收拾好厨房后，晴海选了一个舒服的姿势坐在沙发上，打开电视调到正在热播的电视剧。万多换了一身跑步的行头从卧室走出来，把运动耳机挂在脖子上。

"我去跑步了，你要不要一起去透透气？"

万多最近养成了夜跑的习惯。不在外工作之后，散漫的生活让他曾经习惯于大运动量的身体有些不适应。

"不去了，我月经第二天，肚子疼。"

"喝点红糖水吧。"万多换上跑鞋，"明天晚饭你没有其他安排吧？"

"应该没有。怎么了？"

"去我爸妈家吃顿饭。"

"见父母啊？这么大的事你怎么安排得那么突然？"

晴海虽然嘴上这么说，但心里早已乐开了花。

"之前在帕劳不是见过了吗？我就是不想搞得那么刻意才没提前跟你说。家里人吃个便饭而已，没必要兴师动众的。"

"那时候见和现在能一样吗……你爸妈，知道咱们的事了？"

"嗯，我告诉他们了。"

晴海脸上露出了满足的笑容。

"那明天下班之后你先陪我去买点礼物吧，我空手上门去见未来公婆也太没礼貌了。"

"好，你定吧。"

万多拿着车钥匙出了门。他夜跑的地方在几公里之外的一个森林公园，那里有专门规划出来的荧光跑道，每天都有很多人聚集在那里，即便彼此都不说话，但知道自己前后都有同伴，就好像有了更多的动力。

万多好容易才找到一个车位，停好车后，他边走向公园大门，边活动着手腕肩颈，做一些简单的热身活动。其实万多的妈妈已经催了好几次让他以男朋友的身份正式把晴海带回家，都被他以各种借口拖着。这次要不是父母一起下了死命令实在无法推辞，他也不会在自己其实并没有做好心理准备的情况下仓促许给晴海一个这么明确的信号。且不说他刚刚和常菀离婚不久，这么快就见家长，显得有点太猴急，其实真要完全依自己的想法，万多并不想再走进一段婚姻关系，这跟对方是谁没有关系，只是他觉得自己并不是必须要以这种方式和另一个人共同生活。几乎所有当下的年轻人都在强调每个人都是独立的个体，但谁又真正做得到不为千丝万缕的人际关系所牵绊？万多觉得，他的父母对于他之前的生活已经足够包容，作为一个已经过了三十岁的男人，他也没有什么理由必须要反抗年迈的双亲。如果稳定的工作和符合世俗认知的婚姻关系能让他们觉得安心和高兴，那他也愿意去这么做。况且他没有什么非要完成不可的目标，也没有什么一定得娶的人，那么一直以来对自己心无旁骛的晴海就是那个再好不过的选择。

万多的父亲告诉他，男人心里可以有自己想要死心塌地付出的对象，但娶回家的应该是心甘情愿为自己牺牲的那个女人，这样一辈子过得才不会累，才不会因为日日陷在儿女情长的患得患失之中，而耽误了男人真正该用心去走的前途。他举了很多现实中的实例证明给万多看，万多倒也没有什么立场去反驳。当初他以为自己情到深处的主动牺牲能为爱情换来一个好的结局，却一发不可收拾地误了大段可以用来向前奔跑的大好年华。虽然他也并不后悔，包括并不后悔遇见常菀，但也不得不承认的确失了许多可以握在自己手中的选择权。所以，他想这一次干脆听了父母的话，并且告诉自己，如果真的彻底选择了晴海，无论后来心态会发生怎样的变化，也要努力把这段婚姻经营下去。他不能再做一次失败者，更不能败在自己手上。

公园门口的灯光明亮了起来，万多塞上耳机刚准备起跑，就看到秦朗的车停在自己左前方的车位上。他又仔细确认了一遍车牌号——这几个数字和字母的组合打从他和常菀在民政局领离婚证那天起就莫名印在了他脑海里，想忘都忘不掉。这附近并没有什么其他的地方可以去，也就是说，万多有可能会在公园里遇见他。透过前挡玻璃可以看到，副驾的座位上放着一件女士外套。毫无疑问是常菀的吧——想到常菀的名字，万多的心跳莫名快了两拍。公园那么大，想遇见也很难吧？这么想着，他迈开步子跑进公园大门。

晴海换下家居服，准备今晚回自己租的房子那边住。虽然她大部分日常生活已经转移到了万多这里，但衣服、鞋子和各种生活用品并没有尽数搬过来。她总觉得不能再和上次来这里时一样，两人真要吵闹起来连个退路都没有。她想要为明天和万多父母的见面好好做做准备，改变一下之前那种活泼过度的印象。她知道现在在万多心里父母的重量和意义，于是更想把握这次机会，一举为自己拿到迈进万家大门的钥匙。

出门之前，晴海想起来自己想穿的那条连衣裙扣子上的珍珠被洗掉了，一直没有顾上修。她记得万多这里应该有胶粘剂可以用，于是又转回屋里挨个抽屉翻找起来。在书柜最下面的抽屉里，她找到了想要的东西，可这里放的另外一个物件却吸引了她的注意力。那是一个方方正正的木盒子，塞在抽屉的最里面，没有任何商品名和标识。晴海平时除了卧室、洗手间和厨房，很少到这房子里的其他地方活动，更不要说去拉开那些万多自己都不常用的抽屉。她心里小小挣扎了一下，担心盒子里面放的是什么自己不该看到的东西。可越是这样想，好奇心就越是驱使着她小心翼翼地打开了它。风干的苇草上面，安静地躺着一个各色贝壳粘成的相框，其中嵌着的卡片上面，用中文写着三个字——嫁给我。更重要的是，一枚造型别致的钻戒被一根金丝线系在了卡片中央。晴海没有任何怀疑就认定了这是万多偷偷准备给她的求婚礼物，相框上的贝壳就是他们之间相识相爱最好的信物，而戒指圈的大小……她忍不住把左手的中指伸了进去，也刚好符合她的尺寸！

常菀生日那天，晴海并没有注意到服务员递还给万多的东西，更没有想到拆掉包装纸以后里面装的是这样一份礼物。万多原本按照常菀手指的尺寸买的钻戒，却同样天衣无缝地套在了晴海的手指上。

她小心翼翼地把盒子放回原处，甚至把胶粘剂也放了回去。她不能让万多知道自己已经拆穿了这份用心准备的惊喜，她要在被求婚的那刻像第一次被突然感动一样，重温此刻内心的胜利。

迎面而过的人都看着脚下或前方，只有万多左顾右盼地去识别每一张目光所及的人脸。如果真看到了秦朗或者常菀，他还没有想好是恰好避开还是迎上去打招呼才对。就这样绕着公园的跑道跑了一整圈下来，预期中的偶遇也没有发生。万多说不上是庆幸还是失望地摘了耳机，慢慢向公园外走，这才从臂带里摘下手机，看到晴海发给他回自己房子住的信息。就在这个时候，他好像听见万壹叫爸爸的声音，于是条件反射般地回过头，竟然真的看到身后不远处，万壹踩在滑板上颤颤巍巍地努力向前移动。而紧接着他又叫出的那声"秦朗爸爸"让万多意识到他根本没有看到自己，他在叫的是一路小跑跟在他后面的秦朗。这是一种什么样的感觉呢？做个也许不那么贴切的比喻，此时的万多就像在梦中面临正在逼近的危险，双腿却像灌了铅一般无法移动，并且还闭不上眼睛，只能眼睁睁地看着一切发生。秦朗及时扶住失去平衡的万壹，一把将他从滑板上拎下来。两人嘻嘻哈哈地笑着，捡过滑板再抬起头的时候，才一起看到了表情僵硬的万多。

"爸爸！"

万壹蹦跳着跑到他身边，万多心中竟生出一丝欣慰。他想，爸爸永远都是爸爸，不是任何一个名字的后缀。

"妈妈呢？"

他俯身搂过儿子的肩。

"她做瑜伽去了，秦朗爸爸带我来学滑板。"

秦朗走到万多面前，却面带微笑地看着万壹。

"带他出来干点男孩子该干的事，不能总跟着妈妈，否则该学娇气了。"

万多听着这句话，虽然觉得有些刺耳，却无力反驳。

"麻烦你了。"

"一家人，这还不是应该的。"

三人一起向前走，在秦朗的车子旁边停了下来。秦朗把手里的滑板交给万壹，然后把车钥匙也交给他。

"自己的事情……"

"自己做！"

万壹欢脱地应声而去，熟练地打开后备厢，把滑板放了进去。

"喝点水！"

秦朗朝他喊，万壹应了一声，打开后车门钻了进去。这种默契，不是可以勉强和假装来的。

"那我们先走了，差不多该去接菀菀了，回见。"

这句"菀菀"是秦朗还给万多的，并且更加底气十足。

"对了。"万多装作并不在意，"麻烦你转告常菀，本来说好明天我带万壹一起回我爸妈家的，但是临时有点变动，他们要和晴海见个面……所以，可能还得让她去接一下孩子，我周末再去家里看万壹。"

"要见家长了？恭喜啊。"

秦朗的语气很诚恳，让万多多少找回了一点面子。

"那你们有什么打算？"

"我们？我们已经订婚了啊。"

"是吗？"

秦朗拿出手机给万多看。

"看来你不常看朋友圈啊。"

屏幕上显示的是常菀朋友圈里的一张照片，照片里她用左手掩着嘴笑得无比灿烂，中指上的钻戒无比夺目，却反而给她增添了光彩。

"最近比较忙，忽略了。"

原本是想找存在感的万多，却被秦朗反手狠狠地打了脸。

"万壹那样叫你……他知道了？"

万多追了一句。

"对，咱们之间的情况，他都清楚，并且也都能很好地接受。"

"那挺好……"

这时，秦朗的手机响了起来，屏幕上显示的"亲爱的菀菀"几个字毫无遮掩地被万多看在了眼里。

　　"哦，这是万壹那天拿我手机玩时瞎改的。"

　　秦朗的这句解释把他们三人亲密的关系说得既理所当然又无比随意，然后他赶忙接起电话。万多可以清楚地听见常菀的声音，她以一种自己从未听过的语气嗔怪秦朗的迟到。

　　"十分钟，保证到。"

　　秦朗简单回应之后，立刻别过万多，小跑着上了车。万壹落下车窗对万多挥手说再见，干脆利落没有一丝多余的留恋。万多拿出手机，在微信聊天记录里去找常菀，却意外地没有找到。他紧接着去翻通讯录，却发现压根没有了她的名字。一顾无名火从他心底迅速着了起来，万多根本没有经过任何思考就拨通了晴海的手机。

　　"你跑完啦？"

　　"你把常菀从我微信里删了？"

　　万多劈头盖脸地问出这句话，语气也并不友好。正在兴冲冲试衣服的晴海站在镜子前，一下子没反应过来发生了什么。

　　"这是怎么了？"

　　"你为什么没经过我同意就擅自翻我的手机？"

　　万多稍稍控制了一下情绪，但听起来却更加不高兴。

　　"我告诉你了。那天你洗澡的时候，我跟你说了要在你手机里找一个客户的电话……"

　　"所以你就顺便把常菀的微信删了？"

　　"我问过你了！"

　　"你问过我什么了？"

　　"我说，我把你这些没用的联系人都删了啊！"

　　"我根本没听见你说这句话，所以我也没回应你吧？而且你凭什么判断谁有用和谁没用？再说常菀怎么就能被归为没用的联系人呢？"

　　"有什么事不能打电话说吗？为什么一定要用微信？"

　　"为什么我能打电话就不能用微信呢？"

"微信是社交软件，电话是通讯方式。你们之间已经毫无关系了，所以就没有必要社交了吧？"

原本想要好声好气解决这件事的晴海被气急败坏的万多勾起了怒火。她不能理解这件事有什么大不了，乃至要被这么兴师问罪。

"就算我们再没关系，也还有个万壹。我们总要沟通孩子的事吧？互相发个孩子的照片和学校通知之类的总可以吧？"

"这些短信和邮件也可以做到。"

"不是，我就不明白了，都是联系，通过什么联系就那么重要吗？"

万多一直站在原地没动，忍不住提高的嗓门引得路过的人频频侧目。

"重要。用什么方式联系，代表了你们之间的关系和距离。现在我们在一起，我不觉得你们之间需要保持这么近的距离。"

晴海一字一顿，丝毫没有让步的意思。从前名不正言不顺的，受点窝囊气也就算了，现在她才是坐在正位上的那个人，这是万多主动做出的选择，所以她必须让他快速适应并且面对现实。他必须明确意识到谁才是在以后生活中决定他幸福指数的人，不然万壹会一直存在，并且每个阶段都会有各式各样的新问题发生，小学、中学、大学、考试、毕业、找工作、生病、叛逆、谈恋爱、结婚、生孩子，难道要因为这些理由让常菀盘踞在他们中间一辈子？

万多虽然有一百句话想要反驳，却突然什么也说不出来。他直接挂了电话，气冲冲地走向停车场深处。此刻他的脑海里是一团乱麻，比起去责怪晴海的自作主张，他更加痛恨自己的不坚定和冲动。没有真心支撑的关系，即便看起来可能更加和谐美好，但一旦被动摇，就会朝着崩塌的方向一泻千里，连缓冲的平台都没有。在爱情里，男人和女人对于被感动的觉悟是不同的。女人会把它当作用心，而男人会把它化作不甘心。一个是使得自己倾心的砝码，一个是用来当作瞬间变心的借口。当初万多被晴海感动，告诉自己，从此以后她就是那个岁月静好的生活，可当岁月并不如他预想般静好，那原本就只用来自欺欺人的感动便成了请君入瓮的骗局。如果不是因为你给我看到的假象，我又如何会放弃原本的自在？

周六一大早还不到九点的时候，万多就按响了常菀家楼下的门禁。万壹才刚刚起床，还没有办法立刻出门，于是同样睡眼惺忪的常菀披上了一件外套，请万多先上来在家里等着万壹洗漱换衣服，而自己则抓紧给他做点简单的早餐。

"怎么这么早啊？听说，昨天你带晴海回家见父母了？"

秦朗当然已经告诉她了，万多想着。他站在厨房门口，看着常菀往小锅里倒了一些牛奶，是发自内心的神情自若，甚至还多了一些以前从未见过的慵懒。

"对。"

万多提不起劲来，一副疲惫的样子。

"这是好事啊，怎么没精打采的？"

常菀打开面包机调好温度，笑着看了他一眼。

前一天，万多和晴海还是如约去了他的父母家，相安无事地吃了晚饭，万妈妈还给了晴海一只算是传家信物的金手镯，并许诺她会拿出一笔钱作为首付给他们买好婚房。看着父母欣慰、一家子人仿佛其乐融融的样子，万多再次说服自己面对现实。若不是晴海当天一大早就带着早餐去找他，并且像什么都没发生一样泰然自若地跟他聊八卦新闻和下午给二老买礼物的计划，可能他就兀自当作这段感情已经结束了。就在这种瞻前顾后、左右为难的犹豫过程中，他完成了一天的工作，跟着晴海的节奏下班、购物、讨论电台里的话题，直到一路把车开到了父母家的楼下。至少，她还识大体，不会没完没了地折磨人，也不用费力去哄，万多这么说服自己。冷静下来的他甚至觉得自己昨晚是不是小题大做了，而且因为把秦朗给他的情绪转嫁到晴海身上感到有些心虚。虽然不知道这算不算是大男子主义的一种，万多对女人主动的示弱和示好基本没有招架之力。

"是不是有点太快了……"

万多犹疑着向常菀寻求共鸣。

"什么？"

"我们，和你们。"

常菀敲开的鸡蛋落进锅里，再平常不过的香气一下子在四周蔓延开来。蛋液在热油当中跳跃着，发出滋滋的声响，她回过头看着表情茫然的万多。

"我们都已经欠自己很多时间了。"

－ 5 －

我们以为自己恋旧，以为自己长情，其实只是当下的生活过得不好罢了。马克·吐温说，喜剧就是悲剧加上时间。常菀在悲剧的命运当中困了太久，无力挣扎之下太需要一个契机让自己心甘情愿地被救赎。而能够拥有一个属于自己的正常家庭，便是那个再好不过的理由。所以这些日子以来，每当她在无意之中看到中指上的闪光，内心都会泛起甜蜜的波澜。她觉得在别人眼里，自己是有主之人，心中有爱，背后有家。她不再无依无靠地漂泊在世间随波逐流，有一个男人可以让自己心甘情愿地变得软弱。

爱是一种奇妙的魔法，它可以让所有了无生趣散发出意义非凡的生机。无论是未得到或者已失去，还是正在进行时，它不一定发生在两个人对等的关系当中，只与自身的感受有关。有的人反而在失恋之后才会变得细腻，身边有人反而会消耗了他的敏感和热情。

常菀像是报复似的补救着未曾按时发生的一切。虽然秦朗已经在她身边存在了那么多年，却像是没有被激活，无法物尽其用。而现在，那些从前不敢尝试的着装风格、想要去的网红咖啡厅、觉得好看却不实用的物件，都将她的生活装点得丰富多彩。这所有的改变，别说身边的同事，就连社交网络那头、身在异国的章晗和洪果儿都感受得淋漓尽致。

　　章晗到了芝加哥昏睡了一天之后，立刻拉着姜莱要去参观法式甜点学校。当她亲眼见证一道道精致又美味的甜品在两位校长手下诞生，被教师团队的专业和热情所感染之后，毅然决定别的事情都可以等，自己先扑进知识的海洋，吸收一下顶尖的养分之后再做决定也不迟。于是，她依靠自己还算好用的功底和拼命三郎的精神做了个插班生，半个多月来起早贪黑，废寝忘食，也没少在手和小臂上留下大大小小的伤口。而这绝不是有意为之的真诚，更加坚定了两位校长的合作信心。在她专心求学的同时，姜莱和山下打起了跨国配合，开始紧锣密鼓筹备分校的各种事宜，将一个个计划分配到了每天，甚至每个时段去落实，按照倒计时的方式保证每一个环节按时完工。猫鱼则成了他们共用的助理，经手着大大小小烦琐却必须细致的事宜，并且两天汇总一次简报通，发给所有相关人员。

　　章晗在她们四个女人的微信群里说，自己终于体会到了这种挥斥方遒指点江山的豪迈感，在充实地过完了一天之后看到日渐丰满的事业版图，感觉已然有了迈向人生巅峰的女企业家的感触。她和常菀互相打趣着，她说常菀马上就会变成家长里短的小主妇，常菀说她背后藏着一个心甘情愿为她打江山的姜骑士。而章晗的口风也从强烈地抗议渐渐软化暧昧下来，她也说不清心里对姜莱的感觉什么时候开始从势不两立变成了相见恨晚，觉得他真的有些像常菀所说的骑士，从未许下什么豪言壮语，也没有日日鞍前马后，却总是能默默地保章晗周全。她所有行之所至都有姜莱已经提前打探过的痕迹，这样的心思，若不是爱，那该有多可怕？可章晗心里清楚，并且她知道姜莱心里也清楚，其实她什么都没有，就算是她即将拥有的那些，也是他给予的绸缪。她兴奋，同时也觉得害怕。如果这真的是上天在她总是在爱情里受骗之后，一次性赏赐的补偿，那也补得有些太超纲了。她一直觉得，如果在电视剧里，她的人物命运也就是常菀的配角，而为她所羡慕的秦朗这种帅气、多金又专情的设置，只能是女主角的标准配置，他没有被自己抑制不住地爱上已经算是很客气的写法了。可是姜莱的出场，好像并不输人一筹，难道命运要打破那个女一号是给男一号爱的，而女二号是给观众爱的说法，也给自己一个翻身的机会吗？可是到现在为止，姜莱什么都不说。就算章晗用暗示和期待的眼神看着他，他也只是皱着眉头回看她一会儿，然后突然伸手揉乱她的头发。

这是爱情最美的时候，就像是阳光下刚吹出来的泡泡，五彩斑斓，剔透轻盈。它飘浮在半空中，随时会破碎，随时会落下，所以我们总是专注而想尽办法地去仰望着，呵护和就是因为知道它不会长久，却依然暗自祈求它再晚一点消失。

沈家奇不知道，在自己吹出来的这个泡泡破碎之前，能不能等到洪果儿的出现。他在微信的对话框里打出过各种各样直白深情或者假装随意的问候，最终无一例外地又被自己亲手删掉。她的生活、她的为人，他其实都一无所知，而她说过的身世和那一小段共同经历也不足以给他锲而不舍的底气。可偏偏爱上一个人好像是没有道理可讲的，也许能捡得出好看、善良、风趣，甚至是老实、有钱、家境好这种理由，但最终都会杂糅起来，变成一种不可名状的感觉。所以哪怕有其中一个因素变了，也不会立刻戒掉。让沈家奇裹足不前的并不是这种种的不明确，而是对洪果儿刚刚失去未婚夫的顾忌，他不想用自己内心毫无畏惧的炽烈灼伤了她尚未愈合的伤口，他知道自己可以等，也不怕这段等待的时间和距离。可他却不想因为自己会错了意而把对方一下推得好远，就算做不成恋人，他也希望可以在她身边。

回到巴黎的洪果儿租下了一间普普通通，周边却干净安全的公寓。她拿了一些简单的行李，让这里看起来像自己已经生活了一段时间的样子，然后在母亲出狱的那天早晨，用饭盒装着一块豆腐等在高墙之外。她没有办法跟母亲说这些年自己和章蘅的生活，也不能告诉她眼下的真实现状。如果那大房子和财富都是她自己的，那用来孝敬母亲怎么都不为过，即便她有可能会放肆挥霍。虽然有这样的想法让洪果儿感到内疚，但她的确没有办法相信四年的时间足够改变一个人的本性，尤其是在长久的缺乏之后突然间不劳而获。她觉得自己没有资格，也不想用原本自己都无法承受的恩惠再来供自己的母亲享乐，且不说这有可能带来节外生枝的麻烦，如果有一天她不再拥有支配这些的权利，归于最普通不过的生活，那该用什么来为人性的贪婪惯性埋单？

　　说起来，洪果儿从差不多上小学开始就没有叫过一声妈。她父亲洪晋让她称呼母亲方婷为芳汀，称呼他为先生，为了形成习惯，在家里也是一样。而他们称呼洪果儿为丫头，三个人就像凑在一起讨生活的马戏班，任何时候都在排演自己的角色，不敢有半点松懈。回来的这几天，除了日常关于吃饭睡觉的必要交流之外，母女俩很少说话。她们没有去提当年的事，也不知从何谈起接下来的打算。洪晋比方婷判处的时间要长，就算他也一样能因为表现出色而获得提前释放，估计也还需要半年的时间。自出狱那天开始，方婷就在等待能去监狱探望丈夫的日子，这成了她目前生活的全部盼头。洪果儿从前除了送必需品和往账户里存钱之外，一次都没有当面探望过他们。该说些什么呢？更何况父母被捕之后，本来就不像一家子的人，心里还多了一层隔阂。

　　于情于理，洪果儿都不能留母亲一个人在这，而自己回大宅子去住，但公寓的气氛确实压抑到了极点。她们沉默地共处一室的时候，时间以水滴缓缓聚集在龙头处再落下那样的速度往复计量，仿佛在父亲没有出狱之前，她母亲的生命是静止的。这是一般夫妻所不能企及的相濡以沫和比肩相亲，他们之间的情感无法被单纯定义。可笑的是，这竟然是洪果儿的唯一慰藉，虽然有些诋毁的意味，但每每想到自己的父母，她都会想到一个成语——亡命鸳鸯。

　　除了去探监，方婷足不出户，顶多坐在阳台上看着书或是晒晒太阳。洪果儿就尽量买各种食物和生活用品回来，偶尔给她一些钱，无论多少她也都接受，也从不主动开口索要。为了躲开这种令人窒息的相处，洪果儿几乎每天起床就出门，估摸着方婷睡下了她才轻手轻脚地回来。方婷依然遵循着在狱中早睡早起的作息习惯，并且无论洪果儿在不在家都按时做饭，也不会特意多做，恰巧一人一餐吃完。她也不关心洪果儿去哪里、做了些什么、目前生活何以维系。女儿就像是她和丈夫的结婚证书，有了就可以，之后可能就再也用不到。

　　人对于一个城市的归属感是可以按照对它的熟悉程度来衡量的吧？洪果儿生在巴黎，长在巴黎，原先她没有意识到自己和这个城市之间的隔阂，甚至连她身边的老师、同学和餐厅、便利店的本地人都忽略了她的黑头发和黄皮肤。但是当她在章蘅的葬礼过后再回来，心理就开始发生变化。她觉得甚至是在更早的时候，或者说一直以来都在抵抗自己的出身，就连当初第一次独立犯案，也是选择了章蘅那家黄种人老板的店铺。

　　这些日子，她走在熟悉的街道上，越发觉得突兀。于是她不自觉地去到那些游人众多的景点，看他们说着五花八门的语言，摆出各种奇怪的姿势和标志性建筑物拍照。在一个地方待久了，很容易就能分辨出路上的人谁是过客，洪果儿以为这样能找到一些心理优越感，提醒自己留在这里继续生活才是那个正确的选择。留在京城的那些人，那些友谊，那些情感很可能都是镜花水月，他们有着原本属于自己的生活圈，即便她侥幸走了进去，但异类就是异类，很容易就会被排斥在外。她包里放着简历，坐在香榭丽舍大街的一家咖啡店里茫然地看着眼前奢华与市井毫无违和的共存，内心的尊严在一点点随着日光流逝，懒惰和侥幸的本能在夜空下初登场。

　　"我在跟谁较真儿呢？"洪果儿问自己，"命运明明已经帮我做好选择了啊。"

　　她拿起手机，给管家赵叔打了一个电话。没等多久，他就亲自开着一辆幻影停在她面前。赵叔戴着白手套为洪果儿打开车门，她穿着平价大卖场买来的职业套装，坐进后座时，看到了路人或羡艳或鄙夷的目光。她知道，自己现在的样子看起来像是一个攀权附势的廉价商品，这种想法一时蒙蔽了她所有的廉耻心。只要我想，这一辈子都会是这样的生活，她对自己说，每个人都有自己活下去的方式，我为什么要跟你们一样？

- 6 -

　　章晗坐在芝加哥河旁边，身上还带着白天烘焙教室里甜腻的味道。姜莱站在她身后，穿了一天的衬衫西裤依然干净挺括。

　　"啊！充实的一天又结束了，不知道我的姐妹们都在做什么？"她喝了一口啤酒，回身仰头看着姜莱，"你不累吗？一天到晚总穿着西装，到哪都端端正正的。这会儿没人看你啦，来，坐下。"

　　姜莱犹豫了一下，跟章晗并肩坐了下来。

　　"没想到你跟洪果儿还成了姐妹，你们俩这关系……有些微妙吧。"

　　"有什么微妙的？我爸已经没了，她也没嫁成，那她就是她自己啊，对脾气就做朋友了呗。"

　　"可是如果没有她的话，你父亲的那些财产可能就都留给你了，你也不用像现在这么辛苦。"

　　"你也说了是可能，那他也有可能全捐出去了呢。或者是个别的什么甜果儿、酸果儿、辣果儿接着，说不定还没洪果儿人好。那是我爸靠自己本事挣来的东西，他怎么处置都是理所当然，轮不着我来埋怨。况且我也不觉得我现在辛苦，反而还发自内心感到高兴，说了你可能也不信。"

"你一直想得这么开啊？"

"这跟想得开没关系吧？虽然我没大富大贵，但一直也没缺过钱花。如果我真特别在乎这个，可以去抱我妈大腿啊！虽然没我爸的粗，但当个小白富美也不用费什么劲。我这人打小脾气就比较怪，尤其是在我爸和我妈离婚之后。你也看到了，除了常菀我没什么别的朋友，遇见能玩到一起的就管他是谁呢。"

"那猫鱼也是？"

"她啊，虽然我和她平时在一起共同语言不像和其他两个人那么多，但她的确是个挺好的姑娘，踏实又能干，而且因为我丢了工作，我得对人家负责啊！"

姜莱不置可否地笑笑。

"真不知道该说你是幼稚呢，还是负责任讲义气？你算是我见过的人中脑回路最简单的了。"

"人的一生，不管活到多少岁，除了吃喝拉撒睡，也就剩下了不到一半的时间了吧，有些人觉得处心积虑才够充实，可我认为得过且过才是正解。从呱呱坠地到埋进地里中间这段时光，其实不过是一段短暂的通道，就像是……那座桥吧。"章晗指向不远处，"那不是一个目的地，所以，看看风景，拍拍照，和喜欢的人慢悠悠一起走过去，不是挺好吗？"

姜莱挑挑眉毛，也拿过一罐啤酒拉开拉环，看着横跨芝加哥河的那座桥。

"你之前是不是觉得，我是一个特别肤浅的人？"

章晗看着姜莱，她难得认真起来的表情让人有些动容。

"应该……不只是我这么觉得吧？"

然而，姜莱还是无法昧着良心，给出了这个诚实的答案。听了这个回答，章晗反而露出灿烂的笑容，向天空伸开双臂大声喊。

"我真是喜欢现在的自己啊！"

"你也知道从前的你不招人喜欢啊？"

"你的意思是你也承认现在的我招人喜欢吗？"

章晗凑到姜莱面前，眯起眼睛换成一副调侃的表情，姜莱仰头喝了一大口啤酒，喉结轻轻颤了几下，然后突然对上她的眼神。

"嗯，喜欢。"

这个猝不及防的回应令章晗僵在那里，大脑嗡嗡嗡地失去了信号。姜莱没有闪躲，也没有说更多话，两人以一种即将接吻的奇怪姿势定格在那里。

"你……这是跟我表白吗？"

好容易缓过神来的章晗赶忙坐直身体恢复了平常漫不经心的样子，不想一不小心把对方的玩笑当了真，反而被嘲弄。

"对。"

姜莱果断而精练的回答，让章晗彻底没了主意。她的理智被抑制不住的兴奋攻破了最后一道防线，以往的那些情感经验在此刻统统失效。

"哪有你这样的啊……话说得也太随便了吧……我是当真还是不当真？我是……"

姜莱饶有兴趣地看着方寸大乱的章晗，她涨红了脸，掩盖不住笑意。章晗注意到了他的神情，突然意识到自己上当了，立刻怒不可遏地跳起来。

"你有病吧！这么耍我好玩吗？我就是很好骗是吗？你就是喜欢看我出丑对吧？"

她说着说着眼泪就要掉下来。可姜莱却不慌不忙地起身，还慢条斯理地整理好衣服才站在她面前。

"所以我不爱跟你说话。话是说来听的，听过之后信与不信，你一点自己的判断能力都没有。"

"我也算是遇见过不少浑蛋了，但像你这么浑蛋，公然欺负我的，也实在太过分了！我好不容易不讨厌你了，还觉得你好，愿意相信你说的所有的话，你……"

姜莱上前一步，一把将章晗揽在怀里。这短短几分钟内情绪的大起大落让她此刻浑身瘫软，失去了所有反抗能力。

"所以，别去听我说了什么，身体比语言要诚实多了。"

章晗直愣愣地看着天空不敢眨眼，甚至屏住呼吸。她感觉到姜莱强烈的心跳以超速的频率一下下在自己身体里炸开，发出耀眼的光芒之后，滚烫的碎片细细密密地嵌入皮肉，无从寻觅。她的双手贴在自己身体的两侧，就这么一动不动地任他紧紧抱着。

"我真是喜欢现在的自己啊。"

章晗用几乎只有自己能听到的声音呢喃。她不知道这个时候章蘅会不会收到信号，可以坐在云上看着地上正在发生的一切，她想对父亲说一句谢谢，感谢他所带来的生命。

此刻，相差十四个小时的京城，猫鱼刚刚跟着山下一起见完了负责学校装修的设计师，拎着她自己的午饭和虎妞的新口粮打开了章晗家的大门。外面阳光正好，她拉开一盒罐头放在窗边，召唤在沙发背上伸着懒腰的虎妞，然后自己也在飘窗上坐下来，揭开包在饭团上的保鲜膜。

是楼下的邻居在弹钢琴吧，猫鱼拧开瓶装乌龙茶的盖子啜了一小口，眼神扫过放在角落的大提琴。自从杂志社辞职以来，猫鱼尽心尽力地跟着章晗一起经营她的小事业，一步步走向正轨，产生了更多可能。她觉得自己在命运的交叉路口选对了方向，觉得自己产生了更大的价值，变得比从前重要。她并肩和章晗站在一起，被尊重、被信赖。她在心里默默给自己设置了接下来每一个阶段的目标，什么时间可以买奢侈品、什么时间可以买车、什么时间可以攒够首付买一套公寓，什么时间可以把父母从老家接来和自己一起生活。她想成为一辈子庸碌的父母可以用来跟亲朋好友炫耀的资本，这种争一口气的快感已经提前在她的想象中演练了无数遍。然而现实却一点点朝她控制不了的局面发展，常蘅的存在、洪果儿的出现，紧接着姜莱、John黄和山下的到来，让她显得越来越无足轻重，再次被湮没在水平线之下。

　　猫鱼明白，这样当然对章晗更好，而且她也清楚无论是章晗、常菀还是洪果儿都对她以诚相待。但她总觉得，无论自己如何刻意融入她们的生活、去效仿她们的穿着风格、聊她们感兴趣的话题或者用她们习惯的方式说话等，都是无济于事。在世人眼里，她们也许没什么稀奇，但即便跟这三个没什么稀奇的人相比，猫鱼也太普通了，甚至连一个可以抗衡的优势都没有。常菀的漂亮和独立、章晗的出身和人际，哪怕洪果儿的运气，都让她望尘莫及。这不是努力就可以缩短的差距，更何况，她们每个人身后都还有一个能为她们雪中送炭，也能锦上添花的男人。在这个包围圈里，连感叹命运不公都显得多余。

　　大提琴的表面落了薄薄一层灰尘，猫鱼依着脑海中章晗的样子，坐在椅子上拿着琴弓摆出演奏的姿势。她先是轻轻拨弄了一下最粗的琴弦，低沉的声音伴着舞动的灰尘在空气中蔓延开来。紧接着，她搭上琴弓，有样学样地拉动起来。嘶哑和不成调的摩擦声接连不断地响起，而猫鱼却像给外界关了静音一般毫不在意，继续着这幅看起来很美的画面。她想，如果这样下去，是不是还不如当初忍辱负重地在杂志社待下去，然后像周围的人那样一点点往上爬。她不知道章晗到了现在是怎样看待自己，能给予自己什么，她赌自己现在掉头跑回原本属于自己的命运正轨也还不算落后太远。可眼前的世界太美了啊，猫鱼对自己说，她从未如此近距离地看过这么充满诱惑的生活，她也想做受人尊敬的职业女性，也想有一个几年如一日爱着她的未婚夫，也想有花不完的钱和慷慨付出的朋友，还有那唾手可得的大房子和不用精打细算看价签也能过得很好的生活。

　　她只看到了自己想要的那面。

　　猫鱼在地铁口前面停住脚步，打开叫车软件，输入自己的目的地。当她这段路程的专属司机为她打开后车门的那一刻，她对自己说，有一天，我也要跟你们一样。

－ 7 －

秦朗最近格外忙，经常工作到很晚。即便是这样的关系，常菀也不方便多问，只是贴心地帮他做一些其他方面的分担。她端着亲手做的早餐，走进秦朗的办公室，把自己综合比对过地段、开发商、物业、房型朝向、周边配套设施等因素之后选出来的几套房子情况打印出来，和饭盒一起放在秦朗桌上。他们两人之前聊到婚后该住到哪里的时候，显然秦朗觉得搬进常菀家不在选择之列，而他一直住的房子独自生活绰绰有余，可一家三口或者有可能很快会变成四口的情况下就明显局促了。于是他综合了各个所需的功能，决定重新买一套上下两层分开的复式住房。他觉得既然二人世界的生活是再没有机会体验了，那就尽可能多保留一些私人空间。他不是嫌万壹拖累，哪怕有了自己的孩子，他也不想生活被全面侵占。常菀没有想那么多，只是新奇又乖巧地跟着秦朗选择他们未来的家。这是又一个她没有经历过的程序，她在重新开启的第二人生里完整地体会着作为一个新娘该有的待遇。准备离开的时候，她无意瞥见垃圾桶里扔着一个快递信封，打眼看上去是从德国寄来的。这个地方让常菀不得不多了个心眼，于是拿起来仔细看了看，寄件人果然是唯安的父亲许奂。信封是空的，她把它放回垃圾桶，有意无意地开始扫视秦朗桌上的文件，并假装漫不经心地用手拨弄着。

“在找什么？”

突然出现在身后的秦朗吓了常菀一跳。

“你昨晚不是两点多才睡吗？怎么这么早来。”

她不露声色地转过身来。

“睡不踏实，干脆起来了。”

“有心事啊？”

"是有不少，想着怎么才能万无一失地把你娶回家。"

秦朗去拉常菀的双手，她谨慎地朝门口看了一眼，一脸嗔怪的笑容。

"工作场合注意形象。赶紧把早餐吃了，睡不好就别喝咖啡了。中午我要去接万壹，今天周五，他吃过午饭就放学。"

"那我等你回来再一起吃午饭吧，也不算晚。"

"我今天上午两个小时，下午从一点半到六点，全满。"

"看来，我很快就要把工作室第一把交椅的位置让出来了啊，常医生。本来我还指望结婚之后你能赶紧给我生个小常菀，安心在家当全职太太呢。"

秦朗这句话说得半真半假，试探常菀的反应。

"如果你能找到更优秀的合伙人，我可以让贤。"

常菀说着往门外走了两步，犹豫了一下又停了下来。

"唯安的爸爸……给你寄了什么？"

"什么？"

秦朗一时没明白她什么意思，常菀用下巴指指垃圾桶里的信封。

"哦，我让他帮我寄了一些他研究所那边最新的数据和案例。"

"现在电子邮件那么方便，怎么还用这么又慢又麻烦的方式？"

"可能这样反而安全一些吧，毕竟这些不是公开资料。"

"这样啊，那如果可以的话，等你看完也让我学习一下。"

"好。"

常菀有些欲言又止地转身，秦朗及时叫住她。

"许奂老师是我的导师，他不仅仅是唯安的爸爸。"

"我知道。"常菀笑笑，"我之所以问你，也是不想再给心里留下什么疙瘩。我希望从此之后我们可以对彼此彻底坦诚，无论发生怎样的问题，只要我们想解决，就不会成为问题。"

"上次在港城的时候唯安来酒店找我，也是许奂老师的意思，他还是希望唯安能说服我去他那边工作。我担心你会多想，所以一直不知道该怎么说起。"

　　虽然常菀一直没有再提，但在过了这么久之后，秦朗好歹给出一个解释。

　　"许老师是好意，没什么不能说的。于公于私，还不都是因为看重你才一直割舍不下。"

　　"这和私事无关。唯安现在和沐徉一起在新加坡读书，重新开始进修艺术专业。"

　　"她当初果然是为了你才坚持进了这一行。"

　　"所以说明她现在已经彻底放弃了。"

　　这时助理小心翼翼地敲敲半开的门，通知常菀她的来访者已经到了。

　　"晚上去吃牛排吧，新开了一家特别棒的店，朋友推荐的。"

　　"好。"

　　常菀语气轻快地答应着，向二楼咨询室走去。她不知道秦朗是认为唯安真的放弃了，还是想对她隐瞒什么别的。一个选择重新开始的女人，不会去当谁的说客，更不会做处心积虑的表演。那天假装无意出现在视频通话里的唯安，以为自己的设计天衣无缝，却因为转身离开的幅度太大，被常菀看到了藏在浴袍之下的裙摆。

　　顾念有一段时间没和常菀见面了。他回了一趟马来西亚，安排工作和家里的事。他没有把已经找到姐姐的事告诉家里任何人，因为还无法保证结果，不想引起母亲心里不必要的波折。他到工作室的时候，常菀还没有结束上一个会面，于是趁着秋高气爽，他站在院子里的梧桐树下，信步踩着漏在地上的阳光。顾念随手捡起一片没有完全干枯的树叶，把叶尾的枝干从叶片中间穿过去，做成一个狐狸头的样子，捏在指间端详。这是小的时候有一次父亲带他回国的时候教给他的，对于为什么会有那一趟旅程，他已经完全不记得了，只对这树叶的折法留下了深刻的印象。

正在窗前看书的万壹注意到院子里看起来像是在玩耍的顾念，于是趴在玻璃上看着。顾念感受到了他的目光，举起手里的叶子挥了挥，露出善意的笑容。万壹放下手里的书跑到院子里，看着顾念手里的小狐狸，不一会儿，窗前的台阶上就放了一排叶子做的小狐狸，两人并肩坐在旁边晒着太阳。坐在自己嫡亲的小外甥身边，顾念越看越觉得他长得和自己小时候很像。这种天然的亲切感在万壹身上也存在着，从不跟陌生人说话的他就这样跟顾念一起玩了老半天。

"你是来找我妈妈还是秦朗爸爸的？"

"秦朗爸爸？"

"嗯，他马上要和妈妈结婚了。"

顾念知道秦朗和常菀的关系并不一般，但没想到竟是朝着这样的方向发展。他虽然很想了解常菀的生活，可秦朗不说，他也就没有什么别的渠道能了解。时至今日，常菀的生活究竟经历了怎样的曲折，他无从得知。可至少从万壹这里看起来，这个新的家庭组合应该不是坏的开始。

"看起来，你和秦朗爸爸的关系不错。"

"我从小就认识他啦，他陪我的时间比我爸爸陪我的时间还要多。"

这句话被万壹说得云淡风轻，在顾念听来却有些不是滋味。

"你姥姥和姥爷喜欢他吗？"

"你是说章晗妈妈家的姥姥和姥爷吗？"

顾念没听懂这其中的关系。

"我是说，你自己的姥姥和姥爷，你妈妈的爸爸和妈妈。"

"哦，我没见过他们啊。"

"从来没见过吗？"

"对呀，我还有自己的姥姥和姥爷吗？你认识他们吗？"

顾念想，常继文跟元禾离开老家之后，即便没有和常菀生活在一起，那也不可能这么多年跟自己的外孙一次面都没有见过。他意识到这其中的情况没那么简单，也隐隐觉得第一次来这里那天秦朗主动找上他，和这件事情多少有些关联。

"我也不认识他们，随便问问的。"他先回答万壹，"咱们男人之间的谈话，你不会学给你妈妈听吧？"

"那当然不会。我妈妈每天要听那么多人说话，没什么重要的事情我不会多给她添乱。"

万壹俨然一副小大人的神情。

"你是一个特别招人喜欢的小孩，你自己知道吗？"

"知道啊。"

两人看着彼此咯咯笑了起来，刚好被出来找孩子的常菀看到。

"你们这是说什么呢，那么开心？"

"这位叔叔在教我用叶子做狐狸，你看。"

万壹果然对刚才的谈话只字不提，把手边一只做得最好的拿给常菀看。

"不好意思让你久等了，刚才那位来访者迟到了，所以耽误了些时间。"

她摸摸万壹的脑袋，笑着对顾念说。

"没关系。科学研究表明，跟小孩子的对话其实是最治愈、最能深入浅出、明白事理的，尤其是跟聪明的孩子。"

他对万壹眨眨眼睛。

"是吗？做这个研究的科学家肯定有一颗特别难得的童心吧。"常菀举起手上的小狐狸看了看，"我们进去吧。"

顾念跟着常菀走进咨询室坐下，注意到她手上的钻戒。

"新买的戒指？"

他装作什么都不知道地试探着，想看看她自己对待这件事的态度。

"未婚夫送的，我要结婚了。"

常菀伸出手看了看，露出满意的神情。

"真的啊？恭喜恭喜，百年好合。"

这是她第一次愿意说关于自己的事，哪怕只是这无关痛痒的印证，顾念也觉得这是一个好的开始。

"你怎么样，回去这段时间状态还好吗？"

常菀迅速找回对话的主动权，切入正题。

"好多了。可能是一段时间没见，家人之间反而显得亲近了。"

"你姐姐还好吗？"

突然被问到这个话题，顾念心里还是为之一紧，谎言毕竟是谎言，哪怕说过再多遍也没有办法和原本的真相同样深入人心。

"挺好的，家里给她说了一门亲事，对方是个不错的人。"

"那就好。"常菀发自内心地感到高兴，也并没有因为那个姐姐和自己的步调如此一致而感到怀疑，"她得到了幸福，你也就不用那么自责了，该为自己的人生多做打算。"

顾念看得出来常菀真的成了一个沉浸在幸福里的女人，因为她有能力由衷为别人感到高兴。

"谢谢你，真心的。你的出现，让我的人生好过多了。"

"说实在的，你是让我最没有成就感的一位来访者，我觉得自己没有为你解决任何问题，而你好像也确实并不需要我的帮助。"

"那是你觉得，究竟有没有用，难道不应该由我来判断吗？"

"话是没错，但是像你这种对我不能产生更多价值的来访者，今天之后，治疗就可以终止了。"顾念刚要插话，却被常菀拦下，"因为我们之间的交流并不需要这种形式也能完成，没必要以你按小时付着并不便宜的咨询费这样不对等的医患关系来实现。我觉得，咱们可以做朋友，我们的聊天完全可以在工作室之外更轻松随意的环境下完成，也许效果还更好。而且，作为朋友，我们是平等的，也不会牵扯到什么职业道德问题。所以，我能说得更多，能给的建议也更直接。"

　　之前顾念担心的是离开了这个环境，他就不再有理由和常菀见面。而现在她提了一个更好的建议，相当于给他发了一张自由接近的许可证。

　　"那当然是好，这样的话，我也就可以对你自由提问了对吧？"

　　"你想问我什么？"

　　"这……也没有什么特别，但是朋友聊天的话不就是有来有往的吗？"

　　"对，我喜欢和有趣的人聊天。那么，这位有趣的朋友，既然我们已经是朋友了，是不是首先应该告诉我你的名字呢？"

　　被常菀说得逐渐忘了防备的顾念突然敲响警钟，他还不能让她知道自己是谁，至少在搞清楚常继文跟元禾是怎么回事之前不能。

　　"今天你还是我的医生，所以，我们还是善始善终。"

　　"也好。"

　　他越是不说，越是引起了常菀的兴趣。刚才她说的那番话是真心的没错，因为再以这种方式见面下去，她也不知道还能给顾念做什么治疗。但是除此之外，这个让自己有惺惺相惜之感的人，也只有不再是以来访者的身份和自己交谈，才有被更深了解的可能。许多次，当他在诉说自己的身世和困扰时，常菀都忍不住想随声附和，这样的感觉一次比一次更强烈。她不知道是想用自己的角度安慰顾念，还是觉得也许只有他才能真正了解自己的感受。与秦朗和章晗说得再多，他们也不过是隔岸观火。道理和安慰听得再多，也不如一个相濡以沫的同伴。

－ 8 －

　　吃过晚饭，万壹在牛排店旁边商场的玩具店，参加一个乐高举办的机器人课程试听活动，于是常菀和秦朗在前广场上悠闲地散着步，打发等待的时间。

"我今天又结束了一位来访者的治疗。"

常菀背着双手，看起来心情很好的样子。

"从同行的角度，我该敬佩你的高效。但是从合伙人的角度，你这样我很担心我们的日常盈收啊。"

秦朗打趣她。

"咱们合伙的方式不一直是你负责赚钱，我负责持家吗？你现在总是参加这个论坛那个研讨会的，专注在学术和理论上，接客频率那么低，如果我再不保证治愈率和口碑，你还怎么出去扛大旗？总要有人专注于业务吧，不然其他同事该怎么安心工作？还以为咱们要转型做概念圈钱退出呢。"

"还好我脸皮够厚，这么多年都牢牢把你圈在身边。要是一不小心松懈了让别人趁虚而入，那我真是后半辈子都没法放过自己。"

"以前怎么没发现你这么油嘴滑舌？"

"尘埃未定之前我得足够绅士才不会让你反感，可现在你妥妥是我的人了，我当然就可以为所欲为啦。"

秦朗搂过常菀的肩，吻了一下她的耳垂。

"别闹。"常菀嬉笑着闪躲，"之前一直想问你来着，我今天结束的这位来访者，就是你直接推荐过来连基本资料什么都没填的那个，到现在我连该怎么称呼他都不知道。他是谁啊，这么神秘？"

"你这么说，我哪知道是谁啊？"

"就是一个三十岁左右做建筑的男设计师，长得还挺清秀。"

秦朗猛然意识到她说的是顾念，心里一下子紧张起来。

"不记得了，我又不是第一次直接把人推到你那里。"

虽然他尽力做出一副自然的样子，但身体却诚实地和常菀拉开了一小段距离。

"也是。不过这个人还挺有趣的，我总是觉得他像是我人生的一面镜子，每次坐在我对面的时候，都能映照出我背后看不见和原本不能理解的那一面。你说，他是不是上天派来教化我的？或者，他就是我那个素未谋面的亲弟弟？"

　　说完这些话，常菀自己都觉得不可思议，于是自嘲似的摇摇头，但秦朗却暗自出了一手心的汗。这段时间下来各种事情让他应接不暇，他都快忘了顾念——这个看起来已经脱离了自己控制的不定时炸弹。

　　回到自己家之后，秦朗立刻拨打了顾念的电话。从刚才听到常菀告诉他说准备和这个有趣的来访者成为朋友到现在，他心里一直压着一团怒火。他觉得自己的好心被人利用了，现在对方目的逐渐达成，眼看就要陷自己于不仁不义。

　　"喂。"

　　顾念不慌不忙地接起电话。

　　"你为什么不跟我商量就自作主张地结束治疗，和常菀去做什么朋友？"

　　秦朗并不打算隐藏语气中的不满，开门见山地质问。

　　"这是常菀的决定，如果我坚持难道不是反而显得奇怪吗？"

　　顾念并没有被他的情绪所影响，冷静地应对。

　　"总之，你不能跟她做朋友，不能进入她的日常生活。"

　　"为什么？"

　　"为什么？因为从告诉她你叫什么那一刻，一切就都结束了，之前所做的一切都白费了，还是你打算继续无休止地编谎言去骗她？你要知道，一旦出了那间咨询室，一旦她不再是你的咨询师，你们的关系便毫无保护地暴露在光天化日之下，用不了多久，她就一定可以拆穿你，到时候你该怎么办？你不会再有机会去实现你的目的。"

　　"其实你担心的是你该怎么办吧？我觉得常菀跟你说的不一样，她没有你说的那么顽固不化。"

　　"你把她想得太简单了。"面对不再对自己唯命是从的顾念，秦朗有些慌了。他强行命令自己冷静下来，重新调整了谈话的节奏，

"她从来不会主动去跟谁做朋友。除非，另有原因。"

"你觉得她怀疑我的身份？那这不是反而更加说明了她的态度？她并不抵触我可能是她以为的那个人，这样我就有机会。"

"这只能说明她要摒弃一切障碍发起进攻了。你们这仅有的几次见面什么也说明不了，我认识常菀将近十年了，大多数时候，她是一个绝对人畜无害的好人。但是，不到最后一刻，你不会知道她会翻出哪一张脸。你不要去试探她，也不要让她有试探你的机会。"

秦朗几乎要绝望了。他好不容易才等到常菀，等到今天所拥有的生活，如果因为顾念再次激起她心中逐渐被时间掩埋的不满，再加上秦朗处心积虑的这番安排，那么这到手的一切都将崩裂，他将失去常菀的信任，而如果没有了这份信任，她自己也会向未知的黑暗沦陷。

"常菀的养父母在哪里？"

沉默了一会儿，顾念还是问出了这句话。而秦朗不想再从自己这里给他任何关于常菀的信息。虽然好奇他为什么这么问，但还是选择先不回答。

"他们很久没有见面了对吧？两个人都没有见过自己的外孙，那一定有非常特殊的原因。"顾念顿了顿，进一步说出自己的猜测，"是不想见，还是没有办法见？难道他们在躲什么？或者……他们在几年前都已经去世了？"

"无论是怎样，都跟你没有关系吧？"

"当然有关系。既然常菀已经知道了自己的身世，这些年却不愿回家认亲，那一定和他们有关。几年前我找到他们，要求见她时就被拒绝了，谁知道后来他们对她说了什么。如果当初他们不那么自私，给我和她一个见面的机会，说不定可以皆大欢喜，谁也不用受现在这份煎熬。所以，我要把他们找出来当面把话说清楚。我的父母，包括我，都已经为当年的错误付出了代价，常菀也因为这个错误活在阴影当中。为什么呢？明明有让每个人都活得更轻松的方法，为什么一定要为难别人，自己也过不好呢？"

秦朗没有对顾念说当年常菀在知道真相之后，其实去马来西亚找过他们，甚至与他们只有一条马路之隔，他也并不打算再说。因为就是这样，才引发了后来的一切——常继文与元禾的失踪，常菀与万多的相遇，万壹的诞生和他自己竟然在常菀痛苦挣扎的成长蜕变中迷了心似的爱上了她。他想，如果顾念知道了事情的始末，知道常菀竟然动过认亲的心思，而后来的不复相认其实是在背负自己冲动过后的惩罚和歉疚，那眼下的局面很可能会立即失控。

"你可以去找他们。"秦朗觉得自己也许想到了一条两全其美之计，"在那之前，我建议你不要和常菀私下见面。就像你说的，如果当着她养父母的面，可能会少很多弯路和风险，让事情迎刃而解。"

"好。他们在哪？"

顾念也认为自己抓住了一根救命稻草，看到了成功的捷径。

"我不知道。"

"话都说到这个地步了，你还有什么必要跟我绕弯子？"

"我是真不知道，常菀也不知道。几年前，他们突然失踪了。"

"失踪？为什么？你们就没有去找吗？"

"他们在告诉常菀身世之后就毫无预兆地失踪了。我们报了警，也用尽了各种其他办法，可就是找不到他们在哪里。他们不是罪犯，所以不能用通缉、定位那样极端的方式。而且，严格意义上说，这种情况也不能算死亡或失踪，因为常继文的手机一直通着，可是换什么号码打他都不接，也许警方曾联系过他们也不得而知。只要他们铁了心不愿被找到，那谁也没有办法找到他们。"

"常菀……这些年……"

仅这听来的片段就足以让顾念如鲠在喉。他没有资格选择痛恨自己的出生，却无法自欺欺人地忘记，当初其实是他自作主张，上门找到常继文跟元禾，把他们二十多年来用尽全力去掩盖和遗忘的东西重现。在顾念看似坦诚谦卑地说出一切的背后，隐藏的是想要成为救世主的自私。他兀自觉得可以拯救懊悔却懦弱的父母、无法与真正家人团聚的常菀，还有无辜成为罪恶之源的自己。纵使想过无数次，可顾家父母也从来没有觉得他们有资格去打扰常菀现在的生活，但顾念却以他们的名义成为悲剧的始作俑者。他不敢说，也无法再说。

"我去找他们，在那之前，我不会再跟常菀见面。"

原本觉得即将战胜自己和过去的顾念再次败下阵来，他再也没有办法说服自己，他因为想要弥补一个无法被弥补的错误，而亲手制造了常菀人生的第二个悲剧。

"虽然我没什么资格说这句话，但还是拜托你好好照顾她。听说你们要结婚了，请你让她幸福。"

"我会的。"

挂了电话，秦朗长长地舒了一口气。在命运里，没有谁是错的，也没有谁是无辜的。但为了暂且保全自己的利益，他必须做点什么，哪怕这会让别人落得一场空。所以，他没有问顾念该怎么找，也并不真的关心最后的结果。只要能有从长计议的时间，他就相信自己能够重新掌控一切，哪怕常菀知道了自己曾经做过些什么。

秦朗对常菀的真心终归输给了自己的占有欲。相比治愈她心中的伤口，他选择了更在意自己步步为营的生活。

- 9 -

凌晨四点钟。常菀坐在厨房的高脚凳上，守着正在用小火煲着的砂锅粥。章晗已经下了飞机，正在回来的路上，她在上飞机前就特意叮嘱常菀不用去接她，只要准备些最家常的饭菜等她回去就好。美国的伙食显然已经快把她逼疯了，她说，哪怕是为了这张嘴，也绝对不会在国外生活。

餐桌上放着几碟简单却看起来让人很有胃口的小菜，常菀刚把粥端上桌，就听见楼道里拖行李箱的声音。

"我出了电梯就闻见香味了，哪都不如自己的狗窝好哇！"

章晗敷衍地给了常菀一个大大的拥抱，就迫不及待地吧唧着嘴去厨房洗手。常菀帮她把粥盛进碗里，坐在一边看着她心满意足的夸张表情。

"是猫鱼去接你的吗？你怎么不让人家上来一起吃点？"

"她明天一早还要去盯招生的事，抓紧回去接着睡会儿。"

"果然是凯旋的女老板架势，底气和上次回来判若两人啊。又有人接，又有人给伺候餐食，财大气粗了就是不一样。"

"我气粗不粗想吃点合口的你也不能不管啊，至于猫鱼，我也算没亏待她。学校那边，我给她留了 10% 的股份，白给的哦。还不到二十五岁的小姑娘就算有了身家，不比当时的你我要强？比她一年又一年地待在杂志社，一点点地赚钱要少奋斗多少年？遇见我，也算是因祸得福了。"

"学校注册的事情弄好了吗？"

"差不多了吧，反正都是姜莱在弄，我也搞不明白那些手续。"

章晗嘴里含着粥口齿不清地回答。

"John 黄是出了所有你们需要的资金吗？这样的话大部分股权都在他手里吧？"

"没有，是这样的。"章晗咽下嘴里的食物坐直了身体，"John 黄说，他把基金里的钱以债权的形式投进学校的主体公司里，然后在这两年刚起步的时候只象征性收取一个很低的年化收益。等我们发展壮大了，有偿还能力了，可以选择继续有偿使用这笔资金或者直接还清。他说，反正本来也就是支持我做自己的事业，又不是冲着正经的投资收益来的，就不作为股东参与日常事务了。所以，现在的股权分配情况就是我占 40%，姜莱占 30%，山下占 20%，刚才说了，还留了 10% 给猫鱼。其实就是大家各司其职，有钱出钱，有力出力呗。"

常菀没有说话，只是笑眯眯地看着章晗。

"你这样看着我是什么意思啊？"

"这才几天啊，你说话的语气都快成女版姜莱了，没少如胶似漆和耳鬓厮磨吧？"

"你说什么呢？"章晗竟然露出了少见的害羞神情，"不过啊，刚才下飞机之后我还想呢，上次我被渣男骗了，狼狈成那样回来，又无缝衔接地碰上我爸没了。不瞒你说，葬礼那天我就坐那儿出神，我就琢磨，这人生也太背了吧！从小到大我虽然独特了点，但从来没有坏心眼，也从来没做过什么伤天害理的事啊，为什么过得这么坎坷啊？就不能让我摊上点什么好事？结果，洪果儿出现了，又牵扯出一堆乱七八糟的破事，我真的，都给气得没脾气了。那怎么办？我也不能去死去啊，然后我就跟自己说，怎么着吧？触底了吧？只要能往前走，就是在走上坡路。果然啊，天无绝人之路，我这经历说出来也算是励志了吧？"

"顶多算是个狗屎运吧。无论学校还是姜莱，哪个是靠你自己努力争取得到的？不都是从天上掉下来砸你脑袋上的吗？"

章晗明显不服，却也找不到合适的理由辩解，干脆翻了个白眼又盛了一碗粥。

"姜莱呢？"

"被我轰回巴黎了。这段时间他光忙活学校的事了，耽误了不少本职工作。好歹也是管我爸的财产啊！手心手背都是肉。你和秦朗什么时候办婚礼？磨蹭这么多年了，好不容易走到今天，还瞎耽误什么工夫？"

"他出差了，等这趟回来就见他父母，领了证再说。"

"什么叫领了证再说？你可别搞一切从简、旅行结婚这套啊！如果一个女人一辈子连场像样的婚礼都没拥有过的话，那也太亏了，我还等着给你当伴娘呢，你不赶紧结我也没法结啊！"

"什么情况？你们刚在一起几天就谈婚论嫁啊？"

"那也没什么不可以啊，这不是人生迟早得办的事？早完成早踏实。我妈这么多年操着那份心也是不容易，我这事业和爱情都走上正轨了，她也就可以安心退休了。"

"啧啧啧，你别突然这么靠谱，我害怕。"

"我靠不靠谱不是重点，重点是姜莱靠谱啊！等我们结了婚，我妈那公司和学校都交给他去操心，我还是该干吗干吗，这人生，简直就是完美。"

"你刚还说他得管你爸的财产呢，这就打算让他辞职回来专心为你服务啊？"

"我说的又不是明天的事，一步步过渡呗，洪果儿也不是为了花那些钱一辈子不结婚的人，等她嫁了人，我爸的财产就要捐给科研和公益事业了，那时候交给谁管都一样。"

章晗心满意足地放下筷子，常菀起身收拾。

"哎呀，我这丰衣足食的生活啊。对了，洪果儿说她给咱们快递了一箱子东西，你收着了吗？"

"收着了，我正准备跟你说呢，你来。"

常菀把餐具放进洗碗机，擦干净手带着章晗进了衣帽间。地上有一个大纸箱子里，放的全是名牌包、鞋和首饰之类，看得章晗目瞪口呆。

"我收回刚才那句话。洪果儿什么时候变得这么舍得花我爸的钱了？"

"她这次回去有点奇怪啊。我跟她联系过几次，她不是在购物就是在什么美容院、高尔夫球场，总之都是花钱的地方。你说，她这算是突然想开了，还是有什么事想不开了？"

"现在法国几点啊？"

常菀走到床头拿起手机看了看时间。

"差不多晚上九点半多吧。"

"给她打个视频电话。"

章晗拿过常菀的手机在衣帽间席地而坐，盯着屏幕上洪果儿笑靥如花的头像。电话接通之后，巨大的音乐声从话筒传来，吓了她一跳。

"你这是在哪儿呢？"

章晗皱着眉头把手机声音关小了一些，看到洪果儿那边人头攒动，镜头晃动着，像是她正努力穿过人群走向哪里。好不容易挤到人群边缘，她把手机切换到后置摄像头对准前方的舞台。

"我在看演唱会呢！"

洪果儿扯着嗓子喊，然后又把镜头切换回来对着自己，向章晗挥挥手，显然是被周围的气氛所感染正在兴头上。常菀凑上去，看着洪果儿浓妆艳抹的脸和带着夸张吊坠的耳环，然后眼见她跟着周围的观众被音乐的一波高潮带着蹦跳欢呼起来。

"你找个安静地方，我有话跟你说！"

章晗也扯着嗓子对着手机喊，常菀赶忙去关上卧室的门。

"你说什么？我听不见！"

洪果儿显然已经顾不得手上还拿着手机了，直接双手举过头顶向舞台挥动起来，屏幕这边的章晗赶紧移开被晃晕的眼睛。

"得了，回头再说吧。"

常菀的话音还没落地，就听见手机里传来一阵人群的尖叫，中间还夹杂着像是持续的枪声。

"玩这么大？太夸张了吧。"

章晗重新看向手机，却发现镜头在一阵激烈的晃动之后，屏幕上出现了洪果儿惊慌失措的脸。

"死……死人了，有人开枪了……"

周围的人群陷入混乱，他们相互推搡着想要寻找逃生的路，却被不停扫射的子弹逼得只能迅速抱着头趴在地上。

"发生什么了？果儿？洪果儿？"

常菀和章晗一起对着手机呼喊，她们隐约看到手机屏幕上最后的画面是舞台上的鼓手中枪倒了下去，伴随着剧烈的爆炸声，视频没了信号。来不及反应的章晗连忙又拨了回去，却被常菀一把抢过来挂断。

"不能打，现在不知道什么情况，万一被当成靶子就麻烦了。"

"怎么了这是……"

章晗的手颤抖着，眼神涣散，常菀也腿软得一屁股坐了下来，拿着手机不知道该打给谁。

"姜莱！"章晗一下子站起来冲出卧室，把包里的东西一股脑儿倒在桌上拣出手机，"快接电话，快接电话。"

手机里传来的是重复冗长的忙音。万壹打开他房间的门，揉着眼睛一脸懵懂地站在原地，常菀连忙走上去抚慰他，重新让他躺回床上。

"怎么了妈妈？"万壹怯怯地看着六神无主的常菀。

"我和章晗妈妈有些事要处理，你自己乖乖睡觉好吗？我们会尽量小声一点。"

"你们这样我有点害怕。"

"别害怕。"常菀努力镇静下来抚摸着万壹的头，"会没事的，都会好的。"这句话这个时候更多是说给她自己的。她听见姜莱的视频电话好不容易接通了，于是对万壹笑了笑，赶紧走出去关上门。

"你没事吧？"

章晗用力地盯着手机画面，姜莱看起来像是在办公室。

"我没事。你怎么知道？国内已经有消息了？巴黎发生了恐怖袭击，具体情况目前还不清楚。"

"你在的地方安全吗？"

章晗的眼泪不自觉地掉了下来。

"应该安全，今天是周末，这附近都是办公大楼，没有聚集人群，不太会被选作袭击地点。但是，目前已知的已经有三个地方发生爆炸和枪击事件了，接下来会怎么样谁也不知道。"

姜莱看起来在尽力稳住自己的情绪，但依然来回焦躁地踱着步子。

"我们正在跟洪果儿通话，然后她那边就遇袭了，我亲眼看见有人被杀了，现场好多枪声，他们……"

章晗变得语无伦次，未曾经历的惊吓和丝毫不敢放松的过度关心让她完全失了分寸。常菀接过手机，想让双方尽量传递更多有效的信息，不要乱中出错，想理出个有用的头绪。

"从历次恐怖袭击的罪犯心理来看，你目前所在的地方基本不会成为目标，所以你不要随意出去，远离窗户，待在安全出口附近。这种规模的案件，政府和警方肯定已经开始有动作了，不会任其扩大。洪果儿那边暂时不要去联系，她如果安全了一定会主动联系我们。她应该是在某个剧场看一个乐队的演唱会，等事件完全平息了还找不到她的情况下……"常菀不敢再顺着自己的思路想下去，"总之你先保证自己的安全，咱们保持联系。"

挂了电话，常菀拉着章晗进了自己的卧室关上门，章晗还要给姜莱打电话过去，想要一直确认着他还安全，但理智尚存的常菀制止了她。

"不要做无用功。如果真的发生状况，你这样反而会消耗他也许可以逃生或者求救的机会。"

常菀眼神灼灼，让章晗清醒了一些。她瘫软着坐在床边，木然地看着常菀打开电脑搜索相关报道。

"国内这边还没有那么快，国外那边我们也看不到……先等等吧。"

洪果儿趴在靠近舞台侧面的大音箱后面，刚刚被挤掉摔烂的手机此刻已经压在了台前那一片被炸烂的尸体下面。闯进来的三个歹徒还在冷静地装弹扫射，用听不懂的语言喊着某种口号。如果刚才不是因为要接章晗打来的电话而挤出了核心人群，她应该就是第一批倒下的尸体。

她凭着本能躲在了这个相对隐蔽的视觉死角暂时留着一条性命，求生的欲望重新占了上风，让她的头脑变得格外清醒。她的身后已经变成了屠宰场，不远处的安全出口完全暴露在至少两名歹徒的视野交叉范围中，并在他们的射程之内。只能等死了吗？还是侥幸等待救援的到来？空气中充满血腥和死亡的味道，还活着的人们禁不住的哀号已经如待宰的牲畜般悲凉。洪果儿环视着视野所及的每一个可能，抱着殊死一搏的信念锁定了面前通往舞台的一段楼梯。那里离她现在的位置大概有三十米远，而且应该是侧面两名歹徒的视觉盲区。就算被剩下的一名歹徒发现，他调转枪口的时间加上也许一次打不准的概率还有给她逃跑的时间。他们没有明确的杀人目标，所以应该不会为了追自己一个人而放跑更多的人质，这样的话……

洪果儿闭上眼睛，双手握住挂在项链上的戒指。章蘅，我不想以这样的方式见到你，所以，请你保佑我。默念完这句话，她睁开双眼，坚定地盯着自己要去的方向。不要停，不要摔倒，不要回头，不要怕。她脱掉高跟鞋，光着脚一股脑儿冲了出去，一瞬间周围的时空仿佛静止了，她什么也听不见，什么也看不见，只有三十米外那束引领她的光。

直到鼻腔中的血腥味开始被空气中的潮湿和淡淡的霉味冲刷殆尽，她才意识到自己成功了，但同时她也发现自己走进了一条死胡同。这里没有出口，只有三面连窗户都没有的围墙。枪声隐隐还在继续，洪果儿知道这代表她还没有真正安全。没有灯光，她的眼睛逐渐适应了四周的黑暗，随着她背靠在墙上一点点挪动着脚步，希望的火苗也在随着脚下传来的冰冷一点点熄灭。沈家奇，这个名字突然跳出她脑海的时候，滚烫的眼泪仿佛在她脸上烙下两道伤疤。

就在此时，洪果儿觉得自己好像摸到了一扇门，她的心快要从嗓子眼跳出来了。千万别上锁，千万别上锁。她转过身，握住把手用力地推了两下，迫切的求生欲让她的嗓子里忍不住发出沉重的呼吸和哭腔。然后，门竟然开了。一个金发碧眼的女孩在打开的一条细小的门缝中确认了她也是平民，于是赶忙一把将她拽了进去，并迅速上了锁。角落里还有两个人正拿着手机快速地打字，发着求救信息，洪果儿看不清他们脸上的表情。

　　这应该是一个废弃的地窖，躲在这里的几个人自然而然地坐在一起紧挨着彼此，忍受着一分一秒踩过心脏的漫长时间和头顶一线之隔的人间地狱。他们能清楚地听见每一发射出的子弹和每一具身体倒在头顶地板上的声音，他们不敢哭，不敢动，只能默默地发抖。三个小时。一百八十分钟。一万零八百秒。这段时间丈量了多少生命的长度，留下了多少无法超度的阴影。直到营救人员出现在门口的时候，他们都不敢相信自己成了被上帝选中的幸运儿。他们没有一丝庆幸，只是终于敢哭出声来。

－ 10 －

　　洪果儿坐在一辆警车的后座，头抵着车窗，茫然地看着外面不断有新的尸体从剧院里抬出来，被放在路边一字排开，他们被裹在银色的袋子里，在救护车、消防车和警车的几重灯光映照下反射着忽明忽暗的光斑。歹徒已经被击毙了，得到消息的家属们闻讯赶来，他们的眼神刻意避过那满地的尸体，奔着救护车周围的幸存者找去，那不是对逝者的恐惧，而是怀着不想接受现实的侥幸心理。同车的英国女孩给家人打了一通很长的电话，她在对母亲忏悔，希望能为这些年的叛逆和自私求得原谅。相比没有机会说"我爱你"而言，没有机会说"对不起"更是扎在心头的一柄利剑。洪果儿想离开这里，只要先离开这里就行。她等不及警察相送，下了车光着脚踩在湿漉漉的地面上，没人顾得上关注她要去哪里，那些救援人员的眼神比她还要迷茫。

转过了一个街口，一辆出租车在洪果儿面前停了下来，司机打开车门邀她上车。

"我没有钱。"

她裹着救护人员给她的毯子，花了妆的脸上还沾着血迹，看起来像是一个失魂落魄的疯子。

"你是刚从那边剧院逃出来的人质吗？"

洪果儿点点头。

"上帝保佑。姑娘，请让我送你回家。"

下车的时候，司机从后备厢拿了一双男士的塑料拖鞋给她。

"我女儿跟你差不多大，在一家杂志社工作。今年一月正在上班的时候，被一伙闯进去的武装歹徒开枪打死了。"他从口袋里掏出一方平整的手帕递给洪果儿，"把脸上的血擦掉吧，既然平安无事，就别把死亡的阴影带回家。"

洪果儿这才聚拢了眼神看着面前胡楂都白了的出租车司机。

"快上楼吧，我还得回去送其他人。"

他掉转车头，向来时的路开回去。距他女儿的去世还不到一年，恐怖袭击又再次降临在这个城市。面对类似的悲剧，这位父亲无力还手，却默默选择了出手相救，往复送送幸存者回家的路，每走一遍，都能换来自己内心的一次平静。救赎是用生机换来的，洪果儿跐上那双比自己的脚大出许多的拖鞋，走进身后的公寓楼。

站在房门口，洪果儿才想起自己并没有带钥匙。她上车之后下意识地说出了这个地址，现在想想有些自讨没趣。这片街区平安无事，早睡的方婷也许对过去几个小时发生了什么完全一无所知。是希望得到安慰吗？还是也有一句"对不起"想说？洪果儿跐着拖鞋转身离开，不跟脚的鞋底打在凌晨的楼道地板上，发出突兀的回响。

然而这时候，背后的门开了。方婷看着洪果儿，眼神里有意外也有难过。她一直没有合眼，开着电视的同时也在网上收集着尽可能全面的消息。她不知道洪果儿在不在这些遭受恐怖袭击的地方，不知道自己该不该担心。这些天，除了收到快递时不时送来的生活用品之外，方婷没有任何关于洪果儿的消息。她明白今时不同往日，也清楚当年那个一直逆来顺受的小姑娘下了破釜沉舟的决心想要把握自己的命运，甚至不惜断了父母的后路。

"去洗个澡吧。"

洪果儿进屋之后，方婷上上下下打量了她一番，然后只是说出这句话。洪果儿从发紧的嗓子里挤出一个声音算是回应，垂着眼睛走进洗手间。热水打在她后背的皮肤上，向四周包裹蔓延，她这才感觉到四肢上被浸着的伤口开始隐隐作痛，于是抱着膝盖蹲了下来。从意识到枪声响起到此时此刻，从生死关头到安全获救，洪果儿都没有哭出一声。她被一口气吊着，因为她还没有抵达心里的那片安全地带。

方婷敲了敲洗手间的门，洪果儿已经在里面待了一个多小时，并且渐渐没了任何声音。原本裹着浴袍坐在马桶上发呆的洪果儿起身开门的一瞬间，就闻到了从门缝里挤进来的一股既遥远又熟悉的香味。

"吃点东西吧。"

方婷身上带着淡淡的油烟味。说完这句话，她又马上回到了厨房，把平底锅里烧滚的热油浇在了一碗汤面的葱花和蒜泥上，然后顺手掀开一旁蒸锅的锅盖，在白色的水蒸气里隔着布把一碗黄澄澄的蛋羹端了出来。洪果儿坐在餐桌旁，有些陌生地看着眼前在别人家见惯的、在炉灶前忙碌的背影，直到方婷转过身来端着这两样简单却最像妈妈做的食物放在她面前，洪果儿才相信这不是曾经常做的那场梦。一个人一声不吭地吃着，另一个人一声不吭地看着，直到两只碗里连一点汤汁都没有剩下。

"吃饱了吗？"

沉默了一会儿，方婷才问。

"嗯，饱了。"

"去睡吧，天都快亮了。"

"好。"

洪果儿站起身，想要收拾桌上的碗筷放进水池里。

"我来吧。"

方婷伸手去接碗筷的时候两人的手指碰到了一起，洪果儿触电一般地轻颤了一下。方婷张了张嘴，却没有发出任何声音，只是端着碗转身走到水池边。

"那个……妈……我可不可以用你的手机打个电话……"

洪果儿站在原地没有动，那个称呼被她叫得短促又含糊，却同时重重地砸在两人的胸口上。方婷没有回头也没有说话，只是用手指了指沙发的方向。她打开水管，缓慢地擦拭着碗筷锅台，任眼泪鼻涕流着却不敢啜泣，害怕如果气氛再亲近一些，两人就不知该如何收场。

洪果儿给常菀和章晗打电话报过平安之后，依然对着手机发呆。屏幕暗了亮，亮了再暗，沈家奇的号码不断在脑海当中盘旋，她却不知道该以怎样的立场给他打出这个电话。该说些什么呢？是像对朋友一样报平安？还是像对爱人一样哭诉缠绵？也许他还没来得及知道地球这边一夜之间的生死别离，即便他知道了，会不会也对自己这样主动送上门的喜悲感到莫名其妙？世上不是所有"没事吧"的关切对面都是"我没事"的回应，这要取决于你是谁，不是你以为的那个你是谁，而是对方当你是谁。洪果儿下载了一个微信，登录了自己的账号。她本来是想，至少先看看在这段时间里沈家奇有没有什么动向，结果没承想刚刚登录进去，沈家奇的语音通话就打了进来。

"喂？是你吗？你没事吧？"

还没等洪果儿开口，沈家奇有些嘶哑的声音就从扬声器里传了出来。

"我没事。"

她终于理直气壮地说出了这句话，忍不住上扬的嘴角带着嘴唇上干得发紧的唇纹舒展开来。

"你是去剧院看了那场演唱会对吗？你在那个现场吗？开枪和爆炸的时候你也在那里吗？你受伤了吗？你现在在哪？"

沈家奇一股脑儿问出了一连串问题，隔着手机都能感受到每字每句都焦灼煎熬得通红。

"我在家，我回来了，没有受伤。"

"谢天谢地……"那个声音像是快要爆了的气球突然泄了气，飘摇颤抖着，"真是……我……我一直联系不到你……"

"我的手机在现场被挤掉了……你联系我，是……"

"我看到了你发的朋友圈，之后又看到了朋友转发的新闻，然后我就一直给你打电话都无法接通，于是我就不停地用微信打语音通话，不停地打，我就想着即便你手机丢了来不及补卡，可是只要有网络，你应该也会第一时间登录上来报平安，我就能第一时间知道你是安全的。"沈家奇哽咽着，"我总算找到你了……"

"你一直在打吗？"

"对，一直在打，从我看到新闻之后一个接一个地打，已经快三百个了……"

"万一我手机是被我藏起来了，结果你这样打，不得让我暴露位置被当成靶子啊？"

洪果儿故意用轻松的语气，想要调节一下气氛，让沈家奇放松下来，结果他完全没有想要顺着她开玩笑的意思，突然到来的后怕在他脑海当中快速炸开，幻化出各种各样的画面，冷汗瞬间沁出每一个毛孔。

"对不起……我当时太着急了，只想赶紧找到你，确认你是安全的，我真是……太大意了……"

"开玩笑的，我懂……"

"你不懂！"沈家奇几乎是喊了出来，洪果儿听着他用力调整着急促的呼吸，过了很久才能用尽量平静下来的语气说话，仿佛下了一个很大的决心，"洪果儿，我是一名警察，按理来说我可以比普通人更能保护你的安全，但在那么远的地方我做不到，我只能眼睁睁地看着，什么都不能做，什么都来不及，你知不知道这种感觉有多无力？我不能离开我的国家和岗位，那么你可不可以回来？可不可以留在我身边？可不可以成全我的自私，让我知道自己有可能为你做点什么？"

洪果儿愣住了，她没想到沈家奇竟然能说出这番话，她不知道他是否明白这些话对于她、对于他们来说意味着什么。

"你冷静一点……"

"我不想再冷静了，如果我可以早点不冷静，也许你就不会回去，就不用经历这一切。我因为不断告诉自己要冷静而差点失去了你，这种错误犯一次就足够了，我不可能再让自己后悔。除非……你不愿意。可即便你不愿意跟我在一起，我也希望你能回来生活，让我知道你好好的。我知道自己说这些有点不可理喻，也没有这个资格，但是，洪果儿，我喜欢你，无论如何，我想让你知道我喜欢你。"

心里的那口气终于着陆到了安全地带。洪果儿不知积攒了多久的委屈和勇敢在这一刻通通化成眼泪，从身体里涌了出来，一点点冲化了她身上的外壳，让她以婴儿的姿态蜷缩着，从混沌中看到朦胧的光。

"天亮了。"

她闭上眼睛喃喃自语，身体轻飘飘的，像是经历了一个轮回的漫长。

- 11 -

十二月还没开始，圣诞节的气氛就覆盖了整个京城。许多商场放起了圣诞歌，然后再被英文和中文新年歌依次取代。这是旧年结束和新年开始之交的一个集中而冗长的仪式，人们也容易选择在这段时间来做决定，仿佛这样就真的可以把不好的留在过去，干净利落、充满希望地迎接新生。

洪果儿在接到沈家奇那通电话之后再醒来的中午，看到了去监狱探望丈夫的方婷留在餐桌上的字条。她说，去你该去的地方吧，我的生活不需要你。这时的一句不需要，比任何一句挽留都要温暖。如果四年前的那次强行分离算是逃避，那么这次是不是可以了无遗憾地告别？

章晗的西点学校正式开业那天，洪果儿带着以男朋友的身份出现的沈家奇一起到了现场，不想把关系搞复杂的各位知情者决定对章晗和洪果儿之间的渊源绝口不提。而上台剪彩的股东除了原本的章晗、姜莱、猫鱼和山下之外，还多了一位派头十足的龙骧，虽然她只有10%的股份，却毫不让贤地和章晗一起站在中间，从容得体地对着台下几乎都是由她邀请来的媒体镜头挥手微笑，而章晗看起来也并不介意。之前山下试探性地提出龙骧想要加入的建议时，还担心会被干脆否定，没想到章晗却连磕绊都没打就答应了。她说，现在她有了姜莱，其他的什么过节都是前世云烟，根本不重要。既然龙骧所拥有的平台和资源对学校百益而无一害，那章晗当然举双手赞成，更何况也许只有这样，才能让性格多疑的龙骧毫无芥蒂地支持山下的工作，并真正尽到她自己的那份力量。

洪果儿的历劫归来仿佛让所有人的生命蒙了一层恩典，每个人都前所未有地宽容和努力，优先用善意去解读别人的决定。这会是多么好的一个新年，好像生活真的换成全新的，身边的每个人都来日可期。原本孤独的都成了一双，原本残缺的都被补救圆满，让人忍不住选择暂时忘掉遗憾和伤痛，即便愿意拿出来想的问题也都是无关痛痒的。啊，就剩猫鱼还没有归宿了吧。常菀站在一家女装店的橱窗前，看着里面沙色的羊毛大衣。其实也不急吧，等她拥有更多的时候，会有更好的选择。

今天唯一的预约名额，常菀留给了一名高三的小姑娘。她喜欢别人叫她悠悠酱，虽然这么二次元的名字好像跟她叛逆的性格并不匹配。

第一次见面的时候她几乎是被押送过来的。她留着左右两边不一样长的粉色头发，穿着一件宽大的帽衫，根本无法让人相信她是旁边心急如焚的妈妈口中那个乖孩子，那个在重点高中重点班排在前十名的优等生。让她变成这个样子的原因是早恋，她和普通班的一名体育特招生爱得死去活来，几乎搞得全校皆知，由此成绩也是一落千丈，就快要掉出重点班的底线。一开始悠悠酱什么都不说，看常菀的眼神也跟看阶级敌人似的。结果现在每周她都利用一次午休时间，来跟常菀聊一两个小时的天，然后就能心满意足地继续回去面对定时炸弹似的高考倒计时。

"他怎么样？这次月考有没有进步？"

常菀把一份汉堡套餐放在悠悠酱面前。

"必须的啊，我天天给他补课，他哪敢不好好考？他基本已经在普通班排前三了，下次班级排名浮动的时候，应该就可以搬进我们重点班的教室坐最后一排，和第一排的我遥遥相望了。"

悠悠酱把番茄酱挤在盒盖上，满脸掩饰不住的笑容。她把齐耳的黑色短发别在耳后，规规矩矩地穿着校服和运动鞋。

"爱情的力量无穷大呀。"常菀用一副小女孩的腔调调侃她，"不是当初要死要活，穿着奇装异服想做坏女孩的时候了？"

"这位女神大姐，揭人短可不好，别毁了你在我心中的高贵形象啊！"

其实跟青春期的少年、少女们相处最容易了，只要愿意放下身段真心跟他们做朋友，听他们说话，跟他们同喜同悲，就能走进他们的内心世界，引导他们向善或者向恶，比成人世界的规则要简单得多。但复杂久了的大人，往往就忘了或者不敢相信真正的友情，于是才会适得其反，把彼此推得越来越远。在这段咨询关系中，常菀从来没有把悠悠酱当成一位来访者看待，也用不着什么专业的技能，她不过是充当了一个闺蜜或者榜样的角色，就把这一对越挫越勇、做好跟全世界战斗准备的小情侣，变成了共同进步、想要为彼此正名的模范搭档。当然她也半真半假地编了一些自己的前车之鉴，用来保护这个女孩的天真。

"昨天他送我回家的时候刚好我妈下班回家，被碰了个正着，给他吓得差点自行车都不会骑了。"

悠悠酱喝着可乐翻了一个白眼。

"然后呢？你妈又暴走了啊？"

为了能用亲切的语言体系跟她顺利沟通，常菀还咬着牙看了好几集正在热播的偶像剧。

"倒没有，我妈还主动打招呼来着。总说自己无欲无求的家长们其实最功利了，只要他们觉得是对自己孩子好的事，哪怕是早恋也会转换态度支持。这不，觉得我比之前更自律、上进，还更懂事了，成绩又上了一个台阶，就怎么看他怎么顺眼了，还问人家愿不愿意跟我一起出国，好有个照应。整天说不知道我们这帮孩子在想什么，其实我们更搞不懂父母的逻辑。"

临走的时候，常菀送给悠悠酱一套刚刚在商场买的护手霜作为圣诞礼物。

"别让人家小伙子觉得咱们是个邋遢的小姑娘，拉拉小手相互鼓励一下是完全可以的。"

悠悠酱一下子就羞红了脸，一把拿过纸袋，转身就跑出了工作室。常菀站在办公室的窗前看着她骑自行车离开的背影，忍不住感叹那么美好的情感总是在被看作不合时宜的年纪发生，而这偏偏又是一生中独一无二的短暂存在。

第 六 章

破 镜

Chapter

给予别人的余地，
其实是给予自己的宽容。

- 1 -

秦朗靠在门边，轻轻咳嗽了一声。

"又怀念自己的美好青春呢？"

常菀转过身，满脸少女般的梦幻笑容。

"那可不，记得当时年纪小，梦里花落知多少啊。"

"落了也就落了，枯叶不落怎么发新芽？这身行头都是刚买的吧？看来我们常大医生也有底气不够，新衣来凑的时候啊。"

今天秦朗的爸妈从老家飞到京城来，预备正式和常菀见面，她在给二老买礼物的时候顺便好好打扮了一下自己。

"这叫重视，当然，你也可以理解成我是为想花钱找的理由。"

"想花钱就尽管花，不用找理由。"

秦朗并不打算掩藏自己得意的表情，随手关上门走进屋里，从身后抱住常菀。

"怎么着？中彩票了？还是催眠了哪个富豪，让他给你打了一笔巨款？"

"你只要接受我给你的好就可以，其他的不用知道那么多。"

常菀小鸟依人地依偎在他的怀里，愿意相信接下来的一切都是最好的安排。

"你下午还有其他安排吗？"

"十分钟后还有个电话会议，大概需要一个多小时吧，然后就出发去机场接我爸妈。"

秦朗放开常菀，帮她整了整蹭乱的头发。

"那我先去把万壹接回来吧，估计一会儿绕路接的话该堵车了，直接从这里去机场更方便。"

"接万壹？你没安排万多去接他或者住校吗？"

"没有啊，昨天我都跟老师说好了今天会提前去接他，然后带他一起去见你爸妈。"

秦朗皱起眉头，一副为难的样子。

"你是没打算带万壹一起去吗？"

常菀被这情景搞糊涂了，她竟然没有考虑过这种可能性。

"是我的问题，没提前跟你沟通好。我以为这种见家长的场面该默认是两个人出面的事，那你现在能不能赶紧重新安排一下？"

"我以为这是咱们整个家庭的事，不知道要把孩子排除在外。"

"怎么能说是排除在外呢？第一次见家长，总会有很多要说的话和该确认的事情，孩子在总是会因为要照顾他而分散大家的注意力，容易搞错了重点。我希望我们还是能正式一点，专心面对我爸妈。"

秦朗说的也不是没有道理，只是那么长时间以来，常菀习惯了什么事都有万壹在身边，而且她觉得秦朗也应该习惯了。她觉得这次或许真的是她想得不够周到，毕竟现在她也不过是一个没过门的外人，那么冠以别人家姓氏的万壹就更是外人中的外人。

"有道理，我知道了。你的会要开始了吧，我来安排就是。"

为了不让两人的气氛尴尬，常菀特意露出一个调皮的笑容。秦朗像躲过了一场战争似的松了口气，摸摸她的肩转身出了门。常菀没有告诉秦朗，为了见他的爸妈，万壹前一晚特意练习了打招呼的方式，并且还亲手画了两张卡片准备送给他们。她跟他说好了今天会提前接他放学就不能食言，于是还是开车去了学校。万壹已经由助教陪着，提前等在了传达室，并且已经换上了备好的小西装。看着他兴奋的样子，常菀忍不住感到内疚，她觉得自己在未来的家庭中，和万壹之间掘开了第一道鸿沟。

"秦朗爸爸呢？我们是现在就去接新的爷爷奶奶吗？"

一上车，万壹就忍不住询问，并且把画好的卡片掏出来拿在手上。

"今天爷爷奶奶临时有事不来了，妈妈和秦朗爸爸需要加班，所以妈妈现在送你去爸爸的公司，晚上如果能早点结束的话就去接你。"

　　常菀说这些话的时候头都不敢回，她说着时这样复杂的人际关系都觉得累，别说一个懵懂的孩子，更何况她还得一本正经地对毫无戒备的他撒谎。

　　"哦……"

　　万壹的语气里透露着失望，却也没有多说什么，只是默默放下了卡片，并摘下了脖子上的领结。常菀的心像被针扎般难受，一路上不知道该跟他说些什么，只是不断地从车里的后视镜里观察他的表情。下车的时候，万壹只简单说了"再见"就背着书包走向迎上来的万多。常菀觉得他其实知道自己在说谎，只是不明白她为什么要说这样一个谎。

　　在去机场的路上，常菀思绪万千。她一直在问自己是不是做错了，如果刚才争取一下，是不是其实也不算什么难题，但她不愿意在这个节骨眼上跟秦朗闹什么别扭，她不想让他为难。

　　秦朗站定在到达出口，揽过常菀的肩膀抚了抚。

　　"别紧张，我爸妈虽然是教书先生出身，但脾气都很好，而且我了解他们的眼光，肯定会一眼就喜欢上你的。"

　　"有你喜欢我就够了。"

　　常菀尽量忽略心中的别扭，轻松地迎合着秦朗。

　　"话是这么说，可我家比较传统。婚姻大事虽然不至于听从父母之命、媒妁之言，日后也不用和父母生活在一起，但我还是希望能得到他们的认可和祝福，大家和谐相处。"

　　常菀只知道秦朗的老家在苏城，也算是三辈以上的书香世家，其他的也没有多聊过。关于她这边的家庭情况，她已经授意秦朗提前跟他父母开诚布公地谈过了，她不想再像之前瞒万多的父母一样累心，既然这次的婚姻不再是一个形式，那就不应该存在任何谎言。

　　"对了，等下聊天的时候，就不要刻意去提万壹的事了。"

　　秦朗向到达的人群张望着，看似漫不经心地说出了这句话。

"为什么？"

怎么又是万壹？常菀刚刚压下去的不快又涌了上来。

"你的身世我都如实跟父母说过了，他们表示非常理解，也告诉我愿意通过他们的人脉和方法不去放弃寻找的希望。但是……关于中间万多那部分，我没有说，所以……"

"所以他们压根不知道有万壹的存在？"

"对。"虽然很艰难，秦朗还是不得不在这最后一刻坦白，"我没有说你结过婚，所以他们肯定不会主动问你这方面的事。所以只要你不提，他们就会理所当然地认为这些年都是我们两个在一起，事实不也的确是这样……"

"事实是这样吗？为什么要让他们这样以为？如果你的家庭介意我结过婚、带着孩子的话就不要选择我，对此我没有什么好隐瞒的，也不觉得低人一等！"

常菀转身要走，被秦朗一把拽住。

"菀菀！事实是怎样不重要，重要的是我们能顺利在一起，不要被旁枝末节所牵绊！"

"万壹是旁枝末节吗？万壹是我的亲生儿子！而且这件事能瞒得住吗？你打算要瞒多久？"

"我没打算要瞒，我最终当然会告诉我爸妈有万壹的存在，但不是今天，不是咱们第一次见面的时候。我们家很传统，这一辈人里就我一个男孩，我结婚是整个家族的事，所有人都盯着看呢。所以我父母要考虑的不仅仅是他们自己，他们要接受这种情况需要一个过程。我不想让他们在还没了解你这个人有多好的时候，就通过外在情况做出错误的判断，这不是没有必要的弯路吗？"

"你为什么不早跟我说？"

"如果我早跟你说了，你还能跟我一起站在这里吗？"

"所以你这是不给我任何反抗的余地，逼我配合你演戏是吗？"

两个人虽然尽力压低声音，但还是引起了周围人的侧目。常

菀强忍着情绪，不想因为心中的屈辱掉眼泪，却禁不住被气得浑身
发抖。

"秦朗！"

一个声音从他们身后传来，秦朗的父母在向他们招手。就在这
一瞬间，常菀决定无论如何都要把今天这场戏演完，不过，要按照
她的剧本。她反手挽住秦朗，不顾他惊讶的目光，拉着他一起迎了
上去。

"叔叔阿姨好，我是常菀。"

"你好，初次见面。"

两位女士四目相接，对彼此会心一笑。而这位气质不俗的母亲，
正是那个曾经莫名邀请常菀共进晚餐，并相谈甚欢的阿姨。

整个晚餐吃得平安无事。常菀的谈吐举止礼貌得体，智慧又不
失幽默，使得桌面上的气氛十分融洽。秦朗不知道她的态度为什么
会突然发生了那么大的转变，只当她是顾全大局，不愿就此草率对
待他们之间的关系，于是也就没有多做纠结，想着这是一件总会解
决的家务事。他不知道母亲曾经瞒着自己和常菀有过一次那样的会
面和谈话，而秦妈妈也像是并不愿让他知道似的不动声色，就当这
就是第一次相会。虽然不清楚上次和秦妈妈的见面是一个意外还是
她有心安排，但常菀并不太在意，因为她也有着自己的打算，只管
全力配合。

四个人一起回到秦朗家的时候，已经快晚上十点钟了。上了年
纪的父母脸上已经有了倦意，常菀也并不打算久留。她把提前准备
好的礼物分别送给了他们，是一条丝巾和一套茶具。虽然不至于多
么金贵，但也算是百里挑一，价格不菲，看得出送到了二老的心坎里。
常菀的车停在了工作室，所以秦朗准备送她回家，想着也顺便给今
天的不快做一个圆满的交代。但常菀并不打算给他这个机会，并且
不知道她做出接下来这个举动之后，他们还会不会有然后。可在心
里憋了一整晚的劲儿总不能就这么泄了，于是她在起身告别的时候，

从包里拿出万壹画的那两张卡片。

"差点忘了，这是我儿子万壹亲手给爷爷奶奶画的卡片。"

常菀假装没看到秦朗本来想爆发，却意识到已经来不及，只好突然刹车的表情，把卡片分别递到秦父秦母手里。

"今天他没能一起来，如果下次见面的话，我会让他来亲自给二位问好。累了一天，叔叔阿姨早点休息，我先走了。"她毫不避讳地深深看了秦朗一眼，"你陪叔叔阿姨吧，我自己走就好。"

秦朗的爸妈没有说话，秦朗也没有跟上来。常菀不知道身后看着她离开的是怎样的目光，她只是稳稳地走出门，把所有的主动权关在了自己身后。

- 2 -

事情怎么发展成了这样？常菀坐在气味混浊的出租车里，看着窗外光秃秃的枝丫上挂着的彩灯快速在眼前闪过，升腾起来的失望让她浑身微微发麻，却不知道究竟在对谁失望。万壹已经睡了，万多说明天会直接送他去学校，于是常菀一时间不知道自己该去哪里。她不想回家，家是一个只有内心不起波澜才待得住的地方，无论是好的平静或者是坏的死寂。但对于一个无所适从的人来说，那里只会让自己更加讨厌自己。

常菀在工作室的小院门口下了车，院墙上的白炽灯散发着微弱而冰冷的光亮。一阵风突然吹过，带走她身上残存的一点温度，截住了她的呼吸，令她一时喘不上气来。于是她连忙从包里翻出车钥匙，按亮停在不远处的车，冲着车灯照亮的那一小片港湾快步走过去。京城冬天的风有一种神奇的力量，如果你只身站在其中迎着它步行，总会忍不住泪流满面，你会觉得它是在居高临下地轰你离开，毫不留情地把你心中的自卑全部翻腾出来。但如果你有所庇护，无论是坐在车里或者在屋内一壁之隔地看着它，它肆虐得越狂，你越能感受到归属和温暖。你也许会想起好久不见的那些人和事，你会想念或者原谅。

已经完全枯黄变脆的梧桐树叶落满在常菀的车窗前，她依稀觉得下午的时候它们好像还挂在树上，果然冬天可能就是在一个转身之间被风刮来的。车里还没有暖和起来，凝固的空气仿佛比外面还要刺骨。

章晗发来信息问她见面是否顺利，她没有回。至少，她现在没有力气把今天发生的事情整理成客观的语言跟旁人表述一遍，哪怕是章晗。可能比这更坏的事也能不假思索地张口就说，毫无逻辑地抱怨也好，无助地控诉痛哭也好，可能再值得炫耀不过的好事也只能放在心里无法对人分享，只能秘而不宣，这跟脸上有光或者失了面子没有关系。

她们都有了自己的生活，是以原先的小团体加入了新的异性成员来衡量的。章晗有了姜莱，洪果儿有了沈家奇，她们也会觉得常菀有了秦朗，而猫鱼好像从来没有真正进入过她们三个组成的核心关系。于是，彼此之间要学会避嫌和退让，再也不能不论时间场合地越过那条可能会打扰到别人私生活的微妙界限。每个人都是在开始组成自己的家庭关系时变得越来越孤独的，却很难自知。在顺利幸福的时候一好百好，一旦出现罅隙，就会发现身边不知从何时开始竟然空无一人。

许久没有这样漫无目的地坐在车里了。从前，被生活压得喘不过气的时候，常菀总是喜欢在回家之前给自己几首歌的时间在车里独处。虽然回到家也是一个人，但车里的空间总会让人觉得更加私密，像是到达目的地前的最后一站，还允许不负责任和放纵沉溺。她打开雨刮器想要刷掉遮挡了视线的那些树叶，一片卷曲起来的叶子划过眼前的时候，她突然想起了那天明媚的阳光里在窗前的台阶上排成一线的小狐狸。那个至今不知道姓名的来访者，在最后一次见面，说好要成为朋友之后就没了音信。在前一阵刚成为准新娘之后忙忙叨叨的日子里，她也就忘却了这个人，却在这时想起他。常菀觉得自己也是太没出息了，内心竟然无依无靠到对一位前病人寄有希望的地步。可即便愿意跟自己低了这个头，她想起手里好像也并没有他的联系方式。

　　前台的抽屉锁着，来访者的日常预约记录应该就放在里面。除非是很特殊的病人才会有和医生最直接的联系方式，日常的这些咨询一般都是由助理来统一协调安排。常菀记得秦朗那里应该有工作室所有房间和柜子的备用钥匙，于是走到了他的办公室门前。

　　常菀打开了密码锁，顺利地进入了房间，拿着那串每个上面都贴着明确标签的钥匙走到了前台，打开抽屉找到了日常联络簿，在自己的预约记录下面按照日程安排找到了那串电话号码，联系姓名被写作了"秦医生朋友 N 先生"。N 先生？常菀猜测他可能是牛或者倪之类的姓，她还开小差地想了一下前台每次该如何称呼他。看来这个人要不然是真的和秦朗不熟，要不然就是打算神秘到底了。常菀记下号码，也暂时存为 N 先生，然后锁上抽屉，打算神不知鬼不觉地把钥匙放回原处。而就在她弯腰关抽屉的时候发现，椅子后面书柜下的那个抽屉虚掩着，这显然不符合秦朗向来谨慎的工作习惯。他办公室里任何一个抽屉和柜门都上着锁，这样的大意不禁引起了常菀的好奇心。反正都不过是工作资料，作为合伙人也没有什么不能看的。这样想着，她打开了抽屉。

　　应该是近来需要随时用到所以才疏忽了吧。常菀虽然不认识德语，但认识秦朗在德国读的那所大学的校徽，也知道许夭所在的那家研究所的名字是什么。这些打着水印的资料看起来并不是一般的学术文献，而像是合同或者邀请函。虽然这个时间应该没有人会来工作室，但做贼心虚的常菀还是草草拍了几处她觉得有关键信息的地方，然后迅速把一切归位后离去。

　　每个人都有秘密，即便再亲密的关系之间都绝对没有百分之百的坦诚。其实没有人不明白这个道理，但当事情真的发生在自己身上的时候，理智是起不到任何作用的。常菀觉得秦朗变了，自打她和万多离婚之后，就好像是常菀顺理成章地成为了他的囊中之物，于是泄了一直心心念念的劲头，变得懒散。虽然这可能是大多男女关系的殊途同归，往好了想，也算是一种给予彼此的安全感，毕竟长久在一起的两个人不能总是战战兢兢。可是还没走到结婚那一步呢，即便结了婚也是可以分开的。难道在秦朗心中，除了他之外，她就没有了其他可能性？这让常菀觉得有些被轻蔑的意味。不再处于被讨好的仰视地位，让她失去原本的优越感。再加上秦朗近来与她相处之间，越来越处于强势话语权那边的态度使她不得不生出不悦之心。她想尽可能多地了解对方有怎样的动向，以便自己想好对策，不至于陷入完全被动的境地。生了这个念头的常菀便领悟到了自己已处在了这段关系的下风，这意味着她潜意识已经认定了要和秦朗在一起这件事，并且不打算轻易接受变故。

做了一晚上乱七八糟的梦，第二天早晨常菀醒来的时候只觉得头昏沉沉的，这一觉睡得比不睡还要累。还是没有秦朗的任何消息，她站在洗手间的镜子前，看着所有的糟心都明摆在皮肤和眼袋上。岁月是骗不了人的，无论再怎么用力掩饰和尽心保养都掩盖不了芳华逝去的不留情面。是不是不该再那么任性了？常菀把护肤品一层层涂在脸上，再覆以精心修饰的妆容。容忍是留给年轻或者偏爱的，而这两样东西都短暂且不可挥霍。

直到中午，秦朗都没有出现在工作室。上午常菀还刻意晚到了些，想依据他的行为随机应变，却一厢情愿地被晾在了这里。口口声声怨别人自作主张不留余地的她，昨晚的行为难道不是有过之而无不及？她越想越觉得自己鲁莽，却又拉不下面子，一时找不到台阶去主动联系秦朗，于是心烦意乱地滑动着桌面的鼠标，唤醒休眠的电脑，想用别的什么事情分散一下注意力。昨晚，她把在秦朗办公室拍到的那些资料照片发给了林雨舟，想让他帮自己做个翻译，可到现在也没有收到任何回复。犹豫了一下，常菀还是拨出了林老师的手机号码，却被告知无法接通。于是她紧接着又把电话打到了家里的座机上，这次林师母很快接了起来。

"师母，我是常菀。"

"哟，菀菀啊，最近好吗？"

"挺好的，您和林老师身体还好吗？"

"我们好着呢，这不，你林老师昨天还约着他几个老伙伴到山里钓鱼散心去了，真是越老越能折腾。"

"怪不得他的手机打不通。"

"那个地方信号不好，你找他有事啊？要不然我联系一下别人试试看？"

"不用了师母，我也没什么重要的事，等林老师回来再说吧。"

"那也好，等他回来了我让他联系你。"

"好，那您多保重。"

挂了电话常菀看了看时间，已经下午一点钟了，半个小时之后还有一个新预约，她只好强打起精神来，开始翻看搁置了一上午的资料。

-3-

章晗忙活了一上午，刚刚得空挨着椅子喘口气、喝口水。她的西点学校正式开课之后，报名的火爆程度完全超出了她的预期，目前的所有班级招生全部满员，并且连半年后的下一期名额都快被预约完了。虽然这是一件好事，但也的确给她打了个措手不及。为了不辜负市场时不我待的机会，她一边要保证着刚刚成立的学校在磨合中尽量不出大差错地运转，一边还得在现有基础上扩充教室和师资。不仅是她，最近除了龙骧这个在宣传招生方面超额完成任务的股东相对清闲，包括姜莱、山下、猫鱼在内的所有股东和其他负责日常运营的经理人都忙得焦头烂额。姜莱推门进来，也是放下文件就找水喝。这对刚在一起不久，目前还处于热恋期的小情侣每次见面都有说不完的工作，已经顾不上儿女情长。

"你猜刚才谁来找我？"

章晗得意扬扬地卖着关子。

"谷洋兴集团的人吧？我上来的时候看见他们副总一脸不忿地出去了。"

"你怎么谁都认识啊？没劲。"章晗扫兴地嘟了嘟嘴，不过却不影响那股高兴劲儿还清楚地写在脸上，"哎，你说他们好歹也是个名声赫赫的上市公司，怎么能看上咱们这只小麻雀，主动跟咱们谈合作啊？不会是怕咱们成为竞争对手吧？"

"竞争对手不至于，但重点是，我们有他们一直想要却怎么也弄不到手的东西。作为一家国内数一数二的教育机构，这么多年在西点方面都只能做到短期培训，无论从水准、师资、教材和品牌段位上，一直还徘徊在中下级档次。咱们有的正是他们缺的，他们自然闻着味就找上门来了。"

"那为什么他们不直接去国外找更好的合作方啊？就像咱们一样，跟大师或者顶尖机构合作呗。"

"你说合作就合作啊？能做到这个级别的人谁不爱惜自己的羽毛？尤其是外国人，对于跨国合作都是非常谨慎的，不仅会做很多的前期背景调查，还要看合作伙伴的人格魅力，气场合不合得来。谷洋兴集团虽然财大气粗，做起事来也是标准商人的那一套以盈利模式为上，说白了就是一切向钱看。当然，作为一个企业这也无可厚非，但在这个过程中，快速的扩张和复制难以保证品质。这样的名声在外，哪会有真正在乎自己事业的人愿意来自损八百。"

姜莱解开西装的扣子在沙发上坐了下来，章晗凑过去坐在他对面的茶几上，一脸崇拜的样子。

"还是我们姜总厉害，空口白牙就套来了那么给力的合作方。"章晗夸起人来总是那么特别，明明就是一句发自内心的赞美，但总能让人听出讽刺的意味。她忽略了姜莱白她的那一眼，把一根指头伸到他面前，"谷洋兴的人刚给我出了这个数。"

"一千万？"

"一个亿！瞧你那没见过世面的样子。"

章晗抑制不住的笑意都快喷到了姜莱脸上。

"怎么？你动心了？"

"说一点没动心就太虚伪了，但是，我也就是把这当作对咱们事业前途的肯定，小骄傲一下罢了。你想想啊，这开学才多长时间啊，就有人开一个亿想拿下我们了。等咱们桃李满天下的时候，那还得了啊！当然，我跟他们的角度不一样，钱这个东西我从来就没稀罕过，我在乎的是成就感，是梦想，你知道吧！"

"梦想的确是要有的，万一实现了呢。"

章晗佯装生气撒娇似的打了他几下。

"行了行了，还是聊点实际的吧。"姜莱抓住章晗的手，"这两天咱们还得去一趟芝加哥，学生们针对目前所设置课程的反馈出来了，关于本土化和丰富性的问题，得去跟美方的两位校长当面沟通一下。他们那边针对中国市场研发的新产品也出来一些了，需要咱们去亲自品尝一下才好做决定。那边对示范门店的尽快建立还是很在意的，毕竟那个才是可快速复制的盈利模式。"

"这一去怎么也得一周起步吧？现在这边的状况你又不是没看到，具体事务都是我在盯，随时要做决策。你和我必须留一个当主心骨，要不然非乱套了不可。"

"那我带山下去吧，毕竟在实操和对中国消费者口味了解方面我没有什么话语权，而且我还有其他方面的事情要处理，得分头行动。"

"你还有谦虚的时候，真不容易。"章晗从冰箱里拿出两块蛋糕放在茶几上，"好歹垫一口吧。哎哟，最近尝各种口味的教具都快给我尝吐了，而且腰围明显长了一圈，再这么下去后果不堪设想。

我得请一些专业的品尝师来，只靠咱们自己，舌头很快就麻木了。美国那边，你带猫鱼去吧，她的工作相对还次要一点，而且也懂技术，山下现在还兼着一个班的代课老师呢，没法离开。"

"那你来安排吧，顺便让她订一下机票。"姜莱吃了一口蛋糕，也是一副心有余而力不足的样子，"今天晚上好像没什么要紧安排，咱们去吃点咸辣的东西吧，顺便喝一杯。你不是抱怨没有私生活了吗？叫上你的小姐妹们一起，好好放松一下。"

"你这么一说我想起来了，我昨天给常菀发了信息之后她就一直没回我。她准公婆来了，不知道是不是正鞍前马后伺候着呢。"章晗说着又给常菀发了一条信息，然后脱掉高跟鞋把脚搭在姜莱身上，"哎，你爸妈好相处吗？"

"如果你是以这么不羁的形象面对他们，可能相处不了。好歹你现在也是有头有脸的教育家和企业家了，怎么还大大咧咧的？"

姜莱挠了挠她的脚心，章晗吃痒后赶忙重新坐好，整理了一下身上的套裙。

"我闲散了三十来年了，就没天天穿得这么正经八百去上过班。我真是佩服我妈和常菀这种女人，高跟鞋就跟长在她们身上似的。"

这时猫鱼正好敲门进来，她半挽着衬衫衣袖，穿着一条贴身的牛仔裤，稳稳地踩在比章晗鞋跟还高的高跟鞋上，看起来清新干练又女人味十足。

"你脚不疼啊？"

章晗惊讶地看着猫鱼，这才发现最近她外形上变化不小，性格也稳重了许多。

"还好，每天都要接待各种各样的人，总觉得穿运动鞋有点不够正式。"

猫鱼的短发已经齐肩，发梢微微向里弯曲着。

"看看人家这个觉悟。"姜莱起身准备准备离开，"你们聊，我还约了人。"

"姜总您也一起听一下吧,我刚跟几个黄油供应商见过,需要你们定一下采购方案。"

"噗,姜总。猫鱼啊,以后就咱们自己人的时候,你还是别这么叫了,多见外。"章晗忍俊不禁。

"好,那……姐夫……"

"你叫我名字就行。"姜莱白了章晗一眼,"黄油那边怎么说?"

"咱们每天教学需要使用大量的黄油,是日常运营成本中很大一部分支出,并且还无法用价格较低的产品替代,这会直接影响所制作产品的质感和口味,导致外界对于我们教学品质的认可度下降。但是国内的这几家符合我们要求的供应商其实也是国外品牌的代理,报价相差不多,无论跟哪家合作,其实都无法有效地压低成本。"

"不能直接跳过代理商跟国外品牌直接采购吗?"

章晗张口就来。

"跨境贸易哪有这么简单?要是这样的话,像你们家那样的公司早就倒闭好几次了。这样吧,等下我约的这个人应该有相关渠道和资源,我去沟通一下,看有没有其他解决方法。"

姜莱跟猫鱼点点头,快步走出办公室,章晗冲着他的背影做了一个大大的鬼脸。

"就你能干,那你全干了得了,还要我做什么?"

"其实你美着呢吧,有这么个全能型男朋友,什么都不用担心,我可得跟姐夫多多学习。"

"刚好!眼下你就得跟他去芝加哥出趟差,最好抓紧一切时机把他身上那点本事都学过来,握在咱们自己手里。万一哪天我俩闹掰了,咱可不能被他制约!"章晗一副运筹帷幄的样子,可转眼就破了功,"晚上叫果儿一起,咱们去吃火锅啊!她从我那搬走之后,我还没见过她呢,不知道小日子过得怎么样。"

"听说她在一家会计师事务所找了份工作,就跟沈家奇的派出所隔一条街。"

"要不要这么腻歪? 啊? 你说说, 这小丫头片子, 没良心的, 变心跟翻书似的, 说爱上别人就爱上别人了。合适吗? 花着我爸的钱, 养着小白脸。"

"人家这次回来之后可真心是在自食其力, 没再花你家一分钱啊, 你自己心里清楚还非得逞这个口舌之快。再说, 不也是你撺掇她尽快找个好人家的吗?"

"你……"

还没等章晗反驳, 猫鱼就赶紧拉门走人, 躲开了这个是非之地, 留她一个人坐在那干瞪眼。

- 4 -

常菀送走了来访者, 刚回到办公室准备给章晗回信息, 前台小姑娘就来敲门, 告诉她上次那位阿姨又来了, 在接待室等她。秦朗到现在不见人影, 而秦妈妈却找上门来。常菀知道自己此时做什么猜测也是徒劳, 于是硬着头皮准备去迎接不知是福还是祸的审判。

两人还是坐在上次那家餐厅的同一个位置, 各点了一杯果汁。

"我打电话问了你今天的预约, 应该没耽误你工作吧?"

"没有, 阿姨, 我这会儿没什么事。"

秦妈妈还是一样笑容温和, 可常菀并不敢有任何松懈。

"秦朗说他今天没有什么安排, 所以陪他爸爸一起去见老同事了, 你不要多想。"

"哦……这样。昨天对不起啊, 我一时想不通, 实在是太失礼了。"说这句话的时候常菀不敢抬眼。

"这句道歉我收着, 你确实没必要那么做。"

常菀忍不住去看秦妈妈脸上的表情, 发现她的确收起了笑容。

"我倒不是不能理解你那么做, 但方式的确欠妥。如果你稍微再多想一步, 就不应该那么做, 你是个聪明孩子, 应该不会想不到我为什么明明知道你的情况，却假装没见过。"

"所以……这是您和叔叔说好的？你们已经有自己的安排了，对吗？"

"你不会真的以为，我上次来的时候，秦朗刚好不在是个意外吧？我本来就是冲着你来的，只是没想到，后来我们会聊得那么深入。"

"秦朗不知道我们见过面吗？"

"本来我和他爸爸准备昨晚单独跟他把这些事说开的，没想到，你却忍不住了。"

常菀知道，即便悔到肠子都青了也无济于事，她总是自认为足够聪明谨慎，可每次关键时刻最沉不住气的人也是她。

"就是因为我们太了解自己的儿子，所以我才偷偷来了一趟，想先了解一下你们相处的实际情况。他从小就要强，哪怕在我们面前，也只愿意表现优秀的那一面。他总是有办法，有自己的一套逻辑体系来安排他自己要走的路。当然，我并没有说你不好的意思，只是他在我们面前把你说得太好了，好到让我们觉得不安。"

"我没有他说的那么好，让你们失望了……"

"相反，我和他爸爸不但没有失望，还觉得你的确是一个好的儿媳妇。"秦妈妈露出狡黠的笑容，"你的优秀和人品我都从侧面了解过了，而且也亲自验证过了你的为人处世。但是除此以外我们更看重的是你的不妥协，你治得了秦朗，这是夫妻之间相处很重要的情感制衡。"

话锋突然出现了转折，使得常菀不由得打起了精神。

"你们不生气吗？秦朗……没生我气吗……"

"生气归生气，但生完气之后是放任退缩，还是越挫越勇？这才是更重要的参考。我知道昨晚你不太好过，但是秦朗一定比你更不好过。我不了解你们在一起的过程，但我相信这么多年他都毫无二心地对你，一定是因为你身上有他挑战不了的那个东西。他赢不了你，所以只好用臣服的方式去拥有你。"

虽然这番话说出来并不那么美好，但常菀也不是沉迷童话的人。她当然知道男女之间的关系比同性相处更需要技巧，没有不需要经营的天长地久。

"作为母亲，我当然希望自己的儿子能一次性就找到一辈子的幸福。他那边我一点都不担心，不出明天，他一定会忍不住找借口主动向你示好。而我今天来找你，其实是想给我和他爸爸当一次说客，希望你能大度地跟秦朗继续走下去，走进婚姻，走过高峰和低谷，走完这一生。请你原谅我的自私，即便我知道他一定会有让你受委屈的地方，也希望你能够包容。因为他的那些强硬和不可理喻就是他表达脆弱的方式，他总是在用把人逼走的方式来证明自己拥有什么。"

常菀突然想起那天悠悠酱说的话，家长其实最功利了。如此有文化涵养的秦妈妈也会为了自己孩子的幸福，请求别人纵容她儿子的不是，可她却如此坦诚，坦诚得让人无法诟病。她把秦朗不愿为人所知的一面赤裸裸地摊开，放在常菀面前，以母亲的身份向她索要一个对未来的承诺。

当晚，常菀带着万壹参加了章晗组织的聚会。即便秦朗那边依然没有什么动静，但丝毫不影响她谈笑风生的底气，她像是把免死金牌握在手中，任他使怎样的性子也可以做到波澜不惊。在一段关系当中，谁先失了底牌，那自己的生杀大权便自然被拿捏在对方手中。没有了你来我往的乐趣，有可能瞬间倾覆，有可能从此固如泰山，毕竟不是所有人都喜欢享受游戏的刺激，宁愿以此换一生寡淡的高枕无忧。

－ 5 －

冬天的家居建材市场内显得有些冷清，再加上天气不怎么好，几乎没有什么生意，售货员们也都恹恹的。晴海拉着万多把整个五金区域走了一遍，终于选定了一家，准备挑选几个水龙头。他们的婚房买在了万多父母家附近的一个成熟小区，二手现房。万妈妈说，这种有些光景的房子质量稳当，而且离他们近些，等有了孩子之后方便照顾。既然是婆家出钱做主，晴海倒也没有什么意见，只是从里到外地把整个房子的装修全部拆到了底，当作毛坯房重装了一遍，并且主动承担了所有费用。万多对整件事从头到尾都没什么意见，对两个女人听之任之。赶在天彻底冷下来之前，装修也算是完了工，只剩下一些零碎部件还需要配齐。反正房子也要放过这个冬天才能住人，倒是不用着急，但晴海依然热情不减，这是她拥有的第一个属于自己的家，所以大到装修风格，小到一把门锁都是她亲自挑选的，她希望这房子里的每一处细节都在她的掌握之中。

　　售货员已经不厌其烦地介绍了许久，但晴海依然在两个款式之间拿不定主意，反复纠结。在万多看来，那并没有什么区别，而且也不是什么需要格外慎重的东西，买错了再替换就是。他有些不耐烦，日常的工作本来就已经够枯燥和琐碎，而且这段时间以来还总得陪晴海亲自到现场查看装修进度。装修好不容易大功告成，他原本打算这个周末好好在家休息两天，哪也不想去，结果又是一大早被拽了起来，再次踏进这个他现在看见就头疼的地方。他不明白为什么要特意去做一件根本不着急的事，甚至觉得在装修这件原本已经托付给专业的人去做的事情上亲力亲为，就是在毫无意义地浪费时间。每次他忍不住想拒绝晴海的时候，都会被她满是憧憬的眼神晃得开不了口，只好一再妥协。他告诉自己，事情总有结束的时候，忍忍就好，忍忍就好。

　　"这个现在有活动，但是颜色我不是很喜欢，可另一个好贵啊……"

　　晴海把两个水龙头举到万多面前。她现在跟万多单独相处的时候已经不会化妆或者刻意打扮了，脸颊的小雀斑在冷光灯下格外明显。

"买你喜欢的吧，反正这东西上下也差不了多少钱。"

万多刻意不去看她有些干燥的嘴唇。从前总是在海边相见的时候，其实晴海也都是十分自然的样子，很少有妆容精致的时候。可在那个时候、那种环境之下，那样无拘无束的笑容和当下这个冰冷干燥的现实环境相比，还是有种虚幻的光晕。

"也对，不然我忍不住再换的话才更是浪费。那就要这种吧，要三副。"

"好的。"

售货员感激地看了万多一眼，转身去准备货品。晴海挽住他的胳膊，眼里是遮天蔽日的爱意。

"还是你了解我，只要是被我看上的，早晚要弄到手。"

万多觉得别扭，装作听不懂她的言外之意。

"买完就可以回家了吧？"

"回家？这才是今天要买的第一样东西呢，你看。"她调出手机备忘录里的清单，"窗帘的那套东西，还有灯、浴室的毛巾杆这些都得买，我还想去看看沙发，真是越买越觉得还差得多呢。"

"差不多就行了，日子又不是一天过起来的，慢慢添置也来得及。"

万多想到今天又没了盼头，明显有些不耐烦，晴海忍不住委屈起来。

"怎么了又？这些东西早准备好，我们就可以心里有数地准备后面的事啊！除了房子之外，婚礼那块的工作还完全没开始呢。这是咱们两个人的事，总得有人管吧？我已经尽量不让你操心了……"

"我没有别的意思，只是最近没休息好，实在有些累。"

万多赶忙阻止事情向他更不愿看到的情形发展，比起吵架、冷战、安抚这种需要情绪波动的消耗，他宁可忍受机械重复的无聊。

"要不，你去旁边找个咖啡厅之类的地方休息等着，然后等这边差不多了再来接我。反正你对这些也不感兴趣，说不定我一个人还比较快结束。"

晴海倒是对万多的理由全盘接受，情绪重新高昂起来。

"那……也行，你想吃什么？我去买点来。"

"都可以，你决定，一会儿见。"

晴海拿着付款单笑着向万多挥挥手走向收银台，万多好歹也回了一个笑容，然后快步出了大门。他站在空旷的停车场长长地做了一个深呼吸，白色的哈气很快在四周消散。面对这样的晴海，他心里不是没有内疚，也许就是这不断重复积累的内疚才令他坚持走到了今天这步。每次当他意识到自己快要跟晴海结婚的时候，大脑都会出现短暂的空白，他总是不相信这件事就这样理所当然并按部就班地发生了，在他从来也没有真正下定过决心的情况之下。

咖啡厅里人满为患。在周末的坏天气里无处可去又不甘心待在家里的人们全副武装地出了门，不过是换个地方发呆。万多瑟缩着脖子，拎着纸袋里的咖啡和三明治向停在对面的车小跑过去，那里是不允许长时间停车的地方，但是周围的停车位都太紧张，他只得抓紧时间，尽快回来开走。还好，没有被贴罚单。他快速钻进车里，把暖气开到最大，从纸袋里拿出一杯咖啡喝了一口，悠闲地看向车窗外。

旁边是一片刚刚翻新过的艺术园区，没有围墙，临街的几栋矮楼都有一整面落地的橱窗，里面展示着各种各样的艺术品。离万多最近的这栋被近来大热的一位独立婚纱设计师租了下来，她的橱窗里什么都没有摆，看进去后，内部装饰一目了然。里面灯光璀璨，在大厅的中央从屋顶垂下来一面锦帐，圈出一方宽敞的试衣区域。厚厚的地毯中央摆着一个圆柱体的矮台，正对着一面大镜子。四周分区陈列着设计师的婚纱、礼服、饰品和高跟鞋作品，在精心分布的灯光下散发出高贵而梦幻的光芒。

晴海曾经跟万多提过希望他能陪自己来这里看看婚纱，好不容易预约上了时间，最终却没有成行，是因为他们看到了那封关于订制意向的邮件。这位设计师的所有婚纱基本是要至少提前三个月根据客户的婚期、要求和具体尺寸量身定做的，店里展示的那些款式只做参考样衣，不直接售卖，更没有所谓的租赁业务。这位设计师觉得，嫁衣是私密、独一无二、一件一生就只该被同一个人拥有的，不能被分享。因此，这价格也不是可以被分摊的那种档次。是晴海主动退却了，哪怕一件最朴素的样式，价格也几乎等同于万多半年的收入。即便她自己愿意出钱购买，但她觉得再喜欢再值得，也必须要考虑到新郎的感受。这件事万多心中对晴海是有感激的，如果晴海真的坚持他当然也不会去否定，但打从心里说，他当然是觉得不值。就这么穿一次，且不到一小时的衣服，需要五六位数的价格，并且穿完还需要不小的空间去存放，着实劳民伤财。其实每个人心中值不值得的标准不是一成不变的，万多有暗自想过，如果同样的情况放在常菀身上，如果那个生日的求婚顺利完成，再给他一个迎娶常菀的机会，那同样的情景是不是就会毋庸置疑地变得值得？

　　原本放下来的锦帐被分别拉向两边，站在矮台上第一次穿上婚纱的常菀看着镜子里的自己有着按捺不住的兴奋和小小的不自在。在一旁忍不住要哭出来的章晗拿起手机就要拍，却被工作人员礼貌地制止，因为这里不允许客户自行保留任何影像资料。万多以为自己看花了眼，一开始他并不确定那个背影是不是常菀，只是活蹦乱跳的章晗着实引人注目。他把副驾驶的车窗降下一半，探过身子去仔细辨别，只见一直坐在等候区的秦朗此时起身走上前去，想要搀扶常菀从台子上走下来。像是故意做给他看似的，产生了这种想法的万多忍不住在心里笑话自己。谁会知道他会在此时出现在这里，谁会注意他毫不起眼的街车，谁会想到他能坐在这里窥视着与他毫无关系的一切？常菀长长的裙摆好像不太方便行走，于是秦朗干脆一把将她横抱起来走向落地窗边，工作人员连忙在一旁帮忙整理，章晗趁其不备忍不住把这一幕拍了下来。万多连忙压低了一些身体，其实他车窗上贴着深色的玻璃膜，别人根本看不见他。只见秦朗在鞋区把常菀放了下来，从展示架上拿下来一双亮闪闪的高跟鞋，拉了拉裤腿，单膝跪地，一只只帮她穿了进去。这般场景，在橱窗内的世界里，就像童话中的王子公主一样毫无违和感，但从杂乱的路边看进去就像是一出荒诞剧令人不齿。而偏偏又在此时，这家店的设计师匆匆忙忙地推门而入亲自上前问好，看起来和秦朗很熟的样子。她放下包包搓热了手，就亲自开始为常菀搭配头纱，看得万多都不自觉地嘴角上扬。还好，我们之间至少有一个人得到了真正的幸福。正这么想着，身后突然有人敲他驾驶位的车窗，他吓了一跳转过头，看到了正在向里面张望的交警，手上拿着一叠罚单。

"有人有人，我马上走。"

万多降下车窗点头表示歉意，然后赶忙驶离了那个地方。还好，我们之间至少有一个人得到了真正的幸福。他想，我有什么资格这么想。

－ 6 －

常菀不经意向窗外看了看，她只是隐约觉得刚才路边那里停的一辆车好像开走了，只剩下正在给另一辆车贴罚单的交警。

"看，搭配起来就是这种效果。"

设计师的话拉回了她的注意，常菀微微回身看着这条比裙摆还长的头纱，上面坠着星星点点的水晶。在她和秦妈妈再次单独见面之后的第二天一早，当她走进办公室的时候，就看到了桌子上摆着熟悉的咖啡和插在花瓶里的洋牡丹。"不出明天，他一定会忍不住找借口主动向你示好。"她想起秦妈妈说的这句话，而秦朗示好的方式，就是桌上摆的那本婚纱定制手册。常菀知道这位炙手可热的设计师曾经是秦朗的病人，她有很严重的躁郁症，最终在他手里平稳度过了那段日子。而她所能回馈的感激，就是插队给常菀做嫁衣。

秦朗擅自决定把婚礼安排在了不到两个月之后的农历新年，他说，不会再有任何耽误他娶常菀回家的理由，他也不愿再等更长的时间。

"你喜欢吗？"秦朗看着镜子里的常菀问她，丝毫不掩饰自己眼中肆无忌惮的爱慕。

"哎哎哎，秦大医生注意点素质，您口水都快掉地上了。"

其实章晗自己的眼神也没从常菀身上离开过。

"我觉得其实肩膀这边可以再开低一点。"设计师边说边上手操作演示着，"因为你的锁骨很好看，不完全露出来就太可惜了，还有腰这部分，我做的时候也会帮你往上调一些，订的这些珠花也会不一样，反正会先画设计图出来，有任何想法可以随时跟我沟通。"

"听你的，你说的肯定不会有错。主要我也是第一次穿婚纱，没什么经验，争取下次有点主见。"

常菀的一句话逗笑了在场的所有人。

"如果还有下次，我免费给你做。"设计师从工作人员手里接过账单递给秦朗，"但秦医生这次，我就不客气了。打完折之后这个数，OK 吗？"

章晗凑上去看了一眼，整套行头下来十六万八千元人民币。

"打了个血折之后还是不少出血啊！这个婚啊，还是且结且珍惜。"

秦朗掏出信用卡递给工作人员，没有半点犹豫。

"男人还是掏钱刷卡的时候最帅，亘古不变的真理。"

章晗把信用卡账单拍下来发给洪果儿，顺便发了刚才偷拍的秦朗抱起常菀那张照片。

"这钱不能省，咱们俩也不能掉链子啊！"

正在超市跟沈家奇一起买菜的洪果儿看到信息之后笑了笑就赶紧把手机收了起来。

"有事吗？"

沈家奇把称好的鸡蛋放进购物车里。

"没事，几个女人在群里八卦来着。"

洪果儿因为跟沈家奇在一起这件事，没少被章晗挤对。仅有的两次见面，她都在章晗的话里有话和带着审视意味的眼神中胆战心惊。她虽然能理解章晗的立场，但更不想让沈家奇的自尊心受到伤害。也不知道他是真听不明白还是在装傻，每次也都是笑呵呵就过去了。常菀夹在中间也不好劝什么，只得私下里宽慰她，让她放宽心。后来洪果儿明白，作为章蕲的女儿，章晗除了确实不满意她那么快有了新恋情、心里不痛快之外，也真是在为她担心。她不久前经历的那次死里逃生，好像成了她可以任性的万能借口，否则章晗的反应也不可能只是默认之后的小小抱怨。不过在章晗眼里，沈家奇这个人并不值得洪果儿为之放弃章蕲留给她的衣食无忧。即便抛开家庭条件和收入条件不说，他的工作性质也使他并不值得托付。有情饮水饱这种话现在说起来不过是句笑话，况且感情这种事在柴米油盐和日复一日、大同小异的日子面前很容易就成了悲剧的起源。

"你长得丑吗？你没人要吗？你七老八十了吗？你好端端的一个小姑娘急什么？要嫁至少也找个秦朗或者姜莱那样的吧？"

章晗这话说得虽然不好听，但的确也是为洪果儿着想。女人的心理很奇怪，对于身边经常相处的姐妹找了个什么样的男人总是容易过度关心。既不愿意比自己的标准差，好像会一起跌了身份，也接受不了条件超出了自己的预期，会忍不住不服。何况章晗和洪果儿之间这奇特的关系，更是怎么都觉得不对。对此，洪果儿不想反驳，也不知道该如何反驳。道理谁都懂的，但感情这回事又有什么道理可言？她也不知道自己为什么会义无反顾地爱上沈家奇，甚至有了愿意为他放弃那巨大财富的想法。她也没有想到自己会那么快开始一段新的恋情，并且随之带来的几乎是可以一眼望穿一生的后来。在成人的现实世界里这简直就是儿戏，就像为了一个人可以孑然一身和全世界为敌的初恋那样，美好却不可理喻。

从超市出来，沈家奇突然接了一个电话，说是要马上回派出所一趟，所以让洪果儿先带着东西回家，沈妈妈在等着他们一起包饺子吃晚饭。自打他们正式在一起之后，沈妈妈三天两头地叫洪果儿回家吃饭，她认定了这个长得好看又有留学背景的儿媳妇，觉得自己儿子高攀了人家。

"你今天不是不当班吗？"

洪果儿接过沈家奇手里的东西。

"派出所哪有个准儿，应该没啥大事，叫我就过去一趟呗，晚饭前肯定回去。"

沈家奇脸上的表情有些不自然，他不会撒谎，心里有点什么事都藏不住。

"说吧，有什么事瞒着我？"

洪果儿斜眼看着他。

"能有什么事，我怎么可能瞒你啊？我就是……那什么……哎哟，我还是说了吧，刑警队最近过来招人，我正积极努力求进步呢。"

说完，沈家奇整个人立刻轻松了起来。

"你想当刑警啊？"

"必须的啊！上次他们来挑人时，我就错过了，这次我可是重点考察对象。"

"当刑警多危险啊，每天面对的都是穷凶极恶的歹徒，你现在这样不是挺好吗？"

"洪果儿同志，这我就要批评你了，身为我的女人，思想觉悟怎么那么低呢？如果大家都是你这种想法，都往后躲，那谁来保卫群众的人身和财产安全呢？"

沈家奇从骄傲脸到严肃脸的变化只用了一秒钟不到。

"那基层工作也得有人做啊！都像你这种想法，派出所不就没人了吗？"

洪果儿也不甘示弱。她不是反对他想要进步的想法，只是更加为他的人身安全考虑。沈家奇一时没想到反驳的理由，气势弱了下来。

"总之，我年纪轻轻、身强体壮的，就应该冲在前面。这件事没有讨论的余地，你只要支持我就对了。我得赶紧过去，领导等着我呢。对了，你回家可千万别跟我妈说啊！上次没去成就是她搅和的。"

沈家奇拦下一辆出租车先把洪果儿送走了，自己又拦了一辆急忙赶往派出所。

沈家奇和沈妈妈一起住在一套九十年代建的居民小区两居室，沈爸爸在几年前的一次打黑行动中牺牲了，他干了一辈子刑警，是儿子心中的英雄和偶像。那时候，沈家奇还在警校读大三，是一棵正在茁壮成长的好苗子。这件事情发生之后，他更是憋着一股气想要在毕业之后大展拳脚，没想到却硬是被分配到了派出所。

"不怕你笑话，我托了多少人啊，才硬是把他压在了身边，至少天天能看得见摸得着。"沈妈妈擀好一个饺子皮，把馅填进去，"别人家都是盼着儿子干出一番事业来，而我这……唉，说起来我也是挺对不起家奇的，但对不起也就对不起了吧，已经没了一个了，我不能再……"

洪果儿捏着手里的饺子皮，努力想把不断挤出来的馅包进去，不敢抬头看此时沈妈妈脸上的表情。她并没有说破沈家奇刚才所说的事，本来只是当作聊天试探性地问了问他之前上学时候的趣事。关于家里的情况和之前的经历，他从来不愿主动谈起，都是洪果儿和沈妈妈单独相处的时候听她一点点提到的。

"要强也没办法，好好活着比什么都重要。至少在我还活着的时候，他必须听我的话。"沈妈妈轻轻叹了一口气，转脸看到洪果儿包得乱七八糟的饺子却露出慈爱的笑容，"不是这么包的。你看，先这么捏中间，然后再从两边一褶褶收进来。"

洪果儿认真地跟着学，可手总是不听使唤。

"一看你啊就是爸妈宠大的，以前在家里什么都不用做吧？"

　　洪果儿不知道该怎么回答，她想说其实自己在沈妈妈这里才体会到了真正和母亲相处的感觉，但却不能，因为她没有办法解释原因。

　　"听家奇说，你父母都不在了是吗？"

　　看洪果儿沉默着，沈妈妈小心翼翼地问出这句话。洪果儿没有承认也没有否认，只是垂着眼睛继续手上的动作。当初她习惯性地对沈家奇撒了一个谎，以为从此再也不会见面，没想解铃还须系铃人，她其实都不知道自己接下来该怎么去圆这个谎。

　　"你和家奇，都是可怜的孩子……没关系，还有我呢，虽然我们家条件有限，但该有的咱们一样不会差。有妈在，绝对不会让你受委屈，咱们一家人得好好把这日子过得像样了才行！"

　　洪果儿强忍着眼泪用力点点头。在她看来，一个像样的家，比富足的孤独要来得百倍珍贵。

- 7 -

　　平安夜和圣诞节这两日，工作室都没有收到新的预约，连刚好排在这期间的固定周期性咨询都被来访者取消了。可能是没有人愿意在节假日的时候让自己显得和别人不一样，即便有不快乐也不能说出口，哪怕让自己听到。有的人选择躲起来，消失在四周热闹的人群当中，希望被彻底遗忘，来让自己好过一点，有的却在人前强颜欢笑，希望能被狂欢的气氛和酒精感染救赎，可却往往适得其反，炸出心底更大的悲哀，继而犯下不可掩盖的过错。

　　秦朗去了柏林，他说自己和母校以及许奂老师的研究所一直在推进的新合作有了好消息，如果这次能确定下来，将得到一笔专项科研资金用于支持他一直想在国内实现的临床试验。这样既不辜负许奂老师一直看重他的好意，能换一种方式和他一起工作，也确实能使秦朗的事业上一个台阶。常菀联想到之前在他办公室偷偷看到的德语合同之类的资料，应该就是用于这件事的没错，于是也打消了心中的疑云，欢欢喜喜地把秦朗送去了机场。她当然希望自己的准丈夫能有更好的发展前途，而许奂无疑是能实现这个目标其中一个很重要的渠道。所以关于唯安的芥蒂也该有个放下的时候了。她知道，女人适当的吃醋是风情，若一直捕风捉影便只能是讨人嫌的怨妇。

心情大好的常菀干脆给整个工作室放了假，自己也好多出些专门的时间为嫁作人妇做各种各样的准备。秦朗爸爸妈妈在临走前已经定下了他们领结婚证的日期，叮嘱他们务必要回老家去完成这件事，顺便见见家里的亲朋好友。除此之外，还专门提到了要把万壹一同带回去的事，这让常菀的心里一下子通透起来。谁说福不双至？一场小小的波折之后，她的生活突然变得一好百好，好到脑子里已经容不下闲杂人等。都说，所有的贪恋过去都是因为没有足够美好的当下，而对于常菀来说，她不仅把旧人旧事抛到了九霄云外，就连未来都懒得去思量。她相信完满的婚姻就是通往美好生活的捷径，不必质疑可以预见的必然。

把万壹送到学校之后，常菀折回家里翻出了那棵一米来高的圣诞树。虽然万壹好像从来没有相信过真的有圣诞老人这回事，但却不影响他喜欢这个节日的气氛和睁眼就能收到的礼物。常菀在擦洗陈设、把零零碎碎的彩灯和装饰物点缀完毕后，已经过了午饭时间。常菀用章晗昨天送来的蛋糕垫了一口，她责无旁贷地也成了西点学校的定期试吃员。

化过妆，换了一身得体的衣服，常菀出门去见一名婚礼策划师。她在这个急茬之前找了好几家时下热门的婚礼公司，都没人敢接。这么仓促的时间，中间还跨了一个农历新年，经验再丰富的团队也难免担心会出了差错。而秦朗又坚持不换时间，他又没空来管，于是常菀只好半推半就地扛下了这个甜蜜的负担。今天这位勇敢的婚礼策划师是到章晗的学校进修的一名学生，说是学生，却有超过十年的婚庆从业经历，刚刚从一家顶级的同业公司辞职，准备开创自己的事业。来这里学西点，也是看重它世界级品质的教学和师资力量，想开拓一下眼界和资源，为以后的工作提供更好的帮助。原本章晗说会陪常菀一起来的，因为除了要聊婚礼的内容之外，还要跟对方聊今后婚庆西点合作的事情。结果直到两人快聊完，她也没有出现，而是给了常菀一个 KTV 的地址让她直接去接她。

章晗穿着一件长及脚踝的羊毛斗篷，歪七扭八地踩着一双恨天高从 KTV 大门走出来，拉开车门后，几乎是把自己扔进了副驾驶。常菀看了看表，是下午五点没错，但是面前这个人满身酒气、妆容颓败的样子比宿醉有过之而无不及。

"需不需要报警？"

常菀忍不住落下车窗。

"报哪门子警啊？赶紧，回家让我吐一轮才是正事。"章晗几乎放平了座椅，用手揉着太阳穴，"这帮天杀的法国佬，喝死我了。"

"要吐现在吐，我还得去接万壹放学，你可别在祖国的花朵面前现场直播。"

"你最近怎么那么贫啊？赶紧走赶紧走，先离开这个是非之地再说，我忍得住。"

常菀扔给章晗一包湿纸巾，尽可能平稳地把车开了出去。

"你这是跟谁这么较劲啊？"

"还不是我们学校那些外教，非得要过圣诞节，罢工不上课了。说是就跟咱们过年似的，就算假期不放到正月十五，好歹年三十和年初一也得休息吧？我拗不过他们人多势众的，就答应了。你说这本地的学生还好说，我们提前打电话通知一下人家也能理解，但这外地学生可怎么办啊？人家租这房子在这学习，也不需要放这个假啊！我就想着请他们一起，好歹吃个饭意思一下，结果这些法国佬听说了，非要来参加，还自己烤了几个蛋糕带过来。你说这不是闲的吗？您列位大爷不是要休息吗？那就好好歇着去啊！结果还不是下了厨房，还跟学生混在一起。哎哟我也是服了，法国人怎么那么爱罢工啊！罢工完了还爱狂欢，我这良心雇主是招谁惹谁了？"

一通数落后，章晗清醒了点，她抓起放在车门上的矿泉水，一口气喝了半瓶。

"天还没黑透呢，你们就喝成这样？"

"就这我还是偷跑出来的呢，人家感觉才刚刚开始。他们太可怕了，成箱成箱地喝红酒，跟喝葡萄汁似的。我是把截至目前的账结完了，后面他们再要我也不让服务员给了。都不是心疼钱的事，再这样下去恐怕会喝出人命来！"

"那你还不盯着点？今天是平安夜，一起热闹热闹也挺好。我接完万壹可就回家了啊，没有任何活动。"

"为什么啊？男人们不在咱们还不过了啊？叫上洪果儿和沈家奇，我请客，吃点好的。"

说着章晗就掏出手机要给洪果儿打电话。

"哎哎哎，还是别了，让人家小情侣自己过去吧，咱们别瞎凑热闹。你每次见到那小警察就给人脸色看，还总是话里有话，只会给人添堵。你就老老实实跟我回家吧。"

"我那是替洪果儿不值！也算是见过世面的姑娘，怎么就给自己嫁进柴米油盐里去了？我爸白安排了吧！还以为自己能掌握人家人生呢。结果一周年忌日都还没过，媳妇就跟人家跑了。"

"你说你何必说那么难听的话，谁不知道你是刀子嘴豆腐心？"看章晗认起了真，常菀赶忙转换话题，"姜莱和猫鱼走了一星期了吧？事情办得差不多了吗？"

"谁知道呢，我天天忙得脚不挨地，他们应该也好不到哪去，隔着一个白天黑夜，颠倒的时差也不方便联系。"

章晗被车里的热风吹得酒劲上来了，眼皮子直打架。再醒来的时候已经回到了小区地库，万壹一路被酒气熏得忙不迭打开门，跑下了车。

"走吧大小姐，我可背不动你啊。"常菀打开副驾驶的门把章晗扶了下来，"对了，你手机刚才好像有信息，赶紧看看，你现在是大老板了，可别耽误事。"

章晗整个人偎在常菀身上，边走边掏出手机。微信显示猫鱼给她发过一条消息，却又被撤了回去。

"于淼淼这是什么情况，二半夜的不睡觉。"

章晗顺手拨了一个语音电话回去，响了半天却没有人接。

"于淼淼是谁啊？"

万壹站在电梯里一直按着开门键等她们进来。

"是你猫鱼阿姨。"章晗摸摸万壹的脑袋，把手机装回包里，用晕开了眼线的熊猫眼看着常菀，"她说现在的工作场合不同了，让我开始习惯叫她大名，猫鱼听着太幼稚，不利于她在人前树立股东的形象。"

"人家说的也没毛病啊。"

"她这股东还不是我让她当的，在我面前装什么大个儿。"

"行了行了，喝点酒就散德行。回去帮我做饭，别想着吃现成的啊！"

屋里只亮着厨房和圣诞树上的灯光，章晗盖着毯子躺在常菀的腿上，两人在沙发上依偎着。

"这时候应该放一首《昨日重现》。多少年的今天，都是咱俩在一起过的，我还以为今年会有所不同呢。"

章晗伸手去够桌子上的酒杯，却被常菀顺手拿走喝了一口。

"跟我待腻了吧？让你接着跟他们玩，回来跟我喝多没劲。"

"跟他们喝才没劲，就跟你在一起最舒服。"

"不要无端表白啊，非奸即盗。"

常菀把酒杯递到章晗手里，心里比这热红酒还要暖。

"你说，咱俩会一辈子这么好吗？"

"可能不会吧。"

章晗听了这句话，翻身坐起来看着常菀。

"为什么啊？你难不成准备嫁了人就翻脸不认人啊？"

"我又不是没嫁过人。是你啊，和姜莱结了婚搬离了这个小区，说不定哪天还得去国外生活，那我还不得放手让你去拥抱幸福啊？"

"那不可能！"章晗双手抱住常菀贴在她胸前，"离开姜莱我一定也能活得好好的，但是两天不见你，我就会相思而亡的！"

"今天怎么了你，净说这么肉麻的话。"

常菀笑着打了一下章晗的屁股。

"你说，咱俩怎么没像别的女孩那样闹点矛盾什么的，好像从认识以来我们就没红过脸。"

"可能是因为咱们喜欢的东西完全不一样吧。"

"我可是偷偷喜欢过你家秦医生的啊！"

"你那是偷偷吗？你说得我耳朵都起茧子了好吗？"

"所以你根本没把我放在眼里是不是？"

章晗放下酒杯去挠常菀的痒，却反被常菀挠得毫无还手之力。

"常菀……"

"干什么？"

章晗突然从常菀的怀里抬起头，满眼真诚地看着她。

"秦医生究竟用了什么方法……"

"嗯？"

"让你的胸又变大了！"

说完这句话，章晗就笑着跳起来跑进了卧室，常菀坐在原地没有动，鼻子却无端酸了起来。她突然很害怕，因为现在所拥有的一切都太美好了，完全没有了从前天不怕地不怕的底气。从没有什么可失去的，到现在没有办法接受任何失去，常菀发现自己已经浑身长满软肋，怯弱得一塌糊涂。

- 8 -

第二天一早，万壹带着床尾那只大袜子里两份礼物的喜悦进了校门。常菀回到家之后发现章晗还没醒来，于是慢悠悠地做起了早餐。她把揉好的面团放到模具里送进烤箱，调好温度和时长，然后站在厨房的窗边喝一杯刚滤出来的咖啡，惬意地享受着冬日的暖阳。围裙口袋里的手机突然振动起来的时候，常菀被吓了一跳，看到是林雨舟的名字，她赶忙接了起来。

"起床了吗？"

"当然起了啊林老师，我得送孩子上学，请您抹去当年我经常因为睡过头而上课迟到的印象。"

常菀语气轻快，但对方听起来并没有想要跟她继续说笑的意思。

"秦朗去柏林了吗？"

"对啊，他跟您说了吗？"

"上次你给我邮箱里发的邮件我才看到，你怎么也不提醒我？"林雨舟没有回答她的问题，转而询问。

"您不说我都忘了这事了。秦朗自己已经跟我说明情况了，我也就没再麻烦您。"

"他要去许夬那里工作？"

"不是啊，他说是要跟许老师合作，把那边的研究资金和项目引进国内做。"

"秦朗是这么跟你说的？"

"对啊……有什么不对吗？"

常菀的心跳莫名快了起来。

"你发给我的是一份劳务合同，说的是明年三月起，秦朗将要开始在许夬的研究所工作。具体的职位要求、年薪待遇，甚至辅助移民条件都清清楚楚地写在里面，还有一份关于人才引进计划的邀请函。这些情况，你都知道吗？"

　　常菀当然不知道。虽然之前秦朗跟她提到过许多次，许奂一直希望他出国去工作，但他一直都是拒绝的，包括上次在港城与唯安见面那次，他也明确表达了态度。可现在的情况看起来，好像完全是另一回事。而且，明年三月这个时间点，不刚好是在他们的婚礼结束之后吗？秦朗一定坚持要赶在二月之内完成婚礼，难道就是在为这个决定做铺垫？

　　"他……说了，我没当回事，而且他这次去柏林之前给我的最新消息是他们达成了新的共识，既不用出国，还可以一起工作，更好地完成研究，皆大欢喜啊。"

　　林雨舟沉默了一会儿，这段沉默让常菀更加心慌。

　　"林老师……"

　　"秦朗去柏林的事，是许奂告诉我的。我是在收他的邮件时，才看到你发的那些。常菀，许奂所做的那些研究和实验，有些我并不赞同，所以当时秦朗在他门下读书的时候，我也一直督促着秦朗回来，跟他一起开了工作室。现在我依然不赞同秦朗去和许奂一起工作，这孩子心气高，恃才傲物，反而容易被新奇的东西吸引，钻了牛角尖。我一直希望他踏踏实实地做能真正帮助普通人的心理医生，可这么多年过去，看来他还是没磨出那个性子，还是不甘心啊。"

　　"您的意思是，许奂老师会做那种，比较……过分的研究吗？"

　　"我们从上学的时候开始，观点就一直不同，我也不想去评价他的工作。在科学探索的道路上他比我走得远，但走得远了，就难免失去方向。我老了，也没有权力去左右你们的人生。作为师长，我尽力了，但是作为你们的父辈，菀菀，如果你们要想尽可能长远地携手走完这一生，必须要对彼此认同和坦诚。"

　　常菀当然知道林雨舟是什么意思。虽然她从来没想过要秦朗跟她一样安于平常的工作、不做他想，也支持他在自己感兴趣的课题上取得突破，但这并不代表她认同所有他想要去触碰的边缘。无论从情感或者事业方面，常菀最欣赏秦朗的一点就是执着，但这执着，偏也可让人一念成佛，一念成魔。她宁可和自己生活在一起的男人一辈子普普通通、庸庸碌碌，也不愿眼看他走向极端的顶峰。面包的香气从烤箱里散出来弥漫了整个厨房，章晗伸着懒腰打着哈欠站在门口，看着常菀手中的咖啡不自知地一点点倾洒在地上。

"怎么了这是？"

常菀回过神来，看了看手机上的时间，九点四十五分。

与此同时，柏林时间凌晨两点四十五分。秦朗突然从睡梦中惊醒，没来由地看了一眼手机，没有任何新的信息。因为时差，强撑着吃过晚饭之后，他就昏昏沉沉地一觉睡到了现在，这会儿反倒跟着生物钟彻底清醒起来，于是起身想去厨房喝杯水。他住在许奂家一楼的客房，厨房的夜灯亮着，他打开冰箱拿出一瓶矿泉水，坐在吧台边的高脚凳上，借着月光看院子里的那架秋千。这时身后轻轻传来一阵下楼的脚步声，他回过头，看见穿着睡衣的沐徉站在身后。

"你什么时候回来的？"

"在你睡觉的时候。"

沐徉也从冰箱里拿出一瓶水，在吧台的另一边坐下。

"唯安呢？一起回来了吗？"

"这对你来说重要吗？你又不是来见她的。"

秦朗刻意忽略掉沐徉语气中的挑衅，他对自己和唯安之间关系的处理多有不满，并且这么多年他一直喜欢着唯安，这些秦朗都知道。

"听说你们现在都在新加坡读书？"

"听说你和常菀要结婚了。"沐徉对他的友好并不买账，"那你就不应该来。"

"为什么？"

"我希望你能离唯安远一点，不要再出现在她的生活里。她在你心里比不过常菀，我一点都不替她惋惜，因为只有常菀能满足你想要成为救世主的欲望。而如果你继续这样玩火下去，你也一样会失去常菀的，这点其实你心里比谁都清楚。"

"我只不过是来工作………"

"我知道你来干什么。"沐徉的眼睛在黑暗中发出炯炯的光，"我知道许奂这么多年一直在做什么。"

"许老师是你的养父，你怎么能这么称呼他？"

"如果我不是如澜的儿子，如果我不是那个连自杀之后都不得安宁的女人的儿子，如果我不过就是一个普通的孤儿，他会想要收养我吗？当然，关于这件事，我应该好好感谢你，感谢你的推荐，让我有了这么完整的一个家。"

打从在许奂门下念书的时候，秦朗就隐约知道他在做一些非常前沿和隐秘的研究，但具体是什么他一直也不是很清楚。直到这些年，他开始独当一面，做事风格逐渐沉稳稳朗，许奂才开始慢慢向他透露一些蛛丝马迹。虽然那些签了自愿书的药物接受者和采取比较极端手段的人体临床实验一开始也令秦朗震惊，但强烈的求知欲让他很快接受并产生了抑制不住的兴趣。其实他一直觉得普通的治疗方法对于很多精神疾病来说不过是杯水车薪和隔靴搔痒，而新的探索给了他成为上帝之手的希望，许奂的研究所无疑是一片充满各种可能的沃土。当年他下意识地把沐徉托付给许奂收养也是隐隐觉得老师一定不会拒绝，并且能用自己的方式给这位少年尽快走出阴影的可能。

"如果唯安知道她爸爸在做什么和你们要做什么，一定不会那么锲而不舍地去做说客让你来这里，即便她多么喜欢你，也不会。她跟你们不一样，如果当初不是她凭着直觉对我抗拒许奂的治疗进行无条件的保护，天知道我会有什么下场。所以，我现在也会保护她，我会一直保护她，不会让你们有机会令她伤心失望。"

"我想，对于很多事情你都误会了。当时你还小，对很多事情的认知也有偏差，而且情绪也很不稳定，许老师无论如何都是为了你好。"

"对，当初你对我妈妈也是这么说的吧？无论如何都是为了你好，所以她才那么相信你，把自己的一切完完整整交给了你，结果呢？结果就是让她深深地爱上了你，让她对未来充满希望之后，再让她陷入更深的绝望吗？"

一股寒意从秦朗的后背蹿上来，他以为那个秘密已经随着如澜的死彻底消失了，他以为后来更多的成功能够弥补那偶尔一次的失误，他想方设法地让自己相信那时并没有错。

"你不要相信那些无聊的猜测。"

"我当然不会相信猜测，我只相信我自己所看到的，相信我妈亲口说的。"

沐徉把手机举到秦朗面前，如澜的脸在多年之后的深夜就这么再次活生生地出现，秦朗捏着瓶子的双手开始颤抖，心中的恐惧卷土重来。

"当年常菀从我这里拿去救你的那段视频是不完整的，前面那段是我妈对你的表白，就在这里，早该还给你的。要放给你听吗？"

"不用……不用了。"

秦朗垂下眼睛，不敢直视手机暂停的画面上如澜渴求而又绝望的表情。沐徉不屑地把手机收了回来。

"你是不是依然觉得你没有错？依然觉得你明明是用自己的爱当了一个女人的救世主，只是她自己不知深浅地走向了绝路？"

秦朗的额头渗出了一层细密的汗珠，他强行要求自己保持着镇定，他无法向过去和未来低头。

"我们当时的感情是真挚的！"

"就像这些年你对常菀一样真挚对吧？她是不是比我妈要难拯救多了？可是如果她也开始做好接受幸福的准备了呢？你是不是也就厌倦了？"沐徉并不打算怜惜这个在他面前已经失去了所有骄傲的男人，"对于当年的解释已经没有意义了。如果这次你不来，我也并不打算告诉你这些，就让你那么在常菀身边无知地毁掉自己的人生。所以，你大可继续装作什么也没有发生地回到你该去的地方，再也不要有任何非分之想，这样所有人就能继续保持这种畸形的平衡，相安无事地活下去。"

秦朗紧闭着嘴唇，喉结微微颤动着。许久之后他看着沐徉，像是在这短短几分钟的时间里做了生死决定一般虚脱。

"我可以走，但是我希望你可以当着我的面把这段视频彻底删掉。"

"然后再让你无所顾忌地回来？秦朗，你是不是真的觉得我和我妈一样傻啊？"

"我只是不想一直感觉到我和常菀之间有一道威胁存在，你不也希望我和她好好在一起，不要来打扰你们吗？"

沐徉看着迫切的秦朗，突然一下露出悲悯的笑容。

"你以为当初是谁把这段视频剪掉的？我给常菀的是一帧不少的完整版，她什么都知道。"

-9-

每一个新年的轮回都从冬天开始，以冬天结束。当中的春秋夏日，无非是过程中的转折。

十二月的最后一天，所有人都回到了京城。好像每一个节假日，人们都不喜欢落单，无论这个节日的来历是悲伤的或快乐的。尤其是跨年这一天，不可怨念、不可悲伤、不可口角，否则破坏了别人的兴致不说，还会吓退了好运气。

章晗张罗了一个齐整的聚会，连山下和龙骧都在邀请之列。所有人和和气气地推杯换盏，但依然寻得出其中面和与心和之差的蛛丝马迹。洪果儿和沈家奇显然是纯粹抱着参加聚会的心情来的，无论对于每一道端上桌的美食、席间的话题或彼此的情趣交流都能兼顾自如，或者说根本就不必刻意顾及什么，因为内心坦然不用费力圆场。猫鱼坐在龙骧旁边，两位曾经还有过不愉快的上下级不知何时变得这般亲密熟络，低语浅笑仿佛有说不完的话。山下像是习惯了这样的夫妻关系，倒也落得自如。而姜莱的注意力都放在了周全大局上，虽说是章晗组织的活动，但她却完全没有一个东道主的样子，自顾自地吃喝谈笑，什么催菜加酒，举杯调节气氛的心思都抛到了九霄云外。常菀则全程带着笑容听她侃侃而谈，有一口没一口地吃着秦朗夹到她盘子里的食物，无论珍馐还是糟糠，都味同嚼蜡。

整个晚上的气氛热络而诡异。看起来是一屋子人的集体聚会，却像隔着几个透明的屏障，分城割地。直到接近十二点更岁交子的时间，酒意朦胧的众人才敞开了胸怀，开始各抒感慨，并彼此交换祝福。这时人们说出的话都带着绝对的真诚，恨不得前嫌尽弃，拿出所有的善意让一切重新开始。但当新年的钟声在瞬间敲响过后，新的一年终于正式到来，而且并没有什么不同，于是那原本也并不单纯的热情在一如既往的现实面前迅速降温。多么短暂的耐心和期待啊！生怕再久那么一点点，落后于别人一点点，就会变成失望最深的那一个。

大约十二点半多的时候，山下和龙骧先行离开。剩下的人没有谁提出要走，却都离开了餐桌的座位，各自分开找个舒适的区域安顿下来。洪果儿和沈家奇偎在沙发上低声分享着彼此朋友圈的趣事，常菀和秦朗各自端着一杯酒靠在吧台旁边沉默着翻看手机。而喝美了的章晗一直缠在姜莱的脖子上跟他窃窃私语，姜莱虽然觉得在大家面前这样不太合适，却也不好把她推开。眼见这双双对对的情景，落单的猫鱼显得有些尴尬，于是她穿上外套，站到了包间外面的露台上，若是这会儿刻意告辞，反而会显得突兀无礼。

京城的冬夜寒风刺骨，让每一次呼吸都显得格外费力。猫鱼的羊毛大衣并不足以抵抗这种冰冷，没过几分钟，她的脸颊就没了知觉。这时一双温暖的手从身后护住了猫鱼凉透的耳朵，回过头看到章晗一副嬉皮笑脸的样子，猫鱼眼中快速闪过了失望的神情。

"深闺小怨妇，在盼郎君呢？"

"哪有，屋里酒味太重，出来透透气。"

"让我看看。"章晗双手捧住她的脸，表情严肃地端详着，"我们猫鱼，哦不，于淼淼女士越来越有女人味了。要不是为我们的事业贡献着无悔的青春，撒出去该收割多少青年才俊的心啊。"

"我哪里配得上什么青年才俊，我只能……"

"不要命了是吧。"姜莱从屋里出来，刚好打断了她的话。他看了猫鱼一眼，把手里的羽绒服披在章晗身上，"你要是把自己撂倒了，我可不接着啊。"

"我哪有那么容易倒下？倒是你，作为大股东和姐夫，除了工作之外，应该多关心关心于淼淼女士的个人问题，大后方稳定了才能更好地向前冲啊！你身边有没有什么靠谱的优质单身男士，可以拿出来挑选挑选啊？"

章晗搂着姜莱的胳膊，撒娇似的仰着脸。

"心意我领了，只是这个要求不是难为人吗？在姐夫面前，还显得出谁的优质啊？"

猫鱼看着姜莱，明明扬着嘴角，眼里却没有任何笑意。七荤八素的章晗没有感觉到这句话有任何不妥，还没心没肺地笑着。

"瞧这姑娘，净说大实话。不行，我得去趟洗手间。"

说着，她回到屋里拉着常菀陪她一起去。当她们回来的时候，大家都已经穿好了外套准备解散。章晗其实早就困了，只是作为组织者，她不好意思主动说结束。众人在路边挥手告别，猫鱼和洪果儿分别上了叫好的车。原本打算坐常菀的车一起回家的四人，发现如果叫了代驾的话，在冬天穿得多的情况下，后座挤三个人会显得局促，况且大家都喝了不少酒，稍微坐得不舒服，恐怕就容易忍不住吐出来。于是姜莱果断拉着章晗另叫了一辆车，分头驶向同一个小区。

　　常菀和秦朗都坐在后座，车里的空调一时还没达到温度，于是秦朗握住常菀的手放进自己的大衣口袋，她没有拒绝。

　　"刚才你去了洗手间之后，姜莱就关上了天台的门和猫鱼在外面说了好一会儿话。"

　　"嗯。"

　　常菀闭着眼睛靠在车座上，显得心不在焉。

　　"他们两个说话还要刻意关上门，不会有点奇怪吗？"

　　"有什么好奇怪的，人家说自己公司的事，当然不好被别人听见。"

　　秦朗以为她困了，便没有再说下去。常菀心想，咱们之间的关系还没理顺，你倒是还有闲情雅致去八卦别人。一路上，他们都再没有任何对话。空调口里吹出了暖风之后，常菀把手从秦朗口袋里抽了出来，调整了一下姿势，侧向窗外。他们谁都没有主动谈起不在一起的这几天所发生的事，秦朗当然不会主动给自己找麻烦，既然常菀在明知道如澜那件事的情况下，这些年还可以做到只字不提，并最终选择了和他在一起，那么他也继续装聋作哑就好。曾经他以为常菀对他而言是张一目了然的白纸，而没想到这张白纸上却清晰地记录着他最想掩盖的真相。秦朗失去了掌控全局的那种理直气壮，一时之间，常菀变成了一道不可试探的深渊，突然绵亘在他的面前。

　　常菀也没有说破林雨舟告诉她的那些，倒不是赌气，而是不想再莽撞行事。眼看两个人结婚在即，移民工作这种级别的变动不是一时就能完成，也不是秦朗一个人就能决定的。即便他们不是准夫妻，就算是合伙人要分道扬镳也不能说走就走那么草率。常菀想要旁敲侧击地试探一下秦朗，万一那些文件是许奂的一厢情愿或者只是秦朗曾经动过的心思呢？如果后来事情真的演变成了他所说的，只是引进资金和项目来合作的方式呢？虽然常菀无法苟同许奂的实验内容，也不会同意秦朗那样做，但至少那是工作层面的分歧，与两人的私人情感无关。

快到小区门口的时候，常菀听见秦朗告知代驾如何下地库，她睁开眼睛坐直身体。

"你在这把我放下就行，不用另外叫车了，让代驾送你回去。"

"我就不回去了，这两天万壹在他爷爷奶奶家，我又刚回来，想多陪陪你。"

两人回家洗漱完毕躺在床上时，已经是凌晨三点钟了。虽然常菀真的已经累得睁不开眼了，但也没好拒绝秦朗要求亲热的举动。

"之前看好的房子我们还买吗？"

秦朗的气还没喘匀，常菀就问出这句话。刚才整个过程她的精神都无法集中，脑子里全是该如何试探真相虚实的盘算。

"当然买啊，为什么这么问？"

"没什么，上次看完之后就没了下文，房产销售那边问要不要去交定金，说也有别人看上了，我也不清楚你究竟是什么打算。"

"还能有什么比我们的新家更重要的打算？"秦朗从身后抱住常菀，"不用交定金，这两天咱们直接去交首付。"

听了这句话，常菀悬着的心总算放下了一些。虽然买房子这件事也不能让秦朗不会出国工作的事情盖棺定论，但他如果真的已经决定了要走，那何必又多此一举？难道他原本就打算结婚之后两国长期分居，新买的大房子只是留给她和万壹两个人住而已？不会的，秦朗不是这种人。这是常菀坠入睡眠之前的最后一个念头，常菀认为他绝不会允许妻子生活在自己的视线范围之外。

新年的第一天。在这段时间以来的睡眠不足和突然神经放松的共同作用下，章晗结结实实地一觉睡到了将近下午一点才醒来。她只舍得睁开一只眼去摸床头柜上的手机，看到姜莱留言说他需要出门去落实一下黄油供应商的事情，估计要晚饭后才能结束，让她好好休息。章晗舒舒服服地伸了一个懒腰，翻身趴在床的中央，心中泛起美妙的满足感。学校在元旦期间只安排了今天这一天的假期，没有什么比无所事事、慵懒邋遢地度过更加重要。她庆幸自己不是那种心里存不住事的人，否则就会像姜莱那样没有能够允许自己停下来的时候。她盘算着，慢慢悠悠地起床之后要叫常菀去喝一次下午茶，然后再一起回韩秀那里吃晚饭。王青树已经给她发了好几次信息希望她回去看看，说韩秀一直关心她学校那边和跟姜莱的事，却又拉不下脸来直接问。

"给常菀打电话。"

章晗闭着眼睛按下手机的语音识别系统，电话很快接通了。

"救命啊。"

她有气无力地把手机搭在耳朵上。

"怎么啦？懒癌犯了？"

常菀那边的环境听起来有些嘈杂，语气却无比轻快。

"可不是，等你来解救我呢。你这是在哪啊，乱糟糟的？"

"在售楼处呢，来交首付。"

"啊！你这个没良心的，终于迈出了离开我的第一步！我这还是租着房子讨生活的无产阶级呢，你竟然好意思去住四百平方米的大豪宅啊！"章晗哀号着在床上来回翻滚，"陪我吃晚饭安抚一下我受伤的小心灵。"

"好啊！秦朗在一个温泉度假村订了房间，等下我们就过去了，你和姜莱也一起来呗。"

"啧啧啧，比不了比不了，你们赶紧趁万壹不在好好二人世界吧，这狗粮我吃饱了，再见。"

章晗扔下手机，起床走到了洪果儿之前住的房间。自从她和姜莱在一起之后，只要他在这里住，虎妞的活动范围就被限制在了这个区域。因为姜莱对猫毛过敏，并且不喜欢它自作主张地就跳到了床或者沙发这种人的皮肤直接会接触的地方。章晗给自动饮水器重新加满水，蹲在一旁抚摸着虎妞的头，看它眯起眼睛，伸出粉红色的小舌头一点点舔着喝水，心里有些内疚。

当初常菀有了万壹之后，注意力全都放在了孩子和工作上，再也没法像以前一样时时跟章晗腻在一起。虽然还生活在同一个屋檐下，章晗还是会觉得寂寞。尽管她们也要帮忙照顾万壹那个小不点，但自己总归是成了他们母子之外的人，那突然多出来的时间和无处安放的付出感让她也想要一个属于自己的责任，于是在获得了常菀的允许之后，她从宠物店把虎妞抱了回来。她刻意选了一只猫而不是狗，因为她不确定自己究竟有多大的耐心，愿意付出多少时间。章晗摩挲着虎妞爪子上的小肉垫，听它轻轻地叫了一声。是啊，我自私地把你带进了我的生活，现在却又自私地疏远了你。但是猫妈妈也需要有人疼、有人爱，也需要有自己的生活啊！但是，我保证，只要你还不讨厌我，我就一定不会离开你，只是，可能需要你为我受一点点委屈。

常菀和秦朗在度假村的酒店房间安顿好之后，就准备去好好参观一下这里的环境。婚礼策划师建议他们把婚礼当天的仪式、酒席和亲朋好友的住宿都安排在这里，因为一般酒店基本在半年前就已经开始预订婚宴，尤其是好一点的五星酒店，所以他们只有另辟蹊径才能完成那不愿降低标准的诉求。房间他们已经看到了，还算是满意。预订的晚餐时间还没到，于是他们先来到了这里的一间玻璃温室花房。策划师说虽然还没有人在这里举办过婚礼，但只要他们喜欢，她可以负责搞定。

负责对接的工作人员站在入口的一个小门厅里等他们，当常菀推开大门迈步进屋的一瞬间，就已经做了要在这里出嫁的决定。四季如春、鸟语花香、温润娴静，她脑子里情不自禁一下子冒出许多这样的成语，像是来到了百花丛中的花蝴蝶那样心生喜悦，目不暇接。

"喜欢吗？"

"嗯！"

常菀站在一片绣球花旁，夕阳最后的一抹红色透过落地玻璃窗打在她的脸上，秦朗走过来握住她的手。这时一片细密的水雾从天花板上飘散下来，她抬起头看到房顶上装着一排花洒一样的设备。

"这是用来保持花房湿度的，在你们举办仪式的时候我们会暂时关掉，请放心。"

工作人员耐心地解释着。

"给你们添麻烦了。"

这句话是常菀发自内心想说的。建这间花房原本只是度假村老板自己的兴趣，辟出的那一小块区域也是偶尔为自己的家人朋友来喝茶聊天所用，不对客人开放。而如果他们要在这里举办婚礼仪式的话，虽然不再需要刻意布置，但也难免有搬搬抬抬的工作，来匀出足够的空间去做座位和音响设备的安排，必定会打破这里原本的安宁，还有可能会影响到花花草草的生长。但即便这样，她还是想不识大体地任性一回，因为在日后的生活当中，她和秦朗也许在某些时候需要用这样的记忆来跟彼此或自己和解。

晚餐时等待上菜的时候，常菀不停地翻看着手机里在花房拍的照片。餐厅的灯光并不明亮，却恰到好处地让人有一种私密的安全感。

"中午的时候这里光线应该会好一些吧，毕竟是婚宴，那么多人，还是稍微亮堂些好。"

秦朗环顾着四周的环境，像是在自言自语。常菀收到了章晗发来的照片，是她跟一桌子美味佳肴的合照。

"你这是跟着姜莱沾光呢吧？"

常菀回复给她。

"这绝对是亲女儿才有的待遇好吧？姜莱上午就出去跟人谈事去了，说是晚上才能回来。"

章晗说话的声音听起来心情不错，她跟韩秀相处的时候难得有这样的好心情。常菀跟她聊得不亦乐乎，百无聊赖的秦朗只好端起酒看向窗外，不远处是一条鹅卵石铺就的小径，通往后面的住宿区域。

"那是不是猫鱼啊？旁边……是姜莱吗？"

常菀顺着秦朗的目光看过去，因为贴着小径的右侧有一个池塘，为了避免行人不小心落水，所以小径旁的路灯并不昏暗。

"这么巧啊！"

正拿着手机的常菀刚好把两人的侧影拍了下来，准备发给姜莱问他们要不要一起吃饭，却想起刚才章晗说的话。

"要不要招呼他们一声？"

秦朗也这么问。

"不用了，不知道人家方不方便。"

他们两人对视了一眼，都看出对方同样心生疑虑。

"你和章晗这么好的关系，不需要提醒一下吗？"

"提醒和捕风捉影之间的界限太难界定了。她说了姜莱是出来和别人谈事的，带着猫鱼也是正常。"

这时候服务员来上菜，打断了两人的话题。常菀又看了一眼窗外，猫鱼和姜莱的背影已经消失在夜色当中。她看着跟章晗的对话框犹豫了一下，最终放下手机，拿起筷子来。

第二天清早，天刚蒙蒙亮，尚在睡梦中的章晗在洗手间的淋浴声中醒来。她看了看手机的时间，刚过六点钟。前一晚她从韩秀那里回来时已经九点钟了，发现姜莱还没到家，于是给他打了一个电话，他许久才接，说是和几个做贸易的朋友在喝酒，关于合作的事情聊得正兴，所以暂时还没法回去。生意场上的往来应酬和身不由己再正常不过，于是章晗也没有多想，躺在床上连一部电影还没看完就睡了过去。

"怎么喝到这会儿啊？"

姜莱轻手轻脚地走进卧室，章晗冷不丁说了句话还吓了他一跳。

　　"你醒了啊？一群老爷们，喝完第一场不过瘾又要去唱歌，唱完歌又吃夜宵，就折腾到了现在。"

　　姜莱躺到床上，沐浴液的新鲜香气在窗帘透进来的朦胧晨光中显得格外暧昧。章晗靠过去钻进他的怀里，贪婪地呼吸着空气中混合了男性荷尔蒙的味道。

　　"辛苦你了。"

　　姜莱摸了摸章晗的头，身体里透出掩盖不住的疲惫。

　　"我抓紧睡两个小时，上午还有股东会议呢。"

　　"你上午就别去了，好好睡一觉，会什么时候不能开啊？"

　　"那不行，今天有很重要的议题要说。"

　　"什么重要议题啊？"

　　"会上再说吧。"姜莱翻过身背对章晗，调整了一个舒服的姿势，声音跟着弱了下去，"实在太困了。"

- 11 -

　　上午十点钟。章晗和姜莱匆匆忙忙地赶到学校，姜莱直接先去了会议室，章晗则跑了一趟洗手间。原本以为还在假期当中路上会比较好走，没想到却依然被堵了个结结实实。刚洗好手，章晗的手机铃声响了起来。她看到常菀的名字连忙拽出一张纸匆匆擦干手，边接起来边走向会议室。

　　"这么早就起了？不睡到大中午是对假期的不尊重啊！昨天和秦医生温泉泡得还尽兴吗？"

　　"你这是已经开始工作了？"

　　常菀直接忽略了她的话题。

　　"对啊，我正要去开会，已经迟到了，你有事赶紧说。"

　　"我没什么正事，就是刚买的那房子准备装修，你好歹是学设计的，看看有没有什么不落俗也不宰人的设计师朋友可以推荐。"

"什么叫我好歹是？我正儿八经是啊！没问题，这事交给我了。这边忙完之后我去找你，先让我去你那大宅子开开眼，拍点照片。"

"行，等你消息。"

挂了电话，常菀看着手机屏幕上昨晚在度假村拍的猫鱼和姜莱的照片，又放大他们的脸确认了一下，忍不住皱起了眉头。

章晗走进会议室，刚一坐下，姜莱就抓紧时间切入正题。

"今天我主要想跟大家讨论一下黄油供应商的问题。这几个月的财务报表我已经发到各位邮箱了，很明显可以看出，目前授课使用的进口原材料占运营成本的很大一部分，让我们的利润看起来并不漂亮。我也已经多次和山下还有授课老师沟通过了，包括美方的两位校长，他们都不同意在品质方面妥协。那么在没有可替换方案的情况下，针对这一必须解决的问题，我找到了一个新的可能性，需要征求大家的意见。"

"我已经跟国内相关黄油品牌的代理商都沟通过了，在他们那里找不到什么突破口，所以，我们决定另辟蹊径，从更上游的贸易公司入手。"

猫鱼把话接了过去，章晗忍不住看向她，眼中带着疑问的神情。

"哦，我私下请淼淼帮我做了一些辅助工作，所以她清楚一部分情况。"

姜莱看了猫鱼一眼，表情并没有什么特别，但能感觉到他的不悦。猫鱼沉下脸来没再说话，众人的注意力又随之回到了姜莱身上。

"之前我在和一位做投行的朋友聊天的时候，他向我推荐了一家做食品国际贸易的公司，之前他们做的大多是谷物等农产品方面的引进，后来见面沟通了一下，乳制品和黄油这类产品也在他们的允许业务范围之内。于是我就把这个情况告知了美方的两位校长，他们表示可以利用自己的影响力最直接地找到那些还没有被引进国内的顶尖品牌，给这家贸易公司做唯一授权，刚好也可以通过咱们的权威使用、宣传和口碑让这个品牌打入国内市场。而且除了黄油之外，牛奶、巧克力这种核心品质原料也可以以此类推。这样我们不仅能节省成本，还可以和这些国际品牌绑定发展，互相提升。"

"好事啊！我没有任何意见。"

对于姜莱能够提到会议上来商讨的事，他自己肯定已经经过了深思熟虑，这点章晗没有丝毫怀疑。

"那家贸易公司除了在中间赚一些辛苦费之外还能有什么好处？虽然同是食品贸易，但谷物类的和咱们要的这些品类从运输所需要的设备和方式，还有到货之后的储藏要求都一定有所不同，他们在前期所需要投入的成本可能比收入还要多不少，并且在全面打开国内市场之前，这种情况很可能会持续相当长一段时间。这样的话，我们大可以选择一家之前就是从事这类产品贸易的公司来合作，可以省掉很多不必要的成本。"

看猫鱼和龙骧也都像是没有意见的样子，于是山下提出了疑问，这也重新引起了章晗的思考。

"股东，他们想成为我们学校的股东，按照目前的市场估值带资进入，成为我们长期的合作伙伴。"

姜莱慢条斯理地抛出了今天议题的核心。

"但我们目前并不缺流动资金，而且也没必要扩大股东范围，引入一个不知根底的人。再说，如果他成为咱们的股东之后，所需要分走的那部分利润说不定比能给咱们节省的成本还多，那这岂不是得不偿失吗？"

章晗的大脑终于到达了思考这件事的正轨上，不明白姜莱怎么会觉得这种交易合理。姜莱像是料到了他们会有这样的反应，也像是故意铺陈了这样的节奏，一副并不急着解释的样子。

"我还没说完。对方除了实资入股做我们的独家供应商之外，在接下来的办学过程中，我们需要的所有进口教学原材料他们都以免费赞助的方式提供。也就是说，接下来，我们至少可以不用再花一分钱去购买黄油，巧克力和牛奶也会加快跟上，那节省下来的部分不就全是利润吗？再者，他们手里所代理的这些相关品牌，我们作为合作股东，也就相当于控制了上游货源，接下来我们开店，我们的学生也自己开店或者去酒店之类的地方工作，吃惯、用惯了这些品牌，那从我们这里经手售卖不又是一笔几乎不摊成本的利润来源吗？还有，在我个人理解，虽然不是说股东多了就是好事，但是如果有真的能为我们解决问题、扩大利润范围的资源方，还是值得开放一些权益的。"

"对方这么做……图什么呢？"

章晗一时算不过来账，但是听起来对方需要承担不少成本。

"当然是看好学校的发展和未来的利润空间。他们也不是慈善家，自有心中那笔账的算法。"

一时间，会议室出现了全面的沉默。每个人都在心中做自己的权衡，不敢贸然首先做出决定。

"股份，他们要多少？"山下打破了这个僵局。

"20%。公平起见，所有股东等比稀释。"姜莱回答。

"不行。"这是章晗凭直觉做出的反应，"如果是这个比例的话，就没有任何商量的余地。倒不是舍不得那部分利润，对于我来说，到头来还是要分一个远近亲疏。当初，分给山下的不过也就 20%，虽然龙骧要走了 10%，但至少也没出了他们家的门。他们两个加起来为学校所做的贡献一定大于钱本身，不是一个供货商就可以和他们平起平坐的。而猫鱼也就只有 10%，等新的股东进来稀释过后，就压过他们成了学校的第三大股东，这绝对不行。"

在章晗如此坚决的态度面前，谁也没有再发表什么意见，并且从表情上也看不出他们到底是喜是忧。

"这是他们的期望，他们当然想要把自己的权益最大化，但这不代表我们就要答应。"姜莱站出来缓和气氛，他换了一种轻松的语气，像哄孩子似的问章晗，"最终还是得你发话。你说，给多少才不会发脾气？"

龙骧低声笑了一下摇了摇头，瞥了一眼在一旁僵着脸的猫鱼。

"最多10%！不对，他10%了其余三个人是9%，还是没他多……"

章晗就像是在过家家，看起来一点也没有话事人的样子。

"不管是10%还是20%，我都觉得没有什么不妥。"猫鱼终于忍不住插话，"我手里的股份是白来的，没有花一分钱，山下和龙骧也是。根据学校现在的利润，在市场上的估价也不会低，对方不但按比例实缴，后续还注入了其他资源，能让我们产生更大的利润空间，这是作为一名股东最大的核心价值。当然我不是否认我们三个的付出，只是从学校根本的利益出发，这样的法人股值得引进。"

说这番话的时候，她全程注视着桌面，刻意没去对上章晗的目光，这样的顾全大局在此时显得有些不合时宜。

"其实我们两个也没什么意见，只要为了学校好，就是为了大家好。当然章晗的心意我们也明白，你为我们好，怕我们觉得不公平。但是没关系的，我们能理解。"

龙骧直接代表山下发表了意见。看起来她是在替章晗圆场，却妥妥地站进了猫鱼的阵营，让章晗更加难堪。在场的两位男士此时都看向章晗，生怕因为要解决一个问题反而生出了更多没必要的矛盾。

"既然是这样，那我还能有什么顾虑？如果这样的确对学校的发展更好，那我当然要跟大家统一战线。"

章晗反倒松了口气似的站起身来，一副惯常大大咧咧的样子。

"那我就让对方准备一下他们公司的资质和介绍，尽快找时间跟大家碰面彼此熟悉一下。"

姜莱趁热打铁。

"好。今天的议题是不是就这样？"章晗带着询问的笑容环顾众人，没有收到任何异议，"那散会呗！"

说着，她拎起旁边椅子上的包大步走出了会议室，姜莱和在场的其余三人分别对视了一眼，起身跟了上去。两人前后脚进了章晗的办公室，章晗端起桌上的保温杯一口气把里面的水全部喝完，坐在电脑前的转椅上。

"生气了？"

姜莱双手撑在办公桌上，歪头看着她。

"为什么呀？"

章晗也歪头看着他。

"如果你不愿意，咱们可以当今天的会没开过，然后去找别的合作方。"

"别啊，股东会议上决定的事不能出尔反尔啊，不然不显得我更幼稚了吗？"

章晗从包里掏出手机，给常菀发信息问她新买那套房子的地址。

"你看你看，我就知道你不乐意了。这事怪我，我应该会前就先跟你沟通好。但这件事之前还只是个意向，就在昨晚的酒局上才最终确定的，我想着也不差那两个小时，就在会上一起说了。"

"没问题，大家怎么商量的就怎么来。这件事我也帮不上什么忙，就全权拜托你。"章晗收到了地址，从抽屉里拿出一本名片簿放进包里，"我去给常菀帮个忙，这边有什么事你随时给我打电话。"

她嬉笑着拍了拍姜莱的屁股，连蹦带跳地出了门。

- 12 -

章晗把常菀新房楼上楼下的各个区域都看了一遍，然后在连接室内上下两层的水泥台阶上坐了下来，把户型图和刚拍的照片发给了她的设计师朋友。

"不凉吗？走，咱们去楼下咖啡厅坐着。"

常菀关好二楼的窗户走下来，轻轻拍了拍章晗的头顶。

"就坐这挺好，清净。"

章晗的声音空荡荡地拍在墙壁上，常菀也在她旁边坐了下来。

"这是怎么了？闷闷不乐的，上午不还好好的吗？"

"我最近总觉得，猫鱼好像跟我疏远了，有点那种孩子长大了管不了的感觉。"

章晗有些茫然地看着前方，抠着手指头上的指甲油。

"她……怎么了？"

常菀莫名有些紧张。

"也没什么，就是一种感觉。她现在有什么都不爱跟我说了，而且也很有自己的想法。"

章晗把会上发生的事原原本本跟常菀说了一遍，语气中透露出的不是气愤，而是失落和委屈。

"你说，我这不是为她着想吗？怎么到头来还显得我不识大体？当初我觉得她被我连累了，而且也上进单纯，所以一直想着，只要我有能力，就一定不会亏待她。其实当初我要给她股份的时候，其他人都是反对的，包括 John 黄，是我一再坚持才从我原本的 50% 里硬拿出 10% 给她。当然，我也不是说因为这样就要让她对我言听计从、感恩戴德，其实我就是想让我们能做自己想做的事，能过得更好一点。可如果因为想要更好，结果内心变得自私而冷漠，甚至完全失去了当初共进退的那种默契，那也太不值得了。"

"值不值得，是要每个人自己说了算的。用失去热忱、单纯、善良、梦想来换更高的社会地位和物质生活，是多少人在渴望的事啊。像你这样觉得不值得的，别人只会觉得你矫情，或是站着说话不腰疼。屁股决定脑袋，人们没必要互相理解。"

"用灵魂换明天？"

"也无可厚非。"

"你会不会也变成那样？"

章晗转过头看着常菀。

"不会。"

常菀也回过头看着她，认真地回答。

"你怎么那么肯定？"

"因为我没有灵魂。"

两个人面对面笑出声来，常菀站起来拍拍外套上的灰尘，然后把章晗也拽了起来。

"走吧，喝口热的去。陪你这一通感慨，冻得我胃疼。"

边向外走，常菀边在心里组织着语言。

"昨天，姜莱怎么没跟你一起回韩秀阿姨那啊？是多了不起的事，非得在假期里应酬？"

"就我刚才跟你说的那件新股东合作的事，喝到今天早晨六点才回来。"

"一晚上没回去？你也不问问他跟谁去哪了？"

"我都不知道他一晚上没回来。他们一群男人能去哪啊？不是酒吧就是夜总会呗。"

"你还真是心大。"

常菀白了章晗一眼，想着她应该是真的不知道姜莱昨晚至少有一段时间是和猫鱼在一起的，想了又想，还是没把那句话说出口。在没进一步证明真的有状况发生之前，她不想凭空埋下任何祸端。

"姜莱这么长时间都不回巴黎工作，没关系吗？章叔叔的事他不用管了吗？"

"管啊！他说我爸那边的房产、股票、现金之类的现在主要都在做长线的固定收入，不用怎么操心，而且洪果儿现在也彻底不从那边支出消费了，所以先帮我把学校这边工作打理清楚也没问题。反正我也搞不懂，他说没问题就没问题呗。刚好这样他也可以多在国内陪陪我，他也说了接下来准备把业务重心多向国内做些转移。这不也是好事吗？反正我是无论如何不会嫁到国外去生活的，我妈也不会同意的。"

"韩秀阿姨已经正式把逼婚提上日程了？"

"那倒没有，而且我和姜莱在一起之后，我妈反而不催我了。昨天回家跟她吃饭的时候她还跟我说，让我把谈恋爱的时间拉长一点，好好考察一下再做决定。可能她觉得我心眼不够跟姜莱过招的吧，担心我吃亏。她就是这样，小时候她和我爸就经常为了家里谁管钱、公司谁说了算、股权利益怎么分配吵架较劲。好笑吧？其实根本还没挣着什么钱，明明就是夫妻俩，一家子也非要分得那么清楚。她就是没有安全感，什么都想握在自己手里，所以最后也就选了王青树这样老实巴交、无欲无求的人一起过日子，还时不时地要嫌弃一下人家没魄力，还不正式跟人家结婚。"

章晗推开咖啡厅的门，把常菀让了进来，两人一起仰着头搓着双手，看着招牌上五花八门的饮品种类。

"你妈说得对，女人的终身大事，谨慎点没什么过错。"

"像你对待秦朗那样，一考察就是好几年啊？也就是他，碰上了这么个你，搁别人早撑不住跑了。两个人在一起久了，不是不得已结婚就是不得已分手，我和姜莱绝对会属于不得已分手那类。我喝热拿铁吧，你呢？"

"那就一样吧。"

两人跟服务员点了单，站在一旁打算带走，不在这里逗留。

"至少比盲目决定要来得好。离婚和分手可不一样，一个是刮骨疗伤，一个也就是感冒一场。"

"得得得，都好端端的，说什么离婚分手的。对了，秦朗的伴郎团找好了吗？"

"找没找好跟你有什么关系啊？"

"我没说跟我有关系啊，我琢磨着给猫鱼挑个好的撮合撮合呢，咱们一个个都出双入对的，也不能眼睁睁看着姐妹形影单影只吧。"章晗接过服务员递过来的两杯咖啡，"说不定真爱可以软化一下她那过于上进的心。走吧，帮我开下门。"

　　两人缩着脖子，走进一月的寒风当中。我们走向成熟的标志之一，就是从一切都迫不及待，到一切都可以慢慢来。那些看起来给予别人的余地，其实是给予自己的宽容。

第 七 章

幻 灭

Chapter

错位的情感在脱节的一刻也
就覆水难收。

三天之后就是一月十九日，是常菀要跟秦朗回老家领证结婚的日子。章晗打趣她说，这注定是一个不平凡的日子，和火警电话并驾齐驱。猫鱼和姜莱之间一切风平浪静，常菀庆幸自己没有因为一时冲动而揣着好心办了坏事，站在别人的生活之外的自己其实没有权力妄加揣测什么。而秦朗和许奂之间的事也没了下文，常菀装作无意地问过秦朗合作推进得如何，他只说政策风险评估出了些问题，可能需要从长计议。于是她也就全盘接受这个说法，不再去做任何追究，无论原本如此仓促的结婚计划是不是秦朗在为出国移民做打算，无论他最后一次去柏林的时候是不是发生了什么变故，那都是过去的问题，已经不再重要，只有当下才重要。

婚礼的样子一天天在常菀面前变得更加完满，她看着设计师发来的即将完工的婚纱照片和策划师发来的婚礼现场手绘图，忍不住对着电脑出神。那天的场景已经在她的脑海里预演了无数次，只是到现在送她走向新郎的那个父亲的角色，还没有想好该找谁来填补。她想给常继文发一条信息，告诉他跟元禾自己要结婚了，却又明明知道一如既往地不会有任何回音，她害怕再一次陷入无限等待的失望中。

"想什么呢？"

秦朗敲了敲常菀办公室的门，走了进来。

"喏，策划师发来的，要我们确认一下。"

常菀把电脑屏幕转给他看。

"嗯，我大概看过了，你来定就行。还有这个宾客名单，我这边要邀请的都写在上面了，差不多五十多个人。你这边的也尽快整理一下，酒店需要定给咱们开多少桌宴席，还有仪式现场的座位摆放。"

秦朗把一张打印好的名单放在桌上。

"你这是又开始接客的造型吗？"

常菀靠在椅背上打量着他放下了戒备的着装。

"接受您的教导，脚踏实地，勤劳致富。"秦朗抬腕看了看表，"我得上去准备准备了，今天这个案子还真有点复杂。"

说着他转身出了门。常菀还是喜欢作为一名心理医生的秦朗，而不是学者、研究人员或者商人。这时的他眼神纯粹，思维专注，会让人产生愿意把自己全权交付的安全感。她拿过名单，看着上面一个一个整齐排列的名字后面还标注了年龄、性别和职业，简直太符合秦朗本人的做事风格了。常菀打开手机通讯录参照着，然后在电脑上新建了一个空白文档，把想要邀请的人名逐个输入进去。她发现自己想要邀请和可以邀请的人并不多，她没有什么社交圈，也不觉得日常接触的一些人有必要来见证她嫁人。也许结婚这件事在别人那里就像一场广而告之的媒体发布会，越热闹越好，但常菀认为这是一场非常私密的情感交流，她希望在场的每一个人至少都是真心想要来到这里，在意她穿了怎样的衣裳，拿了什么品类的手捧花，会认真听每一句致辞，并为之欢笑或感动，这才是仪式感存在的意义吧，否则就成了走过场的表演，看客无情，戏子无义。

通讯录已翻至过半，但常菀的邀请名单上依然只有寥寥数人。当 N 先生这个名字出现在她眼前的时候，她突然意识到自己后来竟然忘了想要联系他这件事。人情就是这样被生活的不可预期打磨得日渐淡漠了吧！这样想着，常菀决定立刻给他打一个电话，当面邀请他来参加自己的婚礼，他肯定是一个值得分享的人。电话很快接通了，但对面传来的却是一个女人的声音。

"您好，请问这是，嗯……"常菀一时不知道该怎样称呼自己要找的人，"请问您是这个电话的主人吗？"

她只好首先确定这个信息。

"我不是，这里是云城公安局。这是顾念先生的号码，您是他的亲属或朋友吗？"

常菀骤然间一阵耳鸣，她觉得自己一定是听岔了，或者记错了电话号码。顾念这个名字怎么会在此时毫无征兆地出现在她耳边？那个 N 先生怎么可能会是顾念？就算他真的叫顾念，也一定不是那个顾念，对吧？

"喂？请问您在听吗？请问您是顾念先生的亲属或朋友吗？"

对方又清楚地重复了一遍问话。

"我……我……他怎么了？"

常菀不知道自己究竟该说是或不是。

"他昨天凌晨因为大雾在一段盘山路上出了车祸，经紧急抢救之后，至今仍未脱离危险期，一直昏迷不醒。他自己的手机已经损毁，我们只能勉强取出电话卡，想办法和他的亲友取得联系。但他不是中国公民，身上只有一本马来西亚护照，所以我们还在跟大使馆做协调，没有办法马上取得有效信息。您是出事后第一个给他打电话的人，所以，请问您是他的亲属或家人吗？是否能为我们和顾念先生提供帮助？"

"能不能让我确认一下他的生日。"

常菀虽然并不知道顾念具体的生日是哪天，但她知道他的生日和自己现在的生日，也就是常继文收养自己的那天相差不会超过一个月。

"好的，稍等。"

电话那头沟通的人声和拉抽屉的响动窸窸窣窣地把等待拉得无限冗长，常菀闭着眼睛祈求这一切不过都是巧合，但身体的直觉已经全面背叛了她，她终于明白那初次见面就生出的亲近是来自哪里。当警员对着护照报出了顾念的生日，常菀才慢慢睁开了眼睛。如果马来西亚、顾念和这个生日，还有那个关于姐姐的故事加在一起只是个巧合的话，那她也只好认了这个将错就错。

"对，我是他的……朋友，我可以帮你联络他的家人。"

说完这句话，常菀像被命运攫住了喉咙，酸涩的液体吐不出来又难以下咽。她听着警察报出那个顾念所在的云城医院的地址，然后木然地瘫在面前婚礼宾客邀请名单的文档里。顾念说过的话此刻相互拼凑联结，织成了一张周密的大网，无论常菀向那边走，都无法割断牵绊。对于她而言，顾念这个名字不再是一个遥远的符号，他毫无保留地对她倾诉，那些最真切的表达她全部都亲手抚摸过。虽然她知道这不应该，但还是忍不住倾注了自己的情感。在潜移默化之中，常菀不设防地接受了顾念在她的生活中出现。他编造的那些故事身后，藏不住那种卑微的渴望。他渴望被认同，渴望被原谅。

窗外是笼罩在雾霾之下的阴天，那个常菀曾经站在一街之隔的地方拨打过的电话号码，自从那时起就以一种奇妙的排列规律被记忆储存。她拿起手机，准确地按下了每一个数字。这是为顾念打的电话，她试着说服自己，然后按下了拨出键，慢慢把听筒贴在耳旁。

一声、两声、三声。忙音还在持续着，常菀抿着嘴不停咽着唾液，强行让自己冷静下来，与此同时，她打开网页搜索从京城到云城的航班信息，最近一班四十分钟之后起飞，再下一班是在两个小时之后。

"你好。"

一个中年女声用马来语接起了电话，常菀一时慌乱，下意识"喂"了一声。

"你好。"

对方听到之后立刻换用了中文。

"请问，是顾念家吗？"

这个声音的主人应该也就是三四十岁的样子，常菀心想，还好接电话的不是那个母亲。

"对，但是他不在家，去国外办事了。需要我告诉你他的手机号码吗？"

"请问您是……"

"我是他二姐。"

哦，二姐。

"我打电话来是想告诉您，顾念昨天在云城发生了车祸，现在人在医院里还没醒来。警方联系不到你们，所以……希望家属能尽快过去。"

"他伤得严不严重？你现在和他在一起吗？"

对方的语气变得急切起来。

"我没有和他在一起，具体情况我也不清楚。"

"那……你……我……医院那边现在就他一个人吗？我们就算现在立刻去申请签证今天也拿不到，而且明后两天是周末，再怎么加急也要下周一才能到那里……你，请问你是顾念的朋友吗？"

"我……我是他之前的心理医生。"

"心理医生？这孩子，到底是怎么了……这可怎么办啊……"

对方的声音开始禁不住颤抖。常菀想，看来关于找到自己这件事，顾念并没有跟家人提起。

"要不然，我先飞过去照看着，你们想办法尽快过来。"

万壹明天就正式开始放寒假了，本来常菀和秦朗已经安排好了工作，准备后天就回秦朗父母家去，那里空气比较好，也比较暖和。而此时，常菀却把文档里医院的地址迅速发邮件给自己，拿起包就往外走。

"可以吗？真的太感谢你了，我们一定尽快想办法过去。我该怎么称呼你？怎么联系你？"

"你那里看得到我的手机号码吗？"

常菀坐进车里迅速发动。

"看得到看得到。"

"你们出发之前联系我，我把地址发给你们。"

常菀直接把车开到机场，最近的一个航班刚刚起飞，她买了一小时二十分钟后的那班。在确认好万多可以去接万壹放学之后，她给正在接待来访者的秦朗发了一个信息，告诉他自己有急事需要去一趟云城，回老家的行程可能需要推迟一天。直到过了安检，等在登机口看着玻璃墙外停着的飞机和忙碌的地勤人员，常菀才意识到自己在刚刚的一瞬间毫不犹豫地做了一个怎样的决定。她还穿着厚厚的羽绒服，带着平时上班仅有的随身物品，就要飞往将近三千公里之外那个四季如春的地方。常菀尽力调整着呼吸对自己说，没关系的，我去去就回，我就是去看看顾念，什么事情也不会发生，什么事情也不会耽误。我们都会好好的，我们的好日子都还没有开始呢。

飞机已经推出廊桥之后，常菀的手机突兀地响了起来。看到是秦朗，她连忙接了起来。

"发生什么事了？你现在在哪呢？"

显然秦朗做完咨询之后刚刚看到信息，语气非常不快。

"我在飞机上，飞机马上就要起飞了。"

"你怎么能……"

"你听我说。是之前我的那个来访者，就是我跟你提到过的我连名字都不知道、特别神秘的那个，他在云城出了车祸，他……"

"你是说顾念？"

"对，是顾……你怎么知道？"

飞机转向跑道准备起飞，空姐快步走过来，礼貌地请常菀立刻关闭手机。

"你一直都知道对吧？这根本就是你一手安排的对吧？"

空姐再次提醒常菀飞机马上就要起飞，请她关闭手机，周围的人对她投来不满的目光。

"不是你想的……"

常菀硬生生地把秦朗的话切断，立刻关机。她用力地捂住自己的脸，想让千头万绪的大脑停下来。飞机腾空的那一刻，她闭着眼睛，什么都听不见了。一直以来，她努力让自己保持一个旁观者的角色，无论是作为心理医生、朋友，还是作为女人和母亲。她没有办法让自己沉浸在某个身份里，因为看得不完整会让她失去安全感。她不想掌控谁，只是不想因为不自知而被人随意评断。即便在知道了 N 先生就是顾念之后，常菀也没有这种惊慌。因为回想起来，她的言行应对在两人之间足够冷静体面。可原本她以为发生在安全屋里的这一切，竟然在第三个人的窥视之下。她没有办法去想象自己在一无所知的情况下被黑暗中的那双眼睛获取了什么，秦朗这一次让常菀的心态彻底失去了平衡。如果之前的裂痕是在男女情感范畴之内，无理可讲，也不可避免，那么这次，同样作为她心理医生的秦朗，让常菀感受到了不可逆转的背叛。

- 2 -

顾念仍然没有醒来。重症监护室已经过了探视时间，常菀隔着玻璃窗匆匆看了他一眼，便跟着护士开始补办各种缴费手续，消毒水味和刺眼的灯光让她忍不住头晕目眩。这里是云城的郊区，是距离顾念出事的地方最近的一家规模较大的医院。常菀坐在主治医生的办公室里，环顾着周围简单的陈设和老旧的台式电脑，心中不由得生出抵触。

"抱歉，久等了。"

主治医生摘了口罩匆匆走进来，拿过杯子给自己和常菀从饮水机里各接了一杯水，放在面前的茶几上。

"可不可以麻烦您明天帮病人转院？"

医生还没有坐下，常菀就等不及地问出了这个一直在心里打转的问题。

"你想转去哪里？"

这位看起来五十岁左右，皮肤黝黑，带着明显云城口音的男医生端起保温杯看着她。

"当然是转去市里更大、条件更好的医院。"

常菀向前探着身子，有些咄咄逼人的态势，医生垂下眼睛慢慢地喝了一口杯子里的热水。

"你是病人的直系亲属吗？"

"我……不是，他的家人在国外，后天才能到，我先代替他们过来。"

这个问题让常菀的身体不自觉后退了一些，气势也弱了下来。

"那恐怕不能。不仅是因为你没有权力做这个主，还因为病人出事之后送到我们这里来，说明我们这里的医疗条件能够对他进行抢救和治疗。事实上我们也确实做到了该做的一切，他现在昏迷不醒是因为颅内出血，压迫到了大脑部分功能区导致的，即便你转到了其他医院，现在能做的也跟我们差不多。而且，病人现在并不适合被移动，很有可能在这个过程中扩大损伤，造成感染，从而引发更严重的问题。"

"所以，现在就只能干等着他自己醒来吗？"

"我们没有干等着，我们在积极地想办法进行治疗。但是大脑的创伤的确比较棘手，我们和病人自己都需要时间。"

"那请大医院的专家来这里会诊总是可以的吧？"

常菀和其他面临这种情况的病患家属一样，慌乱却又不得其法。医生叹了口气站起身来，走到办公桌后重新坐下，翻开了桌上厚厚的文件夹开始提笔工作。

"反正今天这个时间什么都解决不了。你先回去吧，等家属来了再做打算。病人目前除了一些外伤之外，其他的生命体征一切正常，我觉得暂时留院观察就可以。"

常菀的脚在高跟鞋里胀开，衬衫好像也因为身体的浮肿紧了一些。她知道自己再说什么也是徒劳，因为她不是家属，即便她愿意承认也证明不了。她默默地起身走出办公室，血液突然涌上头顶，眼前一片漆黑。慌乱之中，她跌跌撞撞地用手撑住了过道的墙壁，却狠狠地崴到了脚踝。直冲脑门的疼痛让她变得异常清醒，她咬着牙没有发出任何声响，一点点地向不远处的长凳挪过去。

常菀打开了一直关着的手机，联系公安局询问关于顾念车祸的事，可值班警察说具体情况需要等家属来了才能告知，包括随身物品的交接。但他告诉了常菀，经查证之后这只是一场普通的交通事故，不存在任何人为的痕迹，完全是因为那天可见度不足三米的大雾。按理说在那种天气情况下，就不应该开车行驶在山路上。顾念为什么会来云城？为什么会在大雾弥漫的清早开车走山路？

值班护士帮常菀处理了一下脚踝的扭伤，告诉她虽然现在可以行走，但最好明天再来拍个片子做下检查。常菀谢过护士，重一脚轻一脚地走出医院。一月的夜晚，云城的郊区也并没有预想中温暖。常菀披上了一直拿在手里的羽绒服，身体的热量早已消失殆尽。她用指尖顶住绞痛的胃，舔了舔干燥的嘴唇，想着无论如何先要找个地方过夜。

医院附近没有什么像样的酒店，只有那种当地居民自己开的宾馆或民宿，常菀挑了一家看起来最正规的住了下来。放下东西，她换上宾馆蓝色的塑胶拖鞋，准备去一楼的餐厅填饱肚子。她仔细地反锁了门走出去两步，又折回来把原本放在屋里的包拎在了手里。拖鞋不是一次性的，还大出好几号，表面有些油腻腻的，但常菀已经顾不得这些，从高跟鞋里好不容易抽出来的脚已经没法再塞回去。

一碗米线下肚，常菀坐在靠近门口的位置，闻着从不远处的山上吹下来的风，这才意识到上腭被不冒气的滚汤米线烫出一个泡来。原本以为新年的第一次出门旅行，会是明天要去的那个鱼米之乡，她特意提前订了一家打开窗户就能看见海的酒店，还专门新买了一条白色的裙子，想着领证那天要在海边拍一张照片留作纪念，没想到先到来的竟然是这样的意外和光景。宾馆餐厅的三四个服务员围在隔壁桌旁，用常菀听不懂的方言边说笑边吃着晚饭，昏暗的灯光照在沁着油渍的桌面上，散发着木头腐朽的气味。常菀又要了一瓶矿泉水，结过账之后慢慢走回二楼的房间。她觉得自己现在的样子一定狼狈极了，皱皱巴巴的衬衫和被静电吸在腿上的薄羊毛裤搭配着一双大出好几个码的男士塑胶拖鞋，还在身前谨慎地斜挎着一只缠着丝巾的背包。房间里的洗漱用品只有封在透明塑料袋里的牙刷牙膏和一小块香皂，还好热水足够充足。筋疲力尽的常菀顾不得许多，把自己洗干净之后，裹紧了羽绒服，躺在了弹簧凹凸不平的床上。

只要你醒过来，这些都不算什么。只要你醒过来，我就不再逃避。只要你醒过来，我就做你的姐姐跟你回家去。常菀盯着被水渍染成黄色的那块天花板，在心里一遍遍和沉睡中的顾念做交易。亲情这种东西就是那么奇怪，相安无事时彼此疏离，有难当头时奋不顾身。未曾谋面也就罢了，偏偏我知道你的名字，听过你的故事，看过你的笑容，知道痛该痛在什么地方，念该念成什么模样。常菀伸手从枕边的背包里摸出一管护手霜，涂在干得发紧的脸上，白衬衫的皱褶用湿毛巾擦过，挂在床尾的衣架上。

手机又一次振动起来，她看着屏幕上秦朗的名字，已经没有了怒气，而是一种恨铁不成钢的无奈。他那么聪明的一个人，怎么就不懂信赖这件事对自己的重要性？这些年来，被允许靠近常菀生活的异性只有秦朗一个，这不是什么巧合，就是因为他知道常菀最不愿为人知的秘密，她觉得他可以被自己信赖。

"喂。"

常菀接起电话，她没法关机，所以知道秦朗也不会罢休。

"睡了吗？"

"嗯，已经躺下了。"

两人都语气平和，像平时聊天那样。

"明天什么时候回来？我去机场接你。"

"不用了，我的车就停在机场，自己回去就好。"

"机票我改在后天中午了，酒店也改好了。"

常菀没有回应，她的内心已经产生了极大的动摇，彼此之间没有信任的两个人为什么要走入一场注定动荡不安的婚姻？

"我是为你好。"沉默了半晌，秦朗还是说出了这句常菀最不想听到的话，"如果当时顾念就那么愣生生地出现在你的面前，难道会有什么好结果吗？那样不就连一点回转的余地都没有了吗？"

"现在这样的结果就好吗……就有回转的余地了吗……"

常菀有气无力地呢喃着。秦朗果然还是那个理直气壮的秦朗，从来都不会对谁感到抱歉。

"我让顾念去找你父母，因为当初是他的出现才让你的父母选择了消失，解铃还须系铃人，只有这样才能从根本上解决问题，不是吗？"

"什么叫……你让他去找我的父母？我父母在云城吗？"

常菀原以为秦朗所做的只是帮助顾念接近自己，期望她能够原谅和接受那个抛弃过她的家庭，而此时她意识到，那只是他计划中最无关痛痒的一部分。秦朗长叹了一口气，像是下定了什么决心似的慢慢开了口。

"你结束顾念的治疗之后，他觉得失去了和你见面的借口，所以想干脆向你直接坦白，可我知道根本不到火候，如果那样的话，之前所做的那些不就白费了吗？而且如果你知道他之前是揣着明白在故意接近你，那对你来说伤害不是更大吗？所以……"

"所以，"常菀的心已经凉到了极点，"所以因为你不想让自己就这样被牵扯进去，不想让我知道是你在背后帮他编故事来欺骗我的感情，就找借口把他支走，还美其名曰是为了我们好，对吗？我真是太傻了，我从来就没怀疑过会是你……我真是太相信你了……"

"难道我做这些是为了我自己吗？我当然是为了你好，你好不容易才愿意接受新的生活，我怎么能眼睁睁地再看着有人把你再次推向黑暗？"

"所以你就把顾念当作棋子，逼他走上了一条根本走不通的路？"

　　"我也是想要帮他的，只是他太着急了，如果他能继续听我的安排，就不会走到现在这个地步！"

　　上大学的时候，林雨舟总是拿常菀和秦朗相比。他说，秦朗是个做学问的好苗子，因为他在人的身上总是不满足，不满足于别人，也不满足于自己。所以，他放弃了林雨舟的保研，硬是打败了众多竞争对手，考出国拜入许夯门下，因为他们从骨子里就是一种人。而常菀跟林雨舟更像，都愿意把自己埋进世俗里，和尘埃同在。

　　"到现在，你也没问过顾念一句。"常菀侧过身子，把自己蜷缩起来，"好歹他是我的亲弟弟。"

　　"他……还好吗？"

　　"在重症病房，身上都是管子和纱布，一直没有醒来。"

　　"那，你还要在那里待多久？"

　　常菀闭上眼睛，疲惫从骨头缝里渗出来，绑架着她的身体无法动弹。

　　"我累了，我可不可以睡一会儿……"

　　宾馆房间的窗帘就是一层薄薄的棉布，云城的阳光一大早便透了进来，把四面墙壁映照得雪白明亮。常菀裹着羽绒服呆呆地看着这个带着淡淡潮湿气味的陌生房间，听见楼下有人在用方言大声聊着家常。她的身体酸乏，头晕晕的，昨晚的梦雾蒙蒙的，记不清内容，却给人留下了湿漉漉的感觉。她翻身坐起来的时候，才意识到脚腕已经肿得老高，隐隐作痛。高跟鞋肯定是穿不进去了，她又穿着那双蓝色的塑胶拖鞋拖着一只脚下了楼，拜托服务员去旁边的早市帮她买双布鞋。

　　常菀踩着一双十五块钱的白球鞋来到了医院重症监护室门口，护士正在给顾念更换吊瓶并清理伤口，他还是一动不动地闭着眼睛，躺在那里任人摆弄，昨天那名皮肤黝黑的主治医生经过她的时候点了点头。

　　"我可不可以进去跟他说说话？"

常菀叫住医生，语气比昨天谦和了许多。

"重症病房一般不允许探视，因为你带进去的细菌可能会让他感染产生并发症。"

"我可以全面消毒，像你们一样，而且我绝对不会碰他，就在旁边跟他说说话，说不定能帮助他醒来呢？"

常菀的语气几近哀求，贴在头皮上的头发和没有妆容的脸，还有那拎在手中塑料袋里的高跟鞋让她完全失去了气势。

"你先去急诊给脚踝拍个片子吧，伤筋动骨的事别耽搁了。下午三点的时候你再来，我给你半个小时。"

说完，医生戴上口罩走进了第一道门，常菀看了一眼尚且平稳的心电监测仪，走向了急诊的方向。

午后，顾念的二姐顾悦打电话给常菀，她只说目前情况平稳，虽然他还是没有醒来。为了不至让母亲过度担心，顾悦在昨天接完电话之后并没有告知她这件事，只是第一时间去申请了签证，然后订好了明天上午的机票。两年前顾悦离了婚，现在独自和母亲一起住，几乎代替了大姐的位置操持着家里的一应事务，所以她和顾念走得最近。顾念第一次去找常继文跟元禾的事，家里也只有她一个人知道，但是后来发生的事情顾念还没来得及跟顾悦说，所以她并不清楚这半年多来弟弟在做什么，还以为他出国真的是为了工作。

常菀穿着蓝色的隔离服，戴着帽子和口罩坐在距离顾念一米的床边。她的脚上缠着绷带，手上还拿着冰袋。墙上的时钟在静谧中发出巨大的声响，一下一下打在常菀心头。

"顾念，我是常菀。"

一句话出口，她的眼泪就涌了出来，心中所有的委屈都在此刻烟消云散，好像这般情景在三十年前就该出现，那个刚刚咿呀学语的小女孩看着还在襁褓中的婴儿说，弟弟，我是姐姐。

当天晚上，常菀住进了市里的五星级酒店。她去商场买了些简单的护肤品和化妆品还有更换的衣服，她想整整齐齐地见到顾悦。

秦朗的电话和信息已经轰炸了一天，她给手机插上充电器，麻木地看着屏幕上增长的未接来电和刷屏般的信息，一点点把头发吹干。她知道自己不会去那个有秦朗父母所在的城市了，那件精美的婚纱和馥郁的花房也和她再无关联。即便顾念此刻就平安无恙地醒来，常菀也无法再坦然地面对那个原本要嫁的人。她不想再自欺欺人，不想再把秦朗当作自己的救世主，是时候让心里那团需要细心呵护的火光熄灭了。章晗的电话在夹缝中打进来，常菀犹豫了一下，还是选择接起。

"我没跟秦朗在一起。"章晗知道她此刻最不想面对什么，上来就打消了她的顾虑，"昨天到现在，吃饭睡觉了吗？"

"嗯，吃了也睡了。"

"行，脑子还在。那边就你一个人？联系家属了吗？"

"我不就是家属吗……"

"你是那个有权力做决定的家属吗？"

章晗意识到自己的话说重了，常菀理解她这是关心则乱。

"明天会有人从马来西亚过来。"

"这样的话，我希望你无论如何先回来一趟。"

"他还没醒。"

"你要在那个地方一直待到他醒过来吗？常菀，我理解你现在的心情和立场，虽然你昨天正式成为别人的姐姐，但是在此之前，你已经做了很久别人的母亲、别人的医生和别人的女朋友。就算这个女朋友你不想做了，也应该堂堂正正地回来解释清楚。不管秦朗做错了什么，他的父母是无辜的。这世界上没有什么事会自己好起来，只会越躲越糟。"

就在常菀正在通话的此时此刻，秦朗的电话还在一直拨进来。所有不美好的情绪和字眼在她胸口挤成一团，最终也只能痛骂自己的懦弱和虚荣。

"只要你想好，你可以什么都不要，什么都不管，抛开一切去

弥补做姐姐的失职，有我在，你尽管走，不用有后顾之忧。可是哪
怕你处理得再烂，也得自己回来亲手解决，之后谩骂荣辱随他去。"

　　常菀再一次更深地掉进了自己的黑洞，而秦朗再也救不了她。
其实她心里清楚，从当初飞往马来西亚的那一刻，她就掉进了自己
挖掘的黑洞里，再也没有出来过。头顶的那片天和从洞口伸下来的
手，只能让她无限接近光明。她责怪所有人的虚情假意，却忘了自
己从来没有真正努力挣脱。

- 3 -

　　顾悦拖着行李走到机场的出口，一眼就看见了人群中的常菀。
她原本以为在姐妹当中自己是最像母亲的那一个，而眼前这个人却
拥有她无法企及的相似。来之前，她并不敢想代替她第一时间来到
顾念身边的真的是自己多年未见的妹妹，但却实在忍不住猜测。为
什么顾念会突然在京城找了一个心理医生？为什么这个心理医生会
有他家里的电话号码？为什么她会毫不犹豫地答应即刻动身飞往云
城？常菀看着顾悦向她走来，放弃了本来在心中预演了无数遍的说
辞。她不想再逃避和说谎，否则顾念的付出就完全被辜负了。

　　"常菀。"顾悦站在常菀对面叫她的名字，"我是顾悦。"

　　身体里明明流淌着同一脉血缘的姐妹俩，相对而立，面容如出
一辙，却被命运冠以不同的姓氏。

　　"我刚从医院过来，顾念还是没有醒。许多事情，必须得亲属
才有权力下决定，所以，你去看看吧。"

　　常菀此时没有感慨抒情的心力，于是直奔主题。

　　"辛苦你了。"

　　顾悦笑起来的神情和顾念无比相像。

　　"我需要立刻回一趟京城，等事情处理好了，如果有需要我的
地方，我再来。"

"好。"

常菀努力露出一个看起来像是在示好的表情，转身走向出发楼层。

"委屈你了，这些年。"

顾悦的声音从背后传来，常菀没有停下脚步，咬紧牙关盯着出发的指示牌径直向前走。当我们真的听到那句等了很久的话时，所有的坚强都成了懦弱磨出的茧，心酸又难堪。

常菀把手指上的钻戒摘下来，擦拭得干干净净后放回了盒子里。即便只有短短不到一百天的时间，皮肤上也压出了浅浅一圈痕迹。旁边的纸袋里放着新房的钥匙、礼服和酒店的收据，她小心翼翼地扣上戒指盒，也把它放了进去。常菀知道自己和秦朗的交集不止这些，也不是一时半刻就能够彻底清理划分的，她甚至并没有想要跟他老死不相往来，也许只是站得远一点，就不用以爱的名义彼此伤害。

把脚踝上的绷带缠得更紧了一些，常菀拿出了柜子里许久没穿过的运动鞋。她发信息给秦朗，约他在一家咖啡厅见面，她知道，只有在大庭广众之下，他们两个人才能多少有所顾忌，不至于让情绪失控到无法收场。鞋带还没有完全松开，门锁便发出了声响。常菀从衣帽间走出去，看到万多带着万壹有些迷惑地站在门厅。

"妈妈！"

万壹甩掉鞋子冲过来拥抱她。

"你回来了啊，我不知道你在。万壹说要用他的平板电脑才能做寒假作业，所以我就陪他来拿一趟。"

万多站在原地不知道是该走还是该留。

"临时决定的，还没来得及告诉你。"

"没吃饭呢吧？我们俩刚打包了点粥和小菜准备明天早上吃，还热着呢，要不然你先垫一口？"

看着他有些拘谨的神情，常菀莫名有些心疼。

"好，你先进来吧。"

她笑笑，万多也松了一口气似的换好鞋，拎着袋子进了厨房，再把倒进碗里的粥和两碟小菜一样一样端出来。常菀坐在餐桌前，端起面前的粥，想到夏天在帕劳的时候，发着低烧的自己也喝了万多端来的粥。那时候她还能无所顾忌地信赖秦朗，还有心思跟晴海暗暗较劲，就连后来觉得痛苦和艰难的部分跟现在比起来，也都算闪闪发光的过往。

"你的事办完了吗？需不需要我再带万壹几天？"

万多在常菀对面坐下来，万壹拿着平板进了自己的房间。

"不知道。所以，可能还要麻烦你。"

"麻烦我？我还要说多少遍万壹也是我儿子这句话？有事你尽管说，我也好有机会抢抢你这个模范妈妈的风头。"

万多看得出来常菀心里沉甸甸的，他知道自己不好去问发生了什么，但想着至少能让她轻松地吃完一顿饭。常菀抬起头看着万多挑着眉毛的夸张表情，心知肚明地领了这份情。

"你和晴海已经结婚了吧？"

"还没有，过年我先跟她回家正式见她父母。你呢？"

"我？本来应该是明天领证的。"

"本来？"

"嗯，现在决定不结了。"

常菀举起光秃秃的手指在万多眼前晃了晃。

"为什么？"

万多怎么也没想到她的心情低落会跟结婚这件事有关，他明明亲眼看到过橱窗背后她幸福的样子，他也不觉得秦朗像是朝三暮四的人。常菀抽了一张纸巾擦了擦嘴，靠在椅背上。

"其实，我不是孤儿。"

"我当然知道你不是，这不是当初为了省事，用来搪塞我爸妈的借口吗？怎么？难道是叔叔阿姨不同意你们结婚？不能吧？！"

万多信以为真的表情让常菀觉得有趣。

"为什么不能？"

她故意逗他。

"因为……有我这么个参照物做前后对比啊！"

常菀笑出声来。她突然意识到自己和万多之间的一切沟通往来都无比简单直接，无论是相识、结婚，哪怕争吵、离婚。作为夫妻的那六年因为并不亲密，所以也没有隔阂。他从来不会多问，也不会自作主张。她说什么他就信什么，这可以被当作是不走心，但也可以被看成是难得的单纯。

"其实，我有过两个爸妈。这是个又长又丧的故事，等哪天我心情好、有力气的时候再讲给你听。现在我需要出门办点事，麻烦你……不对，你得在这看着你儿子，我去去就回来。"

常菀站起来，走到门口弯腰想要穿鞋，万多见状赶紧过去帮忙。他单腿跪在她面前，小心翼翼地把运动鞋套在她缠着绷带的那只脚上。

"心情好的时候就该保持住，不开心的故事不讲也罢。"

万多拿起她另外一只脚塞进鞋里，常菀低头看着他一点点收紧鞋带，干脆利落地打了一个蝴蝶结。她的心里没有泛起当秦朗跪在她面前那时的波澜，但却觉得理所当然。就在万多帮她整理别在鞋里的裤脚时，家门被打开了，这温馨的一幕被站在门口的秦朗妥妥地看在眼里。他走进来重重地摔上门，这几日积累的愤懑和煎熬清晰地堆在脸上。

"你们在干什么？"

秦朗看了常菀一眼，目光落在万多脸上。万多不慌不忙地站起来，直视着他的眼神，觉得没有必要做多余的解释。

"我们不是说好在咖啡厅见面吗？你来这里干什么？"

常菀不由得向前走了一步，横在秦朗和万多面前。

"我们现在走，还能赶上最后一班飞机。我已经跟我父母解释过是因为工作耽误了，这两天的事先当作没发生过，一切都等明天结束了再说。可以吗？"

秦朗急切地拽住常菀的手腕，常菀默不作声地抽出来，拿过一旁装着戒指的那个纸袋递给他。

"我做不到。"

秦朗看了一眼纸袋里的东西，表情一瞬间变得无比狰狞，狠狠地把纸袋甩到了一边。

"就因为顾念？就因为那个你自己都不愿意认的狗屁亲弟弟？常菀，我拜托你清醒一点，到底是谁让事情走到了今天这种地步？"

万壹从房间里跑出来，用不知所措的眼神在三个大人之间扫视。万多把常菀和万壹挡在身后，一副随时准备动手的样子。

"怎么？现在摆出一副家庭和睦的样子是给我看吗？那你当初就跟他继续过，别睡到我床上来啊！"

常菀迅速捂住万壹的耳朵，把他推向自己的房间。万多的拳头已经攥得咯咯作响，他强行保留着最后的理智，不想在孩子面前动手。常菀心中最后的一丝希望也狠狠地破灭了，这反而使她心中的慌乱彻底平静了下来。她不用再去权衡进退的尺度，决绝要比伪善容易得多。她走到万多身边，拽了拽他的胳膊示意他让自己来解决，万多暂且往旁边退了一步，但依然紧盯着秦朗的动向不敢松懈。常菀凄凄切切地看着秦朗，直看得他眼中的愤怒化为悲凉。他终是没想到她会逼得自己说出如此不堪的话，并至此也不相信他们会因为这种理由而彻底离散。常菀是我的，秦朗从爱上她的那一刻就未曾怀疑过自己能抵达这个目的地，他觉得自己总有办法让她的每一次怨怼都迎刃而解。相识以来的点点滴滴静默着从常菀心中划过。

她点了点头，突然抬手狠狠给了自己一个耳光，清脆的响声让其他两人还没反应过来，她又抡圆了一巴掌打在秦朗脸上。

"我们扯平了。现在，请你从我家里出去。"

秦朗从震惊中回过神来，恼羞成怒地拽住常菀的胳膊就开门要往门外走，万多急忙冲上去拽住他的领子，却被他反手一拳砸在脸上。

"你们都给我住手！"

章晗接到万壹的电话，穿着睡衣拖鞋就跑了过来，紧随其后的姜莱上前拉开了纠缠在一起的秦朗和万多。章晗上前先把常菀送进屋里，然后转身横在门前气得嘴唇直抖。

"这样好看吗？你们满意了吗？如果没打够的话滚出去打，往死里打！但是别在女人和孩子面前耍浑蛋！"

万壹扑到常菀怀里哭了起来，声音传到楼道里发出嗡嗡的回响。

"走吧。"姜莱用毋庸置疑的语气对秦朗说，"这样解决不了任何问题。"

秦朗实在无法再让自己面对这个支离破碎的场面，头也不回地离开。他在心里替自己不值，这么多年的矢志不渝，却换来一个如此不可理喻的下场。常菀，你凭什么？如果没有我，你还哪里来的清高？哪里来的骄傲？如果没有我，你什么都不是。

常菀和万壹在同一张床上睡着了。章晗轻轻关上了常菀卧室的门，万多一直沉默地坐在餐桌旁。

"你来设一下新密码吧。"

姜莱对着说明书重置了门锁的密码让到一边，章晗走过去遮挡着重新输入了一串数字。

"需要跟物业说一声以后不要再放他进来吗？"

万多放下手里的冰袋，脸颊肿得发亮。

"我看就连你也不应该放进来。"章晗瞪了他一眼，"我会去说的。不过，秦朗也不会再来了，他不是那种人。这么晚了，你也赶紧回去吧。别跟晴海提今晚的事，脸上的伤想个别的借口。"

章晗把冰袋又递到万多手里。

"我今晚在这看着他们，你也回去睡吧。"

姜莱点点头，和万多一起出了门。章晗捡起地上已经破掉的纸袋，把散落的东西重新归整起来。她看着其中一张应该是在花房里拍的作为参考设计图的照片，画面里常菀挽着秦朗背对着镜头，夕阳斜斜地把他们的影子拉得很长。虽然看不到他们那刻脸上的表情，但也能感受到脸上溢满的笑容。

— 4 —

万多回到家的时候已经是深夜十二点半钟。他停好车，抬头看了看面前的单元楼，窗内的所有灯光都已经熄灭了，这反而让他松了一口气。他轻手轻脚地进了家门，卧室门关着，他打开了门廊的壁灯，借着昏暗的光线去厨房的冰箱里拿了一罐冰啤酒，一口气灌下去大半，然后坐在了客厅的沙发上。

刚才虽然结结实实地挨了秦朗一拳，但万多心里反而觉得痛快。从前他觉得秦朗总是无懈可击的样子，根本不把他放在眼里，就像是一个虚无的假想敌，干恼火却使不出劲来。看着这样的人坠下神坛，虚假的完美在常菀和常壹的心中破灭，是他可遇而不可求的机会。可在短暂的幸灾乐祸之后，万多很快又陷入了更深的迷茫。他不知道究竟是多么不可原谅的错误才能让一向从容冷静的常菀用如此不留余地的方式挣脱那令旁人无比羡艳的婚姻。同时，他也开始对自己的生活感到迷茫。原本他觉得可以就这样无功无过地和晴海生活下去，虽然他知道自己对她的感觉并不是爱情也并不迫切，但有爱情有迫切的又能怎样呢？年轻时试图争取爱情，却只落得荒废的时光，醒悟时想要挽留这错失的时光，却又为时已晚。万多觉得也许追逐这件事本就不适合他，不如选择已经到来的，以免失去后又再度后知后觉。而且他明知道常菀即便不嫁秦朗也不代表这就是属于他的机会，其实直到现在他也没搞明白自己对她究竟是一种怎样的感情，是欣赏、后悔抑或是亏欠和占有欲？但的确有一种无条件的愿意，先于他所有的思考和行为，这种感觉在此刻不断被放大，一下下撩拨着他的不甘心。

身后的卧室门被打开，晴海披着睡衣站在光背后的阴影里，万多看不清她脸上的表情。

"一个人回来的？所以，常菀在家吧？"

"对，刚好碰到她回来。"

"真巧。"

"是挺巧。我把你吵醒了？"

"我就一直没睡，没想到你这么晚才回来。"

"哦，有事耽误了。赶紧去睡吧，我洗完澡就睡。"

万多仰头喝完罐子里的啤酒，起身走向洗手间。

"你以后能不能不要再跟常菀联系？"

万多停下来，没有回头。

"有万壹在，我们没法不联系。"

"好，那除了必要的联系之外，是不是至少可以不用见面？"

晴海一晚上都没有给万多打一个电话，也没有发一条信息问他为什么还不回家，她的直觉告诉她有什么事情发生了，女人的第六感。万多转过身来看着她，脸上的瘀青藏在没有光的那一边。

"她是我孩子的妈妈，我不知道该怎样才能划出一条合理的界限。咱们马上就要结婚了，你还有什么可担心的呢？"

"原来你还记得我们要结婚了，家里大大小小的事都是我一个人在处理，你好像根本不关心这个婚会结成什么样。"

"这段时间的确辛苦你了，我看你一直那么积极主动，还以为你喜欢亲自安排这些，而且你也确实比我擅长。如果你放心的话，接下来的事都交给我吧，你不用操心了。"

这当然不是晴海说那些话的目的。如果不是因为爱一个人，谁天生就什么都会，什么都愿意？

"其实我并不介意你什么都不管。其他该做的我都已经做完了，可是你该做的那一件事却到现在还没有做。"

"什么？"

晴海深吸了一口气，伸出左手。

"求婚。"

这件当时万多想跟常菀重新开始时准备的第一件事，在和晴海具备了所有结婚条件之后却都还没有想过。

"我已经……看好了，明天就会去买。"

如果连这个谎都不撒，那连他都觉得自己太过分了。

"你今晚是不是真的忙晕了？你不是早就准备好了吗？我已经看见了，在书柜下面的抽屉里。"

万多反应了一下，才想起自己之前把本来要送给常菀的戒指专门放在了一个不常用到的地方。如果晴海不说他都快忘了这件事，他在脑海里快速比对着将错就错和开诚布公哪个结果更好。而晴海却不能理解他此刻的犹豫，以为他是还没最终下定和自己结婚的决心或因为什么开始动摇，于是径直走向书柜拿出盒子。

"择日不如撞日，就现在给我戴上吧。"她打开盒子举到万多面前自顾自地说，"嫁给你吗？我愿意。"

重新看见了那个他花了好几个晚上亲手制作的相框和别在中间的那枚戒指，常菀生日那晚经历的失望和屈辱再一次占领了万多的知觉。她甚至都没有看到这些，就把自己所有的用心全部扼杀，他的千挑万选和专心致志都随之变成了笑话。

"这些……不是给你的，晴海。"万多把盒子从她手里拿过来，"这是常菀生日那天，我本来要向她求婚用的。"

强烈的震惊之下，晴海自动拒绝相信这个理由。

"就算你不想娶我，也不用拿常菀来做借口。"

她忍不住开始发抖，胃也跟着抽搐。我们的身体永远比思想更加敏感和诚实，它能够最直观地分辨谎言。万多把钻戒从丝线上拉了下来，打开顶灯，突然亮起的光线刺得两人都不禁眯了一下眼睛。

晴海看到了他脸上的瘀伤，还没来得及问，戒指就递到了她的眼前。

"内圈上刻的 C.W，是常菀名字的缩写，也是她和我的姓氏首字母。我不想骗你……"

这两个字母和路晴海三个字没有任何关系，没有任何哪怕牵强解释的余地。

"那尺寸呢？"晴海不甘心地抢过戒指严丝合缝地套在自己左手的中指上，"刚刚好，不是吗？"

她苍白的样子让万多不敢直视，他痛恨自己为什么就不能找个烂借口认下这件事，为什么要用这些东西再给一个人带来伤害。

"这是巧合。原本，我是照着常菀左手中指的尺寸买的，因为我们当初已经有一对戴在无名指上的婚戒。"

那枚戒指，在晴海第一次和常菀见面的时候，就清清楚楚地看见过。

"那相框呢？"

万多已经不忍再听晴海问下去，干脆闭着眼睛和盘托出。

"那些贝壳是象征着我想要弥补过去几年怠慢他们母子的时光，和咱们在海边相识相处的记忆没有任何关系。这些东西真的是我为常菀准备的，我真的没有办法说这个谎……对不起……晴海，你不应该被这样对待……"

晴海的眼泪再也忍不住扑簌簌地掉了下来。太侮辱人了，她想，为什么要自取其辱地坚持在这段从未对等过的关系里，一厢情愿地扮演着一个悲壮的角色，期待一个不值得寄予任何希望的人？她觉得自己和万多太像了，都卑微地守候着一个眼里根本看不到自己的人，都以为一直看着的那个背影有一天会转过身来跟自己拥抱，所以他们永远不会有拥抱彼此的机会。

"我们都冷静一下吧。"晴海用手背蹭掉脸颊的眼泪，"我这几天去新房子那边住，三天，我们给自己三天时间来决定还要不要继续走下去。"

她转身走向卧室，走了两步之后又停了下来。

"还是说，你想现在就做决定？"

这个决定，在她那里的选项是想要被挽留，而在万多那里只被理解成了去放弃。

"那，就冷静一下吧。"

晴海绝望地闭上了眼睛，即刻收拾随身的行李连夜出了家门。她拒绝了万多送她的要求，现在他做任何事都觉得像是施舍。万多的迷茫感并没有随着晴海的离开而变得明朗，但也无法下定决心去做挽回。三天之后无论是分是合，仿佛都不是他想要的结局。他在心里痛骂自己，是从什么时候开始变成了一个担不起责任的懦夫。

— 5 —

常菀在律师的代理授权委托书上签了名，律师再次核对过信息和诉求之后，便起身告辞。常菀看着落地窗外的京城，笼罩在隐隐的薄雾当中。

"放心吧，我们学校的股权变更也是他做的，专业可靠有效率。"章晗给两人的杯子里添了热茶。

"还是决定让新股东加入了啊？"

"嗯，我让洪果儿帮我算了笔账，是一笔划算的交易。"

"那就好，希望我这边的事也能顺利解决。"

常菀端起茶杯来啜了一口。

"这几天，你跟秦朗碰面了吗？"

常菀放下杯子摇了摇头。

"他应该是回老家去善后了吧。我们闹成那样，还怎么见面？不然我也不至于委托律师去帮我办退股手续。"

"离开工作室之后你有什么打算？好歹也做了那么多年合伙人，总不至于去给别人打工吧？要不，你自己再开一个？"

"再说吧，我想先休息一段时间。也看看秦朗是什么动向。"

"你还怕跟他形成竞争关系啊？用不着吧！反正他的心思早不在踏实治病救人上了，可是还有那么多人需要你啊！"

"就我现在这个状态，能顾好自己就不错了，实在害怕耽误了别人。还好原本手里的几个案子也都快收尾了，这几天我正在挨个约见解释和处理，然后就可以彻底结束在那里的工作了。"

章晗当然知道常菀是在逞强。从二十三岁开始到现在，十年。她所有的梦想、变故、成长、坠落、得到、失去、爱、恨，全部在那里完成，那个地方见证着她从一个女孩变成了一个女人，牵扯着她伤筋动骨的眷恋。如果要是没有这次的意外，她能一辈子不离开也说不定。她如此害怕改变和做决定的一个人，迈出这一步需要亲手撕裂多少血肉关联可想而知。这是一场注定的轮回，因逃避开始，以面对告终。

"挺好，不行就换个高兴点的工作，彻底换个圈子重新开始，有人占着茅坑不拉屎咱就换个坑拉，活人还能让尿憋死了不成。"

来加水的服务生听到章晗说的这句话忍不住多看了她一眼，虽然道理是这样没错，但在这挺恬静高雅的地方，突然从漂漂亮亮、装扮精致的姑娘嘴里说出来，总感觉有种意外的惊喜。

"等收尾工作做完了，我想再去云城看看。顾念到现在还没醒过来，我必须得想想别的办法。"

"不放心你就去吧，万壹就归我了，自打知道他放了寒假我妈和王青树就天天催着我把他送过去。眼看就二月了，争取早点有个好结果，回来跟我们过年。"

章晗招手向服务生示意埋单。

"姜莱会留在这边一起过年吗？"

"应该不会，他明后天就要回巴黎那边了，说是得集中处理一下我爸那边资产的问题，估计年后才能回来。"

服务生拿着账单和刷卡机走过来，常菀刚要接就被章晗抢了过去。

"干吗？你马上就成无收入人士了，花钱心里得有点数了啊。不过你不用担心，现在我行了，踏踏实实做我的女人，我愿意无限期包养你。"

服务生又忍不住看了常菀一眼。常菀干脆配合地娇羞一笑，然后在服务生的注视下和章晗手拉手扬长而去。

章晗刚回到办公室没多久，猫鱼就来找她，把新年的放假安排文件放在她面前。

"章晗姐，麻烦你确认一下，如果没问题的话我就通知下去了。"

"最后还是决定从二月的第一天就开始放假吗？提前一周会不会有点早？"

"咱们这里有差不多一半的外地生源，在征求了他们的意见，同时和代课老师沟通了课程安排之后，决定还是早点放假，然后把收假时间从正月十五提前到了正月十一，这样跟春运高峰和一般高校开学都能岔开一些。我们这些外地人，年底回趟家不容易。"

章晗抽出桌上的笔，笑了笑在文件上签下名字递还给猫鱼。

"你回去的票买好了吗？"

"正准备买。"

"不管飞机还是火车，坐头等回去吧，学校给你报销，这大半年辛苦你了。"

"不用了，我家也不远，没必要浪费那个钱，睡一觉也就到了。学校刚刚发展起来，得把钱都花在刀刃上。"猫鱼莞尔一笑，"我先去忙了。"

章晗点点头，靠在椅背上看着猫鱼消失在门外的背影。她的穿衣品位越来越好了，而品位在一开始是要靠钱来实现的。

万多整理完手中的工作走出公司。他和晴海的三天之约在昨天就已经到期了，但是他依然做不了决定，想着干脆被动接受一个对方选择的结果，无论是什么结果都是听天由命，他都愿意接受。结果直到现在，晴海那边也没有任何动静，在公司这边也一直是请假状态。万多禁不住有些心虚，说到底是他的问题，却还不想主动解决。而且明天又是该回父母家吃饭的周末，他不想把两个人之间的问题升级到父母那里，于是决定无论如何都先去新房那边看看再说。见面三分情，说不定就能大事化小小事化了。

在半路上，万多还专门停下来买了两杯晴海喜欢喝的奶茶。到了之后也没有直接拿钥匙开门，而是按下了门铃想给对方一个心理准备，不愿显得突兀。结果他站在那里完整地听门铃声响了三遍也没有任何动静，心中莫名有些紧张。出门了吗？他连忙从包里掏出钥匙不甚熟练地打开门，屋里的所有灯都关着，空气中满是木料以及油漆散发出来的味道。他喊了一声晴海的名字，边往里走边伸手去摸墙上的开关。突然亮起来的顶灯让万多的眼神第一时间被吸引到了沙发背后的那面墙上，原本挂在上面的一个个相框全部消失不见，取而代之的是几个红色的大字：这次是我离开你，再也不见。笔画上的油漆顺着墙面一道道流下来，滴在亚麻色的沙发布面上，没拆下来的那些钉子也被染成了斑驳的红色，整个场面看起来血腥又绝望。万多赶忙打开所有灯把房间挨个检查了一遍，都没有任何异样，只是跟晴海有关的东西全都不见了，手机也变成了暂时无法接通。她没死对吧？她只是离开了这里对吧？他冷静了一下，把电话又打到了公司人事那里。对方说，今天临下班的时候，收到了晴海的辞职报告。

万多背靠着电视柜慢慢在地上坐了下来，放下一直拎在手上的奶茶，长呼了一口气，此刻心里显现的竟是如释重负的感觉。人还活着就好，当他意识到这个结果就足以让他满意的时候，就清楚他和晴海之间可以彻底结束了。没有心痛，没有遗憾，甚至什么感觉都没有。当你不爱一个人的时候，他所有的好都只是压在心头的负担。幸好还来得及，万多的良知在心中开口说话，若是持续得再久一点，我给她带来的伤害就会更加无法弥补吧。

借口是人们在彼此拉扯中自我保护的第一步。若是当初能负责任一些，不要因为感动就回应对方的感情呢？可是那样的话，谁又知道那只是感动而不是爱？谁又甘心在还未开始之前就干脆放弃？

万多打开电视，装作若无其事地给父母家打了一个电话，说年前的机票又贵又难买，结果临时抢到了两张明早的特价票，于是跟晴海决定干脆就提前休假出发去她家，刚好还能提前帮她父母置办些年货。在听着母亲挤对着他有了媳妇忘了娘的时候，万多几乎就要忍不住说了实话。为了自己的痛快，这些年究竟对父母说了多少谎言。就是因为受够了那种苟且的无力感所带来的恐慌，他才决定回来重新开始，去接受虽然循规蹈矩却世俗正确的生活。可偏却又一回，不得不撒了一个眼睁睁就会被拆穿的谎言。这是最后一次，万多指着自己仅剩的一点尊严。他只是希望，至少，能让爸妈过一个有念想的新年。

- 6 -

常菀把马克杯装进纸箱，这是她在工作室需要打包的最后一件私人物品。十年，也不过是一个纸箱的重量。她站在窗前，看着外面那棵掉光了叶子的梧桐树，想起她第一次和顾念见面时它还绿叶繁茂，两个月前他和万壹一起坐在树下的时候已有叶片落下。那时候常菀还只当顾念是一个即将被自己治愈的来访者，而现在想要相认时却已完全物是人非。如果你不是你，我也不是我，是不是此刻也可以安乐在天各一方？

哪有不散的宴席？常菀把手包也放进纸箱，吃力地将箱子抱在怀里。再见，明明是期盼再次见面的意思，却被用作告别。脚踝的扭伤还在隐隐作痛，厚厚的雪地靴和小脚的牛仔裤让她看起来像是第一次走进这里的样子。那时她刚读了一年林雨舟老师的研究生，扎着马尾拿着简历，天不怕地不怕地推开了现在这间办公室的门。

现在，常菀从门里走向门外，再一次把今天变成过去。所有平时被忽略的细节都像在高速镜头之下似的被逐一放大，走廊里的绿植，墙上的合照，还有接待室门把手上挂着的小铃铛。前台小姑娘快步跑过来帮她开门，她们对彼此微笑点头，没有必要作什么告别。

常菀被风吹得眯着眼走向停车位，却看到秦朗正打开门从自己的车上下来。他还是把灰色的羊毛大衣穿得那么好看，干干净净的五官不带任何多余的情绪。常菀站在原地看着他向自己迎面走来，又和自己擦肩而过，自始至终都没有任何犹豫和停留，就像她已经不在他的视线范围之内，不是不愿看到，而是根本就看不到。就像他们刚认识的时候那样，秦朗根本不需要常菀，于是任她有万千般好，也不配被他多看一眼。

常菀所有的清高和骄傲在此刻都显得可笑。她觉得自己一瞬间变得什么都没有，什么都不是，好像这些年的记忆都不过是幻象，是秦朗亲手为她制造的一场盛大的催眠。她在那张白沙发上沉沉地睡了过去，所有矫揉造作爱恨纠缠都是她自己的错觉，如今醒来，不过南柯一梦。只有被爱着的人，才有资格拥有贪恋嗔痴，爱着的人，本就不该战战兢兢。常菀发动了车子，开出了这个她闭着眼睛也不会走错的院子。至少，被爱过才懂得什么叫适可而止，爱过才知道什么是肆无忌惮。

车开进家里地库的时候，顾悦的电话打来，常菀用车载蓝牙接起。

"可以告诉我你的邮箱吗？"

虽然顾悦用的是疑问句，但听起来并不是商量的语气。

"可以……发生什么事了吗？"

常菀把车停在车位上，心跳声清晰得就像是用手把心脏举在耳边。接二连三的意外让她的神经紧绷成一道丝线，一触就断。

"看过再说吧。"

顾悦挂了电话，车库里手机信号很弱，仅能勉强通话，根本收不到邮件。于是常菀顾不得拿后备厢里打包的那些东西就赶紧下了车，三步并作两步地走向电梯间。楼层不断地上升，她盯着液晶屏幕上的数字，祈祷不要再有什么更坏的事情发生。她几乎是从缓慢打开的电梯门缝里挤了出去，并且习惯性地输错了一次家门的密码才进到屋里。她站在门厅，顾不上换鞋和脱掉外套就赶忙打开手机邮箱不停地刷新，却迟迟没有邮件进来。

常菀来回地在屋里踱着步子，焦虑快要把她逼疯。她随手拿起餐柜上的半瓶威士忌，拔掉瓶塞直接喝了一大口，炙烈的酒精灼得她一时窒息，半天才喘过气来。手机终于发出了一声收到邮件的提示音，她点开之后，看到里面的内容就只有一张照片。照片看起来是从一个小院门口偷拍进去的，可以看到院子中央停着一架轮椅，上面坐着一个正在晒太阳的老人。常菀的身体开始发热，她放下酒瓶用颤抖的手指去放大照片上的人脸。您怎么，老成了这个样子？常菀咬住自己的手腕，喉咙里忍不住发出呜呜的声响，即便照片再模糊，谁又会认不出自己的母亲？是元禾，照片上的这个人就是元禾。她立刻打电话给顾悦，却不知道该从何说起。

"是元禾阿姨，对吗？"

顾悦先开了口。

"对。照片是哪来的？在哪拍的？"

常菀的牙禁不住打战。

"你自己的母亲在哪你不知道吗？"

"我爸妈……他们失踪好几年了……"

"所以顾念一直在帮你找他们是吗？所以他才会来到这个莫名其妙的地方出了车祸对吗？"

顾悦突然提高了音调，不知个中缘由的她此刻只摸得到这个让自己亲弟弟至今不省人事的线索。

"我并不知道他在做什么，我们在京城最后一次见面之后就没再联系过，那时候我还不知道他是谁，我……"

故事太长了，而且再多的理由也无法抹杀现在这个结果。

"就算我们家欠你的，但是顾念没做错什么。他没办法选择自己的出生，但却已经背负了三十年的原罪。如果他再也醒不过来……"顾悦强忍着哽咽的声音，"这个遗憾，又该由谁去弥补呢？"

常菀已经谁都不怨了。不怨自己的亲生父母，不怨常继文跟元禾，不怨秦朗，也不怨自己。原本的热水已经开始慢慢变凉，她站起来跨出浴缸，被踢倒的两个红酒瓶碰在地砖上发出刺耳的声响。胃里的酒精在热水的作用下快速循环进血液，她光着脚带着皮肤上的水渍一头栽倒在床上，天旋地转。她把自己蜷缩起来，任那个看不见尽头的旋涡无限盘桓下去，哪怕那是通往地狱的路。

我们的这一生当中总会遇上几场猝不及防的暴风骤雨，让人来不及思考为什么和怎么办，只能见招拆招地应付着，直到突然看到阳光灿烂。而这阳光灿烂在别人眼里，或许不过是平常的一天，直到他们遇见属于自己的暴风骤雨。所以那是对于我们疲于现状的提点，让我们不至忘了珍惜和感恩。

常菀拉着行李，轻轻推开病房门。就在今天早上，顾念搬出了重症监护室，住进了普通病房，但却依然没有醒来。还有一周就是春节，日日担心儿子的顾母身体情况每况愈下，全然依靠着信念撑着。连续十几日每天在希望和失望的交替中徘徊，顾悦的脸上已经失去了所有光彩。

"今天我跟护士说，我看见他的指头动了一下，但她说那是我的幻觉。"

她轻轻抚摸着顾念的手臂，眼神黯淡。常菀站在病床前不知道该安慰些什么，同样作为姐姐，她甚至没有难过的资格。

"坐。"

顾悦简单的一个字像是一道特赦令，常菀和她面对面坐在病床另一边的椅子上。

"这么快就来了，为了那张照片吧。"

顾悦看着常菀，不过几天不见，完全判若两人。她脸色苍白，弱不禁风地被装在一件宽大的风衣里，眼睛甚至于整张脸都是肿胀的，好像她才是每天守在这里快被无休止的沉默逼疯的人。常菀张张嘴，却什么也没说出口，说什么也没有意义。顾悦从外衣口袋里掏出一部装在塑封袋中的手机递给常菀，屏幕上的裂痕还在。

"我从警察那里领回来的。为了调查事故，他们恢复了里面所有的数据。元禾阿姨我只在小时候见过，所以不敢确定，就发给了你。除了这张照片之外，还有一个定位的截图，就在顾念出车祸的那座山上。听医院的护士说那里有一个叫诏县的地方，不知道照片是不是就在那里拍的，你自己打开看看吧。"

常菀看了顾悦一眼，得到再次的肯定之后打开塑封袋，小心翼翼地拿出了手机打开相册，看到了顾悦所说的两张照片。

"秦朗是你认识的人吧？"顾悦掖了掖顾念的被角，"我在微信里看到了他和顾念的聊天记录。顾念在出事的前一晚，给他发过这张照片。"

常菀猛地抬起头睁大眼睛看着顾悦，再低下头去的时候眼眶里噙满泪水。知道了又能怎样呢，再追究过去已经没有任何意义。

"对不起。"

常菀知道顾悦在为之前的误解对自己道歉，她摇摇头，眼泪滴在手机屏幕元禾的脸上。

"你要去找她的话，选个好天气，慢点开车。"

常菀点点头，拿出自己的手机拍下了定位上的那个地点。

"这些年，我们都在过什么样的日子啊……"

顾悦没有问常继文跟元禾为什么会失踪，常菀也没有说自己曾经跟她只隔了一条街的距离。我们的心都太空了，空到必须用花花世界来填满。我们的心都太沉了，沉得承载不下更多悲剧。

第二天，常菀开着那辆她下了飞机就已经租好的车上了山路。

她想，如果因为秦朗让自己这些年所有的努力都回到了原点，而这个原点却能把许久没有消息的父母带回身边，这样的话，他们之间就算真正扯平了。

-7-

并不是所有人都想拥有上天入地的生活，精彩却一路颠簸的目的地或许还比不上漫无目的的明天。无知者无畏，常菀无数地想过，如果她一生都被蒙在鼓里，只做一个普通人家的寻常女孩，不必因为特殊的身世而改变自己对待命运的欲望，也许她无法拥有当下的现实条件和理直气壮，但一定过得比现在幸福。

我天生是被亏欠的，所以我有资格得到更好的。"不公平"和"凭什么"这几个字在常菀正要开始属于自己生活的年纪里，烙下了深深的痕迹。她无处伸张的怨念在心里拧成一股不断盘旋上升的力量，和所遇见的一切做对抗，她需要用每一次对峙的胜利来安抚自己，好歹得到了应有的补偿。于是久而久之，便已经分不清自己的所得哪些是来自努力，哪些是来自运气，也就不知道何时可以任性，何时应该珍惜。得到不觉快乐，失去不知痛苦，看起来是去留无意的从容洒脱，实则是不想被人发现自己渐渐对生活束手无策。她画地为牢，坚守着最后一个能让自己感到安全的角落，不分青红皂白地时刻准备抵抗有越界风险的所有可能。在意识到自己从顾家的女儿成为常菀那一刻，她就一直在接受补偿，所以习惯了被满足，以为那才应该是自己的人生常态。可哪有什么是应该的？活着又不是一场你来我往的公平交易，就算从出生开始历经磨难直至死亡，也不过是其中的一条平常路。

常菀清楚地知道自己曾经站在人生的岔路，飞往马来西亚的机票是她通往今天的入场券，做出选择的同时也就永远失去了知道其他可能性的资格。其实除了出生之外，后来的每一个转折点都是我们自己的选择。因为抉择的后果有太多排列组合，所以评断是非对错也是无谓和徒劳。那天，当常菀站在顾念照片上拍的那座小院门口，她可以清晰地感受到又一个轮回与身体剥离。

院门虚掩着，常菀抬起一只手拉着门上的铁环轻轻叩了叩。正是午饭时分，整条小路都弥漫着烟火香气。小时候，她特别喜欢在傍晚的家属院里闻到这种气味，尤其是冬天。这是一种特别温暖的味道，能让人提前感受到家的温度，区别在于自己的家还是别人的家，心是在瞬间被填满或瞬间被抽空。常菀像是一个心虚的闯入者，不敢发出更大的声响。一直等不到人来应门，于是她悄悄推开了一道门缝向里张望。成与不成，她都希望能在第一时间得到一个确定的答案，最好默默地开始或者默默地结束，这样比大声地被否定来得更容易接受。

眼前的场景和照片上几乎一模一样。元禾坐在院子中央停着的那架轮椅上，像是定格在了那里。常菀迈过门槛，一步步向她走去。她的头微微低垂，眼睛闭着，丝毫没有感觉到有人在靠近。

"妈……"

常菀站在元禾面前，轻声唤她。她没有任何反应，皮包骨的身体仿佛只是撑在衣物里的一个空壳。

"妈？"

常菀慢慢蹲下来，仰头去看元禾的脸，禁不住试探地去触摸那双布满青筋的手。太阳晒在身上暖烘烘的，但那双手好像已经失去了吸收热量的能力。元禾像是从一场浑浊冗长的梦中被拉扯回来，轻轻哼了一声，缓缓睁开双眼。常菀感觉到她的目光一点点聚焦在自己脸上，然后一点点变得明亮起来。

"来啦。"

元禾好像使出了很大的力气才露出脸上的笑容，她的声音小到如果此刻刮过一阵风都能吹散去，手指颤动着想要拉近和常菀的距离。

"我来了，妈，我爸呢？他……也在这里吧？"

常菀这才突然意识到她一直都默认父母该是在一起的。

"你找不到家了吗？你是谁家的姑娘？"

说完这两句话之后，元禾的眼神又重新陷入迷茫，她和常菀短短的距离之间像是被另一个未知的世界硬生生地阻隔拦截，令她分不清哪个是幻象，哪个才是现实。

"妈，你怎么了？我是菀儿啊，你看不见我吗？"

常菀的手慌乱地在元禾眼前晃动，想确认她视力是不是出了问题。

"她看得见。"常菀回过头，看到常继文拎着一个箩筐从门外走进来，"只是谁都不记得了。"

常菀坐在饭桌旁，看着常继文把煮成糊状的面条一勺勺喂进元禾的嘴里，漏出半勺来，再擦去。从刚才开始，她就只能默默地看着父亲熟练却缓慢地像对待一个毫无生命力的玩偶一样摆弄着母亲，自己却完全插不进手去。人是找到了，却完全没有久别重逢该有的场景，甚至平静到谈不上有任何多余的情绪。这些年当中的缝隙，并非不用去弥补，而是已经没有了弥补的余地。

阿尔茨海默病，是一场最漫长的死亡。它消磨的不仅仅是患者和家属共同的记忆，还有他们活着的意义与尊严。常继文把常菀逐进院里，自己动手给元禾换新的尿布。这也许是他能做到的对妻子和女儿最后的保护，让她们最后相处的记忆不要充满污秽和不堪。常菀就那样站在院子里面，冲着门口呆呆地望着，用力想去理解和体会常继文是如何面对着这每况愈下的折磨独自走到今天。原本一米八几顶天立地的汉子，迅速凋敝成了一片摇摇欲坠的枯叶。她曾想过各种各样的可能，在这几年之中，消失的父母可能会用怎样的方式生活，会怎样想起她，包括他们也许已经离开人世。可现在看来，一切远比生死两隔还要可怕。明明同在人间，却不相见；明明近在眼前，却不相识。常菀不敢去想如果她亲自经历了这整个过程，眼睁睁地看着温婉贤淑的母亲无力地经过焦虑、暴虐最终退化成一个等待消亡的巨婴,如今还有没有资格感受到撕心裂肺的难过。哀,莫大于心死。对于尚且活着的人而言,能够感知痛苦,也好过麻木绝望。

元禾躺在床上睡着了,这是她现在大多数时候的状态。即便醒来,面对的也是茫然的一片空白,她和这个世界早已失去了关联。常继文从屋里走出来,撑着双膝慢慢在墙根前的竹凳上坐下来,呼吸听起来像是坏掉的风箱一般破败冗长。

"这样多久了?"

常菀转过头来。

"坐下吧。"

常继文没有看她,指指面前的长凳。

"爸!"

这久违的一声,饱含着心疼和责备,直叫得他忍不住红了眼眶。

"就因为这个?就因为这个所以你们不声不响地躲在这里,连招呼都不打一声?是不是在你们心里,我一直都还是一个外人?我没有资格做你们的女儿为你们养老送终,只配接受你们二十多年的施舍?我是一条狗吗?可以被随意领养之后再随意抛弃?就算是狗也是认主人、有感情的吧?你们这样做跟顾家当年对我做的有什么区别?!"

常菀撕心裂肺地叫嚷着,在体内爆发的声音直冲头顶,震得耳膜嗡嗡作响。她眼前一黑,摇晃了一下,摸着长凳重重地坐了下来。

"你妈是不想让你为难……来这里之前,她跟我说只是想散散心,不管你做什么选择,我们都愿意接受。可是到了之后我才知道,她这个病已经得了一阵子了,我天天跟她生活在一起竟然完全没感觉到,还以为她只是年纪大了脑子不好用……"常继文用袖口抹了一把泪,"这是我们年轻时候认识的地方。你妈心思重,不想活得拖泥带水,所以准备了农药想要在这里一了百了。多狠心的人啊,她竟然想让我眼睁睁地看着她走，然后好替她处理后事……是我拖累了她，这辈子她跟着我，没过上什么好日子，结果连死这件事我都不能如了她的愿……是我自私，这些年她生不如死的折磨都是因为我的自私……"

有人追究就证明有人逃避。发生过的事情无法评断绝对的真相，信与不信，全在于说出口的理由是否能够平息心中的兵荒马乱。常菀不是元禾，所以她没有资格去指责一个连自己都忘了的人，她也没有站在常继文曾经徘徊过的那个十字路口，不足以理解他挣扎过后的选择。如果时光倒转，所有人做了现在看起来更对的那个决定，无论常菀去没去马来西亚，认没认亲生父母，至少她都有机会在元禾的床前尽孝。那样的话，在这些年之中，她可能没了万壹，做不了秦朗的合伙人，无暇顾及爱情和生活。但元禾也并不会因为这样就好起来，依然会很快走向死亡。常菀该承受的痛苦、遗憾和怨艾一个都不会少，只是换成了其他的模样。乐与哀是不分高低贵贱的，孰轻孰重，又何以分辨？

时间解决不了任何问题，也许它可以把复杂的情感稀释，但同时也把难以磨灭的创伤明明白白地沉淀在了心底。死亡也解决不了任何问题，反而它会让矛盾和阴影在身后人的心中加倍放大。

- 8 -

顾悦终于还是决定带顾念回家人身边过年。在征得了医院的同意之后，她第一时间联系了医疗包机服务，在大年三十这天，在旧的一年彻底过去的这个分界线和常菀告别。

"他应该很遗憾，第一次坐这么贵的专机，却什么也感觉不到。"

顾悦站在救护车前，故作轻松地想要缓解两人之间紧绷的气氛。她得知了元禾的境况，却也说不出任何安慰的话来。

"对不起……"

　　常菀不知道自己是在为顾念的意外道歉，还是为依然无法和他们一起回去道歉，顾念做了那么多努力，甚至搭上了自己的半条性命，依然没能换得一家重聚。

　　"再怎么样也轮不到你说这句话。咱们两家的恩怨，如果用一句简单的对不起就能一笔勾销，那我倒情愿大大方方收下你这句话。"

　　"我会去看你们的，等我安顿好我爸妈的生活……"

　　顾悦点点头，没让常菀继续说下去。

　　"没关系，我们都该照顾好自己的家人。这辈子，你始终还是常家的女儿。"

　　顾悦认真地看了常菀一眼，转身上了车。车子发动的一瞬间，常菀上前一步，拍了拍车窗。

　　"顾念，他……会醒过来的对吧？"

　　"当然。"顾悦把车窗降了下来，"可就算他一直这样活着，哪怕持续到我死的那天也很好。至少这样，活着的人心里还能存得希望。活着可比死困难多了，如果他一直不放弃，那我们也没有放弃的理由。"

　　比起顾悦说的，再怎么也轮不到常菀说对不起，常菀更觉得再怎么也轮不到她去埋怨任何人。她口口声声地抱怨着父母的不告而别，心心念念那么多年，可是否为此做出过百分之百的努力？为什么最终找到他们的是顾念而不是自己？如果她早点放下任性，是不是可以抢回更多的时间阻止更多的悲剧？每个人做的每一个决定其实都在讲述他过往的人生，看起来哭得最凶的人往往不值得同情，死板的人才最是可怜。

　　几天前，当常继文从枕头底下拿出那个还是黑白屏幕的手机和几册用繁体字写着"练习簿"的作业本，就已经是对这几年最诚恳的解释和抱歉。他保留着常菀发来的每一条信息，手机里存不下的便一一抄写在本子上，年、月、日、时、分、秒，一字不落。他用最笨、最不讨好的方式默默承载着女儿的每一次歇斯底里和柔软，逐字逐句地拼凑起女儿的长大成人。

"我不敢死，因为活着比死更容易隐藏。你是我养大的女儿，我知道，只要你一天没有我们确切的消息，就能多努力一天。只要多努力一天，就一定会过得更好，总会从那个赖在原地不愿意站起来的小女孩成为一个真正的大人，到那个时候，一起都会好起来的。我宁愿你恨我们，或者到后来不愿再记住我们，至少我帮你跨过了这段浪费在我们身边没有任何意义的时光。你是我们的寄托，因为有了你，我们这辈子活得才有意义。"

常菀站在医院门口看着救护车消失在视线的尽头，想起常继文说的这些话。她自然是明白的，正如万壹之于她，顾念之于顾悦。在这个世界上，我们兜兜转转寻的不过是个牵绊。亲情、爱情、友情，甚至于宠物花草，兴趣爱好，哪个不是牵绊，哪个不是寄托，否则生命很快就会枯萎的吧。

常菀回到院子里的时候，昨天挂好的灯笼已经亮起来了。她决定在这里住下之后给章晗打了个电话，让她帮万壹办理无人陪伴的乘机手续飞到云城来。而当她隔天到机场去接他的时候，接到的却是万多和万壹两个人。万多什么也没问，他只是单纯地想把万壹安全地送达目的地。当然，话也不能说得如此冠冕堂皇，反正这个春节他也有家不能回。于是，在那条蜿蜒曲折的山路上，常菀给他讲了之前说好的那个又长又丧的故事，讲了她的两个爸妈，讲了顾念未知的明天还有元禾近在眼前的死亡。万多开着车，车里放着上一个租车的客人留下的 CD，是一张九几年的流行歌曲合辑。不知道是因为故事原本的未知已经尘埃落定，还是常菀知道这是最后一次想要提起这些，她讲得很慢、很平静。有些段落，恍惚之间好像是在说别人的事，会跟着觉得唏嘘遗憾。快到的时候，她和万壹都睡着了，万多不知道确切的目的地，就在路边一个凸出去的临时停车带暂时停了下来。对面的夕阳不偏不倚地照过来，他拉下常菀面前的遮阳板，却丝毫没有挡住光线的来路。于是他轻手轻脚地下了车，站在车头背对着夕阳，把常菀笼罩在自己的影子里，直到光线渐渐湮没在地平线以下。万多就那么一直看着车里的女人和孩子熟睡的脸，要掐着大腿才能强忍住想要对着山间大喊的冲动。胸中滚烫的那股热流，他这三十多年从未曾感受过，却稳稳地击中了他的命脉。他不知道那是什么，不知道该如何表述。他只是被包裹在天地之间，一遍遍地在心里祈求，回不去的，可不可以用余生来补偿。

常继文跟元禾都穿着崭新的衣裳，一家五口围坐在饭桌前。这是常菀和父母分离七年后的重聚，竟然也算有了和别人家一样的整整齐齐。一旁矮柜上笨重的二十英寸旧电视里春节联欢晚会正唱得热热闹闹，万多添满面前的酒盅举起，恭恭敬敬地说了一句："爸妈，新年快乐，健康长寿。"常继文不住地笑着点头，仰头缓慢地喝下了杯中的白酒，顾不上擦去顺着脸滑下的泪滴。红色的毛衣映得元禾的脸也有了颜色，她微微张着嘴一直看着眼前的万壹，像是要用尽最后一丝天性和时间做对抗，在生命终结的时候哪怕有一秒的意识存留也算是了无遗憾。常菀忍不住想：如果当下同样的状况换秦朗身在其中，他是否能同样做到这样毫不做作地随和自然？那些看起来光鲜亮丽，像是生活在电影里的人如果真的陷进了生活的庸俗不堪，是否还能保留原本的周全和温暖？到底什么才算失败者，什么才算懦夫？

睡前，常菀在元禾床边坐了许久。常继文说，她这几日睁着眼的时间比过去一个月加起来还要长。她开始挥霍原本分秒计较下来的时间，也许她在失去了自我之后，潜意识里反而开始等待原先不愿奢求的结局。而常菀真的如期到来，无疑是亲手帮她推开了通往死亡的大门。

"去吧。"常继文坐在黑暗里拉着元禾的手说，"新的一年开始了。"

零点的钟声敲响的时候，不知远处的哪户人家放起了烟花。常菀站在院子里，看那红红绿绿的光在天边忽明忽暗，却听不到什么声响，就像梦里的海市蜃楼。万多从屋里出来，把正在振动的手机递给她，然后把自己的外套披在她的肩头转身走了回去。外套还带着他的体温，散发出一种陌生却好闻的味道。

"新年快乐。"

章晗在电话那头用最平常的语气说出这句话。

"新年快乐。"

远处的最后一朵烟花熄灭了。

"没有你和万壹的年夜饭一点味道也没有。"

自常菀有了万壹之后，每年的三十都会被章晗带回韩秀那里，一直待到大年初二吃过晚饭才会被放走。

"王叔叔还是坚持做满十二道菜吗？"

"可不是吗？又得连吃三天剩菜。"

常菀笑着，在长凳上坐了下来。

"我一直都想跟你说声谢谢，当面说怕你受不了。谢谢你一直陪着我，从来都不让我一个人。"

"这词从你嘴里说出来怎么就听着不像好话呢？是嫌我从大学到现在都对你执着得阴魂不散是吧？"

章晗用手背顶住忍不住酸涩的鼻子，张大了嘴努力调整着呼吸，她知道这时候只有这种惯惯不着调的语气才能安抚常菀心中的不安。她不能哭，在常菀难过的时候她从来不敢哭。

"以后，我们也没有什么机会一起过年了吧？等你嫁给了姜莱，成了别人家的媳妇，就得陪公婆吃年夜饭了吧。"

"凭什么啊？旧社会啊？他家儿子是独苗，本大小姐还是顶梁柱呢！各回各家各找各妈呗。"

"女企业家底气就是不一样啊！"

"那是。哎，我跟你说啊，过完年我妈要跟王青树去领证了。非法同居了十几年，总算是要正式给人家一个名分，她之前那个双人墓地也算没白买。"

"说什么呢你，熊孩子？不过王叔叔应该很高兴吧？"

"可不是！我妈说她跟王青树宣布完这个消息之后，老头直接泪崩了。你说一个本来就在一起生活了十几年的老女人，娶不娶的又有什么区别。哎哟，我妈这个嘴硬的女人，你说说，她……"

章晗的声音在耳边絮絮叨叨，一阵微风吹过，常菀闭着眼睛深吸了口气。南方的冬夜没有直冲脑门的寒冷，这是她过得最暖和的新年伊始。

- 9 -

挂了电话，笑容还在章晗的脸上惯性持续了几秒。她躺在黑暗里，被单散发着洗衣液的清香也盖不住那股崭新的味道。韩秀家里为她准备的这个房间，几乎只有过年才会派上用场。虽然常年打扫得干干净净，该用的家具、装饰一样也不比别的房间差，可就是太完善了，所以更像是一个展品，身在其中只会让人觉得疏离，心中更是空空如也。要是常菀和万壹在就好了，她想。过年这件事只有小孩子才会满心欢喜地盼望吧，对于大人而言八成都是各种形式的负担，那短短一周的时间过得比连续工作了七天还要累。除此之外，还难免感慨落寞，平日用忙碌努力掩盖的心中缺口统统浮出水面，在节日气氛的映衬之下更加破败不堪。

章晗重新拿起手机，突然亮起的屏幕刺得她眯起双眼。她打开微信里和猫鱼的聊天记录，在对话框里输入了三个字：你在哪？句尾的光标不停闪动着，她的手指悬在发送键的上方，最终却落在了删除键上。

两个小时前，她躺在沙发上看春晚的时候，想起应该给所有合作方发个拜年信息。毕竟今时不同往日，她不再只是代表自己，而是应该站在学校的立场尽最平常的世俗礼仪。编辑好了祝福语，章晗按照脑海里的分类排序一个个发了出去，然后意识到有些日常不直接和自己产生工作关系的合作方她只有名片，并没有把联系方式存进手机，而名片都放在办公室的抽屉里。于是她发信息问猫鱼，在猫鱼截图发给她之后第一时间随手就把图片保存了下来。等她因为电视里的小品开了个小差后准备继续发信息时，却发现猫鱼撤回了之前的截图，重新用文字输入了几个联系人和对应的号码。一开始章晗并没有在意，她还以为是为了方便自己直接储存使用。直到陪韩秀和王青树吃完了十二点的饺子，洗漱之后躺在了床上想发张自拍给姜莱，跟他说睡前晚安的时候，她才注意到那张截图有什么异样。真是的，如果猫鱼不撤回，她可能压根就不会被好奇心驱使着再去看那张图片一眼。明明是晚上 22 点发来的截图，明明应该在同一个国家，为什么截图最上方显示的时间却是 16 点钟？而又是为什么，移动通讯商显示的是法国的电信运营商 SFR？如果说，时差晚六小时、在东二区的国家不止一个，可是，SFR 只能在法国出现。

　　章晗对自己解释说，法国也并不是只有巴黎一个城市吧，就算是巴黎，猫鱼也不一定就和姜莱在一起吧。就算他们在一起……那为什么不能堂堂正正地告诉自己呢？她想，即便不在国内，今天这个日子国人应该都会选择和家人相聚，既然姜莱的父母也在巴黎，那么现在这个时间他们应该要在一起吃团圆饭。章晗起身打开台灯，还专门选了一个自己好看的角度调整了表情给姜莱拨出了视频电话。虽然她知道姜莱还没跟他父母说他们在一起的事，但是哪怕作为朋友，大过年的打一通问候电话也无可厚非。视频电话连接了许久也无人接听，章晗就那么执着地等待着，心里憋着一股劲重拨了三遍，姜莱终于出现在了屏幕的那头。

　　"新年快乐！"

　　章晗突然间做出夸张的笑容。

　　"新年快乐。"

姜莱也笑着对她挥挥手，看起来在顺着走廊往什么地方移动。

"你这是在哪呢？没在家陪父母吃饭啊！"

章晗装作若无其事地问。

"我在酒店，正准备回去。"

但是他只穿着一件薄薄的毛衫，并没有穿外套。

"在酒店……有事啊？"

"刚见完一个地产商，聊点合作的事。"

"这样啊，年三十还要工作。"

"这里是法国，谁会知道今天是什么日子。"

姜莱站定在了电梯间门口。

"你那边已经过了十二点了吧？赶紧休息吧，我要进电梯了，到家后给你发信息。"

"你什么时候回来？"

章晗眼看着姜莱要挂断电话的时候匆忙追问了这么一句。

"争取年后开学的时候吧，这边还有一些事情需要我去处理。好好睡觉，挂了吧。"

"好。"

章晗顺着姜莱的节奏在乖巧地应了一句之后结束了通话，她最终脱口而出的是问他什么时候回来，而不是问他是不是和猫鱼在一起。她没有想到自己在这种情况下首先占领大脑的念头竟然是舍不得，而不是恼羞成怒，这种反应让她成了自己最看不起的那种人。她压抑着心里迫不及待想要刨根问底的欲望，努力做出一副大智若愚的样子，想要以此来表现自己作为"正宫娘娘"该有的气定神闲。比起做给姜莱看，更重要的其实是做给自己看。这是她用来安抚自己的方法，并不觉得这是自欺欺人。

章晗忍不住拨通了常菀的电话。也许是悲伤保持了同样的步调，面对格外絮叨的章晗，常菀也并没有感到有任何不妥。电话两头的她们都刻意藏起了自己的伤口，也选择了不去刺探对方。在这样一个辞旧迎新的晚上，谁也不想做丧气的那一个。她们谈天说地，什么都可以聊，偏就不能聊你我。章晗想，如果自己有什么事情可以瞒过了常菀，那就可以瞒过所有人。这件事，只要没人知道就好。没人知道，就什么也不是了。等姜莱回到自己身边，一切自然就会归于原位。猫鱼，根本就不是一个势均力敌的对手。所以，会过去的，很快就过去了。

- 10 -

为了避免节外生枝，吃过初一的晚饭，章晗就找借口逃也似的离开了韩秀那里回到了自己家。她不是一个善于掩藏情绪的人，心里挂着那么沉甸甸的负担实在无法装出若无其事的样子，也没有办法保证不会因为被问急了而乱发脾气。昏天暗地睡了两天之后，她终于被洪果儿的一通电话叫了起来。确定章晗在家之后，洪果儿拎着大包小包的海鲜径直找上门来，二话不说就做了一桌丰盛的晚餐。等章晗洗完澡擦着头发从洗手间出来的时候，正听见了香槟的瓶塞弹开时清脆的声音。她有些心虚地坐在桌前，挖空心思地猜测着难道是洪果儿知道了什么，是特地来告知和劝慰她的。

"你……和沈家奇吵架了？"

章晗试探性地抛出了一个问题。

"没有啊！我们好着呢。"

洪果儿倒好一杯香槟递给她，章晗接过来，犹豫了一下又放回桌上。

"谁知道你这是不是摆鸿门宴啊？无事献殷勤，这饭我可吃不下去。"

洪果儿端起自己的酒杯伸过去碰了一下章晗面前的杯子，自顾自地一饮而尽，紧接着又满上了一杯新的。

"你这是什么意思啊，有事说事，横竖就是一刀，痛痛快快的！"

　　章晗也忍不住干了面前的酒，紧张得胃都开始痉挛。

　　"你说，有些事，是不是如果除了自己之外没人知道，就什么也不是，就可以当作不存在的？"

　　洪果儿认真地盯着章晗，直看得她的心像杯子里的气泡摇摇晃晃地沉了下去。她没有说话，心想着果然纸里是包不住火的，虽然洪果儿人不在巴黎，但是她有太多途径可能会知道那里发生了什么事。于是章晗干脆拿起筷子大快朵颐，嘴里塞得满满当当，还顺手抓了一个大闸蟹。

　　"然后在别人知道之前，就一直担惊受怕，生怕别人从别的什么地方听到，还不知道他们听到的是怎样的说法。每当身边有什么不对劲，就会立刻联想到自己身上，就会想他是不是已经什么都知道了啊？"洪果儿把两人的酒杯再次倒满，"我有时候就会想啊，与其这么一辈子在惶惶不安中度过，还不如痛快说出来让所有人都知道……"

　　"想说什么你就说吧，别拐弯抹角的。"

　　章晗把啃得乱糟糟的螃蟹扔在盘子里，用手背抹了抹嘴唇，一脸不耐烦的样子。

　　"我爸妈从法国来找我了。"

　　洪果儿放下刚刚拿起的筷子。

　　"嗯，然后呢？他们知道什么了？"

　　"你怎么都不好奇我从来没跟你提起过他们？"

　　"这……谁没事会把自己爸妈拿出来当话题聊啊？要不是你先认识了我爸，你也不会知道我们家什么情况啊！"

　　洪果儿这话锋一转，把章晗转得有些迷茫。

　　"我第一次在派出所认识家奇的时候就跟他说，我父母已经出车祸去世好几年了。但是……他们现在突然在这个节骨眼儿出现……"

　　"嘿，我就服了。"章晗也放下筷子，"你和常菀这都是什么毛病？她那个爸妈……还有上一次婚结得，都是特殊情况我也就不说了，你这又是图什么呢？就为了当时不让沈家奇给你爸妈打电话，说你翻火葬场的墙偷骨灰了呗？那也不至于啊！你就老实说他们在国外不就好了。"

看出洪果儿并不是为了姜莱的事找上门来，整个人放松下来的章晗竟然莫名感到精神抖擞。

"因为那时候，我巴不得他们真的是出车祸死了，说不定那样我心里还能更好受一点。"

章晗停下了嘴里咀嚼的动作，看着干脆拿起酒瓶对着连喝了几大口的洪果儿，明白了刚才她那些莫名其妙的开场白其实是在说给自己听。她在下一个决心，一个不得不靠出卖自己来换得帮助的决心。

"我上次回去，是为了接我妈出狱。上个月，我爸也出来了。当初是我举报的他们，他们才被抓的。我以为从那以后，我们之间就算恩断义绝了，我以为我就可以开始自己的生活彻底自由了。结果……他们又出现了。"

洪果儿慢悠悠地讲着一个仿佛与自己无关的故事，她在章晗的眼里从熟悉变得遥远，像换了一个人似的再重新归来。章晗一直以为她不过是一个叛逆的小姑娘，无论是当初还是现在。

"我爸知道这些吗？"

故事讲完，第二瓶香槟也已经下了大半。

"知道。所以你说他当初照顾我、跟我在一起，是不是在可怜我？"

洪果儿噙着泪的笑容让章晗的心狠狠疼了一把。在她的隐忍面前，自己那点被姜莱和猫鱼弄脏了的儿女私情简直像是儿戏。而她对自己交付的这份信任，让章晗顿时为刚才的猜忌感到惭愧得无地自容。

"我爸从来不会可怜任何人。就算要可怜，我也该排在你前面。"

章晗夹了一大块早都已经凉掉的鱼塞进嘴里，肉在嘴里泛出淡淡的腥气："我本来还想着，虽然我和常菀的日子都已经过成这样了，但至少你还好好的，咱们几个人中间也算是还有个提气的，没集体丧到底。结果……"

"你怎么了？又跟你妈闹别扭了啊？"

"你就别操心我那点破事了。说吧，你爸妈的事，我能做点什么？"

"其实说实话，我也不知道……可是我的直觉就告诉我，让我来找你。毕竟我现在和以前不一样，我有了朋友，我不用再一个人。"

章晗和常菀做了那么多年的朋友，彼此早就习惯了凡事都有对方分担，所以也不会用那么正经和直白的话来诉说她们之间的友谊。而洪果儿就这么不由分说地来到了章晗面前坦诚地剖白，一下子击中了她最柔软的神经。缘分是多么俗套又诚恳的存在，如果章蘅依然在世，她们之间即便相遇恐怕也是无法彼此妥协，很难有个后来。而现在，她们在万家团聚的新年夜里逃出世俗的安乐窝，用惊慌失措的灵魂相互取暖，共同努力把生活的不怀好意变成日后浸在酒里的玩笑。

"家奇是个警察，而且马上就做刑警了，如果要是让他知道了事情的真相，我们今后的日子过得该有多别扭。他是警察的后代，而我是罪犯的女儿。或者，在他眼里我和罪犯也没什么区别。这样的话，也许我们也就没有今后了吧？"

"你有没有想过跟他说实话？哪怕……说一半实话。如果你想好了要跟他一起生活，这个现实是绕不过去的。"

"你相信人的本质真的会变吗？"

"会的吧……"

洪果儿低下头无奈地笑笑。

"你爸妈，他们有没有说这次为什么回来？"

"是我爸要来找我的，我妈从来都是听我爸的，完全没有自己的思想，就像他的玩偶一样。我爸说，一家人无论如何都应该在一起生活。从我小时候他就这么说，听起来这么温暖的一句话，在我这里简直就是令人绝望的魔咒。我是个大逆不道的女儿吧……如果他们真的老到不能动了，或者生了什么病躺在床上，我真的都愿意去照顾他们，那样的他们也是生我养我的爸妈。可现在，他们很健康，还有自己想要的和能随时做到的。如果家奇知道了他们的存在，哪一天，如果他们又……我就只是想过那种最简单、最平凡，平凡到泥里土里，别人都不稀罕多看一眼的生活，难吗？"

章晗避开洪果儿的眼神。这个问题的答案一定是难啊，如果那是你想要的生活，对你而言一定是难以实现的啊。

"我这样说，你别介意。如果，你给他们一笔足够的钱，让他们先去别的地方照顾自己的生活呢？"

"多少算是足够的钱？钱是收买不了贪心的，只能让贪心变成更大的无底洞。"

"反正，我爸留给你的钱肯定是绰绰有余，而且他一定不会介意你用钱来解决这种问题。等你安安全全地嫁给沈家奇之后……"

"等我嫁给家奇之后……"洪果儿把话接了过来，"我就再也没有满足他们的能力了。人生真是个悖论，不是吗？"

以为自己想到了办法，还没来得及高兴的章晗就这样轻易地被否定了。其实每个人在遇见自己的问题时，往往很快就把最好和最坏的结果想好了，如果连最了解自己的自己都解决不了，那旁人的出谋划策也不过是自欺欺人的隔靴搔痒。洪果儿今天来这里之前，也许什么都想过了。她需要的不是出谋划策，只不过是不想在这个时候留自己一个人面对。

— 11 —

京城大年初五的清晨六点，洪果儿轻手轻脚地从章晗家离开。

外面下起了烟雾似的细雨，地面湿漉漉的。路灯还亮着，天比平时还要黑，黑到好像今天不会再出太阳。她深吸一口气，凛冽却清澈的空气直刺得鼻子酸疼，她一手拽过身后衣服上带的帽子扣在脑袋上，紧紧捏住衣领低着头往前走，嘴边呼出大团的白气。大街上几乎连一个行人都没有，洪果儿站在公交车站，已经被冻得没有知觉的手握着手机，亮着的屏幕上打车软件的呼叫没有任何回应。雨丝细细密密、没有方向地随风飘着，头顶的遮雨棚不但形同虚设，还不时地凝成更大的水珠突兀地砸下来，她干脆取消了手机上的呼叫，把双手放进口袋径直走进雨里。

　　洪果儿想起她五岁时的那个平安夜。父母一早就出了家门，房间里停电了，冷得像冰窟窿一样。她把所有的厚衣服都裹在身上站在窗前，看着还在不停下着的大雪积在外面的窗框和窗台上，外面的光线也像今天一样，一整天都没有亮起来似的。直到傍晚，洪果儿吃完了半袋饼干，昏昏欲睡地蜷在沙发上，父母才匆匆忙忙回来，从随身背着的大包裹里拿出了几件华丽而崭新的衣服，说要带她去吃一顿大餐。她已经不记得那具体是什么地方了，但即便现在想起来，也觉得那是自己到现在为止去过的最奢华的酒店。她身上的裙子背后拉链的地方总是有一个东西在不停磨着皮肤，贴着亮片的红色皮鞋也并不那么合脚。但是没关系啊，因为桌上摆满了美味的食物，乐队演奏着美妙的音乐，身边还充满了欢乐的人群，还有精心打扮得她都要认不出来的父母也像别人家的父母一样，对她无微不至地关爱和照顾。幼小的洪果儿想着，一定是她一直期盼的天使终于降临，要给她带来好运了吧。她在舞池里蹭着身边大人们的裙裾忘情地转圈舞蹈，再一回头发现父母已经不在自己身后。她很慌张，却不敢大声叫嚷，生怕无礼地惊扰到了别人，也破坏了好不容易到来的美梦。

　　酒店并没有想象中的大和复杂，她努力做出不惊慌的样子找遍了每个可能的角落，皮鞋已经磨破了她脚后娇嫩的肌肤。沉醉在节日气氛里的人们没人注意到这个推门而出的小女孩，于是她就凭着记忆沿着来时的路一直走回了家。洪果儿站在门外，屋里漆黑一片，她尝试着叫了一声"妈妈"，怯怯地轻声敲了敲房门。不久，门打开了一道缝隙，她的父亲一把将她拽进屋里，然后立刻站在窗边看了看路灯下湿漉漉的街道。

"这是个游戏，你做到了，女儿你怎么那么棒！"

瑟瑟发抖的洪果儿被父母包裹着拥在中间，母亲不停地帮她搓着冰冷的皮肤，父亲的骄傲令他的双手忍不住颤抖。她以为自己真的赢得了一场勇敢的游戏，刚才的害怕和疲惫此刻统统变成了荣誉勋章。第二天，房间里有了电，冰箱里也填满了各种各样的食物，他们一家三口像别人家一样，在温暖的房间里围着餐桌吃一只超市打折买来的火鸡，洪果儿还得到了一件织着麋鹿的毛衣作为圣诞礼物。这的确是她一个全新的人生开始，但随之降临的不是天使而是恶魔。从那天开始，她跟着父母一起玩了许多各种各样的游戏，让游戏在她心里变成了一个恐怖的东西。而不知为什么，关于那个圣诞节的记忆却总是暖的。

洪果儿站在了一个酒店房间的门口。楼道里的灯光很昏暗，她像十几年前的那个小姑娘一样，轻轻敲了敲房门。如果说当年她还没有选择自己命运的余地，那么现在她无论如何也该有了说"不"的资格。方婷打开了门，母女俩短暂对视了两秒，洪果儿就径直走了进去。她知道，这次回来一定不是母亲的决定。就像上次离别时方婷自己说的，她的生活不需要洪果儿，如果有可能，她巴不得此生都不要再见面。洪果儿的存在于她而言就像是一面如影随形的镜子，时刻提醒着她的人生有多么可耻和失败。她早就知道自己软弱，但却不想再让女儿亲眼看着自己软弱。

"来啦。"

父亲洪晋坐在床边的椅子上，手中握着冒着热气的茶杯。房间的地毯散发出许久没有清理过的霉味，洪果儿看着几年间迅速衰老的父亲在这样廉价破败的酒店里，头发依然一丝不苟地向后梳着，鞋子干干净净，衬衫没有一丝皱褶。他从来不觉得自己的营生龌龊，甚至觉得那是一种凭技术吃饭的本领。这种不愿低头的理直气壮让洪果儿不由得心生怜悯，因为除此之外，他实在找不到别的可以支撑自己人生的理由。

洪果儿拉开背包，掏出了一些现金和一张银行卡放在床上。

"卡里有差不多十万块钱，这是我现在拥有的全部财产。如果不信，你可以提出任何查验的方法，我都愿意配合。"

洪晋瞥了一眼床上有零有整不到一千块的现金和那张薄薄的卡片，很快把目光转到了洪果儿脸上。他不动声色地把茶杯放在了一边的茶几上，搓了搓双手，搭在椅子两旁的扶手上。

"几年没见，上来就跟父母聊这些，女儿真是长大了啊。先坐下，咱们好好说说话。"

父母和女儿这两个词让洪果儿觉得刺耳，当初在"游戏"当中因为她不小心叫了一声爸爸，被洪晋反手就打了一记耳光。她没有动，还是突兀地在他眼前站着，并不打算在这里多做停留。

"我们没有必要再在一起生活，就像我们没有必要互相理解一样。我不欠你们的，也希望我们之间还能保留最后一点情分。你们不该来这里，赶紧回去吧，总有能堂堂正正活下去的方法。"

说完，洪果儿转身要走，而洪晋却不紧不慢地开了口。

"我们去过你在巴黎住的那个别墅了，跟管家说了我们是你的父母，但他还是没让我们进去。"

洪果儿刚好和一直站在身后的方婷面对面站着，她看到母亲别向一边的眼神，知道他说的是事实。

"我进去之后，其实一直托外面的朋友在暗中照看你，以备不测。"

一瞬间，洪果儿浑身的汗毛都竖了起来。这句听起来完全无害的话，全盘摧毁了她自以为是的新开始。想到自己的一举一动、一鞳一笑曾经就那么毫无防备地暴露在某双藏在暗中的双眼之下，全身的血液一下子涌上了她的大脑，令她几乎晕厥过去。

"你监视我？"

洪果儿强撑着摇摇欲坠的身体转过来怒视着自己的父亲。

"我是在保护你。"

洪晋义正词严地纠正她。

"你真令人恶心。"

洪果儿此刻心里的绝望令她产生了想杀人的念头。她以自己的生命为耻，恨不得与这个房间里正在发生的龌龊同归于尽。

"就是这样一个恶心的人用令你不齿的方式一点点把你养大，让你不至于流落街头，饿死、冻死或者去出卖自己的身体。"

洪晋心平气和地说完这句话，没有带任何多余的情绪。

"所以，我应该感激你，应该被你利用到死吗？"

洪果儿浑身颤抖着，声音也颤抖着。

"本来我打算等你十八岁的时候放你去自生自灭，结果你却不识好歹地把我们送去了那个鬼地方。既然是你亲手选择的这一切，那你就该负责和补偿。反正，你现在也完全有能力补偿，不是吗？"

洪果儿猝不及防地抄起旁边的电水壶向洪晋砸了过去，却被他一侧身躲开了。壶里的热水溅出来泼在他的身上，烫得他龇牙咧嘴地跳了起来。方婷慌忙冲进洗手间拿了毛巾三两步跑过去，却被他气急败坏地推开。就在洪晋的巴掌要落在丝毫没有悔意的洪果儿脸上时，她口袋里的手机大声地响了起来。这是专属于沈家奇的铃声，把站在疯狂边缘的洪果儿电击似的一下子拉回了现实。

雨依然没有停，还夹杂着越来越明显的小冰碴。整个冬天，京城的人们都没有盼来一场像样的雪，都是像今天这样，还没落下就变成了满地泥浆。按照农历的算法，今年全年都没有立春的日子，是老话里说的"无春年"或者叫"寡妇年"。沈妈妈说，虽然民间盛传寡年无春不适宜结婚，但她是新时代的老太太，不相信这些封建迷信,直催着沈家奇出了年,只要民政局一上班,就去领了结婚证,好让洪果儿名正言顺地住到家里去。

"我妈说,家里明明有地方,租着别人的房子住算是怎么回事。而且单身小姑娘一个人住也确实不安全,就让咱俩赶紧选个日子……"

沈家奇在电话里说这些的时候,一定不会想到洪果儿正在面对的是什么。他刚刚在派出所值完班走在回家的路上,呼吸有节奏地拍打在洪果儿耳边,语气清亮。

"你还在章晗家呢?"

"嗯。"

洪果儿把听筒的声音关到最小,但沈家奇欢快而充满底气的声音还是在安静的空气中扩散开来。

"今天我偷偷问我师父,虽然他没明说,但看他那表情我觉得我转刑警这事绝对妥了!"

"嗯。"

洪果儿依然毫不示弱地直视着父亲的眼神,看他高高举起的手一点点放了下来。

"你俩是不是还没起呢?那就再睡会儿,我也回去补觉了,晚上记得回来吃饭啊!"

挂了电话,洪果儿迅速把手机揣回口袋,不想让父亲看到家奇的名字。

"我女儿要结婚了?竟然都不通知父母一声吗?而且,你还找了个警察?"洪晋的脸上露出不可思议而又嘲讽的表情,"他知道我们家是干什么的吗?知道你之前那些光荣事迹吗?"

"你到底想要多少钱?"

洪果儿为自己昨天竟然还为面前的这个人心软,并抱有一丝希望而感到可耻。

"一个亿。"

　　洪晋伸出一个手指，看着洪果儿眼睛里快要崩裂的红血丝，他突然又松开严肃的表情笑出声来。

　　"开玩笑的。我跟你说过，一家人无论如何都该生活在一起。我不要钱，我是来找我女儿的。"

　　"你最好在我还愿意用钱解决问题的时候跟我做一笔差不多的交易，否则，你什么都得不到。"

　　说完这句话，洪果儿头也不回地走出了这个肮脏不堪的房间。过去她之所以天不怕地不怕，是因为一无所有，无论往哪个方向走一步都是前进。而如今的她却无法不去妥协，因为她无论如何都不能把这样的卑鄙带进沈家奇的生活。

第 八 章

别 离

Chapter

回不去的，
可不可以用余生来补偿。

常菀早早醒来。她没有睁开眼，感觉阳光透过窗前的树影影绰绰地照在眼前。周围静悄悄的，院子里没有常继文拍打被子的声音。她伸出手去轻轻抚了抚身边万壹的头，轻声唤醒隔壁床上的万多。

常继文跟元禾并排躺在他们屋里的床上，整整齐齐地穿着常菀过年亲手给他们置办的新衣服，床头的桌子上摆着一个朱红色的木盒子，底下压着一个牛皮纸做成的信封。常菀走进屋里，在床前站了一会儿，然后回过身对等在门口的万多点了点头。人的离去是有预兆的，是不可违抗的。它是死神发给你的一条信息，不可拒收，不可撤销。你会清楚地知道它来了，就是它而不是别的什么。也许会有哭天抢地的挣扎，也许就如天亮一般平静。迎来送往，只要心无挂碍地到了终点，便该尊重自然的法则。

常菀打开信封，信很短，用铅笔写在画着红色横线的纸上，只有薄薄一张。

亲爱的菀儿：

对不起，爸爸妈妈先走了。这一次你知道我们去了哪里，也就不必再慌张。离开你是我们做过的最艰难的决定，但作为父母，谁又没用过为儿女好的名义而做出过自私的选择？

别为子欲养而亲不待这种话而难过不已，因为拥有过你就已经是我们生命中的奇迹。顾家其实是我们的恩人，请原谅我会这样说，因为是他们的放弃才让我们有资格带着这几十年的美好回忆离开人世。所以，希望你也不要再为此而感到痛苦，希望你能把自己的长大成人当成是与我们上辈子结下的缘分。

盒子里的银镯是你小时候我们买给你的第一样东西，这是我们这些年唯一能保存下来留给你的东西。把我们的骨灰留在这里，撒在田野山间就好。以后你们也不用再来，因为我们已经变得比你更自由。只要你想念，我们随时都会在你身边。

父，常继文 绝笔

几天里，常菀陆陆续续地送走了医生，送走了警察，送走了丧葬人员。元禾跟常继文都是自然死亡，先后相差了几小时。他们太累了，终于能够甘之如饴地把借来的那口气还了回去。几个屋子里，除了必要的生活用品，一个多余的物件都没有，柜子里的衣服也都洗脱了本来的颜色。床下的樟木箱子里，放着成捆成捆的绣花鞋垫，常继文说过，这是元禾当年病情急剧恶化时候的救命稻草。她没有文化，一天书都没有读过。在一点点遗忘这个世界和被这个世界所遗忘的过程中，惊慌失措地想要抓住什么却又无法记录和表达。于是，她便不停地用自己最熟悉的方式强行要求自己记得些什么，以为可以通过不断地重复来留下一些无论如何都不愿忘记的念想。菀儿，菀儿。每绣一针，每引一线，元禾都默默地把女儿的名字再想一遍，直到后来白色的布底上星星点点的血迹越来越多，花色也越来越混乱，直到她茫然地看着一双双鞋垫再也想不起来当初做它们的理由。

常菀的遗憾，不是重逢时元禾已经认不出自己，也不是没有听她给自己留下只言片语，而是她还没来得及对父母说，这辈子做他们的女儿是一件多么幸福的事。他们把最好的时光留在了最糟糕的时代，在地主家做工、挨打、受饿，然后在动荡中逃荒，却依然勤勤恳恳、感恩戴德地过完了一生。他们把全部的爱和拥有过最好的东西全都奉献给了常菀的成长，然后在预见了病魔将带来的困苦潦倒后决然离她而去。她今日拥有的一切，都是他们存在过的最美的证明，他们才是自己生命当中的奇迹。

天还没亮，常菀和万多就带着万壹离开了小院。车的后备厢里除了他们带来的行李之外，还有一个常继文亲手制作的小竹凳和那成捆的绣花鞋垫。薄薄的青雾笼罩着整个小县城，常菀把混装着父母两人骨灰的大瓷坛抱在怀里，看着车窗外沿路经过的菜田和矮房。

没有行人，只有他们这一辆车安静缓慢地穿过交错的小路，像是梦里的场景。

万多把车停在下山路上经过的一个观景台旁，这是附近村民自己搭建的，平日里天气好的时候会在这里摆出些摊位，向路过的人售卖自己种植的新鲜农产品或者小吃茶水。说是观景台，其实就是用木桩围在山边搭出来的一个简易凉亭，四边围着一圈木板搭的长凳。常菀抱着瓷坛贴着围栏看出去，风从她背后的方向吹来，雾气跟随着萦绕飘摇，在日出即将到来的时刻之前，守护着这片大山最后的静谧。万壹走过来站在她的身边，拉住她的衣角，她侧过头去对他笑笑，打开了瓷坛上的盖子。灰白色的粉末从常菀手里一点点被风卷走，瞬间就融进了面前大团的白色当中了无痕迹。万多把外套披在常菀的肩上，站在她身后风来的方向，看着太阳的光亮在刹那间穿透所有迷茫。

午后，去往京城的飞机冲上万米高空与云城渐行渐远，在气流的作用下持续颠簸。早已进入梦乡的万壹丝毫不受影响地睡着了，常菀紧抓着座位的扶手看向脚下连绵起伏的山脉。

"别怕，比这更严重的颠簸我遇见得多了，不会有事的。"

万多轻轻拍了拍常菀的手背低声说。常菀转过来看着他点点头，脸上几乎没有什么血色。

"我知道的。之前我有一个来访者是飞机的副驾驶员，他跟我说，民航历史上还没有哪架飞机是因为颠簸掉下去的，只要系好安全带别意外受伤就行。但是，每次遇见这种情况我还是忍不住会紧张。天空和大海这两个最自由的地方，偏偏是最让我忌惮的。我爸妈一辈子没坐过飞机，也不知道他们刚才从那么高的地方随风而去的时候会不会感到害怕。"

飞机终于平稳了一些，常菀松开了扶手，才感到肌肉因为紧张而僵硬得有些酸痛。她接过万多拧好递过来的瓶装水喝了一口，在心里嘲讽了一下惜命的自己。

　　"本来，我想在送他们最后一程的时候说点什么，毕竟，那是我最后一次实实在在能感受到他们的机会。结果，我站在那里大脑一片空白，什么想法都没有，就只听得见耳边呼呼的风声。"

　　"懂的自然懂，不懂的也不必说。"

　　说完这句话万多就后悔了，常菀听了却忍不住笑了出来，她当然知道他是好意想要安慰自己，却偏偏词不达意，保持了一贯的风格。

　　"谢谢你。"常菀诚恳地对万多说，"这段时间，谢谢你在。"

　　突然面对这样的氛围，万多有些不知所措。

　　"谢我干什么？我这不是，刚好也不能回家，没处可去吗……"

　　他真的是恨自己恨得牙痒痒，这么好的表达机会偏偏就被自己的笨嘴拙舌给浪费得渣也不剩。

　　"你和晴海之间到底发生了什么事，分开得那么突然？明明都要结婚了……"

　　明明都要结婚了又怎么样？常菀没有说下去，她想起自己也是婚姻的逃兵，不能结婚的理由总是要比能结的多。

　　"哪有什么事是突然发生的，人心都是一点点变凉的。"

　　常菀没有问是谁寒了谁的心，也许是因为她心里隐隐的有一个答案。

　　"你爸妈那边，该怎么交代啊……"

　　"没事儿，我让他们失望也不是一天两天了，他们的抵抗力足够强大。倒是你，就这么丢了事业也太可惜了。那些还需要你相信你的病人该怎么办？"

　　"当年我的老师林雨舟退休的时候，这些话我也向他问过。可是后来发现，就像他说的，这个世界上能做到某一件事的不可能只有一个人。或早或晚，都会被取代。更何况是做我们这一行的，没有什么有迹可循的技术，更多的就是凭良心和天分。我啊，其实是个没什么天分的人，很多时候都是靠笨办法，战战兢兢的。以这样的方式离开也好，免得我没有勇气自己主动结束。"

"治病救人的工作，哪有捷径可走？还像你一样能够愿意全心全意、用笨办法救人的医生已经越来越少了吧……那接下来你有什么打算？"

"去教书，或者做一些其他文职工作，具体还没想那么多。但是无论最后我选择做什么，一定会把更多的时间和心思放在他身上。"常菀怜惜地看着靠在自己胳膊上的万壹，"我想认真地参与他每一个成长的过程。"

飞机落地的时候，天色刚刚暗了下来。黑夜来得越来越晚，变得越来越短，直至惊蛰到来，万物重生。

万多帮常菀把所有行李送进家门后便马上离开，他不想让自己显得另有所图，成为一个让她感到疲惫的麻烦。虽然他看得到这些日子以来常菀对他态度的变化，但在她自己搞清楚那是感激还是其他什么之前，万多不打算自作主张地下任何结论。他在路边拦下一辆出租车坐了上去，当司机问他要去哪里的时候他反应了一下，然后报出了新房所在的那个地址。在向父母坦白真相之前，他想要先抹掉墙上的那些当时无力处置的痕迹。虽然结局没有办法改变，但他也想把难看的部分尽量藏起来不要被他们知道。万多觉得他可以接受父母生气，甚至难过，但却接受不了他们为自己委屈和心疼。

进门之后放下行李，万多先从门口的柜子里拿了鞋套和围裙，然后拐去杂物间拿了铲子和剩下半桶的白色涂料。当他打开墙上灯的开关全副武装地站在客厅中央时，却发现正对的那面墙上一片雪白平整，沙发的布面上也干干净净。有那么几秒钟他怀疑是不是晴海回来了，但当他走进卧室，看着原本晾在阳台上的衬衫整整齐齐地折在床上，心一下子就凉透了。只有他妈妈才会用这样的折法，所以，他们，或者至少她，什么都看到了。

自万多给父母打了那通电话，说他要和晴海一起提前休假回她家去之后，就只在年三十那天给他们发了一条拜年信息，并且还刻意去微博搜了一些晴海家乡那边的年夜饭图片，裁掉了带着别人名字的水印给父母发了过去。这期间，他从来没有接到父母主动发来的信息或者电话，还以为自己出色地完成了蒙混过关的任务，是父母一直以来习惯了他不在身边。万多第一次为自己感到羞耻，为自己作为一个三十多岁的男人还要被父母这样容忍而感到羞耻。从前他逃避在外，也会觉得自己自私。下决心回来之后，也曾感觉到被时间抛弃的失败。但到头来都会觉得那些事可以通过努力来弥补，能够对得住自己的良心。可是这次，他找不到理由来安慰自己。他在刚刚重新鼓起勇气想要坦诚面对生活之时，却感觉到了来自它深深的恶意。

-2-

现在的年味随着人情味一起越来越淡，越发达的城市越是这样。都不用到收假之后的工作日，几乎过了年初五，节日的气氛就归于平常，每个人心里都有更重要的事值得去惦记。韩秀一直催促着章晗带常菀和万壹赶紧回去补一顿团圆饭，但偏偏从云城回来的第二天，常菀就开始发烧，一度烧到几乎陷入昏迷，章晗前前后后地照看着，连西点学校第一天开学都没顾上。在常菀的体温好不容易降到了三十八度以下之后，章晗安顿她吃了药便带着万壹回韩秀那里匆匆吃了顿晚饭，也算了了她和王青树一个念想。

常菀在反反复复的睡去和醒来之间感觉大脑变得越来越清晰通透，好像是经历过一场战乱的胜者拖着虚空至极的身体站在暴雨中，等待雨过天晴之后的奖赏。她记得小时候发烧，元禾总是用酒精搓着她的脚心，告诉她这是正义的细胞正在帮助她长大，等烧退了，她就会变得更聪明、更强壮。所以她从来不怕打针吃药，她觉得自己有义务不让身体里的同胞孤军奋战。

听到开门的声音，常菀知道是章晗和万壹回来了，于是披着衣服走出卧室。

"呀！满血复活啦！你看看，你没去吃饭，结果我妈让我把饭桌整个给你搬回来了。呐，保温桶里是鸡汤，还有这些大盒小罐的。"章晗边说边把带回来的食物排开摆在餐桌上，然后把保温桶里的鸡汤倒在碗里，"估计你也没什么胃口，实在不行就先把汤喝了。儿子，去给你妈拿双袜子穿上。"

万壹小跑去常菀的卧室，从抽屉里拿了一双长袜又小跑出来，蹲下来亲手给她套在脚上。

"哎哟喂，瞧我们这小暖男，以后得俘获多少女孩子的芳心。"

"说什么呢！教坏小孩子，我写作业去了。"

万壹不好意思地回到自己的房间，常菀满脸幸福地端起鸡汤喝了一口。

"我好多了，你赶紧回去休息吧。学校刚开学，姜莱又还没回来，你明天赶紧去看看，别耽误了正事。"

章晗对着满桌子的菜和常菀拍了一张照片然后才坐下来，打开了其中一个饭盒的盖子。

"你以为我爱管你？我妈让我回来后拍一张你确实吃饭了的照片给她交差。喝了汤有点胃口没，要不再吃点菜团子？"

"你不是不爱管我吗？"

常菀夹了个菜团子咬了一口。

"病一场也好，彻底排排毒，省得你有什么情绪都憋在心里。别逞能，暂时也别去想什么上班啊，工作啊，先无所事事一阵，反正有我呢。你看你那个作死的脸色，真是没眼看。"

章晗低着头漫无目的地摆弄着手机，刚才回来的路上听万壹讲了他们在云城时常菀没告诉她的一些细节，心里难受得大气都不敢出，生怕一下没忍住就哭出来。常菀跟她说的时候特意把父母的去世说得轻描淡写，就是不想让她和自己一起再伤心一次。她在以前的工作中总是在说国内缺乏正确的死亡教育，也不止一次帮来访者正确地认识死亡，所以她不愿意让自己和身边的人沉浸在悲伤当中，她觉得那才是对死者的不尊重。

"怎么过了个年还把你过瘦了啊？见不着姜莱得相思病了？茶不思饭不想啦？"

常菀试图用轻松的语气转换话题。

"有什么好相思的。"

"怎么着？吵架啦？"

"没有，都忙着呢，哪有闲情吵架。"

章晗不是有所保留，只是不想用自己还没搞清楚的事给常菀增加无谓的担心。

"别给自己留什么心结。虽然凡事都刨根问底是挺烦人的，但活得明明白白的没什么不对，总比反过头来后悔要强得多。我这两天一直在想一句话：没有什么事是突然发生的。我越想越觉得有道理，这半年多来接连发生在我身上的事，都是离别，步步戳心。可细想起来，又有哪一件不是自己种下的因结出的果？每一个早知现在都对应着一个何必当初，多少我们所抱怨的天灾其实都是自作聪明的人祸。"

章晗躺在浴缸里望着一旁火焰摇摇晃晃的蜡烛，想着常菀说的这些话。如果姜莱和猫鱼的关系确实不是自己的疑神疑鬼，那他们之间的事又该是什么时候发生的呢？是一起去芝加哥那次吗？还是更早的时候就有了苗头？可那时候她和姜莱也才刚刚在一起，难不成，她也不过是选项之一？

第二天，章晗一早就到了学校，保洁阿姨才刚刚开工不久。她慢慢地踱过走廊，仔细打量着一间间窗明几净的教室。这里的一砖一瓦，一桌一椅都是她的心血，带着能着实给她安全感的温度。章蘅跟韩秀离婚出国之后，很长一段时间韩秀都没日没夜地在公司加班，满脑子都是工作，完全没有意志消沉的过渡期。她和章晗之间也几乎没有了交流，好像只要彼此都还活着就万事大吉。这么多年过去，情况虽然有所好转，但韩秀依然抓着公司的一切不放，凡事尽量亲力亲为。之前章晗一直把这看作是狡猾和无情，可是今天，她突然觉得一下子谅解了母亲，并为自己曾经的叛逆感到内疚。一个人有多恐慌，不是看他哭了多久、如何求救，而是看他敢不敢停止因绝望而被激发的奔跑。人情是生活中最大的变数，而那些握在自己手里看得见摸得着的东西是用来制衡变数的筹码。

　　章晗回到办公室刚坐下，猫鱼就跟着敲门进来，手上还拎着一个纸袋。

　　"回来啦？"

　　章晗主动先开口。

　　"嗯，前天回来的。给你带了点我们家那边的土特产，昨天送过来的时候发现你没在。"

　　猫鱼把纸袋放在一旁的茶几上。

　　"昨天常菀病了，我在她家照看来着。"

　　章晗笑眯眯地看着猫鱼，她身上那件小皮衣一看就不是便宜货。

　　"年三十那天我发给你的那几个合作伙伴后来都联系上了吗？"

　　"联系上了，第二天联系的。我刚问完你就被家里人叫去帮忙包饺子了，等看着你的回复已经挺晚的了。"

　　章晗故意说得漫不经心。

　　"哦，这样，联系上就好。"猫鱼偷偷松了一口气，脸上的表情也自然了许多，"我们家过年也是亲戚朋友闹哄哄的，很多信息都没法及时回复。"

　　"回去这么多天都闷在家里啊？没趁休息出门去哪玩玩？"

　　章晗走到茶几旁边，拿出纸袋里的一盒点心看了看，拆开了包装。

　　"大过节的去哪人都多，净补觉了。"

　　这猫鱼情急之下信手拈来的理由，在章晗听来却是来不及多想的实话。净补觉了啊，呵呵。她拿出一块点心咬了一口，轻轻挑了挑眉毛。

"嗯，味道不错。你去忙吧，谢了啊。"

猫鱼抿着嘴唇笑了一下转身往外走，却听见身后章晗又说了一句。

"你的手机链挺好看啊！"

她下意识地把手插进外套的口袋里握住了手机，发现挂在上面的手机链一直垂在口袋外面。那是一个用银色的金属雕制成的巴黎铁塔，塔尖上镶嵌的一颗小皓石随着轻轻的摆动折射出微亮的光芒。

"哦，在网上淘的小物件，你喜欢的话可以送给你。"

话虽然这么说，但是她丝毫没有要去解下手机链的动作。

"不用了，我就是随口一说罢了，我喜欢的话自己买就好。"

猫鱼出去之后，章晗扔下手里吃起来并不新鲜的点心，拿起手机给洪果儿发了一条信息。她记得洪果儿的钥匙扣上坠着个一模一样的物件，说是在巴黎铁塔下的广场上吉卜赛小贩售卖的纪念品。

"这东西不一定得去了巴黎才能买吧？网上现在什么都买得到。"

洪果儿咬着吸管，有些不知所措地劝了一句面无表情的章晗。因为她正在工作没有看手机，半天没有收到回复的章晗干脆直接开车来事务所找她。这会儿她们坐在楼下的咖啡厅，章晗盯着面前钥匙扣上的金属铁塔看了半天，万分确定和猫鱼那个是一模一样的款式，一模一样的质地。

"这是不是个纪念品？"

章晗突然抬头问洪果儿。

"算……是吧。"

"如果你没有去到那个地方，为什么想要在网上莫名其妙地买个纪念品？"

"这……它其实也可以算是个装饰品啊，每个女孩子都有一个巴黎梦，所以……"洪果儿说话的声音越来越小，她知道章晗不是无端起疑的性格，"你是说，猫鱼和姜莱……这，不太可能吧。"

"为什么不可能？"

"你对猫鱼那么好！"

"人是那种我对你好，你就会对我好的生物吗？"

章晗用手机在购物网站上搜索着相关的商品信息。

"常菀知道了吗？"

"没有，你也别告诉她，她心里已经够苦的了。"

"要不然，我给胡律师打个电话，让他帮忙查查？"

洪果儿拿起手机翻找胡律师的电话号码。

"放下吧，姜莱做事没那么马虎。而且，你怎么知道胡律师站在谁那边？"

"胡律师是你爸的朋友，他没理由帮别人啊！"

"这么丢人的事我没法让胡律师知道。"

网上各式各样的巴黎铁塔让章晗看花了眼。她干脆丢下手机，把杯子里已经快凉掉的咖啡一口气喝光。

"那接下来你打算怎么办？继续找证据吗？"

章晗没有回答，洪果儿接着说。

"如果，我说如果啊，如果确有其事，你们三个该怎么相处啊？毕竟你们都是学校的股东，还要一起共事，处理不好的话，那么就麻烦了。"

"只要能给我一个合理的解释，我就能接受，不会影响到工作。"

"你接受什么？是接受你和姜莱继续在一起，还是接受猫鱼正大光明地和姜莱在一起啊？"

"都能接受。"

"可这种事，哪有什么合理的解释啊……"

洪果儿心里虽然有自己的判断，但却没有立场明着去鼓动章晗做什么决定。

"我再想想吧。你父母那边怎么样了？"

"我把我能给他们的钱都给了，这两天没了动静。他们可能发现在我身上得不到什么好处，也不能硬来，而且知道我未婚夫是个警察，现在的我没那么好欺负了。再怎么说他们的身份并不光彩，凭什么理直气壮？"

"他们知道你和沈家奇要结婚了？"

章晗心里有一种说不上来的不安。

"嗯，只知道他是警察，但不知道他是谁。"

"这样……"

"我们领证的时间定了，下周一，正月十五那天早晨九点。你能不能作为我这方的家人陪我一起去啊？"

洪果儿试探着提出这个她考虑了很久的要求。毕竟章晗是章蘅的女儿，她不知道这样算不算强人所难。

"去啊！必须去啊！叫上常菀一起去，让姓沈那小子知道咱们娘家也是有人的，不能为所欲为。"

洪果儿喜出望外，却又禁不住顾虑。

"叫常菀合适吗？本来这会儿她和秦朗的婚礼都该举行过了，会不会触景生情，心里别扭啊……"

"别扭什么，她那个婚没结成是好事。走！"

章晗果断站起来穿上外套，完全把来这里的理由抛在了九霄云外。

"去哪啊？"

洪果儿也连忙跟着站起来。

"去花钱！"

两人开车直奔京城奢侈品最集中的商城。站在电子导购屏幕前，章晗快速检索一遍，然后挥斥方遒地用手一指。

"从这边开始！卡，交出来，你只负责试，我来跑腿埋单！"

"我的卡都给了……"

"谁要你的卡啊！你自己那点钱够买什么？这种钱当然要让我爸来掏，赶紧的！"

"那张卡，我没带啊……"

章晗瞬间瞪大了眼睛。

"没带你刚才怎么不说啊！就凭咱俩兜里这点货，上这儿来不是搞笑吗？"

"你刚才也没说要来这儿啊……"洪果儿一副委屈巴巴的表情掏出钱包来里外翻找，"啊，我都忘了，这还有一张卡，是姜莱在巴黎给我办的，能用吗？"

章晗一把夺了过去，重新来了精神。

"必须能啊！只要是姜莱给你办的就错不了！走着！"

为了方便起见，信托基金那边给了洪果儿一张与基金绑定的信用卡，以月为单位跟她确认消费账单，然后统一由基金还款结算。那张卡差不多是不限额度的，之前给章晗买车的时候用的就是它。后来，为了安全，姜莱又用洪果儿个人身份信息办了一张有限额的卡给她作为日常消费使用，说是为了防止不限额那张的误刷和丢失，避免不必要的麻烦。其实自从洪果儿在巴黎遭受那次恐怖袭击回到国内之后，她哪张卡都没有再用过，今天用的这张只是一直放在钱包里忘了拿出来。

章晗拉着洪果儿从头到脚、从里到外买了个遍，那气势恨不得眼睛长到了脑袋顶上，挥挥手就能招来一片下雨的云彩，把平时在那群见人下菜碟的店员身上得来的白眼加倍还了回去，不由得感觉气血畅通，哪哪都舒坦。两人大袋子套小袋子，手拎肩背地坐进了一个顶级品牌的店里，店员们看到这个架势，都争先恐后地凑了上来，殷勤地端茶倒水，嘘寒问暖。

"还买啊？太夸张了吧！我要是真把这些都穿戴在身上，简直成了行走的摇钱树，家奇还敢娶我吗？"

洪果儿脚酸得恨不得立刻把脚从鞋子里掏出来，放在沙发上好好揉一揉。

"不是我看不起沈家奇，就算你把这些东西从包装里拿出来放在他面前，他也压根就看不明白，你就跟他说网上几百块钱买的，他也未必就不信。咱们不是没挑那些飞扬跋扈 LOGO 满身的吗，你就别吭声，自己心里舒坦就得了。他买不起你就没资格用了啊？你明明就是特别有资格的呀！再说这基本也就是最后一次，等你嫁给他，就基本告别这种生活了。啧啧，想想这个我心里就跟刀剜似的疼啊！别人投几次胎都不一定能求来的生活，你说抛弃就抛弃啊！"

章晗抬手指指货架上那个皮质珍稀的包，店员立刻识趣地戴上白手套小心翼翼地捧了过来，放在她面前的桌子上。

"行吧，也算是差不多了。这最后一样东西，是必买品。"

见多识广的店员看到这一情景，立刻上前一步，用不卑不亢、专业又甜美的语调开始帮腔。

"您说得太对了，这款包包是长期断货需要预订的，这一个还是别的客人三个月前就定好的，只是她人在国外没那么着急来拿，我们就摆出来供大家欣赏。如果您恰好喜欢这个皮质和颜色，我可以申请今天先卖给您，然后再马上帮那个客人订一个。"

"恰好喜欢！来吧，动手。我跟你讲，好包包和好男人一样，都是值得买定离手然后用一辈子的，绝对是可遇不可求，犹豫不得，遇上了就要稳准狠地拿下！"

章晗潇洒地把卡递了出去，朝洪果儿抛了一个媚眼。洪果儿摊摊手做出一副"你说得都对"的表情，看着店员笑靥如花的同时麻利地接过卡片，开单打包。

"如果你觉得这些东西一次性拿回去太扎眼，可以先放我那，或者放常菀家，随时来取，常换常新。"

话音还没落地。洪果儿包里的手机就响了起来，屏幕上显示着一个国外的号码。

"你好。"

洪果儿用英语接起电话。

"您好，这里是法国巴黎银行信用卡中心，请问您是洪果儿女士本人吗？”

“是的。”

听对方说的英文带着浓重的法语口音，洪果儿干脆跟她用法语交流起来。

“感谢您的接听。请问是否由您本人正在中国境内进行一笔26617.5欧元的消费？”

“刚那个包两万多欧元吗？”

洪果儿把手机拿到一边问章晗。

“嗯，差不多。怎么了？”

“银行信用卡中心，打电话来核实一下境外大笔消费。”

章晗了然地点了点头。

“是的。”

洪果儿用法语回答电话那头的银行工作人员。

“好的，感谢您的配合。在这里我也想跟您说明一下，您本月的消费已经超过了十五万欧元，由于您良好的资金实力和还款信誉，我们可以立即为您提升临时额度或者申请增加固定额度，请问您是否需要呢？”

“你说我本月的消费有多少？”

洪果儿忍不住提高了声音，章晗不知所谓地看着她。

“差不多十五万欧元。”

“都是今天产生的吗？”

“我帮您看一下。不是的，您今天的境外消费加起来差不多在八万欧元，剩下的都是在巴黎本地产生的，是由您的副卡消费的。”

“副卡？我没有什么副卡啊！而且我这个月没有去过巴黎。”

“请您稍等，我再帮您核实一下。”

洪果儿的眉毛拧了起来，章晗忍不住询问。

“怎么了这是？额度不够啊？”

“够啊！单子都打出来了，麻烦您签字。”店员端着放着账单和银行卡的托盘半蹲在章晗面前。

"让您久等了，再次为您核实了一下，我们的信息没有错误，的确是您这张主卡的副卡本月在巴黎产生了七万欧元左右的消费。"

电话里银行的工作人员不紧不慢地说。

"副卡消费的时候，为什么我从来没有收到过短信提醒？"

"您在进行主卡消费的时候应该也没有收到过短信提醒吧？当初开卡的时候并没有设置此项服务，只会按月发送账单到指定邮箱。如果今天不是特殊情况，我们也不会给您打电话。"

"邮箱的地址留的是哪一个？"

"请问您需要修改接收账单的邮箱地址吗？"

"哦，不是，我忘了当时留的是哪个邮箱，所以想确认一下。"

工作人员果然报出了一个洪果儿压根儿没有听过的邮箱地址。

"这也太猖狂了。"

洪果儿忍不住用中文小声嘀咕。

"您说什么？"

"没什么。那这样吧，麻烦您帮我把副卡停掉。"

"好的。在办理此项业务之前，我们需要先核实您的身份信息……"

"等一下。算了，就保持目前的状态吧，谢谢。"

洪果儿心事重重地挂了电话。在没想清楚下一步该怎么做之前，她不想就这样草率地惊动对方，她心里有了自己初步的判断。

"什么情况？"

章晗关切地询问。洪果儿看了看周围都装作若无其事但恨不得耳朵已经竖到天上去的店员，站起来把一个个纸袋重新挂回身上。

"走，出去说。"

两人坐在地下停车场的车里，章晗气得脸都变了形。

"肯定是姜莱，除了他没人有权限、有机会还有那个贼胆干这种事！"

　　洪果儿虽然同意她的看法，但也不能直接附和，还得好言相劝。

　　"他年纪轻轻的就做到了这个职位，看起来也不像是缺钱的人，不至于呀，说不定是哪里搞错了有什么误会……"

　　"谁敢说自己不缺钱？怎么就不至于了？偏偏就是因为他年纪轻轻就做到了这个职位，所以才鬼迷心窍！在他手里来来回回的钱有多少啊？可是他每个月拿到的薪水又有多少？你说这平衡点该怎么找？他就是看准了咱们好欺负才这么胆大包天！"

　　章晗没控制住激动的手势，一下了拍在方向盘的喇叭上，发出的巨大声响吓了路过的人一跳，洪果儿连忙降下窗户伸出头去跟人家道歉。

　　"要不，我打电话问问他是不是有什么特殊情况？"

　　"我来回答你是什么特殊情况，特殊情况就是猫鱼这个月去了巴黎，他们两人得意忘形了！"

　　章晗想起猫鱼身上那件价格不菲的小皮衣，直冲头顶的血液让她赶忙用手按住了猛烈跳动的太阳穴。她努力调整着呼吸，半晌之后看了一眼快到六点的时钟，于是发动了车子，一把方向盘就开出了车位。

　　"你这是要去哪儿啊？"

　　洪果儿赶忙系上了安全带。

　　"去找常菀。"轮胎转向时蹭过地面发出刺耳的声音，"她和万壹在家还没吃饭呢。"

－ 4 －

　　四个人围坐在餐桌旁，一桌子的外卖只有万壹一个人吃得津津有味。大病初愈的常菀有一搭没一搭地喝着面前的粥，消瘦的脸庞显得五官更加深邃。三个大人沉默着等万壹踏实吃完饭，洪果儿陪着他回自己的房间整理明天开学报到要用的东西，常菀和章晗坐在阳台的高脚凳上，外面的风刮得窗户发出一阵阵轻微的声响。

"都立春这么久了，还是没有暖和的迹象啊。哦，对了，今年好像是没有立春呢。"

常菀系上了睡衣领口的扣子。

"你怎么一点都不惊讶？"

刚才外卖送来之前，章晗在厨房终于还是跟常菀说了关于姜莱和猫鱼这些日子以来发生的种种迹象，还有信用卡的事。直到此时，常菀才在手机里翻出之前在度假村拍到的照片递给章晗。

"元旦聚餐那天晚上，他们俩就关着门在露台上说了好一阵子的话，秦朗也提醒过我不止一次，但我不愿意相信这是什么不好的苗头。"

章晗对着那张照片仔细看了半天，想要从两人的体态和模糊的表情中看出点什么。

"这就是他彻夜未归，跟我说去和一群老爷们喝酒的那天吧。"章晗把手机还给常菀，反而没有了下午的火气，"其实就算那时候你跟我说了这些，可能我也不会当回事。"

"我还以为你会怪我呢。"

"怪你什么？怪你没像塑料姐妹花一样唯恐天下不乱吗？说实在的，即便是现在，我还心存侥幸呢，还在幻想是不是姜莱在默默地为我准备什么惊喜。"

洪果儿拿着章晗在餐桌上响起的手机快步走到阳台上，神色复杂。屏幕上显示的是姜莱的名字，章晗在其他两人的注视之下，毫不犹豫地接了起来。

"喂。"

"喂，你在哪呢？"

姜莱的声音听起来带着小小的兴奋。

"在常菀家。"

"下楼吧，下楼你就能看见我了。"

章晗没有回答，咬着牙挂断电话。姜莱拉着行李箱站在风里，忍不住搓着双手取暖，还以为她是迫不及待地跑出来见自己。

"别逞强。"

常菀跟在快步走向门口的章晗身后。

"不会。"

章晗冲她和洪果儿笑了一下，关上了她们之间的大门。

大体收拾了一下箱子里的行李后，姜莱拿着手机进了洗手间。听见淋浴的水声响起一阵之后，章晗佯装进去收脏衣篮，确认了他的确开始洗澡，然后迅速退了出来，在他随身的背包里翻找起来。

包里的东西分门别类收拾得整整齐齐，除了常用的钱包、证件和记事本之外，另一个夹层里还放着几个装着不知道什么资料的文件袋。时间没有那么充裕，章晗只好先奔着钱包和卡包而去。在各种各样的卡片中，她找到了那唯一一张写着巴黎银行的信用卡。但从外观看起来，她分辨不出这是不是与洪果儿那张主卡绑定的副卡，于是她迅速用手机拍下来发给了洪果儿，让她跟银行查证。淋浴的水声还在持续响着，不甘心的章晗想要找到更多的证据，无论是好的证据还是坏的证据，至少她都不想像傻子一样被蒙在鼓里，但她对究竟该找什么也没有头绪。拆文件袋的动静太大恐怕会惊动姜莱，其他的这些东西，看起来好像也都藏不住什么猫腻。章晗随手拿起姜莱的护照，象征性地翻了翻，本来没抱什么期望的动作却有了意外的收获。她看到最近一次那个入境章盖的日期是两天之前，也就是猫鱼说她回来的那一天。不管他们是不是一同从巴黎回来的，不管这是不是又一次的巧合，可入境记录不会有错，他明明已经到了京城两天有余，为什么不告诉自己？而这两天他又待在哪里，在做些什么？

洗衣机发出嗡嗡的声响。章晗倚在门框上，木然地看着面前的窗户上映出自己的身影。不知是因为高度警惕的紧张感还没过去或者是别的什么，她的胸口依然发紧，手轻微地颤抖。她去拉旁边柜子的抽屉，记得这里还有两包之前抽剩下的烟。还不到摊牌的时候，所以她必须要强迫自己冷静下来。这对于章晗来说是一件异常困难的事情，她不是常菀，没有凡事讳莫如深的城府，也做不到像洪果儿那样的孤注一掷。从小到大，她其实都没有真正被生活苛责过，所以才有资格喜形于色、心直口快，所以会在真正需要自己承担后果的时候感到害怕。如果单纯是两个人之间的感情问题，再难看不过是互相诋毁之后老死不相往来。可有了第三个人就不一样，更何况这第三个人还是章晗亲手选在身边的猫鱼。其实这也没有什么，可偏偏这三个人又是正坐在一条船上的利益共同体，这才是勒住她咽喉的症结。船不能翻，这是她必须守住的底线，况且是为了这两个人，不值得。

烟丝已经完全干透了，捏起来发出清脆的声音，一折就断，于是章晗放弃了想要点燃的想法。

"站在这儿干什么？不冷吗？"

姜莱用手拨弄着刚刚吹干的头发出现在她身后。洗衣房是隔绝在厨房之外的一个单独空间，没有装暖气，所以比其他房间的温度要低不少。

"还好，想着尽快把衣服洗出来。"

章晗拿起脏衣篮，努力作出轻松的姿态走回屋里，路过姜莱的时候还扮出了一个鬼脸。

"急什么，又不是没得穿。"

姜莱从冰箱里拿出一罐啤酒坐到餐桌旁，惬意地喝了一大口。

"在飞机上吃了吗？要不要煮碗面？"

章晗拿起手机靠在餐边柜上，假装漫不经意地看着信息问了他一句，同时看到了洪果儿回过来的信息，确认姜莱钱包里那张放在夹层里的信用卡卡号与绑定的那张副卡的卡号一致，她的心又往下沉了一寸。

"吃了一口，现在倒是不饿。"

"你回来怎么不告诉我一声？这么冷的天，我好去接你啊。"

章晗放下手机看向姜莱，看得他脸上的表情一下子别扭起来。

"告诉你了还算是惊喜吗？就是因为天冷所以才不想折腾你，现在手机打车这么方便。"

不知道是不是为了掩饰，姜莱一口气喝光了罐子里的啤酒，起身走进厨房扔进垃圾桶。章晗心里禁不住发出一声冷笑，她问自己从前怎么没有发现身边这个人的演技竟然如此拙劣。知道了答案的题目，所有的处心积虑都会变成穷形尽相的笑话。

"不去洗澡吗？"

姜莱走到章晗对面环住她的腰。

"嗯，这就去。"

他长得还是她喜欢的那个样子，皮肤上散发出的味道还是让她忍不住想要把头埋进他的怀里。

"洪果儿下周一就要去领证结婚了。"

"这么突然？"

姜莱脸上的神情果然写满了惊讶，没有任何一点喜悦的成分。

"突然吗？她和沈家奇不是一直都是冲着结婚去的吗？"

"我还以为她就是一时冲动呢，等过了那个新鲜期很快就会回到原来的生活。"姜莱完全没有了刚才的兴致，放开章晗回身坐在了沙发上，"由俭入奢易，由奢入俭难，谁会真想要放着饭来张口衣来伸手的日子不过，去跟自己较劲？"

"难道不该是金钱诚可贵，爱情价更高吗？"

听了章晗这句话，姜莱忍不住干笑了一声。

"难道不是贫贱夫妻百事哀吗？没有物质基础的婚姻，有多少能在柴米油盐的琐碎中安然无恙地走到最后？我还以为洪果儿是个聪明的小姑娘，结果也会蠢到去相信爱情。"

"我也相信。"

章晗觉得姜莱真的是被即将失去摇钱树的慌张冲昏了头脑，竟然在自己面前说出这种观点。

"你当然可以相信。"意识到自己失言的姜莱赶紧往回找补，"你和她不一样，有资格把爱情和物质都握在手里，你有我呢，一切都不是问题。"

"那是不是在她领完证之后，就立即失去了信托基金的受益资格？"

章晗懒得和他在那个问题上做虚情假意的纠缠，把话题引到了自己关心的方向。

"其实……也不一定。只要她自己不大肆宣扬，或者蠢到以夫妻的名义去贷款、承担债务，搞得我们想不知道都难的话，应该就能蒙混过关，继续享有现在的福利。说白了，只要她不说，我不说，我们公司也不会刻意去查这件事，毕竟她一年能消费的金额对于你父亲留下的财产收益来说根本不算什么。如果她结了婚，现在归我们管理的所有财产都要按协议捐给科研和慈善机构，这样的话，我们就不再有这部分管理费的收入，对于我们来说也是一笔不小的损失。"

姜莱越说越起劲。他当然不是在为洪果儿做考虑，只是为想到了给自己续命的方法而兴奋。

"这样骗，又能骗多久？而且一旦败露，后果谁来承担？"

章晗此刻心中已经不能用失望来形容，她第一次感觉到精明的男人竟然比蠢货还要令人难以忍受。

"只要我坐稳了这个位置，就没有什么败露的机会。毕竟知道这件事的大多数人都在一个统一的思维定式里，谁会相信这样一个和章老走在一起、相差几十岁的小姑娘，会抛下她求都求不来的好日子，这么快就去跟个一无所有的穷小子结婚？"

"你的意思是说，她之前就是看准了我爸有钱，根本谈不上什么感情对吧？"

章晗已经快要压制不住心里的不高兴，脸上的表情在逐渐失控。

"我当然不是这个意思，可是大多数人难免会这么想。"姜莱站起身来，上前把章晗搂在怀里，"不用担心，你父亲对我有恩，我一定会想尽办法，帮他照顾好他最放心不下的你和洪果儿。你和洪果儿也成了朋友，有信托在背后的话，相互也是个照应。而且万一她和沈家奇婚后的关系出了什么意外，至少还可以回到原来的生活。这世上最难受的，就是没有回头路可走。"

章晗的双手垂在身体两侧，此刻，她再也没有力气自欺欺人地给出任何回应。她原本以为，姜莱是父亲去世之后上天赐予她的补偿，让之前流离失所的感情终于可以有一个归宿，没想到收获的却是变本加厉的羞辱。人生不是一场交易，谁说失去了之后就会有补偿？这不过是她逃避了这么多年之后，终于还是迎来的那场迟到的成人仪式。

– 5 –

沈家奇值完了在派出所的最后一个夜班，明天就要去刑警队正式报到了。半夜的时候他还处理了一个醉酒打架的事件，几乎整晚都没有休息，但此刻却丝毫不觉得疲惫。因为再过几个小时，他就要结束单身生活，正式成为一个有家有室的男人了，这已经令他兴奋好几天了。成家、立业这两件人生大事一时间都有了着落，让沈家奇浑身充满了使不完的力量，他对自己的生活从来没有如此满意过。

和同事交接好工作，互相打趣了几句算是做了简单的告别，沈家奇看了看墙上的时钟，已经将近七点半。时间还算来得及，他拎起装着几件私人物品的纸袋准备先赶回家去梳洗打扮一番，清清爽爽地出现在洪果儿面前。而就在这个时候，一个不速之客推开了派出所的大门。

"请问，沈家奇是在这里工作吗？"

听到自己的名字，沈家奇站起身来。

"我就是！"他走了过去，确定面前的人并不在记忆范围之内，

"请问您是？"

"我是洪果儿的父亲。"

洪晋穿着黑色的毛呢大衣，灰色的格子围巾系法考究，整个人干净利落，给人一股说不出的威慑力。不仅是沈家奇本人难掩惊讶之情，就连几个同事心里都忍不住犯嘀咕。虽然他们并不知道洪果儿的家庭情况，但在该领证结婚的这个日子，一大早岳父大人却神色难辨地找上门来，并且看起来这即将成为一家人的翁婿彼此竟然互不相识，无论如何都不像是件好事。

"借一步说话？"

沈家奇不知所措的反应完全在洪晋的意料范围之内。

"哦，好好。"

沈家奇跟着洪晋出了派出所大门。虽然他怀疑眼前这个人的身份，却也心存顾忌，不好当着他的面直接打电话向洪果儿求证，而且在这个时候冒充自己未婚妻的父亲又有什么好处呢？他决定先听对方表明来意，之后再随机应变。咖啡厅和商场都还没有开门，两人在附近的一个早点摊坐下，随便点了两份套餐。

"你和果儿，今天登记结婚吧？"

洪晋开门见山，脸上始终带着和蔼的笑容。

"是。"

"她是不是跟你说，我和她妈妈都已经死了？"

"啊，是……"

沈家奇没有想到对方如此直接，只好实话实说。

"呵呵，这丫头，就算不想认我和她妈妈，也不用这么狠心。女儿大了，留不住了……"

洪晋轻轻叹了声气，端起面前碗里的豆浆喝了一口。

"果儿没提起过……她知道您来了吗？知道您来找我吗？"

沈家奇有一肚子的疑问。

"别着急，慢慢来。"洪晋轻轻拍了拍他的肩膀，"她不知道我来找你，我前几天才和她妈妈一起从巴黎过来。"

"二位也生活在巴黎吗？那过去几年里，你们和果儿都没有生活在一起吗？"

"直到她上大学之前我们都生活在一起，之后就分开了。"

洪晋拿出手机打开相册给沈家奇看，里面存的是他跟方婷和洪果儿的一些合照，从几岁到十几岁。照片都是自拍的，每一张三人都装扮成不同风格的样子，化着有趣的妆容，而洪果儿的表情看起来却并不开心。

"我们家条件一直不是很好，她从很小的时候就要帮助我们一起打打零工补贴家用，大多是在节日或者活动上进行一些主题表演。她有跟你讲过吗？"

沈家奇摇摇头。他们在一起的时候，基本都是他在侃侃而谈，讲他小时候调皮捣蛋的趣事，讲他的朋友，讲他的初恋，也讲他父亲的英雄事迹。而洪果儿从来只是饶有兴趣地听着，偶尔迎合两句，几乎不谈论关于自己过去的任何事。她不说，沈家奇也就不问，毕竟他知道，她生命中已经有三个重要的人离开了人世，害怕一不小心便提起了她的伤心事。对于沈家奇来说，无论她曾经经历过怎样的人生都不再重要，现在她是他的洪果儿，这就够了，他想要保护她，让她不用再面对失去。

"这孩子啊，从小就是这样，有什么话都放在心里，谁也猜不透她在想什么，一副拒人于千里之外的样子。"

"不会啊，她很随和，人也善良有趣，她的同事和朋友们都很喜欢和她相处，我们彼此也很坦诚。"

"是吗？"洪晋忍不住笑笑，"你连她的父母是死是活都不知道，这也算是坦诚？"

沈家奇被问得哑口无言。他的确没想过洪果儿会在这个问题上对他说谎，或者说，从第一次见面开始，他就从来没怀疑过洪果儿说的任何一句话。

"就这么决定要和一个自己一无所知的人结婚，你都不觉得草率吗？你的家人也不会担心吗？"

"我不明白您的意思……"

沈家奇对洪晋的来意越来越感到迷惑，他刚才一度以为准岳父是因为不满女儿瞒着父母决定了终身大事而来兴师问罪的，现在看来好像并没有那么简单。

"我的意思很简单，做父母的，无非是替女儿着想，为她的将来选择一条最适合她、最无忧无虑的路，避免她因为一念之差而耽误了自己和对方的幸福。"

"我是真心喜欢果儿的，我也看得出她是真心喜欢我，而且她跟我妈也相处得很好。我一定会好好努力，绝不辜负她，请您和阿姨相信我，放心地把女儿交给我，我保证会爱她、照顾她一辈子！"

听到这里，沈家奇以为自己明白了洪晋的意思，连忙表达忠心，却看不到他眼里有任何波澜。

"你拿什么保证？"洪晋的语气中一点儿温度也没有，"据我了解，你们结婚以后需要和你母亲一起住在那套不到九十平方米的两居室老房子里，而且你还刚刚转去了刑警队，收入和生活质量都撇开不说，你这份工作连命都不在自己手里，又凭什么说能照顾她一辈子？只因为喜欢和爱，就要不计后果地把她带进这样的生活当中，是不是也太不负责任了？"

"照您这样说，像我这样的人，干我们这一行的人，就没有资格有自己的爱人和自己的家了吗？"

就在这么短短不到一分钟的时间里，刚才还让沈家奇为之骄傲的爱情和梦想在洪晋嘴里被贬得一文不值，这让他感到羞耻和愤怒。

"当然有，但洪果儿不在被选择的范围之内。"

"为什么？"

"因为她可以，不，她已经拥有了更好的生活，没必要舍弃一切陪你去过担惊受怕的苦日子。如果你真的爱她，应该不会忍心看她做出这样的牺牲吧？"

　　洪晋再次打开手机里的相册放在沈家奇面前，一张张地翻过去。照片上是洪果儿在巴黎住的那套章藔留下的大房子，还有她豪车出入以及在商场刷卡购物的样子……总之是所有她在沈家奇面前从未有过的样子。

　　"这是她死去的未婚夫留给她的，几乎是取之不尽的财富。只要她不再嫁人，就能这么过下去，这才是照顾她一辈子。"

　　沈家奇夺过手机，一张张放大照片上洪果儿的脸，仔仔细细地又看了一遍，就像在看一出和自己的生活完全不搭边的荒唐戏码。他突然想起他们的第一次相识，那时只觉得她单纯可爱，却从没想过她为什么要奋不顾身地去抢一坛骨灰。原来那里装的是金山银山，是她一生的依靠。

　　"这是我们之间的事。即便要反悔，我也要听她自己跟我说。"

　　沈家奇被胸中的一团烈火焦灼得口干舌燥，他端起面前早已凉透的豆浆一口气喝了下去，冰冷的液体顺着他的喉咙一路渗进了心里。

－ 6 －

　　为了防止前一天晚上洪果儿因为想太多而失眠，章晗干脆住到了她那里，用几瓶红酒把她和自己快速放倒，一觉睡到了天大亮，直到常菀参加完万壹的开学典礼去找她们会合时，才匆匆忙忙地把她们从被窝里揪出来。

　　"又不是婚礼接亲，领个证而已，早一点晚一点有什么关系？"

　　三人坐在同一辆车里，堵在早高峰的高架桥上。章晗坐在副驾上涂睫毛膏，刚才的时间紧迫，只够她和常菀集中全力把今天的主角洪果儿装扮完成。此刻，洪果儿正躺在后排座椅上闭目养神，手里还拿着那天新买的按摩仪在有些浮肿的脸上不停滚动。

　　"我们今天为什么又要开这辆车出来？我怎么就能听了你的？"

常菀不停地踩着油门和刹车，跟随着车流一点点往前蹭。在章晗的威逼利诱下，她们今天再次把这辆曾让她们三人收获无数眼球的亮蓝色跑车开出了街。

"我这不是把所有窗户都贴上膜了吗！外面又看不进来。今天这种日子必须把它开出来遛遛啊！找个值得用它的机会，容易吗我？"

章晗完成了涂口红的最后一道工序，满意地合上了遮阳板。

"你可以天天开去学校啊！往大门口一停，显得老板多有实力。"

"那怎么可能，我们是刚刚起步的创业公司，所有的人力财力都投入在了创建更好的教学环境和教学质量上，不能败坏风气。怎么能用于个人享乐，显得我好像挪用公款似的，这不是冤枉我吗？"

"得堵到什么时候去啊！估计家奇都到了。"

洪果儿的声音有气无力地从后面传来。

"到了就等着！难不成他娶媳妇，还得你先在那上赶着候着他啊？他都没催你，你急什么？踏实待着吧，今天你就抓紧最后的时间只管当个颐指气使的公主，毕竟你成为家长里短的黄脸婆的光景已经指日可待了。"

车子拐进民政局停车场的时候，已经将近九点半钟了，而且看起来什么无春年的说法并没有影响人们追求婚姻的热情，常菀好不容易才找到一个停车位。

"你怎么知道都是来结婚的，还有可能是来离婚的呢？"

章晗帮洪果儿整了整衣服，咕哝了一句，常菀白了她一眼锁上车门，轻车熟路地先朝大门走了过去。

"她和万多就是在这办的离婚吧？"

洪果儿压低声音说，章晗吐吐舌头表示自己完全忘了这茬。常菀扫视了一圈，并没有看到沈家奇的身影。大厅的面积有限，并没有那种一眼看不到的地方，况且等人的话，应该会站在靠近门口或者显眼的地方吧？

"给家奇打个电话，他可能去哪里坐着等了。"

常菀对迎上来的章晗和洪果儿说。

"他不会到得比我们还晚吧？娶妻不积极，思想有问题啊！"

"他昨天晚上值班，有可能被什么事耽误了吧。"

虽然嘴上这么说，但洪果儿心里涌上一股不祥的预感，她努力让自己保持镇定，拨出了沈家奇的号码。电话的等待音一声声响着，可就是没有人接听。

"他不是已经不在派出所干了吗？能被什么耽误了？就算耽误了也该说一声啊！心不能那么大吧？什么意思啊……"

常菀轻轻地拍了一下正在抱怨的章晗。

"别着急，可能是在赶来的路上没听见，最不济也是值班太累了想休息一下然后不小心睡过了，不会有事的。"

常菀抚了抚洪果儿的肩膀，而她就像已经听不见周围的声音一样，反复拨打着沈家奇的电话。

"妈的，这小子最好别出什么幺蛾子……"

章晗不由得攥紧了拳头，看着洪果儿的脸一点点没了血色。

"要不然，打去家里或者派出所问问呢？有可能是把手机落在哪了。"

常菀在心里快速盘算着所有的可能性。洪果儿像突然被点醒了似的，挂掉了沈家奇依然无人接听的手机，找出他家里的座机打了过去，可是几遍之后依然无人接听。

"他妈妈会不会和他一起出门了？要不然打她手机试试？"

洪果儿二话不说地又按照常菀说的拨出了沈妈妈的手机号码，却得到了关机的回应。

"会不会，出什么事了啊……"

章晗的情绪已经由焦急变成了担忧，怎么可能那么多巧合刚好就在这么重要的日子里全都凑在一起，这样的状况太不正常了。

"给派出所打一个吧。"

　　这基本是最后的希望了。如果他们也不知道沈家奇去了哪里，那常菀也不知道该怎么办了。

　　"你好，三宝山派出所。"

　　对方很快接起了电话。

　　"请问，沈家奇在吗？我是他的未婚妻洪果儿。"

　　"家奇？他没跟你在一起吗？他一大早值完班之后就收拾东西走了啊。"

　　"他……"

　　接下来的话还没问出口，洪果儿就听到旁边另外一个声音对接电话的人说，沈家奇跟他老丈人一起走了。

　　"谁？他说什么？"

　　洪果儿的情绪突然变得无比激动，旁边说话的那个人接过电话。

　　"果儿吧？刚才你父亲来找家奇，他们一起出去了，好像是在附近的早点摊坐了一会儿，然后……"

　　洪果儿挂了电话就往外跑，常菀和章晗来不及反应，只得跟着她跑了出去，一直跑到车边才停了下来。

　　"钥匙。"

　　她向常菀伸出了手，声音忍不住颤抖。

　　"什么情况啊现在？你得告诉我们啊！"

　　"我爸去找家奇了。"

　　一句话说得章晗目瞪口呆，常菀眼看自己跟不上目前的情况，也没多问，把车钥匙交给了洪果儿。

　　"你可以吗？要不然还是我送你。"

　　"帮我去家奇家里看看。"

　　说完洪果儿就上了车。

　　"哎你要去哪儿啊！你可别乱来啊！"

　　章晗追出去两步，这句话被结结实实地甩在车尾。

　　洪果儿站在局促油腻的电梯里，旁边一个身上散发着浓重劣质烟草气味的中年人一直用余光瞟她，而她却紧盯着屏幕上慢悠悠变换的数字全然不知。她不知道也不想知道洪晋是用了什么下三烂的方法找到的沈家奇，她现在只想知道沈家奇的下落，以及他究竟听到了什么。到了宾馆退房和清洁的时间，原本就狭窄的走廊两边还堆着刚刚换下来的床单和杂物，装满清洁剂和替换用品的推车停在几个敞着大门的房间旁边。还没走到父母所在的房间门口，洪果儿就听到了从里面传出的争吵声，而服务员则是一副司空见惯的样子继续手里的工作。

"你为什么要去找他？果儿不是已经答应给我们钱了吗？你为什么要去破坏她的生活！"

这是方婷的声音，洪果儿站在门外，准备敲门的手停在半空。

"你懂个屁！你觉得她一次能给我们多少钱？她花钱也是要被人看着管着的，哪有那么容易套出那么一大笔不明不白的现金？而且只要她结了婚就什么都没有了！我们还能指望上她吗？我们还要靦着老脸去偷去骗吗？"

"我们就不能靠自己堂堂正正地活着吗？我们用拿到的钱去做个小生意也好啊！"

"做生意？你会吗？你除了靠被男人睡和骗他们的钱之外还有什么本事？还有脸跟我说堂堂正正？你也配！"

"我没有！"

"你没有？那被老子养大的这个野种是从哪里来的？"

"那也是你逼我的！"

"我逼你跟人假戏真做了？逼你他妈不声不响地怀上个莫名其妙的野种了？"

洪果儿像被钉在了地上，她没想到自己的身世竟然还能有更贱的余地。她问自己，洪晋所说的那个野种指的是她吗？原来她真的应该感谢他慷慨地接纳了她，不至于让她流落街头任意被人糟蹋吗？

"我说了要带她一起去死了！你为什么不放过我们？！"方婷嘶喊着。

"我凭什么要放过你们？！你们两个贱货欠老子的本来就一辈子还不完，我还被那个野种送进监狱吃了那么多年苦！你放心，我一定让你们连本带利地还回来！到死我也不会放过你们！"

屋里传出了什么东西被撞倒的声音和方婷痛苦的哭叫，洪果儿想起了从前洪晋打她母亲的时候，每次都让她站在旁边看着，不准动，不准哭，否则就会打得更凶。而她母亲从来都不反抗，只是咬着牙硬生生承受着，直到洪晋没了力气。开始她会害怕，后来渐渐就麻木了。所有的同情变成了鄙视和厌恶，她痛恨母亲的懦弱，也痛恨自己的无能为力。此刻，方婷依然和以前一样，没有求饶，也无路可逃。她变了调的呻吟在洪果儿脑海中无限放大，将她所有尽力封存的过去全部撕破倾泻而出，瞬间将她努力种下的幸福萌芽全部淹没。

洪果儿走到清洁车旁，取下了挂在把手上的通用门卡，然后拎起了墙角蒙满了灰尘的灭火器。开门之后，方婷还匍匐在地，洪晋的拳头一下下重重地落在她的头上，丑陋的姿势像是一头不受教化的畜生。当洪果儿抡起手上的灭火器冲着洪晋的脸狠狠地砸过去时，她的内心没有丝毫的慌乱，甚至比任何时候都要平静，仿佛这是在她心中演练过无数次的场景，是她早就该完成的一件无可厚非的事。

人生为什么这么卑鄙啊！洪果儿想，因为不爱才卑鄙的吧。

"走。"这是回过神来的方婷对女儿说的第一句话，"这一切都跟你没有关系，是我干的。"

常菀和章晗几乎跟警察同时到达，一起赶来的还有被她们在派出所附近公园里找到的沈家奇。和洪晋分开之后，他就一直站在曾经和洪果儿一起躲过雨的那个回廊下，看着她的名字在手机屏幕上一遍又一遍地出现，却就是没有面对的勇气。而沈妈妈的暂时失联的确只是一个巧合，她不过是忘了给手机充电，一大早就出门买菜去了，想用一桌丰富的午餐迎接两个孩子回家。

洪果儿坐在停在宾馆楼下的跑车里，隔着玻璃最后看了一眼本来这时已经成为自己丈夫的沈家奇。此刻他怔怔地望着这里，却看不到她充满了爱和不舍的眼神。她闭上眼睛，长长地呼出了一口气。这专门为了今天精心打扮的样子，却在这样的情况下被他看见。在场的警察都是沈家奇共事了多年的同伴，当洪果儿从车上下来径直走向他们的时候，清楚地看到了他们难掩的惊诧。为首的警察姓贾，是个四十多岁高高壮壮的北方汉子。之前派出所聚餐的时候跟洪果儿自我介绍，还用自己经常被称为"贾警官"这件事跟她开过玩笑。

"是……你报的警？"

"对。"

其余几名警察默默看了洪果儿一眼之后就快步进了宾馆。老贾的目光突然看向洪果儿身后，用手指指打开车门看过来的方婷。

"那是嫌疑人吗？"

洪果儿回过头，看到母亲眼中的悲切和脸上的伤痕。

"不，是我。"

－ 7 －

沈家奇坐在医院花园里的石凳上，老贾刚才打电话告诉他，案件已经从派出所移交到了刑警队，而案件的负责人正是明天起要带他一起工作的组长。洪果儿抢上去的灭火器砸在了洪晋的太阳穴附近，并且他在倒下去的时候后脑磕在了桌角上，目前正在进行开颅手术。此刻的沈家奇没有办法以警察甚至是正常人的思维来进行思考，也因为身份的特殊需要避嫌被排除在调查小组之外。原本他还庆幸今天可以作为一个暂时卸下公职的普通人，只需要做好别人的丈夫和儿子，却发现自己根本不知道该怎么做。

常菀从急诊大楼里走过来，递给沈家奇一瓶刚从自动贩卖机里买的热茶，微微发烫的温度在他手心蔓延开来，反而令他禁不住打了个冷战。发现洪晋昏迷之后，洪果儿立刻带着方婷锁上门离开了现场，什么也没有动。在报警自首之前，她先给章晗打了个电话冷静地陈述了事情发生的经过，常菀也才知道了关于她身世的始末。

"章晗去联系律师了，你不要太过担心，果儿是出于要保护自己的母亲才这么做的，属于正当防卫。"

"这个谁说了都不算，要调查取证之后才知道。"

沈家奇眼神空洞地看着前方，说话的声音有气无力。

"你不相信她？"

常菀对于他的回答有些不可思议。

"我相信她有什么用？"

"你相信她，今天的事情可能就不会发生。你就这样不声不响地躲起来，有没有想过她该怎么办？你们既然已经选择了走进婚姻，就应该有共同面对任何状况的觉悟，有什么事两个人不能沟通吗？逃避能解决问题吗？"

"她需要给我时间来想清楚的！我们都要为自己的选择负责不是吗？"

"你们已经选择过了，是你没有对自己的选择负责。"

常菀在心里为洪果儿的选择不值。

"她一开始就不该骗我的，后来她也有的是机会跟我说实话。面对这么突然找上门的真相，我就一定要马上接受吗？这公平吗？"

"你是因为她的过去才想和她在一起的吗？"常菀用自己的冷静压制着沈家奇的不理智，"我还以为两个人在一起重要的是以后。"

沈家奇抬起头张着嘴想要反驳，却什么也说不出来，最终又慢慢地把头垂了下去。

"如果她跟我在一起需要失去那么多东西，我承受不起。"

常菀知道他的感情输给了所谓的尊严，他承受不起的是在对比之下惶惶不可终日的自卑。

"我理解，如果我是你，可能也接受不了。"常菀突然转变的话锋让沈家奇禁不住惊讶地看着她，"但是也许我首先会为对方最终选择了我而感到无比高兴，因为我知道了自己对他究竟有多重要。"

说完，常菀转身向急诊大楼走去，沈家奇刚想叫住她，她却主动停下来回过头。

"对了，果儿让我转告你她很抱歉，让你不要为难，好好工作，好好照顾你母亲。如果她的事情能顺利解决，她依然愿意尊重你的选择。赶紧回家吧，沈阿姨在等你呢。"

爱情是需要门当户对的。而这门当户对，在于我们从小如何认知自己，在于我们为自己想过的未来。"不配"不是一个贬义词，而是一个再客观不过的结果。你不配与我在一起，不是因为你缺少什么，而是因为你的人生容不下我的存在。

章晗一回到学校，就冲进姜莱的办公室，也顾不上质疑他和猫鱼两个人本来正在说些什么。

"你出去，我们有事谈。"

猫鱼愣了一下，默不作声地关门离开，姜莱不知道发生了什么，只得小心翼翼地试探。

"你不是陪洪果儿领证去了吗？被谁气着了这是？"

"胡律师有没有中国的律师资格证？"

章晗没头没尾地问这么一句让姜莱心里更是没了底。

"没……没有吧，怎么了？"

"打电话问他，在国内有没有相熟的刑事律师，马上能用的。"

"刑事律师？出什么事了到底？"

"你的金主，洪果儿被逮捕了，你赶紧想办法给她找一个最好的律师！"

异国的胡律师被这一大清早顶上门的官司吵醒，完全顾不上缓神，立刻通过京城的合作律所用最快的速度帮他们找到了一个合适的律师人选。得到消息之后的章晗和姜莱立刻动身，他们把见面的地点直接约在了律所，想在初步陈述案情的同时准备好材料申请会面，尽快见到洪果儿本人。两人被车流裹挟着慢慢向前移动，元宵节的下午，街上都是走亲访友或觅食游玩的人群，都想趁着过年正式结束的最后一天，再好好欢聚一番。原本章晗他们也该是这其中一员，她都订好了餐厅的位置，作为娘家人给沈家奇和他的朋友们摆一场丰盛的晚宴。而此刻，这些人却都一脑门子官司地在为同一件事做着努力。

"洪果儿怎么能做出这么冲动的事来，大过节的，不考虑后果的吗？"

姜莱开着车，烦躁地紧跟着前一辆车，跟旁边车道想要插队挑衅的那辆面包车较劲。

"应该说她父亲怎么能做出这么缺德的事来，终身大事都毁了，大过节的算什么。"

章晗一肚子火正无处发作，干脆落下车窗探出头冲着那辆面包车大喊。

"要有种你就直接撞过来！不然你就在那个车道老老实实开！老爷们儿开车有点老爷们儿样！别在那磨磨蹭蹭的！"

喊完她还盯着那个半开着窗户里脸上表情轻佻嘴里骂骂咧咧的司机，一副随时准备冲下去干仗的架势，那司机又与她僵持了一会儿，最终合上了窗户，在下一个出口向辅路开去。章晗这才重新坐好，感觉情绪缓和了一些，可以耐下性子跟姜莱说话。

"洪果儿出来之后，信托基金那边会有什么变化吗？"

"应该是没有。怎么？她不会和沈家奇结婚了？"

"你这么兴奋干什么？"

章晗看着姜莱，他应该是一时激动，没掩藏好条件反射似的情绪。

"我哪有兴奋，我这是惊讶。"

"惊讶什么？"

章晗不依不饶。

"惊讶人和人之间的关系怎么会如此脆弱。"

是啊，不但脆弱，还很无耻呢。

章晗转头看向窗外，强行咽下已经到了嘴边的话。她不想在这个节骨眼上和姜莱较劲，毕竟洪果儿的事情免不了需要他出力。

与律师沟通完毕并安排好了第二天的会面后，已经快过了晚饭时间。律师婉拒了姜莱一起用餐的提议，赶着回家和妻儿吃团圆饭。分别的时候，常菀打电话给章晗告知她洪晋手术成功的消息，虽然尚在昏迷之中，但至少已经脱离了生命危险，这进一步增强了律师争取洪果儿无罪释放的信心。

– 8 –

路上的车渐渐少了起来。此刻人们或者已经到达了自己的目的地与人相聚，或者独自躲在什么地方。在每一个节日里，孤单都是需要被藏起来的秘密，不愿被暴露在光天化日之下被人看见，即便是陌生人也不可以。章晗没敢接韩秀打来的电话，她之前是说今晚会跟员工在一起聚餐，所以不能回家吃饭，因为觉得没必要再跟韩秀提起洪果儿这个人的动向，以免节外生枝。当下若是像预想中的那样热热闹闹，她倒也可以在电话里蒙混过关，可此时偏偏只有车里的她和姜莱一起驰骋在归途的环路上，于是气氛显得比只有她一个人还要冷清。就当我正在醉生梦死没能听见吧，这么想着，章晗用微信给常菀拨了语音通话。

"接到了吗？"

她靠在车窗上，把通话音量调到最小。

"嗯，正在吃饭。"

她们说的人是方婷，在作为受害者及证人接受警方的询问之后，常菀把她接到了另外一家酒店住下。

"我这边已经处理好了，现在过去找你。"

"好，就在说好的地方。"

挂了电话，章晗还保持着靠在车窗的姿势，闭上了眼睛。

"把我放在家附近那个商场的路边就行，我太累了，和常菀约好了做个按摩，你自己安排吧。"

"我这次回来之后咱们还没有在一起好好吃顿饭呢，你也一天没吃了吧？好歹吃口东西再去。"

"我不饿，你约别人去吃吧。"

"你是在故意躲着我吗？"

听到这句话，章晗忍不住睁开眼睛看着姜莱。

"有什么事需要我躲着你吗？"

"我只是觉得你和之前不大一样。"

姜莱并没有要和章晗针锋相对的意思，回避了她的咄咄逼人。

"烦心事太多了，我需要好好想清楚。"

章晗也再一次软化了语气，重新靠回椅背。

"任何事情我都可以帮你分担，你不要为难自己。"

"姜莱……你有想过要娶我吗？"

红灯亮起，姜莱缓缓踩下刹车在十字路口停下，他挂好空挡，转头看着章晗。

"自从我们在一起，我做的任何一个安排和决定都是为了我们两个人未来的生活。我们已经是共进退的命运共同体了，婚姻对我们来说只不过是水到渠成的一个过程，而不是目的。所以只要你准备好了，随时可以告诉我。"

多漂亮的一段话，说得诚诚恳恳又浪漫动人，可就是没有回答它所对应的那个问题。

"走吧，绿灯了。"

车子继续向前移动，姜莱以为章晗是因为他们两人的关系没有实质性进展而生闷气。

"等这次跟谷洋兴之间的合作签下来，咱们就去欧洲结婚。"

他说出这句话的声音都要比之前洪亮了一些。

"谷洋兴？"

好久没有听到这个名字，章晗差点都没反应上来。

"这两天我也没找到合适的时间跟你说，本来还想着能一起吃个饭讨论一下，顺便就把事情定下来。公司的事情，本来就是只要你我达成一致就行，其他股东的意见也就是一个参考。"

"什么合作？"

姜莱看了看后视镜，打了右转灯把车驶入辅路，在一个妥帖的位置停下，解开安全带完全转向章晗坐着，看起来像是迫不及待地想要告诉她什么好消息。他把一根手指伸到章晗面前，这个情景他们两人都不陌生。

"还是一个亿，但是只对应51%的股份，现金加股票，我们依然是股东。接下来开店的费用也由他们全权负责，第一批开五家，学校和店面的运营管理权都在我们自己手里，两边的利润都按照49%的比例来核算。怎么样？"

在姜莱看来，这无疑是一笔无比划算的生意，所以章晗迷茫的表情令他不解。

"我没表达清楚吗？就是在现有公司里我们还可以保留49%的股份，同时，出让的那51%的股份我们不仅可以按照估值分到一部分现金，还可以拿到谷洋兴的股票。他们是上市公司，股票价值在交易的时候很有可能是大于现有价值的，因此我们实际所得肯定比六千万要多！"

"什么时候的事？为什么都谈到这一步了我都不知道？"

章晗冷眼看着姜莱已经抑制不住的兴奋。

"说来也巧，过年期间谷洋兴的老板带着家人去欧洲旅游，他到巴黎的时候刚好约了一个我们共同的朋友吃饭，我是去作陪的，谈话间就聊起了这件事，就自然而然地达成了一致。"

"这么轻易就达成了一致？"

“对啊！双赢的事情，当然一拍即合。”

“连问都不问我一句就达成一致了？”

章晗希望姜莱真的只是过于天真，或者哪怕只是贪婪，她都可以接受。

“这样的条件你还不满意吗？我已经把出让的股份谈到最低值了，你要知道，他们愿意入股我们不是为了做慈善，是需要证明他们是我们的控股公司，这样才能实现财务并表，才能让他们在市场上有新的故事模式可讲，而一半以上的话语权是实现控股的必要条件。我们各取所需，这很公平。”

“你就那么需要钱吗？”

“我……我这也不是为了我自己啊，公司的所有股东都会受益，而且有这样的上市公司在我们背后，资金、资源和发展速度一下子就有了很大的飞跃，跨过了中间很多不必要的辛苦过程。我们创业是为了什么？难道不是只有把自己的价值变现才有意义吗？”

“我的价值不是这点钱就能衡量的。如果要这么做，几个月前也就做了，何必等到今天？那时候是你说的，快速的扩张和复制难免无法保证品质，我也告诉过你我根本不在乎钱，我做这一切是为了……”

“为了梦想，对吧？章晗，有些话说说当个笑话也就算了，如果你为了这个理由来跟我较劲，那也太幼稚了。我们不是什么伟大的先驱，做的也不是什么能够改变时代的了不起的事，没有肩负什么造福人类的使命，我们所做的一切无非是让自己活得更好一点！别在自己设定的角色里把自己感动得无法自拔，像我们这样的人一抓一大把，机会不是天天追在你后面的，你清醒一点。”

“是啊，我早就该清醒一点。”

章晗解开安全带，回头拿过自己放在后座的手包准备下车。

“还没到呢，你去哪啊？”姜莱抓住她的手，“而且，我和谷洋兴已经谈到这个地步，对方已经在起草合同了，你不能陷我于不义吧？"

章晗抽出自己的手，打开车门。

"到这里就可以了。"

"你别忘了，没有我你就没有现在这一切！你不能用我给你的权力来对抗我！"

姜莱打开车窗对着已经走出两步的章晗大喊，每一个字都在冰冷的空气里冻得硬邦邦的，砸在她的后背。章晗转过身，迎着刺眼的车灯看向姜莱，迎面吹来的风攀上高跟鞋从她裸着的脚背一路钻进单薄的裤管。是吗？没有你，我就一无是处了吗？她突然抬脚向驾驶座的方向走回去，直视着姜莱诧异的目光伸手拉开了车门。

"下车。"

"什么？"

一时没绕过弯来的姜莱不敢相信自己的耳朵。

"我说，下车！"

章晗不得不承认自己是在姜莱的庇护下走到了今天，但她以为那是你情我愿的托付，而直到刚刚才后知后觉自己一直被当作饱食终日的傀儡。

"章晗你不要太过分！"

"是你不要太过分！这个位置是我让你坐的，所以我自然也可以让你走。"

直到章晗开着车一路飞驰而去，姜莱还站在原地对自己被赶下车，抛在路边的处境难以置信。他以为，像章晗这样在优越的家庭条件下长大却缺疼少爱的女孩，只要抓住了她的心，就相当于抓住了她的人生，或许本来也的确是这样。章晗问自己，如果她依然被姜莱的为人蒙在鼓里，在她心里他还是原来那个聪明霸道却也温柔而善解人意的样子，那她是不是也就不会在乎除了他之外的得失，也就不会意识到自己才是自己最重要的筹码。

－9－

　　方婷坐在酒店房间的床上一直盯着电视，电视里放什么她就看什么，好像只要有点动静就好，内容一点也不重要。刚才吃饭的时候，或者说从今天出了警察局开始她就是这样一言不发。常菀坐在一旁的沙发上，该问的和该说的，一句回应也没有得到。她知道其实像有方婷这样经历的人很难相信别人，尤其是第一次见面的陌生人，沉默对于她来说是不知所措时最好的自我保护。

　　敲门声响起，常菀知道应该是章晗到了，但在开门之前还是在猫眼中确认了一下。她们不确定是谁向洪晋泄露了关于洪果儿背后的秘密，这也是她们想从方婷嘴里知道的消息。

　　"还没说？"

　　章晗用口形向常菀确认，常菀无奈地摇了摇头。而此时的章晗不会比平时更有耐心，她径直走进房间，用遥控器关上了电视，站在方婷眼前，从包里掏出手机，打开一段视频举在她的面前。视频里开始的画面是一扇门，能听见门后洪晋正在咒骂的声音，紧接着手机摇晃着应该是被塞进了上衣的口袋里，但摄像头依然露在外面忠实地记录着正在发生的事，然后以主观视角可以看到录像的人在清洁车上拿了门卡拎起灭火器冲进了屋里。方婷一直面无表情的脸终于有了反应，她把头别向一边，无法面对接下来的画面。

　　"您是因为知道这段视频的存在所以才一直心安理得保持沉默的对吧？但这并不能完全被作为洪果儿正当防卫、可以被无罪释放的证据。"视频在洪晋被击倒之后就黑屏了，应该是手机从洪果儿上衣的口袋里飞出来掉在了地上。章晗把手机揣回包里接着说，"谁知道后来她，或者你们还有没有其他防卫过当的行为，如果现在躺在医院的人死了，那洪果儿依然是要负法律责任的！"

　　"不会的！"

　　方婷终于开了口，情绪激动地打断章晗的话。她还不知道洪晋已经做完手术脱离了危险，这是常菀和章晗提前商量好的退路。

"您是觉得您丈夫不会死，还是洪果儿不会需要负法律责任？"

"都不会的。"

方婷的声音弱了下来，她虽然知道在洪晋昏迷之后自己和洪果儿立刻离开了房间，但的确无法证明。并且，无论是为了自己或者女儿，她都不希望洪晋真的出事。

"如果洪叔叔醒过来，我们谁也不知道他会不会因为怀恨在心而说些什么不利于洪果儿的话。即便他不会那么说，洪果儿真的被无罪释放了，那就万事大吉了吗？她接下来的人生都要面对这样的威胁吗？那她和在坐牢又有什么区别？"

常菀见章晗的方法起了作用，连忙顺着她的思路说了下去。

"今天本来应该是你女儿领证结婚的日子，而此刻她却被关在拘留所里。这是谁造成的？她这又是为了谁才落得这种地步的？作为她的母亲，您真的忍心吗？从小到大她都没有得到过母亲的保护，到了这个时候，您连是谁在背后算计她都不愿意告诉我们吗？"

章晗不顾常菀的阻拦还是一口气说完了这些话，她觉得相比起洪晋的暴虐，方婷的不作为更加令人绝望。

"我不知道是谁！你觉得洪晋会让我知道这些吗？我就是他的奴隶，我能为洪果儿做的只有让所有的伤害都冲着我来！我得让她活着啊！你们这样的人是不会懂的……"

方婷再也忍不住哭了起来。

"对不起阿姨，我们没有恶意，我们只是不想让果儿再面对这样的事情。洪叔叔手术成功已经脱离危险了，如果您想去看他的话，我们会想办法安排。累了一天，您早点休息吧，我们走了。"

常菀实在不忍心再逼问下去，于是拿起沙发上的外套拉着依然有些不甘心的章晗离开。

"我只在电话里听过那个人的声音，是个男的。"方婷在她们眼看要出门之前开口说，"他说了信托基金的事，还说了沈家奇的工作单位和他们今天结婚的消息。"

"确定不是之前在巴黎你们找来监视洪果儿的那个人吗？"

章晗快步回到床前问她。

"不是，那个人只在巴黎看到果儿现在过上了有钱人的生活，但并不知道钱是哪里来的，而且也不可能知道她在这里的情况。"

这句话一下子点醒了章晗。是啊，外人只能看到表象，而清楚知道事情来龙去脉和全部细节的人，除了她和常菀，就只有姜莱一个人。

会议室里的五个人各自沉默着。姜莱前一天晚上没有回章晗那里，然后在第二天中午直接发了次日召开股东会议的通知。章晗本来不打算出席的，因为她不想在谷洋兴的问题上再和姜莱做任何无意义的纠缠。无论如何她都不会同意把学校的控制权交到他人手里，而如果她不同意，这个股东会议的决策结果就没有什么悬念。因为公司的标准章程中明文规定，牵涉到并购等重大决策的事宜，必须经出席会议的股东所持表决权的三分之二以上股东同意，方可以形成决议。也就是说，至少要有 66% 的股权支持才能通过与谷洋兴的合作方案。而章晗个人目前手里就握着 36% 的股权，即便剩下所有的人都支持姜莱，那也不足以在这件事情上抗衡章晗的一票否决权。她现在能坐在这里只是代表了自己对公司事务的尊重，至于和姜莱之间的私人恩怨，她更愿意用私人的方式解决。

"既然大家都不愿意发表意见，那就直接举手投票吧，事情总归是要有个结果。同意谷洋兴股权收购的股东，请举手。"

说话的同时，姜莱就先举手表态。猫鱼紧接着举起手来，而龙骧看起来也毫不纠结地跟着赞成。所有人的目光自然而然地落在了山下身上，而他没有任何反应，依旧保持抱着双臂的姿势。虽然这个投票在章晗看来并没有什么意思，但她还是在心里默默感激山下，至少此刻他让自己显得没有那么难堪。

"这么重要的决策我们连股东都没有召齐，是不是有些草率？"

章晗用有些戏谑的语气提出质疑。她指的当然是后加入的股东方桥，那个几乎不在学校露面的幕后伙伴。收到会议通知的时候他人在纽约度假，本来是要赶回来的。可当他第一时间买好机票准备提前返程时，却遇上了大雪，航班被取消。

"他的立场和我是一致的，这是他会议前发给我的信息。"姜莱把手机举给章晗和其他人看，"如果你不相信，我们现在可以跟他开视频会议，让他本人亲自表决。"

"姜莱，有意义吗？按照公司章程，只要我不同意，这个决策就没有办法被通过。你这样做，除了能挑起内部矛盾之外，还能改变什么？"

"那你，作为法人和第一大股东，真的有秉着认真负责的态度对待公司吗？"

姜莱并没因此而示弱，在决定召开今天的股东会议那一刻，他就已经做好了要和章晗彻底摊牌的准备。

"这是当然！我反对跟谷洋兴的合作，才是从公司长远发展的角度……"

"这是当初公司注册时你签过字的所有文件。"姜莱强硬地打断章晗，从资料夹里拿出一叠文件摊在她面前，"里面就有你刚刚说的公司章程。我们的章程里白纸黑字清清楚楚写着，只要所持表决权 50% 以上的股东同意，就可以通过涉及公司合并、解散、增减注册资本等重大事项。而除了你和山下，我们剩下四个人所持股份的表决权达到了 55%，符合通过决议的章程规定。"

姜莱一口气流利地说完了这些话，好像已经憋在心里彩排过许久，终于派上了用场。章晗难以置信地从那叠文件里翻出公司章程，里面的规定确实如他所说，并且自己和其他股东的签名也赫然在目，一股腥甜的味道涌上她的喉咙。

"你骗我！"章晗失控地指着姜莱，"我是因为信任你才把这么重要的事情交给你全权处理，你早就为今天埋下了伏笔对不对？你从一开始就没安好心是不是？"

"这样说公平吗？我把公司注册的文件发给了每一个人让大家确认后签字，我有强迫过你们吗？是你把公司当作了儿戏，当成了玩具，想当然地随意处置，你有考虑过其他股东还有合作方的利益吗？你知道怎样才能让公司在最短的时间内发挥最大的价值吗？"

此刻的章晗竟然分了神生出了一种错觉，好像姜莱长久以来兢兢业业和甘为陪衬的韬光养晦都是为了今天这一刻。可是为什么呢？他有这样的聪明和能力，为什么要绕这么大一个圈把她套入其中？她甚至想，如果当初姜莱把手段用在洪果儿身上，岂不是更加直截了当？所以自己于他来说还是特别的吧？或者，只有她才会这么傻吧。

"好。既然游戏规则是早就定好的，我也不指望能改变。我愿意尊重规则，也愿意尊重大家的决定。既然是这样，就等所有股东都到齐，律师也到场的情况下正式地做最后表决，我要看到所有股东本人整整齐齐地坐在这里，一点质疑和差错也不要留下。"

章晗拿起桌上所有的文件起身走出会议室。她知道，既然姜莱敢把事情放在台面上这么做，就一定不会给她能够挑错的退路。但是她无法接受就在今天，就这样毫无准备地败下阵来。即便是垂死挣扎，她也想要争取最后的生存机会。或许她坚持的那个结果是狭隘的，或许姜莱那方的决定真的是更好的选择，但这不是一个应该顾全大局的时刻。章晗把自己反锁进办公室里，拿起手中的文件一个字一个字地研读起来。她可以接受失败和让步，但对手必须赢得堂堂正正。

没有目的地的时候，总是会希望路途再远一些，这样你就可以告诉自己，我还在路上，和他们一样。章晗木然地开着车不知道该去向哪里。看来她注定要输给处心积虑的对手却无法控诉，可又有多少人会知道、在乎输赢背后的缘由，话语权总是给赢家留的。

章晗没有去找猫鱼和龙骧，更不要提尚且远在国外的方桥。现在看来，当初的黄油事件就是姜莱留给他自己的余地，如果没有那

10% 的股份稀释，只要有一个人支持章晗，双方就会陷入打平的僵局。因此，方桥自然是姜莱的傀儡，而猫鱼此时的立场也不必多说。那龙骧呢？也许她真的只是看重现实利益，又或许她也和猫鱼结成了什么同盟。总之章晗知道他们三个是没有可能被说服改变立场的，且她的自尊也不允许她去开这个口。该对他们讲什么呢？讲骨气和理想吗？猫鱼当初第一次跟 John 黄提案时的情景突然从章晗脑海里蹦了出来，她涨红的脸颊和眼中的泪光充满着一种单纯却动人的力量。那时候他们为了共同的目标据理力争，却在还没有成功的当下就分道扬镳。

突然响起的手机铃声把章晗吓了一跳，山下的名字出现在车里的液晶屏幕上。

"你在哪呢？"

电话接通，山下先开口询问。

"我在开车。"

"吃饭了吗？我在店里，做了春季的主打菜，你来帮我尝尝？"

自从西点学校开业之后，山下就开始了两边跑的生活。白天在学校盯教学情况，晚上回店里研究菜品，打理生意，生活完全没有了之前的那种飘逸与从容。他在学校的分工是最辛苦而繁杂的，章晗心里清楚，却碍于两个人的感情前史和当下彼此的关系，不敢有什么慰劳的动作。

"谢谢你，山下。"

除了这句，她再也说不出更多话来。这是她唯一的战友，虽然改变不了什么结果，但至少知道自己不是孤身一人，这个慰藉是求不来的珍贵。

"谢什么……倒是我该跟你说声对不起的。要不是龙骧非要那10% 的股份，今天也不会是这个结果……我的力量有限，也没能说服她……"

"那股份本来就是你的，夫妻俩，不分你我也无可厚非，而且龙骧的确也为学校做了不少贡献。只是，人各有志吧，再怎么怪，也怪不到你们头上。"

"你后悔吗？"

山下问章晗。

"你是问我后悔开了学校，还是后悔和姜莱在一起？"

山下没有说话，章晗也就懂了他的意思。

"我没有什么好后悔的吧，从小到大，其实没有什么事是我自己发自内心非做不可的。小时候学大提琴，是我爸鼓动的，他走了，我也就没再碰过。后来上大学选专业，毕业之后找工作，然后一时兴起去学了做西点，再到想开个蛋糕店却阴差阳错地开了学校，成与不成，我好像都是被选择的那一个，包括感情也是一样。我没做错什么，但好像也换不来什么好结果，可能是因为我也没做对什么吧。至少我留下了点经验教训，也不算是一无所获。就像我虽然没成为专业的大提琴手，可现在还是能拿来自娱自乐。谁知道以后会发生什么呢？也许我要为这结果感到庆幸也说不定。"

"所以，如果谷洋兴的事真成了之后，你一定会退出吗？"

"嗯，我这人心窄，看不了人眼色也听不了人差遣。所以，下次正式决策的时候你还是别挺着我了。反正我是要走的，你没必要跟我一起被排挤。就算公司这点利益你不在乎，日子还得过吧，别为了这事跟龙骧闹了什么别扭，不值当的。"

"我和她，准备离婚了。"山下听起来拿着手机出了一扇门，"她父亲年前去世了，等过几天下葬之后我们就去办手续。"

"怎么，完全没有听你们提起过？也没看出来啊……"

章晗不知道是不是该安慰山下。

"我岳父走得很急，又赶上过年的坎怕冲了别人的喜庆，也就没刻意操办什么。而龙骧本来也是性子寡淡的人，这种情绪不会挂在外面给人看到也是正常。我俩本来就没什么感情，因为顾及老人一直过到现在，但其实老爷子心里也清楚，三个人都说不出口就这么煎熬着，谁不想由着自己的心意过日子呢。说句不好听的，这下，大家反而都解脱了。从此以后，我不想再做什么违心的事，虽然这话听起来很幼稚，但到了我这个年龄，还能幼稚也算是一种能力。支持你，算是我想要为自己做的第一件事，跟你无关。"

不知是因为哪一句，总之山下的这通电话让章晗的心里平静了下来。很多时候我们做了决定不是自己不能接受，而是在乎身边的人是否能接受，在乎他们看待自己的心态是否会发生变化。章晗掉转车头，她知道了自己该去什么地方，于是脚下不由得轻快起来。

- 10 -

王青树打开大门看到章晗的时候一脸掩饰不住的意外，她从来不会招呼也不打一声地突然回来，因为她从来没把这里当作自己的家。

"你们，睡了吗？"

章晗莫名有些拘谨。

"没呢没呢，赶紧进屋，你妈要追完电视剧才舍得睡呢。"

王青树一边从鞋柜里给章晗拿出她专属的拖鞋，一边招呼着屋里的韩秀。正趴在地毯上打盹的大金毛跟着韩秀一起迎了出来，章晗已经十多年没看到过自己的母亲完全不施粉黛、不修边幅的样子，每次知道要见她，韩秀从早到晚不管在外面还是家里都会把自己收拾得妥妥帖帖。

"怎么了你？出什么事了？"

章晗鼻子一酸，不知是因为母亲对自己的了解还是因为看到了她真实的、衰老的样子。

"有你这样当妈的吗？怎么不盼自己姑娘点儿好呢！"

章晗咬着牙拿出平时的作风嘴硬着，大摇大摆地追着狗走进屋去。

"姜莱呢？还没回来啊？"

韩秀关小了电视的声音，问抱着靠垫缩在单人沙发里的章晗。

"回来了。"

"那怎么没跟你一起啊？不至于忙成这样吧。你俩是不是闹什么别扭了？"

"妈，给我弄口吃的吧。"

章晗把脸埋在靠垫里闭着眼睛。

"想吃什么？我去给你做！"

王青树主动站起身来，被韩秀轻轻拽了拽，重新坐了下来。

"行啊，走，跟我一起做去。"

油锅在小火上不动声色地慢慢沸腾，韩秀把两粒花椒扔了进去试探油温，无数小气泡立刻包裹上去发出轻微的"滋滋"声。一旁的大盘子里放着团好的红薯丸子，蒸熟的红薯泥和着糯米面，外面裹着糖霜，被一颗颗放进温度刚好的油里小火慢炸。章晗坐在灶台前的高脚凳上，看着鹅黄色的丸子轻轻翻滚着慢慢镀上一层金黄，甜腻的香气一点点溢进四周的空气里。

"小时候你最爱吃这个了，每次回你外婆家她都给你准备一大盘，你就跟现在一样，搬个小板凳坐在火炉边上专吃这刚出锅的。"

韩秀把已经炸好的丸子拣出来放进担在大碗上的笊篱里，章晗边吹着气边捏出一个来小心翼翼地咬了一口，外脆里糯的香甜立刻通过她的味蕾转成了满足填进心里。

"我记得有一次，外婆住院了，你三天三夜没回家，我自己在外面连吃了一礼拜盖浇饭，好不容易盼到你回来，就想让你给我做条鱼吃，结果莫名其妙被你熊了一顿。"

韩秀把火又调小了一点，把剩下的丸子放进锅里，用肩膀蹭了蹭不小心溅在脸上的油花。

"那时候你爸刚走，公司里上上下下大几十口的眼睛都盯着我，你外婆还瘫在那里说不出话，我每天早晨还有勇气睁开眼，靠自己的两条腿站起来就已经很不容易了，哪还有心思给你做鱼吃。"

"熊完的当天晚上你不还是做好才出的门。"

章晗把一个已经不烫嘴的丸子塞进了韩秀嘴里。

"那我能怎么办？生了你这么个不省心也不贴心的黑心棉袄。哎哟，那段日子，内忧外患的，我就想着，地狱不过也就如此了吧。那个说好要为你遮风挡雨的人，结果只做到了这辈子所有的风雨都是他给的。"韩秀的笑云淡风轻，眼角的皱纹堆在一起，"但是现在想起来，我心里充满的都是骄傲而不是痛苦。每天我关上门一个人的时候哪怕再狼狈，天亮出门之后都一定给自己打扮得刀枪不入。我活得那么努力，不能得到别人的称赞也就算了，但绝对不能成为别人茶余饭后用来被消遣的笑话。"

"你用了多久去原谅我爸啊？"

"用了多久呢……可能到现在也没彻底原谅吧，人可以忘，可以不去在乎，但要说真的原谅，那太难了。那些说着'感谢伤害带给我收获和成长'的人，嗯……也许他们真的可以吧，但是我心眼小，我做不到。有一个人给你的人生带来了那么大的伤害，你好不容易挺过来了，活得好了，难道不是应该去感谢自己吗？为什么要因为你应得的东西去感谢苦难？如果没有这些伤害，也许你会过得更好。什么洒脱啊，宽宏大量啊，多半是做给别人看的，可能倒不是想说明自己多么伟大吧，只是不想被人可怜。不然大家喝完酒之后的那些热泪盈眶和辛酸豪迈都来自哪里啊？还不都是这辈子无法释怀的糟心事。"

"韩秀女士，你怎么那么酷啊？"

章晗觉得自己从来没有真正认识过母亲，在她强势、现实、霸道和精于算计背后，保护着一个拒绝妥协、最真实和单纯的女人。

"可是你都那么酷了，当初干吗还非要和我爸埋在一起？"

"因为我恨他啊！我不甘心啊！想让他补偿我啊！"

韩秀关了火，在章晗对面坐下来。窗户开着一道缝隙，冬夜的风夹杂着人间烟火来回穿梭。

"你不是吧……"

"但是，还好有你跟我对着干，不然，我剩下这点人生也得被白白葬送在怨恨中了。年前，你王叔叔有天半夜犯心脏病，那一刻，我怕到什么都可以不要，就想换他能多活几年。人啊，都是这样不知好歹。什么情啊爱啊，都抵不上一个习惯。年纪越大就越能明白，那些现实里的痴缠，只能给人带来反反复复的噩梦，而那些让人想起来感到美好的，都是云淡风轻的自由。刻骨铭心，有过那么一次知道是什么滋味也就够了，不值得被追求。"

"妈……"章晗很久都没碰过母亲的手，当她伸出手去握住韩秀手指的时候，一瞬间仿佛变回了小时候那个走路总是摔跟头的小女孩，心底的委屈毫无遮掩地涌了上来，"如果我什么也没有了，回来蹭吃蹭住，你会养着我的对吧？"

韩秀深情地看着女儿，那个头发总是软塌塌的黄毛丫头，怎么就突然长大成了自己当年的那个样子。

"当然……不会。"

她的表情还是那样充满了怜惜和心疼，于是章晗还以为是自己的耳朵出了什么差错。

"妈你说什么？"

"我说我不会养你，你千万别什么也没有了回来蹭吃蹭住。"

韩秀反手拉住目瞪口呆的章晗。

"从前我总是想把你绑在身边，是因为我什么都没有时间教你，所以觉得你什么都不行。但是后来我发现你行的，没有你爸，没有我，你自己也长成了一个优秀的大姑娘。所以，不管遇到了什么事，你都不能认输，你要赢。我不会告诉你尽力就好，输了也没有关系，因为输和赢就是不一样。你只有更多地赢下去，才有可能不会变成自己讨厌的样子。"

章晗看着穿衣镜里的自己，应该就是韩秀所说的刀枪不入的样子。她昂首挺胸地走进会议室，径直走到长桌顶端的那个位置坐下来，看起来完全没有接受败局的神情。她看着分别坐在会议桌两边到齐的其他五位股东，四比一的阵营失衡让输赢看起来一目了然。姜莱看向章晗的眼神有些复杂，好像在为她今日的精心打扮感到惋惜。失败者的出场有多隆重，结局往往就有多难堪。

"来吧，可以开始了。"

章晗知道所有人都在等她开口，越是明朗的局势，胜者越乐于保持风度。

"律师已经准备好了所有的变更文件，包括谷洋兴的合同。等下结果出来了，你是否介意当场执行？"

章晗没有看姜莱，而是直视着桌尾跟自己相对而坐的律师。

"今天会议的决策就是最终结果吗？"

"是的。"

对方回答。

"如果结果出来之后，有个人股份转让的需求也可以当场执行吗？"

"这个……"律师看了一眼姜莱，在得到默许之后快速看了一眼面前的笔记本电脑，"如果有这个需要，我可以马上准备。"

姜莱以为章晗是要放弃了，这当然是不可期的意外收获。

"好，我没有问题了。今天的手，由我带头来举吧。公司成立到现在，还没遇见过这么正式的机会行使自己的权利，我也想感受一下。那么，事情大家都清楚了，不同意此次收购行为的，请举手吧。"

章晗和山下彼此默契地相视一笑，毫不犹豫地一起举起了手。姜莱、猫鱼和龙骧彼此瞄了一眼，也已经不去避讳早已达成的统一战线。几秒的静默过后，律师刚刚准备宣布结果，意外的事情却发生了。坐在姜莱身边的方桥，竟也端端正正地举起手来。山下惊喜地立刻看向章晗，却发现她的目光无比淡定地落在姜莱脸上。

"你听错了吧？是不同意的举手，赶紧放下！"

虽然知道会被其他人听见，姜莱还是转头压低声音用毋庸置疑的语气提醒方桥。

"我没有听错，我的确是不同意此次收购。"

"你怎么能……出尔反尔啊！"

姜莱的眼神里是不可思议的愤怒，他竭力地保持着最后的体面。

"这样的话，我们三个人所持股份的表决权达到了55%，符合不通过决议的章程规定，这就是最终的结果。"章晗扫视了一下目前举着手的三个人，然后看向律师，"可以了吗？"

"你们确定吗？"

律师显然也不敢相信眼前的反转。

"确定。"

举手的三人异口同声地回答。

当晚，韩秀陪章晗睡在她的房间里，母女俩揉着因吃多了红薯丸子而咕噜叫的肚子，章晗从姜莱和韩秀的第一次见面，一直说到当天下午的股东会议。

"我已经输了。"

在韩秀面前坦白了这一切之后，章晗发现那个失败的结果好像变得没有那么难以接受。她依然很沮丧，但却没有了恐惧。韩秀听完之后半天没有说话，这让章晗感到有些心虚。

"你是不是对我很失望啊……"

"笨死了，我都替你不甘心。"韩秀翻身背对着章晗，拿起了床头的手机，"认输就完了啊？如果输得那么窝囊那就想办法再抢回来啊！"

"你说得容易！他们都好到钻一个被窝了，我才不稀罕！"

章晗拉起被子蒙住脑袋。

"你刚说的那个后进来的贸易公司的股东叫什么来着？"

"我不听我不听！"

　　章晗隔着被子以为韩秀在继续数落她，结果韩秀一把将被子掀开，把手机上的一张照片怼到章晗面前。

　　"你那个叫方桥的股东，是不是他？"

　　章晗看着照片上年轻的韩秀、方桥还有其他几个人的合影，一轱辘坐了起来。

　　十年前，事业遇到变故的方桥在叫天不应叫地不灵的时候，抱着侥幸的心态找上了曾在一家公司工作过的同事韩秀。了解了他的处境之后，她不带任何附加要求地借给了他一百万，并且用自己的资源帮他的公司渡过了难关。后来，方桥连本带利拿着现金去找韩秀报恩的时候，她只拿回了当初借出去的一百万本金，并且谢绝了他赠予的公司股份。只因为她记得，当年初出茅庐在方桥手下工作时，他曾在众人面前帮她说过一句公道话。眼看着起死回生之后的方桥事业越做越好，韩秀却与他渐渐没了联系。她说，没人会真的喜欢见过他落魄时的人总在眼前出现。谁会愿意总被提醒着过往的失败，尤其是在功成名就之后。

　　这场疾驰而过的风波就这样戛然而止，章晗从头至尾来不及反应，一路被拖曳着来到了此时此刻。她赢了，因为方桥知道了她是韩秀的女儿。她知道自己不会一直有这样的运气，就像小学时候父亲帮她做的手工模型拿了比赛的一等奖，并没有成功的快感。手机短暂地振动了一下，章晗打开这封准时送达的邮件快速浏览过后，点了打印的按钮。

　　"人情这个东西是把双刃剑，不仅只能用一次，还分个先来后到轻重大小。这一局咱们两个不管谁赢了都不光彩，但至少我问心无愧。"

　　章晗看着不好发作的姜莱，他现在一定也在心中计算着不同选择之间的得失。为了争一口气而做出什么冲动的行为，这不在他的人生准则之列。但是这一次，章晗没有为他准备退一步的余地，输和赢就应该不一样，如果这次是她输了，也一定要付出自己的代价。

"姜莱，请你出让手中所持有的公司股份，我按照当初的注册资本等比接收。反正你的注册金一分钱都没实缴过，怎么算也不会是赔本的买卖。"

"凭什么？"姜莱终于坐不住了，"就算我输了，你也没有资格强行要求我出让股份！更何况公司现在的估值是当初注册资本的十倍还不止，你这是赤裸裸的盘剥！"

话音未落，就有人敲响了会议室的门，拿着方才章晗打印的邮件资料走了进来。他是一直守在打印室等待讯号的律师，章晗请来的律师。打印机吐出的资料便是他们的讯号，而他的出现标志着姜莱的彻底出局。

"你当然可以拒绝我的要求，但我建议你接受这个交易。"

章晗接过资料甩在姜莱面前，那是他与谷洋兴之间私下交易的证据。他不仅泄露了学校内部的保密数据和账目，还通过故意做低公司的收购估值来赚取对方许诺他的中间差价。

就在今天早晨，韩秀在机场接到了方桥的同时，章晗去往了猫鱼的住处。她把之前常菀在度假村拍到的照片和过年时收到的那张被撤回的手机截屏一起发给了猫鱼，然后在她家马路对面的咖啡店坐了下来。人情这个东西是把双刃剑，这句话是韩秀说的。相比争取猫鱼手里的表决权，章晗更想打一个赌。

没过多久，猫鱼就在章晗的对面坐了下来，她们看起来和店里其他相对而坐的客人没什么两样，神情自得地眯起眼睛享受着暖阳。

"他没有换一个更好的地方给你住吗？"

章晗看着马路那边毫无规则停放着的车辆和繁杂的门面房。

"他说过，要跟我一人承担一半房租，我觉得有些可笑就拒绝了。"

这样猫鱼就算是承认了她和姜莱之间的关系。虽然早有心理准备，但章晗还是不禁捏住了手中的瓷杯。

"他对你好吗？"

猫鱼没有说话，漫无目的地望向窗外。

"你爱他吗？"

连续问了这两个问题，章晗看着对方慢慢转过脸来，从前几乎粉黛不施的猫鱼不知被不停向前奔跑的她们落在了什么地方。

"一开始是不爱的，现在我不知道。"

"那，为什么一定要这样？"

"如果你是来说服我的，那咱们还是到此为止吧。既然我已经走到了这个地步，就只有继续走下去，否则，我就什么也得不到了。"

"非要是他吗？"

"你非要是他吗？"

两人四目相对地僵持着，谁都不愿以闪躲败下阵来。但她们从彼此眼中看到的都不是咄咄逼人，而更像是希望对方就此妥协的哀求。她们在心里都在替自己不值，却当然无法就此承认。

"哪有非得是谁，可是刚好就这样发生了啊。"猫鱼依然没有移开目光，但眼眶却红了起来，"如果一定要分个是非对错，那对不起，是我的错，是我看不起我自己。也许在你们眼中，姜莱不值得我这么做，他既没有大富大贵的家庭背景，也没有什么了不起的个人成就，他跟其他千千万万有机会往上爬的人一样，不过是幸运了一些才显得比别人优秀。可那是跟你们比啊，你看看我，靠我自己，什么时候才能让这样的人多看我一眼？我的人生没什么值得炫耀的，所以即便是跟他偷情这件事也能让我觉得自己特别。我想要一个能够逼自己在这不公平的世界上撑下去、强大起来的理由，哪怕是这么龌龊的理由。"

章晗想告诉猫鱼她并不怪她，但却怕这反而让自己显得更加面目可憎。猫鱼心里一定比谁都清楚姜莱想要从她身上得到些什么，即便如此还是选择了飞蛾扑火，谁都没有资格去揣度别人不可承受的负担。

"他，做这些是不是有什么苦衷？"

"谁？你说姜莱吗？"

"对。"

猫鱼盯着章晗看了一会儿，确认她不是在开玩笑之后有些不屑地笑了出来。

"你真是……呵，没有你想象的那么感人，他既没有重病的老母亲也没有背负什么巨额债务。我也一样，除了单纯的缺钱之外没有什么苦衷。不是所有人都像你活得那么高尚，就是有我和他这样纯粹渴望金钱利益的人，想过得更好，拥有更多，不知道什么时候才会对自己满意。如果有苦衷，你就能拿出闪闪发光的同情心来赦免我们吗？"

"跟我打个赌吧。"

章晗干脆没有接猫鱼的话，追责和声讨不是她来这里的目的。

"打赌？"

"对。既然无法共存，就应该做个明确的了断。下午的股东会议上，如果你们赢了，我走。但是如果我赢了，你必须心甘情愿地把手里的股权交出来。我们不赌姜莱，赌自己，如何？"

"难道这件事的结果还有什么回旋的余地吗？"

猫鱼不明白章晗为什么要在一个必输无疑的赌局上下这么重的筹码。

"这不是你该关心的事情。"

章晗静静地等着默不作声的猫鱼在心中权衡出一个结果。这几乎是送到她手里的胜利果实，但她依然谨慎地做着思量。

"我接受。但是如果你赢了，我想换一个拯救自己的机会。"

"拿什么换？"

"你赢了才有资格知道。"

于是，章晗在恰到好处的时间收到了这封邮件的资料。除了邮件和信息截图之外，还有对话的录音。姜莱快速反应了一下，立刻看向了坐在他身边的猫鱼。

"如果这些你觉得不够，那还有这个。"

章晗把放在姜莱钱包夹层里那张洪果儿信用卡的副卡也扔在了他面前，这下姜莱彻底释然了。他摇着头苦笑了一下，靠在椅背上松了松领带。

"我被包围了啊，有点意思。好，我认。你的 36% 再加上我的 27%，哇哦，剩下的这几个小羔羊，完全无法和你作对了啊！"姜莱瞪大眼睛环视着默不作声的其他股东，"你们服吗？你们也有资格主张划分我手里的股权啊！"

章晗的律师把提前准备好的几份转股协议递给姜莱，她已经把那 27% 全部划分给了其他四个人，就连这次没有任何利益交换的龙骧都分到了新的 5%，一点儿也没给自己留下。

"你不怕吗？"

姜莱看完哑然失笑。

"怕啊。"章晗从座位上站了起来，"但众叛亲离更可怕吧。"

- 12 -

洪果儿跨出拘留所的大门，常菀站在夕阳里等她。在律师的帮助下，经过几天的调查确认，她之前的行为被判定为正当防卫，因此不用承担任何法律后果。章晗开着车远远地按着喇叭直冲过来，然后划过一条漂亮的弧线跨在两个车位之间停下来。

"看来这家伙打了场胜仗啊。"

常菀悬着的心总算放了下来，笑眯眯地看着恢复了神采的章晗拎着一个纸袋跳下车，穿着套裙却踩着车上备用的那双运动鞋张牙舞爪地向她们跑过来。

"呐！把这个吃了！实在来不及跑去超市买豆腐，就在来的路上顺手买了这个。"她从纸袋里掏出一小盒甜品，"杏仁豆腐也算是豆腐吧？"

洪果儿接过去，三两口吃了个精光。

"呀呀呀！晦气退散！"

章晗做出一个神婆似的动作，三个人嬉笑着向前走去。这时候，一辆出租车停在她们身边，沈家奇走下来站在原地，却不敢主动向前。

"有什么话路上说吧，山下那边还等咱们呢。"

章晗把车钥匙递给洪果儿，自己坐上了常菀的副驾。

车头迎着日落的方向，高架桥两边大楼的玻璃外墙折射着并不刺眼的光芒。章晗把车窗打开了一道缝隙，已经带着暖意的风吹起她耳边的碎发，她摘下墨镜眯着眼睛看向两边的建筑笼罩在明晃晃的红色当中像是电影中的场景。傍晚的空气裹挟着这个城市一整个白天的命运，顺着呼吸从每个人的身体里穿过，浑浊却饱含深情。

"刚工作那时候，没有车，每天挤完地铁公交回到家里，浑身上下每一个毛孔都糊满了这个气味，感觉特别有满足感。就想着，这一天又充实地结束了，努力的我多么问心无愧啊！然后呢，得到的越来越多，就越来越不容易满足，越来越爱抱怨。闻到的也不再觉得是人间烟火，而是避之不及的可吸入颗粒物和尾气。然后非得要在经历了什么不如意之后才能再次感受到，啊，活着是多么美好的事。嘁，说白了就是贱。"

章晗抱着膝盖头靠车窗上念叨着，常菀打开了车里的收音机，细小的灰尘随着音乐久久飘浮在半空中。

"沈家奇这会儿肯定正千方百计地跟洪果儿说好话求和好呢吧？这个软蛋，一点儿没个老爷们样子，怎么当上的警察？"

章晗闭着眼睛，语气慵懒得像是快要睡着的样子。

"沈家奇前两天去医院找洪果儿的爸爸，跟他做了个约定说，如果他能对这次受伤的事情说实话也不再追究，并且保证以后不再威胁洪果儿，跟她和她妈妈和平相处，就愿意放弃和她在一起。否则，万水千山也要把她追回来结婚。"

"什么？"

章晗几乎要跳起来，不可思议地看着一脸平静的常菀。

"不然呢？你真的认为他可以当什么都不知道，心安理得地跟洪果儿继续过日子吗？"

"为什么不能呢？洪果儿为了他牺牲得还不够多吗？"

"就是因为害怕听见这句话才退缩的吧。婚姻如果从一开始就不平等，中间的差距只会越拉越大，所有付出都会变成偿还，然后被你追我赶的拉锯拖垮。将心比心，你有这个勇气吗？"

广播电台的主持人说了一个笑话，车里一直沉默的两人一起轻声笑了出来。沈家奇这才有勇气转头看了看正在开车的洪果儿，她还穿着领证那天有些隆重过度的衣裳，显得不着修饰的脸更加干净柔和。眼看就要到目的地，他什么都不说，她也就懂了这番心意。比起做决定，人们更善于接受结果。知道了这也许是他们一同走的最后一段路程，洪果儿原本游移不定的心反而安宁下来。

"这几天发生的事，你都告诉沈阿姨了吧？"

"嗯，说了，我离开派出所的事她也知道了。本来想着领证那天趁她高兴和你一起告诉她的，结果……她这几天一句话都不跟我说。"

沈家奇苦笑着。

"会过去的。"

洪果儿带着若有似无的笑容，把车开出了辅路，去往"我家"的方向。

"等我爸出了院，我就带他们一起回巴黎了。"

"留在这里不好吗？有常菀和章晗她们，至少……"

至少还有机会见面，沈家奇原本这样以为。

"我得去完成我的生活啊，把过去丢在那里不管果然还是不行的。如果哪天真的选择离开那里，至少希望能坦坦荡荡吧。"

洪果儿在到达前的最后一个路口把沈家奇放下，落下车窗对他灿烂地笑着。

"别逞英雄！活着不丢人。"

绿灯亮起，她干干脆脆地一脚油门冲了出去，他甚至没来得及说一声再见。

我们终会遇见愿意陪我们消耗人生的那个谁，于是就让我们以彻底消失在彼此的世界作为最后最深的惦记吧。

山下抱着吉他，坐在仅开着一盏灯的吧台边唱一首歌词若有似无的民谣。万壹在拼起来的椅子上睡着了，万多拿过外套轻轻地给他盖上。这是一场看起来意图明显的庆功宴，却没有任何一句祝酒词。三个醉醺醺的女人靠在一起，眼里闪烁着泪光。

"要是当初我和山下不分开，说不定现在二胎都有了。"

常菀捏了捏章晗的脸颊，被她恨铁不成钢的表情逗得笑出声来。

"还是这样比较好吧，你兜里有钱，他事业有成，如果还能郎情妾意，说不定还真有一不小心白头到老的机会。"

"男人与女人之间，最稳固的关系到底是什么啊？"

洪果儿像是自言自语似的端起酒杯，另外两个人跟着喝了一口。常菀看着万多坐在万壹身边，用一只手挡在他的眼睛上方为他遮着灯光。

"是为人父母吧，即便两个人分开，再成为别人的丈夫、妻子或再各自为人父母，但只要在你们的孩子面前，你们就永远都是你们。"

- 13 -

清明节那天，章晗带着韩秀去给章蘅扫墓时，看到墓碑四处已经被擦得干干净净，上面还放着一小把带着露珠的野花，纤细的花茎用麻绳缠绕着系起来。

"是她吧？"

韩秀捧着一大束雏菊，看着立碑人的名字。

"是吧。"

章晗转身看向远处的梯田，她知道洪果儿会在今晚离开这里。韩秀俯身把手里的雏菊放在墓碑前，把墓碑上的野花拿在手里。

"干吗啊？你不是洗心革面了吗？不会还小心眼的想给人扔了吧？！"

韩秀没理会章晗，对着手里淡紫色的小花瓣静静地看了一会儿，蹲下来把它和自己的雏菊并排放在一起。章晗把双手插进风衣的口袋，站在母亲身后看着她清瘦的背影。她终于可以心平气和地面对章蕲，面对他们早已分道扬镳的命运。这是她第一次来到这里，或许也是最后一次，从明天开始，她想让余生有一个清清楚楚的归属。

就这么与墓碑相互静默了许久，韩秀终于轻轻地长舒一口气，撑着蹲麻的双腿想要站起来，章晗上前一把扶住她打晃的身体，然后就这样顺势挽着她的胳膊走到上次和洪果儿聊天的平台坐了下来。

"你们这个年纪多好，还来得及发生各种各样的可能。我那时候总想着以后，所以把眼前的日子都过成了不满和焦虑，你要珍惜啊！"

韩秀用手轻轻拍打着自己的双腿，她最近在章晗眼里越来越像是一个在正常老去的母亲。

"珍惜什么？我一点都不觉得现在好，恨不得赶紧跳到你这个阶段，可以理直气壮地力不从心，不用因为少壮不努力而感到羞耻。"

说着章晗接起一个工作电话，那种说话的语气让韩秀感到既熟悉又陌生。她开心的是女儿总算长大了，难过的也是女儿终于长大了。是啊，年轻时候的她也从来没觉得轻松过，那时候的烦恼也不会比现在的要好过。儿时的我们都期待将来，而去到将来的人却都想回到过去，好像从来没有人满意过当下，然后就这样瞻前顾后地过完了这一生。

在开满玉兰花的校园里，常菀参加了她人生的第一次面试。她总觉得自己在这方面比别人幸运，从校园无缝衔接地走进职场，没有经历过找工作的奔波和茫然。可人生哪有什么固定的先后顺序，很有可能就是先给了结果，再用未来去成长。

当秦朗的名字出现在常菀手机屏幕上的时候，她竟然一时没反应过来。不过两月未见，却像是隔世的人。

心理工作室顶层的咨询室里，还是白色的地毯与白色的沙发。常菀和秦朗在彼此的注视里，还是会感到头皮和手心微微发麻。可他们知道这什么也说明不了，什么也改变不了。我无法做到在爱你的同时鄙视你，恨是会消失的，可防备不能。

"这里的房租下个月要到期了。又一个五年过去了……"

秦朗说完这句话常菀才意识到，他们已经认识了整整十年。她来这里实习的第一天做的第一件事，就是帮秦朗和房产中介的人磨了两杯咖啡，那是他们第一个五年的开始。

"下周我就要去柏林了。"

秦朗小心翼翼地端起面前的咖啡喝了一口，他之前从不在咨询室里喝水以外任何带颜色的饮料。

"出差吗？"

"不，去许夹老师那里工作。"

常菀的心里像被人戳了一下。

"你和唯安……"

"订婚了。"

常菀猛地抬起头撞上秦朗得逞的目光，却来不及收拾自己脸上的表情。

"她订婚了，和她学校的老师。"

常菀明明对秦朗的戏谑感到生气，却忍不住和他一起笑了出来。

"那沐祥呢？"

"他去了日本。"

"旅行吗？"

"出家了。"

两人静默了许久，听着墙上的钟摆循环往复地轮回。

"本来，我是托林老师联系你的，但他怎么也不接受，非要我在走之前亲自见你一面。还是他老谋深算啊，这下我也算是没什么遗憾了。"

秦朗抿着嘴低下头，这是常菀最怕看到的表情，于是佯装被外面的景色吸引，起身走到窗边。

"怎么？准备跟我老死不相往来了啊？好歹你还是我的同门师兄，以后有需要帮忙的地方我是照样不会客气的。"

常菀抵住自己的胸口，尽量让语气听起来不起波澜。

"你愿意回来吗？除了你，我实在不知道还能把这里托付给谁。这么多年的心血就这么散了，可惜了。而且至少，我知道你在这里，能安安稳稳的，也算是自私地了了一个牵挂。"

秦朗出国那天，常菀去机场送他。她害怕被发现，于是躲在离安检口有一段距离的大柱子后面。在递出手里的护照和登机牌之前，秦朗回头望了一眼，然后头也不回地消失在她的视线之中。常菀仰着头站在出发大厅的电子屏幕前，直到看着秦朗那班飞机的状态变为已起飞才转身离开。

工作室院子里的那棵梧桐萌出了新芽，常菀站在树下，接到了顾悦打来的电话。

"最近好吗？"

她的语气听起来像面前的暖阳一般。

"我很好。你们呢？"

常菀在窗前的台阶上坐了下来，心情也跟着明快起来。

"都好。"

顾悦带着顾念回到马来西亚以后，每次接到常菀询问近况的信息都只是用一两个字简单回复，接着两人便不知道该如何把话题继续下去。今天这样轻盈地主动打来电话，应该是要宣布什么好消息。

"听妈说，今天是你的生日。"

"这样啊。"

"生日快乐。"

这是常菀第一次准确地知道她究竟是何时来到这个世界，这种感觉很奇妙，像是脚下突然钻出脉络向泥土里生长。

"昨天晚上我做了个梦，梦见顾念醒过来对我说，他有一个想去的地方。那个梦太真实了，我都能感觉到他抓着我的双手因为兴奋而微微发烫。"顾悦站在病房里，望着不用再被各种管子和仪器连接在一起的顾念，干干净净地躺在白色的被单之下，"我问他那是什么地方，他说，就是他来的那个地方。"

一阵风吹过树梢，枝条上的新绿笼罩在光晕之中微微颤动。常菀想起小时候初春的清晨总是漫天大雾，打开窗户，那清澈的、纯净的白色就像云朵化成了水淌进屋来。她总是顾不得梳头就跑下楼去，看着低矮的厂房和裸露着砖面的家属楼通通变成了梦里的样子，于是抓着结满露珠的双杠翻身用双腿勾着倒挂在上面，张开嘴巴微微荡着，就像置身于天国之上。她闭上眼睛，仿佛灵魂就能脱离肉体腾空奔跑，透过朦胧的流烟俯视着茫茫大地，直到太阳的滚烫蒸发出一个愈发清晰的世界。

每当这时，常菀就会听见妈妈站在窗前大声地喊着。

"雾散啦！快回家吧！"

二〇一八年五月八日

于京城

图书在版编目（CIP）数据

一生别离 / 蘭若一著 . -- 成都 : 四川文艺出版社，
2019.11
ISBN 978-7-5411-5507-9

Ⅰ.①一… Ⅱ.①蘭… Ⅲ.①长篇小说－中国－当代
Ⅳ.① I247.5

中国版本图书馆 CIP 数据核字 (2019) 第 194782 号

YISHENG BIELI

一生别离

蘭若一 著

出 品 人	刘运东
特约策划	刘丽伟
特约监制	王兰颖
责任编辑	邓 敏
特约编辑	薛天舒　苗玉佳
封面设计	苏艺设计
责任校对	汪 平

出版发行	四川文艺出版社（成都市槐树街2号）
网　　址	www.scwys.com
电　　话	028-86259287（发行部）　　028-86259303（编辑部）
传　　真	028-86259306
邮购地址	成都市槐树街2号四川文艺出版社邮购部　610031
印　　刷	北京永顺兴望印刷厂

成品尺寸	145mm×210mm	开　本	32开
印　张	15.75	字　数	410千字
版　次	2019年11月第一版	印　次	2019年11月第一次印刷
书　号	ISBN 978-7-5411-5507-9		
定　价	49.80元（全二册）		

版权所有·侵权必究。如有质量问题，请与本公司图书销售中心联系更换。010-85526620